Mexiko, 1683: Die junge, schöne Concepción Benavidez wird nach ihrer Flucht aus dem Kloster, in dem sie aufwuchs, in Vera Cruz auf ein Piratenschiff verschleppt. Auf der langen, harten Reise nach Nordamerika wird sie mehrfach vom Kapitän vergewaltigt. Nach der Ankunft in Boston wird sie an das Ehepaar Nathaniel und Rebecca Greenwood verkauft. Bei den Greenwoods muss Concepción feststellen, dass die Vergewaltigungen während der Überfahrt nicht ohne Folgen geblieben sind: Sie ist schwanger. Sie bringt eine kleine Tochter zur Welt, die sie Jerónima nennt. Doch Rebecca Greenwood, die nach ihrem Sohn keine weiteren Kinder mehr bekommen kann, tauft das kleine Mädchen in Hanna um, und zwischen Concepción und Rebecca entbrennt ein erbitterter Wettstreit um die Liebe des Kindes. Die unerträgliche Situation kann Concepción nur dank der Unterstützung von Rebeccas Vater aushalten, den sie hingebungsvoll pflegt. Kurz vor seinem Tod wird sie schließlich seine Frau – und ist damit eine freie Bürgerin. Doch den amerikanischen Puritanern ist die Katholikin ein Dorn im Auge, und so wird sie im Zuge der Hexenprozesse von Salem selbst der Hexerei bezichtigt – und die Hauptzeugin ist ausgerechnet ihre Tochter Hanna!

Alicia Gaspar de Alba, geboren 1958 in El Paso, Texas, veröffentlichte Gedichtbände, Kurzgeschichten und drei Romane. Sie hat einen Lehrstuhl als Professorin für Chicana/Chicano Studies an der Universität von Kalifornien (UCLA). Die Autorin lebt in Los Angeles.

www.fischerverlage.de

Alicia Gaspar de Alba

Die Hexenschrift

Roman

Aus dem Amerikanischen von Susanne Goga-Klinkenberg

Fischer Taschenbuch Verlag

Die Übersetzung dieses Werkes wurde durch ein Arbeitsstipendium des Deutschen Übersetzerfonds gefördert.

Deutsche Erstausgabe
Veröffentlicht im Fischer Taschenbuch Verlag,
einem Unternehmen der S. Fischer Verlag GmbH,
Frankfurt am Main, Dezember 2010

Die amerikanische Originalausgabe erschien
unter dem Titel »Calligraphy of the Witch« bei St. Martin's Press, New York.

Dieses Werk wurde im Auftrag von St. Martin's Press LLC durch die
Literarische Agentur Thomas Schlück GmbH, 30827 Garbsen, vermittelt.
Der letzte Vers aus dem Gedicht ›Her Kind‹ (›Von ihrer Art‹)
wurde frei übersetzt,
aus: »To Bedlam and Part Way Back« von Anne Sexton.

Erschienen bei Houghton Mifflin, New York.
Bildnachweis: Ausschnitt aus einer Karte von Boston und Umgebung, 1806.
Mit freundlicher Genehmigung von Historic New England.
(Negative # 11376-B.)
Satz: Pinkuin Satz und Datentechnik, Berlin
Druck und Bindung: CPI – Clausen & Bosse, Leck
Printed in Germany
ISBN 978-3-596-18082-0

Für meine Patentöchter,
Bianca Fernanda und Yazmín Sylvia,
und für mein Mondkind,
Luzía Etienne

Inhalt

Wie ändert sich die Nacht
von einem Land zum anderen.

Maryse Condé, *Ich, Tituba, die schwarze Hexe von Salem*

Ich fuhr in deinem Karren, Kutscher,
winkte mit nackten Armen zu den Dörfern,
die vorüberzogen,
erfuhr die letzten hellen Strecken, Überlebende,
doch deine Flammen beißen noch in meinen
Schenkel,
und meine Rippen brechen, wo deine Räder
sich drehen.
Eine Frau wie diese schämt sich nicht zu sterben.
Ich war von ihrer Art.

Anne Sexton, »Von ihrer Art«

Ich bin mein eigner Henker
Ich bin mein eigner Kerker
Die Strafe und der Strafende
Sind ein und dasselbe.

Sor Juana Inés de la Cruz, *Romance 48*

Hudsons Pt
Barten Pt
North Battery
Mill Pond
Hancocks Wharf
Cove
Long Wharf
Powder Hous
BOSTON
Fox Hill Isl.
Common
South Battery
Rowes Wharf
Windmill Pt
Dorc
Floating Battery
Block Ho. & Battery
Fla
Nodks Hill
BOSTON NECK
George Tavern
Roxbury Lines
ROX BURY
Dorchester Heights

Prolog

Das Versprechen

Hanna Jeremiah

(Roxbury, 1704)

Wie soll ich meinen Kindern erklären, dass ich die Tochter eines Piraten und einer Papistin bin? Müssen sie es wirklich erfahren? Das bezweifle ich, wie ich auch bezweifle, dass es weise ist, in Großvater Tobias' verfallenem Häuschen in Roxbury nach einer unerfreulichen Wahrheit zu suchen, wie ich es Mama Becca auf dem Sterbebett versprochen hatte. Und doch bin ich hier, um mein Versprechen gegenüber der einzigen Frau, die ich je als Mutter haben wollte, einzulösen.

»Die zehn Gebote, Hanna!« Mama Becca griff mit unheimlicher Kraft nach meinem Arm, dabei war sie zu schwach, um beim Trinken den Kopf vom Kissen zu heben. »Ich gehe mit zwei gebrochenen Geboten ins Grab. Lass mich nicht auch noch als Lügnerin sterben.«

»Du hast nie die Gebote gebrochen. Du bist die frömmste Frau, die ich kenne.«

»Sie erscheint mir im Traum, um mich an mein Versprechen zu erinnern. Bitte, Hanna, tu, worum ich dich bitte.«

»Ich kann mich nicht einmal an Thankful Seagraves erinnern«, log ich und streichelte Mama Beccas feuchte Stirn. »Warum ist sie dir auf einmal so wichtig?«

»Ich habe bei deinem Leben geschworen, dir die Wahrheit zu sagen. Dir die Briefe zu geben, die Thankful Seagraves für dich zurückgelassen hat. Nachdem … nachdem sie verschwunden war, fanden wir in Großvaters Haus eine Truhe. Sie war verschlossen, ansonsten war das Haus völlig leer. Vielleicht hat sie die Briefe darin gelassen. Ich weiß nicht, ob die Truhe überhaupt noch dort steht. Versprich mir nachzuschauen. Versprich mir, die Wahrheit herauszufinden.«

»Ich kenne die Wahrheit, Mama. Ich bin nicht von deinem Fleisch. Die Frau, die mich geboren hat, war eine papistische Sklavin, die Papa auf einem Piratenschiff gekauft hat. Du hast mich aufgezogen, und sie hat mich verlassen, mehr muss ich nicht wissen. Alles andere ist egal. Was geschehen ist, ist geschehen. Quäle dich nicht so.«

»Du musst mir helfen, mein Versprechen zu halten, Hanna«, murmelte Mama Becca und zog mich so nah an ihr Gesicht, dass ich die saure Milch in ihrem Atem riechen konnte. »Der Schlüssel zum Häuschen liegt in einer Mulde unter der Zaubernuss beim Brunnen. Im Haus findest du, was immer Thankful Seagraves dir hinterlassen hat. Ich habe mein Wort gegeben, und du sollst die Wahrheit erfahren, sonst kann meine Seele nicht in Frieden ruhen. Ich habe mich schwer an deiner Mutter versündigt.«

Es war das einzige Mal, dass Mama Becca gestand, sich an Thankful Seagraves versündigt zu haben. Und eine der wenigen Gelegenheiten, bei denen sie sie als meine Mutter bezeichnete. Ich glaube, die Krankheit hatte ihren Verstand angegriffen, doch sie war gewiss, dass man sie beim Jüngsten Gericht als Lügnerin verurteilen würde, und so versprach ich, in Roxbury nach dieser sogenannten Wahrheit zu suchen. Ich wollte nicht von ihrer Seite weichen, da sie schwach und das Ende nahe war, konnte aber ihren verzweifelten Blick und ihr unablässiges Flehen nicht länger ertragen. Ich lehnte Calebs Angebot, mich zu begleiten, ab und werde auch nicht die Zwillinge hineinziehen. Sie wissen nichts von Thankful Seagraves. Ihre Großmutter war Rebecca Greenwood, die Frau eines Kaufmanns aus der Massachusetts Bay Colony, und nicht das schlangenzüngige katholische Halbblut, das auf einem Piratenschiff aus einem gottlosen Land gekommen war.

Wie man mir erzählte, war der Pirat, der mich zeugte, kein Engländer, sondern Holländer oder Franzose, mit hellem Haar und dunkler Haut und Augen wie meinen, von der Farbe frischen Baumsaftes. Wer diesen Mann, meinen unbekannten Piratenvater, fürchtete, malte ihn furchtbarer als Henry Morgan oder William Kidd. Papa bezeichnete ihn stets als Bukanier oder Freibeuter und nie als Piraten, als stünde es den auserwählten Kindern Gottes nicht an, mit Piraten Geschäfte zu machen. Ihn selbst sprach er immer nur mit Captain Seagraves an, obwohl er in Wirklichkeit einen ausländischen Namen trug, den Papa sich nicht merken konnte.

Thankful Seagraves, die Frau, die mich gebar, hasste diesen Mann und erzählte wenig über ihn, nur dass er ihren Körper plünderte und ein Kind in sie säte, bevor er sie als Haussklavin an den englischen Kaufmann verhökerte, der nun, Gott sei's gedankt, mein Papa ist.

»Eine Mestizin kann niemals eine Sklavin sein!«, pflegte Thankful Seagraves zu sagen, erzürnt über eine Ungerechtigkeit, die ich nie begriff. Selbst als ich alt genug war, um den Unterschied zwischen einer Sklavin und einer bezahlten Dienstbotin, zwischen einer Negerin und einer Indianerin zu erkennen, verstand ich nicht und wollte auch gar nicht verstehen, was eine Mestizin eigentlich war. Sie hatte einen spanischen Vater, und ihre Mutter war von indianischem, spanischem und orientalischem Blut, was mir nur verriet, dass Thankful Seagraves ein Bastard war. Ihre Augen hatten verschiedene Farben – eins braun, eins grün –, ihre Haut war wie Zimtrinde, und sie sprach mit einem so starken Akzent, dass ihr Englisch wie eine Fremdsprache klang. Wenn sie redete, schrak ich zusammen, als kröchen Spinnen aus ihrem Mund. In Wahrheit fürchtete ich mich vor Thankful Seagraves. Ich fürchtete, ich könnte mich mit ihrer Sprechweise anstecken oder eines meiner Augen würde die Farbe ändern, so dass ich aussähe wie sie. Ich wollte Thankful Seagraves nicht zur Mutter. Sie war eine Papistin, ein Mischling und eine Fremde. Wer möchte eine solche Mutter haben? Wir trugen verschiedene Familiennamen, so dass ich mühelos vorgeben konnte, wir seien nicht miteinander verwandt. Ich wollte immer nur Mama Becca.

Wenn sie schlief, purzelten bisweilen Namen von Thankful Seagraves' Lippen. Solange ich sie kannte, bestritt sie, dass Thankful Seagraves ihr Name sei. »Das ist eine Unwahrheit«, sagte sie in ihrem merkwürdigen Englisch. »Alles hier ist unwahr, bis auf dich, den Grund, aus dem ich lebe.« Als ich sie fragte, wer sie denn wirklich sei, wie ihr wahrer Name laute, schüttelte sie nur den Kopf. »Die ist ertrunken«, sagte sie dann. »Nur diese leere Hülle ist von ihr geblieben.« Oft sagte sie meinen Namen, *Juana Jerónima* – den ich von ihr bekam, auf den ich aber nicht getauft wurde –, sagte ihn mit ihrer rauen Stimme und dem fremdartigen Akzent, der den ersten Buchstaben jedes Namens in ein Zischen verwandelte. Hätte Mama Becca nicht darauf bestanden, dass Thankful Seagraves mir einen anständigen christlichen Namen gab, hätte ich mein Leben lang wie eine Papistin geheißen. Ich danke Gott für Mama Becca, die dafür sorgte, dass ich Hanna Jeremiah getauft wurde. Ein durchaus passender Namenspatron: Jeremia, voller Weh, Kampf und Streit. Ich war innerlich zerrissen, solange ich denken kann. Mein Leben lang habe ich mich widersetzt und rebelliert, und zwar gegen mich selbst, gegen einen verborgenen Teil von mir, den ich vergessen wollte, dessen Schatten sich aber nun aufs Neue erhebt.

Es gab eine Zeit, da ich fürchtete, das Mal von Thankful Seagraves könne sich in den Gesichtern meiner Kinder zeigen, dass sie mit roter Haut oder, schlimmer noch, mit verschiedenfarbigen Augen geboren würden. Vielleicht ist die seltsame Mischung, der Thankful Seagraves diese Eigenarten verdankte, durch Calebs gutes englisches Blut und das holländische oder französische Blut in mir verwässert und zu einer reineren Linie geworden. Dennoch tragen die Mädchen ein Zeichen, das die vermischten Rassen verrät: Clara hat Haut wie Honig, Joanna wie Ahornsirup, und doch sind Claras Augen runde grüne Haselnüsse, während Joannas wie Kastanien sind, braun und ganz leicht nach unten gebogen. Calebs Haar ist flachsblond und meines haselnussbraun, und doch haben beide dichtgelocktes kastanienbraunes Haar. Soweit ich mich erinnere, war das Haar von Thankful Seagraves indianisch glatt und schwarz. Die Locken der Mädchen müssen wohl ein Erbe des Piraten sein.

Ich weiß noch immer nicht, was Mama Becca gegen die Namen der Zwillinge hatte – Clara und Joanna. Auch weiß ich nicht, weshalb ich, als ich beide in meinen Armen hielt, sofort erkannte, dass dies ihre Namen sein mussten. Caleb wurde nicht gefragt. Ich erinnere mich nur daran, wie enttäuscht Mama Becca war, wie sie den Kopf schüttelte und »Es muss im Blut liegen« murmelte. Ich kann nur annehmen, dass die Namen mit Thankful Seagraves zu tun haben, doch dieses Geheimnis hat Mama Becca mit sich genommen.

Die Zwillinge wissen nichts von ihrem Erbe, denn sie sind noch zu jung, um solche Dinge zu verstehen. Ich werde es ihnen auch nicht sagen, wenn sie älter sind. Nie habe ich die Verpflichtung oder den Wunsch verspürt, die dunklen Geheimnisse meiner Kindheit mit jemandem zu teilen. Selbst Caleb, der fast immer in meiner Nähe war, weiß nicht alles. Ich hätte die Vergangenheit hinter mir lassen und zufrieden bis ans Ende meiner Tage leben können, sehe mich nun aber gezwungen, in Großvater Tobias' Haus in Roxbury zurückzukehren und einem Gespenst namens Thankful Seagraves gegenüberzutreten.

1. Buch

Die Neptune

(Juni 1683)

1. Kapitel

»Laaaand in Sicht!«

Kapitän Laurens de Graaf schaute durchs Fernrohr hinüber. Ja, dort lag sie, die öde, neblige Küste von Neuengland. Die puritanischen Kaufleute hatten ihn im Januar beauftragt, Zucker, Melasse und Sklaven in die Bay Colony zu bringen. Damals war der Kapitän noch nicht so reich gewesen wie jetzt. Als er den Vertrag mit den puritanischen Kaufleuten unterzeichnete, war die Belagerung von Veracruz nichts als eine Herausforderung gewesen, die ihm Kapitän Van Horn bei einem Weihnachtsfestmahl in Port Royal wie einen Handschuh hingeworfen hatte.

Hätte der Kapitän im Januar gewusst, wie gut Van Horns merkwürdiger Plan funktionieren würde, dass sie Veracruz mit ihren eigenen Freibeuterschiffen unter spanischer Flagge belagern würden, während die spanische Flotte hilflos im Hafen lag, hätte er sich nie auf das Geschäft mit den Puritanern eingelassen. Die düstere, neblige Wildnis, die die Puritaner als Stadt auf dem Hügel bezeichneten, erbaut für die auserwählten Kinder Gottes, verursachte Kapitän de Graaf stets Albträume. Von Jahr zu Jahr wuchs sein Widerwille gegen den jährlichen Besuch im Hafen von Boston. Und gleich zweimal in einem Jahr dorthin zu segeln verdarb ihm die Stimmung bis Weihnachten.

»Reyes!«, rief der Kapitän seinem spanischen Diener zu. »Leg meine Perücke und den Mantel bereit, und vergiss nicht die wollenen Strümpfe. Wir ankern bald.« Selbst im Frühsommer ließ die Küste von Neuengland sein Blut gefrieren. »Sag dem Koch, er soll den Grog bereiten. Ich will ihn schön heiß.« Er drehte sich um und rief auf Französisch nach dem Quartiermeister, dem er befahl, den Auktionstisch aufzustellen.

Obwohl er als Sohn einer Mulattin in den Niederlanden geboren und mit dem merkwürdigen Dialekt der Sklaven aufgewachsen war, hatte man den Kapitän schon früh zu einem Vetter seines niederländischen Vaters in die Lehre gegeben, der als Quartiermeister in der spanischen Marine diente. Dort sollte er bleiben, bis er selbst als Seemann der spanischen Krone einberufen wurde. So sprach er Kastilisch fließender als sein heimatliches Niederländisch und konnte auch den vermischten Jargon der Sklaven verstehen, die er über den Atlantik beförderte. Französisch beherrschte er auch, erlernt von den Korsaren, die zehn Jahre zuvor sein spanisches Schiff gekapert und ihn eingeladen hatten, einer von ihnen zu werden. Kapitän de Graaf nutzte die Gelegenheit und wurde zum Freibeuter, der inzwischen zwei Schiffe befehligte, von denen ihm die *Neptune* das liebere war. Obgleich er einige französische Seeleute an Bord hatte, stammte seine Besatzung auf der *Neptune* zumeist von den britischen Inseln, so dass Kapitän de Graaf auch Englisch hatte lernen müssen. Vom Leben auf hoher See war seine Haut dunkel wie eine Vanilleschote gefärbt. Sonne und Seewind hatten seine wehenden Locken wie auch Augenbrauen, Bart und sogar die Wimpern der haselnussbraunen Augen zur Farbe frischen Biers gebleicht.

Der einzige Spanier unter ihnen war Reyes, ein Segelmacher, den der Kapitän aus seiner Zeit in der spanischen Marine kannte und der ihm als persönlicher Diener und, wenn nötig, auch als Bettgefährte diente. Reyes ging unter Deck, und der Kapitän sah zu, wie sich die Männer auf dem Achterdeck versammelten, die Segel einholten, die Ankertaue ausrollten, die Kanonen luden, um ihre Ankunft anzukündigen, und einander aus lauter Vorfreude auf den Landgang zubrüllten und auf die Schultern klopften. Der Kapitän schrie wieder nach dem Quartiermeister und wies ihn an, der Besatzung zu verkünden, dass niemand an Land gehen werde. Sie würden die Kaufleute mit dem Beiboot holen, die Ladung löschen und am selben Tag nach Virginia weitersegeln. Es war noch früh, und sie würden günstigen Wind haben, sobald sie den kalten Schatten des Bostoner Hafens hinter sich gelassen hatten. Die Küste von Neuengland erinnerte ihn zu sehr an das englische Verlies, in dem man ihn zu Beginn seiner ruhmreichen Freibeutertage eingekerkert hatte.

Die Kanone wurde abgefeuert, und er bekreuzigte sich dreimal. Obwohl Lutheraner, war Kapitän de Graaf ein abergläubischer Mensch und hatte viele Gewohnheiten der Spanier übernommen.

»Die kleine Hure, *hija de puta*, hat schon wieder eine Schweinerei in Eurer Kajüte veranstaltet, *mi capitán*«, verkündete Reyes, als er aufs Achterdeck zurückkehrte.

»*¡Joder, hombre!* Beim Schwanz des Teufels!«, fluchte der Kapitän. »Du solltest doch auf das Weibsbild aufpassen. Was denn jetzt? Hat sie wieder Feuer gelegt?«

»Sieht aus, als hätte sie sich Euer Logbuch vorgenommen, Sir. Überall Kratzer wie von Hühnerkrallen.«

»Verflucht sei ihre Hure von einer Mutter!« Der Kapitän schob sein Fernrohr zusammen. »Warum haben wir sie nur wieder freigelassen, Reyes?«

Mit zusammengepressten Lippen folgte Reyes dem Kapitän die Leiter hinunter. Am liebsten hätte er gesagt: »Du hast ihr Dirnenfleisch begehrt, seit sie an Bord kam«, doch *el capitán* de Graaf, der berüchtigte Lorencillo, die Geißel der Karibik, hasste Unverschämtheiten wie die Pocken. »Letzte Nacht habt Ihr sie gewollt, *mi capitán*.« Reyes versuchte, die Eifersucht in seiner Stimme zu verbergen. »Ihr wisst, dass sie es Euch jedes Mal heimzahlt.«

»Zur Hölle mit ihr! Ich hätte sie in Campeche lassen sollen. Was will ich bloß mit diesem verrückten Weib an Bord?«

Mit der halbblütigen mexikanischen Hure, hätte Reyes ihn gern korrigiert, beherrschte sich aber aufs Neue. In der Kajüte warf der Kapitän zornig die Arme in die Luft. Das Weibsbild hatte das Tintenfass auf den Boden gekippt und die Tinte auf der Bettwäsche verschmiert. Die beschriebenen Seiten seines Logbuchs waren mitten durchgerissen, und die übrigen … Der Kapitän schob die Lampe über den Schreibtisch, um besser sehen zu können. »Bei deinem Leben«, murmelte er, »das sind keine Hühnerkrallen, du Schwachkopf! Das ist die Kalligraphie eines gelernten Schreibers.«

Auf eine Seite hatte das Weib wieder und wieder den Namen *Jerónima* geschrieben, auf die anderen ein langes Gedicht, und das alles von so eleganter und verschnörkelter Hand, dass er sich im Verdacht bestätigt sah, das Halbblut, das ihm in den vergangenen fünf Wochen zur Unterhaltung gedient hatte, sei im Kloster erzogen worden. Weshalb sie sich mit den Negern eingelassen hatte, wusste er nicht. Unter Freibeutern war es nicht üblich, Indianerinnen oder Mischlinge als Sklaven zu nehmen, doch das Mädchen war mit einer der Negerinnen befreundet gewesen, die er in Veracruz erbeutet hatte, und hatte ihn angefleht, sie mitzunehmen, war sogar vor ihm auf die Knie gefallen und hatte seine Lenden geküsst und versprochen, alles zu tun, was er wolle, wenn er sie nur an Bord der *Neptune* ließe. Kapitän de Graaf hatte eine Schwäche für mutige Frauen. Außerdem war er noch nie mit einem Weib ins Bett gegangen, dessen Augen verschiedene Farben hatten: eins dunkel wie Jamaika-Rum, das andere grün wie französischer Chartreuse.

Zunächst zeigte sich das Mädchen pflichtbewusst und gehorsam, obwohl es Jungfrau war und jedes Mal weinte, wenn er es nahm. Dann holte sich die Negerin, mit der sie befreundet war, von einem Sklaven, den sie in Havanna an Bord genommen hatten, die Pocken. Sein Quartiermeister hatte befohlen, alle über Bord zu werfen, damit sich der Rest der Ladung nicht ansteckte. Seither wanderte das Halbblut über Deck, heulte wie eine Irre und rief nach seiner Freundin.

Gegen Mittag, wenn die Sklaven auf Deck gebracht wurden, um zu essen und sich zu bewegen, der Haufen Männer an der Steuerbordseite, die Frauen an Backbord, brachte das Mädchen das Essen und sang dabei so wehklagend das Ave Maria, dass die Sklaven und auch einige irische Seeleute in Schluchzen ausbrachen. Der Koch sagte, das Mädchen habe ihm in der Kombüse geholfen und dabei mit einer schwarzen Figur gesprochen, die es in einem winzigen Beutel um den Hals trage. Die Kleine könne stundenlang am Heck stehen, aufs Wasser starren, den Stürmen, Böen und sogar den Neckereien und Berührungen der Seeleute trotzen, einen unsichtbaren Rosenkranz in den Händen, während sie die Lippen in stummem Gebet bewegte. Wenn der Kapitän sie in sein Bett holte, sah sie ihn aus irren, verängstigten Augen an und rief ein gereimtes Gedicht – etwas über verstockte Männer und das Fleisch des Teufels –, bis er fertig war.

Eines Abends hatte sie beinahe den Koch kastriert.

Der Koch, so berichtete er dem Kapitän, habe in seiner Hängematte gedöst und nicht die Hand an seinen Lenden gespürt, die seine Kniehose aufschnürte, bis sie sein Glied hochnahm. Er konnte riechen, dass es das Halbblut war, das ihn berührte, und hielt die Augen geschlossen, weil er etwas anderes erwartete und rasch anschwoll. Er schrak erst zusammen, als sich die Spitze der Klinge in sein Fleisch bohrte. Im Schein der Laterne funkelten die Augen des Halbbluts wie die einer Wahnsinnigen. Der Koch verdrehte ihr das Handgelenk, worauf sie die Klinge in seine Hoden stieß. Er ließ sie los. Sie rannte aus der Kombüse und stieß, dessen war sich der Koch sicher, Flüche in ihrer heidnischen Zunge aus.

»Das Weib hätte mich fast verschnitten, Kapitän.«

»Hat sie dir Schaden zugefügt, Koch?«

»Schwer zu sagen, Sir, ich denke nicht. Hoffentlich nur ein bisschen Blut.«

»Dann wirst auch du sie nicht beschädigen, verstanden?«

»Aye, Sir.«

»Warne die anderen. Ein ermordetes Weib bringt schlechten Wind. Sie soll in Ruhe gelassen werden. Man hätte sie überhaupt niemals anrühren dürfen.«

»Bei allem Respekt, Kapitän, aber sie ist eine Gefahr für die Besatzung, das ist meine Meinung. So wie sie sich an einen heranschleicht. Und dann die schwarze Puppe, mit der sie ständig flüstert, dieses Voodoo-Ding, das sie um den Hals trägt.«

»Die Männer können selbst auf sich aufpassen, Koch. Ich an deiner Stelle würde mir eine andere Gespielin suchen. Das Weibsbild findet keinen Gefallen an unserem Zeitvertreib. Und was die Figur angeht, mit der sie ständig redet, ist das keine Voodoo-Puppe. Ich habe sie selbst gesehen. Es ist nur ein Spielzeug.«

»Komische Spiele, Kapitän.«

»Wer kennt schon die Frauen?«

»Aye, bei Gott, das ist ein wahres Wort, Sir.«

Der Kapitän dachte, das Mädchen habe völlig den Verstand verloren, doch die Schrift auf der Seite bewies, dass er sich irrte und durchaus Hoffnung bestand, sie zu einem anständigen Preis loszuschlagen. Der Kapitän überflog die Strophen des Gedichts und lachte in sich hinein, weil ihm Fortuna ein so wertvolles Gut geschenkt hatte. Das war kein einfaches Weibsbild. Wer immer sie wollte, würde sie nicht unter Wert bekommen.

»Reyes! Schnell, geh sie holen! Ich muss mit ihr reden, bevor die Kaufleute kommen.«

Als Reyes gegangen war, nahm der Kapitän am Schreibtisch Platz, tauchte seine Feder in die dicke Tintenpfütze, die allmählich in die Bodenbretter sickerte, und setzte einen Kaufbrief auf.

Ich, Kapitän Laurens-Cornille de Graaf, Kommandeur der Freibeuterfregatte Neptune, verkaufe hiermit diese Halbblutfrau, die im Krieg an der Küste von Neuspanien gefangen genommen und zur Sklavin gemacht wurde. Ihr Name lautet Jerónima. Sie ist ungefähr zwanzig Jahre alt. Hat noch alle Zähne. Ist gegen Pocken immun. Sie ist von robuster Gesundheit und kann lesen und schreiben, weshalb ich ihren Preis auf fünfzig Pfund Sterling festsetze. 21. Juni 1683

Der Kapitän unterzeichnete die Urkunde, streute Sand über die Tinte und goss sich einen anständigen Schluck spanischen Brandys in einen polierten Silberkelch, um sein Glück zu begießen. Wenn man etwas Gutes über die Puritaner sagen konnte, dann war es die Tatsache, dass sie eine schöne Handschrift zu schätzen wussten, sogar bei einem Weibsbild. Er hörte die Kanonen im Hafen und wusste, dass die Kaufleute aus Neuengland unterwegs waren.

2. Kapitel

Sie konnte nicht sagen, wie lange die Reise gedauert hatte. Nachdem Aléndula verschwunden war, zählte sie nicht mehr die Tage, seit das Piratenschiff den Hafen von Veracruz verlassen hatte. Sie horchte nicht mehr auf das Klagegeschrei der Sklaven und die seltsamen Laute der Piratensprache. Sie hörte nur das Wasser, das Knattern der Segel und den Nachtwind, der durch die Luken heulte.

Wenn sie morgens die Saubohnen stampfte, die einzige Mahlzeit, die die Sklaven am Tag erhielten, riss sie der Gestank vorübergehend aus der Betäubung, die um sie gewachsen war wie der Kokon um eine Seidenraupe. In diesem schmalen Zeitspalt wurde ihr bewusst, wer sie war und was mit Aléndula geschehen war. Sie bemerkte die schmierigen Planken des Kombüsenbodens, die sie jeden Abend schrubbte, auf denen sie der Koch, nach Rum und Zwiebeln stinkend, wie einen Hund genommen hatte, in eine Körperöffnung eingedrungen war, von der sie nicht wusste, dass man überhaupt in sie eindringen konnte, aufgespießt wie auf einem glühend heißen Eisen. Sie hörte das Klirren der Ketten auf den Leitern, wenn die Sklaven aufs Oberdeck getrieben wurden, wo sie ihre erbärmliche Ration Saubohnen, von Maden wimmelnden Schiffszwieback und sauren Apfelwein erhielten. Hatten sie gegessen, schlug ein Seemann dumpf die Trommel, und die anderen Piraten stießen oder peitschten die Sklaven, damit sie im Rhythmus der Trommel tanzten, mit rasselnden Ketten, während ihr Stöhnen zu einer perversen Harmonie geriet.

Mehr noch als unter Deck in Ketten zu liegen, den Dunst der Exkremente einzuatmen und das fortwährende Wehklagen der anderen Sklaven zu hören, war es dieser erniedrigende Tanz im Freien, der Aléndulas Seele am stärksten vergiftet hatte, bis sie nicht mehr aufstehen und durch die Luke klettern konnte und unten zurückgelassen wurde. Beim kleinsten Schluck Wasser wand sie sich in Krämpfen.

Sie wusste noch, wie sie gesagt hatte: »Du machst es uns noch schwerer, Aléndula. Du musst essen. Du musst aufstehen. Sieh dich an! Ohne frische Luft wirst du hier unten sterben. Steh bitte auf, versuch es!«

»Ich weiß, mein *papi* schämt sich für mich, weil ich drei Jahre im Kloster eingeschlossen war. Ich muss hier raus. Ich muss frei sein. Du kannst mich herausholen, Concepción; ich weiß, dass du es kannst. Selbst wenn du nur einen Menschen befreist, wirst du eine *cimarrona* sein. Dann kannst du mit mir nach San Lorenzo gehen, und wir sind beide frei.«

»Sieht das hier nach Freiheit aus? Wir sind nicht mehr im Kloster, Aléndula. Ich habe dich herausgeholt, weißt du nicht mehr? Wir sind aus dem Kloster geflohen und den ganzen Weg bis Veracruz gelaufen und schließlich von Piraten gefangen worden. Bitte, Aléndula! Sag, dass du dich erinnerst!«

»Meine Mutter ist eine freie Frau. Sag ihnen das, Concepción! Wenn meine Mutter frei ist, bin ich auch frei. Wissen sie das denn nicht? Sie können mich nicht versklaven! Ich komme aus San Lorenzo! Ich bin die Tochter einer freien Frau und Timón de Antillas', des Königs aller *cimarrones* in Neuspanien. Ich bin das Patenkind von Eleguá.«

Durch den Mangel an Wasser und frischer Luft war Aléndula ins Delirium gefallen und reiste im Geist in das Dorf San Lorenzo de los Negros, in dem es keine Sklaven gab, wie sie sagte, in dem alte Frauen Zimtrinde rauchten, um in die Zukunft zu sehen, und

Hähne schlachteten, um mit den Toten zu sprechen, das Dorf, in dem Aléndula geboren war und in das sie zurückgekehrt wäre, hätte es nicht den vereitelten Aufstand in Mexiko City, den Hinterhalt und die Hinrichtungen am Galgen gegeben.

»Ich habe ihm meinen Traum von dem Papagei erzählt. Er wusste, was er bedeutete. Er wusste, man würde sie fangen, und hat den Plan dennoch weiterverfolgt. Warum haben sie mich nicht auch gehängt, *chica*? Ich war ihre Kundschafterin. Mich haben sie zuerst gefangen. Ich hätte an der Seite meines *papi* sterben sollen.«

Concepción hatte die Hinrichtung von Timón de Antillas und seiner Meute entflohener Sklaven auf der Plaza Mayor mit angesehen. Sie erinnerte sich, wie man die Gefangenen, gleich Fischen, ausgeweidet hatte, erinnerte sich an den widerlichen Gestank und die Hunde, die sich knurrend um die herausgerissenen Innereien balgten.

»Aber er hat nicht geblutet. Nicht ein Tropfen Blut, er hat all sein *aché* mit zu Olorun genommen. Für meine Leute gibt es nichts Schlimmeres, als wenn Fremde ihr Blut vergießen.«

Eines Morgens weigerte sich Aléndula, mit den anderen auf dem Oberdeck zu tanzen, und der Pirat, der die Trommel schlug, ging hin und trat sie in den Bauch. Aléndula verdrehte die Augen und kreischte wie eine tollwütige Katze: »¡Eleguá! ¡Eleguá!« Der Pirat trat Aléndula wieder und wieder, bis sie aufhörte zu schreien und Blut und der graue Schaum des Bohnenbreis aus ihrem Mund quollen.

Concepción hatte mit angesehen, wie Aléndula geschlagen wurde, und dabei puren Hass verspürt, der sich wie ein Segen anfühlte, wie ein Bad in Weihwasser, das ihren Geist reinigte. Sie musste jemanden töten. Sie musste den Kapitän töten. Wenn er mich das nächste Mal in sein Bett holt, nahm sie sich vor, wenn er sich das nächste Mal in mich hineinrammt, werde ich warten, bis er eingeschlafen ist, und ihm dann mit seinem eigenen Schwert die Kehle durchschneiden. Doch an diesem Abend wurde der Kapitän aufs Oberdeck gerufen, nachdem er sie missbraucht hatte, und so blieb sie allein in der Kajüte. Nun musste sie sich etwas anderes einfallen lassen. Alles im Raum zerstören. Oder, besser noch, die Kajüte in Brand setzen. Sie zerschlug die Lampe auf dem Boden, sah zu, wie die ölige Pfütze sich blau färbte und dann in Flammen aufging, spürte den Rauch in den Augen, als die Flammen über den Sessel des Kapitäns leckten und das Kamelhaar entzündeten. Irgendwie gelang es dem spanischen Piraten, der sie angespuckt hatte, als er sie in die Kammer des Kapitäns brachte, das Feuer zu löschen, und der Kapitän schlug sie vor den Augen der anderen Piraten mit einem nassen Seil und sperrte sie in den Kielraum.

Ohne Piraten, die sie schändeten, ohne Aléndula, die sie in die Arme nehmen, der sie vorsingen und mit der sie streiten konnte, nur abgelenkt vom stinkenden Bilgenwasser und dem fortwährenden Schaukeln des Schiffes, konnte sie schlafen und ihr schwimmendes Fegefeuer vergessen. Zuerst waren die Erinnerungen, die im Traum zu ihr kamen, nur kontrapunktische Geräusche: die hohen Stimmen der Nonnen, die im Chor sangen, und das grobe Gelächter in einer Taverne, Schritte auf den Steinfliesen einer Kirche und Hufgeklapper auf einer gepflasterten Straße, die sanften Akkorde eines Mandolinenkonzerts oder der Trompetenschall, der eine Hinrichtung ankündigte. Allmählich gewannen die Geräusche an Gewicht. Sie zogen Fetzen von Bildern an sich, wuchsen zu Schatten und dann zu Gestalten, die sich wie Marionetten auf einer Bühne bewegten.

In ihren Träumen war sie wieder im Kloster, lebte in Madres zweistöckiger Zelle und teilte sich ein Bett mit Jane, Madres Mulattensklavin, obwohl sie selbst keine Sklavin, sondern eine verpflichtete Dienstmagd war. Sie sah ein großes Haus mit vielen Zimmern und vielen Geheimnissen innerhalb der Zimmer und vielen, ungeheuer vielen Glocken. Einen Innenhof, in dem sich Frauen in schwarzweißen Schleiern drängten. Katzen, die sich an einem Brunnen sonnten. Leuchtende Bögen aus Bougainvillea. Felder mit Sonnenblumen, Calla und Rosen. Und einen Schuppen auf den Feldern, in dem Aléndula in Ketten lebte.

Sie hörte Stimmen. Eine wütende alte Frau sagte zu ihr: »Hier drinnen bin ich nicht die Mutter deines Vaters. Nenn mich niemals Großmutter. Vergiss nie, wo dein Platz ist. Du bist nur hier, weil ich die Mutter Oberin dieses Klosters bin und mein Sohn Mitleid mit dir hatte und dich nicht auf die Straße setzen wollte.«

Und eine jüngere Frau, ihre Herrin, die widersprach. »Nenn mich nicht Madre, Concepción. Ich werde niemals eine Mutter sein. Ich bin weder Mutter noch Frau, da man nur eine Frau werden kann, wenn man einem Mann dient und seine Kinder gebärt. Ich bin eine Nonne, eine Schwester, keine Mutter.«

Und dann ein Lied, das traurigste Lied, das sie je gehört hatte, von einer Frau namens Señora Santa Ana, deren Kind um einen verlorenen Apfel weinte. *»Señora Santa Ana, porqué llora la niña? Por una manzana que se la ha perdido …«*

Wenn sie aus diesen Träumen auftauchte, zerriss das Schluchzen ihren Körper. Wie hieß das Kloster? Wem gehörten die Stimmen, wer waren die Frauen, die weder Mutter noch Großmutter waren, wessen Kind weinte um einen verlorenen Apfel? Sie kannte die traurige Stimme, konnte sie aber nicht einordnen; auch wusste sie nicht mehr, wem die anderen Stimmen gehörten. Sie hielt die Luft an und grübelte, wollte die Namen oder Gesichter aus dem dunklen Wasser ihres Gedächtnisses zwingen, wurde aber nur ohnmächtig von der Anstrengung. Einmal erschien es ihr, das Gesicht, das von der Klage des Kindes zu singen pflegte. Sie sah es deutlich, die weichen Wangen mit den Grübchen, die schwarzen Locken, die das Gesicht umrahmten, die braunen Augen, die feucht von Tränen waren. Sie versuchte, ihm einen Namen zu geben, doch ihr

Herz wollte schier zerspringen. Sie spürte, wie sie mit dem Hinterkopf auf die Planken schlug.

»Hungrig, Hure? Hier, Hure! Kannst du's riechen? Hol es dir! Du ahnst nicht, was dir entgeht!« Der Spanier wollte sie mit einem Stück gerösteten Schildkrötenfleisches, das von einem Stock baumelte, aus ihrem Winkel locken. Beim Geruch des Fleisches lief ihr das Wasser im Munde zusammen, aber sie wusste, dass hinter ihm der Koch mit seinem Netz wartete. Sie hatten das Spiel schon einmal gespielt. Diesmal würden sie sie nicht fangen. Als das Netz niedersauste, trat Concepción aus, entwand sich dem Griff des Spaniers und eilte durch die Ladeluke aufs Sklavendeck.

Der Gestank nach Exkrementen war stärker denn je. Fast die Hälfte der Sklaven war bereits gestorben. Die übrigen versuchten nicht mehr, miteinander zu sprechen. Sie waren seitlich an Hals und Knöcheln angekettet und ergaben sich wimmernd und stöhnend in ihr Schicksal. Concepción fand Aléndula, fiebernd und mit schleimigem Erbrochenem bedeckt. Sie hatte einige Zähne verloren, und ihr Zahnfleisch blutete. Die aschgraue Haut ihres Armes knitterte wie Stoff, als Concepción danach griff.

»Aléndula, bist du wach? *¿Qué te pasa?*«

Die Kruste, die sich um Aléndulas Augen gebildet hatte, brach auf. »Concepción? Wo bist du gewesen, *chica*? Deine Herrin lässt dich gar nicht mehr zu mir.«

»Wir sind auf einem Piratenschiff, Aléndula. Wir haben das Kloster schon vor Wochen verlassen.«

»Bring mich zurück. Du musst sie dazu bringen, mich zurückzunehmen.«

»Wohin zurück? Ich verliere allmählich das Gedächtnis. Ich kann mich nicht erinnern, wie wir nach Veracruz gekommen sind. Mir fällt auch nicht mehr der Name des Klosters ein oder der Name der Herrin, die ich dort hatte.«

»Ich hatte wieder die Vision von dem Alligator«, sagte Aléndula.

Ihr Atem roch nach Abwasser. »Er ist es, mein *papi, el Caimán*, weißt du noch? Ich habe dir die Geschichte von *el Caimán* erzählt.«

»Ich sagte doch, ich kann mich nicht daran erinnern, Aléndula.«

»Er ruft mich, Concepción. Mein *papi* will, dass ich ihn ins Wasser begleite. Endlich ist er gekommen, um mich zu retten.«

Concepción begriff, dass Aléndulas Verstand in der Vergangenheit gefangen war. Sie nahm gar nicht wahr, was auf der Überfahrt von Neuspanien zu ihrem unbekannten Ziel mit ihr passierte. Auf diesem albtraumhaften Schiff verloren beide den Verstand, wenn auch auf gegensätzliche Weise.

»Ich bin glücklich, Concepción. Ich kenne jetzt den Weg.«

»Du verbrennst innerlich«, sagte Concepción, die Handfläche an der Stirn ihrer Freundin. »Ich muss dir etwas gegen das Fieber besorgen, Aléndula.«

»Es ist ein langer Traum, Concepción. Ich ging mit meinem *papi* zum Sumpf, und es war sehr hell und windig, die Zeit der Nordwinde. Die Stimme meines *papi* verlor sich im Wind, aber ich wusste, dass er mir befahl, Eleguá zu rufen, dass Eleguá mich an der Straßenkreuzung erwarten würde, wenn ich nur meinen Kopf brennen ließe. Im Wasser kann ich mein *ashé* befreien, Concepción.«

Sie leckte sich über die ledrigen, rissigen Lippen.

»Hör auf. Ich verstehe die Sache mit diesem *ashé* sowieso nicht. Oder mit Eleguá. Es macht mir Angst. Hör auf damit!«

»Am Rande des Sumpfes unter dem Kapokbaum«, fuhr Aléndula fort, »tanzte mein *papi* den Yemayá-Tanz, und dann rollte er sich auf dem Boden, und sein Körper verwandelte sich in einen Alligator, und er schwamm hinaus in den Sumpf. Er will, dass ich ihm folge. Verstehst du das nicht? Mein *papi* will mich befreien; im Wasser werde ich frei sein. Yemayá bringt mich zu Eleguá.«

Concepción schüttelte Aléndula an den knochigen Schultern.

»Bitte, hör mit dem Geschwätz auf, Aléndula. Du machst mir Angst.«

Aléndula hob die gefesselten Hände und strich mit einem rauen Finger über Concepcións Gesicht. »Hab keine Angst. Es ist der einzige Weg, *chica*.«

»Hör mir zu, Aléndula. Ich werde in die Kapitänskajüte gehen und Tabakblätter holen, die du kauen kannst. Sie schmecken bitter, aber davon sinkt das Fieber, und du wirst dich besser fühlen, versprochen.«

»Nein, ich muss meinen Kopf brennen lassen, *chica*. Im Wasser werde ich frei sein.«

»Im Wasser wirst du tot sein.«

Aléndula schluckte. »Für eine *cimarrona* gibt es immer einen Ausweg.«

Concepción begann zu schluchzen. »*Cimarrona*? Das bist du also? Versteh doch, wir sind jetzt beide Sklaven. Wir sind überhaupt nicht entkommen!«

Die Sklaven hatten wieder zu klagen begonnen, und im perlgrauen Licht, das durch die Luken drang, bemerkte sie, wie Aléndulas Augen in ihrem erhitzten Gesicht hin und her schossen. Der beißende Gestank ihres Körpers ließ sie würgen.

»Ich bin gleich zurück«, sagte Concepción und kroch zwischen den Körpern der Sklaven hindurch aus der Ladeluke. Es herrschte Dämmerlicht, die See war still wie ein Teich aus Quecksilber, und sie konnte die Piraten auf dem Achterdeck hören, die zu Fiedelmusik ihre trunkenen Seemannsballaden sangen. Niemand würde sie bemerken, wenn sie in den Ausguck kletterte. Sie musste den Tabak aus der Kapitänskajüte holen, doch zuerst wollte sie so weit weg wie möglich vom Gestank unter Deck, wollte sich mit salziger Gischt und Nachtluft reinwaschen.

Sie stand dort oben und beobachtete, wie ein riesiger, kupferfarbener Mond aufging. Sie versuchte, sich an den Namen der

Frau zu erinnern, die von dem traurigen Kind und dem verlorenen Apfel gesungen hatte, bis der Pirat, der Dienst im Ausguck tat, auf seinen Posten zurückkehrte und sie entdeckte. Der Mann bedeutete ihr mit Zeichen, er werde sie gleich über Bord werfen. Rasch kletterte sie an der Takelage hinunter und landete mitten im Netz des Spaniers.

»Ich würde dir gern den Hals brechen«, verkündete er. »Aber der Kapitän will noch mal dein schmutziges Loch.«

Am nächsten Morgen waren Aléndulas Fesseln leer und auch die einiger Sklaven, die neben ihr gelegen hatten. Der Spanier wollte ihr nicht sagen, wo Aléndula war. Er saß auf dem Vorderdeck und flickte ein Segel, wobei er unter seinem breitkrempigen Hut idiotisch grinste. Sie fragte ihn wieder und wieder, bis das Grinsen verschwand.

»Es reicht, *¡hija de puta!*«, sagte er. »Deine Freundin hat sich bei den Sklaven aus Havanna die Pest geholt. Wir haben sie letzte Nacht alle den Haien vorgeworfen, während der Kapitän es mit dir getrieben hat.«

3. Kapitel

Sie haben die ganze Nacht gekotzt, schwarzes Blut«, erzählte ihr einer der Männer, als Concepción die Leiter hinunter aufs Sklavendeck kletterte. »Sie waren schon tot, als die Piraten sie herauszerrten. Bleib weg von mir. Du hast mir ihr geredet. Wenn du es hast, steck ich mich noch an.«

Concepcións Zähne gruben sich in ihre Unterlippe. Sie glitt wie eine Katze die Sprossen hinauf und rannte über Deck, suchte links und rechts vom Heck, sah nichts als die Wellen, die gegen den Rumpf des Schiffes klatschten. Sie suchte am Bug, in der Kombüse, den Mannschaftsquartieren, dem Laderaum und der Kapitänskajüte. Schließlich hielt sie inne. Sie begriff, dass Aléndula sich absichtlich geschwächt hatte. Wer immer Eleguá sein mochte, Aléndula hatte sich gewünscht, er möge kommen und sie zu sich holen.

Plötzlich hasste sie Aléndula. Stundenlang stand sie am Bug des Schiffes und hasste sie einfach nur, hasste sie so sehr, dass sie aus tiefster Seele hoffte, Aléndula möge von den Geschöpfen der Tiefe zerrissen werden. Denn Aléndula war schuld daran, dass sie hier war, allein, von Piraten missbraucht, gefangen in einem schwimmenden Gefängnis, das auf dem albtraumhaften offenen Meer ins Nirgendwo schaukelte. Sie hatte alles verloren und verfluchte Aléndula, dass sie auf ewig in der Tiefe des Meeres bluten möge.

Möge sich der Ozean rot färben von deinem Blut. Mögest du auf ewig bluten. Möge dein Blut die Fische nähren und alle Ungeheuer und alle Geister des Meeres.

Schließlich war sie leer. Sie erinnerte sich an nichts als an Aléndula, deren Geist in der Takelage zuckte, in den Segeln flatterte und mit dem Wind heulte. Ihr eigener Name schrumpfte ihr auf der Zunge und verschwand. Und dann begann das Singen. Sie heulte Wörter in einer Sprache, die nicht ihre war, *Sancta Maria, Mater Die, salve mater, misericordia, mea culpa, mea culpa. Ave Maria, Halleluja, mea culpa.*

Bis zum Ende der Reise stand sie Tag und Nacht an der Reling, durchnässt von Regen und Salzwasser, die Haut gelbbraun verbrannt, die Zunge geschwollen und das Fleisch runzlig von Durst und selbstauferlegtem Hunger. Nur der Ozean interessierte sie, und sie schaute gebannt zu, wie sich das Licht auf dem Wasser ausbreitete, wartete, bis sich Aléndulas Geist mit dem Mondlicht erhob und im Ausguck oder vor dem Hauptmast erschien und der lateinische Gesang wie Blut aus ihr herausströmte. Der Gedanke, dass nicht ihr eigenes Blut geflossen war, ärgerte sie flüchtig und verebbte wieder. Die Segel des Schiffes verwandelten sich in Frauen in weißen Gewändern und schwarzen Schleiern, die sich niederbeugten, um sie zu segnen.

Wenn sie unter dem Kapitän lag, erschien im Hintergrund bisweilen die Frau, die nicht Madre genannt werden wollte. Sie saß am Tisch des Kapitäns hinter einem Bücherstapel, tauchte ihre Feder in die Tinte, schrieb, tauchte ein, schrieb, und auf der Schwelle stand der Schatten eines verhüllten Mannes, der einen langen gebogenen Stab hielt. Wenn sie in der Kombüse Süßkartoffeln stampfte oder Töpfe schrubbte, erinnerte sie sich plötzlich an die Figur, die sie in einem Beutel um den Hals trug. Sie war aus Onyx geschnitzt und trug die Krone und die Gewänder einer Königin. Sie hielt die Figur in der Hand und streichelte ihr Gesicht, wusste auch, dass sie einen Namen und eine bestimmte Bedeutung besaß, vielleicht eine Heilige war, doch es fiel ihr nicht mehr ein.

Als sie eines Morgens, kurz vor der Dämmerung, wieder Wache für Aléndula stand, die Onyxfigur fest umklammert, spürte sie, wie der Wind auffrischte, und entdeckte weiße Vögel, die auf der Takelage hockten. Im Wasser rührte sich etwas Dunkles, Schweres und streifte beinahe das Schiff. Es stieg im Bogen aus dem Wasser, geschmeidig und grau und riesengroß und tauchte wieder hinunter, wobei es sie mit einem Schlag seines gegabelten Schwanzes nassspritzte. Sie hatte auf der Reise schon andere Meeresgeschöpfe gesehen, doch keines hatte sie derart in Erstaunen versetzt; keines hatte ihr gezeigt, wie ganz und gar allein sie war. Das Wesen sprang wieder hoch, und die Erinnerung überfiel sie mit ungeheurer Gewalt.

»Es ist die schwarze Königin!«, sagte sie laut und küsste die Figur. Madre hatte ihr einen Beutel mit Münzen für die Reise und die schwarze Königin von ihrem Schachbrett geschenkt, und sie hatte die Königin Jerónima genannt, zu Ehren des Hauses voller Frauen und Glocken, in dem sie als Madres Schreiberin gelebt hatte, das Haus von San Jerónimo. »Nimm diese Schachfigur als Erinnerung an mich und unsere gute Arbeit«, hatte Madre gesagt. »Vergiss nicht, du bist eine gebildete Frau.« Madre … Madre … so hatte sie ihre Herrin stets genannt, deren eigentlichen Namen sie nicht mehr wusste. Madre hatte ihr beigebracht, wie man ein Diktat aufnahm und Manuskripte kopierte, dazu Latein und das Schachspiel. Sie hatte darauf bestanden, dass Concepción Kalligraphie lernte. »Jeder kann einen Text abschreiben, Concepción. Du musst lernen, ihn zu verschönern wie ein Benediktinermönch.«

Sie eilte hinunter in die Kapitänskajüte und schrieb den Namen der schwarzen Königin auf das einzige Stück Pergament, das sie finden konnte. Schrieb wieder und wieder *Jerónima*, um es ja nicht mehr zu vergessen. Als die Seite zur Hälfte bedeckt war, geschah etwas mit ihrer Schrift. Sie stellte fest, dass ihre Hand die Feder auf die Kante stellte und die Buchstaben einzeln verzierte, den

Arm des J und den Haken des r mit einem Schnörkel versah, der Rundung des e einen besonderen Schwung verlieh, den i-Punkt durch einen winzigen Stern ersetzte und das o mit einem eckigen Diamanten akzentuierte. Die Feder schmiegte sich in ihre Hand, braune Tinte blutete auf ihre Finger. Das Tintenfass des Kapitäns erinnerte sie daran, dass sie ein eigenes Tintenfass aus blauem Porzellan besessen hatte, auf dem in winzigen weißen Buchstaben ihr Name *Concepción Benavídez* verzeichnet war. Dieses Tintenfass hatte sie zum fünfzehnten Geburtstag von ihrer Mutter bekommen.

Mein Name ist Concepción Benavídez, Tochter der María Clara Benavídez.

»María Clara Benavídez«, flüsterte sie, erfüllt von solcher Sehnsucht, dass ihre Augen brannten. Dies war der Name des wunderschönen Gesichts, das ihr vorgesungen hatte. Der Name ihrer Mutter. Es war María Clara gewesen, die Concepción dem Haus von San Jerónimo anvertraut hatte, um sie vor dem üblichen Schicksal eines Schankmädchens zu bewahren. »Wer so gut stickt wie du, sollte keine Betrunkenen bedienen«, hatte ihre Mutter gesagt. »Vor allem dann nicht, wenn sie eine *criolla* zur Großmutter hat, die Äbtissin eines Klosters ist.« Concepcións Vater war ein *gente de razon* oder Mensch von Verstand, wie man die Spanier in Neuspanien nannte, und María Clara war seine Geliebte und Wirtin seiner *pulqueria*. Concepción hatte ihm eine ihrer Stickereien gezeigt, worauf er sie ins Kloster von Santa Paula brachte, das dem Orden von San Jerónimo gehörte und dem seine eigene Mutter als Äbtissin vorstand. Er band sie für fünfzehn Jahre an das Kloster. Die Äbtissin hatte sich geweigert, das Mädchen als Verwandte anzuerkennen, und sie einer anderen Nonne übergeben. So war Concepción … wie nannte Madre es doch gleich … der Amanuensis der Nonne geworden, was nur ein großartigeres Wort für einen Schreiber war.

Während sie weiter den Namen *Jerónima* mit verschiedenen Federstrichen schrieb, huschte ein Bild an ihrem inneren Auge vorbei, kurz, aber lebhaft wie ein Schmetterling. Die Kapitänskajüte verwandelte sich in einen großen Raum mit Bücherregalen und Schreibtischen. Sie sah ein Astrolabium, ein Teleskop und Hunderte von Büchern, Bücher in allen Größen, die in die Regale gezwängt waren, die sich auf Tischen und Stühlen stapelten, dazu Papiere, die den ganzen schwarz-weiß gefliesten Boden bedeckten. Sie sah Madre, die in einem weißen Gewand mit langem schwarzem Schleier hinter ihr stand, einen gewaltigen Rosenkranz an die Schulter geheftet, ein Wappen von der Größe eines kleinen Schildes auf der Brust, mit tintenverschmierten Fingern.

Sie sah einen Stapel Blätter, die Madre mit ihrer nahezu unleserlichen Schrift bedeckt hatte. Eine Lupe tauchte auf, und durch sie konnte sie erkennen, dass die Schrift ein langes Gedicht ergab, das sie auf goldgefasstem Pergament abschreiben musste. Concepción griff zum nächsten Blatt, tauchte die Feder ein und begann zu schreiben.

Verstockte Männer, die Frauen
Grundlos tadeln,
Sehn nicht in sich den Grund
Des Unrechts, das sie tadeln.

Es war eine philosophische Satire über die Heuchelei der Männer, die Frauen gleichzeitig keusch und lüstern wünschten, wie es ihnen gerade gefiel. Concepción hatte über die Kühnheit der Verse gelacht, die von einer Nonne im Kloster verfasst worden waren, doch Madre entgegnete, sie seien nicht lustig gemeint, sondern sollten Frauen warnen, dass Männer sie stets verurteilen würden, wie sie sich auch benahmen und was immer sie taten.

Männern missfallen Gunst und Verachtung
In gleichem Maße.
Ist die Frau kühl, so klagen sie,
Liebt sie zu sehr, ist Tadel ihre Strafe.

»Ist Euch das selbst zugestoßen, Madre?«, hatte sie damals gefragt. »Habt Ihr einen Mann zu sehr geliebt und wurdet dafür getadelt?«

»Das solltest du besser wissen, Concepción«, hatte Madre in scharfem Ton entgegnet. »Ich würde niemals meine Liebe einem Mann schenken, obwohl ich mich für die Liebe, die ich empfunden habe, gewiss selbst tadeln muss.«

Sie schrieb weiter *»Quién es más de culpar«*, nutzte die Spitze der Feder mit ihren Verschönerungen ab, gestaltete die Anfangsbuchstaben übertrieben groß, fügte dem Q-Strich einen Kringel hinzu, versah das s mit einer Schattierung und streute Schnörkel auf alle Häkchen der kleinen g.

Wen trifft mehr Schuld,
Obwohl beide sündigten:
Sie, die für eine Gabe sündigt,
Oder ihn, der für die Sünde zahlt?

Die Lampe rauchte und warf ihr flackerndes Licht aufs Pergament, dass ihre Augen brannten, wie damals im Kloster, wenn sie stundenlang Texte abgeschrieben hatte.

So enthülle ich mit großer Logik,
Dass der Männer Hochmut in der Schlacht obsiegt.
Denn Männer sind, ob offen oder unterschwellig,
Die Summe von Welt und Fleisch und Teufel.

Männer sind die Summe von Welt und Fleisch und Teufel, sprach sie die letzte Zeile mit und dachte sie als schriftliche Gleichung. Welt plus Fleisch plus Teufel gleich Männer. Sie spürte verschwommen, wie sie mit der Feder vor dem Tintenfass saß, vor sich das fertige Gedicht in einer Kalligraphie, die nicht von ihrer Hand zu stammen schien.

Der Kanonendonner weckte sie auf. Es roch nach Schwefel. Das Schiff war langsamer geworden. Füße trappelten auf dem Oberdeck. Takelage und Masten knarrten. Das Gewicht der Anker bremste das Schiff abrupt ab. Sie stieg auf den Kartentisch des Kapitäns und spähte durchs Bullauge. Grüne Inselchen schwammen im dichten Nebel, und in der Ferne, jenseits des überfüllten Hafens, sah man Reihe um Reihe von Häusern aus Stein und Holz, die wie aufeinandergestapelt wirkten und deren verrußte Schornsteine sich in den tiefhängenden, grauen Himmel reckten. Kein Licht außer einem bleichen Dunst, der aus den Wolkenbänken drang. Dieses Land hatte sie noch nie gesehen. Die weißen Vögel, die sie vorhin bemerkt hatte, kreisten aus dem Nebel, verschwanden wieder darin und kreischten, als kündeten sie vom Jüngsten Tag. Die Piraten hatten ihr Ziel erreicht. Sie wusste, der Kapitän würde nach ihr suchen. Er würde sie in dieser Ödnis zurücklassen.

Sie rannte aus der Kajüte und wollte sich im untersten Deck zwischen den Schildkröten im Laderaum verbergen. Der Spanier fand sie, hieb ihr die Faust in den Magen und zerrte sie, obwohl sie schrie und nach ihm trat, zurück ins Quartier des Kapitäns. Sie biss ihn, und er schlug sie mit dem Handrücken, wobei er die Hure von Mutter verfluchte, die sie geboren hatte, und die heilige Hostie gleich dazu.

»*Me cago en la hostia y en la puta que te parió*«, zischte er.

In der Kombüse stellten sich die Piraten in zwei Reihen auf und lachten sie aus, als sie zwischen ihnen hindurchgeführt wurde, spuckten ihr nacheinander ins Gesicht, bis auf den Koch, der ihr den Rücken kehrte, die Hose herunterließ und furzte.

»Mögen günstige Winde für dich wehen, Mädchen«, sagte er, und die anderen taten es ihm nach.

4. Kapitel

Reyes klopfte an die Tür der Kapitänskajüte und zerrte das Halbblut hinein. Ihr Gesicht und die Hände waren mit Tinte und Ruß verschmiert, mit den funkelnden Augen sah sie aus wie eine Wilde. Sie umklammerte die schwarze Spielfigur und murmelte wie eine Schwachsinnige auf sie ein. Vielleicht hatte er sich doch geirrt.

»Warst du das?«, fragte der Kapitän und deutete auf die beschriebenen Seiten.

Das Mädchen warf einen Blick auf das Logbuch und schüttelte den Kopf.

»¿Soís Jerónima?«

Beim Klang dieses Namens schrak sie zusammen, drückte die schmutzigen Hände auf die Ohren und begann zu wimmern.

»¿Soís Jerónima?«, wiederholte der Kapitän, diesmal lauter.

Das Mädchen schüttelte erneut den Kopf. »Concepción«, murmelte sie. *»Me llamo Concepción Benavídez –«*

»¿Concepción?«, unterbrach sie der Kapitän. *»Ese nombre es demasiado difícil.* Die Leute hier werden den Namen schwer aussprechen können und dich ohnehin so nennen, wie es ihnen gefällt. Du hast überall in mein Buch Jerónima geschrieben. Der Name geht den Engländern leichter von der Zunge. Daher habe ich dich auf diesem Kaufbrief Jerónima genannt.«

Die Augen des Mädchens verwandelten sich in trübe Teiche, einer braun, einer grün. »Kaufbrief? Als wäre ich eine Sklavin?«

»Was dachtest du denn? Ich bin Geschäftsmann. Ich habe dich

den weiten Weg nach Neuengland mitgenommen, und du wirst für deine Reise bezahlen.«

Das Mädchen hatte die Augen zugekniffen, Tränen malten helle Streifen auf ihre schmutzigen, hohlen Wangen. »Mestiza«, murmelte sie, den Mund an die Spielfigur gedrückt. »Ich bin eine Mestizin, keine Sklavin.«

Dem Kapitän wurde bewusst, dass er das Mädchen zum ersten Mal auf der sechswöchigen Reise sprechen hörte. In ihrer Stimme schwang ein deutlicher kastilischer Akzent mit. »Was hast du da in der Hand? Lass mal sehen.« Er wollte ihr das Ding wegnehmen, doch sie schob es rasch in den Lederbeutel, den sie um den Hals trug.

Ihre Augen wurden rot, die Pupillen weiteten sich im Schein der Lampe. »Mein Vater«, sagte sie heiser und umklammerte seinen Arm. »Er ist Spanier. Meine Mutter –«

Der Kapitän zog das Mädchen am Ellbogen zum Kartentisch. »Deine Herkunft interessiert hier keinen«, sagte er und rollte eine Karte aus. »Wir sind hier angekommen, in Nova Anglia.« Er deutete auf die Küste von Neuengland. »Ein Land, das den Engländern gehört. Der Ort, vor dem wir ankern, nennt sich Boston. Kannst du Boston sagen?«

»Bastón?«, wiederholte sie.

»Nein, nicht *bastón.* Das heißt Stock. Boston. Sieh her. Hier sind wir losgefahren –« Er fuhr mit dem Finger an der Küste von Virginia hinunter bis zu den Bahamas und Kuba, dann nach Westen über den Golf von Mexiko bis zum Hafen von San Juan de Ulluóa. »Und hier bist du an Bord gekommen« – er tippte auf die Landkarte –, »in Veracruz. Das ganze Land gehört zu Spanien. Kannst du den Unterschied erkennen? Siehst du die Entfernung zwischen Nova Hispania, woher du kommst, und Nova Anglia, wo du dich jetzt befindest? Eine große Entfernung. *Muy lejos.*«

Das Mädchen legte einen schmutzigen Finger auf die Landkarte und fuhr die Wörter »Nova Hispania« und »Golfo de Mexico« nach. »*Muy lejos?*«, echote sie und sah ihn an wie ein verirrtes Kind.

»Hör mir gut zu, Jerónima«, erklärte der Kapitän. »Die Leute hier sind Engländer. Sie sind die Feinde der Spanier. Weil du aus Neuspanien kommst, werden sie dich als Feindin betrachten. Sie kennen deine Sprache nicht, also musst du sofort ihre Sprache lernen, wenn du dort überleben willst. Sie werden nicht dulden, dass du eine Sprache sprichst, die sie nicht verstehen. Sie sind Protestanten, hassen die Katholiken und bezeichnen jede Sprache, die von Katholiken gesprochen wird, als papistisch. Diese Menschen betrachten den Papst als Abgesandten des Teufels.«

»Des Teufels? Ja. Madre sagt: ›Der Mann ist Welt und Fleisch und Teufel.‹«

Der Kapitän seufzte, verärgert über ihr verrücktes Geschwätz. »Und vor allem – hörst du mir zu? – darfst du niemals beten, singen oder deiner verrückten Phantasie freien Lauf lassen, wie du es auf der *Neptune* getan hast. Verstehst du, was ich sage, Jerónima?«

Das Mädchen schaute ihn unverwandt an. »Neptune?«, fragte es. »*Neptuno alégorico?*«

»Nein, nicht der allegorische Neptun. Ich spreche von meinem Schiff, der *Neptune*.« Der Kapitän hielt ihrem Blick stand. Er sah genau, wie sie begriff, sah die Klarheit unter dem dunklen Mantel des Wahnsinns. Nein, das war kein Wahnsinn. Das Mädchen war zornig, war erfüllt von einem so bitteren Zorn, dass er ihr Gesicht verändert hatte und es wild erscheinen ließ wie das des Arawak-Jungen, den er vor Jahren auf seinem Schiff versteckt hatte. Allein der Gedanke, dass er in ihrer Gegenwart geschlafen hatte, auch nach dem Zwischenfall mit dem Koch! Das Weibsbild hätte ihm die Kehle durchschneiden oder ihn mit Kugeln durchsieben können. Bei dem Gedanken zuckte es in seinen Lenden, und er wollte sie ein letztes Mal nehmen, zwischen ihre kindlichen Schenkel gleiten und ihre Wildheit zähmen.

»Ich will nicht hierbleiben; ich will zurück nach Neuspanien«, sagte das Mädchen.

»Nein, Jerónima. Vergiss nicht, du hast mich angefleht, dich an Bord zu nehmen. Ich hätte dich lieber in Veracruz gelassen. Neuspanien musst du jetzt vergessen. Du wirst von jetzt an hier leben. In Neuengland.«

Der Kapitän riss die Seiten, die das Mädchen beschrieben hatte, aus seinem Logbuch und heftete sie an die verschlissene Stickerei auf ihrer Bluse. Dann öffnete er eine Kiste, holte einen gestreiften Schal aus einer Ansammlung seidenen Plunders und drapierte ihn um ihre mageren Schultern.

»Das ist ein kaltes Land«, sagte er. Das Mädchen betastete die zarten grünen und schwarzen Fransen des Schals und schaute ihn aus wässrigen Augen an.

»Die Engländer mögen es nicht, wenn Frauen mit unbedecktem Kopf herumlaufen«, sagte er und zog den Schal über den geschorenen Kopf des Mädchens. Dann betrachtete er die Reste ihrer Sandalen. »Es gefällt ihnen auch nicht, wenn man Füße oder Knöchel sieht, aber daran kann ich nichts ändern. Reyes! Hol ein nasses Handtuch und mach Jerónimas Gesicht sauber!«

Das Mädchen schaute unverwandt auf den verkohlten Docht der Lampe, während Reyes ihr Gesicht mit dem nassen Lappen schrubbte und dabei Beleidigungen murmelte. Der Kapitän betrachtete sein Spiegelbild im Silberkelch, und ihm gefiel, was er sah. Den juwelenbesetzten Knauf seines Entermessers, die samtenen Epauletten seines Mantels. Er stülpte einen Federhut über die langen schwarzen Locken der Perücke und bekreuzigte sich. Auf dem Weg nach draußen wies er Reyes an, das Mädchen aufs Achterdeck zu bringen und von den Negern getrennt aufzustellen. Sie würde nicht versteigert. Für sie galt ein *precio fijo*, ein Festpreis.

5. Kapitel

Der Auktionstisch war mit Tintenfass, Feder und Papier, Stundenglas, Punschschale und Tassen versehen. Der Quartiermeister schöpfte den Engländern einen Grog aus Rum und Wermut, für den der Koch berühmt war, in die Tassen. Samuel Parris, der Kaufmann, der den Kapitän im vergangenen Januar beauftragt hatte, wirkte pompös mit seiner weißen Perücke. Neben ihm flatterte sein Kompagnon Nathaniel Greenwood, ein verstört wirkender Mann mit einem hartnäckigen Ekzem auf den eingesunkenen Wangen, nervös herum.

»Was ist denn das hier, Kapitän?«, wollte Kaufmann Parris wissen. »Habt Ihr Euch eine Frau genommen?«

»Ich habe etwas Einzigartiges mitgebracht, Mr Parris«, erwiderte der Kapitän. »Dieses Halbblut wollte den Papisten in Neuspanien entkommen und bat mich, sie mitzunehmen. Sie ist eine gehorsame Magd, kann gut waschen und kochen, doch ihre wahre Stärke liegt in der Nadelarbeit. Außerdem ist sie eine erfahrene Schreiberin, wie Ihr sehen könnt. Diese Seiten hat sie selbst beschrieben. Zweifellos wurde das Mädchen in einem Kloster erzogen.«

Der Kapitän reichte Kaufmann Greenwood den Kaufbrief.

»Diesen Preis könnt Ihr nicht ernst meinen, Sir«, sagte Greenwood ungläubig. »Fünfzig Pfund für ein Piratenweib? Das ist doppelt so viel wie ein Schuldknecht aus England kostet.«

»Fünfzig Pfund für ein *verfluchtes* Weib«, korrigierte ihn Parris.

»Warum behauptet Ihr, sie sei verflucht, Mr Parris? Gewiss ist niemand verflucht, der über eine so göttliche Handschrift verfügt.«

»Sie hat die verschiedenfarbigen Augen einer Teufelin, Kapitän«, entgegnete Parris in scharfem Ton. »Und ihre schöne Schrift ziert papistischen Unsinn. Ich würde sie nicht nehmen, selbst wenn sie umsonst wäre. Niemand kann sagen, welches Übel sie mit sich in den Hafen bringt. Nun zu dem Zucker, Kapitän.«

»Ihr wisst ja, wie es in den spanischen Kolonien zugeht«, sagte der Kapitän. »Anders als hier mischen sich dort die Rassen. Sie ist keine Teufelin, sondern ein Halbblut, Sir.«

»Sagt mir, Kapitän Seagraves, wo da der Unterschied sein soll«, versetzte Parris.

Kapitän de Graaf zuckte bei dem Spitznamen zusammen, den ihm die Kaufleute von Boston gegeben hatten. »Ich sagte schon einmal, dass *de Graaf* nicht ›Seagraves‹ bedeutet, Sir.«

Der Kaufmann tat den Einwand mit einer Handbewegung ab und wandte sich an seinen Kompagnon. »Nathaniel, ich weiß, dass es in Massachusetts an Dienstboten mangelt, aber Ihr erwägt doch nicht ernsthaft den Kauf dieses heidnischen Weibs, oder?«

»Ich bezweifle, dass sie heidnischer ist als Eure beiden Indianerinnen«, entgegnete Greenwood.

»Die Indianerinnen wurden getauft, Sir«, erwiderte Parris, doch sein Kompagnon riss schon die Blätter von der Bluse des Mädchens ab.

»Rebeccas Vater ist gelähmt, seine Hühnerzucht stark vernachlässigt«, erklärte Greenwood und betrachtete die Schrift des Mädchens prüfend durch eine silbergefasste Brille. »Der alte Bock kann den Geruch der Neger nicht ertragen und traut keinem Schuldknecht. Meine Frau will, dass er bei uns wohnt, aber ich kaufe ihm lieber dieses überteuerte Weibsbild, als ihn und seine Hühner im Haus zu haben. Ich gebe euch dreißig Pfund, Kapitän.«

»Und würdet doch zwanzig für einen einfältigen Sklaven bezahlen.« Der Kapitän schüttelte den Kopf. »Sie ist zum Teil weiß, Sir, wie Ihr selbst sehen könnt. Ihr Preis steht fest. Wenn Ihr sie nicht wollt, wird sich gewiss ein Gentleman in Virginia finden, der ihre einzigartigen Qualitäten und Fähigkeiten zu schätzen weiß.«

»Kapitän, ich hoffe, Ihr habt den Zucker mitgebracht.« Parris schaute sich erneut auf Deck um. »Ich kann die Ware nicht sehen.«

»Kann sie rechnen?«, erkundigte sich Greenwood.

»Gewiss versteht sich ein Mädchen mit einer so makellosen Schrift auch auf die Welt der Zahlen, Mr Greenwood.« An Parris gewandt sagte der Kapitän: »Wir haben Euch zweiunddreißig Fässer Rohzucker und achtzehn große Fässer Melasse mitgebracht. Den Rest der Ladung werden wir löschen, sobald wir die Sklaven versorgt haben.«

»Kapitän Seagraves, unsere Vereinbarung besagt –«

Aus dem Augenwinkel beobachtete der Kapitän Greenwood, der die Zähne des Mädchens untersuchte. Er drückte ihre Zunge mit dem Elfenbeingriff seines Messers nieder und hielt sich wegen ihres üblen Atems mit der anderen Hand die Nase zu.

»Ja, Mr Parris, unser Vertrag besagt, dass wir Euch fünfzig Fässer Zucker und fünfundzwanzig große Fässer Melasse liefern, doch gab es eine lange Trockenzeit in Westindien, und es finden sich nicht mehr genügend Freibeuter, die Geschäfte mit Zucker machen. Heutzutage handeln alle nur noch mit Sklaven.«

»Kapitän, Ihr vergesst, dass ich Erfahrung in Westindien habe. In Barbados gibt es keine Trockenzeit.«

Greenwood stocherte mit der Spitze seines Schnallenschuhs an den Sandalen des Mädchens herum. Ihre Augen glommen wie Kohlen unter den schmalen Brauen und waren unverwandt auf das eisengraue Meer gerichtet.

»Die Karibik ist nicht mehr wie damals, als Ihr in Barbados gelebt habt«, sagte der Kapitän. »Mittlerweile ist es leichter, Silber als Zucker zu beziehen. Wir sind froh, dass wir überhaupt so viel verfügbar machen konnten. Allerdings haben wir Euch die doppelte Menge an Sklaven gebracht. Natürlich haben die Pocken und das Fieber ihren Tribut gefordert, aber das lässt sich nicht ändern. Selbst so ist es noch die doppelte Menge von dem, was Ihr verlangt habt.«

Greenwood richtete sich auf und streifte dem Mädchen mit dem Handrücken den Schal herunter. »Ihr habt nicht gesagt, dass sie kahl ist, Kapitän!«

»Sechs Wochen unter Sklaven«, erwiderte der Kapitän, doch die beiden Männer schienen nicht zu begreifen. »Läuse«, fügte er hinzu. »Wir mussten ihr den Kopf scheren und sie mit Terpentin abwaschen. Jetzt ist sie aber sauber, am ganzen Körper, dafür stehe ich ein.« Er zog die Augenbrauen hoch und nickte, doch auch diese Anspielung verstanden sie nicht.

»Werdet Ihr vor dem Winter noch einmal kommen, Kapitän Seagraves, um die Waren zu bringen, die Ihr uns schuldet, oder soll ich sie von den heutigen Zahlungen abziehen?«

»Dies ist meine letzte Fahrt nach Neuengland, Sir. Ihr könnt den Fehlbetrag von Zucker und Melasse mit dem zusätzlichen Profit, den Ihr mit den Sklaven macht, verrechnen. Nach meinen eigenen Berechnungen dürfte dies nicht mehr als fünfzig Dukaten betragen.«

»Vielleicht ist die Differenz der Preis für das Weib«, sagte Greenwood.

»Das Weib ist mein Privatbesitz, Mr Greenwood. Sie bleibt, wenn Ihr den Preis bezahlt. Ihr Verkauf hat nichts mit unserem Vertrag zu tun. Außerdem sind fünfzig Dukaten nicht gleich fünfzig Pfund, oder? Weil ich das weiß, bin ich da, wo ich heute bin, Sir.«

Greenwood las den Kaufbrief mehrfach durch, holte einen Blankowechsel aus der Innentasche seiner Jacke, legte ihn auf den

Tisch und wollte den Preis des Mädchens eintragen und unterschreiben.

»Diesmal nicht auf Papier«, sagte der Kapitän. »Bargeld oder gar nichts.«

»Wie bitte? Soll ich Euch etwa all mein Bargeld geben?« Die roten Flecken auf Greenwoods Wangen wurden noch dunkler. »Ich habe nur noch zehn Dublonen und einige Guineen, Kapitän. Es gibt nicht so viele Münzen in Neuengland.«

Der Mann funkelte ihn an, und der Kapitän spürte, dass er seine Meinung gleich ändern würde. »Wenn Ihr vierzig Pfund in Münzen habt, würde ich den Rest auf Papier nehmen«, sagte der Kapitän. Er konnte den Wechsel in Virginia gegen Tabak tauschen.

Samuel Parris holte sein Chronometer hervor. »Bezahlt den Mann, Nathaniel. Wir haben Wichtigeres zu tun, und ich möchte irgendwann ins Warenlager zurück.«

Greenwood stellte den Wechsel über zehn Pfund aus, holte eine schwere Lederbörse aus seinem Beutel und zählte zehn große Silbermünzen ab. Der Kapitän zählte sie in die eigene Hand und steckte die Dublonen und den Wechsel rasch in die Tasche.

»Eine papistische Rothaut!«, murmelte Samuel Parris. »Das hat uns in der Bay Colony gerade noch gefehlt! Denkt dran, ich habe Euch gewarnt, Nathaniel.«

Doch Greenwoods Augen waren auf das Mädchen gerichtet, und der Kapitän bemerkte die Wölbung in dessen Hose. »Du solltest dankbar sein«, sagte Greenwood zu dem Mädchen, »dass dich der Kapitän ins neue Zion zu den Auserwählten Gottes geführt hat. Wir werden dich ihm zu Ehren Thankful Seagraves nennen.« Er legte den Kaufbrief auf den Tisch, nahm die Feder und strich den Namen *Jerónima* durch.

»Thankful Seagraves«, sprach er laut mit, während er den neuen Namen aufschrieb. Wie ein Blitz schoss das Mädchen über Deck, der Schal flatterte auf die Planken.

»Was hat sie vor?«, brüllte Greenwood.

Der Kapitän schrie den Männern zu, sie aufzuhalten, aber sie war schon über die Reling, bevor jemand sie erreichte. Der Kapitän eilte hinüber, gefolgt von den Kaufleuten.

Hinter sich hörte er Parris lachen. »Fünfzig Pfund für ein ertrunkenes Weib! Seagraves – ein wahrhaft passender Name, Nathaniel!«

Der Kapitän wies den zweiten Maat an, ihr hinterherzuspringen, da er als Einziger der Besatzung schwimmen konnte.

»Aber ich habe das Wechselfieber, und das Wasser ist eiskalt, Sir. Ich hole mir den Tod, Kapitän«, protestierte der schwächliche Mann. Kapitän de Graaf zerrte ihn am Zopf an die Reling und stieß ihn über Bord.

»Ich hoffe für dich, dass sie noch lebt!«, donnerte er ihm hinterher. Er würde den Quartiermeister anweisen, den Mann wegen Befehlsverweigerung auszupeitschen, sowie er mit dem verrückten Halbblut wieder auftauchte.

6. Kapitel

Festpreis.

»Im Wasser werde ich frei sein«, hatte Aléndula gesagt. »Für eine *cimarrona* gibt es immer einen Ausweg.«

Sie rannte los. Der Rebozo glitt ihr von den Schultern. Sie hörte Rufe und Schüsse hinter sich. Prallte mit den Knien hart gegen die Reling. Sie griff nach oben in die Takelage und renkte sich fast die Schultern aus, als sie den Körper über die Reling schwang. Eine Sekunde schwebte sie dort und fiel dann, fiel schnell und schwer, hinunter zu Aléndula auf den Boden des Meeres.

Das Wasser drang ihr wie winzige eisige Nadeln in die Knochen. Noch nie hatte sie eine solche Kälte erlebt. Ihre Adern wurden taub. Das Salzwasser brannte ihr in den Augen. Sie sah ihre Arme über sich im grauen Wasser treiben, unter sich nur tintenschwarze Tiefe. Die Sandalen rutschten ihr von den Füßen. Der Beutel mit der schwarzen Königin schwamm davon. Ihr Rock umhüllte sie wie ein Leichentuch. Freude durchströmte ihre Brust. Sie war frei. Sie war dem Schicksal, das der Kaufbrief für sie vorsah, entronnen.

Plötzlich ergossen sich die Erinnerungen über sie, und sie wusste wieder, was sie in diesen Strudel zwischen Leben und Tod geführt hatte: die Flucht aus dem Kloster, die Reise durch die Berge, die Belagerung der Piraten in Veracruz.

Sie sah sich im dunklen Schuppen nach dem Schlüsselloch der Fesseln tasten, die Aléndulas Knöchel und Handgelenke umschlossen. Ihr Herz hämmerte, und das Echo hallte in ihrem Schädel wider. Ein Schrei stieg ihr in die Kehle. Concepcións Finger waren zu langsam. Hilf mir, Virgencita, betete sie stumm zur Jungfrau von Guadalupe. Der Schlüssel rastete ein, die Fesseln öffneten sich. Sie bekreuzigte sich rasch.

»Sie sind ab«, rief Aléndula und befreite sich. »Los geht's!«

Doch die Türscharniere quietschten. Aléndula umklammerte Concepcións Arm. Nun brach sich der Schrei in ihrer Kehle Bahn. Man hatte sie erwischt. Sor Agustina würde sie mit ihrer hakenbesetzten Peitsche züchtigen, bis kaum noch Leben in ihnen war.

Aber nein, die Jungfrau war mit ihnen. Concepción spürte, wie etwas Weiches an ihrem Fuß entlangstrich. Es waren nur die Katzen des Klosters, die leise miauten. Sie beugte sich hinunter und verabschiedete sich mit ruhiger Stimme von ihnen.

»*¡Vamonos, Concepción!*«, wiederholte Aléndula. Hand in Hand schlichen sie hinaus. Aus der Jasminhecke, die den Schuppen umgab, flatterten verschreckte Vögel hoch. Als sie das Maulbeerwäldchen am Ende des Obstgartens erreicht hatten, gleich neben dem Friedhof der Laienschwestern, hatte sich der Himmel von Schwarz zu Indigo verfärbt. Durch die offenen Kirchenfenster hörte man die hellen, klaren Stimmen der Nonnen bei der Frühmette.

Sie konnten erst aufbrechen, wenn die Nachtgendarmen in der Morgendämmerung verschwanden, und so warteten sie auf einem Maulbeerbaum, barfuß und dicht aneinandergedrängt, vor Angst und Kälte zitternd, bis die Glocken aller Klöster der Stadt die erste Messe des Tages ankündigten. Erst dann wagten sie sich auf die gepflasterte Straße hinunter. Concepción trug den Beutel mit Münzen, den Madre ihr für die Reise gegeben hatte, unter ihrer Kleidung verborgen. Die schwarze Königin vom Schachbrett, die sie unbedingt mitnehmen sollte, passte wunderbar hinein. Auf dem *mercado* erstand Concepción ein schlichtes Hemd und eine Kniehose für Aléndula und einen einfachen Baumwollrock und eine Bluse für sich, um die seidenen Unterröcke und die buntbestickte Huipile-Bluse zu verbergen, die sie darunter trug. Dazu noch Strohhüte, geflochtene Sandalen und gestreifte Webschals, fertig waren die Bäuerinnen.

Unten am Kanal zog Aléndula das stinkende Sackleinen aus, das sie seit drei Jahren am Leib trug, und schrubbte sich mit wildem Farn, der am Ufer wuchs. Die rauen Wedel befreiten ihre Haut vom Ungeziefer; die Wurzeln lösten Schmutz und Schlamm aus ihrem Haar. Tropfnass stieg sie in ihre neuen Kleider. Concepción staunte über die Verwandlung ihrer Freundin. Bis auf das krause Haar hätte sie mit ihrem schmalen Gesicht und dem knochigen Körper als Indianerjunge durchgehen können.

Sie bemühten sich, nicht zu rennen, als sie zum Damm südlich der Plaza Mayor gingen, auf der es früh am Morgen von Maultiergespannen und Händlern aus den umliegenden Dörfern wimmelte, die ihre schweren Karren über die Schutzwälle schoben. Gruppen von Zigeunern und Indianern schleppten die Waren herbei, die sie an ihren Ständen auf der Plaza feilbieten wollten. Berittene Soldaten bewachten das Meer von Körpern, das in die Stadt wogte.

Sie hatten das Kloster Anfang April in einer mondlosen Nacht verlassen. Der Mond war voll geworden, hatte abgenommen und nahm wieder zu, bis Veracruz in Sicht kam. Sie hatten über sechs Wochen gebraucht, um die Berge zu überqueren und die Küste zu erreichen. Von Veracruz kam man nur mit dem Boot nach San Lorenzo, weil der Dschungel zu sumpfig war, um ihn zu Fuß zu durchqueren. Vom Vorgebirge aus konnten sie die großen Schiffe mit den spanischen Flaggen sehen, die am Fort ankerten. Aléndula sagte, es sei die Flota, die spanische Flotte, die zweimal im Jahr den Hafen von San Juan de Ulluóa ansteuerte und Ladung und Passagiere von jenseits des Meeres mitbrachte. Concepción war das Reisen leid, war es leid, im Freien zu schlafen und nach Essen zu suchen. Sie hatte noch einen Goldpeso von dem Geld, das Madre ihr geschenkt hatte, und wollte, bevor sie sich nach San Lorenzo begaben, eine richtige Mahlzeit an einem Tisch einnehmen und in einem richtigen Bett eine ganze Nacht ruhig schlafen. Auch brauchten beide neue Sandalen. Auf der langen Wanderung hatten sich die Sohlen abgenutzt, und die Blasen an ihren Füßen waren genauso groß wie die Löcher im Leder. Sie malte sich einen Basar mit bunten Seidenstoffen und Lederwaren aus, mit Stapeln tropischer Früchte und duftenden Haufen exotischer Gewürze, mit Körben voller Oliven in allen Farben von Gold bis Grün. Doch sie landeten nicht auf einem Basar, sondern inmitten einer Belagerung durch Piraten. Statt seekranker Spanier und Priester, die auf wackligen Beinen Neuspanien betraten, um ihren Missionsauftrag zu erfüllen, wimmelte es in Veracruz von Männern mit Ohrringen, die schwarz-rote Fetzen um den Kopf gewunden hatten, Schwerter schwangen und Flüche hervorstießen. Die stinkende Luft hallte wider von den Schreien vergewaltigter Frauen, gefolterter Männer und Schwarzer und Mulatten, die den Klingen und Kugeln zum Opfer fielen. Binnen Sekunden war Aléndula in einem Trupp angeketteter Sklaven gefangen.

Concepción sank nicht weiter. Die Luft sprudelte nicht mehr aus ihrem Mund, und sie schwebte in warmen und eisigen Strömungen. Etwas zerplatzte in ihrem Kopf, ein heftiger Schmerz schoss von den Ohren in die Kehle. Sie schüttelte den Kopf und sah Blut aus ihrer Nase strömen, das im Wasser zu roten Schlieren wurde. Ein Geschöpf glitt an ihr vorbei, kreiste blass und leuchtend im Wasser und rollte sich wie eine Schlange zusammen. War das Eleguá, der Gott von Aléndulas Volk, der sie retten wollte? Oder der Teufel, der sie für ihren Selbstmord strafte? Heilige Maria, voll der Gnade, der Herr ist mit dir, betete sie schweigend, erlöse mich von allem Übel.

Das Geschöpf öffnete den Mund, und sie sah zwei Reihen schimmernder Reißzähne auf sich zukommen. Sie keuchte, ihr Magen war aufgebläht vom Salzwasser, es sprudelte in ihrem

Bauch, ihre Gedärme gaben nach, und plötzlich ertrank sie in ihrem eigenen Schmutz.

Ihr wild schlagendes Herz schrie nach Luft. Sie brauchte Luft. Sie musste husten und atmen. Für ihre Sünden büßen. *Mea culpa, mea culpa.* Ihre Arme und Beine droschen wie Windmühlenflügel durch das schmutzige Wasser, doch ihr Körper sank tiefer. *Sancta María, Mater Dei.* Jetzt schluchzte sie, würgte an den Säften des Meeres, kämpfte wie ein Fisch im Netz gegen die Strömung, *salve mater, misericordia,* bis schließlich etwas an ihren Haaren zerrte. Sie griff nach oben und bohrte ihre Nägel in zwei menschliche Handgelenke, dann zog man sie geradewegs aus der eisigen Hölle nach oben. Ihr Kopf tauchte auf, dann ihr Gesicht, und sie schluckte begierig Luft.

II. Buch

Thankful Seagraves

(1683–1688)

7. Kapitel

Mir kommt kein Weib ins Haus, das nicht meine Frau oder meine Tochter ist. Entweder wird sie meine Frau oder gar nichts«, verkündete Tobias Webb hinter seinem eselsohrigen Almanach. Nathaniel verfluchte im Geiste den alten Bock.

»Aber Vater, sie ist eine Fremde«, sagte Nathaniels Frau Rebecca. »Du kannst keine Fremde heiraten, vor allem keine Papistin. Sie spricht nicht mal Englisch. Nathaniel hat sie gekauft, damit sie deine Magd wird und dir auf dem Hof hilft. Siehst du?« Sie hielt ihm ein ramponiertes Stück Pergament hin, das Tobias geflissentlich ignorierte. »Sie hat eine gute Handschrift, Vater. Sie ist klug.« Rebecca legte ihm das Pergament und den Kaufbrief auf den Schoß.

»Dann sucht mir einen Knecht«, erwiderte Tobias. »Ich will keine Sklaven oder klugen Frauen auf meinem Besitz.«

»Wenn Ihr gestattet, Tobias, soll sie vor allem Eure Hühnerzucht besorgen«, warf Nathaniel ein. »Ihr habt doch vor, die Zucht zu retten, nicht wahr, Sir?«

»Was geht Euch das an, Herr Kaufmann?« Tobias knallte seinen Almanach auf den Tisch. »Das ist mein Hof, und es sind meine Hühner. Lasst mich in Ruhe, und nehmt das kahle Weibsbild wieder mit.«

»Dein Hof zahlt keine Steuern, Tobias. Das habe ich übernommen, jedenfalls bis heute«, erklärte Nathaniel. »Ich habe dir eine Hilfe gekauft und erwarte, dass sie sich bezahlt macht.«

Tobias warf sein Gemüsebrett nach Nathaniel, gefolgt von seinem Gehstock. »Packt Euch, Kaufmann, Dieb! Und auch du, Hure eines Kaufmanns!«

Nathaniel und seine Frau standen vor dem Häuschen des alten Mannes, zupften sich Erbsen und Maiskörner aus den Haaren und warfen sie den Hühnern vor, die im Hof umherliefen. Tobias brüllte ihnen von drinnen nach, sie sollten ihm die üble Kreatur aus den Augen schaffen.

»Was, bitte, sollen wir jetzt anfangen?«, fragte Rebecca mit geröteten Wangen. »Ich habe dir gesagt, dass es Vater nicht gefallen würde.«

»Lass das Weib hier. Ich kann kein weiteres Maul stopfen. Soll der alte Bock vor Wut ersticken.«

»Sprich nicht so respektlos über meinen Vater, Nathaniel. Es ist nicht seine Schuld, dass er verkrüppelt ist. Er kann nicht mehr für sich sorgen. Warum bist du nicht freundlicher zu ihm?«

»Ich bemühe mich, Rebecca, und was bekomme ich zurück? Er wirft mir Gemüse ins Gesicht! Nennst du das Respekt? Nennst du das Freundlichkeit?«

»Ich könnte das Mädchen vorübergehend zu Hause gebrauchen. Jetzt, da Mercy wieder in Salem ist, können Sara Moor und ich das Haus nicht allein besorgen. Ich bringe ihr Englisch bei. Vielleicht wird Vater sie dann nehmen. Er hat nur Angst vor ihrer Fremdartigkeit.«

»Du hast ihn doch gehört. Der alte Ganter will eine Ehefrau.«

»So alt ist er nun auch wieder nicht, erst zweiundsechzig.«

»Willst du damit sagen, er soll sie heiraten?«

»Mach dich nicht lächerlich! Ich sage nur, dass sie ihn an … du weißt schon … an den Überfall erinnert. Es ist ihr Aussehen, Nathaniel. Sie könnte Indianerin sein.«

»Rebecca, ich habe dir gesagt, sie ist ein Halbblut. Er ist doch nicht blind. Er sieht die unterschiedlichen Augen. Das Weib bleibt da. Soll er mit ihr machen, was er will. Von mir aus kann er sie erdrosseln.«

»Na schön. Aber das Mädchen muss trotzdem sprechen lernen. Sie kann nicht den Hof besorgen oder meinem Vater dienen, wenn sie nicht spricht. Ich habe nicht vor, mich in Zeichensprache zu verständigen, wie Mrs Lowell oder Mrs Thatcher es mit ihren Indianerinnen tun.«

»Du kannst ihr sagen, was du willst, Rebecca, die Sache geht nur dich und deinen Vater an. Ich will lediglich meine fünfzig Pfund zurück.«

Rebecca steckte den Kopf durch die Fensterläden, die das einzige Fenster des Hauses umschlossen. »Ich komme nachher mit deinem Abendessen, Vater. Reg dich nicht auf. Und versuche, dem armen Wesen ein bisschen Nächstenliebe zu bezeugen. Sie wäre fast im Meer ertrunken.«

Tobias hörte, wie der Wagen vom Hof rollte. »Verflucht seien beide«, sagte er laut. »Jetzt habe ich ein kahles Weib vor Augen. Nächstenliebe, Himmelarsch!«

Das Mädchen kauerte neben der Feuerstelle und hatte ihn nicht aus den Augen gelassen. Es starrte ihn mit dem katzengrünen Auge an, während das schräge dunkle auf eine Stelle knapp über seinem Kopf gerichtet war. Es hatte die langen mageren Arme um die Knie geschlungen und die schmutzigen Zehen ins Stroh gebohrt. Er warf einen Blick auf die Papiere, die Rebecca ihm gegeben hatte und die mit einer Vielzahl papistischer Wörter in kunstvoller Schrift bedeckt waren.

»Hast du das geschrieben?«, fragte er das Weib und hielt das Dokument in die Höhe. Selbst im Dämmerlicht des Häuschens konnte er die wilden Schwünge der Platthand und die schmalen Striche der italienischen Schreibschrift namens Fiorenza erkennen. Diese Schriften hatte er selbst unterrichtet, obwohl er sie nie so ausgeführt gesehen hatte. »Ist das deine Schrift?«

Das Mädchen kniff die Augen angestrengt zusammen und ahmte seine Mundbewegungen nach.

»Bist du eine Papistin?«, wollte er wissen.

»Papa?«

»Nicht Papa, du Närrin. Papistin. Du bist eine Papistin.«

»Papa«, wiederholte sie.

»Verdammte Närrin«, murmelte er und wandte sich dem Kaufbrief zu. Halbblut … Neuspanien … zwanzig Jahre alt … kann lesen und schreiben … fünfzig Pfund.

»Fünfzig Pfund?«, brüllte er und musste husten. »So viel hat dein knickeriger Ehemann für eine Papistin bezahlt?« Er gackerte. »Kein Wunder, dass er unbedingt sein Geld zurück will. Ich werde es ihm heimzahlen!« Tobias hob eine Hinterbacke und furzte laut. »Da habt Ihr schon ein Pfund, Kaufmann Mehlgesicht!«

Er blickte auf und sah, dass das Mädchen über die Reste seines Haferbreis hergefallen war, ihn mit den Fingern aus dem Topf schabte und in ihr scheeles Gesicht stopfte. Sie war seltsam, aber recht ansehnlich, wenn die Haare erst nachgewachsen wären und man darüber hinwegsah, dass sie mit der bräunlichen Haut und der hässlichen Nase an eine Pequod-Indianerin erinnerte. Ihre Gliedmaßen waren mager, aber stark, und ihr Hals lang und dünn wie der einer Engländerin. Er könnte sie ausprobieren. Jemand musste diesen Schweinestall ausmisten, da seine Tochter ihm lediglich die Mahlzeiten brachte und ansonsten keinen Finger rührte. Das hatte er nun davon, dass er sie den allmächtigen Mathers in Pflege gegeben hatte.

»Hey!«, dröhnte er. Das Mädchen hörte auf zu essen und schaute ihn an, die Backen dick vom Haferbrei, das Kinn verschmiert.

»Hier steht, dein Name sei Thankful Seagraves.« Er deutete auf sie. »Thankful Sea-graves. Das bist du.«

Sie schüttelte so heftig den Kopf, dass es aussah, als könnte er von ihrem mageren Hals fallen, und aß dann weiter, wobei sie zwischen den einzelnen Bissen ausländische Wörter murmelte, die sich wie Entenquaken anhörten.

Tobias nahm einen großen Schluck Bier, schloss die Augen und verfluchte im Geiste sein von Gott gesandtes Schicksal, das ihn zum Krüppel gemacht hatte. Früher war er Schreiblehrer an der Lateinschule in Boston gewesen, wo er sich eines gewissen Rufs erfreute, und hatte Männer wie Samuel Sewall, Joseph Dudley und sogar den hochnäsigen Cotton Mather unterrichtet. Was war nur aus ihm geworden? Ihn überfiel eine flüchtige Melancholie, als er an jenen Nachmittag vor elf Jahren dachte. Alices Verwandte lebten in Lancaster. Die Großmutter hatte den ganzen Winter krank gelegen, und Alice wollte sie noch einmal sehen, bevor sie von ihnen ging, um den Segen für ihre Kinder zu erbitten. Ihr spätgeborener zweiter Sohn, der sechsjährige Robert, spielte vor dem Herd mit Kegeln. Der Wilde war wie aus dem Nichts aufgetaucht, hatte die Großmutter erstochen und Tobias' Ehefrau und seinen Sohn skalpiert, während zwei andere Wilde sein Bein mit Schießpulver vollpumpten. Rebecca und Robin waren im Keller gewesen, um Feuerholz zu holen, als die Angreifer kamen.

Tobias hatte durch die Gnade Gottes und die Nächstenliebe der Gemeinde der First Church überlebt, doch sein Leben war seither verdorben. Das Bein faulte vom Knie abwärts, und er verlor den Unterschenkel. Da er weder gehen noch für sich selbst sorgen konnte, erhielt ein Emporkömmling vom Harvard College seine Stelle. Seine Tochter verlor er an einen Kaufmann, seinen erstgeborenen Sohn zwei Jahre später ans Meer. Tobias Webb gab sich diesen Erinnerungen nur hin, wenn er sich selbst bemitleiden wollte. Als er die Augen öffnete, hockte das Mädchen zu seinem Erstaunen dicht neben ihm und beäugte wie ein hungriger Hund seinen Bierkrug.

»Was! Weg mit dir! Ich will dich nicht in meiner Nähe haben, Weib! Was glotzt du so? Du kannst mein Bier nicht haben.«

Mit einer Kraft, die er einer so zerbrechlichen Gestalt nicht zugetraut hätte, schnappte sich das Mädchen mit haferbreiverschmierten Händen den Bierkrug und steckte die Zunge hinein, um das Bier aufzulecken.

»Was!« Er boxte sie auf die Ohren, doch sie gab nicht nach, schlürfte und sog weiter, bis er seinen Griff lockerte. Da hob sie den Krug hoch und trank das Bier in einem tiefen Zug aus.

»Gieriges Frauenzimmer!« Er spuckte ihr ins Gesicht und entriss ihr den Krug. »Mach das nie wieder! Ich teile mein Bier nicht. Du musst dir schon etwas anderes zu trinken suchen! Verstanden?« Er deutete auf den Krug und dann auf seine Brust. »Mein Bier!«

Das Mädchen rülpste ihm ins Gesicht und wischte sich die Spucke von der Wange.

8. Kapitel

Das Mädchen, das auf einer Holzpritsche gegenüber der Feuerstelle schlief, stöhnte wieder. Es klapperte mit den Zähnen, obwohl es sich die Flickendecke bis über die Ohren gezogen hatte.

»Der Teufel soll das Weibsbild holen. Wenn es sich nicht vollstopft, schläft es und schlägt dabei um sich. Schlägt um sich und krächzt Tag und Nacht. Wie eine verdammte Kröte. Es soll damit aufhören, Rebecca, sonst bekommt es meinen Stock zu spüren.«

»Sie krächzt nicht, Vater, sie ist krank. Sprich leiser.«

»Ich hätte nie gedacht, dass eine Kranke so viel essen kann. Ich habe gesagt, sie soll mit der Völlerei aufhören. Frisst alles auf, was du mir bringst, und bricht es sofort wieder aus. Außerdem stinkt sie schlimmer als eine Negerin.«

»Gevatterin Simpson sagt, sie habe sich von den Sklaven auf dem Schiff eine Krankheit geholt, aber ich vermute eher, dass sie sich beim Sturz ins Meer erkältet hat.«

»Dann tu etwas, Frau! Das Krächzen und Husten stört mich. Ich habe keine Nacht mehr anständig geschlafen, seit ihr mir das Weib aufgezwungen habt.«

»Gevatterin Simpson hat getan, was sie konnte, Vater. Sie hat alle Arzneien ausprobiert, die du dir nur denken kannst, Wermut und Kuhmist und Spinnenpflaster, aber das Fieber steckt ihr in den Knochen, so dass man es auch mit der Lanzette nicht entfernen kann. Gevatterin Simpson meint, sie überlebten gewöhnlich nicht lange, wenn das Fieber so schlimm ist.«

»Soll das heißen, das Weibsbild stirbt?«

»Das weiß ich nicht, Vater. Irgendetwas hält es am Leben.«

»Eine schöne Hilfe, die du mir da gebracht hast!«

»Das sagt Nathaniel auch. Endlich seid ihr beide einer Meinung.«

»Dieser verdammte Kaufmann mit seinen großartigen Ideen!«

»Ich wünschte, du wärst nicht so verbittert. Nathaniel ist mein Mann und der Vater deines einzigen Enkelkindes. Ich weiß, dass du ihn nicht leiden magst, aber er versucht wirklich, dir Gutes zu tun.«

»Durch die Kaufleute geht die ganze Kolonie vor die Hunde«, knurrte der alte Mann. »Jetzt fängt sie schon wieder zu krächzen an.«

»Das arme Ding, nur Haut und Knochen. Ich begreife nicht, wie sie das aushält. Nathaniel will sie verstoßen. Dorthin zurückschicken, wo sie herkommt.«

»Sie geht nirgendwohin! Sie gehört doch mir, oder?«

»Erst wenn du für sie bezahlt hast, Vater.«

»Und womit soll ich sie bezahlen? Mit meinem eigenen Kopf auf einer Platte?«

»Gemach, Vater, das ist Gotteslästerung.«

Der alte Mann ließ sich wieder in die Kissen sinken und murmelte hinter den zinnoberroten Vorhängen, die sein Bett umgaben, leise vor sich hin.

Rebecca hob den Kopf des Mädchens und löffelte ihm Medizin in den Mund. Gevatterin Simpson hatte ihr Schwarznesseln und Lungenkraut gegeben, die sie in Wein kochen sollte. Dazu Fenchelöl, das dreimal täglich in den Nabel des Mädchens geträufelt wurde, Umschläge mit gekochten Pfefferminzblättern und Wacholdernadeln, die auf Brust und Rücken gelegt wurden. Rebecca hatte die Idee gehabt, heiße Tücher über die Umschläge zu legen, was den Husten zu lindern schien, jedenfalls so lange, bis die Tücher abgekühlt waren und Rebecca sie wieder mit einem heißen Stein aus der Feuerstelle erhitzen musste.

Nathaniel hatte recht, wenn er ihre allzu große Hingabe an das Mädchen missbilligte, doch sie konnte ihm schlecht sagen, dass es ihr nicht um das Mädchen selbst ging. Sie wollte die Saat schützen, die in dem zerbrechlichen Körper aufging. Schon früh hatte sie etwas vermutet, als ihr Vater von dem unstillbaren Hunger und dem morgendlichen Erbrechen berichtete. Rebecca hatte jedoch den Mund gehalten, da sie ihren Vater und Nathaniel nicht beunruhigen wollte. Nun aber hatte Gevatterin Simpson ihre Ahnung bestätigt. Das Mädchen trug das Kind eines Piraten, daran bestand kein Zweifel, und wusste es nicht einmal, da es im Delirium lag.

Rebecca strich dem Mädchen das feuchte Haar aus der Stirn. Sie würde Nathaniel erst einweihen, wenn der Bauch genügend angeschwollen war. Rebecca hatte Angst, er werde seine Drohung wahr machen und das Mädchen zurück nach Westindien schicken. Damit verlöre sie ihre einzige Aussicht auf ein weiteres Kind. Das Kind des Mädchens gehörte von Rechts wegen ihr, zumindest aber ihrem Mann, doch das würde Nathaniel nie verstehen, obwohl er sich Geschwister für den sechsjährigen Caleb wünschte. Er würde nicht das Kind einer Sklavin aufziehen wollen, vor allem nicht, wenn es ein papistisches Halbblut zur Mutter und einen Piraten zum Vater hatte.

Rebecca besaß die Willensstärke ihres Vaters. Wenn das Mädchen überlebte, würde das Kind ihr gehören, dafür würde sie sorgen. Rebecca nahm sich vor, dreimal täglich zu kommen und das Mädchen zu füttern und zu waschen und ihm vorzulesen, damit es ruhig schlafen konnte. Sie würde das Häuschen lüften und süß duftendes Heu auf den Boden streuen, regelmäßig die Betten machen und ihren Vater dazu bringen, sich im Abort und nicht im Nachttopf unter seinem Bett zu erleichtern. Sie würde Sträußchen von Lavendel und Kamille über das Bett hängen, um den Pfeifenrauch ihres Vaters von den angegriffenen Lungen fernzuhalten, dazu Borretsch, um das Mädchen aufzuheitern, und viel Salbei, um eine Fehlgeburt zu verhindern.

Und immer würde sie mit dem Kind sprechen, damit es stark wurde und die Krankheit überlebte. Rebecca legte die Hand auf den straffen Bauch des Mädchens und rieb ihn mit kreisförmigen Bewegungen. Wachse, flehte sie stumm. Auf dass du mir gehören mögest, Kind. Du bist mein. Sie ließ den Gedanken in ihre Hand fließen, während sie das Kind massierte, das im fiebrigen Körper des fremden Mädchens heranwuchs.

9. Kapitel

Im kleinen Raum hinten im Warenlager, der Nathaniel als Kontor diente, war es zum Arbeiten zu warm geworden. Die Buchführung bereitete ihm Mühe, weil ihm bei der Hitze Zahlen und Namen vor den Augen verschwammen. Außerdem war es Zeit fürs Essen. Er würde in den Roten Löwen gehen, wo er auch ein wenig frische Seeluft genießen konnte. In dieser Hitze konnte er keine üppige Mahlzeit vertragen; Ale und eine Aalpastete reichten völlig aus. Es schlug Mittag, und er eilte zur Tür. Auf der Schwelle wischte er sich den Schweiß unter dem Kragen ab und sah Kaufleute und Kunden nach Hause oder in eine Taverne eilen, um dort das Mittagsmahl einzunehmen. Er holte den Schlüsselbund heraus und wollte gerade die Tür verschließen, als er William Reed die Merchants Row entlangkommen sah, den Sack mit frischen Krebsen über der Schulter.

Es wäre unvernünftig, jetzt das Geschäft zu schließen, sagte er sich. Einen Augenblick lang spielte er mit dem Gedanken, den Mann zu bezahlen und es dabei zu belassen. Gewöhnlich wog Nathaniel jeden Krebs einzeln ab und verzeichnete das Gewicht in seinem Hauptbuch, danach feilschten sie noch um den Wert des Fangs. Mit den anderen Fischhändlern feilschte er nie, entweder akzeptierten sie seinen Preis oder nicht, doch fischte auch keiner von ihnen in den eisigen Wassern bei Marblehead, wo es die besten Krebse gab. Wenn er damit fertig wäre, müsste er das Warenlager schon wieder öffnen. Gut, dann würde er eben den Laufburschen in den Roten Löwen schicken, um sein Essen abzuholen.

»Guten Tag, Master Greenwood.«

»William.«

»Ich habe diese Woche ein paar besondere Schönheiten, Sir, alle mit dicken, saftigen Beinen. Mammy hat gestern Abend Krebsküchlein gebacken, die waren süßer als jeder Lebkuchen.«

»Komm herein, William, ich hole das Buch.«

Aus dem Augenwinkel sah er, wie William Reed die Krebse aus dem Sack holte und mit ihnen sprach, als wären es Haustiere. Als Nathaniel aus dem Kontor zurückkam, waren die Krebse auf der Plattform neben der Waage aufgestapelt, die hartschaligen roten ganz unten, die blauen darüber, allesamt zu betäubt von der Hitze, um die Scheren richtig zu öffnen.

»Noch keine Könige?«

»Im Frühherbst, Sir. Die Königskrabbe mag den Sommer nicht. Ich habe aber einige blaue Krabben. Die obendrauf haben weiche junge Panzer, die lassen sich wunderbar braten.«

»Meine Frau mag die mit den weichen Panzern gern. Such ihr zwei oder drei von den besten blauen heraus, William.«

»Mit Freuden, Sir. Wie geht es der Herrin des Hauses?«

»Im Augenblick sehe ich sie selten. Sie fährt jeden Tag nach Roxbury, um die kranke Sklavin ihres Vaters zu pflegen.«

»Sie pflegt eine Sklavin, Sir? Sie soll von ganz weither kommen. Das erscheint mir aber nicht recht.«

»Ich sage dir, meine Frau treibt die Nächstenliebe ein wenig zu weit, William. Frauen sind seltsame Wesen. Das Weibsbild führt sich auf wie eine Irre, murmelt und kreischt in seinem papistischen Zungenschlag.«

»Ein übler Zungenschlag ist das, Sir. Mein Vater sprach so, wenn er uns schlug.«

»Tatsächlich?«

»Er sagte, wir hätten den Teufel im Leib, wenn wir nicht gehorchten, wir verhielten uns wie Papisten.«

»Sprach er die französische oder die spanische Zunge?«

»Es muss die spanische gewesen sein, Sir, weil er sie als Matrose in der alten Heimat erlernt hatte. Er sei als Junge mit Sir Francis Drake in die Karibik gesegelt.«

»Tatsächlich? Und hast du verstanden, was er sagte, wenn er diese papistischen Worte sprach?«

»Ich verstand wenig, Sir, nur dass ich und meine Brüder voller Teufeleien steckten, die man uns mit Schlägen austreiben müsse.«

»Also hast du nicht wirklich verstanden, was er sagte?«

»Nicht um mein Leben, Sir. Aber es gibt jemanden in Boston, der es verstehen könnte.«

»Dann sag mir seinen Namen, William.«

»'s ist kein Mann, Sir. 's ist die Sklavin von Kaufmann Parris, die Indianerin Tituba.«

»Was du nicht sagst.«

»Das Weib spricht viele üble Zungen, wie ich hörte.«

Während Nathaniel die Mengen im Hauptbuch verzeichnete, legte William Reed die letzten Krebse in den Behälter mit Salzwasser, der neben der Tür stand. Nathaniel schuldete dem Mann den Gegenwert von dreißig Pfund Krebsen. Kaufte er sie für eineinhalb Shilling das Pfund, könnte er sie für zweieinhalb weiterverkaufen und eineinhalb Pfund Gewinn einstreichen, doch Reed kannte die Güte seiner Waren. Womöglich musste Nathaniel mit einem Preis von zweieinhalb Pfund rechnen. Er nahm sich vor, nicht mehr als eindreiviertel Shilling pro Pfund zu zahlen. Wenn er für zweieinhalb verkaufte, bliebe ihm immer noch über ein Pfund Gewinn.

»Nun gut, William.« Er hatte das Konto in seinem Hauptbuch gefunden. »Du schuldest mir noch ein Pfund und zwei Shilling, weil du beim letzten Mal Segeltuch und Terpentin gekauft hast. Ich hingegen schulde dir zwei Pfund sechs Shilling für deine Krebse. Wenn ich deine Schulden davon abziehe …«, er trug die Zahlen ins Hauptbuch ein, »… bleiben ein Pfund vier Shilling übrig, die ich dir zahlen muss. Hast du verstanden?«

Er nahm eine Guinee und zwei Shilling aus der Geldkassette und legte sie William in die Hand, die rot und verkrustet war wie seine Krebse. Der Mann starrte auf die drei Münzen.

»Ich zahle dir eindreiviertel Shilling pro Pfund, das mal dreißig macht zwei Pfund sechs Shilling.«

»Und was ist mit den dreien, die ich für Eure Frau beiseitelegen sollte, Sir? Die wiegen mehr als zwei Pfund.«

Verdammt, er hatte die blauen Krabben vergessen und nicht in seine Gewinnrechnung einbezogen. »Dann tausche ich deine zwei Shilling gegen einen spanischen Dollar«, sagte Nathaniel und wartete ab, ob der Mann bemerkte, dass er um Sixpence betrogen wurde. Ganz zu schweigen von den Shillingen, die Nathaniel zuvor schon unterschlagen hatte.

»Zwei kleine Münzen für die Arbeit einer ganzen Nacht«, sagte William. »Das erscheint mir sehr wenig, Sir.«

»Wenn es um Geld geht, ist es nie genug, William.«

»Ich hatte einige Pence mehr erwartet, für die Fahrt und alles, Sir.«

»Für die Strecke von Marblehead bis hier kann ich dich nicht bezahlen.«

»Ich weiß, Sir, aber Mammy ist nicht auf der Höhe und braucht ihre Kräuter.«

»Komm schon, William, du und ich und jeder von Marblehead bis Boston weiß, dass Wilmot Reed ihre eigene Kräutermedizin braut. Sie könnte Apothekerin sein, wenn sie nicht den ganzen Tag pichelte. Du solltest deinen besten Kunden nicht belügen. Heute gibt es zweieinhalb Pfund, mehr nicht, sonst kannst du deine Ladung zu Shrimpton bringen.«

»Mr Shrimpton und ich sind nie einer Meinung. Er zahlt nicht gutes Geld wie Ihr, Sir. So soll es reichen.« Der Mann schloss die Faust um seine Münzen.

»Du musst dein Zeichen in mein Hauptbuch machen, damit alles seine Richtigkeit hat.«

William griff zu der Feder, die Nathaniel bereits in die Tinte getaucht hatte, und malte einen aufwendigen Schnörkel auf das Blatt. »Hier bitte, Sir. Und, Sir?«

»Ja, William?«

»Wenn das Weib krank ist, könnte Mammy vielleicht mal nach ihr schauen. Ich bin sicher, sie würde Euch nicht mehr als ein oder zwei Shilling für ihre Dienste berechnen, Sir.«

»Es lohnt nicht die Mühe, William. Das Weib ist bettlägerig, liegt womöglich gar im Sterben. Ich bezweifle, dass Rebecca jemanden zu ihr lassen würde.«

»Im Sterben? So schlimm steht es um sie?«

»Sie fiebert und phantasiert wie eine Wahnsinnige.«

William Reed strich sich über die grauen Bartstoppeln. »Natürlich geht es mich nichts an, Sir, aber es wäre doch gut zu wissen, was sie sagt, oder nicht? Ihr möchtet sicher nicht, dass sie Euch und Eure Frau in ihrer papistischen Zunge auf dem Sterbebett verflucht.«

»Da ist etwas Wahres dran, William.«

»Gegen ein kleines Honorar, Sir, wäre ich bereit, nach Roxbury zu fahren und mir das Weib selbst anzuhören. Vielleicht verstehe ich ihr Geschwätz.«

Nathaniel musterte den Mann. Wenn sie sofort aufbrachen, könnte er vielleicht auf dem Hof essen und müsste kein Geld dafür ausgeben. »Wie wäre es mit einer schönen fetten Henne vom Hof des alten Mannes? Das würde deiner Mammy sicher gefallen, oder?«

Der Mann entblößte beim Grinsen seine schwarzen Zähne. »Das will ich meinen, Sir.«

»Dann los. Der Tag wird nicht jünger.«

Bevor er das Warenlager abschloss, entdeckte Nathaniel Sara Moors Bruder, der auf der Straße Zitterwackel spielte. »Komm her und bewach diese Tür!«, rief Nathaniel und bestieg mit William Reed sein Fuhrwerk.

10. Kapitel

Rebecca drehte sich der Magen um, da William Reed der Geruch von verdorbenem Fisch anhaftete, doch ansonsten machte er einen anständigen Eindruck. Wenn er ihnen helfen konnte, die Worte des Mädchens zu enträtseln, würde sie ihm einige Minuten ihrer Zeit schenken.

»Wer ist das?«, rief der alte Mann und spähte durch die Bettvorhänge.

»Es ist William Reed, Vater«, entgegnete Rebecca. »Er will herausfinden, ob er die gottlose Zunge von Thankful Seagraves versteht.«

»Er stinkt wie ein Fischhändler!«, knurrte Tobias.

»Er *ist* ein Fischhändler«, sagte Nathaniel kopfschüttelnd.

Williams Augen gewöhnten sich ans Dämmerlicht im Häuschen. Unter dem Kochkessel, der über der Feuerstelle hing, glommen Kohlen. Er hörte den Dampf unter dem Deckel zischen. Etwas Üppiges und stark Gewürztes brodelte im Kessel. Dann entdeckte er die Holzpritsche und den Körper, der sich unter der Bettdecke bewegte.

»Wo ist mein Essen?«, schrie der alte Mann.

»Die Blutwurst ist noch nicht fertig, Vater. Du weißt, sie braucht ihre Zeit. Sei still, sonst kann Mr Reed das Mädchen gar nicht hören.«

Vor sich hin brabbelnd schloss der alte Mann die Vorhänge.

»Nun, ich habe ein Geschäft zu führen«, sagte Nathaniel. »Kommen wir also zur Sache, William.« Er schnitt sich ein anständiges

Stück Käse vom Laib, der auf dem Tisch lag. »Sieht aus, als gäbe es heute Mittag eine leichte Mahlzeit.«

»Hätte ich gewusst, dass du um diese Uhrzeit nach Roxbury kommst, hätte ich mich mit der Blutwurst beeilt«, erklärte Rebecca. »Aber heute ist Waschtag, und Sara Moor und ich mussten den ganzen Morgen die Wäsche scheuern. Vater hat sich ins Bett erleichtert, weil ihm niemand heraushelfen konnte.«

»Egal, der Käse ist ausgezeichnet«, sagte Nathaniel.

»Das Fieber lässt sie nur noch irre reden«, erklärte Rebecca und trat hinter den Tisch, um dem Geruch des Besuchers auszuweichen. »Mag sein, dass es auch für Euch keinen Sinn ergibt, Mr Reed.«

»Wir werden sehen«, murmelte Nathaniel und wischte sich den Schweiß vom Nacken. »Nimm dir einen Hocker, William. Ich gehe so lange mit meinem Käse nach draußen. Hier drinnen ist es zu eng für uns alle.«

»Im Keller ist Bier«, rief Rebecca ihrem Mann hinterher. »Und du kannst dir ein paar Äpfel pflücken.«

William Reed näherte sich der Holzpritsche und kniete sich hin. Die Arme und Beine des Mädchens zuckten wie gefangene Fische unter der Decke. Im roten Schein der Feuerstelle konnte er den Schweiß auf ihrer dunklen Stirn sehen, während ihre Zähne hörbar klapperten. Die Herrin des Hauses stand hinter ihm.

»Dios te salve María, llena eres de gracia«, murmelte das Mädchen.

»Na bitte, was sagt sie denn, Mr Reed?«

»Es ging zu schnell, Mistress. Kann mir noch keinen Reim darauf machen.«

Er legte dem Mädchen eine Hand auf die Brust, die sich mühsam hob und senkte, und stützte mit der anderen den schweißgetränkten Hinterkopf. Der Hals war zerbrechlich wie der eines Lämmchens.

»Mr Reed, es dürfte unnötig sein, dass Ihr sie anfasst.«

William beachtete Rebecca nicht und legte das Ohr ganz nah an den Mund des Mädchens. Er spürte den heißen Atem, und sein Gesäß zog sich zusammen.

»*… bendita eres entre todas las mujeres y bendito el sagrado fruto de tu vientre …*«

»Nun, Mr Reed?«

»Klingt wie Geschwafel für mich, Mistress«, sagte er und legte das Ohr auf die Brust des Mädchens. »Oder wie ein papistisches Gebet.«

»Mr Reed, ich bezweifle, dass Ihr dem Mädchen so nahe kommen müsst, um es zu verstehen. Ich möchte mich dagegen verwahren.«

William Reed ließ den Kopf des Mädchens wieder aufs Kissen sinken und stand auf. »Verzeihung, Mistress, wenn Ihr möchtet, gehe ich jetzt.«

»Aber Ihr habt noch nicht enträtselt, was sie sagt.«

»Es ist nicht leicht, ihr zuzuhören und gleichzeitig Eure Fragen zu beantworten, Mistress.«

»Ich verstehe. Natürlich könnte ich nach draußen gehen und bei Nathaniel warten. Caleb ist ja noch hier. Es dürfte wohl nicht zu ungehörig sein. Ich ziehe mich dann zurück.«

»Sehr wohl, Mistress.«

»Behalte Mr Reed im Auge, Caleb. Ich bin draußen vor der Tür, Vater.« Doch William konnte den alten Mann schnarchen hören.

Als sich die Tür hinter Mistress Greenwood geschlossen hatte, kniete William sich wieder hin. Das Blut hämmerte in seinen Ohren. Nie zuvor hatte er eine nackte Frau gesehen, war noch nie einer Frau außer seiner Mammy so nah gewesen. Vorsichtig zog er die Decke weg und schob das verschwitzte Kleid des Mädchens über die Beine hoch. Zuerst war er enttäuscht. Knochige Knie wie bei einem Jungen. Er schob es weiter hoch und sah, dass sie doch eine Frau war, obwohl sich ihre Rippen und Hüftknochen fast durch die Haut bohrten. Er sah das schwarze Haarbüschel zwischen ihren Beinen und die großen pflaumenfarbenen Warzen ihrer braunen Brüste. Mit einer Hand drückte er ihr das Kleid aufs Gesicht und zwickte mit der anderen in ihre Brustwarzen.

Das Mädchen hörte auf zu zucken und setzte sich im Bett auf, wollte laut protestieren, doch William drückte es mit dem Ellbogen nieder und säuselte beschwichtigend. Er presste sein Glied gegen das Bett und wiegte sich in den Hüften. Wenn er sich beeilte, konnte er sich in seine Hose erleichtern. Er mahlte mit den Hüften, vergrub die Hand in dem schwarzen Haarbüschel und stellte sich vor, wie er das Mädchen nahm, wie er mit ihm das tat, was die Schafe auf dem Hof seiner Mammy trieben. Dann hörte er hinter sich ein schabendes Geräusch. Er drehte sich um und sah den Jungen des Kaufmanns, der mit weitaufgerissenen Augen unter dem Tisch kauerte und die Hände vor den Mund geschlagen hatte. Sofort bedeckte William das Mädchen mit dem Kleid, schlug die Decke darüber und eilte nach draußen, mit brennendem Gesicht, die Kappe schützend vor die Wölbung in seinem Schritt gedrückt.

»Hatte kein Glück, Sir. Bitte um Verzeihung, Mistress. Konnte nichts verstehen, nur dass sie ein Gebet vor sich hin murmelt.«

»Gebet?«, fragte Nathaniel. »Es hat uns gerade noch gefehlt, dass im Haus meines Schwiegervaters papistische Gebete gesprochen werden. Wenn Increase Mather davon erfährt!«

»Von mir wird er es nicht erfahren, Sir«, sagte William.

Rebecca betrachtete ihn prüfend. »Das will ich auch hoffen. Es ist nicht einmal Eure Gemeinde.«

»Hier ist die Henne, die ich dir versprochen habe, William.« Nathaniel hielt eine magere weiße Henne an den Beinen hoch.

»Das wird meiner Mammy gefallen, Sir. Wir haben schon seit Monaten kein Geflügel gehabt.«

»Wir machen uns jetzt auf den Weg«, sagte Nathaniel und berührte seine Frau an der Schulter. »Ich komme früh zum Abendessen. Heute gibt es eine Versammlung im Stadthaus.«

»Ach ja?«

Er senkte die Stimme, damit William ihn nicht hörte. »Reverend Mather hat Gerüchte gehört, der König wolle unsere Charta widerrufen.«

»Nein!«

»Kein Wort darüber, Rebecca.«

»Ich werde dir als Entschädigung für heute ein gutes Abendessen bereiten«, sagte Rebecca sanft. Sie wollte seine Lippen auf ihren spüren, wusste aber, dass sie nicht allein waren und wegen Unzucht angezeigt und an den Pranger kommen könnten.

»Schick Sara Moor ins Haus von Samuel Parris«, sagte Nathaniel zu Rebecca. »William meint, dessen Magd könne die Sprache des Mädchens verstehen.«

»Die Indianerin?« Rebecca schaute ihn verwundert an.

Nathaniel zuckte die Achseln. »Es ist einen Versuch wert. Sie ist getauft, Rebecca.«

»Vielleicht sollten wir warten, bis das Mädchen wieder vernünftiger redet.«

»Das musst du entscheiden, Frau. Auf geht's, William.«

»Einen guten Tag, Mistress.« William beugte wie ein Papist das Knie, bevor er auf das Fuhrwerk stieg.

»Meine Grüße an Eure Mutter, Mr Reed.«

Rebecca schaute ihm mit einem seltsamen Gefühl im Bauch nach. Drinnen stand Caleb neben Thankful Seagraves, Tränen liefen ihm über die Wangen.

»Was ist denn los, mein Sohn?«

»Er wusste nicht, dass ich hier bin, Mama. Ich habe ihn gesehen.«

»Was meinst du, Caleb?«

»Er hat sie entblößt.«

»Was? Bist du dir sicher?«

Der Junge nickte.

»Aber er hat ihr ... er hat doch nichts getan, oder? Auf ihr gelegen oder so etwas?«

Caleb schüttelte den Kopf und steckte die Decken um das phantasierende Mädchen herum fest. »Da ist so etwas Schwarzes, wie eine große Spinne, genau hier.« Er deutete auf seinen Schritt. »Meinst du, er wollte es wegmachen? Er hat richtig fest daran gezogen.«

Rebecca stürzte nach draußen, wollte den Burschen ins Gesicht schlagen und ihn zwingen, sich in Nathaniels Beisein zu entschuldigen, doch das Fuhrwerk war schon auf die Straße gebogen. Dreckiger Fischhändler, dachte Rebecca. Er war nur gekommen, um sein Vergnügen zu haben und eine Henne einzuheimsen. Sie würde mit Nathaniel sprechen müssen. Sie hätte ihrem Instinkt vertrauen sollen, der sie vor seinem Fischgeruch und den verschlagenen Blicken warnte, mit denen er sich im Haus umgeschaut hatte. Er konnte die Hände nicht bei sich behalten. Hatte seinen Gestank im Zimmer zurückgelassen. Zweifellos musste sie das Mädchen waschen, wenn er seine schmutzigen Hände an ihrem Geschlecht gehabt hatte.

Rebecca ging wütend mit einem Eimer zum Brunnen und schleppte ihn gefüllt ins Häuschen. Gott sei Dank hatte ihr Vater genügend Weitblick besessen und sein Ackerland in der Nähe einer Quelle gekauft. Sie goss Wasser in einen Kessel, der über dem Feuer hing, und bat Caleb, vom Heuboden ein Fass Seife zu holen.

»Was er getan hat, war schlimm, oder nicht?«

»Ich hoffe, dass du niemals so respektlos mit einer Frau umgehen wirst, Caleb.«

»Auch nicht mit einer Papistin?«

»Auch nicht mit einer Papistin. Eine Frau bleibt eine Frau, Caleb. Und nun tu, was ich dir sage.«

Rebecca beugte sich über die Holzpritsche. Zum ersten Mal seit Monaten hatte das Mädchen die Augen geöffnet und blickte starr und zornerfüllt.

»Ich bin es nicht gewesen«, murmelte Rebecca. Sie wollte die Hand ausstrecken, doch das Mädchen zuckte zusammen, bevor sie es berühren konnte. »Psst«, sagte sie beschwichtigend und strich ihm über die heiße Stirn. Dann hob Rebecca das Kleid des Mädchens und entdeckte die Kratzspuren, die die schmutzigen Hände des Fischhändlers auf den Innenseiten der Schenkel hinterlassen hatten.

11. Kapitel

Ein scharfer Schmerz bohrte sich in ihre Schläfen. Sie konnte die Augen nicht öffnen. Ihr war unwohl, wie an den ersten Tagen auf dem Schiff. Sie war seekrank und durstig, ungeheuer durstig. Wo war sie? Sie wusste nur noch, dass sie ins Meer gesprungen war.

Sie schien Jahre unter Wasser gewesen zu sein. Manchmal war das Wasser so kalt, dass sich ihre Knochen taub anfühlten und ihre Zähne heftig klapperten, dass es wie Trommelschläge durch ihren Schädel hallte, und ihre Lungenflügel fast platzten, weil sie den Atem anhielt. Dann wieder verbrühte das Wasser ihre Haut, und sie schien unter Wasser zu schwitzen, vor Hitze zu keuchen, ein brennender Husten quälte ihre Lungen, sie erstickte unter Wellen aus Wolle, und der Geruch von Wollfett und Menthol drang ihr in die Nase.

Am Rande des Wassers hörte sie Leute sprechen, ihre Stimmen kräuselten sich und stiegen wie winzige Blasen in ihre Ohren. Die Stimmen wurden lauter, deutlicher, übertönten das Zischen und Klatschen des Wassers. Sie konnte nicht verstehen, was sie sagten, erkannte aber die Stimme einer Frau und das Knurren eines alten Mannes. Sie erkannte die Hände der Frau, die ihre Brust kneteten, sie mit salziger Brühe und süßem Haferschleim fütterten und ihren Körper mit einem rauen Schwamm abwuschen. Ein anderes Händepaar berührte sie, feste, kühle Hände, die nach Kräutern rochen, ihre Stirn und ihren Bauch befühlten und sie zwischen den Beinen untersuchten.

Sie weigerte sich, die Augen zu öffnen, selbst als der Hunger sie schüttelte und der Speichel ihr aus dem Mund rann. Sie träumte die ganze Zeit von Nahrung, vor allem von den kühlen Früchten, die sie zuletzt vor der Reise gekostet hatte, Mandarinen, Ananas, Papayas, Bananen. Wenn ihr Körper brannte, sehnte sie sich nach Hibiskus- oder Tamarindenwasser. Überfiel sie der Schüttelfrost, konnte nur der Gedanke an die schaumige zimtene Süße einer heißen Schokolade ihr Verlangen stillen.

Manchmal hörte sie die Frauen in ihren Träumen singen, hörte das Ave Maria in klagender Folge an- und abschwellen:

Ave Maria, gratia plena,
Dominus tecum, benedicta tu in mulieribus,
Et benedictus fructus ventris tui.

Der nadelspitze Schmerz nahm zu. Sie hörte die Frauen von der gebenedeiten Frucht des Leibes singen, und aus ihrem lateinischen Lobgesang erhob sich eine tiefe, weiche Stimme, die sie kannte und die auf Spanisch sang: »*Señora Santa Ana, ¿porqué llora la niña? Por una manzana que se la ha perdido …*« Die Stimme ihrer Mutter, an die sie sich aus ihrer Kindheit erinnerte, sang die Ballade. Aber was hatte das Lied mit dem Leib der Jungfrau Maria zu tun? Vielleicht war der Apfel die Frucht des Leibes, und dass er verloren war und das Kind um ihn weinte, sollte bedeuten, dass eine Frau die Frucht ihres Leibes verlor. Wer war Señora Santa Ana? Ihre Mutter hieß doch María Clara Benavídez. »Señora María Clara«, hörte sie sich im Traum singen, »warum weint dein Kind?« Sie verstand das Lied einfach nicht. Wenn sie die Tochter von María Clara war, warum weinte sie dann um einen verlorenen Apfel? Stand der verlorene Apfel für ein verlorenes Kind? Ihr eigenes Kind? Aber sie hatte kein Kind. Und sie selbst? Sie war nur Fallobst, ein verlorener Apfel, den man auf ein Piratenschiff geworfen und in ein fremdes Land verkauft hatte. Selbst ihren Namen hatte man ihr genommen.

Die Gedanken machten sie schwindlig, die Übelkeit wurde stärker, sie ergriff ihren ganzen Körper und ließ sie würgen. Sie beugte sich zur Seite, wo der Eimer stand, doch etwas war im Weg, unter ihr oder in ihr, das gegen ihren Magen drückte und sie lähmte. Aus dem Weg, wollte sie rufen, doch der Haferschleim, mit dem man sie gefüttert hatte, schoss in einem bitteren Schwall aus ihrem Mund.

Thankful Seagraves … Thankful Seagraves … Thankful Seagraves.

All die Stimmen, all die Frauen, die nach Hefe und Schweiß rochen – so viele, dass sie gar nicht in das Häuschen mit dem einen Raum passten, eine Reihe schmieriger Hauben und fleckiger Schürzen, die bis in den Hof reichte. Die Frauen lachten und zeigten mit dem Finger und sagten Dinge, die sie nicht verstand. Manche rissen ihr Haare aus. Andere bohrten Finger in ihr Gesicht oder zogen sie an den Ohren. Zwei ältere Frauen streichelten die Stickerei an ihren verschlissenen Ärmeln und dem Saum ihres *huipíl,* wobei sie nickten und vor sich hin murmelten und Fragen stellten, die sie nicht beantworten konnte.

Der alte Mann saß in einem großen löwenfüßigen Sessel vor der Feuerstelle und stopfte seine Pfeife aus einer Tabaksdose, die bei allen Männern am Tisch die Runde machte. Sie hatten Bierkrüge und Zinnteller mit Fleischpastete vor sich stehen. Das Häuschen war dunkel vom Rauch des Kaminfeuers und dem Qualm der vielen Pfeifen. Zuerst dachte sie, es seien die Piraten, die in der Kombüse saßen und nur darauf warteten, sie zu schlagen und zu kneifen, wenn sie das Essen auftrug. Doch als der alte Mann bemerkte, dass sie wach war, mit der Pfeife auf sie zeigte und »Papistin« rief, fiel ihr wieder ein, was geschehen war. Sie erinnerte sich daran, wie der Piratenkapitän sie aufs Achterdeck geführt hatte, wo zwei Männer warteten, das Stundenglas betrachteten, die Gesichter unter den schwarzen Hüten totenbleich, mit Augen wie Glassplitter. Obwohl sie nicht verstehen konnte, was sie sagten, wusste sie, dass die beiden mit dem Piraten um sie feilschten. Da hatte sie endlich verstanden, weshalb Aléndula sich der Pestilenz ergeben hatte, und war ins Meer gesprungen.

Arme, arme Aléndula – sie hatte drei Jahre darauf gewartet, dass Concepción sie aus einem Leben in Sackleinen und Fesseln befreite, war von Piraten gefangen und schließlich den Ungeheuern der Tiefe vorgeworfen worden. Vergib mir, Aléndula, dass ich gewünscht habe, du mögest ewig in der Tiefe des Meeres bluten, dachte sie und bekreuzigte sich dreifach an Stirn, Mund und Brust. Sie öffnete die Augen, als sie die Leute keuchen hörte, die vielen Fremden, die sie beim Kreuzzeichen beobachteten und keuchten, als hätten sie den Teufel gesehen.

»Papistin!«, schrie der alte Mann und warf die Tabaksdose nach ihr.

12. Kapitel

An diesem Tag waren die »sichtbaren Heiligen« ruhelos. Increase redete sich ein, es läge nur an der Hitze des Altweibersommers, die durch die hohen Fenster des North Meeting House drang und drückend auf ihnen lastete, doch war es eher die Predigt, die alle nervös machte.

»Niemand außer dem Vater, der die geheimen Dinge sieht, kann wissen, mit welch herzzerreißenden Mühen ich aufgesetzt habe, was nun bekanntgegeben wird, damit ich nicht fehlgehe im Dienste an seinem Ruhm und seinem Volk; doch nun fühle ich mich seiner Gunst genügend versichert. Ich werde mich nicht fürchten, denn was kann mir ein Satan schon antun!«

Increase hatte seinen Sohn Cotton aufgefordert, an diesem Morgen zur Gemeinde zu sprechen, da er ihm ein Publikum für seine Abhandlung über die Tücken des Bösen, an der er gerade schrieb, verschaffen wollte, doch nun hatte man das Stundenglas schon zum zweiten Mal umgedreht, und es war kein Ende des Vortrags in Sicht. Immerhin hatte der Junge das aufreizende Stottern abgelegt, das ihm bis zu seinem fünfzehnten Geburtstag, an dem er die Ausbildung in Harvard abschloss, gehemmt hatte. Dass nicht einmal eine gewisse Gestelztheit an das Stottern erinnerte, verdankte Increase der minutiösen Disziplin von Tobias Webb, wenngleich es diesem nicht gelungen war, Cottons Redeweise von Übertreibungen und theatralischem Getue zu reinigen. Diesen Stil hatte sein Sohn, seit er vor drei Jahren in der North Church seine erste Predigt gehalten hatte, sogar noch vervollkommnet.

»In der Tat habe ich es auch auf mich genommen, das gesamte Komplott des Teufels gegen Neuengland zu untergraben, immer und überall, insoweit ein Mensch wie ich, der im Dunkeln steht, das Werk einer größeren Dunkelheit überhaupt begreifen kann.« Cotton sprach mit starker Emphase und deutete mit dem Finger auf die Gruppe Negersklaven auf der Galerie. Die Indianerin Tituba, die Samuel Parris als Sklavin diente, duckte sich förmlich vor der Bestimmtheit seiner Rede.

Der Junge ist übereifrig, dachte Increase und ignorierte die Tatsache, dass die Ansprache offenkundige Ähnlichkeit mit seinem jüngst verfassten Aufsatz über den Satan und die Besessenheit einer gewissen Elizabeth Knapp besaß, den Increase soeben an die Druckerei geliefert hatte. Er trug den Titel »Ein Versuch zum Nachweis erhabener Vorsehung«. Gewiss schickte Gott den Menschen der Bay Colony nachweisbare Zeichen seines Missfallens in Form von Pocken und Indianerüberfällen, die Neuengland an den Rand des Verderbens bringen würden, wenn die Menschen nicht ihre Neigung zu Handel und persönlichem Gewinn zügelten und sich wieder den Gesetzen der Heiligen Schrift zuwandten. Elizabeth Knapp, der Inbegriff moralischen Verfalls, von Dämonen besessen und »Geld! Geld!« kreischend, diente Increase als Beleg für seine These und verkörperte den hässlichen Wandel in Neuengland.

Er musterte die Gesichter der Gemeinde. Auf der Seite der Frauen fehlte jemand, doch der Name fiel ihm nicht ein. In den vorderen Reihen saßen, umringt von ihren Töchtern in allzu bunten Kleidern, die Damen von Rang, die sich heftig Luft zufächelten: Mrs Thatcher, Mrs Dempsey, Mrs Shrimpton, die Witwe Cole, Mrs Richards, Mrs Belcher und natürlich seine eigene teure Maria. Dahinter kamen die gemeineren Ehefrauen mitsamt ihrer Nachkommenschaft: Williams mit vier, Johnson mit drei, Hibble mit acht, Griggs mit fünf und einem unterwegs, Stokes mit drei und Collins mit sieben. Ganz hinten standen die Schuldmägde, deren

Herrinnen sie sonntags in die Kirche schleiften, um sie fromm zu machen, und oben auf der Galerie die Sklaven und Bettler.

Increase schaute hinüber zur Männerseite und ordnete den Frauen ihre Ehemänner, Brüder und Söhne zu. Diese Bestandsaufnahme offenbarte die Schuldige. Die beiden Witwer, Captain Clarke und Diakon Oliver, waren natürlich ohne Gefährtinnen gekommen, aber auch die Kaufleute Parris und Greenwood. Parris' Frau Elizabeth war nach einer schwierigen Geburt im vergangenen Winter geschwächt und wohnte mit Erlaubnis von Increase nur selten den Versammlungen bei. Wer jedoch niemals fehlte, war Greenwoods Rebecca, und es war ihr Gesicht, das er unter den Frauen vermisste. Increase war entsetzt, dass eine Frau, die er wie seine eigene Tochter aufgezogen hatte, so fehlgehen konnte. Er würde mit Greenwood darüber sprechen und für den Verstoß einen zusätzlichen Zehnten erheben müssen.

Jedermann in Boston wusste, dass Greenwood im Sommer eine Indianerin von einem Freibeuterschiff gekauft hatte, und wie Increase von Samuel Parris und anderen Gemeindemitgliedern gehört hatte, verbrachte Rebecca übermäßig viel Zeit damit, dem Mädchen die englischen Sitten beizubringen. Dagegen war im Grunde nichts einzuwenden, obwohl Increase den Handel mit Freibeutern als gottlos erachtete, aber er hatte sehr wohl etwas dagegen einzuwenden, wenn Rebecca Greenwood nicht zur Versammlung erschien. Wenn er sich recht erinnerte, hatte sie bei der Predigt am vergangenen Donnerstag ebenfalls gefehlt. Dieses Benehmen konnte er nicht dulden. Sie war die Frau eines Kaufmanns und gehörte nur durch Gottes Gnade den oberen Rängen der Bostoner Gesellschaft an. Indem sie den Sonntag missachtete, bezeugte sie nicht nur schamlose Undankbarkeit, sondern war auch den Mädchen und Ehefrauen ein schlechtes Beispiel, da sie ihre Seele so den Versuchungen des Teufels öffnete. Ein Zehnter würde als Strafe nicht ausreichen. Er musste hier und jetzt etwas dazu sagen, sobald Cotton seine ausufernde Predigt beendet hatte.

»Noch immer sind wir so glücklich, dass es wohl kein Land im ganzen Universum geben dürfte, das freier von Ausschweifung und den entwürdigenden Lastern der Gottlosigkeit ist. Die Gesamtheit unseres Volkes ist von einem Wesen«, an dieser Stelle stieg Cottons Stimme in die Höhe, und sein Gesicht lief rot an, »… das Fluchen, die Missachtung des Sonntags, Hurerei, Trunkenheit und Ähnliches nicht als Eigenschaften eines Gentleman, sondern eines Ungeheuers oder Kobolds erachtet.«

Ebenso plötzlich wurde Cotton wieder blass und senkte die Stimme, so dass seine nächsten Äußerungen nur in den vorderen Reihen und von Increase, der hinter ihm saß, zu verstehen waren.

»Doch ungeachtet dessen müssen wir unserem Gott demütig eingestehen, dass wir von der ursprünglichen Liebe unserer Vorfahren in elendiger Weise abgewichen sind …«

Ich habe den Jungen zu gut ausgebildet, dachte Increase, obwohl der Junge in drei Monaten schon einundzwanzig wurde. Increase sah zu, wie der Sand durch das Glas rann. Selbst Diakon Oliver und Major Richards, die womöglich aufrechtesten Bürger der gesamten Kolonie – er selbst natürlich ausgenommen –, nickten allmählich ein. Increase musste sich der Erkenntnis stellen, dass er an diesem Morgen nicht mehr das Podium betreten würde. Die Ermahnung Rebecca Greenwoods würde bis zur zweiten Andacht nach dem Essen warten müssen.

13. Kapitel

Concepción war ins Gebälk über dem Bett des alten Mannes geklettert, nur weg von den vielen Fremden, die sie anstarren wollten, weg von ihren bohrenden Fingern und neugierigen Augen und englischen Zungen, die sie immer wieder bei dem Namen riefen, der nie der ihre sein würde. Die Holzpritsche war zu schwer, um sie wegzuschieben, und so hatte sie ihr Bettzeug mit auf den Dachboden genommen, Kissen, Federmatratze und Flickendecke und dazu ein Buch des alten Mannes, einige Kerzen, eine Zinnlampe und eine Zunderbüchse, die sie in einer Schublade des blaulackierten Schranks gefunden hatte, in dem Geschirr und Wäsche aufbewahrt wurden. Damit ihr niemand folgte, zog sie die Leiter hoch. Wann immer sie die Leiter hochhob, schoss ein Schmerz durch ihr Steißbein, doch war sie hier oben allein und hatte ihre Ruhe.

Sie ließ die Leiter nur hinunter, wenn alle Fremden gegangen waren und der alte Mann schnarchend im Bett lag. Erst dann stieg sie nach unten und verschlang, was an Nahrung auf den Tellern oder im Kochkessel, der an einer Stange im Kamin hing, übrig geblieben war: eine Pastetenkruste, an der noch etwas Hühnerfleisch und Möhren klebten, einen Kanten braunes Brot, dick mit Butter bestrichen, ein Stück Käse und die Überreste eines schlecht gewürzten Eintopfs.

Sie aß so viel, dass ihr Bauch sich rundete, ihre Brüste hart und üppig wurden wie zum Bersten gefüllte Weinschläuche. Auf dem Schiff hatten ihre monatlichen Blutungen ausgesetzt, und sie war froh darüber, denn so musste sie nicht das Notwendige zusammensuchen und es vor dem alten Mann verbergen. Natürlich wusste sie, dass die Saat des Piraten in ihr Wurzeln geschlagen hatte und der Hunger nicht von ihr stammte, sondern von dem Lebewesen, das in ihrem Körper heranwuchs. Sie hatte es gegen ihren Willen empfangen und empfand es als lästige Krankheit, als Parasiten, der sich von ihrem Fleisch nährte und Erinnerungen heraufbeschwor, die sie quälten.

Jeden Tag kamen zwei Frauen, um den alten Mann zu füttern und zu versorgen. Eine war die rothaarige Frau mit den blauen Augen, die der alte Mann Becca nannte, die andere eine Schwarze, die von Becca Seramur gerufen wurde. Concepción beobachtete sie vom Dachboden aus. Gemeinsam hoben sie den alten Mann aus dem Bett in den Sessel, der mit eisernen Rädern versehen war, damit sie ihn umherschieben konnten. Er saß in einem reinen Gewand mit seinem Bier und seinem Buch da, während Becca Teig knetete, zu Pasteten ausrollte und mit Fleisch und Gemüse füllte und Seramur die Bettwäsche des alten Mannes wechselte. Durch ein Astloch im Giebel konnte Concepción sehen, wie Seramur inmitten eines Meers aus Hühnern die verschmutzten Laken und Kissenbezüge in einer eisernen Wanne wusch und zum Trocknen auf eine Leine hängte, die zwischen Apfelbaum und Scheune gespannt war. Dann reinigte sie den Nachttopf des alten Mannes, erst mit Blättern und Zweigen, dann in der Waschwanne, in der sie gegen Abend auch Teller und Becher spülte.

»Thankful Seagraves?«, pflegte Becca sie zu rufen. Concepción spähte über die Plattform des Dachbodens und sah die Frau dort unten stehen, eine Hand auf die Hüfte gestützt, in der anderen einen hölzernen Löffel. Ihre blauen Augen funkelten, während sie ein Sperrfeuer aus englischen Wörtern hervorstieß, das unmöglich zu verstehen war.

»Thankful Seagraves!«, rief Seramur, stampfte mit dem Fuß auf und jammerte wütend vor sich hin, schüttelte den Nachttopf oder den Sack mit Hühnerfutter, damit Concepción verstand, dass sie bei der Arbeit helfen sollte.

»Ich kann euch nicht verstehen«, sagte sie dann auf Spanisch. »Lasst mich in Ruhe.«

Beide benutzten ein Wort, das ihr allmählich vertraut wurde: »helfen«. Sie zeigten auf sie, sagten den hässlichen Namen, den sie ihr gegeben hatten, deuteten nach unten und sagten »helfen«. Sie hatte nicht den blassesten Schimmer, was das heißen sollte.

»Concepción Benavídez!«, rief sie hinunter. *»Me llamo Concepción Benavídez!«*

Danach schenkte sie ihnen keine Aufmerksamkeit mehr. Sie zündete die Kerze in der Lampe an, lehnte sich an die weißgetünchte Mauer und las im Buch des alten Mannes. Richtig lesen konnte sie es nicht, doch benutzte diese Sprache immerhin das gleiche Alphabet wie ihre, und sie konnte versuchen, die Sprache nach dem Gehör zu lernen und sich zu merken, wie die Buchstaben auf dem Papier aussahen. Die Schlitze an den Seiten der Lampe warfen glühende Halbmonde an die Wände. Das Licht war zum Lesen kaum geeignet und machte sie bisweilen schläfrig und schwindlig, doch sie zwang sich, zehn Wörter am Tag zu lernen, beginnend mit dem Titel: *Eine Erzählung über die Gefangenschaft, die Leiden und Verschleppung von Mrs Mary Rowlandson, die von den Indianern mit mehreren anderen gefangen genommen und von den tückischen Wilden auf barbarische und grausame Weise behandelt wurde; mit vielen anderen bemerkenswerten Ereignissen ihrer Reisen.* Bei manchen Wörtern konnte sie sich nicht vorstellen, wie sie ausgesprochen wurden, andere hingegen, darunter »Indianer« oder »barbarisch«, klangen im Spanischen sehr ähnlich. Sie gelangte zu dem Schluss, dass es sich um eine Geschichte über grausame, barbarische Indianer handelte, die eine Gefangene verschleppt hatten. Genau wie bei mir, dachte sie. Ich wurde von grausamen, barbarischen Piraten gefangen. Sie wollte diese Geschichte gerne lesen können.

Wenn der alte Mann gegessen hatte und nach dem Mittagsmahl zu Bett gebracht worden war, die saubere Wäsche gefaltet im Schrank lag, das Geschirr bis auf den Kessel, der immer gefüllt im Kamin hängen blieb, abgespült worden war, brachen Becca und Seramur wieder auf. Zu essen gab es niemals genug. Concepción sehnte sich nach *agua fresca,* das aus dem Fruchtfleisch von Wassermelonen und Gurken hergestellt wurde, nach frischer süßer Sahne aus Kuhmilch statt aus der sauren Ziegenmilch, die man hier trank, und nach dem unnachahmlichen Aroma einer heißen Quesadilla, einer Tasche aus Maismehl, die mit geschmolzenem Käse und Kürbisblüten gefüllt wurde.

Als sie einmal mit einer langen eisernen Zange in den Kohlen stocherte, fand sie in der Asche zwei Eier, die in geschwärzte Blätter gewickelt waren. Sie zerbrach die Schalen, das Innere war grau und fest. Sie wollte beide mit einer Prise Salz genießen, doch bevor sie sich versah, hatte sie sich die Eier in den Mund gestopft und erstickte fast an den olivgrünen Dottern. Danach war sie immer noch hungrig. Dann fiel ihr ein, dass es draußen Hühner und Hähne gab, die abends statt morgens krähten. Sie hob den Balken von der Tür, trat nach draußen und fuhr überrascht zurück, weil es so kalt war. Sie eilte wieder hinein, nahm die Kniedecke des alten Mannes aus dem Sessel und wickelte sich hinein. Wenn sie nur ein Huhn fangen und ihm den Hals umdrehen könnte, wie ihre Mutter es getan hatte, würde sie es rupfen, absengen und im Kessel kochen. Das gäbe eine *caldo de pollo*, eine einfache leichte Brühe mit Huhn und Gemüse.

Sie schaute sich auf dem Hof nach einem Brunnen um, entdeckte aber nur rotes, weißes und geflecktes Geflügel, dazu gelbe Küken, die zwischen Scheune und Hühnerstall umherliefen. Hennen hockten im Apfelbaum und in den verdorrten Gemüsebeeten hinter dem Haus. Ein kalter Windstoß wehte ihr ins Gesicht und ließ ihre Haut prickeln. Ihre Ohren fühlten sich kalt an. Sie zog die Decke enger um den Hals. Irgendwo musste ein Brunnen sein, Seramur kochte doch Wasser in der Wanne, bevor sie wusch. Vielleicht hinter der Scheune, aber nein, dort gab es nur ein brachliegendes kleines Maisfeld, das mit Maishülsen und welkem Laub bedeckt war, und einen langen Wassertrog, der vom schiefen Zaun hing.

Sie schaute über den Zaun und sah, dass die Straße in einem Wäldchen endete. Die Scheune war nur einen Steinwurf vom Wald entfernt. Sie erinnerte sich, wie sie mit Aléndula durch Wälder aus Zypressen und Pinyon-Kiefern gewandert war, doch die Wälder hier sahen anders aus, dunkler und bedrohlicher, riesige Immergrüne, Bäume mit Blättern in verschiedenen Farben, wie sie sie nie gesehen hatte, und dichtes Unterholz, das ein smaragdgrünes Licht verströmte. Der Wind hatte aufgefrischt, und ihre Ohren fühlten sich taub an. Der Himmel dunkelte in tiefes Grau. Wenn sie noch länger trödelte, würde sie ihre Suppe nicht vor der Dunkelheit bekommen.

Sie ging am Zaun entlang, bis sie endlich den Brunnen auf der anderen Straßenseite entdeckte, ein kleines Steingebilde mit einer Wetterfahne, das in einem Busch mit abgestorbenen Ästen verborgen war. Hinter dem Brunnen breitete sich eine große Weide aus, und sie roch Salzwasser in der Luft, als wären sie in der Nähe des Ozeans. Sie stieß das Tor auf, drehte sich noch einmal zum Haus um und tat den ersten Schritt in die Außenwelt. Weit ging sie nicht, doch als sie die schmale, schlammige Straße überquerte, spürte sie eine neue Freiheit und Entschlossenheit. Das Seil war um die Winde gewickelt, und ihr wurde klar, dass sie gar keinen Behälter für das Wasser mitgebracht hatte. Zudem fehlte ihr das Gemüse. In den Beeten wuchs nur Unkraut. So dumm konnte man doch gar nicht sein.

Also setzte sie sich schmollend auf den Brunnenrand. Eine weiße Katze mit gesprenkeltem Gesicht schlenderte über die Straße auf sie zu. Sie bückte sich, um die Katze zu streicheln, wobei sich ein Zweig in ihrem Haar verfing. »Mein Haar wächst nach«, sagte sie laut, sprang auf und wühlte mit den Händen in ihrem kurzen dichten Haarschopf. »Siehst du das, Kätzchen? Mein Haar wächst nach!« Sie wusste nicht, weshalb sie sich so darüber freute. Die Katze schnurrte laut, rieb sich an ihren Beinen und lief hinüber zum Busch, um an der Rinde zu kratzen. Concepción bemerkte, dass der Busch gar nicht abgestorben war. Die Rinde war grün, wo die Katze gekratzt hatte, und die Zweige waren mit winzigen grünen Knospen übersät. Welche Jahreszeit hatten sie? Sie wusste nur noch, dass sie Veracruz im Sommer verlassen hatten. Wie lange bin ich schon hier? Eine Sekunde lang war ihr, als hätte sie sich in der Zeit rückwärts bewegt, zurück in den Frühling. Dann geriet sie bei der Vorstellung in Panik, dass sie vielleicht ein Jahr in der Zeit vorausgeeilt war, ohne sich daran zu erinnern. War sie so krank gewesen, dass sie die kalten Jahreszeiten durchgeschlafen hatte? Oder wurde sie verrückt? Ein Schauer überlief sie.

»Vielleicht ist dieser Ort verrückt«, sagte sie und bückte sich wieder, um die Katze zu streicheln. Schwarze Tupfen bedeckten ihr Gesicht wie eine Maske. Sie hatte einen schwarzen Fleck auf der Nase, der wie ein Schnurrbart aussah, und eine Reihe schwarzer und brauner Sprenkel, die sich über den ganzen Rücken zogen. »Pecas«, sagte Concepción und kraulte die Katze zwischen den Ohren. »Ich werde dich Pecas nennen, weil du aussiehst, als hättest du Sommersprossen.« Die Katze zwinkerte ihr zu und stieß mit dem Kopf gegen ihre Hand.

Concepción kehrte in die Scheune zurück, um einen Eimer zu suchen. Die Katze folgte ihr. Der Gestank von Hühnermist erinnerte sie an das Bilgenwasser auf dem Piratenschiff, und sie musste hinauslaufen und würgen. Hinter dem Häuschen führten ein paar steinerne Stufen in den Keller. Sie dachte an ihr Versteck im Laderaum des Schiffes, inmitten von Fässern mit Zwieback und Süßkartoffeln, Flaschen mit Öl und Wein, dicken gesalzenen Schinken in Sackleinwand, die von den Balken hingen, und ihr lief das Wasser im Mund zusammen. Unter dem Haus wurde sicherlich Essen gelagert. Am Fuß der Treppe entdeckte sie eine kleine Tür, die in einen dunklen Keller führte. Sie schaute hoch zum Himmel, der jetzt aschgrau war, und konnte sich nicht erinnern, wann sie das letzte Mal die Sonne gesehen hatte. Vermutlich auf dem Schiff, als sie auf dem Oberdeck gestanden und auf den Horizont geblickt hatte, während die Sonne rötlich golden im dunklen Meer versank. Sie brauchte Licht. Auf Zehenspitzen schlich sie zurück ins Häuschen und nahm die Öllampe vom Nachttisch des alten Mannes.

Im Keller entdeckte sie ein Fass Bier, das so bitter schmeckte, dass sich ihr Magen umdrehte, dazu ein Bündel verschimmelter Maiskolben, die von Ratten angefressen waren. Sie fand mit Stroh ausgelegte Schütten voller Möhren und Äpfel, lange dünne Knollen, die nach Zwiebeln rochen, einen Sack getrockneter Erbsen, hart wie Holzperlen, und ein halbes Fass Hühnerfutter.

»Wie wäre es mit einer Erbsensuppe mit Möhren und Zwiebeln, wenn ich schon keine *caldo de pollo* kochen kann?«, fragte sie die Katze. Diese leckte ihre Pfote, als stimmte sie ihr zu. Erbsensuppe wäre gut, vor allem bei der Kälte. Und sie musste kein Huhn töten, rupfen und absengen. Sie würde allerdings ins Haus zurückkehren und einen Kessel für das Wasser holen müssen. Schwer zu tragen, aber etwas anderes gab es nicht.

Als sie das Häuschen betrat, traf sie etwas heftig am Kopf. Der alte Mann hatte seinen Gehstock nach ihr geworfen. Sie stolperte rückwärts, stieß sich die Schulter am Türrahmen und landete mit der Wange flach auf der steinernen Schwelle. Sie sah noch, wie die Katze auf sie herabschaute, die grünen Augen weit aufgerissen, und an ihrem Gesicht schnüffelte.

14. Kapitel

Die Gevatterin Mehitable Thorn sorgte sich um ihren Nachbarn Tobias Webb. Niemand wusste, was die papistische Kreatur, die man in sein Haus geschafft hatte, anstellen würde. Die Gevatterin Thorn hatte auf den ersten Blick erkannt, dass die Kreatur böse war, dazu hätte sie gar keine lasterhaften Handlungen mit anzusehen brauchen. Doch sie hatte sie mit angesehen. Zunächst einmal hatten Gevatterin Thorn und auch jeder andere in Roxbury, der sich in Tobias' Haus zur Stadtversammlung eingefunden hatte, miterlebt, wie die Kreatur Zeichen über ihrem Gesicht schlug und ihren Daumen küsste, ganz offen, so als leckte sie nach dem Essen ihre Finger ab. Reverend Lowe war mit Kaufmann Greenwood aus dem Zimmer getreten und hatte die anstößigen Gesten nicht selbst gesehen, doch Tobias hatte die Kreatur mit schriller Stimme zurechtgewiesen. Die Gevatterin Thorn war zunächst bereit, es als gedankenlose Papisterei abzutun. Die Kreatur wusste es nicht besser, war eigensinniger als eine Quäkerin und ungelehrt wie eine Wilde; ihr war noch nicht bewusst geworden, dass sie unter die Auserwählten Gottes gelangt war, wo keine Papisterei geduldet wurde. Die Sache mit der Katze bewies jedoch, dass durchaus Grund zur Sorge bestand. Wenn ihr mich fragt, so dachte sie, bringt die Kreatur meinem Nachbarn nicht nur die Papisterei ins Haus, sondern offene Hexerei. Die Gevatterin Thorn bezweifelte nicht, dass Tobias in Gefahr schwebte.

»Beeil dich, Polly«, rief sie ihrer Magd über die Schulter zu.

»Habt Ihr das gesehen, Herrin?«

»Was gesehen? Na los, schnell jetzt. Die Leute auf dem Markt werden nicht den ganzen Tag auf uns warten, selbst wenn wir den besten Käse in der Bay Colony machen.«

»Aber Herrin, habt Ihr nicht die weiße Katze gesehen? Warum hat sie ihr so über das Gesicht geleckt? Ist sie gestorben oder ohnmächtig geworden oder was? Sollten wir nicht hinübergehen und nachschauen?«

»Was immer es ist, Polly, es geht dich sicher nichts an. Nun beweg dich, Mädchen, und mach dich nicht so wichtig!«

Doch die Gevatterin Thorn hatte alles genau gesehen. Wie die Kreatur grundlos auf der Schwelle des Häuschens niedergesunken war, als hätte Gott oder der Teufel selbst sie geschlagen. Wie die weiße Katze daneben gesessen und der Kreatur ins Gesicht geschaut hatte, als wollte sie sich nach ihrem Befinden erkundigen, wie sie ihr das Kinn abgeleckt hatte, als wären sie ganz vertraut miteinander. Warte ab, bis ich Mary Penfield davon erzähle, dachte die Gevatterin Thorn. Obwohl sie wie ein stilles Mäuschen wirkte, war Cotton Mathers Magd schneller als der städtische Ausrufer.

»Kein Wort darüber, Polly, verstanden? Kein Wort, oder du kannst dir eine neue Stelle suchen.«

15. Kapitel

Auf dem Dachboden hatte Concepción unter einem staubigen Tuch zwei Truhen gefunden. Die kleinere Truhe war zu schwer, um sie zu bewegen, und abgeschlossen. Sie hatte sämtliche Schubladen des Wäscheschranks nach dem Schlüssel durchsucht und sich bemüht, das Schloss mit verschiedenen Löffeln und zwei Zinngabeln aufzubrechen, da im ganzen Häuschen keine Messer zu finden waren, dabei aber nur die Zinken verbogen. Fürs Erste benutzte sie die kleinere Truhe als Nachttisch. Die größere war mit Zedernholz ausgekleidet und enthielt sorgfältig gefaltete Männerkleidung: eine dunkelgrüne Kniehose mit Holzknöpfen und ein braunes wollenes Unterhemd, eine gelbe Brokatjacke, zwei fleckige Leinenhemden mit weiten Ärmeln, zwei Baumwollunterhosen, ein Nachthemd, eine rote Kappe, drei Paar dicke rote Strümpfe, einen blauen wollenen Umhang mit blauem Satinfutter in der Kapuze, Haarbänder, einen Elfenbeinkamm, einen abgenutzten Lederbeutel, drei lederne Handschuhe und ein Paar schwarze Schnallenschuhe, die doppelt so groß wie ihre Füße waren. Becca hatte gelacht, als Concepción die Leiter herunterkletterte, angetan mit der grünen Kniehose, einem Leinenhemd und der Brokatjacke, doch der alte Mann hatte nur geschrien und mit den zahnlosen Kiefern gemahlen, bis sich Schaum in seinen Mundwinkeln sammelte und sein Gesicht leuchtend rot wurde. Noch nie hatte sie ihn so wütend erlebt, nicht einmal als der Mann mit der Halskrause, den sie Natanio nannten, am Tisch gesessen, in ein Kontenbuch geschrieben und Münzen gezählt hatte.

»Son, son, son!«, brüllte der alte Mann unablässig. »Sie sind. Sie sind. Sie sind.« *¿Qué son?*, wollte Concepción fragen. Was sind sie? Becca deutete nach oben und sagte kopfschüttelnd »Nein, Thankful Seagraves«, gefolgt von einigen unverständlichen Worten, die mit »son« endeten. Sie sollte die Leiter hinaufklettern und sich umziehen.

Concepción vertraute dem alten Mann, da er sie in Ruhe ließ, wenn sie nicht gerade Bier aus dem Keller holen oder ihm vom Bett in seinen Lesestuhl am Feuer helfen sollte. Allerdings schlug sie jedes Mal nach seiner Hand, wenn er sie wie einen Hund streicheln oder ihre Brüste liebkosen wollte. Es schien ihn nicht zu stören, dass sie spanisch mit ihm sprach oder fast alles aufaß, was seine Tochter für ihn kochte. Meist sparte er sich seinen Zorn für Becca oder Natanio auf, doch als er Concepción in diesen Kleidern sah, geriet er in Rage. Sie saß auf dem Boden aus gestampfter Erde und weinte, während die sinnlosen Wörter, mit denen der alte Mann seine Missbilligung ausdrückte, unablässig auf sie einprasselten.

Am nächsten Tag brachte Becca ihr Frauenkleidung und lockte sie vom Dachboden, indem sie jedes Stück einzeln hochhielt und seinen Namen aussprach: »Unterhemd«, »Strümpfe«, »Strumpfbänder«, »Unterröcke«, »Weste«, »Schürze«, »Haube«, »Tasche«, »Schuhe«. Drei Kleidungsstücke hießen Unterrock, das erste und längste war aus dunkelgrauer Baumwolle, das zweite aus dünner roter Wolle, das dritte und kürzeste aus dickerer brauner Wolle, die schwarz eingefasst war. Die Schürze wirkte fadenscheinig, aber die Strümpfe waren kaum getragen, und die Schuhe sahen ganz neu und weich aus, wie Hausschuhe mit einer festen Sohle, wenngleich es Concepción schwerfiel, den rechten vom linken zu unterscheiden. Ihr liebstes Stück war der lange Beutel, den die Frau als Tasche bezeichnete und den man um die Taille gebunden trug. Becca hatte ein Messer mit Scheide am Riemen ihrer Tasche befestigt. Concepción deutete auf das Messer und dann auf sich selbst.

»Nein, Thankful Seagraves, du bekommst kein Messer.«

»Mesa«, sagte Concepción und stieß mit dem Finger gegen das Messer.

»Huhn«, sagte Becca, nahm eine tote Henne vom Tisch und hielt sie Concepción hin. »Rupfen. Du –« Sie deutete auf Concepción. »Rupf das Huhn. Helfen.« Becca riss einige Federn aus und warf sie ins Feuer.

Vom Gestank der brennenden Federn wurde Concepción übel, fast hätte sie gewürgt. Becca goss ihr Milch aus dem Krug ein, den sie dem alten Mann mitgebracht hatte.

»Trink das. Es beruhigt den Magen.«

»*Leche*«, sagte Concepción.

»Kein papistisches Gerede«, mahnte Becca. »Du sprichst jetzt Englisch. Sag Milch.«

»Miel«, ahmte Concepción sie nach und verzog beim Geschmack der Ziegenmilch das Gesicht. »Mesa.«

»Kein Messer für Thankful Seagraves.«

Concepción ließ sich Zeit und rupfte das magere Huhn Feder um Feder.

Sie schraken zusammen, als der alte Mann vom Abort rief. Becca lief nach draußen und ließ ihr Messer neben den Süßkartoffeln, die sie gerade schälte, auf dem Tisch liegen. Sofort griff Concepción danach und eilte die Leiter hinauf. Sie hockte sich hin und stocherte im Schloss der Truhe, doch es gab noch immer nicht nach.

»Thankful Seagraves?«, hörte sie Becca von unten rufen. »Thankful Seagraves …« Der Rest ging im nachmittäglichen Gegacker der Hühner unter.

Concepción schob die Klinge zwischen Deckel und Truhe und drückte gegen das Schloss. Schweiß sammelte sich unter ihrer

Haube, und sie hörte gar nicht, wie Rebecca die Leiter heraufstieg.

»Thankful Seagraves …«, sagte Becca, als sie mit Gesicht und Schultern durch die Öffnung tauchte. Sie bedeutete Concepción, wieder herunterzukommen und ihr das Messer zurückzugeben. Concepción schüttelte den Kopf.

»Tasche«, sagte sie und zeigte, wie sie das Messer neben der Tasche tragen wollte.

»Nein«, erwiderte Becca und deutete auf sich. »Mein Messer. Rebeccas Messer.«

»Mein mesa, Rebecca«, sagte Concepción und tippte sich mit der Spitze der Klinge an die Brust. Sie wolle auch die Scheide, fügte sie auf Spanisch hinzu, was Becca natürlich nicht verstand. »Mesa Tasche«, sagte Concepción, die Hand ausgestreckt, und schaute Becca in die Augen.

Selbst im Dämmerlicht des Dachbodens konnte sie sehen, dass Beccas Gesicht gerötet war und ihre Augen wie blaues Feuer blitzten.

»Du hast schon genug bekommen«, sagte Becca. »Genug, Thankful Seagraves.«

»*Y no*, Becca.«

Sie sah zu, wie Becca die Leiter hinunterkletterte und wieder an die Arbeit ging. Sie warf geschälte und ungeschälte Süßkartoffeln zusammen ins kochende Wasser und knallte den Deckel darauf. Concepción wusste, dass sie Becca wütend gemacht hatte, doch immerhin besaß sie jetzt ein Messer. Dann wandte sie sich wieder der Truhe zu und schaffte es schließlich, das Schloss gewaltsam zu öffnen. Als sie den Inhalt sah, stieß sie einen Schrei aus. Die Truhe war mit ledergebundenen Büchern gefüllt, die auf der Titelseite allesamt den Namen *Robin Webb* trugen. Die meisten Titel ergaben keinen Sinn für sie, doch es waren schöne Bücher mit Goldschnitt und Einbänden in verschiedenen Farben. Sie wählte eins in jeder

Farbe aus und legte sie auf Mary Rowlandsons Buch, das sie dem alten Mann noch nicht zurückgegeben hatte. Grün: *Verteidigung der Poesie*, Sir Philip Sidney, 1595; rot: *Tag des Jüngsten Gerichts; oder, Eine poetische Schilderung des Großen und Letzten Gerichts*, Reverend Michael Wigglesworth, 1662; blau: *Eine Erzählung von den Plagen mit den Indianern*, William Hubbard, 1677; braun: *Die tragische Historie vom Doktor Faustus*, Christopher Marlowe, 1616; schwarz: *Die zehnte Muse erschien kürzlich in Amerika*, Anne Bradstreet, 1650.

Ein anderes schwarzes Buch, *Moriae Encomium* von Desiderius Erasmus, 1590, auf Latein, brachte sie zum Weinen, weil Erinnerungen an das Leben im Kloster sie wie eine kalte Welle überspülten. Es war das Bild auf dem Frontispiz, das ihre Tränen fließen ließ. Ein Mann in Gelehrtenkleidung saß am offenen Fenster einer Burg und beugte sich mit einer Feder in der Hand über ein Buch. Statt des Mannes sah sie Madre in Schleier und langem Skapulier, in der gleichen Haltung mit der Feder in der Hand am offenen Fenster ihrer Zelle sitzen, im Hintergrund die schneegekrönten Vulkane Popocatepetl und Ixtaccihuatl.

Am Boden der Truhe fand sie einen hölzernen Kasten mit einem abgeschrägten, an Scharnieren befestigten Deckel. Auf der Innenseite entdeckte sie ein rotes Band, in das eine Wölfin geprägt war, die zwei Kinder säugte, und die Worte *Schola Latina Bostoniensis* zu den Füßen der Wölfin. Außerdem fand sie Papier, siebzehn Blätter Pergament, auf deren Kopf das Wort »Harvard« zu lesen war.

»Arvard«, hörte sie sich sagen, als sie mit dem Finger über die goldenen Buchstaben fuhr. Hatte so der Mann geheißen, der diese Kleider getragen hatte? Sie fand eine Stange Tinte und zwei Federn, einen weißen Gänsefederkiel, mottenzerfressen und mit abgenutzter Spitze, sowie einen robusteren braunen Truthahnfederkiel, beinahe unversehrt, die Spitze noch mit alter Tinte verkrustet.

Sie nahm die Federkiele in eine Hand, hielt sich mit der anderen die Tinte an die Nase und atmete den Geruch ein, die Erinnerung ans Schreiben. Stunde um Stunde hatte sie den Federkiel über die Seite geführt, Schriftübungen, kalligraphische Übungen, Reihe um Reihe verschiedener Schleifen, Striche und Schnörkel, bei denen sich ihre Hand erst im und dann gegen den Uhrzeigersinn über das Blatt bewegte. Im Hintergrund hörte sie Madres Stimme, die Anweisungen erteilte, diktierte und Kerzen in Teiche aus heißem Wachs auf den Tisch klebte.

Der Geruch von Süßkartoffeln, die in Melasse und Butter gedünstet wurden, riss sie in die Wirklichkeit. Sie hörte, wie Becca wütend mit dem alten Mann sprach und dieser mit lauter Stimme antwortete.

»Es sind meine Hühner«, dröhnte er. »Ich mag bettlägerig sein, aber es sind immer noch meine Hühner und mein Hof. Das ist alles, was mir geblieben ist, Rebecca.«

»Vater, du warst einverstanden, dass Nathaniel und ich den Hof führen. Wir wollen dir doch nichts wegnehmen, ganz im Gegenteil. Darum haben wir dir eine Dienstmagd besorgt. Wenn wir das Mädchen erst an unsere Sitten und unsere Sprache gewöhnt haben, wird Nathaniel sie in die Arbeit mit den Hühnern einweisen, dann verdoppelt sich der Wert des Hofes. Du kannst deine Rückstände begleichen, und irgendwann werden wir auch Truthähne züchten. Das ist ein gutes Geschäft, Vater. Nathaniel hat schon ein Vermögen hineingesteckt.«

»Dein Mann entstammt einer Familie von Dieben«, entgegnete der alte Mann. »Er macht genau da weiter, wo sein Vater aufgehört hat. Es hat nicht genügt, mir meine Felder zu rauben, meine Kühe und Ziegen, dir das Fundament zu nehmen, auf dem du und deine Brüder aufgewachsen seid. Der Mann hat meinen Sohn getötet und meine Tochter zum Weib eines Kaufmanns gemacht. Und jetzt stiehlt er auch noch meine Hühner!«

»Du musstest deinen Besitz verkaufen, um Robins Schulden zu begleichen, Vater. Nathaniels Vater hat nur das Geld eingetrieben, das du ihm für Robins Ausbildung schuldetest. Und es war nicht Nathaniels Schuld, dass Robin an jenem Tag hinausgerudert ist. Seine Freunde haben uns erzählt, dass er unmäßig getrunken hatte, weil er durch die Prüfungen gefallen war und nicht wagte, dir gegenüberzutreten. Du darfst Nathaniel nicht länger die Schuld an der Torheit meines Bruders geben.«

»Schick dich, Weib!«, zischte der alte Mann. »Greenwoods Lügen haben deinen Geist verwirrt. Ich weiß, was ich weiß.«

Sie stritten, bis Rebecca das Haus verließ. Concepción hatte den Kern der Auseinandersetzung tatsächlich verstanden, interessierte sich aber nicht für den Zorn der beiden und fürchtete sich auch nicht mehr. Nun hatte sie ein Ziel. Wenn sie am Abend den alten Mann gefüttert und gewaschen und die Vorhänge seines Bettes geschlossen hatte, wenn sie abgewaschen und die Glut im Kamin gelöscht hatte, würde sie sich an den Tisch setzen und die Federkiele reinigen und schärfen. Sie würde die Tintenstange in Essig auflösen und Lampenruß hinzugeben, um die Güte der Tinte zu verbessern. Dann wollte sie ein Blatt nehmen und in ihrer eigenen Sprache darauf schreiben. Sie brauchte auch ein Tintenfass, eine Streusandbüchse und mehr Papier, wenn die siebzehn Blätter aufgebraucht wären, doch fürs Erste hatte sie, was sie brauchte. Sie wusste nicht, was sie schreiben würde, und es war ihr auch egal. Selbst wenn sie nur Schleifen auf die Seite malte, wäre sie glücklich. Wie seltsam, dachte sie, so viel Freude in einem Federkiel und Papier zu finden. Sich in seiner eigenen Sprache auszudrücken, wenn auch nur auf stummem Papier. Stummes Papier. Diesen Ausdruck hatte Madre verwendet. »Concepción, du kannst dich glücklich schätzen, dass du eine eigene Lehrerin hast. Als ich so alt war wie du, besaß ich nur ein Tintenfass und stummes Papier.«

16. Kapitel

An Dich, das Wesen, das in mir heranwächst:

Ich weiß, dass Du da bist, weil ich spüre, wie Du trittst und Dich rührst, aber ich kann es nicht glauben. Ich glaube nicht, dass Du wirklich geboren wirst. Nicht dass ich fürchte, Du könntest sterben. Ich glaube ja kaum, dass Du am Leben bist oder aus mir herauskommen wirst, ein winziges lebendes Etwas mit einem eigenen Namen, das zu einem Menschen mit einem eigenen Leben heranwachsen wird. Ich frage mich, ob meine Mutter auch so empfunden hat, als sie mich in sich trug.

Ich bin mir nicht sicher, ob Du diesen Brief jemals lesen wirst oder ob ich ihn lieber im Kamin verbrennen soll, wenn ich ihn zu Ende geschrieben habe, so wie Madre die Briefe verbrannte, die sie an eine verstorbene Freundin schrieb, aber ich möchte Dir gern von meiner Mutter erzählen, deiner Großmutter, der Du nie begegnen wirst. Ihr Name lautete María Clara Benavídez, und sie galt als die gescheiteste Wirtin in ganz Neuspanien. Sie war eine jener Mischlingsschönheiten, die als china poblana bekannt sind. Sie war groß, mit breiten Hüften und olivbrauner Haut, mit philippinischen Augen von hellbrauner Farbe und dickem afrikanischem Haar, das in schwarzen Ringellocken über ihren Rücken fiel. Sie war immer makellos in buntbestickte huipiles gekleidet und trug zarte goldene Ohrringe, Perlen von Lapislazuli, Jade und Koralle um den Hals und an beiden Armen silberne Armreifen, die bis zum Ellbogen reichten. Sie führte eine saubere und anständige pulqueria, wenngleich sie eine jähzornige Frau war, die einmal einen betrunkenen Soldaten verstümmelte, weil er mich befingert hatte, während ich an seinem Tisch bediente. Von meinem spanischen Vater weiß ich wenig, nur dass er meine Mutter wegholte und seine Familie ein eigenes Wappen besaß.

Ich stamme aus einem anderen Teil der Welt, einem Land namens Mexiko, das viele Wochen vom kalten Land Massachusetts entfernt ist. Ich wurde auf einem Piratenschiff hierhergebracht und von dem Piratenkapitän, der Dich zeugte, in die Sklaverei verkauft. In Mexiko war ich keine Sklavin. Ich war Schreiberin in einem Kloster, und die Nonne, der ich assistierte, war eine sehr gebildete Frau mit einer großen Leidenschaft für Bücher und Schriften. Ich wünschte, ich wüsste noch ihren Namen, doch für mich war sie immer Madre, obwohl sie den Namen ebenso wenig mochte wie ich den englischen Namen, den man mir gegeben hat und den ich weder schreiben noch aussprechen kann. Ich bete zur Jungfrau von Guadalupe, dass Du niemals erfahren mögest, was es heißt, gefangen genommen, missbraucht und von Piraten verschachert zu werden. Mit Geld gekauft zu werden wie eine Kuh oder ein Möbelstück.

Ich wohne in einem kleinen dunklen Haus mit einem alten Mann, der übel gelaunt ist und dem ein halbes Bein fehlt, dessen verbliebene Hälfte verschrumpelt und von Narben übersät ist. Das Haus besteht nur aus vier steinernen Wänden und einem strohgedeckten Dach, ist von innen aber größer, als es von außen aussieht, weil sich über dem Bett des alten Mannes ein Dachboden befindet, auf dem ich schlafe, nachdem ich die Krankheit überstanden habe und die Leiter hinaufklettern kann, ohne ohnmächtig zu werden. Hier drinnen gibt es allerdings nur ein Zimmer. Das Himmelbett des alten Mannes nimmt fast die Hälfte des Raumes ein, und der Küchenherd gegenüber ist so hoch, dass man sich hineinstellen kann. Mitten im Zimmer steht ein Tisch mit einer langen Bank an einer Seite und einer Sitzbank mit Lehne an der anderen Seite. Es gibt einen blaulackierten Schrank unter dem Fenster und einen Sessel mit Rädern nahe des Kamins, in dem der alte Mann den lieben langen Tag sitzt und liest und seine Pfeife raucht. Der Boden besteht nur aus festgestampfter Erde, die mit Heu bedeckt ist.

Draußen gibt es eine kleine Scheune mit einer kaputten Tür, einen leeren Hühnerstall und einen Hof, der mit Hühnerfedern tapeziert ist. Überall sind Hühner! Ich habe nur zwei Hähne gesehen, einen hellen, der wie ein Hofnarr umherstolziert, und einen kleinen gefleckten, der ständig die Hennen besteigt. Einmal verstreute ich gerade das Hühnerfutter, als ein wilder Truthahn auf den Hof geflattert kam, doch die Hähne griffen rasch an und verscheuchten ihn. Nicht einmal die weiße Katze, die im Keller lebt, legt sich mit den Hähnen an, obwohl ich ab und zu ein totes Küken auf der Schwelle finde. Dann schelte ich die Katze aus, und sie schleicht von dannen, wobei sie das tote Geschenk mitnimmt.

Ich glaube, ich wurde als Dienstmagd für den alten Mann hergebracht, obwohl meist seine Tochter Becca und deren Sklavin Seramur für ihn kochen und saubermachen. Das Haus liegt an der Kreuzung dreier Feldwege, ganz nah am Wald, aus dem ich manchmal Trommeln höre und in dem ich Schatten von Menschen sehe, die sich zwischen den Bäumen bewegen. Ich glaube, es sind Indianer, wilde Indianer, die in den Wäldern leben, nicht die gebrochenen Indianer Mexikos. Zweimal habe ich eine Indianerin mit langem schwarzem Haar auf der Straße stehen sehen, und ich stelle mir vor, wie sie mich zu sich in den Wald ruft. Ich weiß nicht, weshalb ich mich so davor fürchte; ich hänge nicht an meinem Leben, also geht es mir wohl darum, Dich zu beschützen.

Ich habe mich noch nicht weiter als bis zum Brunnen aus dem Tor gewagt. Es muss der einzige Brunnen in der Gegend sein, da ich Nachbarn aus verschiedenen Richtungen herbeikommen sehe, die dort ihre Krüge und Eimer füllen. Manche kommen zu Fuß, andere mit Fuhrwerken; wieder andere schieben Karren wie jenen, der in der Scheune steht und mit Hühnermist bedeckt ist. Wenn sie mich auf der Schwelle sitzen sehen, starren sie herüber, sagen aber nichts, und ich habe mich daran gewöhnt, sie nicht zu beachten. Ich weiß nicht, wie weit dieser Ort vom Meer entfernt ist, obwohl ich das Salz in der Luft riechen kann, wenn es morgens ganz kalt ist und dicker Nebel den Blick auf die Bäume verstellt.

In der Ferne höre ich Glocken läuten. Es muss hier eine Kirche geben, und ich stelle mir vor, dass sie zum Abend läuten wie bei uns in Mexiko. Nun ist es Zeit, die Lampe zu löschen. Ich bin beinahe am Ende der zweiten Seite angelangt. Ich muss sparsam mit dem Pergament umgehen, weil es so begrenzt ist, und ich sollte die Spitze des Federkiels feiner schärfen, damit meine Schrift kleiner wird. In meinem Bauch gurgelt es. Wer von uns ist hungrig, Du oder ich? Ich stelle mir vor, wie Du aussiehst, winzig und blind wie ein frisch geschlüpftes Küken, das hungrig den Schnabel öffnet. Es gibt nichts mehr zu essen, Kleines. Schlaf jetzt.

Bis zum nächsten Brief sende ich Dir einen Gruß zur guten Nacht,
Deine Mutter,
Concepción Benavídez (nicht Sengfu Sigref)

17. Kapitel

Jeden Donnerstag nach der Versammlung packten sie Caleb in Decken gewickelt zwischen sich in den Wagen, um die drei Meilen nach Roxbury zu fahren und mit Rebeccas Vater zu Abend zu essen. Es war ein Ritual, das Nathaniel noch mehr verabscheute, als das Warenlager zu schließen und den ganzen Tag im Gemeindehaus zu verbringen. Der alte Mann zeigte sich stets von seiner schlechtesten Seite, begann Rülpswettbewerbe mit Caleb oder rauchte während des Essens Pfeife. Der alte Bock begegnete Nathaniels Sorgen um den Hof gleichgültig und hörte nur zu, wenn Rebecca von den Themen der Predigten berichtete. Nun, nachdem der erste Schnee gefallen war, musste Nathaniel sogar auf den Spaziergang zu Gevatter Thorns Haus verzichten, da ein eisiger Wind von der Bucht herüberwehte. Er hatte sich angewöhnt, seine Kontenbücher mitzubringen und sich um die Buchführung zu kümmern, während er darauf wartete, dass das verdammte Ritual mit dem alten Bock zu Ende ging. Nathaniel genoss nur die Fahrt, und selbst die machte bei Schnee wenig Freude. Regen, Schnee, Hagel oder Sonne – höchstens ein Schneesturm konnte Rebecca an einem Donnerstag von Roxbury fernhalten.

»Sie hat ein Messer gestohlen?« Nathaniel zog die Zügel an, und die Pferde näherten sich langsam der schneebedeckten Halbinsel des Neck, die Boston mit Roxbury und dem Festland verband.

»Sie hat es nicht wirklich gestohlen, nur an sich genommen. Ich nehme an, sie brauchte es. Jedenfalls hat sie es mir nicht zurückgegeben. Sie sieht ja, dass Sara Moor und ich Messer tragen.«

»Und du hast sie mit dem alten … mit deinem Vater allein gelassen? Obwohl sie ein Messer bei sich hatte?«

»Willst du andeuten, sie wolle meinen Vater erstechen? Also ehrlich, Nathaniel! Welch unchristlicher Gedanke!«

»Warum denn nicht? Wer sollte sie davon abhalten? Immerhin hat sie Indianerblut und könnte jederzeit in Rage geraten. Hast du vergessen, was in Lancaster passiert ist? Während wir uns noch unterhalten, hat sie deinem Vater womöglich schon die Kehle durchgeschnitten. Oder versetzt ganz Roxbury in Angst und Schrecken.«

»Und wenn sie Großvater skalpiert?«, fragte Caleb, die grauen Augen ganz dunkel vor Angst.

»Hör auf, Caleb! Also wirklich, Nathaniel, du bringst dem Mädchen überhaupt keine Nächstenliebe entgegen. Sie ist doch keine Irre. Nur weil sie eine Fremde ist, wird sie nicht alle Leute töten.«

»Soll ich dir etwa glauben, dass du dir nicht die geringsten Sorgen machst, wenn dieses Halbblut mit einem Messer umherläuft?«

»Ich wette, sie hat jemanden skalpiert«, sagte Caleb.

»Der Einzige, den sie wirklich hasst, bist du, Nathaniel. Ich glaube, wir Übrigen sind nicht in Gefahr.«

»Sehr witzig, Rebecca. Wenn du morgen den Kopf deines Vaters im Brunnen findest, werde ich derjenige sein, der lacht.«

»Caleb, mein Schatz, schau nicht so ängstlich. Dein Vater übertreibt, wie immer. Bitte, Nathaniel, mach ihm keine Angst. Jedenfalls hat sie das Messer schon seit Oktober. Falls sie jemanden enthaupten wollte –«

»Drei Monate? Mrs Greenwood, willst du mir damit sagen, dass sie dein Messer schon seit drei Monaten in ihrem Besitz hat? Musstest du dir deshalb ein neues kaufen? Glaubst du etwa, Parris hätte mir nicht erzählt, dass du dir seine Messer angeschaut hast?«

»Ja, Mr Greenwood, du hast mich ertappt, und wie du siehst,

bin ich zutiefst betrübt. Nun, weiter im Unterricht, Caleb. Du wolltest uns die Psalmen aufsagen.« Gehorsam trug der Junge die neuen Psalmen vor, die er in der Schule gelernt hatte.

»Ausgezeichnet«, sagt Rebecca, »gar keine Fehler. Nun, Mr Greenwood, willst du die wirkliche Neuigkeit hören?«, raunte sie über den Kopf des Jungen hinweg.

»Lass mich raten. Das Mädchen hat wieder Durchfall. Nein? Ach so, du hast ihr sechs Monate Englischunterricht erteilt und dann erst festgestellt, dass sie taubstumm ist.«

»Wer sagt denn, dass es schlechte Neuigkeiten sind? Und deine Witze langweilen mich allmählich. Kannst du auch einmal auf deine ironischen Bemerkungen verzichten?«

»Meinst du, mir wäre nach allem, was ich mit diesem Weib durchgemacht habe, nach Witzen zumute? In einem halben Jahr hatte sie Durchfall, Keuchhusten und das Wechselfieber, weigert sich, unsere Sprache zu sprechen, und ist auf dem Hof vollkommen unnütz, und nun hat sie auch noch dein Messer. Warum sollte ich da wohl gute Neuigkeiten erwarten?«

»Das Mädchen ist in anderen Umständen.«

»Was heißt das?«, wollte Caleb wissen.

»Guter Gott! Bist du dir sicher?«

»Schon im achten Monat, sagt Gevatterin Simpson.«

»Was ist das, Mama?«

»Dieser lausige, diebische, verfluchte Freibeuter! Er hat mir ein schwangeres Weib verkauft, das das Kind eines Korsaren trägt! Kein Wunder, dass sie wie eine Muttersau aussieht!«

»Vermutlich ist sie deshalb so krank.«

»Mama!«

»Wir werden bald ein Baby in der Familie haben, Caleb.«

»Das werden wir ganz sicher nicht! Hast du's denn nicht gemerkt, Rebecca? Gab es nicht irgendwelche Anzeichen, an denen Frauen so etwas erkennen können?«

»Sie lag fünf Monate auf Leben und Tod, Nathaniel. Ich habe mich nur darum bemüht, sie am Leben zu erhalten, und seither habe ich ihr nicht nur Englisch beigebracht. Männer verstehen eben nicht, wie viel Arbeit es bedeutet, einen Haushalt zu führen, so klein er auch sein mag; außerdem müssen wir meinen Vater hin und her schaffen, ich bringe ihr den Unterschied zwischen Hühnchen und Gockel bei – wer soll da noch irgendwelche Anzeichen bemerken, Mann?«

»Ich glaube dir nicht, Rebecca. Du musst doch gesehen haben, dass das Weib in anderen Umständen ist.«

»Willst du mich im Beisein meines Sohnes der Lüge zeihen?«

»Ich leiste Abbitte, verzeih mir. Caleb, ich wollte deine Mutter nicht beleidigen. Aber ich werde diese Schlampe auf das erste Schiff bringen, das den Hafen verlässt. Parris hatte recht. Sie hat uns nur Schwierigkeiten bereitet, seit ich den Kaufbrief unterzeichnet habe. Hoffentlich sind wir sie bald los!«

Rebecca berührte ihn am Arm. »Und was ist mit deinen fünfzig Pfund?«

»Fünfzig? Mit Gevatterin Simpsons Rechnungen, dem zusätzlichen Essen, das du kaufst, und all den Kerzen, die sie verbraucht – ich habe noch nie gesehen, dass jemand so viele Kerzen verbraucht; wie viel Licht kann ein einziger Mensch benötigen? –, ganz zu schweigen vom Geflügelhandel, der völlig zum Erliegen gekommen ist, hat mich diese Sklavin ein Vermögen gekostet.«

»Warum willst du sie dann wieder loswerden, Mann? Warum sollte jemand anders von deinen Auslagen profitieren? Sie ist jetzt völlig gesund und versteht fast alles, was ich sage, auch wenn sie selbst noch zu schüchtern ist, um viel zu sprechen. Sie hat ein ausgezeichnetes Ohr fürs Diktat, eine vollendete Handschrift, und ihre Stickereien, Nathaniel, ihre Stickereien sind unsagbar schön, vielleicht noch schöner als ihre Schrift. Außerdem könnte das Kleine nützlich sein. Irgendwann, meine ich.«

Endlich erkannte Nathaniel, worauf sie hinauswollte. »Es geht dir um das Kleine, nicht wahr? An dem Weib ist dir gar nicht weiter gelegen.«

»Ich hätte nichts gegen etwas Kleines in der Familie, aber du irrst dich; mir ist durchaus an dem Mädchen gelegen. Ich habe an ihrem seltsamen Gesicht Gefallen gefunden. Außerdem ist sie recht verständig.«

»Verständig genug, um zu begreifen, was vorgeht?«

»Es ist schwer, es nicht zu begreifen, wenn jemand in dir tritt, und das Kleine hat starke Beine, auf mein Wort. Als es zum ersten Mal passierte, ist das arme Mädchen fast zu Tode erschrocken.«

»Starke Beine, was?«

»Ziemlich stark. Gevatterin Simpson sagte, wir sollten ihr viel Maismehl und Käse geben, damit sich die Knochen gut entwickeln, und dazu gute heiße Fischsuppe und viel Brot –«

»Rebecca, ich meine, ob das Mädchen verständig genug ist zu verstehen, was du vorhast?«

Rebecca grub ihre Fingernägel in seinen Ärmel. »Vielleicht wird es mir helfen, Nathaniel. Etwas Kleines in der Nähe zu haben könnte meinen Schoß zu neuem Leben erwecken. Caleb braucht doch Geschwister, nicht wahr? Es ist fast sieben Jahre her.«

»Ich will keine Geschwister, Mama.«

»Und wenn es dir nicht dabei hilft zu empfangen, wenn es dich nur missmutig und wütend und neidisch stimmt, was dann? Oder hattest du vor, das Baby des Mädchens einfach zu behalten?«

Rebecca wandte sich ab und starrte hinaus in den Nebel, der vom Fluss heraufzog.

»Das ist es doch, oder nicht? Du weißt genau, dass du nicht mehr empfangen wirst.«

»Das Weib gehört uns doch, nicht wahr?«, fragte Rebecca leise, das Gesicht noch immer abgewandt. »Das Kind ist ohnedies unser!«

18. Kapitel

Ende des Jahres?

Kleines Herz,

ganz spät letzte Nacht habe ich Dein Herz in meinem Nabel schlagen hören. Ich träumte, ich wäre wieder im Kloster und nähme an einem kleinen Tisch ein Diktat auf, während Madre hinter mir stand, wie sie es immer zu tun pflegte, doch sie war wütend auf mich, weil ich meine Bluse mit Tinte befleckt hatte. Im Traum wusste ich, dass sie mir die Satire über die verstockten Männer und deren heuchlerische Ansichten über Frauen diktierte, das Gedicht, das ich in jener Nacht abschrieb, als Aléndula und ich aus San Jerónimo entkamen. Aus irgendeinem Grund machte ich aber ständig Fehler und strich die Zeilen durch, und Madre wurde immer wütender, weil ich Tinte und Papier verschwendete. Dann veränderte sich der Traum, und wir waren nicht mehr in Madres Studierzimmer, sondern im Sprechzimmer, wo sie eine Gruppe von Gästen unterhielt, indem sie das Gedicht rückwärts aufsagte:

»Culpaís que mismo lo de
Ocasión la soís que ver sin
Rayón sin mujer la a
Acusaís que necios hombres.«

»Was bist du doch für ein Clown, Juana«, rief eine Frau lachend.

Da spürte ich Deinen Herzschlag ganz stark in meinem Bauch und erwachte mit der Erinnerung an ihren Namen. Sor Juana, nicht Madre Juana. Schwester, nicht Mutter, Juana. Was für ein einfacher Name. Wie konnte ich ihn bloß vergessen?

Es ist viel kälter geworden, morgens überzieht eine Eiskruste das Wasser des Hühnertrogs. Wenn ich das Fenster öffne, damit der Rauch abziehen und wässriges Licht ins Haus dringen kann, zittern dem alten Mann Kiefer und Knie, und er brüllt mich an, ich solle die Läden schließen. Kürzlich habe ich die Tür angelehnt gelassen, als ich zum Brunnen ging, und als ich zurückkam, war das Häuschen voller Hühner, die den Boden verschmutzten. Eine Henne versuchte sogar, ein Ei auf das Kopfkissen des alten Mannes zu legen. Ich dachte schon, er werde mich mit seinem Stock schlagen, doch er musste so lachen, dass er ins Bett machte.

Die einzige Schönheit, die ich an diesem trüben Ort entdecken kann, ist die Laubfärbung der Bäume, wenn das Wetter kälter wird. Noch nie habe ich Blätter gesehen, die sich karminrot oder korallenrot oder golden mit violetten Flecken färben. Die Blätter am Apfelbaum wechselten über Nacht von Grün zu Rosa, und der Efeu, der am Holzzaun wächst, der das Häuschen umgibt, hat sich purpurn gefärbt. Seltsam, der dürre Busch am Brunnen steht in voller Blüte. Die Blüten sind leuchtend gelb wie Sonnenblumen, aber die Blütenblätter sehen eher wie kleine Wollfäden aus, die aus einer rötlich braunen Hülle sprießen. Ich glaube, es ist ein Busch, der Nüsse trägt, denn der Boden um den Brunnen herum ist mit Schalen übersät.

Niemand scheint sich sonderlich für die Blätter zu interessieren, und ich vermute, dass sie in der kalten Jahreszeit immer ihre Farbe ändern und der Fadenbaum stets in der Kälte blüht. Ich habe verschiedene Blätter gesammelt und zwischen die Seiten des Erasmus-Buches gelegt, damit sie bunt und flach bleiben und ich sie für eine

Stickerei verwenden kann, die ich für dich anfertigen will. Es ist ein Muster aus fünf verschiedenen Blättern mit einer Bordüre aus blaugetupften Schmetterlingen, wie ich sie im Wald gesehen habe. Da ich keinen Stoff habe, werde ich einen Kissenbezug nehmen und mit Hühnerfedern ausstopfen; das wird eine schöne warme Decke für Dich. Ich habe einen Nähkorb im Schrank gefunden, der mit Scheren, Nadeln, Knöpfen, Fingerhüten, Garnrollen in allen Farben und einem herzförmigen Nadelkissen ausgestattet ist. Ich frage mich, ob er der Frau des alten Mannes gehört hat. Wenn Becca zu Besuch kommt, bringt sie immer ihren eigenen Nähkorb mit, also habe ich diesen für mich genommen.

Wenn der alte Mann einschläft, lasse ich die Katze Pecas ins Haus. Sie leistet mir Gesellschaft, während ich die Äpfel für das Apfelkompott, das der alte Mann am Morgen isst, schäle und entkerne, Zimt mahle, die Apfelscheiben mit Butter einreibe und in einer Mischung aus Wasser, Melasse und Salz zum Kochen bringe. Pecas sieht herrlich aus mit ihrer Maske aus schwarzen und braunen Tupfen. Sie folgt mir überallhin, reibt sich an meinen Unterröcken, zwinkert mir mit ihren grünen Augen zu und will gefüttert werden. Nachdem sie die Reste gefressen hat, die ich ihr gebe, eine Käserinde oder eine trockene Pastetenkruste, rollt sie sich gern am Herd zusammen und schläft. Sie mag es nicht, wenn ich sie auf den Arm nehme, doch wenn ich auf der Bank sitze und versuche, den Almanach des alten Mannes zu lesen, klettert sie auf meinen Schoß und schaut zu mir hoch. Vermutlich hast Du sie im Bauch schnurren gehört. Dann singe ich am liebsten das Lied meiner Mutter, das von dem verlorenen Apfel handelt – »Señora Santa Ana, ¿porqué llora la niña? Por una manzana, que se le ha perdido« *– und stelle mir vor, dass Du inmitten des Schnurrens und Singens und des Duftes der kochenden Äpfel in friedliche Träume gewiegt wirst.*

Die Scheite im Herd werden zu Asche, und mir ist plötzlich sehr kalt. Der alte Mann stöhnt im Schlaf. Ich bete, dass er nicht aufwacht. Ich bin zu müde, um ihn aus dem Bett zu heben und auf den Nachttopf zu setzen. Ich muss die Katze rasch hinauslassen, falls er erwacht, sonst schreit er Zeter und Mordio. Gute Nacht, kleines Herz. Ich glaube, Du hast Dich im Traum beim Namen Juana geregt, weil Du in diesem Leben meine Juana sein wirst. Vielleicht wirst Du so klug wie Madre und so eigensinnig wie meine Mutter. Ich bete, dass Du ein Mädchen wirst.

19. Kapitel

Am Tag, als Concepción zum ersten Mal ihren Vater traf, schlug ihre Mutter in der *pulquería,* der Taverne, in der sie Männern aller Kasten von Maultiertreibern und Soldaten bis hin zu Studenten und Priestern Tag und Nacht einen fermentierten Kaktussaft ausschenkte, um ein Haar einem Soldaten die Hand ab. Als María Clara Benavídez bemerkte, wie der Soldat ihre Tochter begrapschte, zögerte sie nicht lange. Sie schnappte sich die Machete, die sie hinter der Theke aufbewahrte, und drohte ihn zu kastrieren, wenn er nicht seinen jämmerlichen Schwanz umgehend aus ihrer Taverne entferne. Um zu zeigen, wie ernst es ihr war, schwang sie die Machete und ließ sie auf seine Hand niedersausen, wobei sie ihm das erste Glied des kleinen Fingers abtrennte. Der Mann war zu verblüfft, um sich zu wehren, und heulte auf vor Schmerz, als das Blut wie ein kleiner roter Brunnen aus dem verstümmelten Finger quoll. Die Taverne leerte sich rasch, die Betrunkenen drängten auf die Straße, und María Clara schrie ihnen nach: »*Bestias humanas! Degenerados! Hijos de puta!*« Sie rief sie bei jedem Schimpfwort, das ihr einfiel, nannte sie degenerierte menschliche Bestien und Hurensöhne.

Sie befahl Concepción, den Balken vor die Tür zu legen und die Läden zu schließen, während sie den Schmutz vom Boden wusch.

»Es ist meine Schuld, *cariño*«, sagte sie mit zitternder Stimme, »denn ich habe dich in diesem Elend großgezogen. Du bist zum Teil Kreolin und hast ein besseres Leben verdient.«

Es dauerte nicht lange, bis draußen Pferde zu hören waren und eine Männerstimme befahl, im Namen von König Philipp die Tür zu öffnen. María Clara gehorchte, und ein großer, sehr dünner Mann mit blondem Haar und brokatenem Mantel betrat die düstere Taverne. Er war so schön, dass er Concepción fast wie ein Gott vorkam.

»Was geht hier vor, María Clara?«, fragte der Mann. »Man hat mir gemeldet, du habest einen Soldaten verstümmelt und beinahe kastriert –«

»Lügen!«, unterbrach sie ihn. »Ein Finger ist doch kein Schwanz.«

»Halt dein Schandmaul, Weib! Weshalb hast du die *pulquería* geschlossen? Was hat diese Unverschämtheit zu bedeuten? Ich habe dir nicht erlaubt, früher zu schließen.«

»Wäre es Euch lieber, diese Bestien glaubten, sie könnten nach Lust und Laune mit Eurer Tochter verfahren?«

Bis zu diesem Augenblick hatte Concepción nicht gewusst, dass dieser Mann, Don Federico de Alcalá, ihr Vater war. Verlegen versteckte sie sich hinter ihrer Mutter.

»Das ist deine Angelegenheit, María Clara. Die Töchter, an denen mir gelegen ist, sind nicht die Bastarde einer *china poblana*. Dies ist ein Ort, an dem Geschäfte gemacht werden, keine Kinderstube.«

»Concepción? Bezeuge deinem Vater Respekt und küsse ihm die Hand.«

»Ich möchte nicht, dass die Tochter einer Hure meine Hand besudelt, vielen Dank«, versetzte Don Federico.

Concepción spürte, wie es in ihr zu brodeln begann. »Meine Mutter ist keine Hure, Señor. Vielleicht bezieht Ihr Euch auf Eure eigene Person.«

Don Federico hob die Hand, als wollte er sie schlagen, doch María Clara war schon dazwischengetreten und umklammerte ihre Machete.

»Nur zu«, reizte sie ihn. »Schlagt sie, und Ihr verliert mehr als nur einen Finger.«

Der Mann lief rot an und wich zurück. »Solche Manieren hast du deinem Balg also beigebracht, nachdem ich so viel Geld für die Erziehung im Waisenhaus bezahlt habe? Du hast es doch so gewollt.«

»Was erwartet Ihr, wenn sie in einer *pulquería* aufwächst, inmitten von Trunkenbolden und Wüstlingen?«

»Wo sonst sollte sie denn aufwachsen? Du willst doch wohl nicht vorschlagen, dass ich sie zu mir nach Hause nehme.«

»Meine Mutter denkt, ich sollte in einem Kloster arbeiten, Herr, wo ich mein Geschick bei der Handarbeit einsetzen kann. Ich kann sticken und Spitze klöppeln.«

»Mestizinnen sticken nicht im Kloster«, sagte er. »Das ist die Aufgabe der Novizinnen, der Kreolinnen und Nonnen. Mestizinnen schrubben Fußböden und leeren Nachttöpfe.«

»Ist Eure verwitwete Mutter nicht Äbtissin eines Klosters, Federico?«

»Das bedeutet nicht, dass sie die natürliche Ordnung verändern kann, María Clara. Eine Kreolin bleibt eine Kreolin, eine Mestizin eine Mestizin. Jeder hat seinen Platz.«

»*Hija*, bring deinem Vater dein Sticktuch.« Sie stieß ihre Tochter an, und Concepción lief hinter die Theke, nahm ihr Sticktuch aus der lackierten Truhe und hielt es Don Federico feierlich hin. Er schlug den Stoff auseinander und trat nach draußen auf den schmalen Gehweg, um die Nadelarbeit bei Tageslicht zu betrachten.

»Das ist gute Arbeit«, sagte er, als er in die Taverne zurückkehrte und ihr das Tuch reichte. »Aber was spricht gegen das Waisenhaus? Sie kann ihre Fähigkeiten dort ebenfalls einsetzen. In der Tat könnte sie sogar bei einem Schneider in der Stadt in die Lehre gehen. Dafür würde ich bezahlen.«

»Im Waisenhaus gibt es aber keine Unterkunft für sie«, erinnerte ihn María Clara. »Und gewiss würde ich sie keinem Schneider in die Hände geben. Im Kloster wäre sie sicher. Sie ist Euer Bastard, Federico, und wenn Ihr sie nicht in dieses Kloster geben wollt, Señor, führe ich nicht mehr Eure Taverne.«

»Welchen Unsinn redest du, Frau? Du verdankst mir dein Leben.«

»Ich verdanke Euch überhaupt nichts. Soll doch Eure hochwohlgeborene Frau die Taverne führen. Oder Ihr sucht Euch eine andere *china poblana*, die Ihr entehren könnt. Besser noch, Ihr führt Eure Taverne selbst! Verbringt Eure Tage und Nächte im üblen Gestank dieser Brühe, die die Männer so gerne trinken. Watet durch den Urin, befleckt Eure Schuhe.« Sie holte einen großen Schlüsselbund aus der Schürzentasche. »Hier sind die Schlüssel Eurer Taverne, Don Federico. Concepción? Wir gehen!«

»Für wen hältst du dich!«, rief Don Federico, ergriff ihre Mutter am Arm und riss sie zu sich herum. Er schaute sie an, und selbst im Dämmerlicht konnte Concepción erkennen, dass er sie brauchte.

María Clara hatte immer gesagt, sie sei die einzige Frau, die Don Federico wirklich liebe, und dass er alles für sie täte, solange er glaubte, sie werde ihn nie verlassen. »Er verachtet die Schwachsinnige, mit der er verheiratet ist«, hatte sie ihrer Tochter einmal erzählt, »aber er ist ein Hidalgo und wird seine reinblütige kleine Kreolin nicht für eine *china poblana* verlassen, sosehr er mich auch lieben mag.«

»Ich kann nur eines tun«, sagte Don Federico schließlich und warf einen Blick auf Concepción. »Ich kann sie dem Kloster als Schuldmagd übergeben. Wärest du dazu bereit, María Clara? Würdest du das Leben deiner Tochter verpfänden? Die Mindestzeit wären fünfzehn Jahre. Kannst du mit der Vorstellung leben, dass deine Tochter fünfzehn Jahre lang im Kloster eingesperrt ist?«

»Wenn es ihr die Unschuld bewahrt, sie vor diesem Schweinestall rettet und ihr ein besseres Leben beschert, kann ich damit leben.«

»Ich will aber nicht im Kloster leben«, warf Concepción ein. Sie selbst wurde anscheinend gar nicht gefragt.

»Mach dich nicht lächerlich«, schalt ihre Mutter. »Du hast kreolisches Blut und verdienst mehr, als ich dir geben kann. Wir nehmen das Angebot deines Vaters an, sofern er verspricht, dass du im Kloster keine Nachttöpfe schrubben musst.«

»Das kann ich nicht versprechen, María Clara!«

»Und ich kann nicht versprechen, dass ich Euch treu sein werde.«

20. Kapitel

Epifanía

Mein Hühnchen,

laut dem Almanach des alten Mannes ist heute der 6. Januar, und in Neuspanien feiert man ein Fest namens Epiphanias oder Dreikönige. In Neuspanien bekommen die Kinder am Dreikönigstag drei Geschenke von ihrer Mutter, die an die Gaben der drei Weisen an das Jesuskind erinnern sollen. Da ich Dir nichts als Versprechungen schenken kann, sind dies meine Gaben für Dich:

1. *Statt Myrrhe verspreche ich, besser Englisch zu lernen.*
2. *Statt Weihrauch verspreche ich, Dich in den Künsten einer Schreiberin zu unterrichten und Dir beizubringen, auf Spanisch zu schreiben.*
3. *Statt Gold nähe ich Dir ein winziges Skapulier und unterrichte Dich in meinem Glauben an die Jungfrau von Guadalupe.*

Doch dies ist kein katholisches Land, und es werden keine katholischen Feiertage und Heiligenfeste gefeiert. Weihnachten gibt es keine posadas und keine Geschenke zu Dreikönige, vermutlich kennen sie auch nicht den Aschermittwoch oder Karfreitag oder Fronleichnam oder den Tag der unbefleckten Empfängnis, meinen Namenstag. Die Piraten erzählten, dass man in diesem Land die Katholiken hasse. Sie haben viele Namen für uns. Sie klingen ähnlich wie »papistas« und meinen damit den Papst, und dann sagen sie auch noch »Katholen«, was ebenfalls ein Wort für Katholiken ist. Sie haben viele Wörter für etwas, das sie hassen.

Mir ist gerade der Gedanke gekommen, dass Du mit diesen Wörtern aufwachsen und die Katholiken vielleicht ebenso hassen wirst wie die Engländer. Diese Vorstellung erfüllt mich mit Zorn! Von nun an werde ich diese Festtage allein feiern müssen, und danach werden wir beide sie zusammen im Geheimen feiern.

Becca hat Gefallen an den Blättern gefunden, mit denen ich die Babydecke bestickt habe, und mich gebeten, etwas auf ihr Halstuch zu sticken. Statt der Blätter werde ich die gelben Blumen kopieren, die ich von dem Busch am Brunnen gepflückt habe. Ich habe Rebecca nach dem Namen gefragt, und sie sagte etwas, das ich noch nie gehört habe. Als ich sie bat, es mir in den Almanach zu schreiben, schrieb sie: Zaubernuss. Ich habe versucht, ihre Aussprache nachzuahmen, habe beim ersten Buchstaben gezischt und den Mund danach gespitzt und sie damit zum Lachen gebracht. Ich habe kein gelbes Garn mehr und musste mir etwas aus Beccas Korb borgen.

Nach dem ersten Schnee hatte ich damit gerechnet, dass der Busch sein Laub verlieren würde, doch er blüht noch immer. Ich liebe es, diesen gelben Klecks jenseits der Straße anzuschauen. Er und das ewige Grün des Waldes sind die einzigen Farben, die man im Augenblick draußen sieht. Alle anderen Bäume sind kahl und weiß vom Frost.

Warum trittst Du ständig? Meine Rippen tun weh davon, und etwas Hartes drückt wie ein Horn tief unten in meinem Rücken. Ich kann mich kaum bewegen, da Du so schwer geworden bist. Wann kommst du heraus? Ich bin es müde, Dich zu tragen, bin es müde, getreten und gedehnt zu werden, nur damit Deine hartnäckig wachsenden Knochen Platz finden. Du fühlst Dich nicht mehr wie ein kleines Hühnchen an, sondern wie ein Stein, der gegen mein Steißbein drückt. Becca oder »Mistress Rebecca«, wie ich sie jetzt nennen soll, lächelt immer und will ständig meinen Bauch reiben. Sie spricht sogar in einer Babysprache mit Dir, die ich nicht verstehen kann. Ihr Sohn Caleb betrachtet Dich, oder besser meinen Bauch, ganz eifersüchtig. Ich habe begonnen, ihm beim Schreiben zu helfen, seine Handschrift ist schlechter als die eines Dreijährigen. Er tut, als würde es ihm nicht gefallen, wenn ich neben ihm sitze und meine Hand auf seine lege, um ihm mit seinen Schwüngen zu helfen, doch gelegentlich schaut er mich verstohlen an und wird dann rot und drückt sich kichernd an mich. Sobald er Deine Tritte spürt, springt er auf und rennt zu seinem Großvater. Er ist ein reizendes Kind und wird Dir hoffentlich ein Freund werden.

Allmählich denke ich darüber nach, welchen Namen ich Dir geben soll. Ich weiß noch, wie Jane im Kloster sagte, dass ein runder Bauch ein Mädchen bedeute und ein langgezogener Bauch einen Jungen. Mein Bauch ist rund und dick wie die Kürbisse, die Becca im Ofen backt, um daraus Pasteten zu machen. Ich weiß, Du musst ein Mädchen sein (darum bitte ich jedenfalls die Jungfrau) und dass ich Dich Juana nennen werde, aber ich habe noch keinen zweiten Vornamen ausgewählt: Juana Concepción, Juana Aléndula, Juana María (»Juana Clara« klingt albern), doch ich werde mich wohl für einen Namen entscheiden, der nur Dir gehört und mit meinem Leben in Mexiko verbunden ist. Also habe ich beschlossen, Dich Juana Jerónima zu nennen. Und wenn Du doch ein Junge wirst, nenne ich Dich nach meinem Vater Federico, aber nur, weil ich einen Vater hatte und wenigstens seinen Namen weiß.

Becca hat mir die Babykleider und Mützen ihres Sohnes gegeben, die ich mit winzigen Weihnachtssternen, Sonnenblumen und Calla besticke, die ich noch aus dem Kloster kenne. Seltsam, dass manche Erinnerungen so deutlich hervortreten, ich anderer-

seits aber nicht weiß, wie ich vom Piratenschiff in dieses Haus gelangt bin oder wann ich begonnen habe, Dich zu lieben.

Nun ist mir wieder kalt. Es hilft nicht, meine Hände zu reiben, damit das Blut wieder durch die Finger fließt. Trotz der Kniehose und des Nachthemds aus Flanell, die ich unter der Weste und dem Kleid trage, und der zwei Paar Strümpfe beißt die Kälte in meine Haut wie die Zähne des Wolfs, der manchmal in der Dämmerung auf dem verschneiten Scheunenhof herumschnüffelt.

Schön ist auch der Schnee in diesem Land, obwohl die Kälte ein Huhn gefrieren lassen kann. In Mexiko gab es auch den Winter, aber er war bei weitem nicht so kalt. Wenn man einen Blasebalg ins Kohlebecken hielt, konnte man die Kälte vertreiben. Hier aber gefriert der Brunnen zu Eis, und wenn ich vom Häuschen zum Abort und wieder zurück gehe, sind meine Wimpern bereift und meine Zehen ganz blau und steif. Es ist eine Kälte, die wie eine Rasierklinge über das Gesicht schabt und einem die Ohren abfrieren lässt, wenn man sie nicht bedeckt. Dazu diese Stille. Nie hätte ich geglaubt, dass eine solche Stille möglich ist, in der man den ganzen Tag nichts hört als das Schnarchen und Furzen des alten Mannes und das unablässige Gegacker der Hennen. Da bist Du ja wieder! Es tut so weh, und der Schmerz macht mich ganz müde. Ich will mich am liebsten ganz tief ins Federbett graben und tagelang schlafen. Buenas noches und einen schönen Dreikönigstag.

Deine Mutter,
Concepción

21. Kapitel

Sie erwachte schwitzend und verschreckt und wusste zuerst nicht, wo sie war.

Unter sich hörte sie Leute sprechen. Gereizte Stimmen in einer fremden Sprache. Ich kenne die Stimmen, dachte sie, erkannte dann die Sprache und erinnerte sich wieder. Die Reste des Traums verflüchtigten sich.

»Ich bin die einzige Fremde hier«, murmelte sie. Sie befreite sich aus den verwickelten Decken auf dem Federbett und kam auf die Knie. Das Kind in ihrem Leib trat fester denn je, wollte hinaus, gestillt werden. Sie musste dringend auf den Nachttopf, der Druck auf ihre Blase war qualvoll. Trotz der Schmerzen lief ihr das Wasser im Mund zusammen, als sie den Duft von etwas Gebackenem roch. Sicher war Donnerstag, dann kamen Rebecca und ihre Familie, um mit dem alten Mann zu Abend zu essen. Ihre Augen gewöhnten sich an die Schatten, und sie erkannte, dass die Leiter hinuntergelassen worden war, obwohl sie sich nicht erinnern konnte, sie an diesem Tag benutzt zu haben. War sie wieder krank gewesen? Was hatte sie getan, außer melancholischen Träumen nachzuhängen? Sie sah das Schreibpult neben der Matratze liegen, die beschriebenen Seiten auf den Bodenbrettern verstreut. Sie hatte kein Papier mehr, und in der kleinen Zinnschale, die sie als Tintenfass benutzte, haftete nur noch der Bodensatz.

»Thankful Seagraves?«, rief Rebecca von der Feuerstelle. »Bist du wach? Dann hilf mir, das Abendessen zu richten.«

»Komm sofort herunter, Thankful Seagraves. Wir müssen über

die Hühnerzucht sprechen.« Das war die Stimme von Halskrause, und er klang wie üblich aufgebracht.

»Ich höre Euch!«, rief sie hinunter und umklammerte mit beiden Händen die riesige Wassermelone, in die sich ihr Bauch verwandelt hatte, presste die Oberschenkel zusammen, als das Kind wieder zu treten begann und Wasser an ihren Beinen hinunterrann. Bleib stehen, sagte sie sich. Bleib ganz still stehen und warte, bis der Schmerz vorübergeht. Doch statt zu verschwinden, dehnte er sich über ihr gesamtes Rückgrat aus, setzte sich im Nacken fest und schoss wieder bis ins Steißbein hinunter. Sie schloss die Augen und stellte sich vor, wie das Kind von innen an ihr zerrte, seine kleinen Fersen fest in ihren Brustkorb stieß und ihren Leib zwang, sich zu öffnen. Sie bekam weiche Knie und fürchtete, vom Dachboden zu fallen.

»Herrin, helft mir!«, rief sie.

»Was hast du, Mädchen? Ist es das Kleine? Nathaniel, das Kleine kommt! Hinauf mit dir! Wir müssen sie rasch nach Hause bringen.«

»Nach Hause? Willst du damit sagen, wir sollen sie zu uns nach Boston bringen? Hast du den Verstand verloren?«

»Hier kann ich mich nicht um sie kümmern, Nathaniel. Beeil dich!«

»Sie sollte besser nicht im Wagen niederkommen, Rebecca.«

»Wenn das passiert, ist es deine Schuld, weil du getrödelt hast. Halte durch, Thankful Seagraves. Halte durch!«

Doch Concepción konnte nicht länger an sich halten, und das Wasser schoss wie ein Sturzbach zwischen ihren Beinen hervor.

22. Kapitel

Aléndula? *¿Eres tu?* Bist du das wirklich? Geh nicht weg. Lass mich nicht wieder allein, Aléndula.«

»Was sagt sie da für einen Namen? Ellen Dula?«

»Ich weiß nicht, Herrin. So hat sie mich genannt, seit sie zu sich gekommen ist. Und sie will meine Hand nicht loslassen. Seht nur, wie fest sie drückt!«

»Du meine Güte, Sara Moor. Du kannst nicht den ganzen Nachmittag hier sitzen und Händchen halten. Das Abendessen ist auch noch nicht gekocht.«

»Herrin, ich sage Euch, sobald ich aufstehen will, klammert sie sich an mich und lässt nicht mehr los. Seht, ich zeige es Euch.«

»*¡Por favor, Aléndula!* Geh nicht! Bleib bei mir!«

»Seht Ihr, was ich meine? Sie steht unter einem Bann.«

»Dann müssen wir sie daraus befreien. Das Kleine muss gefüttert werden, die arme Seele. Hat seit zwei Tagen nicht richtig gegessen, das arme verkrüppelte Mädchen.«

»Legt ihr das Kind hin, Herrin. Vielleicht lässt sie mich los, wenn sie das Kleine spürt. Das Kind schreit, als wollte es Tote erwecken, weil es so hungrig ist.«

»Vielleicht hast du recht. Hier, Sara, leg es ihr hin. Vorsicht. Du willst es doch nicht ersticken. So ist es gut.«

»Seht nur, Herrin! Sie ist wieder ohnmächtig geworden, und das Kleine will trinken.«

»Öffne ihr Kleid, Sara Moor, steh nicht so da. Rasch, Mädchen, schnüre es auf!«

»Sie kann nicht stillen, wenn sie in Trance ist, Herrin.«

»Sie ist nicht in Trance, Närrin; sie ist nur geschwächt von den Anstrengungen der Geburt. Das ist doch absurd. Lauf und hole Riechsalz aus dem Vorratsschrank. Das Kind muss gefüttert werden.«

Rebecca konnte nicht widerstehen und nahm das Neugeborene wieder hoch, winzig und weich und wunderschön bis auf das arme verkrüppelte Füßchen. Gevatterin Simpson hatte gesagt, der Fuß sei vermutlich im Brustkorb der Mutter stecken geblieben und habe sich nicht richtig entwickeln können, so dass er schmal und gebogen wie eine winzige Sichel war, wenn auch mit fünf vollkommen geformten Zehen. Sie wickelte das Füßchen aus und küsste es. Erschreckt durch die kalten Hände, spreizten sich die winzigen Zehen, und das Baby begann wieder zu schreien.

»Schon gut, schon gut«, säuselte Rebecca und drückte das Gesicht der Kleinen an ihre Brust. Wenn ich nur Milch für dich hätte, mein Engel, dachte sie bei sich, dann wäre ich deine Amme, und du könntest meinen Leib vielleicht zu neuem Leben erwecken. Das Kind saugte an Rebeccas wollenem Kleid. Was konnte es schaden, es anzulegen, um es zu beruhigen? Rasch schnürte Rebecca ihr Mieder auf und holte die weiße Brust hervor. Die winzigen Lippen schlossen sich um die blasse Warze und sogen fest daran.

»Vorsicht, Vorsicht, kleines Mädchen; das habe ich seit Jahren nicht getan.« Doch das Kind nahm keine Rücksicht. Das kleine Gesicht lief rot an, und das Baby ballte die Fäuste, als es vergeblich saugte. Rebecca traten vor Schmerzen Tränen in die Augen, doch es war ein süßer Schmerz, und sie blinzelte, bis die Tränen verschwunden waren. Sara Moor kam mit dem Beutel Riechsalz ins Zimmer gestürmt.

»Herrin, versucht Ihr etwa, das Kind zu stillen?«

»Das geht dich nichts an. Öffne den Beutel und halte ihn ihr unter die Nase. Nicht so nah! Sie soll nicht zu viel davon einatmen! Sonst wird sie wieder ohnmächtig.«

»Es funktioniert, Herrin, sie kommt zu sich. Thankful Seagraves? Wach jetzt auf. Du musst dein Baby füttern. Wach auf.«

»Schlag ihr leicht ins Gesicht, Sara, vielleicht hilft das. Autsch!« Die Kiefer des Babys waren plötzlich scharf wie Rasierklingen. Rebecca löste den kleinen Mund von ihrer Brust, als das Mädchen die Augen öffnete und das in Tücher gehüllte Kind in Rebeccas Armen entdeckte.

»Es ist ein Mädchen, Thankful Seagraves«, sagte Rebecca, das Kind fest an die Brust gedrückt. »Du hast eine wunderschöne kleine Tochter.«

»Juana Jerónima«, sagte sie und streckte die Arme aus, doch Rebecca behielt das Kind bei sich.

»So musst du es machen, Thankful«, sagte sie, drückte das Baby wieder gegen ihren Bauch und führte mit der anderen Hand die Brustwarze in das wartende Mündchen. »Siehst du, wie hungrig sie ist? Aber du musst deine Brust festhalten, damit sie nicht erstickt.«

Concepción stützte sich auf den Ellbogen und zog mit funkelnden Augen an der Decke. »Meins!«

»Gebt ihr das Kind, Herrin!«

»Halt den Mund, Sara Moor. Ich zeige ihr nur, was sie zu tun hat.« Rebecca spürte, wie sie rot wurde. Auf einmal machte die entblößte Brust sie verlegen, und sie hielt Thankful Seagraves das Kind hin. »Da, nimm dein Balg! Was kümmert es mich, wenn du es erstickst?« Sie schnürte das Mieder wieder zu und zog ihr Tuch eng um die Schultern. »Undankbares Ding«, murmelte sie. »Da hole ich dich in mein Haus, damit du's bequem hast, und das ist der Dank dafür.«

Concepción hörte gar nicht auf sie, sondern schaute hinunter in das kleine Gesicht, fuhr die hellen Augenbrauen nach, die feuchten Wimpern, die winzigen geblähten Nasenlöcher und die herzförmigen Lippen. »Juana Jerónima«, flüsterte sie dem Kind zu, das ganz still geworden war und sie anschaute, als erkenne es ihre Stimme.

»Das klingt aber gar nicht englisch, Thankful Seagraves«, sagte Rebecca.

»Sie ist nicht englisch, sie ist meins«, sagte Concepción.

»Wenn sie in einer englischen Kolonie geboren wurde, ist sie Engländerin. Was du bist, ist nicht wichtig. Sie ist eine von uns.«

»Eine von euch?«

»Ja, sie ist englisch wie wir.«

»Erzählt ihr von dem Fuß, Herrin«, sagte Sara Moor, die auf der anderen Seite des Bettes stand.

Concepción drehte sich zu ihr um, wobei sich ihre Augen weiteten. Aléndula, hätte sie beinahe gesagt, erkannte dann aber, dass nur die Hautfarbe ähnlich war.

»Schau mich nicht so an, ich bin nicht deine Freundin«, keifte Sara Moor. »Sieh dir lieber den Fuß der Kleinen an.«

Besorgt schaute Concepción zu Rebecca, die nickte. »Es tut mir leid, sie wird nicht laufen können. Ihr linker Fuß ist verkrüppelt.«

Concepción setzte sich im Bett auf, doch der Schmerz zwischen ihren Beinen ließ sie zusammenzucken. »Verkrüppelt?«

»Krank«, erwiderte Rebecca und zeigte mit der Hand, wie der Fuß nach innen gebogen war.

Concepción wickelte das Baby aus und untersuchte rasch den Körper ihrer Tochter, bevor sie ihr den gestrickten Strumpf abstreifte. »Heilige Jungfrau!«, rief sie auf Spanisch und hielt das kranke Füßchen mit zwei Fingern fest. »Du hast einen krummen Fuß. Wie ist das passiert, *bebita*?«

»Hör zu, Thankful Seagraves. Ich verstehe zwar nicht, was du sagst, aber es klingt wie eine papistische Sprache. Hier darfst du nicht so lästerlich reden. Du musst lernen, wie eine Christenfrau zu sprechen.«

»Spanische Sprache, Herrin, nicht lästerlich.«

»Es ist eine heidnische Sprache. Das Kind kann nicht unter den Auserwählten Gottes aufwachsen und in dieser ruchlosen Zunge reden.«

»Was ist heidnisch, Herrin?«

»Das ist jetzt egal. Zieh sie an, sie ist schon blau vor Kälte.«

Rebecca versuchte, dem Kind die Socken wieder anzuziehen, doch Concepción stieß sie beiseite. »Weg! Ich sehe kranken Fuß an.« Sie untersuchte die Gelenke an jedem einzelnen Zeh, den kleinen festen Knöchel, die winzige, halbgeformte Ferse, die sich in einen schmalen nutzlosen Lappen krümmte. Die Zehen hingegen waren gesund, ebenso der Knöchel. Sie brauchte nur einen Gipsverband, um den Fuß zu formen, die Knochen waren noch weich genug. »Ich mache das mit Stärke«, sagte sie, doch das Kind hatte so lange auf die Muttermilch gewartet, dass es wieder zu weinen begann.

»Still sie zuerst, Thankful Seagraves. Und mach dir keine falschen Hoffnungen. Gevatterin Simpson, die Hebamme, sagt, wir könnten nichts für sie tun.«

Das Kind wand sich und riss an der dunkelbraunen Warze, bekam aber keine Milch.

»Sieht aus, als hätte sie Schwierigkeiten beim Trinken. Ist dir kalt, Thankful Seagraves?« Rebecca befühlte das Gesicht des Mädchens mit dem Handrücken, es war eisig. »Sara, unter meinem Bett steht eine Wärmpfanne. Füll sie mit Kohlen und bring sie her. Sie braucht Wärme, damit die Milch fließt.«

»Ich hole keine Wärmpfanne für eine Papistin, Herrin!«

»Du tust, was ich dir sage. Und wage nicht, noch einmal so unverschämt zu werden!« Rebecca versetzte Sara Moor einen Schlag aufs Ohr, um sie an ihre Stellung zu gemahnen.

Das Baby holte tief Luft und begann so laut zu schreien, dass sich das Gesicht dunkelrosa färbte und der kleine Körper vor Zorn erbebte.

Thankful Seagraves wiegte das Kind und fing wieder an, in ihrer papistischen Sprache zu singen. Das Kind öffnete die verweinten Augen und wurde still, während es zu seiner Mutter aufschaute. Rebecca verließ das Zimmer. Sie konnte es nicht ertragen, die heidnische Zunge zu hören, doch das eine Mal wollte sie es gestatten. Das Lied schien das Kind zu beruhigen, und es wäre nicht ratsam, das Kleine so kurz nach der Geburt aufzuregen.

23. Kapitel

»Señora Santa Ana, warum weint dein Baby? Weil es seinen Apfel verloren hat.«

Concepción sang die traurige Ballade ganz leise und betrachtete dabei voller Erstaunen ihre Tochter: die Händchen, so weiß, dass sie vor ihrer braunen Brust bläulich schimmerten, die langen blonden Wimpern und den Flaum an den Ohrläppchen des Babys, die zur Farbe des dünnen Haars passten. Concepción selbst hatte schwarzes Haar wie ihre Mutter, doch das Haar ihres Vaters Don Federico de Alcalá war maisgelb und das des Piraten hatte sich fast weiß vor seiner dunklen Haut abgezeichnet. Sie befeuchtete eine Ecke des Lakens mit Spucke und wischte dem Baby die getrockneten Krusten von Wangen und Kinn. Dann fuhr sie mit den Fingern sanft über die winzigen Ohrmuscheln. Zärtlich tippte sie der Kleinen auf die Nasenspitze und den winzigen Hügel der herzförmigen Lippen. Juana Jerónima, *mi hija,* dachte sie.

»*Por favor, Virgencita*«, flüsterte sie an die Jungfrau von Guadalupe gewandt, »Beschützerin der Demütigen und Kaiserin des Himmels, hilf mir, ihren Fuß zu heilen; lass sie nicht zum Krüppel werden. Und bitte, Heilige Mutter, lass sie keine Augen wie meine haben. Lass ihre Augen normal sein. Welche Farbe sie haben, soll mir egal sein, solange sie beide gleich aussehen. Erfülle mir diese Wünsche, Santisima, und ich verspreche dir, ein Skapulier zu nähen, das auf beiden Seiten mit deinem Bild bestickt ist, und es jeden Tag meines Lebens unter meiner Kleidung zu tragen. Ich verspreche, dich an deinem Festtag mit Essen und Blumen zu ehren und meine Tochter aufzuziehen, dass sie dir ebenso dienen möge wie ich.«

Als hätte das Kind die Worte gehört, schlug es die Augen auf, dunkle Samenkörner, deren Farbe noch nicht genau zu erkennen war, und schaute Concepción an. Sie war sicher, dass die Jungfrau ihr Gebet erhört hatte, und schlug das dreifache Kreuzzeichen über sich und dann über Stirn, Mund und Herz des Kindes.

Concepción lehnte sich zurück und liebkoste das Baby. Endlich wandte sich das Kind der Mutterbrust zu und begann zu trinken. »Ich mache dich gesund, Juana Jerónima«, flüsterte Concepción, »und ich werde dir Spanisch beibringen, und niemand außer uns beiden wird wissen, was wir sagen.« Das Kind hielt kurz inne, horchte und trank dann weiter, sog fest an der Brust, während die kleinen Augen unter den blassblauen Lidern hin und her glitten.

Erst jetzt bemerkte Concepción, dass sie nicht mehr im dunklen, stinkenden Häuschen des alten Mannes war, sondern in einem winzigen Schlafzimmer mit Dachschräge und einem Bogenfenster mit echtem Glas. Am Fußende des schmalen Bettes stand eine kleine Kiste, über die ein Schaffell gebreitet war, daneben ein Waschständer und unter dem Fenster ein kleiner grün lackierter Tisch. Darauf lagen eine in Leder gebundene Fibel und eine Schiefertafel, an deren Rand das Alphabet verzeichnet war. Es musste Calebs Zimmer sein, dachte sie mit einem Anflug von Neid, der sich jedoch in Dankbarkeit verwandelte, da Rebecca sie aus dem Schweinestall des alten Mannes geholt hatte.

Es roch nach Essen, und sie stellte sich vor, sie sei wieder im Kloster und helfe Sor Juana in ihrem Arbeitszimmer, während sich im Stockwerk unter ihnen der köstliche Duft von Janes Essen verbreitete. An einem kalten Tag wie diesem gäbe es mit Schweinefleisch und roten Chilis gefüllte Tamales, Eintopf aus schwarzen Bohnen und Kürbis und als Getränk heißen *champurrado* aus Maismehl und Schokolade.

Während sie das Baby stillte, fiel ihr ein anderes Lied ein: »Ave Maria, gratia plena.« Ein lateinisches Danklied für den Segen der Jungfrau.

Concepción hielt das Kind an ihrer Brust und weinte. Selbst inmitten dieser Fremdheit war sie schier überwältigt von einem Glück, wie sie es noch nie erlebt hatte.

24. Kapitel

Du kannst ihr nicht diesen papistischen Namen geben, Schluss, aus«, sagte Rebecca und sah zu, wie das Kind in langen durstigen Zügen die Muttermilch trank.

»Ihr Name Juana Jerónima. Das ihr Name, Herrin.«

»Der Geistliche wird sie erst dann taufen, wenn sie einen christlichen englischen Namen hat. So ist es bei uns Sitte, Thankful Seagraves. Du musst ihren Namen ändern und ihn unseren Gebräuchen anpassen, so wie mein Mann deinen Namen geändert hat. Du willst doch, dass sie getauft wird, oder?«

»Ich hasse ›Thankful Seagraves‹.«

»Das solltest du nicht, es ist ein schöner Name. Wir können den Namen, den du ausgesucht hast, in einen englischen Namen umwandeln oder einen neuen wählen. Was wäre dir lieber?«

»Ich will ›Juana Jerónima Benavídez‹.«

»Das sind zu viele Namen, Thankful Seagraves. Nur zwei.« Sie hielt zwei Finger in die Höhe. »Thankful Seagraves. Rebecca Greenwood. Verstehst du? Zwei Namen.«

»Juana.«

»Hanna.«

»Jerónima.«

»Wie bitte? Sag das noch einmal.«

»Jerónima.«

Rebecca nahm die Tafel von Calebs Schreibtisch und gab sie ihr. »Ich verstehe dich nicht, daher fällt mir auch kein englisches Gegenstück ein. Schreib es auf, damit ich es lesen kann.«

Das Mädchen starrte auf die Tafel, griff nach der Kreide, die von einer Schnur baumelte, und wischte mit der anderen Hand die Tafel ab.

»Nur zu, Thankful Seagraves. Dein Herr hat dich gekauft, weil du schreiben kannst, also zeige es mir. Schreib den Namen auf, den du eben gesagt hast.«

»Schreiben?«

»So«, sagte Rebecca und riss dem Mädchen die Kreide aus der Hand. Dann schrieb sie ihren Namen in Druckbuchstaben auf die Tafel und buchstabierte ihn. »R-E-B-E-C-C-A. Rebecca.« Sie tippte sich auf die Brust. »Ich heiße Rebecca.«

Das Mädchen nickte, nahm die Kreide und schrieb C-O-N-C-E-P-C-I-Ó-N darunter. »Mein Name ist Concepción.«

»Nein, nein, nein!«, schalt Rebecca und deutete auf das Baby. »Den Namen des Babys. Schreib den Namen des Babys.«

Jetzt nickte das Mädchen. »Ja, ja, ich verstehe.« Dann schrieb sie J-U-A-N-A J-E-R-Ó-N-I-M-A.

»Jerónima? Das klingt wie der Name einer Sklavin. Du möchtest doch nicht, dass ein so hübsches Baby den Namen einer Sklavin trägt, oder?«

»Was ist Sklavin?«

»Sklavin, du weißt schon«, erklärte Rebecca mit roten Ohren. »Jemand wie du. Wie Sara Moor.« Sie überkreuzte die Handgelenke, als wären sie gefesselt. »Sklaven.«

Das Mädchen runzelte die Stirn, und Rebecca war sich nicht sicher, ob sie sie verstanden hatte. »Egal, ich habe eine Idee.« Rebecca griff zur Tafel und schrieb unter den papistischen Namen den Namen des Mädchens auf Englisch hin.

J-U-A-N-A J-E-R-Ó-N-I-M-A
H-A-N-N-A J-E-R-E-M-I-A-H

»Na bitte, das ist ein christlicher Name.«

Sie reichte Thankful Seagraves die Tafel, worauf das Mädchen die Buchstaben mit dem Zeigefinger nachfuhr und lautlos mitsprach.

»Hanna Jeremiah. Ein schöner englischer Name. Einfach schön.«

Sie nahm die Tafel wieder an sich und tat, als würde sie die Tränen in den unheimlichen zweifarbigen Augen nicht bemerken.

»Reverend Mather wird sich sehr freuen.«

»Benavídez.«

»Tut mir leid, mehr Namen gibt es nicht. Nur Hanna Jeremiah.«

»Jerónima«, sagte das Mädchen hinter ihr. »Ich nenne sie Jerónima.«

»Nenn sie, wie du willst«, sagte Rebecca, die das sture Ding allmählich leid war. »Aber sie wird auf einen guten christlichen Namen getauft, und es wäre ratsam, das Kind nicht zu verwirren, sonst hält es sich noch für jemand anderen. Und du wirst niemals deinen anderen Namen nennen. Du heißt Thankful Seagraves, und das ist endgültig.« Dann kritzelte sie T-H-A-N-K-F-U-L S-E-A-G-R-A-V-E-S ans Ende der Tafel.

Concepción spuckte darauf und wischte den Namen weg.

25. Kapitel

»Wenn sie nicht den ganzen Tag mit dem Baby zu Gange ist, spielt sie mit Nadel und Faden, Herrin«, sagte Sara Moor. »Aber sie stopft nicht, sondern macht hübsche Bilder auf die Babykleidung. Sie hilft mir überhaupt nicht.«

»Das nennt sich Stickerei, Sara Moor«, sagte Rebecca und prüfte das Badewasser mit dem Ellbogen, bevor sie das Baby hineingleiten ließ. »Es ist eine sehr schöne Stickerei mit ganz komplizierten Stichen, die ich noch nie gesehen habe, obwohl ich lieber nicht darüber nachdenke, wo sie diese Kunst wohl erlernt hat.«

»Was meint Ihr, Herrin?«

»In einem Kloster, würde ich vermuten«, sagte Rebecca.

»Ist das nicht ein Ort für lose Frauenzimmer, Herrin?«

»So nennen wir es, Sara Moor, doch in Wahrheit ist es ein Ort, an dem Frauen als Bräute Christi oder in ähnlich gotteslästerlicher Weise zusammenleben. In Irland gibt es sie noch immer und natürlich in ganz Spanien und Frankreich, weil es papistische Länder sind, da wimmelt es von Klöstern. Dorthin schickt man junge Mädchen, oftmals gegen ihren Willen, damit sie ein Gelübde ablegen und für den Rest ihres Lebens eingesperrt werden. In diesen Klöstern werden die teuersten Spitzen und, wenn ich nach dieser Stickerei urteilen kann, auch die schönsten Nadelarbeiten angefertigt. Dies und der spanische Dollar sind das einzig Gute, was je von den Papisten gekommen ist.«

»Wenn sie eine Papistin ist und Papisten böse sind, dann macht sie doch auch mit ihren papistischen Händen nur Böses, oder, Herrin? Schön oder nicht schön, die Stickerei auf der Babydecke ist sicher auch böse.«

»Halt den Mund. Solches Gerede kann uns Schwierigkeiten mit den Geistlichen einbringen. Hast du nicht das neue Buch von Reverend Mather gesehen, von dem alle Leute reden?«

»Ihr wisst, ich kann nicht lesen, Herrin.«

»Increase Mather glaubt, wir hätten unsere Charta verloren, weil übernatürliche Mächte die Bay Colony heimgesucht haben. Er führt alle Plagen, auch die Indianerkriege, auf übernatürliche Mächte zurück! Und wenn ein so einflussreicher Geistlicher wie Increase Mather das schreibt, kannst du sicher sein, dass bald alle über unheimliche Dinge reden. Also halt den Mund, was das Mädchen angeht, Sara Moor, oder ich komme mit der Peitsche. Sie ist nicht böse; sie ist nur eine Fremde. Darum müssen wir ihr so rasch wie möglich beibringen, richtig zu sprechen.«

»Sie versteht kein Wort von dem, was ich sage«, brummte Sara Moor.

»Sie versteht es durchaus«, erwiderte Rebecca. »Sie ist nur stur. Wenn eine Frau ein Kind bekommt, kann sie sich glatt in ein Maultier verwandeln. Ich wünschte, ich könnte ihr begreiflich machen, wie wichtig es ist, dass sie ihre heidnische Zunge aufgibt und nur noch englisch spricht. Wie sollen wir ihr das bloß erklären?«

Sara Moor zuckte die Achseln. »Indem Ihr sie schlagt, nehme ich an. Wann immer sie etwas Papistisches sagt, peitscht Ihr sie gründlich aus. Dann wird sie es schon lernen. Ihr peitscht mich ja auch aus, wenn ich etwas falsch mache.«

»Wie soll ich sie schlagen, wenn sie ein Baby an der Brust hat? Bei Christi Wunden, Sara Moor, das ist eine abscheuliche Idee. Wir brauchen Hilfe. Irgendjemand in der Bay Colony muss doch ihre Sprache sprechen. Was weißt du über die Magd von Kaufmann Parris? Nathaniel erwähnte sie vor einigen Monaten.«

»Sie ist aus Westindien, so hat man es mir gesagt, Herrin.«

»Aber was ist sie genau? Indianerin? Afrikanerin? Kennst du sie, Sara? Ist sie zivilisiert? Sie wird uns doch nicht skalpieren, oder?«

»Ich weiß, dass sie sonntags ins Gemeindehaus geht.«

»Nathaniel hat nicht erwähnt, dass sie katechisiert wurde. Da sie aus jenem Teil der Welt stammt, könnte sie womöglich Thankful Seagraves verstehen. Wie ich hörte, gibt es in Westindien allerlei Arten von Papisten. Wir sollten es wenigstens mit ihr versuchen.«

»Ich kann sie holen, wenn Ihr möchtet.«

»Worauf wartest du? Bring sie auf der Stelle her! Sag Mistress Parris, ich wäre selbst gekommen, aber das Baby braucht mich. Und nimm ihr eine Pastete mit.«

»Mistress Parris hat auch ein Baby. Kränkliches Ding. Alle beide.«

»Was bist du nur für ein Klatschmaul, Sara Moor. Ich hoffe, dass du deinen Bekannten nicht auch weitererzählst, was in meinem Haus vorgeht.«

»Kein Wort, Herrin. Was sollte ich auch sagen?« Sara Moor wickelte sich in Rebeccas alten Umhang.

»Pass auf, dass Nathaniel dich nicht in der Stadt sieht.«

»Sagtet Ihr nicht, es sei seine Idee gewesen, Herrin?«

»Stelle nicht so viele Fragen, sondern tu, was ich dir befehle.«

»Was soll ich der Gevatterin Parris denn sagen?«

»Sag ihr, dass Mrs Greenwood ihre Magd für ein paar Stunden braucht. Sie soll uns helfen, Thankful Seagraves einige Dinge zu erklären.«

»Die Parrises wohnen aber drüben bei Copp's Hill, Herrin. Ich werde lange brauchen, die Straßen sind voller Schneematsch.«

»Du wirst dennoch auf Schusters Rappen dorthin gehen. Und kein Geschwätz mit deinen Freundinnen im Gasthaus, Sara Moor. Ich will, dass du zurück bist, bevor Nathaniel und Caleb zum Essen kommen.«

Als Sara Moor gegangen war, krempelte Rebecca die Ärmel auf und beugte sich über die Wiege. »Nun denn, es wird Zeit für dein erstes Bad.« Sie wickelte das Kind aus. »Bei der Taufe am Sonntag kannst du nicht so riechen wie jetzt.«

Das Kind schaute ihr in die Augen und quiekte unter ihren Händen. Rebecca rechnete damit, dass die Kleine im Wasser weinen würde, doch sie paddelte mit ihren winzigen Füßchen und spritzte mit den Händchen, während ihre Augen im Schein des Feuers umherzuckten.

»Das gefällt dir, was?«, sagte Rebecca und rieb die zarte Kinderhaut mit einem Stück fetter Seife ein. Caleb hatte nie gern gebadet und war in wütendes Geschrei ausgebrochen, sowie sein Fuß das Wasser berührte. Sie hielt den dünnen kleinen Körper ganz fest – er war weich und glatt und glitschig von Seife – und wusch ihn rasch. Zum Glück wurde das Kleine schläfrig, bevor das Wasser an Wärme verlor. Rebecca hob das Baby heraus, trocknete es vor dem Feuer ab und wickelte es, zog ihm Kleidchen und Haube an und hüllte es in die weiche Vliesdecke, die früher Caleb gehört hatte. Bald wäre es Zeit, sie in Calebs Schrankbett zu bringen, damit Thankful Seagraves sie stillen konnte. Noch aber hielt sie das Kind an ihre Brust gedrückt, es war weich und warm und duftete nach süßer Babyhaut. Bald war die Kleine eingeschlafen.

»Wenn ich doch nur Milch für dich hätte, kleine Hanna«, flüsterte sie, aber das war das Einzige, das Rebecca ihr nicht geben konnte, sosehr sie es auch versuchte. Wenn sie sich unbeobachtet fühlte, schnürte sie rasch ihr Mieder auf und ließ das Kind die Brust kosten. Wenn das Baby nicht hungrig war, nuckelte es an der trockenen Warze und gab sich damit zufrieden. War es aber hungrig und bekam nichts für seine Mühe, öffnete es erschrocken die Augen, holte tief Luft und stieß einen Schrei aus, der die Pferde in der Scheune weckte. Dann setzte sich Thankful Seagraves im Bett auf und verlangte wütend ihr Kind zurück.

»Meins!«, sagte sie und entriss Rebecca das kleine Bündel, um es an ihre eigene dunkle Brust zu legen, die so voll Muttermilch war, dass sie dem Kind aus den Mundwinkeln rann.

Zuerst war es Rebecca peinlich gewesen, wenn Thankful Seagraves sie dabei ertappte, wie sie das hungrige Kind stillen wollte, und war aus dem Zimmer gestürmt, bevor sie vor den Augen der Fremden in Tränen ausbrach. Inzwischen aber war es zu einer Gewohnheit geworden. Rebecca schnürte ihr Mieder auf und blieb im Zimmer, bis das Kind an beiden Brüsten gesaugt hatte. Dadurch wurde ihr eigener Körper nachgiebiger, wenn Nathaniel zu ihr kommen wollte, und reagierte mehr auf seine immerfort drängenden Bedürfnisse. Dann schloss sie die Augen und stellte sich vor, dass seine Saat in ihrem Körper auf fruchtbaren Boden fiele. Es war eine vergebliche Hoffnung, doch sie klammerte sich daran, wenn sie die Leere in ihren Armen nicht mit dem Kind ausfüllen konnte.

Rebecca küsste das Kind auf die Stirn, atmete noch einmal den sauberen Duft ein und brachte es zu Thankful Seagraves.

»Heute kommt Besuch«, sagte Rebecca und legte dem Mädchen das schlafende Kind auf den Schoß. »Jemand, der hoffentlich deine Sprache spricht. Du weilst nun schon neun Monate unter uns, und es wird höchste Zeit, dass du richtig sprechen lernst.«

Rebecca machte auf dem Absatz kehrt und eilte hinunter in die Küche. Da Sara Moor unterwegs war, musste sie die Mittagsmahlzeit selbst zubereiten. Bald würden Caleb und sein Vater aus dem Warenlager zurückkehren. Nathaniel hatte den Jungen an diesem Morgen mitgenommen, damit er ihm bei der Bestandsaufnahme half. Sie würden hungrig und durchgefroren sein, also machte sie sich daran, einen Eintopf aus Kartoffeln und Mais zu kochen. Mit Käse und Apfelkuchen zum Nachtisch wäre es ein wunderbares Essen. Sie würde für die Besucherin mitkochen; es war das Mindeste, was sie der Frau für ihre Mühe geben konnte, selbst wenn sie eine Indianerin war.

26. Kapitel

Als Rebecca das Baby wieder im Arm hielt, so gesättigt von der Muttermilch, dass ihm Tröpfchen aus den winzigen Mundwinkeln quollen, entdeckte sie zu ihrem Erstaunen eine heidnisch aussehende Frau in englischer Haube, die hinter Sara Moor die schmale Stiege heraufkam.

»Das ist die Magd von Kaufmann Parris, Herrin«, sagte Sara Moor. »Tituba Indian.«

»Tituba?« Nun, da sie eine lebende Indianerin im Haus hatte, versuchte Rebecca, ihre Furcht zu verbergen. »Welch ungewöhnlicher Name.« Die Indianerin lächelte ihr zu und versank in einen Knicks, worauf Rebecca das Kind ein wenig entspannter hielt. Immerhin hat sie gute Manieren, dachte sie.

»Zu Ihren Diensten, Ma'am«, erwiderte Tituba in vollkommenem Englisch, in dem nur ein leichter Akzent mitschwang. Ihre Stimme klang rauchig wie die eines Mannes.

»Du kommst also aus Westindien, Tituba.«

»Man brachte mich von Barbados her, Ma'am, aber ich wurde nicht dort geboren. Meine Familie stammt von der Küste Neugranadas.«

»Liegt das zufällig in Neuspanien, Tituba?«

»Es ist näher an der Kolonie Venezuela als an Mexiko, Ma'am, aber das ganze Land dort steht unter spanischer Flagge.«

»Dein Englisch ist aber nahezu vollkommen.«

»In Barbados herrschten größtenteils Engländer und Holländer, Ma'am. Meine Herren in Bridgetown waren alle Engländer.«

»Hast du dein Spanisch verlernt, Tituba?«

»Meine Muttersprache ist Arawak, Ma'am, aber ich habe in meiner Jugend oft Spanisch gehört. Allerdings bin ich darin nicht mehr geübt, weil ich, seit man mich mit vierzehn Jahren nach Brigdetown brachte, nur englisch gesprochen habe.«

Rebecca staunte über die Redeweise der Frau und die verschachtelten Sätze, die sie im Englischen bilden konnte. Wer hätte je geglaubt, dass eine Indianerin einer zivilisierten Christenfrau so ähnlich sein könnte? »Hat Sara Moor dir gesagt, dass wir deine Hilfe brauchen, weil dieses eigensinnige Mädchen anscheinend kein Englisch lernen kann? Glaubst du, du kannst sie verstehen, Tituba?«

»Ich helfe gern, Ma'am, wenn ich es kann.«

»Dich schickt der Himmel, Tituba«, sagte Rebecca erleichtert. »Du kannst dir nicht vorstellen, wie lange ich schon versuche, mich dem Mädchen verständlich zu machen. Sie wurde aus Neuspanien hergebracht, stammt aber offenkundig aus einem weniger zivilisierten Teil dieses gottlosen Landes, in dem man keinen Kontakt zu Engländern pflegte. Daher ist sie hoffnungslos dumm.«

»Ihr meint, sie kann nicht sprechen, Ma'am?«

»Sie brabbelt den ganzen Tag«, warf Sara Moor ein.

»Wenn sie nicht englisch sprechen kann, Sara Moor, ist sie dennoch dumm«, sagte Rebecca. »Ich nehme an, sie ist eine Art Mischling, teils Indianerin, teils Spanierin, und verfügt über eine gute Bildung, weshalb mein Mann auch den Wucherpreis des Piraten bezahlt hat, des Freibeuters, meine ich. Nur ist dieses Geschöpf entweder furchtbar bockig oder gnadenlos dumm. Nutzlos ist sie auf jeden Fall, nicht wahr, Sara Moor? Ich ärgere mich über sie, das muss ich ehrlich zugeben. Könntest du bitte versuchen, mit ihr zu sprechen, Tituba? Sie soll wenigstens begreifen, dass mein Mann sie versteigern wird, wenn sie nicht endlich für ihr Brot arbeitet.«

Tituba richtete ihren Blick auf Thankful Seagraves, und Rebecca überlief ein Schauer, als ein Zeichen des Erkennens über ihre Gesichter huschte.

Tituba sprach zuerst, worauf sich die Augen des Mädchens mit Tränen füllten. Dann entwickelte sich ein Gespräch.

»Du kannst sie also verstehen? Spricht sie sinnvolle Sätze?«, fragte Rebecca.

»Sie sagt, sie sei keine Sklavin, Ma'am. Sie stamme aus einem frommen Haus in Neuspanien.«

»Ich hab's dir doch gesagt, Sara Moor! War sie Nonne?« Allein die Vorstellung ließ Rebeccas Blut gefrieren.

»Nein, Ma'am. Sie war Schreiberin und arbeitete für eine der Schwestern.«

»Gut. Dann kann sie also lesen und schreiben. Tituba, sag ihr bitte, sie darf nicht länger die papistische Zunge sprechen und muss ihr Leben in Neuspanien vergessen. Sie muss umgehend Englisch lernen. Sag ihr, dass mein Mann mit seiner Geduld am Ende ist. Auf dem Hof meines Vaters wartet viel Arbeit auf sie.«

Tituba übersetzte. Thankful Seagraves streckte die Hände nach dem Baby aus und sagte etwas in bissigem Ton.

»Was jetzt?«

»Sie sagt, sie will ihr Baby haben, Ma'am.«

»Ich bringe sie zu Bett, Thankful Seagraves«, sagte Rebecca und drückte das Kind enger an sich. »Und du denkst am besten an deine Arbeit, wenn du nicht wieder bei irgendwelchen Freibeutern landen willst.«

Ein erneuter Wortwechsel, dann hörte Rebecca, wie Thankful Seagraves ihren spanischen Namen nannte.

»Schluss damit!« Sie drohte mit dem Finger.

Plötzlich brach Thankful Seagraves in Tränen aus, und eine Flut von Worten stürzte aus ihr hervor.

»Was schwätzt sie schon wieder, Tituba?«

»Ich hoffe, sie verflucht uns nicht in ihrer papistischen Zunge«, sagte Sara Moor.

»Sie hat niemanden verflucht«, entgegnete Tituba.

Die Indianerin blickte von Rebecca zu Thankful Seagraves. Eine neue Lawine von Wörtern ergoss sich aus dem Mund des halsstarrigen Halbbluts.

»Und?«, fragte Rebecca, der es allmählich um die Pastete leidtat, die sie Mistress Parris als Bezahlung für Titubas Dienste geschickt hatte. Sie hörte schon, wie Nathaniel sie zurechtwies: Statt einer Dolmetscherin hast du ihr eine Freundin ins Haus geholt und obendrein mit einer guten Pastete dafür bezahlt.

»Sie sagt, sie entschuldige sich für ihre Krankheit, Ma'am«, sagte Tituba schließlich. »Sie werde sich bemühen, bald zu genesen, damit sie sich allein um das Kind kümmern kann und Euch nicht mehr zur Last fällt.«

»Das hat sie gesagt? Das ist sehr rücksichtsvoll, sag ihr das, aber das Baby ist ihr geringstes Problem. Zunächst einmal muss sie Englisch lernen.«

Tituba übersetzte Rebeccas Worte, und wieder brach Thankful Seagraves in Tränen aus.

»Warum weint sie ständig, Tituba? Sie verdirbt noch ihre Milch.«

»Vielleicht hat sie die Weinkrankheit, Herrin«, warf Sara Moor ein.

Thankful Seagraves sagte etwas zu der Indianerin. »Sie meint, dass sie mit meiner Hilfe schneller Englisch lernen könne, Ma'am.«

»Das können wir nicht von Kaufmann Parris verlangen. Wir haben Tituba heute schon von ihren Pflichten abgehalten. Glaubst du etwa, ihr Herr wird sie jeden Tag zu uns schicken, damit sie dich unterrichten kann?«, fragte sie, an Thankful Seagraves gewandt.

»Mein Herr wäre der Vorstellung nicht abgeneigt, Ma'am«, entgegnete Tituba. »Seine Reederei ist in Schwierigkeiten, und er hat zusätzliche Kosten durch das kranke Baby, so dass er mich und John Indian ohnehin tageweise ausleiht, wenn unsere Herrin auf uns verzichten kann.«

»Ich bin mir nicht sicher, ob ich das wirklich wissen möchte, Tituba«, erwiderte Rebecca, obschon sie sich darauf freute, Nathaniel von Samuel Parris' finanziellen Schwierigkeiten zu berichten. Rebecca schaute rasch von einer Frau zur anderen und überlegte. Es gab keinen anderen Weg. Für das Mädchen war es die letzte Gelegenheit, denn Nathaniels Duldsamkeit war erschöpft. »Na schön, ich werde mit meinem Mann darüber sprechen. Wenn er einverstanden ist, hast du eine Lehrerin, Thankful Seagraves. Aber sag ihr, Tituba, dass ihr nur die zwanzig Tage im Wochenbett bleiben, um zu lernen. Danach muss sie umgehend nach Roxbury zurückkehren. Mein Vater braucht sie für die Hühnerzucht.«

Tituba übersetzte Rebeccas Worte, und Thankful Seagraves traten erneut Tränen in die Augen. Danach sprach sie eine ganze Minute lang.

»Was ist denn nun schon wieder?« Das Baby wurde allmählich unruhig. Rebecca hob es hoch und klopfte ihm auf den Rücken, damit es aufstoßen konnte.

»Sie sagt, sie sei Euch dankbar für Eure Hilfe und hoffe, sich als würdig zu erweisen, damit sie und das Kind immer ein Zuhause bei Euch haben.«

»Sie ist reichlich überschwenglich, nicht wahr?« Das Kind rülpste. »Sag ihr, dass sie und die kleine Hanna hier stets willkommen sind, sie aber ausdrücklich für die Leitung der Hühnerzucht und die Pflege meines Vaters gekauft wurde.«

»Wenn Ihr möchtet, kann ich ihr jetzt gleich die erste Lektion erteilen, Ma'am.«

»Wir sollten besser warten, bis mein Mann mit deinem Herrn gesprochen hat, Tituba. Ich möchte nicht, dass du hinter seinem Rücken arbeitest.«

»Er muss es nicht erfahren, Ma'am. Master Parris bleibt immer bis zum Abendläuten in seinem Geschäft. Bis dahin werde ich zurück sein.«

»Und deine Herrin? Ist sie nicht indisponiert?« Rebecca errötete, weil es ihr peinlich war, die Klatschgeschichten über Gevatterin Parris angehört zu haben.

»Sie ist bis nach dem Tee bei ihrem Nähkreis, Ma'am.«

»Nun ja, wenn es keine Umstände macht, wird eine kleine Lektion sicher nicht schaden. Du bleibst zum Essen bei uns. Mein Mann bringt dich nach Hause, wenn er ins Warenlager zurückkehrt.«

Tituba schenkte Thankful Seagraves ein zahnlückiges Grinsen, bei dem es Rebecca kalt überlief.

»Herrin, das Baby hat durch die Decke geschissen«, sagte Sara Moor.

Rebecca war nicht wohl dabei, die Indianerin mit Thankful Seagraves allein zu lassen, musste aber das Baby wickeln, sonst würde es wieder wund.

»Komm mit, Sara Moor«, sagte Rebecca und zog das Mädchen am Ohr aus dem Zimmer. »Wie oft muss ich dir noch sagen, dass du in meiner Gegenwart nicht so vulgär daherreden sollst?«

27. Kapitel

»¿Q*uien sois?* Wer bist du?«

»*Me dicen Tituba.* Den Namen haben sie mir gegeben, als sie mich von meinem Volk wegholten.«

»*¿Eres de la Nueva España?* Bist du wie ich aus Neuspanien?«

»Aus Guyana, in Nueva Granada. Dort sind die Spanier auch gelandet.«

»Was machen wir hier, Tituba?«

»Sie lässt dich nicht spanisch sprechen. Ich soll dir Englisch beibringen.«

»Sie haben mich zur Sklavin gemacht. Mein Name ist Concepción Benavídez. Ich bin Mestizin, Tochter einer *china poblana* und eines Kreolen. Angehörige meiner Kaste sind keine Sklaven. Ich war Schreiberin, eine sehr gebildete Nonne hat mich im Kloster ausgebildet.«

»Für die Engländer sind wir, die wir keine weiße Haut haben, allesamt Sklaven. Und wir alle müssen lernen, zu sprechen wie sie.«

»Sie soll mir mein Kind zurückgeben. Sie nimmt es mir dauernd weg.«

»Du sprichst wie die Spanier, bist aber braun wie ich.«

»Und du sprichst wie die Engländer.«

»Dennoch bin ich eine Fremde, genau wie du.«

»Was hat sie gesagt, Tituba?«

»Dass sie dich geholt haben, damit du ihren alten Vater pflegst und eine Hühnerzucht leitest.«

»Eine Hühnerzucht? Aber ich bin Schreiberin, Tituba. Ich verstehe nichts von Hühnern.«

»Sie will, dass du in den zwanzig Tagen, in denen du dich von der Geburt erholen darfst, Englisch lernst. Danach werden sie dich wieder ins Haus ihres Vaters schicken, wo du arbeiten sollst.«

»Ich kann nicht dorthin zurück. Das Haus ist kaum groß genug für den alten Mann. Und eisig kalt. Wie soll ich in dieser Kälte ein Kind aufziehen?«

»Es ist besser, wenn du zu allem ja sagst, Concepción. Du musst aufhören zu weinen. Sie verliert allmählich die Geduld.«

»Was erzählst du ihr denn? Übersetzt du alles, was ich sage?«

»Ich sage ihr das, was sie hören möchte. Auf diese Weise bekommt man, was man will.«

»Ich will jedenfalls von hier fliehen und nach Neuspanien zurückkehren.«

»Und dein Baby? Es würde sterben. Es ist eine weite Reise. Babys überleben nicht lange auf hoher See.«

»Was willst du damit sagen, Tituba?«

»Warte ab, bis dein Kind älter ist. Vielleicht übersteht es die Reise, wenn es sechs oder sieben ist, falls es so lange lebt.«

»Sechs oder sieben? *¡Ay, Tituba!* Wie soll ich all die Jahre hier überstehen?«

»So wie ich. Lerne jeden Tag, was du lernen musst, und vergesse nie, woher du kommst. Aber gib acht auf deine Tochter, Concepción. Sie wird unter Engländern aufwachsen und eine Engländerin werden. Das habe ich schon erlebt.«

»Niemals, Tituba, das werde ich nicht zulassen.«

»Dann wirst du einen zweifachen Kampf ausfechten – mit den Engländern und deinem eigenen Kind.«

28. Kapitel

Auf dem Hof hatte Concepción kaum Englisch gebraucht, da sie meist keinen zum Reden hatte und mit den wenigen Wörtern ausgekommen war, die Rebecca sie gezwungen hatte zu lernen oder die sie sich mit Hilfe der Bücher aus dem Häuschen selbst beigebracht hatte. Nachdem sie sich von der Geburt erholt hatte, begann sie mit Tituba und Sara Moor in die Stadt zu gehen. Dort war sie von Menschen umgeben, die ständig auf sie einredeten, ihr Fragen stellten und erwarteten, dass sie sie verstand. So lernte Concepción in den vier Wochen, die sie in Boston verbrachte, mehr Englisch als in den acht Monaten bei dem alten Mann.

Rebecca hatte ihr Wörter beigebracht, die mit Handarbeit und Kinderpflege zu tun hatten: »Stickerei«, »Fingerhut«, »Nadel«, »Stricken«, »Garn«, »Faden«, »Fäustling«, »Wiege«, »Kapuze«, »Milch«, »Krupp«, »Rachitis«, »Anfälle«, »Kolik«, »erbrechen«, »verschmutzt«, »Taufdecke«, »Flicken«, »Wickeltuch«. Im Gegenzug zeigte Concepción Rebecca einige schwierige Stiche, die diese bewundert hatte, und achtete darauf, nicht die spanischen Namen zu sagen, da sie von Rebecca ausgescholten wurde, die zunehmend ungeduldiger wurde, wenn sie in ihrer sogenannten papistischen Zunge sprach. Selbst nachts hörte sie Rebecca bisweilen vor der Tür von Calebs Zimmer, wo sie auf einen Verstoß gegen die Regel horchte, und so hatte Concepción sich angewöhnt, dem Baby die Abendgebete ins Ohr zu flüstern, bevor sie das dreifache Kreuzzeichen über der kleinen Stirn, dem Mund und dem Herzen schlug:

»*Con la Virgen te acuestas; con la Virgen de levantas, con tu ángel de la guarda, y con es espíritu santo.*« Mit der Jungfrau schläfst du ein, mit der Jungfrau wachst du auf, mit deinem Schutzengel und dem Heiligen Geist.

Wenn Concepción Jerónima morgens gefüttert, vor dem Kamin gewickelt und zum ersten langen Schlaf des Tages hingelegt hatte, bestand Rebecca darauf, dass sie sich von Sara Moor in die Sprache der Dienstboten einweisen ließ. Sara Moor brachte ihr die Namen von Servierplatten und Näpfen bei, von Krügen und Kannen, Mörsern und Stößeln, Schneidbrettern und Kesseln, Kerzenleuchtern und Kaminböcken. Haushaltszimmer. Abort. Wäsche. Sara zeigte Concepción, wie sie Schürze und Unterröcke in den Rockbund stecken musste, bevor sie sich dem Feuer näherte, und ermahnte sie, Ärmel und Röcke herunterzulassen und sich anständig herzurichten, bevor sie die Küche verließ. Sie brachte ihr bei, wie man butterte und Seife herstellte, wie man Äpfel auspresste, Pudding dämpfte und das Fleisch von Schwein und Rind in Lake einlegte. Sara machte sie mit Fischen und Meerestieren wie Aal und Stint, Auster und Krebs bekannt, die Concepción noch nie gesehen hatte, und zählte geduldig die Namen der Gemüse auf, die im Keller lagerten: Zwiebel, Möhre, Süßkartoffel, Kohlrübe, Bete, Kürbis. Sara brachte ihr den Unterschied zwischen Apfelwein und Essig bei und wie Letzterer aus Ersterem entstand, wenn dieser sauer oder schal wurde. »Zucker«, »Hickorynuss«, »Schmorbraten« – so viele Wörter, über die ihre Zunge stolperte. Am leichtesten lernte sie jene, für die es ein spanisches Gegenstück gab: Biskuit/*bizcocho*, Pudding/*pudín*, Salz/*sal*. Beim Einkaufen zeigte Sara Moor ihr, wie man mit dem Käsehändler und dem Müller feilschte und mit den anderen Mägden handelte. Ihren Freundinnen stellte sie Concepción als die »Fremde Thankful Seagraves, das Piratenweib, das lesen und schreiben kann« vor und benahm sich, als würde es ihr eigenes Ansehen heben, wenn sie sich mit Concepción zeigte.

Caleb unterrichtete sie im Vorlesen und korrigierte jeden Fehler, wobei er den strengen Lehrer, der ihn jeden Nachmittag im Schreiben unterrichtete, imitierte. »Nein, Thankful Seagraves, zwei L werden nicht wie ein Y ausgesprochen. Versuch es noch einmal, sonst muss ich dich windelweich prügeln.«

Von Caleb lernte sie auch, zwischen Schnee und Eis, Graupel und Regen, Wind und Bö, matschig und glitschig, Dunkelheit und Nebel, Schlitten und Schlittschuh zu unterscheiden. Bevor sie die Plätze tauschten und sie ihm beim Schreiben half, ließ sie ihn Blätter aus dem Schreibtisch seines Vaters holen, und während Caleb seine Übungen niederschrieb, bildete sie in der schönsten Schrift, die die alte Krähenfeder des Jungen hergab, mit den neuerlernten Wörtern Sätze.

Wenn Caleb abends im Zimmer seiner Eltern zu Bett gegangen war, saß Nathaniel mit Concepción im Haushaltszimmer und unterrichtete sie in Hühnerzucht und Buchhaltung. Sie brauchte nahezu zwei Wochen, bis sie verstand, wovon er redete, dass Legehennen mehr wert waren als Schlachthennen, aber weniger als Hähne, dass man Hähnchen zu Kapaunen machen und damit einen höheren Preis erzielen konnte, dass die bar zahlenden Kunden ihre Eier billiger bekamen als jene, die anschreiben ließen. Das alles wurde in ein Kassenbuch eingetragen, in dem jedes verkaufte, berechnete und getauschte Ei und Hühnchen mitsamt dem Namen des Käufers verzeichnet wurde. Die Kosten für die verschiedenen Futtersorten mussten in eine separate Spalte eingetragen werden. Waren die Gewinne gut, klatschte er in die Hände, waren sie schlecht, senkte er den Daumen und schüttelte den Kopf. »Wenn du Verluste vermeiden willst, Thankful Seagraves, musst du mehr auf *Kredit* verkaufen. Verstehst du?« Kredit, nicht Tauschhandel oder Bargeld, war der sichere Weg zum Erfolg, denn wer auf Kredit kaufte, bezahlte mehr.

Sie blickte zwischen dem Kassenbuch und den ganzen Wörtern

und Zeichnungen, mit denen er seine Vorstellungen erklären wollte, kopfschüttelnd hin und her. Eines Abends fiel ihm endlich ein gutes Beispiel ein. Er zeigte ihr eine Seite in einem seiner Kontenbücher, die mit *Thankful Seagraves* überschrieben war. In der linken Spalte stand »Zimmer und Verpflegung für vier Wochen«, in der rechten Spalte waren die betreffenden Kosten aufgelistet. Dazu gehörten auch die Dienste der Hebamme, das Entgelt für Titubas Englischunterricht, das Hollandleinen für Jerónimas Taufdecke, die eigens für das Kind gefertigten Schuhe, um die Concepción gebettelt hatte, die Wiege mit Himmel, Rebeccas neues Messer, das Schreibpapier, das Caleb ihr gebracht und dessen Fehlen Nathaniel leider doch bemerkt hatte, die Kerzen und die Seife, die sie benutzte, und nun auch noch die Bürsten und die Lauge, mit der sie das Bauernhaus reinigen sollte. Die Kosten beliefen sich auf neunzehn Pfund und zwölf Shilling.

Sie sah, dass unter ihrem Namen eine Summe verzeichnet war. Was immer dieser Betrag auch bedeuten mochte, sie konnte ihn nicht bezahlen. »Kein Geld«, sagte sie zu Nathaniel.

»Kredit«, erwiderte er, schrieb das Wort neben ihren Namen und unterstrich es zweimal. »Sehr wichtig fürs Geschäft. Du schuldest mir diesen Betrag, und ich werde ihn dir als Kredit geben. Wann immer du ein Huhn oder Ei vom Hof des alten Bocks verkaufst, ziehe ich den Betrag von dieser Summe ab, bis du alles zurückgezahlt hast.«

»Ihr macht Gewinn von meinem Kredit?«

»Nein, nein, nein, Thankful Seagraves. Du verstehst das nicht. Wie könnte ich Gewinn machen, nachdem ich nur Verluste hatte, seit ich dich dem Piraten abgekauft habe? Alle Ausgaben, die du hier siehst, und die zahllosen anderen, für die meine Frau aufgekommen ist, sind Verluste. Du müsstest den Rest deines Lebens Hühner verkaufen, bevor du mir einen Gewinn einbrächtest.«

»Alter Mann sagt, sind seine Hühner.«

»Ja, aber du bist dafür verantwortlich, die Hühner zu füttern, die Eier einzusammeln und das Geflügel am Markttag zu verkaufen. Du wirst alles in dieses Kassenbuch schreiben. Um den Rest kümmere ich mich. Hast du das verstanden?«

»Ich kann nicht.«

»Was soll das heißen? Dafür habe ich dich gekauft, Thankful Seagraves! Du lebst jetzt seit fast einem Jahr bei uns, und wir haben nichts außer Kosten und deinem verdammten Kaufbrief. Und nun ist noch ein weiteres Maul zu stopfen. Es wird höchste Zeit, dass du deinen Unterhalt verdienst, Frau, sonst werde ich dich persönlich versteigern.«

»Ich kann nicht, Herr«, wiederholte sie und versuchte, die richtigen Worte zu finden. »Ich brauche –« Sie hielt Tintenfass und Kontenbuch in die Höhe. »Ich brauche Tinte und Buch. Ich brauche mehr Englisch.«

»Natürlich brauchst du Schreibutensilien! Hältst du mich für dumm? Ich erwarte nicht, dass du die Buchhaltung auswendig lernst. Und ich werde es auch nicht deinen Schulden hinzufügen, weil es Teil der Geschäftskosten ist.« Er blätterte eine Seite um, die mit *Roxbury* überschrieben war, und setzte in seiner gedrängten Schrift hinzu: *zwei Federn, Tintenfass und Kontenbuch*. »Ich bringe die Sachen aus dem Geschäft mit, sobald der Hof bereit ist. Was das Englische betrifft, musst du einfach mehr üben. Und beeil dich. Im Frühjahr solltest du einigermaßen flüssig sprechen können. Bis dahin kümmerst du dich um die Tiere, ziehst die Küken in der Scheune auf und schierst die Eier. Damit solltest du eine Zeitlang beschäftigt sein.«

»Was ist schieren?«

Er runzelte die Stirn. »Hat Rebecca dir denn gar nichts beigebracht? Man kann mit einer Kerze die Eier durchleuchten und nachsehen, ob kein Küken im Dotter gewachsen ist. Du kannst keine befruchteten Eier verkaufen.«

»Wo verkaufen?«

»Wenn du mit allem fertig bist und das Wetter besser wird, musst du zweimal in der Woche in die Stadt gehen. Dienstag und Samstag sind die Markttage.«

»Nach Boston, Herr?«

»Ich lasse den Karren in der Scheune reparieren und bringe dir ein paar Käfige für die Schlachtvögel. Und ich sorge dafür, dass du einige zahlende Kunden bekommst …«

Er redete weiter, doch sie konnte nur daran denken, dass sie zweimal in der Woche nach Boston kommen und Tituba sehen könnte. Das war Grund genug, das Hühnergeschäft zu erlernen.

Nach dem Abendläuten mussten das Feuer im Herd gelöscht und die Kohle in die Bettpfannen geschüttet werden. Sara Moor schlief auf der Bank im Haushaltszimmer, dem wärmsten Ort im Haus, da die Glut im Herd gewöhnlich die ganze Nacht ausreichte. Concepción lag mit Jerónima im Arm in Calebs Bett. Sie hatte die Decken wie ein Zelt über sich gebreitet, um die Zugluft abzuhalten und die Lektionen des Tages noch einmal durchzugehen. Sie schlief ein, während sie sich ausmalte, wie sie einen Karren durch die Stadt schob und Hühner verkaufte. Die meisten Straßenhändlerinnen, auf Spanisch *verduleras* genannt, waren laut und gewöhnlich, gingen von Tür zu Tür und handelten mit Fisch oder Gemüse. *¡Ay, Madre!*, seufzte sie dann, aus der Schreiberin ist eine Geflügelhändlerin geworden. Hähnchen, Kapaune, Hähne, Kredit.

In der letzten Englischstunde wirkte Tituba erregt. Concepcións Wochenbett war zu Ende, und Rebecca und ihr Mann würden sie am Wochenende nach Roxbury bringen.

»Du wirst mir fehlen, Concepción. Es ist, als gehörtest du zur Familie.«

»Wir können uns doch zweimal in der Woche sehen, wenn ich die Hühner in Boston verkaufe.«

»Das glaube ich nicht, Concepción. Die Herrin nimmt die kleine Betty nur noch selten mit zum Nähkreis, so dass ich mich um sie kümmern muss. Und der Herr hat sich in den Kopf gesetzt, dass ich John Indian heiraten soll. Der Geistliche hat sich beschwert, weil wir in Sünde leben, also werde ich vermutlich zu beschäftigt sein, um dich zu treffen. Außerdem weiß ich ja gar nicht, wann du in der Stadt bist.«

»Halskrause sagt, jeden Dienstag und Samstag.«

»Die Montage wären besser, Concepción. Mein Herr lässt mich montags in Georges Taverne aushelfen, sie liegt am Neck, ganz in der Nähe von Roxbury. Ich könnte morgens zu dir kommen und mit dir in den Wald gehen. Dann zeige ich dir wichtige Dinge. Der Wald birgt viel Weisheit.«

»Welche Dinge, Tituba?«

»Dinge, die man pflücken oder essen kann, die dich vor deiner Herrin beschützen.«

»Wieso beschützen?«

»Vor ihr musst du dich besonders hüten, Concepción. Sie will dir dein Kind wegnehmen, das sehe ich genau.«

»Wo siehst du das, Tituba?«

»In ihrem Handeln, aber auch im Wasser.«

»Im Wasser?«

»Manchmal kannst du Dinge in einer Schale Wasser sehen, in die du ein Ei geschlagen hast. Das Eigelb nimmt eine Gestalt an, die die Zukunft voraussagt. Ich habe deine Tochter gesehen. Sie ist so alt wie Caleb jetzt und versteckt sich hinter deiner Herrin, als hätte sie Angst vor dir, Concepción. Sie verleugnet dich.«

»Das ist eine Lüge, Tituba. Ich glaube nicht, dass Visionen im Wasser die Wahrheit sagen. Wie kann ein Eigelb all diese Bilder erzeugen?«

»Ich kann dir auch die Karten legen, wenn es dir lieber ist. Vielleicht schenkst du ihnen mehr Glauben.«

Concepción hatte nicht gewusst, dass Tituba sich auf Weissagung verstand. Ein Schauer überlief sie, doch sie schüttelte nur den Kopf.

»Ich werde dieses Kind mit so viel Liebe aufziehen, dass es mich nie verleugnen wird.« Und doch verspürte sie ein leises Flattern der Angst im Bauch.

29. Kapitel

24. März 1684

Mi niña,

nachdem man mich dem Piraten abgekauft hatte und bevor Du geboren wurdest, starb ich fast an einem Fieber, das tief in meine Knochen gedrungen war. Rebecca sagt, die Hebamme habe es weder mit Aderlässen noch durch Abführmittel vertreiben können. Erst mit Deiner Geburt schwand das Fieber. Eine meiner frühesten Erinnerungen an dieses Land ist Dein Leben, das in mir raste wie ein junger Stier, den man in der Arena freilässt. Dein Köpfchen, hart wie Horn, stemmte sich gegen das enge Tor des Lebens, bis es hindurchbrach und sich an einem Februarmorgen ins eisige graublaue Licht des Landes mit Namen Massachusetts zwängte.

Ich weiß noch, dass Deine Haut die gleiche Farbe hatte wie der Himmel in jenem Augenblick, ein fleckiges Blaugrau. Rebecca sagt, Du habest wild gestrampelt, als die Hebamme die Nabelschnur abband. Deine Augen sahen aus wie dunkle Samenkörner, zusammengekniffen in Deinem winzigen, runzligen Gesicht; Deine blauen Lippen dehnten sich weit, und Lungen und Kehle erbebten unter Deinen Schreien.

»Juana Jerónima«, sagte ich. Die ersten Worte, die ich in diesem Land bewusst sprach, waren Dein Name.

Ich streckte die Arme aus und nahm Dich aus Rebeccas

Händen. Beim Klang meiner Stimme warst Du einen Augenblick lang ganz still, als hättest Du inmitten der kalten Fremde, in die ich Dich geboren hatte, einen vertrauten Klang vernommen. Du hörtest mir zu, wolltest, dass ich weitersprach, doch dann sagte eine fremde Stimme etwas, und Du fingst wieder an zu weinen.

Ich kann keine indianischen Spuren in Dir entdecken und nur wenig von einer Afrikanerin, obwohl solches Blut in meinen Adern fließt. Der Pirat muss zur Hälfte weiß gewesen sein, wenngleich seine Haut dunkler war als meine. Als Beccas Ehemann mich vom Piratenschiff kaufte, rief er mich Halbblut, weil ich verschiedenfarbige Augen habe. Becca sagt, er habe mich Thankful genannt, weil ich dankbar sein müsse, dass ich unter den auserwählten Kindern Gottes in der Stadt auf dem Hügel leben darf. Allerdings sehe ich hier keine Stadt wie jene in Neuspanien, in der ich geboren wurde, mit ihrem königlichen Palast und der großen Kathedrale, den Plätzen und Chausseen, den Krankenhäusern und Theatern und der Universität, den Menschenströmen vieler Hautfarben und Kasten.

Die Stadt, in der Du geboren wurdest, Jerónima, nennt sich Boston, ist zugebaut mit schmalen Giebelhäusern, die eng beieinanderstehen, und hat krumme Gassen, die vorgeben, Straßen zu sein. Ich glaube, man könnte die ganze Stadt auf unserer mexikanischen Plaza Mayor unterbringen. Es gibt einen Marktplatz, der von einigen primitiven Läden, Anlegestellen und Lagerhäusern umgeben ist, aber alles ist schlammig. An den schlimmsten Stellen ist der Schlamm wie ein Sumpf. Manchmal bleiben die Schuhe darin stecken und kommen nicht wieder hervor. Dass der Regen den Boden überflutet und selbst die gepflasterten Straßen in eine Jauchegrube verwandelt, erinnert mich an Mexiko, sonst gibt es keine Ähnlichkeit. Hier gibt es mehr Bäume als Häuser, und sie bilden riesige Baldachine aus bunten Blättern, nur sind sie zurzeit alle kahl und sehen aus wie Galgen. Nur die großen Kiefern im Wald sind nicht tot.

Seramur, eine Sklavin wie ich, redet den ganzen Tag lang. Zuerst hat sie mich nicht beachtet oder unfreundlich gesprochen, wenn die Herrin ihr befahl, mir mein Essen nach oben zu bringen oder mir zum Abort zu helfen. Als die Wunde, die Deine Geburt zwischen meinen Beinen hinterlassen hatte, zu heilen begann und ich allein aufstehen und gehen konnte, fing ich an, in der Küche zu helfen. Zunächst konnte ich nur leichte Arbeiten verrichten, Kartoffeln schälen und Mais enthülsen, doch allmählich habe ich an Kraft gewonnen und kann jetzt den größten Teil des Kochens übernehmen. Sie scheinen mein Essen zu mögen, vor allem meine quesadillas, die sie Käsepasteten nennen, und meine heiße Schokolade mit der dicken Schaumkrone. Ich kann noch kein Wasser schleppen oder Holz holen, doch Seramur besteht darauf, dass ich die Töpfe schrubbe und das Geschirr abwasche, sonst nimmt sie mich nicht mit auf den Markt.

Trotz Kälte und Schlamm gehe ich gern auf den Markt und bewege mich in der Menschenmenge, obwohl mich alle anstarren, als wäre ich ein Narr auf der Plaza Mayor. Ich schaue mir die Läden und Tavernen, die Pferde und Wagen an. Mein liebstes Geschäft gehört der Witwe Cole. Sie verkauft Gemischtwaren, was etwas von allem bedeutet, und ich schaue mir gern die bunten Bänder, Garne und Fäden an. Sie verkauft auch Stoffe, alle Arten von Stoffen, und ich stelle mir vor, welche hübschen Sachen ich daraus für uns beide schneidern würde, wenn ich Geld dafür hätte. Das blaue Leinen wäre hübsch für einen Unterrock. Der rosa Damast für einen guten Mantel. Die grüne Seide ein hübscher Schal, den ich mit Papageien und Palmen besticken würde. Seramur zieht mich immer weg und sagt, ich solle aufhören zu träumen.

Wenn wir mit Einkaufen fertig sind, besucht Seramur eine

Freundin, die in einem Gasthaus in der Nähe des Hafens arbeitet. Als sie mich das erste Mal mitnahm und ich die vielen Schiffe in der Bucht liegen sah, erinnerte ich mich an Veracruz und die Piraten und begann haltlos zu zittern. Ihre Freundin im Blue Cat Inn machte mir einen heißen Grog, der die Angst vertrieb. Sie heißt Mary Black. Sie ist eine Mulattin aus einem Ort namens Jamaika und kann aus der Hand lesen. Sie spricht mit einem Akzent, der mich an die kreolischen Seeleute auf dem Piratenschiff erinnert. Ich bin erstaunt, dass sich die Leute nicht darüber aufregen, so wie Rebecca sich über meinen Akzent aufregt. Sie hat gesagt, ich würde bald einen Fremden heiraten, doch er werde sterben und mich zur reichen Witwe machen. Seramur musste herzlich lachen. Jedenfalls eine erfreulichere Aussicht als jene, die Tituba angeblich in ihrer Wasserschale gesehen hat.

Kürzlich kam eine Indianerin in das Gasthaus, die ein Lederkleid mit Perlen und darüber ein Wolfsfell trug. Beim Gehen klingelten Glöckchen. Sie kaufte dem Besitzer des Gasthauses einen eisernen Topf ab und bezahlte mit aufgefädelten Muscheln, die Seramur wampum nennt. Im Gehen starrte mich die Indianerin an, als wollte sie etwas zu mir sagen, und ich erkannte, dass es dieselbe Frau war, die manchmal auf der Straße steht, die am Hof des alten Mannes vorbei in den Wald führt.

Es gibt viele Dinge in diesem Land, die ich nicht verstehe. Ich habe überall nach einer Kirche gesucht; ich wollte eine Kerze für die Jungfrau anzünden, damit sie Dich beschützt, aber ich kann nur zweistöckige Holzhäuser mit spitzen Türmen und winzigen Glockenstühlen entdecken, keine Kathedralen, Kapellen oder Basiliken. Auch habe ich keine Priester gesehen, obwohl es Männer mit weißen Kragen gibt, die laut Seramur als »Pastor« oder »Lehrer« bezeichnet werden. Sie starren mich an, als wäre ich der Teufel in Person. Ihr Glaube ist mir ebenso fremd wie ihre Sprache.

Ich habe noch niemanden wie mich gesehen. Es ist, als gäbe es hier keine Mischlinge. Es gibt Schwarze wie Seramur und Indianer, die plötzlich aus dem Nichts auftauchen, in gerader Linie durch die Stadt gehen und den Leuten furchtbare Angst einjagen, dazu die gefangenen Indianerinnen, die zum Versteigerungspodest am Hafen geschleppt werden. Die meisten Leute sehen aus wie Rebecca und Halskrause, mit Haut wie Milch und Augen wie blaues Glas. Hier gibt es keine Mestizen, Moriscos, Mulatten, Chinos, Albinos, Zambaigos, Coyotes, Tente-en-el-aire, Saltatrás oder die anderen Kasten und Mischungen Neuspaniens, sondern nur Weiße, Schwarze und Indianer.

Wie soll ich die Kasten erklären, so dass Du verstehst, weshalb ich in Neuengland eine Verirrung der Natur bin, während ich in Mexiko, wo so viele Mischlinge leben, überhaupt nicht auffalle? Der Mestize ist der Abkömmling eines Spaniers und einer Indianerin. Da es so viele Spanier und Indianerinnen gibt, haben sie die meisten Nachkommen. Doch selbst unter den Mestizen gibt es viele verschiedene Arten. Wenn sich ein Mestize mit einer Indianerin fortpflanzt, wird ein Coyote geboren, doch wenn eine Coyote-Frau sich mit einem Indianer mischt, bekommen sie einen Chamizo. Es gibt auch Afrikaner, die von den Spaniern ins Land gebracht wurden und eine weitere Kaste bildeten: Mulatten, wenn sich eine Afrikanerin mit einem Spanier fortpflanzt, und Moriscos, wenn sich ein Spanier mit einer Mulattin fortpflanzt. Kasten, die sich nicht verbessern, das heißt heller werden, bezeichnet man als Tente-en-el-aire oder Häng-in-der-Luft; Kasten, die dunkler statt heller werden, sind Saltatrás oder Rückwärtsspringer. Ein Indianer, der sich mit einer Afrikanerin fortpflanzt, ist beispielsweise ein Rückwärtsspringer und sein Kind ein Lobo, was im Spanischen Wolf bedeutet. Der Vater meiner Mutter, also Dein Urgroßvater, war ein Lobo. Wenn sich ein Lobo mit einer afrikanischen oder philippinischen Frau mischt

(Deine Urgroßmutter) und weiter rückwärts geht, zeugen sie einen Chino. Dieser Kaste gehört meine Mutter an, Deine Großmutter, María Clara Benavídez. Frauen mit philippinischem Blut sind als chinas poblanas bekannt, aber nicht weil sie aus der Stadt Puebla stammen, sondern weil sie eine Mischung dreier Rassen ohne spanisches Blut darstellen und daher als Teil des pueblo, des dunklen Volkes, gelten. Sie tragen, vielleicht um ihre dunkle Hautfarbe wettzumachen, die bunteste und auffälligste Kleidung, perlenbesetzte Huipiles, bestickte Tücher, Spitzenschürzen und so viel Schmuck, wie sie sich nur leisten können. Die Negras und Mulattinnen lieben Perlen und bunte Turbane, die zu ihren Schürzen passen, aber niemand strahlt wie die chinas poblanas. Da mein Vater Kreole war, das heißt ein in Neuspanien geborener Spanier, steht meine Kaste viel höher als die meiner Mutter, und ich werde als Viertelchina betrachtet, weil ich ein Viertel indianisch, ein Viertel afrikanisch und zwei Viertel spanisch bin. Darum haben meine Augen verschiedene Farben. Meine Herrin im Kloster nannte mich Castiza, doch Mestiza ist mir lieber.

Der Pirat hatte bernsteinfarbene Augen, blondes Haar und europäische Gesichtszüge, doch seine Haut war so afrikanisch wie Aléndulas. Daher glaube ich, dass auch er ein Mischling war, mindestens ein Viertel Mulatte. Wärst Du in Mexiko statt in Boston geboren, wäre Deine Kaste höher als meine. Mit Deiner Hautfarbe, Deinen Gesichtszügen und dem weißen Blut hättest du als limpia, sauber, gegolten, obwohl Du die indianische und afrikanische Saat in Dir trägst.

Was würde meine Mutter wohl sagen, wenn sie Dich, ihr erstes Enkelkind, sehen könnte? Gewiss würde sie sich sehr freuen, Dich mit Küssen ersticken, in bunte Farben kleiden wie eine kleine china poblana und Dir einen Schönheitsfleck aufs Kinn mit dem Grübchen malen. Andererseits würde meine Mutter vor

Scham sterben, wenn sie sähe, was aus ihrer Tochter geworden ist. Kürzlich habe ich mich zum ersten Mal, seit man mich herbrachte, im Spiegel gesehen. Wir waren im Geschäft der Witwe Cole, wo Seramur die Schuhe und Hüte bewunderte und ich an den Schreibpulten stand und alle Deckel aufklappte, um zu sehen, was darin war. Bei einem war an der Innenseite ein Spiegel angebracht, und ich konnte mich von der Taille aufwärts darin sehen. Zuerst keuchte ich nur, musste dann aber lachen, als ich mein Spiegelbild betrachtete. Seramur kam herüber, um zu sehen, was so lustig war.

»Das kann doch nicht ich sein. Ich sehe aus wie ein Junge im Rock.«

»Als du kahl warst, sahst du noch schlimmer aus, Thankful Seagraves. Kahl und mit einer großen Melone unter der Schürze.«

Ich war zu überwältigt von meinem Anblick, um gekränkt zu sein. Mein Haar reicht mir nur bis zu den Ohren und steht in alle Richtungen ab wie ein Hügel voller Windmühlen. Die Knochen in meinem Gesicht formen ein Sechseck, treten an Stirn und Wangen hervor und machen mein Kinn ganz eckig. Meine Wimpern und Augenbrauen sind dichter geworden und lassen meine Augen größer aussehen, was die unterschiedlichen Farben noch betont. Ich krempelte die Ärmel auf und betrachtete die langen, dünnen Sehnen in meinen Armen, die scharfen Spitzen der Ellbogen, die rau und grau aussehen. Obwohl meine Brüste wie Euter an mir hängen, sind sie unter der Weste, dem Mieder und dem Unterhemd kaum zu sehen. Selbst meine Haut scheint blasser geworden zu sein. Von der Tochter der china poblana ist keine Spur mehr zu entdecken.

Ich bin anders, und dies ist eine andere Welt, Jerónima, und es wird auf immer die Welt sein, in der Du lebst. Allmählich verstehe ich, warum Tituba mir riet, mich mit dem Gedanken, hier zu bleiben, anzufreunden. Es ist sehr unwahrscheinlich, dass ich je wieder das Meer überqueren und nach Neuspanien zurückkehren kann.

Rebecca sagt, Du würdest eine Engländerin wie sie werden, und ich widerspreche nicht. Ich weiß, die Jungfrau ist überall, wenn wir sie anrufen, sogar hier, und Du wirst von mir auf Spanisch von der Jungfrau hören: von ihrer unbefleckten Empfängnis, ihrer jungfräulichen Geburt, ihrem Opfer. Du bist meine Tochter, und welche Sprache Du auch sprechen magst und auf welchen Namen sie Dich taufen mögen, trägst Du doch Neuspanien in Deinem Blut. Ich lasse nicht zu, dass Du es vergisst.

Morgen Abend werden wir Rebeccas Haus verlassen und auf den Hof des alten Mannes zurückkehren. Die Hebamme sagt, ich sei jetzt stark genug, um wieder zu arbeiten, und obwohl die Herrin nicht möchte, dass ich Dich mitnehme, weil sie so an Dir hängt, muss sie ihrem Mann gehorchen und mich zurück nach Roxbury schicken.

Endlich wachst Du auf, bist hungrig wie üblich und weinst, weil es ungerecht ist, dass man Dich warten lässt. Es ist mir egal, dass Du geboren wurdest, weil mir ein Pirat Gewalt antat. Du bist jetzt mein Grund zu leben, mein Grund, mich zu erinnern, und ich werde alles tun, was sie von mir wollen, damit Du ein anständiges Leben führen kannst, ein Leben, das nicht mit dem Makel eines Kaufbriefs behaftet ist. Das heißt vor allem, dass Du die englische Sprache lernen musst.

Tu madre, für immer,
Concepción

30. Kapitel

»Was machst du da, Thankful Seagraves?«, fragte Rebecca, als sie in Umhang und Biberfellmütze in die Küche trat. Ihre Wangen waren von der Kälte gerötet. »Seramur sagt, du seiest schon dabei, seit wir heute Morgen zur Predigt gegangen sind. Schau dir das Durcheinander an.«

»Essen aus Mexiko«, sagte Concepción und drückte das letzte Maismehl in die letzte Maishülse. Sie hatte einen Sack getrockneter Hülsen im Keller gefunden, und der Gedanke, *tamales* zu kochen, hatte sie nicht mehr losgelassen, obwohl sie diese nur einmal mit Jane im Kloster zubereitet hatte.

Rebecca warf ihren Umhang aus karminroter Wolle auf die Anrichte, hob die Mütze von den blonden Ringellocken und legte sie auf den Umhang. »Es ist furchtbar stickig hier drinnen, findest du nicht? Wie geht's der kleinen Hanna?« Sie beugte sich über die geflochtene Wiege, die Concepción auf die Sitzbank gestellt hatte, damit das Baby in der Nähe war, während sie kochte.

»Das Baby schläft, Herrin.«

Rebecca nahm das Kind trotzdem hoch und trug es zum Herd, um einen Blick in den Topf zu werfen, der über dem Feuer hing. »Was um Himmels willen hast du hier gekocht, Thankful Seagraves? Das scheint mir ein schönes Hexengebräu zu sein.«

Wieder ein Ausdruck, den Concepción noch nie gehört hatte.

»Hast du auch Kröten mitgekocht?« Rebecca stocherte mit dem Löffel im Topf, entdeckte aber nichts als Hühnerfüße, Innereien und Knoblauch.

»Das wird nur Fond, Herrin.« Sie hatte das Huhn in Estragon und Thymian gekocht. Oregano und Lorbeerblätter wären ihr lieber gewesen, doch sie konnte diese Kräuter nirgends finden und musste sich mit den milderen Aromen begnügen. Sie hatte die Brühe aufgehoben, das trockene Maismehl hinzugegeben und beides miteinander verknetet, bis es die klebrige Konsistenz von *masa* besaß, mit der die eingeweichten Maishülsen gefüllt wurden. Da sie weder Schweinefleisch noch rote Chilis für die Füllung hatte, verarbeitete sie das kleingeschnittene Hühnerfleisch und gab getrocknete Preiselbeeren hinzu, um den Geschmack zu heben. Dann legte sie noch ein Salbeiblatt auf jedes Tamal, bevor sie es aufrollte. Der Mais war eigentlich zu grob gemahlen und ergab einen körnigen Teig, der länger kochen und die *tamales* schwerer machen würde, doch immerhin war es Essen aus ihrer Heimat. Sie wickelte das letzte Tamal in die Hülse und klebte die beiden Enden mit feuchtem Maismehl zusammen, so dass sich ein festes Päckchen ergab.

Rebecca stand neben ihr und runzelte neugierig die Stirn. Dann warf sie einen Blick in den Kessel, in dem Concepción die Tamales über dem flachen Korb stapelte, der eigentlich benutzt wurde, um Weizenmehl zu sieben. Der Korb selbst balancierte auf einem Zinnkrug im Kessel.

»Das ist eine interessante Konstruktion, Thankful Seagraves.«

»Sie ist zum Dämpfen, Herrin. Der Dampf kocht das Maismehl.«

Concepción goss noch eine Tasse Brühe über die *tamales* und achtete darauf, dass die Flüssigkeit nicht in den Korb drang. Obendrauf gab sie eine Schicht aus feuchten Maishülsen, legte den schweren Deckel auf den Kessel und schwang ihn am Haken über die Flammen.

»Wie nennst du dieses Gericht, Thankful Seagraves?«

»Heißt *tamales*.«

»Verzeihung, was hast du gesagt?«

»Nur den Namen, Herrin.«

»Wie oft habe ich dir gesagt, dass du deine gottlose Zunge hier nicht gebrauchen und auch nicht so mit dem Kind reden darfst. Es trägt einen englischen Namen, lebt unter Engländern, und du musst mit ihm englisch sprechen. Wenn du erwartest, dass jemand das hier isst – und ich hoffe aufrichtig, dass du das gute Maismehl nicht verschwendet hast, sonst wird mein Mann es auf deine Rechnung setzen und dir die Ohren langziehen –, dann solltest du dir besser einen christlichen Namen für das Gericht ausdenken. Sieh nur, jetzt hast du das Baby gestört. Es wird den Rest des Tages unruhig sein.«

Concepción streckte die Arme aus, um Rebecca das Baby abzunehmen, doch diese trat zurück und schüttelte den Kopf. »Du musst vor dem Essen noch die Küche aufräumen. Oder wolltest du dich mit dem Baby an der Brust in den Schaukelstuhl setzen und mir beim Saubermachen zusehen?«

»Herrin, ich mache sauber und stille Baby. *Tamales* brauchen viel Zeit zum Kochen. Sind fertig, wenn Ihr heute Abend von Predigt kommt.«

»Und was sollen wir heute Mittag essen, da du den Herd mit diesen Kuchen oder was immer es auch sein soll, in Beschlag genommen hast?«

»Kuchen, ja, Herrin, Maiskuchen. Guter Name?«

»Nein, es sind keine Maiskuchen, das ist etwas völlig anderes.« Rebecca griff nach einer durchweichten Maishülse und betrachtete sie. »Es ist eher ein Kloß, der in einer Maishülse gekocht wird. Siehst du? Das hier ist eine Maishülse. Also nennen wir sie Maishülsenklöße, Thankful Seagraves. Kannst du das sagen?«

»Maishülsenklöße.«

»Wie einfach es ist, zivilisiert zu werden. Gut, also haben wir ein neues Gericht erfunden. Sollen wir es mit gepökeltem Schweinefleisch oder Salzfisch servieren?«

Concepción hatte sich eine ganz andere Beilage für die *tamales* vorgestellt, etwas Frisches, Saures wie *nopalitos*, einen Salat aus Tomaten und zarten Streifen von gekochtem Nopal-Kaktus, der mit Limonensaft, Koriander und Chili gewürzt und mit einem leckeren krümeligen Käse bestreut wurde. Natürlich gab es in Neuengland keine Kakteen. Gartenbohnen kamen der Sache am nächsten, doch wuchs um diese Jahreszeit natürlich nichts Frisches. »Nicht gut, Herrin. *Tamales* mit Huhn gefüllt. Nicht gut zu Schwein oder Fisch. Müssen mit grünem Gemüse serviert werden.«

»Falls du es nicht bemerkt haben solltest, Thankful Seagraves: Es schneit. Wir haben kein Gemüse außer getrockneten Erbsen.«

»Erbsen gut, Herrin. Ich mache Erbsensuppe.«

»Erbsensuppe? Zum Abendessen? Nie und nimmer. Gepökeltes Schweinefleisch und Maishülsenklöße, das gibt es heute Abend. Ich möchte, dass du gewürzten Apfelwein dazu bereitest. Es soll ein festliches Essen werden. Vielleicht lade ich sogar die Mathers dazu ein. Wird es für zwei Leute mehr reichen?«

»Viele *tamales*, ich meine, Klöße. Für sieben oder acht Leute, Herrin.«

»Wunderbar. Dann haben wir heute Abend Gäste. Und ich möchte, dass du Porzellan aufdeckst und die guten Kerzen, damit der Tisch hell und fröhlich aussieht. Aber denk dran, du wirst es allein erledigen müssen. Sara Moor hat mehrere Wannen zu waschen und kann dir nicht helfen. Wir zeigen Nathaniel, was ich dir alles beigebracht habe.«

»Herrin? Jerónima hungrig.«

Rebecca schaute auf das zappelnde Kind nieder. »Na gut.« Sie hielt es ihr hin. »Sind wir das nicht alle? Du musst aber beim Stillen weiterarbeiten, zum Hinsetzen bleibt keine Zeit, verstanden? Master Greenwood will dich sofort nach dem Essen nach Roxbury bringen.«

Concepción wartete, bis Rebecca gegangen war, bevor sie ihre

Weste aufknöpfte und das Mieder ihres Kleides aufschnürte. Auf dem Unterhemd war schon ein feuchter Fleck zu sehen. Jerónima quengelte ungeduldig, während Concepción ihren Schal im Nacken verknotete, damit sie das Baby in einer Schlinge nah am Körper tragen konnte, während sie aufräumte. Sie sammelte die schmutzigen Schüsseln und Löffel ein und brachte sie in den Anbau, wo sie alles schrubbte, während Jerónima trank.

»Iss dich satt, *hija de mi alma*«, flüsterte Concepción. Es war einer der Kosenamen, die ihre Mutter ihr gegeben hatte – Tochter meiner Seele. Sie hörte, wie sich Sara Moor im Garten bei Rebecca beschwerte.

»Ich wasche nichts von ihr, Herrin.«

»Tu, was ich dir sage, Sara Moor. Ich will, dass die Windeln weiß wie Milch sind. So sauber werden sie weiß Gott nie wieder sein.«

Concepción fürchtete sich davor, auf den Hof des alten Mannes zurückzukehren, doch Tituba hatte recht. Sie musste sich hineinfügen, so wie sie sich fügen musste, wenn es um die englische Sprache ging, denn sie tat es für ihre Tochter. Das Mädchen würde inmitten von Engländern aufwachsen, und Concepción musste verstehen, was diese zu ihm sagten. Allerdings würde sie das weitläufige, saubere Haus vermissen, in dem sie ein eigenes Zimmer mit einem Glasfenster und einem echten Bett gehabt hatte, doch es ließ sich nicht ändern. Ihr blieb nichts anderes übrig, als dem alten Mann das Haus zu besorgen und es zu einem Ort zu machen, an dem sie ein Kind aufziehen konnte.

Sie würde das Häuschen ausfegen, die Wände scheuern, alle Küchenutensilien auskochen, bis jedes bisschen Schmutz, das sich in den Ritzen festgesetzt hatte, verschwunden war. Sie würde sämtliche Kleidungsstücke des alten Mannes waschen und ihn jeden Tag nach draußen schieben, damit sich der Gestank von Tabak und Urin verzog. Ein paar Minuten an der frischen Luft würden ihn nicht umbringen. Im Frühjahr würde sie wie Rebecca einen Küchengarten anlegen und auf dem kleinen Acker hinter der Scheune Mais säen. Sie würde lernen, wie man mit Hühnern handelte und dienstags und samstags in die Stadt gehen. Montags würde sie sich mit Tituba treffen und von ihr die Weisheit der Wälder erlernen. Es war ein völlig anderes Leben als jenes, das sie im Kloster bei Sor Juana geführt hatte, doch das Mädchen, das sie damals gewesen, das mit Aléndula weggelaufen war und sich die Welt als sicheren Ort ausgemalt hatte – dieses Mädchen war im Meer gestorben. Nun trug sie einen neuen Namen, lebte in einem neuen Land und hatte ein neues Leben, das sie schützen musste.

31. Kapitel

Die Tage in Roxbury vergingen rasch, da Concepción das Baby, den alten Mann und die Hühner versorgen musste. Unter dem Vorwand, Concepción neue Vokabeln beizubringen, kam Rebecca jeden zweiten Tag vorbei, wollte aber vor allem nach dem Baby sehen. Nathaniel überprüfte einmal in der Woche den Zustand der Hühner. Caleb kam immer mit und spielte mit dem alten Mann Kreisel- und Fadenspiele. Concepción freute sich über die Gesellschaft, denn Caleb unterhielt den alten Mann und Rebecca half ihr mit dem Baby, während sie selbst die Hühner versorgte. Nur Nathaniel sah sie nicht gern im Haus.

Pünktlich alle drei Wochen schlüpften Küken, und Concepción musste die Hühnchen von den Hähnchen trennen. Die Hähnchen hielt sie im Stall, wo sie mit Eichelmehl zu Schlachtvögeln gemästet wurden. Da Kapaune doppelt so viel einbrachten wie ein gewöhnlicher Hahn, knipste Nathaniel einigen Hähnchen eigenhändig die winzigen Hoden ab, wobei immer einige Vögel starben. Kleinwüchsige Hähne musste sie auf dem Hof frei laufen lassen, damit sie von den großen Vögeln den Umgang mit den Hennen lernten. Die übrigen Hühner erhielten eine schmale Kost aus Mais, Hafer, Reis und Seetang. Einmal in der Woche musste Concepción einen Brei aus Kräutern und Samen unter das Futter geben, da die Senfsamen den Dottern eine kräftige, beinahe orange Farbe verliehen.

Jeden Morgen sammelte sie die Eier ein, die nicht nur im Nistkasten in der Scheune lagen, sondern überall dort verstreut waren, wo die Hühner die letzte Nacht verbracht hatten: auf dem Apfelbaum, im Maisfeld oder dem Gemüsebeet. Einmal entdeckte sie einen Trupp Küken, der über das Dach des Häuschens balancierte, und wusste sofort, dass eine Henne sich im Stroh ein Nest gebaut hatte. Concepción schierte die Eier im dunklen Keller, trennte die befruchteten von den unbefruchteten und warf nur Eier weg, die Blut in der Schale hatten. Die befruchteten Eier legte sie in den Nistkasten zurück, während sie die unbefruchteten zum Kochen verwendete oder verkaufte. Die großen Eier gingen am besten. Sie bewahrte sie in einer Vorrichtung aus einem abgedeckten Fass auf, in das sie mit Stroh ausgelegte Körbe gestellt hatte. So blieben die Eier im Frühjahr und Herbst im Keller eine ganze Woche frisch. Im Sommer hielten sie nur zwei Tage, und im Winter musste sie die Eier im Haus lagern, damit sie nicht einfroren.

Sie entwickelte zahlreiche Rezepte mit Hühnerfleisch. Der alte Mann bevorzugte eine Pastete aus Innereien und Austern. Jeden Tag gab es Eier zum Frühstück und Abendessen: gebratene Eier und Omeletts in allen möglichen Varianten, mit Käse und Kräutern oder Pilzen und Gemüse aus dem Garten. Sie machte *tortilla española* oder Kartoffel-Zwiebel-Pastete, wie Rebecca sie nannte. Als Rebecca ihr beibrachte, Custard zu kochen, wandelte sie das Rezept ab, fügte Muskat, Zimt und ein Stück Karamellzucker hinzu und verwandelte es so in einen Flan. Wenn Jerónima erkältet war oder Bauchschmerzen hatte, fütterte Concepción sie ausschließlich mit herzhafter Hühnerbrühe, bis sie sich erholt hatte. Wenn ihre Sehnsucht nach Mexiko so schlimm wurde, dass ihr die Tränen in die Augen traten, verschlang sie Hühnertamales oder eines der Lieblingsgerichte ihrer Mutter, *arroz con pollo,* Huhn mit Reis.

Zum Lesen oder Schreiben blieb Concepción keine Zeit, und ihre einzige Lektüre waren die Kassenbücher. Ihr entging, dass Jerónima den ersten Zahn bekam und ihr erstes Wort sprach:

»Becca«. Sie bemerkte allerdings, wie sehr sich der alte Mann über diese Fortschritte freute. Rebecca überschüttete das Kind derart mit Belohnungen, dass Caleb eifersüchtig wurde. Es kam so weit, dass Rebecca mehr an Concepción als an ihrem Vater herumkrittelte. Das Einzige, was ihr aus jenen ersten vier Jahren in Roxbury außer der Hühnerzucht im Gedächtnis blieb, waren die Indianerin, die Wälder und Tituba.

Wenn Concepción in der ersten Zeit nach ihrer Rückkehr aus Boston den mulchigen Boden des kleinen Maisfeldes umgrub oder vor der Scheune die Wäsche wusch, während die kleine Jerónima in ihrer Wiege vor der Tür schlief, tauchte die Indianerin draußen vor dem Zaun auf und bedeutete Concepción, näher zu kommen. Da sie Angst hatte, dass die Indianerin ihr Kind stehlen und es wie in der Geschichte von Mary Rowlandson in den Wald mitnehmen könnte, brachte Concepción das Kind ins Haus und traute sich erst wieder vor die Tür, wenn die Indianerin verschwunden war. Eines Morgens fand Concepción einen steifen Lederbeutel an einem Haken am Scheunentor. Er war mit grünen und gelben Pfeilen bemalt und hatte Fransen aus weichem Leder. Der Beutel war mit Maiskörnern, gefleckten Bohnen und Samen gefüllt, die wie Melonen- oder Kürbissamen aussahen. Concepción wusste, dass die Indianerin den Beutel gebracht hatte, und rührte die Samenkörner nicht an. Am nächsten Tag zog sie Furchen auf dem Acker, als sie Spuren in der Erde bemerkte, so groß und tief, dass sie unmöglich von Pecas stammen konnten. Concepción vermutete dahinter einen Wolf oder eine jener maskierten Kreaturen, die sie im Zwielicht im Wald gesehen hatte. Sie wirkten wie eine Mischung aus Hund und Katze und schlichen nachts um die Scheune. Sie hockte sich vor die Spuren. Ein klingelndes Glöckchen verriet ihr, dass sich die Indianerin dem Zaun genähert hatte.

»Bist du Wabanaki oder Narragansett?«, fragte die Frau auf Englisch.

Concepción blickte verschreckt hoch und richtete sich auf. Ihr war ganz flau im Magen. Im hellen Morgenlicht schimmerte das lange schwarze Haar der Frau wie Seide. Sie trug ein perlenbesticktes Lederkleid und passende Mokassins.

»Lass mich in Ruhe«, sagte Concepción. »Was willst du von mir?« Sie schaute zur Türschwelle, wo die Wiege stand.

»Keine Angst, Odey. Ich habe nur gefragt, welcher dein Stamm ist.«

»Meine Familie ist nicht von hier. Meine Heimat ist weit weg. Ein Ort namens Mexiko.«

»Du bist über das Wasser kommen? Wie die Afrikaner?«

Concepción nickte und drehte sich wieder zur Türschwelle.

»Ich habe Augen wie deine bei unseren Leuten gesehen. Hat man dich verbannt?«

»Ich wurde von Piraten gefangen und auf ihrem Schiff hierhergebracht.«

»Wie nennen sie dich?«

»Thankful Seagraves.«

»Thankful Seagraves?«, wiederholte die Frau. »Ein seltsamer Name, wie alle ihre Namen. Ich heiße Makwa, was in meiner Sprache ›Bär‹ bedeutet, aber ich stamme vom Wolfsclan des Mohawk-Volkes. Wir sind die Traummenschen.«

»Die Traummenschen? Dann träume ich dich also nur?«

»Nein, es bedeutet, dass wir von unseren Träumen geleitet werden. Und es bedeutet auch, dass du uns nur dann siehst, wenn wir dir etwas zu sagen haben.«

»Aber ich habe dich zuvor schon gesehen, hier und auch in Boston.«

»Ja, ich versuche seit geraumer Zeit, mit dir zu sprechen.«

»Ich habe gesehen, dass die Engländer indianische Frauen gefangen nehmen. Warum haben sie dich nicht geholt?«

Die Indianerin lächelte, und Concepción staunte, wie weiß ihre

Zähne waren. Sie schimmerten fast überirdisch hell in ihrem braunen Gesicht.

»Wir sind als betende Indianer bekannt. Es gab einen weißen Mann, der zu Beginn der Dunklen Zeit bei meinem Volk lebte. Er baute eine Schule und brachte uns bei, sein heiliges Buch zu lesen. Seither haben wir seine Sprache an unsere Kinder weitergegeben. Das bewahrt uns davor, gefangen zu werden.«

Sie schauten einander an und sagten nichts. Concepción sorgte sich immer noch um ihr Baby und schaute hinter sich, ob nicht ein indianischer Krieger herangeschlichen war und Jerónima aus ihrer Wiege gestohlen hatte, während sie sich mit der Indianerin unterhielt.

»Warum rufst du mich immer, Makwa?«

»Wir können einander helfen. Wir können einen Handel abschließen.«

»Du bekommst meine Tochter nicht.«

Die Indianerin runzelte die Stirn. »Ich will nicht deine Tochter, sondern die Hälfte von dem, was auf deinem kleinen Maisfeld wächst.«

»Auf meinem Maisfeld wächst noch gar nichts.«

»Darum habe ich dir die drei Schwestern gegeben. Du musst die Bohnen und die Kürbisse zusammen mit dem Mais säen, und die drei werden gemeinsam wachsen und einander wie Schwestern beschützen. Die dornigen Ranken der Kürbispflanze werden Tiere fernhalten, und die Bohnen wachsen an den Maispflanzen in die Höhe und nähren und stärken sie. Im Gegenzug bringen wir dir Feuerholz.«

Klafterholz gehörte zu den kostspieligeren Dingen des Haushalts. Selbst das wenige, das Concepción mit den Nachbarn tauschen konnte, kostete sie ein Fass Seife oder eine Legehenne.

»Wie viel Feuerholz?«, erkundigte sich Concepción.

»Einen Klafter für jede Ernte. Wenn du einverstanden bist, sprechen wir nie wieder miteinander. Aber du weißt, dass wir hier sind, falls du uns je brauchen solltest, Odey.«

»Wie hast du mich genannt?«

»Odey. In meiner Sprache bedeutet es ›Herz‹. In unseren Träumen haben wir gesehen, dass dein Herz so rein wie Wasser, aber auch so schwer wie Eis ist. Bist du einverstanden?«

Wie konnte sie nein sagen?

Sie pflanzte die drei Schwestern, wie Makwa es ihr geraten hatte, und fand gegen Ende des Frühlings einen Klafter Holz, fertig gehackt und hinter der Scheune aufgestapelt, während die Hälfte des unreifen Maises verschwunden war und die andere Hälfte blühte. Im Mittsommer waren es die Bohnen und im Spätsommer die reifen Maiskolben, die zur Hälfte abgeerntet waren. Und jedes Mal fand sich ein neuer Stapel Feuerholz hinter der Scheune. Im Herbst holten sie sich die wohlgerundeten Kürbisse, die ein dunkles Orange und ein cremiges Gelb aufwiesen und größer waren als alle, die auf dem Markt angeboten wurden. Wieder war ein Klafter Holz hinter der Scheune aufgestapelt.

Makwa sah sie nicht mehr, selbst wenn sie donnerstags in den Wald ging, um die Briefe zu verbrennen, die sie Aléndula schrieb. Sie fürchtete nicht länger um ihr Kind und nahm Jerónima in einer Tragschlinge mit, die sie im Nacken verknotete, bis das Kind laufen gelernt hatte. Der Wald faszinierte Concepción. Sie kam sich vor wie in einer Kathedrale mit Baumstämmen statt marmorner Säulen. Über ihr spannte sich ein Baldachin aus Blättern und duftendem Immergrün. Auf den Lichtungen wuchsen dicht an dicht Wildblumen, lebhaft und bunt wie Kirchenfenster. Orangefarbene und gelbe Schmetterlinge flatterten wie Kerzenlicht im Schatten der Bäume, und an den Büschen hingen Beeren, mit denen man seinen Hunger und Durst stillen konnte wie mit dem Brot und Wein der heiligen Kommunion. Es gab Nischen, die an Kapellen erinnerten, und umgestürzte Bäume, die wie Kirchenbänke aussahen. Baumstümpfe, groß wie Altäre. Einmal entdeckte sie einen hohlen Baum, in den sie hineinkriechen und sich wie in einen Beichtstuhl knien konnte. Dort betete sie zur Jungfrau. Auf der weichen Erde am Ufer des Baches hatte sie einen kleinen Scheiterhaufen aus Zweigen und Reisig errichtet, auf dem sie ihre Briefe an Aléndula verbrannte. Der Rauch zog zum Wasser und wurde so ins Meer getragen, in dem die Knochen ihrer Freundin ruhten. Im Herbst, ihrer liebsten Jahreszeit, tollte sie mit Jerónima durch das weiche, frisch gefallene Laub. Es war, als würden Scharen von Engeln mit scharlachroten und goldenen Flügeln auf sie herabregnen. Das silberne Licht des ersten Schnees brachte Concepción zum Weinen. Die großen weißen Flocken schmolzen wie eisige Tränen auf ihrem Gesicht, und zum ersten Mal, seit man sie nach Neuengland gebracht hatte, spürte sie einen Frieden, der sich wie Schnee über sie legte.

Nur im Wald fühlte sie sich frei und unbeschwert. Die übrige Zeit arbeitete sie, und zwar hart. Sie saß nicht am Schreibtisch und kopierte Manuskripte, trug Nachrichten in den Palast oder machte Besorgungen auf dem Markt, wie sie es als privilegierte Dienerin von Sor Juana getan hatte. Dies hier war die Arbeit der Dienstboten und Sklaven, obwohl die Gevatterinnen aus der Nachbarschaft den gleichen Tätigkeiten nachgingen, über die Madre gesagt hatte, dass gebildete Frauen sie nicht verrichten müssten. Es war eine Arbeit, bei der man bei jeder Witterung alles selbst erledigen, Holz holen und im Freien Töpfe schrubben musste. Man musste die meisten Nahrungsmittel selbst anbauen, Feld und Garten bestellen, Scheune und Hühnerstall in Ordnung halten und einen alten Mann füttern, waschen und aus einem Bett in den Stuhl und wieder zurückschaffen. Sie musste im Dämmerlicht, das der Herd spendete, über ihrer Handarbeit blinzeln. Sie musste kochen, backen und einlegen, ausmisten, enthülsen, Gemüse ernten, einen Karren schieben, der mit Hühnerkäfigen, Fässern voller Eier und einem Kind beladen war. Das Mädchen musste festgeschnallt werden, damit es nicht vom Karren fiel, wenn Concepción drei Meilen weit über den Neck stapfte, um in der Stadt ihr Geflügel zu verkaufen. Die Straße war entweder steinig, schlammig oder überflutet.

An den Markttagen steckte Concepción die Schlachtvögel und Kapaune in Käfige, holte die Körbe mit den Eiern und belud den Karren. Der alte Mann blieb in Decken gewickelt in seinem Sessel sitzen, den Nachttopf unter sich, Pfeife, Bier und Hühnerpastete griffbereit auf dem Tisch. Nachdem Jerónima mit einem Apfel oder einer Käsepastete versorgt war und Püppchen aus Maishülsen zum Spielen hatte, packte Concepción das Kassenbuch, ihr Schreibzeug und eine Handarbeit in einen Beutel, den sie aus Leinen genäht hatte, und schob den Karren von Roxbury bis ins North End von Boston und wieder zurück. Anfangs schmerzte ihr ganzer Körper, als hätte sie den Karren auf den Schultern getragen, doch schließlich wurde ihr Rücken stärker, die Arme und Beine sehnig.

Nachdem sie ihre Waren verkauft und in Greenwoods Warenlager abgerechnet hatte, traf sie sich mit Tituba im Laden der Witwe Cole, wo Concepción ihrer Tochter die Namen der Waren auf Spanisch zuflüsterte. »*Pluma*« sagte sie und ließ das Kind eine Gänsefeder halten. »*Papel*«, sie zeigte ihr ein Blatt Büttenpapier. »*Tinta*«, als sie ein Tintenfass öffnete und die Fingerspitze des Mädchens in die schwarze Flüssigkeit tauchte.

»Alles zusammen ergibt ein *libro.*« Sie schlug ein Buch auf und fuhr mit dem Finger unter den Wörtern entlang. »*Palabras. Escritura. Libro.*«

»*Pluma, papel, tinta, libro*«, wiederholte das Mädchen mit heller Stimme.

»Pst! *Quedito, mi hijita.* Sprich leise.«

»Warum?«

»Weil die Dame, der dieser Laden gehört, kein Spanisch mag.«

»Warum nicht?«

»Weil sie es nicht versteht. Kannst du ganz leise sein?«

»*Pluma, papel, tinta, libro*«, flüsterte das Mädchen.

»Das ist sehr gut, *mi hijita*. Es ist gut, dass du Spanisch sprechen kannst.«

»Eines Tages bringst du dich in Schwierigkeiten, Concepción«, sagte Tituba.

»Warum musst du immer solche düsteren Vorhersagen machen, Tituba?«

Später teilten sie sich im Blue Cat Inn eine Pastete mit Kartoffeln und Hackfleisch und ein Bier, das ihnen der Besitzer des Gasthauses spendierte, weil Tituba nebenher für ihn wusch. Wenn Concepción und Tituba Mary Black samstags im Gasthaus besuchten, war Betty, die Tochter von Titubas Herrin, dabei und spielte mit Jerónima mit den Maispüppchen. Manchmal kam Sara Moor auch dazu, und sie drängten sich um Mary Blacks kleinen Weissagetisch im Hinterzimmer, an dem sie Seeleuten die Zukunft voraussagte. Ihre Spezialität war das Handlesen. Sie lernte gerade, aus den Karten zu lesen, und sagte manchmal seltsame Dinge, mit denen Tituba nicht einverstanden war. Dann stritten sie über die Bedeutung der einen oder anderen Karte, während Concepción ihre Aufträge bearbeitete.

Beseelt von jenem freien Willen, den man ihr mit dem Kaufbrief hatte nehmen wollen, hatte sie ein Handarbeitsgeschäft gegründet und bestickte gegen ein kleines Entgelt, das in Münzen oder Naturalien entrichtet werden konnte, Schürzen, Hauben, Taschentücher und Halstücher. Sie hatte eine Vereinbarung mit der Witwe Cole getroffen, bei der sie ihre Stickereien gegen Schreibmaterial eintauschte: Zwei Kissenbezüge brachten eine gute Schreibfeder, ein Dutzend Servietten ein Tintenglas, für ein Tischtuch erhielt sie ein Ries Papier. Nun hatte sie ihr Auge auf ein Blankobuch geworfen – kein teures, in Leder gebundenes Exemplar mit Goldschnitt, wie die Witwe Cole sie eigens aus Italien oder Portugal für die Geistlichen, Stadträte und anderen Honoratioren kommen ließ –, sondern ein ganz normales, in Leinen gebundenes Blankobuch, das als Kopier- oder Tagebuch benutzt wurde.

Concepción fühlte sich in der Taverne fast wie zu Hause, nur roch es nicht nach *pulque,* sondern nach Rum, und die Leute sprachen nicht spanisch, sondern englisch. Doch in einer dunklen Taverne über einer Handarbeit zu blinzeln erinnerte sie an ihre Kindheit, bevor ihre Mutter sie ins Kloster gegeben hatte.

Bei klarem Wetter kam Tituba montags nach Sonnenaufgang zu ihr, und Concepción bereitete das Frühstück: Eier mit Butter, Maisbrot und süßen Kaffee. Dann saßen sie zusammen auf der Sitzbank und sprachen leise, um Jerónima und den alten Mann nicht zu wecken. In letzter Zeit schickte der Besitzer des Gasthofes Tituba am Montag zunehmend früher nach Hause, da weitere Tavernen auf dem Neck eröffneten, die näher an Boston, der städtischen Windmühle und den Salzwerken lagen. An solchen Tagen kam Tituba und half Concepción, Seife zu kochen, Äpfel für Wein auszupressen, Beeren einzumachen oder andere Aufgaben zu erledigen, für die man vier Hände brauchte.

Zu Beginn des Frühjahrs, wenn der Boden in den Gemüsebeeten noch bereift war, pflanzten sie grüne Bohnen, Spargel und Gartenwicken; im späten Frühling setzten sie Möhren, Pastinaken, Zwiebeln, Erdbeeren und legten ein Kräuterbeet mit Bohnenkraut, Salbei, Polei-Minze, Estragon und Kamille an; im Spätsommer pflanzten sie Winterkürbisse und Kohl. Tituba sehnte sich nach Dattelpflaumen und Kochbananen, Concepción nach Mangos und Cherimoyas. An Obst gab es hier nur Kirschen, Trauben, Äpfel und ein saures Gewächs namens Rhabarber, das eigentlich gar keine Frucht, sondern eine Art rote Sellerie war, die für süße Pasteten verwendet wurde. Eicheln, Haselnüsse, Kastanien und Hickorynüsse gab es im Überfluss, dazu Heidelbeeren, Brombeeren,

Preiselbeeren und Himbeeren, die überall wild in den Wäldern wuchsen.

Tituba kannte sich gut in den Wäldern aus. Sie verehrte heimlich den heiligen Georg, einen katholischen Heiligen, der gegen Drachen gekämpft hatte und es schätzte, wenn man ihm Nüsse und Beeren darbot, die sie in kleinen Bündeln an die Zweige einer krummen Kiefer hängte. Tituba war es, die ihr erklärte, dass der heilige Georg ihre Gebete weiterleiten würde, wenn sie sie im Wald verbrannte, ihm ein Opfer darbrachte und ein Gebet sprach. Von Tituba lernte sie auch, wie man Tinte herstellte.

»Du weißt, wie man Tinte macht?« Concepción war erstaunt. Für Sor Juana war Tinte eine Kostbarkeit gewesen, wie Öl oder Parfüm. Tinte durfte nicht verschwendet werden. Es war verboten, die Feder im Tintenfass zu lassen, weil sie die ganze Flüssigkeit aufsog, ebenso Kleider oder Papier mit Tinte zu beschmutzen.

»Ich weiß sogar, wie man Tinte *und* Papier herstellt. Master Parris hat mich zuerst in einer Buchbinderei arbeiten lassen. Dort brachte man mir auch bei, wie Bücher gemacht werden.«

Das konnte Concepción nun wirklich nicht glauben.

»Ich zeige es dir. Zuerst machen wir Tinte, dann wirst du sehen, dass ich nicht lüge.«

Sie verbrachten Stunden in den Wäldern, wo sie nach einem schwarzen Pilz mit struppiger Kappe suchten, aus dem sich eine gute dunkle Tinte herstellen ließ. Er wuchs inmitten der schlanken Stinkmorcheln, die so genannt wurden, weil sie nach verwesendem Fleisch stanken. Tituba brachte ihr bei, dass sie den Mulch am Fuß der ältesten Zedern bevorzugten, die dort wuchsen, wo der Wald am dichtesten war. Die Pilze gediehen höchstens sechs Wochen lang, von den schwersten Regenfällen bis zum ersten Frost. Man brauchte mindestens zwanzig Pilze für ein Glas Tinte. Wenn die Stürme tobten, konnten sie nicht in den Wald gehen, doch wenn sie jedes Mal vierzig oder fünfzig Pilze sammelten, würde die

Tinte für Concepción bis ins Frühjahr reichen, vorausgesetzt, sie ging sparsam damit um und verdünnte sie mit Essig. Sie ließ einen Teil der Tinte flüssig, die aber so übel stank, dass sie Eiweiß und Honig hineinmischte, um eine Paste herzustellen. Auch das hatte sie von Tituba gelernt. Im Winter wurde die Paste hart und bildete einen schwarzen Block, der nicht einfror und die Güte der Tinte das ganze Jahr über bewahrte.

Die Herstellung von Papier war schwieriger. Man brauchte Lumpen, Lauge und viele Tage Wartezeit, bis die Lauge die Lumpen zu Pulpe zersetzt hatte. Die Pulpe roch scharf und verbrannte Concepción die Hände, als sie die Rahmen eintauchte und eine Schicht Pulpe herausschöpfte, die beim Trocknen zu Papier wurde. Zuerst musste das gesamte Wasser durch den Rahmen ablaufen. Es war ein langsamer und mühseliger Vorgang, und Concepción erklärte, dass ihr das hübsche Pergament mit dem Goldschnitt oder das einfache Baumwollpapier, das es bei der Witwe Cole zu kaufen gab, weit lieber sei als die steifen, von Hand gemachten Bögen, die viel zu viel Tinte aufsaugten. Als sie das erste und einzige Mal Papier herstellten, gelangen Tituba in der Zeit, die Concepción für ein unebenes Blatt benötigte, sieben vollkommen glatte Bögen. Tituba nähte die Seiten mit Hanf zu einem Büchlein zusammen, das Concepción ihrer Tochter zum Dreikönigstag schenkte. Rebecca nannte es Alltagsbuch, doch war nichts Alltägliches daran. Concepción hatte nämlich vor, die spanischen Gebete hineinzuschreiben, die sie dem Mädchen beibrachte. Ihre Hände waren noch Wochen später wund von der Lauge, wie viel Butter sie auch hineinreiben mochte, und Rebecca untersagte ihr, jemals wieder Papier herzustellen.

»Wer um Himmels willen hat dir erlaubt, Papier zu machen? Wie dreist, das alles hinter unserem Rücken zu tun!«

Wenn du wüsstest, sagte sich Concepción und dachte an die leinenen Servietten in ihrem Beutel, die sie für die Witwe Cole mit Bibelsprüchen bestickt hatte. Concepción wollte sie gegen ein großes Stück hellgrauer Vogelaugenseide eintauschen, die weich, aber sehr robust war. Es war ein ganz neuer Stoff aus London, aus dem sie ein besonderes Sticktuch für Jerónima machen wollte. Sie erinnerte sich nicht an den gesamten Text von Madres Gedicht über die verstockten Männer – es bestand aus mehreren vierzeiligen gereimten Strophen –, kannte aber noch die ersten acht Verse, die letzten vier und auch einige dazwischen. Zunächst würde sie die Wörter mit der Feder in eleganter Schrift mit geschmückten Kapitälchen und Schnörkeln an Enden und Schnittpunkten der Buchstaben auf das Tuch schreiben. Sie würde mindestens ein Jahr brauchen, um die Sätze zu sticken, vielleicht auch länger, wenn sie das erste Wort in jeder Strophe mit Gold schattierte und den Text mit einem Rahmen aus goldenen Lilien versah, um das Augenmotiv des Stoffs zu unterstreichen. Es wäre ein Geschenk zum nächsten Dreikönigstag. Dann wäre das Mädchen fast fünf und könnte, wenn sie genug mit ihm übte, das Gedicht schon allein lesen oder auswendig aufsagen.

32. Kapitel

Die Katze hatte sie von ihrem Aussichtsplatz auf dem Kaminsims beobachtet. Das Mädchen trottete hinter Concepción herein, ein kleines Reisigbündel im Arm. Seit dem Sommer war Jerónima einen ganzen Fuß gewachsen und reichte Concepción jetzt bis zur Taille. Schon wieder war das Mädchen ohne Haube und Mantel draußen gewesen, sein Haar mit einer Mantilla aus frisch gefallenem Schnee bedeckt. Die Kälte drang Concepción wie eisige Klingen in die Gelenke.

»Ich wünschte, du würdest wenigstens draußen deinen Mantel anziehen, *bebita*. Du sollst doch nicht krank werden.«

»Mir ist nicht kalt.«

In den wenigen Minuten, in denen sie das Holz aus dem Keller geholt hatten, waren Concepcións Ohren unter der Wollmütze schon taub geworden.

»Kannst du die Geschichte jetzt zu Ende erzählen?«

»Wer lässt die kalte Luft herein?«, knurrte der alte Mann hinter seinen Bettvorhängen.

»Wach auf, Großvater! Thankful Seagraves erzählt jetzt, wie sie mit ihrer Freundin Lindula geflohen ist.«

»Aléndula«, korrigierte Concepción und legte dem Mädchen den Zeigefinger auf die Lippen. »Heute ist Backtag. Da bleibt keine Zeit für Geschichten.« Zum alten Mann gewandt fügte sie hinzu: »Schlaft weiter. Ich wecke Euch, wenn das Brot fertig ist.«

»Aber du hast gesagt –« Das Mädchen sah Concepción mit zusammengekniffenen Augen an.

»Ich habe gesagt, wir müssen backen.« Sie senkte die Stimme. »Und ich muss dir die Geschichte auf Spanisch erzählen. Auf Englisch kann ich es nicht.«

»Warum nicht?«

»Weil mir die Wörter dafür fehlen. Ich erzähle dir von der Flucht, während wir den Teig kneten. Es dauert ohnehin noch eine Stunde, bis der Ofen fertig ist.«

»Aber wir haben den Teig doch schon geknetet, Thankful Seagraves.«

»Wir müssen es mehr als einmal tun, sonst wird das Brot härter als der *caca* des alten Mannes.«

Jerónima kicherte.

»Gib mir die beiden Scheite«, sagte Concepción.

Sie schürte das Feuer im Ofen und wusch sich die Hände im Eimer. Dann rollte sie die Ärmel hoch und schauderte, als ein kalter Luftzug aus dem Kamin über ihre nackten Arme strich. Es war Zeit, den Teig ein zweites Mal zu kneten, damit er weich und geschmeidig wurde. Brotbacken war eigentlich Rebeccas Aufgabe, doch nach den starken Stürmen, die seit Anfang November getobt hatten, waren sie ans Haus gefesselt. Es gab keinen Verkehr zwischen Roxbury und Boston mehr. Concepción war vor allem dafür verantwortlich, die Hühner warm zu halten. Die Hähne waren im Stall untergebracht, die Hennen und Küken in der Scheune. Einmal am Tag ließ sie einen Hahn in die Scheune, damit auch den Winter über Küken schlüpften. Da sie nichts anderes zu tun hatte, als sich um den alten Mann und ihre Tochter zu kümmern, hatte Concepción tagsüber viel Zeit, um das Brotbacken zu erlernen. Die ersten Laibe waren hart und fade und nur zu genießen, wenn man sie in Sirup oder Milch einweichte. Dem alten Mann schmeckte das sehr gut, verursachte aber Verstopfung. Schließlich lernte sie, die richtige Menge Salz und Hefe zu verwenden und würzte den Teig bisweilen mit Salbei oder Estragon, die sie auf der Anrichte getrocknet hatte. Dieses Brot servierte sie dem alten Mann mit Butterstückchen und einem Tee aus Polei-Minze, der genau wie *hierba buena* schmeckte.

»Hol dein Schreibheft, ich habe neue Wörter für dich«, sagte Concepción zu dem Mädchen. Die langen Tage ohne die üblichen Aufgaben erlaubten es ihr, Jerónima in die Grundlagen des Schreibens einzuweisen. Mit Hilfe der Geschichten, die sie dem Mädchen über ihr Leben in Mexiko erzählte, brachte sie ihr die Beziehung zwischen den Buchstaben des Alphabetes, das Jerónima schon im Sommer gelernt hatte, und bestimmten Wörtern bei, die Concepción sie wieder und wieder in ihr Heft schreiben ließ.

Das Mädchen eilte die Leiter hinauf, gefolgt von der Katze. »Weg von mir, du hässliche Katze!«, schalt sie. »Aua, nicht beißen. Sie hat mich in den Knöchel gebissen. Komm her, dummes Tier; du wirst schon sehen, was du davon hast. Böse Katze! Hässliche Katze!«

Trotz des Schimpfens wusste Concepción genau, dass das Mädchen die arme Pecas liebkoste, die sich miauend aus dem Griff befreien wollte.

»Beeil dich, Jerónima. Die Geschichte wartet. Nachdem Aléndula und ich aus dem Kloster geflohen waren, musste ich auf dem Markt neue Kleider für uns kaufen. Andererseits mussten wir so schnell wie möglich von der Plaza Mayor verschwinden. Ich benutzte zwei *reales* … schreib das auf, *bebita*; es sind Münzen mit einem Wert von jeweils acht Reales.« Langsam buchstabierte sie das Wort und sah zu, wie das Mädchen jeden Buchstaben sorgfältig aufschrieb. »Ich benutzte zwei *reales*, um einen Obstverkäufer zu bestechen, der uns in seinem Kanu vom Jamaika-Kanal bis in die Stadt Chalco im Vorgebirge mitnahm. Von dort aus gingen wir zu Fuß weiter. Tag um Tag. Wir gingen so weit, dass wir Löcher in den Ledersohlen unserer *huaraches* hatten.« Sie buchstabierte auch dieses Wort und erklärte, dass es sich um offene Schuhe aus

Hanfschnüren handelte, die auf eine Ledersohle genäht waren. »Nachmittags verbrannte die Hitze der Kalksteine unsere Füße, und wir mussten unter Pappeln und Trauerweiden rasten, bis die Sonne unterging. Uns blieb nichts anderes zu tun, als die vertrockneten Körper der Zikaden zu zählen, die an den Baumstämmen hafteten, während Geier über unseren Köpfen kreisten.«

»Was ist eine Zikade, Thankful Seagraves?«

»Etwas Ähnliches wie eine Grille, nur größer und hübscher. Wir ernährten uns von Kaktusfrüchten, Granatäpfeln und Feigen …« Sie buchstabierte den Namen jeder Frucht – *tunas, granadas, higos.* »Schließlich gelangten wir in ein kleines Dorf, und ich benutzte weitere Münzen, um Vorräte zu kaufen – Dörrfleisch, Pekannüsse und harte Kegel aus Rohrzucker, die man *piloncillo* nennt. Nachts schliefen wir in den breiten Ästen einer Zypresse oder eines Maulbeerbaums. Aléndula schlief vom Geräusch der Zikaden sofort ein. Ich aber blieb wach, zitterte unter meinem *sarape* und horchte auf die Geräusche der Nacht – Kojoten heulten, Eulen schrien, Tiere huschten durch die Zweige. Ich hatte Angst, im Schlaf vom Baum zu stürzen und den Berglöwen oder Klapperschlangen zum Opfer zu fallen.

Aléndula versicherte mir, sie kenne den Weg zu ihrem Dorf San Lorenzo de los Negros, in dem entflohene Sklaven lebten. Sie sagte, sie kenne die Wege, die von den Bergen zur Küste führten, wie die Linien in ihrer Handfläche, doch wir verirrten uns und gelangten immer wieder auf denselben Dorfplatz. Schließlich heuerte ich einen Maultiertreiber an, den wir mindestens zweimal auf der Straße überholt hatten, um uns in die nächste Stadt zu bringen. Der Mann bot sich an, uns für fünf *reales* nach Tepeaca mitzunehmen, das auf der anderen Seite der *volcánes* liegt. Er ließ uns hinter sich auf zwei blinden Maultieren reiten, deren Hufe auf der steilen, gewundenen Straße, die zwischen *Popocatepetl* und *Ixtaccihuatl* hindurchführt, über Stein und Schiefer klapperten.«

Das Mädchen runzelte die Stirn, während es die Buchstaben niederschrieb, die Concepción diktierte. Für jeden Namen brauchte es eine ganze Zeile im Heft. Dann neigte es den Kopf zur Seite, betrachtete die Buchstaben und versuchte sie auszusprechen. Es schaute stirnrunzelnd hoch. »Das kann ich nicht.«

»Es ist auch kein Spanisch. Es ist die Sprache der Indianer, die von den Azteken gesprochen wurde. Sie waren die Einwohner meines Landes, bevor die Konquistadoren kamen. Es sind die Namen der Vulkane, die man im ganzen Tal von Mexiko sehen kann.«

»Was ist ein Vulkan, Thankful Seagraves?«

»Ein riesengroßer Hügel, viel größer als ein Baum, in dem sich Feuer befindet und aus dem Rauch quillt.«

»Gibt es hier auch solche Hügel?«

»Ich glaube nicht, *bebita.* Soll ich weitererzählen? Die schneegekrönten Gipfel der Vulkane leuchteten im türkisen Zwielicht –«

»Warte mal! Wie können sie obendrauf Schnee und innen drin Feuer haben?«

»Das weiß ich nicht, *bebita.* Das ist eines ihrer Geheimnisse. Sie wurden nach einer Legende über einen Azteken benannt … Azteke mit großem A, es ist der Name eines Stammes –«

»Eines Indianerstammes?«

»Wenn du nicht aufhörst, mich zu unterbrechen, Jerónima, wird der alte Mann aufwachen, und dann kann ich die Geschichte nicht zu Ende erzählen. Ja, ich habe dir erklärt, dass die Azteken Indianer waren, die vor der Ankunft der Spanier in Mexiko lebten. Und in der Legende von den Vulkanen heißt es, dass Popocatepetl ein indianischer Krieger und Ixtaccihuatl seine ermordete Prinzessin sei, die für ewig eingefroren ist. Der Name Ixtaccihuatl bedeutet nämlich ›schlafende Dame‹, und Popocatepetl wacht über sie, noch immer lebendig, und stößt dann und wann eine Rauchwolke hervor. Manchmal dringt auch ein heißes Rülpsen tief aus seinem Inneren, mit dem er die Leute daran erinnert, dass er noch da ist.«

»Das macht mir Angst, Thankful Seagraves.«

»Unsinn, es ist doch nur eine Geschichte. Tief unter uns leuchteten wie Glühwürmchen im dunklen Tal die Fackeln von Mexiko, der Stadt, in der ich und meine Mutter geboren wurden und die ich für immer hinter mir ließ, *para siempre.*

Nach Tepeaca veränderte sich die Landschaft. Die ansteigende Straße führte durch Wälder, die kühl waren und nach Kiefernnadeln dufteten. Überall sickerten Bäche durch den mulchigen Boden. Wir badeten in Wasserfällen, die so kalt waren, dass das Wasser zwischen den Felsen wie Eiskristalle aussah. Wir übernachteten in Höhlen, die bei Sonnenaufgang von Fledermausschwärmen zurückgefordert wurden. Wir entdeckten Hirsche und Pumas und einmal auch einen Reiher, der im Wasser Fische fing. Wir kamen durch Bergdörfer inmitten von Maisfeldern und Wolken. In der Dämmerung klopften wir an die Türen kleiner *ranchitos*, und die Leute ließen uns in ihren Scheunen schlafen und servierten uns ein herzhaftes Frühstück aus Chorizo, Kartoffeln und Kaffee.

Tage später wurde die Gegend wärmer. Die Zypressen wichen den Kokospalmen, und eine neue Hitze stieg aus dem Boden, heißer als in einem Gewächshaus, so heiß und schwer, als schwitzte der Tag selbst. Wir aßen *plátanos*, Bananen, und *piñas*, das sind Ananas, die wir einfach abpflückten. Aus den Stämmen der magischen Ceiba-Bäume, in denen ganze Schwärme von scharlachroten, türkisen und limonengrünen Papageien nisteten, wuchsen wilde Orchideen. Ich konnte die salzige Meeresluft riechen. Von einem Hügel aus sahen wir eine Flotte im Hafen liegen. Aléndula sagte, nun wären wir zumindest in Sichtweite von Veracruz. Das Ende unserer langen Reise sei nahe. Ich fiel auf die Knie und dankte der Jungfrau von Guadalupe, weil sie uns sicher aus dem Kloster, aus der Stadt hinaus, durch die Hügel und Berge und den Dschungel geleitet hatte. Weil sie uns endlich an unser *destino* geführt hatte.«

»Warum weinst du, Thankful Seagraves?«

33. Kapitel

Ich frage dich jetzt zum letzten Mal, Thankful Seagraves. Willst du mich heiraten oder nicht?«

»Nein. Wie oft soll ich Euch das noch sagen, William Reed? Ihr fragt mich, seit meine Tochter in der Wiege lag, und vier Jahre lang habe ich Euch stets die gleiche Antwort gegeben. Hofft Ihr, dass ich es mir anders überlege, oder seid Ihr einfach arm im Geiste und bekommt nicht in Euren Schädel, was das Wort nein bedeutet?«

»Es wird höchste Zeit, dass die Kleine eine anständige Familie bekommt. Du möchtest doch einen richtigen Vater haben, oder?«

Jerónima rümpfte die Nase. »Ihr riecht schlecht, Mr Reed.«

»Thankful Seagraves, wie ich sehe, hat das Mädchen dein boshaftes Wesen geerbt.«

»Dann lasst uns in Ruhe, William.« Concepción drückte gegen die metallbeschlagene Tür von Greenwoods Warenlager, doch sie war verschlossen. »Wo ist er?«, fragte sie den Jungen, der auf den Laden aufpasste. »Wieso ist das Warenlager verschlossen?«

»Alle sind im Gemeindehaus«, antwortete der Junge. »Es gibt eine Hexe in Boston.«

»Ja, und ihr Name lautet Thankful Seagraves«, bemerkte William. »Sieht aus, als wollte Master Greenwood heute keine Hummer. Wenn du ihn siehst, sag ihm, dass ich zu Shrimpton gegangen bin. Und glaub nicht, dass ich mein Angebot noch einmal wiederhole, du alte Kratzbürste.«

»Das wäre ein Segen.«

»Was ist eine Kratzbürste?«, wollte Jerónima wissen.

»Kümmere dich nicht um William Reed, *bebita*. Er ist nur ein gemeines altes Mundgeschwür. Komm, wir suchen nach Tituba.«

Sie drehte den Karren herum und ging zum Platz am Hafen. Tituba wartete vor dem Geschäft der Witwe Cole auf sie, doch der Laden war geschlossen. Auch der Markt wirkte verlassen. Selbst Gevatterin Thorns Karren war nicht zu sehen, dabei konnte höchstens ein Schneesturm die Frau vom Markttag fernhalten.

»Was ist los, Tituba? Heute ist doch Samstag, oder? Wo sind alle geblieben? Selbst Greenwoods Laden war geschlossen.«

»Hast du nicht die Menschenmenge vor der South Church gesehen, Concepción? Hast du nicht die Anschläge gelesen, die an jedem Baum hängen? Heute findet ein Prozess statt.«

»Was ist ein Prozess?«, wollte Jerónima wissen, die sich im Karren schlafend gestellt hatte.

»Tituba, ich muss noch im North End meine Bestellungen ausliefern. Außerdem hat mich William Reed schon wieder mit einem Antrag belästigt. Ich habe keine Zeit, Anschläge zu lesen.« Concepción wischte sich mit der Schürze den Schweiß vom Gesicht.

»Wo ist Betty? Ich möchte heute mit Betty spielen«, sagte Jerónima.

»Concepción, erinnerst du dich an das Mädchen, das mit Sara Moor im Mai auf dem Jahrmarkt war?«

»Das irische Mädchen?«

»Ja, Tessa Glover. Sie war Wäscherin bei der Familie Godwin, und eines der Kinder beschuldigte sie, Wäsche gestohlen zu haben. Sie wurde entlassen, worauf ihre Mutter, die Witwe Glover, geradewegs zu den Godwins marschierte und sie verfluchte, weil sie ihre Tochter des Diebstahls bezichtigt hatten. Nun geben sich die Godwin-Kinder wie besessen, erleiden Anfälle und so weiter. Darum wird Mary Glover heute in der South Church der Prozess gemacht.«

»Glaubst du an Hexen, Tituba?«, erkundigte sich Concepción.

»Darum geht es nicht. Mary Glover ist eine irische Katholikin. Sie ist eine Fremde, katholisch und spricht kein Englisch. Nur Gälisch. Sie holen einen Dolmetscher dazu. Hört sich das für dich nach Hexerei an?«

»Tituba, soll ich dir mal was sagen?«, meldete sich Jerónima und stand im Karren auf. »William Reed hat Thankful Seagraves eine Kratzbürste genannt.«

»*Siéntate*«, befahl Concepción dem Mädchen, sich wieder zu setzen. »Sei still.«

»Es hat keinen Sinn, hier zu bleiben«, erklärte Tituba. »Heute wirst du keine Kunden finden. Ich habe Sara Moor gesagt, sie soll uns einen Platz freihalten.«

»Ich kann aber nicht mitgehen. Wo soll ich Jerónima lassen?«

»Dann musst du sie eben mitnehmen. Willst du nicht sehen, was mit der armen Frau geschieht?«

»Ich will mit Tituba gehen«, sagte das Mädchen.

»Concepción, wir müssen uns beeilen. Vielleicht hat der Prozess schon angefangen. Dann lassen sie uns womöglich gar nicht mehr hinein.«

»Greenwood wird toben.«

»Soll er toben. Vermutlich sitzt er in der ersten Reihe, zusammen mit all den anderen ehrenwerten Bürgern und Bürgerinnen von Boston, um sich am Unglück einer fremden Frau zu weiden.«

»Und was fange ich mit dem Karren an? Ich kann ihn nicht einfach vor der Kirche abstellen. Dann bedienen sich die Leute selbst, und Greenwood kommt mit der Peitsche.«

»Wir können ihn auf dem Friedhof an der King's Chapel lassen«, schlug Tituba vor. »Auf geheiligtem Boden wird niemand etwas stehlen.«

Concepción und Tituba schoben den Karren vom Marktplatz weg, doch die Straße, die zur South Church führte, war so voller

Menschen, dass sie nicht hindurchkamen. Sie nahmen eine Abkürzung durch die Brattle Street zur Tremont Street und erreichten den Friedhof von hinten. Concepción versteckte den Karren hinter einem hohen Grabstein. Hoffentlich stahl niemand etwas, sonst würde Greenwood es auf die Liste ihrer Schulden setzen. Die Hühner gackerten laut.

»Seid leise, sonst hören sie euch!«, schalt Concepción.

»Seid still, ihr dummen Hühner!«, rief Jerónima.

»Halte dich an mir fest, Concepción, und du, Kind, hältst dich an deiner Mutter fest. Was immer passiert, lasst mich nicht los, tut, was ich euch sage, und drängt nach vorn. Fertig?«

Concepción hob ihre Tochter auf einen Arm und hakte Tituba unter.

»Ich will runter, Thankful Seagraves«, befahl Jerónima ihrer Mutter. »Ich kann laufen.«

»Willst du zertrampelt werden wie Pferdemist?«, knurrte Tituba. »Und nun festhalten, ihr beiden!« Es war, als würden sie in die Masse der Körper gesogen. Langsam und geschickt bahnte sich Tituba den Weg durch die Menge, trotzte den Beleidigungen und Rippenstößen. Concepción tat es ihr nach. Sie waren wie Zwillinge, die am Ellbogen zusammengewachsen waren, drängten durch die Zuschauermenge, blieben an Rocksäumen hängen und stolperten über Füße, bis sie endlich die oberste Stufe der Kirche erreicht hatten. Sie keuchten und waren in Schweiß gebadet. Die Tür war wegen der Hitze geöffnet, wurde aber bewacht. Von drinnen hörten sie Cotton Mathers Donnerstimme.

»Eine Armee von Teufeln sucht einen Ort heim, der die Mitte und in gewisser Weise die Erstgeborene unserer englischen Siedlungen ist; und die Häuser der guten Menschen darin sind erfüllt von den jammervollen Schreien ihrer Kinder und Dienstboten, die von unsichtbaren Händen gepeinigt werden, denen Qualen auferlegt werden, die ganz und gar übernatürlich sind.«

»Da ist Sara Moor!«, quiekte Jerónima und winkte heftig zu einem offenen Fenster in der Galerie hinauf. »Sara! Sara Moor! Warte auf uns!«

Sara Moor beugte sich aus dem Fenster und beschattete die Augen mit der Hand. Sie bedeutete ihnen zu warten. Dann verschwand sie im Inneren der Kirche zwischen anderen Köpfen und tauchte Minuten später am Eingang auf. Sie wandte sich an einen der Wachposten, der sie zunächst gar nicht beachtete, bis sie ihm etwas ins Ohr flüsterte, worauf er nickte und den anderen bedeutete, die beiden Frauen und das Kind einzulassen.

»Was hast du zu ihm gesagt, Sara Moor?«, wollte Concepción wissen.

»Egal, beeilt euch. Ich möchte das nicht verpassen. Die arme Tessa ist völlig außer sich.«

Sie quetschten sich nach oben auf die Galerie, wo Tessa Glover, blass und mit roten Augen, versuchte, einen Platz für sie freizuhalten. Als Tochter der Angeklagten war es ihr erlaubt, den Prozess von der ersten Reihe der Galerie aus zu beobachten.

Cotton Mather stand noch immer am Rednerpult.

»Wann hält er endlich den Mund?«, erkundigte sich jemand.

»Der hält nie den Mund«, entgegnete Sara Moor.

»Warum sitzen die ganzen Negerinnen vor uns?«, nörgelte eine Frau hinter ihnen und drängte mit ihrem Jungen an die Brüstung. Tituba beugte sich zu Concepción.

»Das ist Hoped For Ruggles. Ich habe früher bei ihr geputzt, bis ich erfahren habe, dass sie ihre Diener mit einer nassen Rute schlägt.«

»Seit wann bekommen Schwarze wie ihr die besten Plätze im Haus?«

»Wir sind mit Tessa Glover befreundet, Gevatterin Ruggles«, erklärte Sara Moor.

Der Junge schielte und streckte Jerónima die Zunge heraus.

»Holt die Hexe her!«, schrie jemand.

»Sie ist unschuldig.« Tessa Glover drehte sich weinend um. »Sie hat den Kindern nichts getan. Gar nichts, sage ich euch. Seit wann ist es ein Verbrechen, Püppchen zu besitzen?«

Sara Moor legte ihr die Hand auf die Schulter.

»Püppchen?« Jerónima sah ihre Mutter aus großen Augen an.

»Kleine Puppen aus Lumpen und Stroh«, erklärte Tessa Glover mit bebendem Kinn. »Mehr war es nicht. Sie sind nicht verhext. Meine Mutter ist keine Hexe. Sie ist nur eine Witwe.«

»Ganz ruhig, Tessa«, sagte Tituba.

»Da kommt sie«, verkündete Sara Moor.

Concepción sah, wie die alte Frau zur Anklagebank humpelte. Ihr graues Haar war verfilzt, Haube und Schürze voller Ruß, ihr Kleid befleckt, und sie wirkte wie eine Schlafwandlerin. Ihre schmutzigen Füße schlurften über den Boden. Als sie auf der Bank saß, nahmen zwei Männer neben ihr Platz.

»Seht nur, was sie ihr angetan haben«, schluchzte Tessa.

»Schauet Mary Glover!«, brach es völlig überraschend aus Cotton Mather heraus. »Die verwitwete Irin, die Ihr hier vor Euch seht, werte Richter, diese widerspenstige Papistin, die von ihrem eigenen verstorbenen Ehemann als Hexe bezeichnet wurde, bevor er in die Gemeinschaft der Toten einging, hat in jüngster Zeit die Kinder von John Godwin aus South Boston mit einem Fluch belegt, und diese erlitten daraufhin seltsame Anfälle, die weit über jene einer Epilepsie oder eines Starrkrampfes hinausgehen. Ich habe diese unnatürlichen Qualen mit eigenen Augen angesehen. Meine Herren, es bräche selbst ein Herz aus Stein, diese Qualen zu erleben.«

Dann wandte er sich an Mary Glover. »Was soll aus deiner Seele werden, Frau?«

Die alte Frau sah ihn blinzelnd an. Einer der Männer, die neben ihr saßen, übersetzte die Worte ins Gälische und gab ihre Antwort auf Englisch an Cotton Mather weiter. »Ihr habt mir eine sehr ernste Frage gestellt, Sir, und ich weiß keine rechte Antwort darauf.«

»Willst du bestreiten, dass du die Kinder der Godwins verhext hast? Willst du bestreiten, dass du das Vaterunser nicht aufsagen kannst, ohne dich mit deinen gälischen Verzerrungen darüber lustig zu machen, wenngleich du eine Katholikin bist und dein Paternoster auf Lateinisch beten könntest? Willst du bestreiten, dass du die Opfer deiner Bosheit quälst, indem du Püppchen verwendest, wie man sie bei der Durchsuchung deines Hauses gefunden hat?«

Den Dolmetschern fiel es schwer, mit ihm Schritt zu halten.

Cotton Mather trat vor die Schranke und holte zwei Püppchen aus Maishülsen hervor, die er demonstrativ in die Höhe hielt. Ein lautes Keuchen ging durch den Raum. Jerónima schaute Concepción an, während sich ihre kleinen Hände fester um das Geländer schlossen. Concepción wollte das Mädchen beruhigen, doch es wich ihr aus.

Mather wandte sich wieder an die Richter. »Diese Vettel besitzt nicht die Macht, ihre Beteiligung an der Verzauberung der Godwin-Kinder abzustreiten. Nachdem wir diese lächerlichen Gegenstände gefunden hatten, gestand die Vettel, dass sie die Kinder gequält hatte, indem sie ihren Finger mit Spucke benetzte und über diese Abbilder strich. Müssen wir noch mehr Geständnisse hören, Ihr Herren Richter? Mehr noch, müssen wir diese Untersuchung angesichts des Geständnisses überhaupt weiterführen?«

»Sir, eine Bitte an das Gericht«, unterbrach ihn einer der Dolmetscher.

»Redet, Mann. Was sagt sie?«

Jerónima zupfte an Sara Moors Ärmel. »Warum spricht der Mann immer für sie? Kann sie nicht selbst sprechen?«

»Sie spricht die irische Sprache«, erwiderte Sara Moor leise und schaute zu Concepción hinüber. »Auch eine papistische Sprache, wie die deiner Mutter.«

Jerónima schnitt Concepción eine Grimasse.

»Die Angeklagte glaubt«, fuhr der Dolmetscher fort, »dass sie von Geistern oder Engeln heimgesucht wird. Diese sagen ihr, sie solle die Gesichter ihrer Püppchen säubern. Sie sagt, sie wolle damit nichts Böses tun.«

»Wir rufen Dr. Thomas Oakes vor die Schranke«, sagte ein Richter.

Ein kahlköpfiger Mann mit einem Halstuch aus Spitze trat vor den Richtertisch.

»Bitte erklärt dem Gericht, was Ihr über die Zustände der Godwin-Kinder herausgefunden habt, Dr. Oakes.«

»Meine Herren, nichts außer höllischer Hexenkunst kann die Ursache dieser Erkrankungen sein.«

»Und stimmt Ihr mit den anderen Ärzten überein, die vom Gericht benannt wurden, um die Angeklagte strengstens zu untersuchen und festzustellen, ob Mary Glover bei klarem Verstand ist und nicht durch Torheit und Wahnsinn den Ruf einer Hexe erlangt hat?«

»Sie ist keine Verrückte, Sir. Sie ist eine Hexe.«

»Mary Glover!«, brüllte Cotton Mather, als befände sich die Frau in einem anderen Raum. »Ich beschwöre dich, es ist nötig und billig, deinen Bund mit der Hölle zu brechen, dich in die Hände des Herrn Jesus Christus zu begeben und mit ihm einen immerwährenden Bund zu schließen.«

»Sie sagt, Ihr würdet durchaus vernünftig sprechen, aber sie könne es nicht tun.«

Wieder ging ein Raunen durch die Menge. Jerónima ergriff Sara Moors Hand und drängte sich an sie.

»Sie kommt in die Hölle, oder?«

Concepción wollte den Kopf des Mädchens gegen ihre Schürze drücken, tat es aber nicht; ihre Tochter bevorzugte eindeutig Sara Moor.

»Würdest du denn wünschen, dass hier im Hause Gottes für dich gebetet wird, Mary Glover?«, fuhr Mather fort.

»Sir, sie meint, wenn das Gebet ihr etwas brächte, könne sie auch für sich selbst beten.«

»Willst du dich etwa von unserem Herrn Jesus Christus abwenden, Witwe Glover? Willst du nicht mit mir gemeinsam beten, um deine verdorbene Seele aus dieser diabolischen Verschwörung zu befreien?«

»Sir, sie sagt, sie könne nur dann mit Euch beten, wenn ihre Heiligen ihr die Erlaubnis erteilen.«

Einer der Richter schlug mit dem Hammer auf den Tisch, um die Menge zu beruhigen.

»Es ist das Urteil dieses Gerichts, dass die Todesstrafe über Mary Glover verhängt werde, da sie sich des Verbrechens der Hexerei gegen die Familie Godwin schuldig gemacht hat«, verkündete der andere Richter. »Wir befinden, dass du in die Obhut des Gefängniswärters gegeben wirst, bis man dich auf dem Common am Halse aufhängen wird.«

Die Dolmetscher schauten einander an. Keiner wollte der alten Frau das Urteil übersetzen. Dann sprachen beide gleichzeitig und wiederholten das Urteil des Gerichts. Mary Glover wirkte ungerührt, als hätte man eine andere verurteilt.

Tessa fiel in Ohnmacht und wäre über die Brüstung gestürzt, hätte Sara Moor sie nicht an den Schürzenbändern festgehalten. Jemand begann zu heulen, und Concepción begriff, dass Jerónima einen Schock erlitten hatte. Der Ruggles-Junge stieß ihr den Ellbogen in den Bauch, worauf Concepción ihm einen Schlag aufs Ohr versetzte.

»Wie kannst du es wagen, meinen Sohn zu schlagen, schwarzes Ding!«, beschwerte sich das Ruggles-Weib und versetzte Concepción eine Ohrfeige. Jerónima zuckte zusammen.

Concepción schlug die Frau zurück.

»Wie kannst du es wagen, die Hand gegen eine weiße Frau zu erheben!« Die Frau war erdbeerrot angelaufen und hielt Concepción an den Haaren fest.

»Hol den Wachtmeister, Junge«, forderte sie ihren Sohn auf. »Sag ihm, das schwarze Ding hat es gewagt, seine schmutzige Hand gegen deine Ma zu erheben.« Und zu Concepción: »Du wirst den Rest des Tages am Pranger verbringen, so viel ist sicher.«

Jerónima duckte sich hinter Sara Moor.

»Bitte lasst sie los, Herrin.« Tituba versuchte, die Frau zu beschwichtigen. »Es war ein großer Fehler. Sie wollte nur ihr kleines Mädchen beschützen.«

»Du kannst ihr am Pranger Gesellschaft leisten, wenn du dich nicht um deine eigenen Sachen kümmerst, Tituba Indian. Fort mit dir. Fort mit dir und deinen schwarzen Dingern. Man dürfte Leute wie euch gar nicht erst ins Gemeindehaus lassen.«

»Nimm Jerónima mit, Sara Moor«, rief Concepción, doch die Gevatterin Ruggles riss sie erneut an den Haaren, damit sie den Mund hielt.

Jerónima drängte sich an Sara Moor. »Ich will Mama Becca«, rief das Mädchen.

Der Wachtmeister schleppte Concepción zum Pranger vor dem Rathaus, zwang ihren Kopf und die Arme in die Öffnungen und ließ sie wegen Störung der öffentlichen Ordnung noch einen Zehnten bezahlen. Als Rebecca mit Jerónima erschien, war der Sand im Stundenglas zur Hälfte durchgelaufen.

»Was um Himmels willen hast du nun wieder angestellt, Thankful Seagraves? Ist dir klar, was Nathaniel mit dir machen wird, wenn sie dich herauslassen?«

»Der Sohn dieses Ruggles-Weibs hat Jerónima ohne jeden Grund geschlagen, Herrin.«

»Wen hat er geschlagen?«

Das von der Nässe aufgequollene Holz des Prangers hatte

Concepcións Hals ganz wund gerieben. »Meine Tochter. Ich habe meine Tochter verteidigt.«

»Ich kann nicht glauben, dass du das Kind mit ins Gemeindehaus genommen und zugelassen hast, dass es sich eine so schäbige Veranstaltung ansieht. Was ist los mit dir? Wenn die Witwe Glover wirklich übernatürliche Kräfte besitzt, könnte jedes Kind von ihr getroffen werden.«

»Die Dame hat Püppchen wie meine, Mama Becca«, sagte das Mädchen. »Sind meine Püppchen auch böse?«

»Da siehst du, was ich meine, Thankful Seagraves. Was sie erlebt hat, bringt sie auf solche Ideen und wird ihr zweifellos Albträume bescheren. Ich nehme sie mit nach Hause. Ein paar Tage ohne dich werden ihr guttun, nicht wahr, Hanna?«

»Nein, Herrin, sie kommt mit mir zurück nach Roxbury, sowie sie mich freilassen.«

»Ich will mit Mama Becca gehen.«

»Du gehst mit mir nach Hause, und das ist mein letztes Wort.«

»Soll das Kind etwa dasitzen und warten, bis du deine Strafe verbüßt hast? Hast du denn völlig den Verstand verloren, Thankful Seagraves?«

»Ihr könnt hier zusammen warten, wenn Ihr das wünscht, Rebecca. Aber sie geht nicht mit Euch.«

Entrüstet wandte sich Rebecca an das Mädchen. »Siehst du, was ich meine, Hanna? Der Starrsinn deiner Mutter wird noch euer Tod sein.«

34. Kapitel

Die Weiden beiderseits des Neck waren ausgedörrt. Seit Beginn des Frühjahrs war kein Regen gefallen, und der Fluss führte so wenig Wasser, dass man den steinigen Boden sehen konnte. In den Wasserlöchern zwischen den großen Felsen sammelten sich Schwärme von Elritzen. Jerónima hatte kein Wort gesprochen, seit sie Boston verlassen hatten. Sie saß reglos vorn im Karren, Concepción den Rücken zugewandt, und starrte geradeaus. Concepción hatte gefürchtet, das Kind werde vom Karren springen und zurück zu Rebecca laufen, die sie, vor Wut kochend, mit ihrem erbosten Mann auf dem Friedhof zurückgelassen hatte.

Greenwood hatte Concepción geohrfeigt, als er hörte, dass sie den Karren auf dem Friedhof gelassen hatte. »Was, du hast die Waren unbewacht gelassen? Wenn etwas fehlt, wirst du die Rute spüren, Thankful Seagraves.« Dabei war nur ein Ei beschädigt, vermutlich hatte ein Eichhörnchen oder Streifenhörnchen es zerbrochen, und von den Hühnern fehlte kein einziges, aber er wollte ein Zeichen setzen. Rebecca war wütend, weil Concepción sich weigerte, Jerónima bei ihr zu lassen, und nun zürnte ihr auch noch das Mädchen.

»Es tut mir leid, *bebita.* Ich konnte dich nicht dort lassen. In Boston gibt es im Augenblick zu viel Aberglauben.«

Das Mädchen antwortete nicht. Es griff nach seinen Püppchen, und Concepción glaubte schon, es wolle bei ihnen Trost suchen. Aber nein, das Mädchen hatte die Augen auf die Straße gerichtet und wartete nur auf den richtigen Augenblick. Als sie sich einem Haufen frischen Pferdemistes näherten, ließ es beide Püppchen hineinfallen.

»Was tust du da, *bebita*?«

»Ich hasse Püppchen. Sie sind böse.«

Als sie den Hof erreichten, kletterte Jerónima auf den Heuboden und warf ihre beiden anderen Puppen hinunter. Eine traf den alten Mann am Kopf, dass ihm die Pfeife aus dem Mund flog.

»Verflucht nochmal, was treibt dieses Balg?«, fragte er.

Concepción hatte dem Mädchen für jeden Geburtstag eine Puppe gemacht. Sie waren mit Hühnerfedern gefüllt, hatten Zöpfe aus geflochtener gelber Wolle und winzige Schürzen, die mit dem Namen des Mädchens und einem besonderen Motiv wie Sternen oder Schmetterlingen bestickt waren, deren Anzahl Jerónimas Alter angab. Es war eine mühselige Arbeit, weil die Stiche so winzig waren, dass sie nur draußen bei Tageslicht sticken konnte.

Concepción hob die Püppchen auf und gab dem alten Mann die Pfeife zurück. Dann berichtete sie vom Prozess und der armen Witwe Glover, die zum Tod am Galgen verurteilt worden war, weil sie Kinder mit Püppchen verhext hatte. »Und nun fürchtet sich Ihre Hoheit da oben vor Püppchen.«

»Es sind die verdammten Kaufleute. Die denken sich diese teuflischen Ablenkungen aus, damit wir ihre eigenen Verbrechen nicht bemerken. Zuerst ist es der Krieg gegen König Philipp, dann der Verlust unserer Charta, jetzt sind es Püppchen und Hexen. Als Nächstes erheben sie eine Steuer auf die Ausrottung der Hexen. Haben sie die Frau sofort gehängt?«

»Nein, sie wurde wieder ins Gefängnis gebracht.«

»Ich sage dir, das ist ein Komplott! Vermutlich lassen sie die Frau wochenlang im Gefängnis, damit sie richtig ans Bezahlen kommt, und hängen sie erst dann auf. Das ist kein Urteil, sondern Beutelschneiderei.«

Concepción wollte ihm nicht sagen, was sie am meisten bedrückte: dass Mary Glover dafür bestraft wurde, dass sie Irin war und katholisch und nicht die englische Sprache beherrschte. Sie ist Irin, ich bin Mexikanerin, das ist der einzige Unterschied zwischen uns, dachte sie bei sich.

Jerónima oben auf dem Heuboden begann zu brüllen.

»Ich glaube, sie ist völlig verschreckt«, sagte Concepción.

»Sie braucht nur eine anständige Tracht Prügel«, entgegnete der alte Mann.

»Kommst du zum Essen herunter?«, rief Concepción.

»Lass mich in Ruhe, Thankful Seagraves.«

»Sie ist wütend auf mich, weil sie nicht bei Rebecca bleiben durfte.«

»Gib ihr einen Fingerhut voll von meinem Preiselbeerwein. Dann hören ihre Bauchschmerzen bald auf.«

Concepción kochte einen Tee aus Polei-Minze, in den sie ein Stück Bienenwabe und einige Tropfen Preiselbeerwein gab, und brachte ihn dem Kind, das noch immer in sein Kissen heulte.

»Du kannst am Samstag bei Rebecca bleiben. Jetzt setz dich hin und trink das, Jerónima.«

»Mama Becca sagt, ich heiße Hanna.«

»Tu, was ich dir sage.«

Das Mädchen setzte sich und löffelte den Tee in winzigen Schlucken.

»Ich will keine Püppchen mehr.«

»Was soll ich mit ihnen machen, *bebita*? Sie verschenken?«

Das Mädchen zuckte die Achseln. »Sie sollen bei den Hühnern leben.«

»Bekomme ich etwa auch kein Abendessen?«, rief der alte Mann von unten.

»Ich bereite Euch das Gericht aus Milch und Reis, sobald sie eingeschlafen ist.«

Tituba hatte ihr beim letzten Besuch frischen Zimt mitgebracht, und mit der Milch und den Backpflaumen, die sie gegen ein Dutzend Eier getauscht hatte, konnte sie einen großen Topf *arroz con leche* kochen, der auch noch fürs Frühstück reichte. Sie hörte, wie der alte Mann sich knurrend über Kaufleute und Hexen ausließ. Als Jerónima die Tasse zur Hälfte getrunken hatte, fielen ihr allmählich die Augen zu, worauf Concepción sie auszog und mit dem Federbett zudeckte. Als sie herunterkam, schnarchte der alte Mann in seinem Sessel. Sie steckte ihm ein Kissen hinter den Kopf und ließ ihn schlafen. Meine beiden Kinder, dachte sie. Sie musste noch die Hühner aus den Käfigen holen und den Reis für das Abendessen kochen, doch zuerst würde sie den ruhigen Moment nutzen und rasch einen Brief an Aléndula schreiben. Sie musste jemandem von ihren Ängsten erzählen.

13. Juni 1688

Liebe Aléndula,

heute wurde eine alte Irin der Hexerei beschuldigt und verurteilt. Obwohl wir die eigentliche Hinrichtung nicht miterlebt haben, erinnert mich das Urteil an die Zeit, da ich Deinen Vater auf der Plaza Mayor vom Galgen baumeln sah. Ich weiß noch, wie sie ihn vierteilten und die Hundemeute auf der Plaza seine Innereien fraß. Danach bist Du ins Kloster gekommen. Ich danke noch immer der Jungfrau, dass Du das Schicksal Deines Vaters nicht geteilt hast, obwohl Du gebetet hast, man möge Dich aus dem Werkzeugschuppen befreien, in den die Nonnen Dich eingesperrt hatten. Diese gemeine Sor Agustina! Noch immer sehe ich die Wunden, die ihre hakenbewehrte Peitsche auf Deinem Rücken hinterließ, die Striemen, die das verlauste härene Hemd auf Deinen Körper zeichnete, das sie Dich zu tragen zwang, wenn Du auf den Blumenfeldern arbeiten musstest. Wie können Menschen so grausam zueinander sein, Aléndula? Ob katholisch oder nicht, sie bestrafen jene, die anders sind als sie, notfalls mit dem Tod. Das macht mir Angst. Nun wird diese arme Frau, Mary Glover, deren einziges Verbrechen darin zu bestehen scheint, dass sie Püppchen macht (wie ich) und nicht Englisch spricht (wie ich früher), am Halse aufgehängt, bis sie stirbt. Ich nehme an, ich sollte Rebecca dankbar sein, weil sie darauf bestanden hat, dass ich ihre Sprache lerne. Doch das ändert nichts daran, dass ich mit einem Akzent spreche, der meiner eigenen Tochter peinlich ist. Wie soll ich Jerónimas Unschuld bewahren? Wie soll ich verhindern, dass ich sie an diese englischen Sitten verliere? Sie hat sich in den Kopf gesetzt, dass die Püppchen, die ich ihr gemacht habe, böse sind. Sie will, dass ich sie nach draußen zu den Hühnern bringe, aber ich werde sie ganz unten in Robins Truhe verstecken. Vielleicht vergeht ihre Angst, und sie möchte wieder mit ihnen spielen. Sie erschienen mir geradezu bemitleidenswert mit ihren bunten Schürzen, der Maishülsengestalt und den fest geflochtenen Zöpfen aus gelbem Garn, die ich an ihren Kopf genäht habe. Dass eine so mühselige Arbeit derart geschmäht wird.

35. Kapitel

»In Boston heißt es, Samuel Parris habe sein Haus und sein Geschäft verkauft und sei Pastor im Dorfe Salem geworden«, verkündete Rebecca, als sie zur Tür hereinkam. »Hier riecht es aber gut.«

Concepción schöpfte gerade Fleisch und Kürbiseintopf in Zinnschalen. Der Duft der Minze, mit der sie die Brühe gewürzt hatte, stieg aus dem dampfenden Kessel. Sie ließ den Schöpflöffel in den Topf fallen, dass ihr der Inhalt auf die Schürze spritzte. »Er hat was?«, rief sie mit schriller Stimme. »Wann?«

»Einfach so, Vater, von einer Woche zur anderen. Nathaniel wusste nicht einmal, dass Parris geweiht worden ist.«

»Vom Kaufmann zum Pastor!«, giftete der alte Mann. »Als wäre es nicht genug, den Leuten das Geld zu stehlen; jetzt wird dieser tückische Parris ihnen auch noch die Seelen rauben. Die armen Tröpfe in Salem!«

»Und Tituba?«, erkundigte sich Concepción.

»Glaubst du etwa, er würde seine Dienstboten zurücklassen? Hat Tituba dir denn nichts davon erzählt, Thankful Seagraves?«

Concepción schüttelte den Kopf. »Nein. Ich habe sie erst letzte Woche gesehen, und sie hat nichts davon gesagt.«

»Natürlich waren alle in Boston überrascht.«

»Sieh mal, Großvater, Papa hat mir einen Kompass geschenkt«, sagte Caleb und hielt dem alten Mann das Gerät hin. »Er hat ihn bei einem Freibeuter eingetauscht.«

»Handelt wieder mit Piraten, was?«

»Wie weit ist es nach Salem?«, fragte Concepción.

»Mindestens dreißig Meilen«, erwiderte Rebecca streng, »falls man einen Wagen und einen freien Tag zur Verfügung hat, was bei dir nicht der Fall ist, Thankful Seagraves. Falls du also vorhaben solltest, deine Freundin zu besuchen, kannst du dir das sofort aus dem Kopf schlagen.«

Dreißig Meilen bis Salem? Es könnte ebenso gut am anderen Ende der Welt sein, dachte Concepción seufzend, und ein scharfer Schmerz durchzuckte ihre Brust. Ihre Kehle wurde eng, und ihre Hände zitterten, als sie Stücke von dem Roggenbrot abschnitt, das Rebecca mitgebracht hatte.

»Sieh mal, Mama Becca, Thankful Seagraves weint gleich«, sagte Jerónima.

»Wartet nur ab.« Der alte Mann war mit seiner Tirade gegen Titubas Herrn noch nicht am Ende. »Dieser Samuel Parris wird über kurz oder lang in Salem Unruhe stiften. Wie sagt doch gleich das Buch des Jakobus: ›Denn wo Neid und Zank ist, da ist Unordnung und eitel böses Ding.‹«

»Du kennst überhaupt keine Nächstenliebe, Vater«, schalt ihn Rebecca. »Was hat Samuel Parris dir eigentlich getan?«

»Es bedeutet nichts Gutes, wenn ein Kaufmann zum Pastor wird, das ist alles, Becca. ›Der stolze Mann, welcher seine Seele aufsperrt wie die Hölle, ist gerade wie der Tod, der nicht zu sättigen ist, sondern rafft zu sich alle Heiden und sammelt zu sich alle Völker.‹ So sagt der Prophet Habakuk.«

»Vater, ich höre den ganzen Tag Bibelsprüche. Kannst du nicht einfach dem Herrn danken, damit wir essen können? Ich bin völlig ausgehungert. Wie ich sehe, hast du Calebs Lieblingseintopf gekocht, Thankful Seagraves. Sonst isst er nie Kürbis. Wie nennen wir das Gericht doch gleich?«

Albóndigas, wollte Concepción sagen. »Fleischklößcheneintopf, Herrin.«

Ihr war der Appetit vergangen. »Jerónima, geh nach unten und hole Apfelwein.« Sie gab dem Mädchen den Zinnkrug.

»Das ist zu schwer für sie, Thankful Seagraves. Lass Caleb gehen.«

»Nein, Rebecca, sie kann das schon.« Das Mädchen schaute Concepción wütend an, doch sie blieb hart. »Tu, was ich dir sage, Jerónima.«

»Gehorche ihr, Hanna«, sagt Rebecca. »Du bleibst hier, Caleb.«

Als Rebecca nach dem Essen den Tisch abräumte und Concepción den Herd ausfegte, verkündete Rebecca, es sei Zeit für das Mädchen, in Pflege zu gehen.

»Das würde dir doch gefallen, oder nicht? Bei uns in Boston zu leben, meine ich.«

»Ja, o ja, Mama Becca. Hast du das gehört, Caleb?«, rief das Mädchen.

»Hör auf mit dem Geseiere«, brüllte der alte Mann über seine Pfeife hinweg.

»Was ist in Pflege geben?«

»Eine englische Sitte«, sagte Rebecca. »Wenn unsere Töchter vier Jahre alt sind, geben wir sie in ein anderes Heim, damit sie verschiedene Fähigkeiten und gesellschaftliche Regeln erlernen.«

»Welche Fähigkeiten sind das, Rebecca?«

»Die Fähigkeiten eines achtbaren Menschen. Von dir kann Hanna nur lernen, wie man Hühner züchtet. Du erwartest doch nicht, dass aus deiner Tochter eine Geflügelhändlerin wird, oder? Wir sollten für unsere Kinder etwas Besseres anstreben.«

»Ich werde Euch ihr Schreibheft bringen, damit Ihr seht, welche Fortschritte sie gemacht hat. Und habt Ihr nicht ihre Handarbeiten gesehen? Das Schreiben und Sticken hat sie von mir gelernt, nicht von Euch, Rebecca.«

»Du solltest dir wünschen, dass dein Kind zivilisiert aufwächst«, entgegnete Rebecca.

»Schau dir an, was bei den Mathers aus dir geworden ist, Becca«, warf der alte Mann ein und blies seinen Rauch in die Luft. »Du bist wirklich sehr zivilisiert.«

»Misch dich nicht ein, Vater.«

»Für mich hört es sich an, als begehrtest du das Kind einer anderen«, sagte der alte Mann.

»Sie ist mein Kind«, erklärte Concepción. »Sie kann nicht bei Euch in Boston leben.«

Rebecca trat wütend auf sie zu. »Vergiss nicht, wer du bist, Thankful Seagraves. Das Kind einer Sklavin gehört ihrem Herrn.«

»Warum hast du keine eigene Tochter, Rebecca?«

Concepción hielt ihrem Blick stand, den Griff des Besens fest umklammert. Sie rechnete mit einem Schlag, doch er kam nicht. Stattdessen zog Rebecca das Mädchen an sich. »Na schön, dann wird Hanna eben von Dienstag bis Freitag bei uns bleiben, und du kannst sie von Samstag bis Montag haben. Da heute Donnerstag ist, werde ich Hanna mit nach Hause nehmen. Am Samstag kannst du sie nach dem Markt abholen. Und, Hanna, wie wäre es mit einem Abendausflug im Wagen?«

Wieder quietschte das Mädchen vor Freude.

»Verabschiedet euch von Großvater, Kinder.«

Als sie weg waren, ging Concepción mit der Lampe nach draußen, um die Hühner zu füttern. Dort konnte sie ungehindert schluchzen, umgeben vom stickigen Geruch des Hühnermistes. Meine Mutter, Sor Juana, Aléndula, Tituba und jetzt auch noch Jerónima. Wie viele Stücke von meinem Herzen kann ich noch verlieren?

»Heirate mich«, rief der alte Mann durch die offene Tür. »Heirate mich, und ich mache eine freie Frau aus dir.«

III. BUCH

Mistress Tobias Webb

(WINTER 1691/92)

36. Kapitel

Zuerst dachte sie, es seien die Nachtschwalben. Sie war zu lange draußen geblieben. Das blaue Dämmerlicht senkte sich über die Felder, und zu eben dieser Tageszeit stimmten die Nachtschwalben gewöhnlich ihr Abendlied an. Sie liebte ihren klagenden Gesang, das stete Geschrei der Eulen und das leise Geraschel der Eichhörnchen, die Zuflucht auf den Bäumen suchten. Seit acht Jahren kam sie zu dieser Stelle am Bach, um ihre Briefe an die Toten zu verbrennen, und hatte einen Weg gezeichnet, eine Furche im Waldboden hinterlassen. Obwohl sie die Umrisse der Bäume nicht mehr genau erkennen konnte, fürchtete sie sich nicht. Es war ein frischer Oktober ohne Schnee gewesen, doch an diesem Abend war es frostig geworden, und die Kälte biss ihr in Gesicht und Hände. Aber sie fror nicht unter dem neuen, mit dickem Flanell gefütterten Umhang aus Barchent, den sie sich letzte Weihnachten genäht hatte.

Ihre größte Sorge war, ins Häuschen zurückzukehren, bevor sich Rebecca und Caleb zum allwöchentlichen Essen mit dem alten Mann einfanden. Nathaniel kam heute mit, und sie trafen nach der letzten Predigt meist völlig ausgehungert ein. Concepción hatte die Pasteten schon vorbereitet: mit Hühnchen und Möhren als Hauptgericht und mit Äpfeln zum Nachtisch. Im Keller lagerten genügend frischer Apfelwein und ein guter Käse, den sie bei der Gevatterin Thorn gegen ihre fetteste Legehenne eingetauscht hatte. Alles war bereit, sie musste nur noch den Tisch decken und den alten Mann ankleiden. Greenwood hatte für den Fall, dass sie am Tag der Predigt wieder ausging, mit der Peitsche gedroht, und er löste seine Versprechen immer ein. Ausschelten würde man sie ohnehin. Greenwood würde sie tadeln, weil sie die Buchhaltung nicht fertiggestellt hatte, und Rebecca, weil sie den alten Mann in Jerónimas Obhut gelassen hatte. Unter Rebeccas Aufsicht hatte Jerónima sich angewöhnt, dazusitzen und mit Caleb Karten zu spielen, als wäre Concepción eine Dienstmagd.

Das Dämmerlicht färbte sich grau. Concepción raffte die Röcke und lief los. Obwohl ihr dieser Teil des Waldes vertraut war, wollte sie hier draußen nicht dem Wolf begegnen. Wieder hörte sie den Vogelgesang und war sich plötzlich nicht mehr sicher, ob es die Nachtschwalbe oder eine menschliche Stimme war. Ein Schauer überlief sie, und sie spürte fast, wie sich aus der Dunkelheit, die hinter ihr zusammenschlug, Arme nach ihr ausstreckten.

Als die Frau aus einem Kieferndickicht auftauchte, erschrak sie derart, dass sie über einen Baumstumpf stolperte und hinfiel. Ihre Hände rutschten über den weichen Waldboden, und sie konnte vor lauter Entsetzen nicht aufstehen. Die Frau trug ein weißes Kleid mit einem roten Gürtel. Ihr langes Haar fiel wie ein schwarzer Schleier bis auf den Boden. In der Hand trug sie ein Bündel Federkiele.

War das eine Erscheinung?, fragte sich Concepción und rief: »Virgen Santa!«

»Steh auf. Was hast du auf dem Boden zu suchen, Odey?« Die Frau sprach englisch, und Concepción begriff, dass sie der Indianerin Makwa gegenüberstand, die sie seit Jahren nicht gesehen hatte.

»Du hast mich erschreckt. Wo bist du gewesen, Makwa? Warum hast du dieses Jahr deine Ernte nicht geholt? Mir ist im Sommer das Feuerholz ausgegangen.«

»Wir haben unseren Leuten drüben im Osten geholfen«, erwiderte Makwa. »Der Krieg gegen die Rotröcke hat viele meiner Verwandten das Leben gekostet.«

»Ich habe deinen Mais für die Hühner gemahlen und dein Gemüse gegen Holz getauscht«, sagte Concepción mit einem gewissen Unmut.

Über ihnen schrie eine Eule. Es war nur noch ein Hauch von Zwielicht übrig, der sie wie Nebel umhüllte. Der Weg war in Dunkelheit getaucht, und Concepción hatte keine Ahnung, in welche Richtung sie gehen musste.

»Ich weiß nicht, wie ich zurückkommen soll. Ich kann den Weg nicht mehr erkennen.«

»Nimm meine Hand. Ich führe dich.«

Concepción zögerte.

»Komm, Odey, du brauchst dich nicht zu fürchten.«

Makwas Hand fühlte sich an wie warmes Wildleder.

»Die Dinge stehen nicht gut zwischen dem weißen Mann und den Traumleuten«, erklärte Makwa. »Ich bin gekommen, um dir zu sagen, dass wir einander nicht mehr helfen können. Wir sind nicht länger sicher, wenn wir uns aus dem Wald wagen. Du sollst aber wissen, dass ich dich als meine Schwester annehme, falls man dich jemals verbannen sollte oder das Kind, das du so liebst, eine andere als Mutter erwählt.«

»Woher weißt du –?«

Makwa drückte ihr etwas in die Hand. »Das habe ich für dich gemacht. Häng es dorthin, wo deine Tochter schläft. Es wird die bösen Träume einfangen und die guten Träume zur Himmelsmutter schicken.«

»Welche bösen Träume, Makwa? Meine Tochter hat keine bösen Träume.«

»Noch nicht, aber sie werden kommen, und dann kann der Traumfänger ihr helfen. Leb wohl, Odey. Bewahre das Eis, das dein Herz umgibt. Du wirst es noch brauchen.«

Concepcións Augen waren feucht geworden. Wieder ertönte der Eulenruf, und einen Augenblick lang waren sie von wild flatternden Flügeln umgeben, als sausten mehrere Vögel über ihren Köpfen dahin. Sie hörte Hufschlag und bemerkte, dass sie den Waldrand erreicht hatten. Die violetten Spuren des Sonnenuntergangs malten Streifen an den Himmel. Von hier aus konnte sie die blühende Zaubernuss am Ende der Straße sehen und gegenüber das Häuschen des alten Mannes. Sie beobachtete, wie der Wagen der Greenwoods vor der Scheune hielt. Caleb, ein schlaksiger Junge, sprang heraus, gefolgt von Rebecca. Jerónima lief ihnen entgegen, um sie zu begrüßen, und warf sich in die Arme von Rebecca, die sie hochhob und nach drinnen trug, obwohl sie ein kräftiges Mädchen von acht Jahren war.

Als Concepción sich umdrehte, um Makwa zu danken, war diese verschwunden. In ihrer Hand lag ein kleiner Ring, in den Lederstreifen und Sehnen geflochten waren. An beiden Seiten hingen mit Perlen geschmückte Federn herunter. Sie verbarg das Geschenk in der Tasche und eilte über die dunkle Straße zum Häuschen. Greenwood brüllte schon nach ihr, seine Stimme hallte durch die dunkle Luft.

»Thankful Seagraves! Komm sofort nach Hause! Heute Abend wirst du die Peitsche spüren, verfluchtes Weib.«

Als sie sich dem Tor näherte, holte sie tief Luft. Wenn sie tief genug einatmete, roch sie noch immer das wilde Geißblatt, das sie im letzten Sommer um das Haus gepflanzt hatte. Jedes Jahr setzte sie Schösslinge von Büschen und Zaunwinde, die sie im Wald und auf den Weiden entlang des Neck sammelte. Manche waren ihr vertraut. Sie erkannte die Prunkwinden, die wilden Rosen, die am Boden wuchsen, und die Veilchen mit ihren pelzigen Blättern. Andere hatte sie noch nie gesehen. Sie brachte sie dem alten Mann, der ihr die Namen sagte: Waldlilie, Alraunwurzel, Fingerhut und Gänsefingerkraut. Am liebsten waren ihr die süß duftende Nachtkerze und die wilde Bergamotte, deren Farbe und Duft an Blutorangen erinnerten. Die Pflanzen wuchsen wild und bedeckten die grauen Steine des Hauses den ganzen Sommer über mit einem Regenbogen aus Blüten. Jetzt, Ende Oktober, waren alle Blumen verwelkt, die Zaunwinde hatte sich violett gefärbt und welkte ebenfalls. Bis auf Kiefern und Zaubernuss hatten alle Bäume das Laub verloren und ragten kahl in den trüben Himmel. Alles war grau, der Boden, der Himmel, die Hühner, selbst die Haut der Menschen. Nur die spitzen Blütenstände der Zaubernuss erstrahlten gelb.

»Da bist du ja, Weib! Ich werde dir die Unverschämtheiten noch ausprügeln.«

37. Kapitel

»*Ven aca, Jerónima.* Hilf mir mit den Kürbissen.«

Das Mädchen rührte sich nicht von der Sitzbank, wo es gerade ein Tuch mit einem Spruch aus dem Neuen Testament bestickte, den Rebecca ausgewählt hatte:

Ihr Sklaven, ordnet euch euren Herren mit der notwendigen Achtung unter, nicht nur den guten und freundlichen, sondern auch den ungerechten.

»*Bebita,* hast du mich gehört? Du musst mir helfen, die Kürbisse zu entkernen.« Concepción machte Kürbispastete zum Frühstück und rollte gerade den Teig aus. Das Mädchen tat, als hätte es sie nicht gehört.

»Jerónima!« Sie wurde lauter.

»Was ist?«, rief das Mädchen und schleuderte die Handarbeit auf den Tisch. »Warum belästigst du mich ständig, Thankful Seagraves?«

»Sprich nicht in diesem Ton mit mir. *Soy tu madre.*«

»Ich kann kein Papistisch«, sagte das Kind. Nach drei Jahren in Rebeccas Haus weigerte sich das Mädchen hartnäckig, etwas anderes als Englisch zu sprechen. »Es ist böse. Das sagt Mama Becca. Sie hat auch gesagt, du sollst mich nicht zwingen, die böse Sprache zu schreiben. Wenn du mich nicht in Ruhe lässt, geht sie zu Reverend Mather.«

»Es reicht mir jetzt mit diesem Unsinn von wegen Mama

Becca!« Concepción wischte sich mit einem feuchten Lappen das Mehl von den Händen. »Du bist meine Tochter, nicht ihre. Ich habe dich in meinem Bauch getragen, ich habe dich in diese Welt gebracht, ob es dir gefällt oder nicht. Und genug auch von dieser *tontería*, dass Spanisch eine böse Sprache sei. Das ist albern. Spanisch ist deine Muttersprache. Mich kümmert nicht, wo du geboren wurdest.«

»Alles an dir ist böse, Thankful Seagraves.«

Concepción griff nach den Schultern des Mädchens und schüttelte es. »Sei still! Warum sagst du diese törichten Dinge? Das kommt nur von Rebeccas Pflege; sie hat dich gelehrt, mich zu hassen.«

In letzter Zeit war es immer schwieriger geworden, Jerónima aus Boston mitzunehmen, da das Kind eine geradezu unheimliche Zuneigung zu Rebecca gefasst hatte und sich seiner leiblichen Mutter zunehmend entfremdete. Manchmal verbarg sie sich stundenlang, wenn Concepción samstags erschien, um sie mit nach Roxbury zu nehmen, und nur Caleb konnte sie finden. Dann wieder bekam sie Anfälle und weigerte sich, mit Concepción zu gehen, so dass man sie mit Hilfe von Sara Moor schreiend und strampelnd aus dem Haus tragen und im Karren mit einem Seil anbinden musste. In den letzten Wochen war Jerónima in Schweigen verfallen. Sie saß einfach mit überkreuzten Beinen im Karren, starrte geradeaus und sagte kein Wort, beantwortete keine Fragen und rührte sich auf dem drei Meilen langen Weg über den Neck nicht von der Stelle. Sowie Concepción sie auf Spanisch ansprach, begann sie zu schreien, als täten die Worte ihren Ohren weh. Als sie noch kleiner war und schreiben lernte, war es anders gewesen. Damals hatte das Mädchen ihr gegenübergesessen und den Geschichten über Mexiko gelauscht. Sie lernte ihre spanischen Vokabeln, während Concepción die Bedeutung der Wörter erklärte. Das Mädchen hatte ein gutes Ohr für das Spanische und schrieb nahezu fehlerfrei. Sie beendeten jede Lektion, indem sie zusammen eines der Gebete lasen, die Concepción in dem kleinen Schreibheft aufgezeichnet hatte, das sie vor langer, langer Zeit aus Titubas selbstgemachtem Papier zusammengenäht hatte. Nun bekam das Mädchen schon beim Anblick des Gebetbuchs Albträume. »Aber es ist doch nur das Vaterunser, *bebita*«, pflegte Concepción zu sagen, »und das Ave Maria und das Credo. Früher hast du diese Gebete jeden Abend gesprochen.« Doch das Mädchen weigerte sich, das Buch anzuschauen, geschweige denn, die Gebete aufzusagen.

Mehr noch, das Mädchen wies alle Geschenke seiner Mutter zurück. Die Püppchen, die Concepción weiterhin für jeden Geburtstag bastelte, das Skapulier mit der Jungfrau von Guadalupe und vor allem das Sticktuch. Concepción hatte fast ein ganzes Jahr damit verbracht, den Auszug aus Madres Gedicht auf das Tuch zu sticken, auf die teure Seide, die sie mit Goldfäden verziert hatte. Dieses Tuch hasste Jerónima am allermeisten. Einmal hatte Concepción sie in der Scheune erwischt, wo sie sich mit einer Schere über das Tuch hermachen wollte. Es sei böse, behauptete sie; das Wort »Teufel« stehe darauf, und das Gedicht verspotte Männer, während es unmoralische Frauen emporhebe. Wenigstens hatte das Mädchen sein Spanisch nicht vergessen, dachte Concepción, doch das war ein schwacher Trost verglichen mit der Angst, die der Abscheu des Kindes gegenüber dem Tuch in ihr weckte. Rebecca war an allem schuld; da war sich Concepción sicher. Also heftete sie das Tuch an die Wand über dem Bett, in dem sie zusammen schliefen, wenn sich das Mädchen auf dem Hof aufhielt – vielleicht aus Rache an Rebecca, die ihr Kind gelehrt hatte, seine Mutter und deren Sprache zu hassen. »Wag es nicht, das Tuch anzufassen, Jerónima, sonst wird dich der Teufel selbst an den Füßen aus dem Bett zerren.« Natürlich war es dumm, so mit einem bereits verängstigten Kind zu sprechen, und sie bedauerte es sofort, konnte die Worte aber nicht zurücknehmen. Da war Makwas Geschenk, der Traumfänger, ganz nützlich.

»Hör auf mit mir zu streiten und entkerne die Kürbisse. Ich bin keine Dienstmagd, die arbeitet, während du dir einen schönen Tag machst.«

Das Kind schaute sie mit flammenden Bernsteinaugen an, die denen des Piraten so ähnlich waren, dass Concepción trotz der Hitze, die aus der Herdgrube stieg, ein Schauer überlief.

»Gehorche mir, Jerónima.«

»Ich heiße Hanna Jeremiah. Ich hasse es, deine Tochter zu sein. Ich wünschte, Mama Becca wäre meine Mutter!« Das Mädchen war so wütend, dass Speicheltropfen aus dem kleinen Mund sprühten. »Ich hasse dich, Thankful Seagraves!«, kreischte es. »Du bist gemein und so hässlich wie eine Hexe!«

Concepción hob die Hand, um das Kind zu schlagen, doch das Mädchen schoss aus dem Häuschen und ließ die Tür weit offen stehen. Schneeflocken stoben in den Raum, und der kalte Wind wirbelte im Herd Funken auf. Concepción schlug die Hände vors Gesicht und zwang sich, ein Schluchzen zu unterdrücken.

»Was ist das für ein verdammt eisiger Luftzug hier drinnen!«, rief der alte Mann hinter seinen Bettvorhängen. »Du hast es herausgefordert, Thankful Seagraves!«

»Halt den Mund, alter Mann, falls du heute noch etwas zu essen haben willst!«, murmelte sie bei sich. Sie zog die Weste enger, ging zur Tür, atmete tief durch und ließ ihren Blick auf den gelben Blütenblättern der Zaubernuss ruhen, während sie ein rasches Gebet an die Jungfrau von Guadalupe sandte.

»*Le suplico, Madrecita.* Bitte erleuchte meine Tochter, göttliche Mutter, damit sie mich nicht mehr hasst und ich meinen Zorn auf Rebecca nicht an meinem Kind auslasse.« Die Gebete hatten Concepción im Laufe der Jahre geholfen, ihre Bitterkeit zu überwinden, obwohl bisweilen noch eine Hoffnungslosigkeit, die nach Galle schmeckte, in ihr aufstieg. Dann konnte sie ihren Zorn nur vertreiben, indem sie tief durchatmete und etwas Schönes betrachtete.

Doch selbst das wollte ihr an diesem Tag nicht gelingen. Sie konnte die Welle des Zorns, die wie eine saure Flüssigkeit aus ihrem Magen aufwallte und ihr Herz vergiftete, nicht unterdrücken. Früher war Rebecca freundlich zu ihr gewesen. Sie hatte Concepción gepflegt, als sie krank war, und sie in ihrem eigenen Haus aufgenommen, als die Entbindung bevorstand. Doch sowie Juana Jerónima geboren war, begannen die Schwierigkeiten zwischen ihnen. Rebecca versuchte, das Kind zu stillen, und wollte es den ganzen Tag auf dem Arm halten. Als sie nach Roxbury zurückgekehrt waren und Concepción mit der Hühnerzucht begann, kam Rebecca nicht mehr nur an den Predigttagen zu Besuch, sondern ständig. Sie hatte nur Augen für das Baby, sang ihm vor, wiegte es auf den Knien, zog ihm die neuen Kleider an, die sie gekauft hatte, ließ es in Calebs altem Laufwagen umherzotteln, trug ihm kleine Lieder und Reime vor und sorgte dafür, dass das Kind mit der englischen statt der verrufenen spanischen Sprache aufwuchs.

Concepción gegenüber verhielt sich Rebecca kurz angebunden und ablehnend. Oftmals sprach sie gar nicht mit ihr, sondern schalt sie nur aus. Kamen allerdings Nachbarn zu Besuch, wurde sie plötzlich reizend und fürsorglich.

»Thankful Seagraves, würdest du bitte noch einen Krug Apfelwein aus dem Keller holen? Der Eintopf ist wirklich köstlich, Thankful Seagraves; ich muss mir das Rezept aufschreiben. Ihr solltet ihre Maishülsenklößchen probieren, Gevatterin Thorn. Sie werden in den Hülsen gedämpft und können mit allem Möglichen gefüllt werden, sogar mit Rosinen. Wir werden Euch beim nächsten Mal welche aufheben. Mein Vater ist sehr zufrieden mit Thankful Seagraves. Und schaut Euch nur um, Gevatterin Lowe; wie makellos sauber sie das Haus hält. Man sollte gar nicht glauben, dass ein Indianermischling hier lebt. Sie ist vollkommen christianisiert, Reverend Lowe. Sie hatte unsere Sprache erlernt, bevor das Kind den ersten Schritt tat.«

Waren die Besucher gegangen, verfiel Rebecca wieder in ihre ablehnende Haltung. »Glaub ja nicht, dass ich mich mit dir brüste«, warnte sie. »Ich möchte nur nicht, dass die Nachbarn in Roxbury hinter Vaters Rücken über ihn reden oder fürchten, dass du eines Tages den Verstand verlieren, ihn töten und seinen Skalp und alle seine Besitztümer mitnehmen könntest.«

»Der einzige Besitz, an dem ich hänge, ist meine Tochter, Rebecca, und die habt Ihr mir schon genommen.«

»Ich habe dir gar nichts genommen, Thankful Seagraves. Das Kind war eine wilde Indianerin, du hast sie völlig ungezügelt aufwachsen lassen. Hanna ist sogar im Wald umhergetollt. Sie brauchte eine anständige Pflegefamilie. Alle englischen Mädchen gehen in Pflege, sogar die Bauerntöchter, das ist bei uns so Sitte. Warum sollte es bei deinem Kind anders sein?«

»Das ist es ja, was ich sage, Rebecca. Sie ist mein Kind, glaubt aber, sie gehöre Euch. Ihr habt sie gegen mich aufgebracht.«

»Hör auf mit deinen Klagen. Wie kannst du nur so undankbar sein?«

»Macht die verfluchte Tür zu, Frau! Ich bekomme Krämpfe in den Beinen!«

»Ich hoffe, du hast deinen Mantel an, Jerónima!«, rief Concepción in den Wind hinaus. Sie wusste, dass sich das Mädchen in der Scheune versteckte. Es war ebenso kaltblütig wie das Land, in dem es geboren war, und brauchte nie mehr als ein paar Kleidungsstücke, um warm zu bleiben. Das Mädchen würde den Rest des Tages schmollen und sein Benehmen erst dann ablegen, wenn Concepción es am nächsten Tag in Rebeccas Haus ablieferte, bevor sie auf den Markt ging. Dann würde Jerónima wieder weich wie Butter werden, liebreizend und fügsam.

Concepción holte noch einmal tief Luft, doch sie hörte das Mädchen immer noch rufen: »Du bist gemein und hässlich wie eine Hexe. Ich hasse dich!« Sie schlug die Tür so heftig zu, dass die Flaschen auf der Fensterbank klirrten.

In dieser Nacht erwachte Jerónima aus einem Albtraum und drückte sich unter dem Federbett an Concepción. Das Herz des Mädchens hämmerte gegen ihr eigenes.

»Es war nur ein Traum, *bebita.* Kannst du dich daran erinnern?«

Sie schüttelte den Kopf an Concepcións Brust.

»Vielleicht tut es dir leid, dass du vorhin so grob zu mir warst.«

Das Mädchen schniefte und knurrte, blieb aber nahe bei ihr.

»Möchtest du eine Geschichte hören?«, flüsterte Concepción ihr ins Ohr, obwohl der alte Mann unter ihr schnarchte und die Bettvorhänge geschlossen hatte.

»Auf Englisch?«

»Du weißt, dass ich keine Geschichten auf Englisch erzähle.«

Das Mädchen zuckte die Achseln.

»*Entonces*, ich möchte, dass du gut zuhörst, *bebita.* Du wirst diese Geschichte nur ein einziges Mal hören.«

»Wieso?«

»Weil morgen der 12. Dezember ist, ein heiliger Tag, und dies ist eine heilige Geschichte, die nur einmal erzählt werden kann. Es ist eine Geschichte, die einem für immer im Herzen bleibt.«

»*Tengo susto*; ich habe Angst«, murmelte Jerónima.

»Diese Geschichte wird dir keine Angst machen. Hör einfach zu und unterbrich mich nicht. Vor langer Zeit lebte im Land, in dem ich geboren bin, ein sehr armer und bescheidener Mann vom Volk der Azteken, den die Priester auf den Namen Juan Diego getauft hatten. Eines Tages bestieg er einen heiligen Berg in der Nähe seines Hauses. Er war sehr niedergeschlagen, weil sein Onkel an einer seltsamen Krankheit dahinsiechte, die keiner von seinem Volk gekannt hatte, bevor die seltsamen bärtigen Männer mit den Pferden ins Land gekommen waren und sie mit der Krankheit angesteckt hatten. Der Heiler hatte gesagt, dass die Krankheit nicht zu kurieren sei, und vorgeschlagen, er solle den Berg von Tepeyac besteigen und der Göttin Tonantzín ein Opfer darbringen –«

»Tepa … wie? Tona … wer?«, unterbrach sie Jerónima.

»Tonantzín, die Göttin über Leben und Tod.«

Das Mädchen öffnete den Mund, sagte aber nichts.

Concepción erzählte weiter. »Doch die Eroberer hatten Tonantzíns Tempel entweiht, und es war nichts von ihm geblieben als Trümmer und Asche. Dies vergrößerte Juan Diegos Kummer noch. Er kniete auf dem Gipfel des Berges nieder und weinte um das, was man seinem Volk genommen hatte und was verlorengegangen war, und um seinen Onkel, dessen Leben er nicht würde retten können.

Während er so kniete und weinte, verdunkelte sich die Sonne, als hätte sich der Mond davorgeschoben, und eine Stimme, eine Frauenstimme, rief ihm etwas zu, nannte ihn ›mein Lieber‹ und ›mein Kindchen‹. Juan Diego fürchtete sich aufzublicken. Etwas erstrahlte in der plötzlichen Dunkelheit, und als er die Augen hob, sah er eine wunderschöne Frau über den Resten des Tempels schweben. Sie stand auf einem dunklen Halbmond und war in ein Gewand aus Sternen gekleidet. Lichtstrahlen umgaben sie. Sie fragte, was ihn bedrücke, und er berichtete von der seltsamen Krankheit seines Onkels. Sie wies ihn an, die Rosen zu pflücken, die an der Flanke des Berges wuchsen, und sie den Priestern zu bringen, die ihren Tempel zerstört hatten –«

»War das die Göttin?«

»– als Beweis ihrer Existenz, denn sie lebe nicht in Tempeln, sondern im Land und in den Herzen des Volkes, das sie erobert hatten, und ihre Verehrung werde niemals aufhören. ›Bei allem Respekt, Mutter‹, sagte der bescheidene Mann, ›aber es ist mitten im Winter, und auf diesem Berg wachsen keine Rosen. Der Boden ist hart und kalt.‹ ›Geh, mein Sohn. Die Rosen sind da. Pflücke sie und sage allen, dass ich lebe. Und auch dein Onkel wird leben.‹«

Jerónima atmete ganz tief, und Concepción glaubte schon, das Mädchen sei eingeschlafen. Sie wollte seine Stirn küssen, als es fragte: »Hat er die Rosen gefunden?«

Concepción seufzte, durchdrungen von einer tiefen Liebe zu diesem Kind, die sie nur in ganz leichten Berührungen ausdrücken konnte, einem sanften Streicheln über Haar oder Wange. »Die Dame verschwand, Juan Diego eilte den Weg hinunter und entdeckte große Rosenbüsche, die aus dem felsigen Boden des Tepeyac sprossen. Sie waren schwer von rosa und roten Blüten, groß wie seine gespreizte Hand, genau wie die Dame es prophezeit hatte. Er nahm seine Machete, schnitt alle ab und wickelte sie in seinen schlichten Umhang. Er überbrachte den Priestern die Botschaft der Dame, die ihm zuerst nicht glauben wollten. Also öffnete er seinen Umhang, und die Rosen fielen auf den Boden. Die Priester waren entsetzt. Alle wussten, dass Rosen, vor allem so riesengroße vollkommene Rosen, nicht mitten im Dezember wuchsen. Dies war das erste Wunder der Dame.«

Jerónima setzte sich auf. »Ein Wunder?«

»Aber das echte *milagro* war etwas anderes, denn dort, auf dem indianischen Umhang des Mannes, war das Bild der Dame zu sehen, so wie sie ihm auf dem Tepeyac erschienen war. Sie trug ein Gewand aus Sternen, war von Lichtstrahlen umgeben und stand auf der Sichel eines dunklen Mondes.«

Jerónima keuchte. »Wie war sie dorthin gekommen?«

»Dies war das zweite Wunder der Dame. Nun mussten die Priester zugeben, dass Juan Diego die Wahrheit gesagt hatte. Seither erzählen wir seine Geschichte an jedem 12. Dezember. Das letzte Wunder geschah, als Juan Diego nach Hause zurückkehrte und seinen Onkel auf seiner *petate* –«

»Seiner was?«

»– seiner Schlafmatte sitzen sah. Er rieb sich die Augen, als wäre er aus langem Schlaf erwacht, und verlangte etwas zu essen.«

»Wer war die Dame, Thankful Seagraves?«

»Unsere heilige Mutter, die Jungfrau von Guadalupe. Diejenige, zu der wir jeden Abend beten.«

Völlig unerwartet schlang das Mädchen die Arme um Concepcións Hals und begann zu weinen, mit einem tiefen traurigen Schluchzen, das in die Nacht hinausklang, bis der Kummer des kleinen Herzens versiegt war. Dann atmete es ruhiger und glitt in den Schlaf hinüber.

Concepción hielt das Mädchen fest und sprach ein Ave Maria, um für das kleine Wunder zu danken, das ihr mehr als alles auf der Welt bedeutete. Sie änderte die Worte des Gebetes, wie Sor Juana sie vor langer Zeit gelehrt hatte:

Gegrüßet seiest du, Maria, voll der Gnade,
das Licht ist mit dir.
Du bist gebenedeit unter den Frauen
und gebenedeit ist die heilige Frucht deines Leibes.
Heilige Maria, Himmelskönigin,
bitte für uns, deine Kinder,
jetzt und in der Stunde unseres Todes,
Amen.

»Ich glaube, du sagst es falsch, Thankful Seagraves«, murmelte Jerónima schläfrig. »Du hast die Stelle mit dem Baby Jesus ausgelassen.«

38. Kapitel

Der Schneefall hatte die Kinder schläfrig gemacht. Sie waren es müde, Karten zu spielen und ihre Aufgaben zu erledigen – Jerónima die Handarbeiten und Caleb das Lesen oder die Buchhaltung, die er von seinem Vater übernommen hatte. Sie hatten sich unter Rebeccas Umhang auf die Holzpritsche gelegt, das Mädchen mit dem Kopf auf der Schulter des Jungen, wobei sich ihre Haare – seine fast weiß, ihre wie Honig – leuchtend vom dunklen Karminrot des Umhangs abhoben. Sie hätten Geschwister sein können, dachte Concepción, die am Tisch saß und die Buchführung erledigte, während Rebecca auf der Sitzbank stickte. Im Häuschen roch es nach grünen Kiefern, frisch gebackenem Brot und dem Tabak des alten Mannes. Man hörte nur das Atmen der Kinder, das Kratzen des Federkiels auf dem Papier und das leise Blubbern des Wassers, das über dem Feuer kochte.

Der alte Mann war den ganzen Winter über krank gewesen, hatte Blutklumpen ausgehustet und des Nachts unter hohem Fieber gelitten, das ihn am nächsten Tag schwach und bettlägerig machte. Wochenlang hatte Concepción ihn mit geschmolzenem Schnee abgewaschen, mit Hühnerbrühe und leichtem Haferbrei gefüttert, doch selbst dies konnte er nur wenige Minuten bei sich behalten. Er litt unter Durchfall, obwohl sein Magen leer war, und sie begann, ihn wie ein Baby zu wickeln, weil es zu kalt war, um die Bettwäsche zu reinigen. Einmal hatte sie es versucht. Das Wasser im Brunnen war zugefroren, und sie hatte eimerweise Schnee vom Hof geholt und den Waschzuber in den Kamin gestellt, um das Wasser zu kochen. Der Dampf linderte den Husten des alten Mannes, vor allem wenn sie Kiefernnadeln ins Wasser gab. Sie hatte die gewaschenen Laken in die Scheune gebracht, eine Schnur zwischen zwei Pfosten gespannt und sie darübergehängt, doch am nächsten Morgen waren sie bretthart gefroren.

Da sie nunmehr acht Jahre zusammenlebten, herrschte ein zwangloses Schweigen zwischen ihnen, und der alte Mann hatte aufgehört, sie zu befingern, wie er es früher getan hatte. Dennoch gab es Zeiten, in denen er auf ihre Berührungen reagierte, wenn sie ihn badete oder seine Windeln wechselte, und sie las in seinen Augen die Sehnsucht eines jungen Mannes.

Rebecca ließ einen Arzt aus Boston kommen. Nachdem er dem alten Mann Blutegel auf die Arme und Schröpfköpfe auf den Rücken gesetzt hatte, verkündete er, der Patient leide unter einem schweren Fall von Keuchhusten und liege im Sterben. Er werde das Ende des Winters nicht erleben.

»Es wird nicht mehr lange dauern«, sagte der Arzt zu Rebecca. »Macht es ihm warm und gemütlich. Mehr kann man nicht tun.«

Nun kamen sie jeden Tag zu Besuch. Wenn Caleb seinen Dienst im Warenlager des Vaters beendet hatte, stiegen Rebecca und Jerónima zu ihm in den Wagen und trotzten Schnee, Graupel und eisigem Wind, um einige Stunden mit dem alten Mann zu verbringen, bevor er starb. Dies war jedenfalls der Grund, den Rebecca ihrem Sohn nannte, wenn er sich über die tägliche Fahrt beklagte. Er war nun vierzehn Jahre alt und lenkte den Wagen. »Ich möchte kein Murren mehr hören. Großvater kann jeden Tag sterben. Möchtest du dich nicht von ihm verabschieden?« Sie verabschiedeten sich schon seit Wochen. Für Jerónima und Caleb war es ein Spiel geworden, das sie aufführten, wenn die Langeweile grenzenlos wurde. Caleb begann zu husten und zu würgen, griff sich ans Herz und tat, als würde er auf der Holzpritsche in Ohnmacht fallen. Jerónima übernahm Rebeccas Rolle, kniete sich neben ihn und grämte sich um den armen toten Bock. Wenn Caleb furzte, kicherten beide los. »Es ist ganz und gar unziemlich, sich so aufzuführen, Caleb«, schalt ihn seine Mutter. »Dein Vater wäre sehr enttäuscht, wenn er wüsste, wie sehr es dir für einen Mann am nötigen Ernst mangelt.« In letzter Zeit hatten sie ihr Spiel jedoch nicht fortsetzen können, weil der alte Mann darum gebeten hatte, mit ihnen am Tisch zu essen, und danach in seinem Stuhl sitzen blieb und den ganzen Nachmittag lang las, sofern ihn nicht ein Hustenanfall überkam.

»Ich glaube, es wird höchste Zeit, dass ich dieses Weib heirate«, sagte der alte Mann und blickte mit leuchtenden blauen Augen von seinem Buch auf.

Rebecca schaute ihn missbilligend an. »Was sagst du da, Vater? Fieberst du wieder?«

»Becca, schon als du sie das erste Mal hierhergebracht hast, sagte ich dir, dass ich keine Dienstmagd in meinem Haus dulde. Entweder wird sie meine Frau oder gar nichts. Da sie eine Fremde ist, habe ich einige Jahre gewartet, wie es sich geziemt. Doch nun, da ich im Sterben liege, möchte ich eine Frau haben, bevor ich gehen muss.«

»Ich glaube nicht, dass ich das gestatten kann, Vater.«

»Ich brauche deine Erlaubnis nicht, Weib! Ich mag zwar auf dem Sterbebett liegen, aber ich bin noch immer der Herr in diesem Haus. Thankful Seagraves wird meine Frau, mehr gibt es nicht zu sagen. Schick nach dem Standesbeamten, damit ich das Aufgebot bestellen kann.«

»Ich will Euch aber nicht heiraten, alter Mann«, warf Concepción ein, der die Vorstellung, bei ihm zu liegen, Entsetzen einflößte. »Ich will überhaupt niemanden heiraten.«

»Du willst also auf immer und ewig eine Kratzbürste bleiben und eine Sklavin obendrein?«

»Kratzbürste? Was heißt das, Herrin?«

Rebecca tat ihre Frage mit einer Handbewegung ab. Ihre Wangen waren hochrot, als hätte sie am Kamin gestanden. »Was redest du da für Unsinn, Vater?«

Der alte Mann richtete seine glänzenden Augen auf Concepción. »Ich werde dir erklären, was das Wort Kratzbürste bedeutet. Das ist ein Weib, das niemanden heiratet, ein unnatürliches Weib, dessen Seele nur zu schnell dem Bösen anheimfällt. Wenn du mich heiratest, wird deine Seele gerettet, und die Tage deiner Sklaverei sind vorüber. Du wirst Mrs Tobias Webb, meine Ehefrau und Erbin.«

»Vater! Also wirklich! Hast du den Verstand verloren? Weißt du eigentlich, was du da redest? Nathaniel wird einen Anfall erleiden.«

Der alte Mann gackerte und entblößte seine zahnlosen violetten Kiefer.

»Darum also geht es dir. Du willst dich an Nathaniel rächen?«

»Zum Teufel mit Nathaniel! Ich will eine Frau im Bett, bevor ich sterbe. Sieh her.« Er schlug die Decke zurück und zeigte ihnen sein erigiertes Glied, das sich unter dem Nachthemd wölbte. »Ich habe noch einige Saaten auszubringen.«

Rebecca keuchte. »Meine Güte, Vater! Was machst du da? Bedecke dich sofort. Es sind Kinder anwesend.«

Trotz ihrer Bestürzung musste Concepción über Rebeccas Entrüstung lachen.

»Ermutige ihn nicht noch, Thankful Seagraves. Benimmt er sich öfter so?«

»Schon länger nicht mehr.«

»Vorbei«, lamentierte der alte Mann. Sein Nachthemd sank nieder, als sein Organ erschlaffte.

Rebecca sprang auf und ließ die Stickarbeit zu Boden fallen. »Nie hätte ich gedacht, einer so unanständigen Zurschaustellung ausgesetzt zu werden, und das von einem Schreiblehrer und

Kirchenältesten. Nicht einmal mein eigener Ehemann hat mir jemals …« Sie war so verlegen, dass sie den Satz nicht beenden konnte. »Ich bedaure die arme Frau, die dein grobes Fehlverhalten ertragen muss, Vater. Kinder! Es ist Zeit aufzubrechen. Aufwachen! Aufwachen!«

Die Kinder erwachten aus ihrem Schlummer.

»Ist er gestorben?«, erkundigte sich Caleb.

»Beeil dich, Caleb, wir brechen auf. Hanna, worauf wartest du? Zieh die Schuhe an, es ist schon spät.«

»Was ist denn los, Mama Becca?«, wollte Jerónima wissen.

Concepción zuckte noch immer zusammen, wenn das Mädchen Rebecca so nannte. Sie half Jerónima, die Schnürsenkel zu binden. Caleb zog seinen Mantel über und wickelte den Strickschal dreimal um den Hals. Beide gähnten und rieben sich verschlafen die Augen.

»Vergiss nicht, zur Jungfrau zu beten«, flüsterte Concepción ihrer Tochter auf Spanisch ins Ohr, während sie ihr den Mantel zuknöpfte.

»Mama, Thankful Seagraves redet wie eine Papistin.«

Rebecca trat versehentlich auf ihre Stickarbeit, so eilig hatte sie es, den Umhang von der Pritsche zu nehmen.

»Einen guten Tag, Vater. Ich breche auf, bevor wir einen Schneesturm bekommen.«

»Tu, was ich dir gesagt habe, Frau, und benachrichtige den Standesbeamten. Sonst erlebe ich die drei Sonntage vor der Hochzeit, an denen das Aufgebot aushängen muss, überhaupt nicht mehr.«

»Heiratet jemand, Mama?«, erkundigte sich Jerónima.

Rebecca zog das Mädchen grob am Arm. »Na, komm schon. Und stell nicht so viele Fragen.«

»Seid nicht so grob mit ihr«, protestierte Concepción und reichte Rebecca die Biberfellmütze, die sie an den Türhaken gehängt hatte. »Das Kind trägt keine Schuld daran, dass Euer Vater den Verstand verloren hat.«

Nachdem sie weg waren und Concepción die Galle hinuntergeschluckt hatte, die ihr immer in die Kehle stieg, wenn ihre Tochter mit Rebecca davonfuhr, ohne sie auch nur zum Abschied zu küssen, wandte sie sich wieder an den alten Mann.

»Verrückter alter Bock. Ich bringe Euch jetzt zu Bett. Ich habe genug von Euch.«

Der alte Mann ergriff sie am Nacken und zog ihren Kopf zu sich herunter. »Meine Frau oder eine Kratzbürste«, murmelte er und zeigte ihr die zahnlosen Kiefer. Sein Atem stank nach Tabak. »Hol mir Bier. Ich werde dir sagen, wann ich zu Bett zu gehen gedenke.«

Sie hieb ihm die Faust in die Hoden. Der alte Mann schrie auf und ließ sie los. »Seht Ihr, wie nah Ihr am Feuer sitzt, alter Mann?«, fragte sie mit zusammengebissenen Zähnen. »Ich muss nur gegen Euren Stuhl stoßen. Wenn Ihr noch einmal an mir zerrt, kann Eure Tochter Eure Knochen aus der Asche aufsammeln.«

»Wo ist mein Bier?«

»Im Keller. Holt es Euch selbst.« Sie stieg die Leiter hinauf und ließ ihn dort sitzen, während er seinen Schritt umklammert hielt.

»Was ist? Heiratest du mich nun oder nicht?«

»Rebecca hat etwas dagegen.«

»Du sollst ja nicht Rebecca heiraten.«

39. Kapitel

Die Heirat führte zu ständigem Zank mit Nathaniel und Rebecca, doch der alte Mann bekam seinen Willen. Die Zeremonie fand drei Wochen später, am letzten Samstag im Januar, statt. Der Himmel zeigte sich in einem makellosen Blau, und der Schnee schmolz zu matschigen Pfützen. Pastor Jacob Lowe, verhutzelt und störrisch wie der alte Mann selbst, traute sie im zugigen kleinen Gemeindehaus von Roxbury. Der alte Mann wurde von seinem Nachbarn, dem Schmied Gevatter Thorn, hereingetragen, der sie in seinem Wagen mitgenommen hatte und den alten Mann in den Armen hielt wie ein krankes Kind. Der alte Mann war in seine Sonntagskleidung gehüllt, Haar und Bart waren zum ersten Mal seit Monaten gekämmt und gewaschen und seine Wangen vom Preiselbeerwein gerötet, wodurch er um Jahre jünger aussah. Er hatte Concepción zwei Guineen für ein neues Kleid gegeben, und sie hatte eines mit einem Mieder aus gelbem Satin und blauem Samtrock mit passender Weste ausgewählt. Außerdem hatte sie auf Kredit drei Ellen reine blaue Seide erstanden, aus der sie ein Tuch nähte, das sie über ihren Kopf drapierte, und ein neues Halstuch für den alten Mann. Beide bestickte sie mit einem Motiv aus Zaubernussblüten und fasste das Halstuch des alten Mannes mit gelbem Band ein, damit es zu ihrem Kleid passte.

Das Gemeindehaus war voll. Ganz Roxbury war gekommen, um das »unziemliche Spektakel« anzusehen, wie Rebecca die Hochzeit nannte. Viele Gäste hatte Concepción noch nie gesehen, erkannte aber Gevatterin Thorn, Polly Griffin, Gevatterin Temperance Lowe, die Frau des Pastors, und die beiden jungen Männer, die immer auf den Hof kamen, um Feuerholz gegen Geflügel zu tauschen. Einer von ihnen hatte sie in der Scheune begrapscht, bis sie mit dem Knie nach ihm trat.

Als Rebecca eintraf, begleitet von Caleb und Jerónima, aber ohne Nathaniel, brachte man dem alten Mann ein Schoßpult, auf dem eine Gänsefeder, ein Tintenglas und Concepcións Kaufbrief bereitlagen. Der alte Mann tauchte den Federkiel feierlich in die Tinte und schrieb mit zitternder, aber überraschend eleganter Hand oben über den Kaufbrief: *Freigelassen am 30. Januar 1691/92 von Tobias Webb, ihrem Ehemann aus Roxbury, Massachusetts,* und unterzeichnete. Der Pastor und Gevatter Thorn setzten ebenfalls ihre Namen als Zeugen darunter, und damit war der Akt vollzogen. Sie war frei.

Tränen stiegen ihr in die Augen. Ich bin frei, dachte sie. Wie wenig es doch brauchte, um ihr ganzes Leben zu verändern: ein Blatt Papier, datiert und unterzeichnet von Männern, von denen einer ihre Versklavung und der andere ihre Befreiung proklamierte. Sor Juana würde ihr widersprechen und sie daran erinnern, dass sie nun dem alten Mann gehörte. »Es liegt in der Logik der Männer, die Frauen zu versklaven, Concepción. Ob durch Ketten, Treueschwüre oder Kinder – wir sind auf jedwede Art versklavt durch das Schicksal, das die Männer unserem Körper auferlegt haben.«

Der Pastor verkündete das Ehegelübde. Concepción nickte, ohne richtig zuzuhören, und sagte »Ich will«, als sie an der Reihe war. Sie dachte daran, wie der Pirat sie verkauft hatte. Heute war es ähnlich, nur würde sie diesmal nicht ins Meer springen, um den Tod zu suchen. Sie hatte sich besonnen und andere Pläne geschmiedet, als sich das Leben zu nehmen.

»Die Liebesäpfel geben ihren Duft,
und an unserer Tür sind allerlei köstliche Früchte,
frische und alte …«

»Köstliche Früchte, in der Tat«, hörte Concepción die Gevatterin Thorn hinter sich murmeln.

Der Pastor beendete seine Lesung aus dem Hohelied. Der alte Mann steckte Concepción den Ring seiner toten Frau an den Finger, und damit waren sie verheiratet. Nun war sie Mrs Tobias Webb, seine Ehefrau und Erbin, befreit durch die Eheschließung und von Rechts wegen Rebeccas Stiefmutter. Rebecca weinte während der gesamten Zeremonie.

»Du nennst sie Großmutter Thankful, sonst gibt es was hinter die Ohren«, mahnte der alte Mann den jungen Caleb, während man ihn aus dem Gemeindehaus trug. »Ihr Greenwoods werdet meine Frau respektieren, oder, bei Gott, ich enterbe euch.«

Für Rebecca und Halskrause war dies keine leere Drohung. Die Kassenbücher bewiesen, dass der Hof an Wert gewonnen hatte.

Der einzige Preis, den Concepción für ihre Befreiung zahlen musste, bestand darin, mit dem alten Mann zu schlafen, bis er starb. Er wollte hauptsächlich im Arm gehalten und wie ein Neugeborenes gesäugt werden. In manchen Nächten, wenn er beim Abendessen zu viel Bier genossen hatte, sollte sie sich auf ihn setzen und an ihm reiben, bis sein Glied steif genug war, um es in sie einzuführen. Manchmal reagierte sein verwelkter Penis nicht, doch bereitete es ihr Freude, wenn er weich zwischen ihren Schenkeln lag. Dann wiegte sie sich und rieb sich an ihm, bis etwas in ihr erbebte und sie aufkeuchen ließ. Manchmal musste sie ihr Hemd ausziehen und sich neben ihn legen, damit er sie mit seinen altersfleckigen Händen von den Brüsten abwärts bis zu den Oberschenkeln streicheln und einen seiner Finger in sie hineinbohren konnte, wobei er mit dem Nagel über ihr Fleisch schabte. So schlief er ein, doch sobald sie sich bewegte, schimpfte und fluchte er und nannte sie Bastard einer papistischen Hure. Wenn Jerónima bei ihnen übernachtete und Concepción versuchte, seinen Annäherungen zu widerstehen, weckte er das Kind mit seinem Schimpfen. Daher war es ratsam, sich nicht zu bewegen und mit einem knorrigen Finger in ihrem Körper einzuschlafen, den schlaffen purpurroten Sack kratzig an ihrem Oberschenkel. Bald ist es vorbei, dachte sie, er liegt ja im Sterben.

Doch er starb nicht. Er erholte sich. Er wollte nach draußen gebracht werden, seine Hennen und Hähne zählen, ihr beim Schieren der Eier helfen, die Kassenbücher prüfen und aufpassen, dass sein Schwiegersohn ihn nicht noch einmal um Haus und Hof brachte. Alle vierzehn Tage badete sie ihn und gab Bergamotte und Blätter der Wachsmyrte ins Wasser, um seine Haut zu desodorieren. Dann schnitt sie ihm den Bart und die krallenartigen Nägel an seinem verbliebenen Fuß. Der Arzt sagte, die Bäder hätten seine Lungen gereinigt, doch es war die Ehe, die ihn am Leben hielt und seinem verlöschenden Licht eine letzte Freude schenkte. Also lag Concepción da, ließ sich berühren, drücken und erforschen und mahnte sich, er werde ja nicht ewig leben, und dann wäre sie endlich frei. Zum ersten Mal, seit man sie vor neun Jahren aus dem Wasser ans kalte Ufer von Massachusetts gezogen hatte, war sie ein freier Mensch. Sobald er nicht mehr war, könnte sie tun, was ihr gefiel, und diese Hoffnung half ihr selbst in verzweifelten Augenblicken.

Sie könnte mit dem Geflügelhandel aufhören, den Hof verkaufen und zwei Überfahrten nach Neuspanien buchen. Sie könnte Jerónima mitnehmen. Sie könnten endlich dieses Land verlassen und nach Neuspanien zurückkehren, wo sie hingehörte und wohin auch ihre Tochter gehören würde, sobald sie ihre englische Erziehung vergessen hatte. Was würde sie bekommen, wenn sie das alles verkaufte? Es war ein Spiel, eine winzige Marter, die ihren Geist beschäftigte, während sie ihren Körper unter den schwieligen Händen des alten Mannes in die Betäubung zwang. Tisch und Bank, an denen sie sich als Zerrbild einer gottesfürchtigen Familie niedersetzen; Töpfe, Pfannen und Kessel, in denen sie das seltsame Essen der Engländer zu kochen gelernt hatte; den löwenfüßigen Lehnstuhl mit den eisernen Rädern, in dem der alte Mann seine Bücher las und ihr beim Kochen zusah; die Sitzbank, auf der sie ungezählte Abendstunden damit verbracht hatte, für Jerónima zu sticken; den großen blauen Schrank, in dem Wäsche und Tischtücher untergebracht waren, die der ersten Frau des alten Mannes gehört hatten; das Bett und die Vorhänge; die Holzpritsche, die Flickendecken, Kissen, Wolldecken und Überwürfe, die Kisten und Bücher, das Häuschen, die Scheune und die Hühner – all das würde eine erkleckliche Summe erbringen, die sicher ausreichte, um sich den Weg in den Lagerraum eines Schiffes zu erkaufen oder jemanden zu bestechen.

Und doch wusste sie, dass es unmöglich war. Ihre Tochter würde Neuengland niemals verlassen. Selbst wenn es noch Schiffe gab, die nach Neuspanien segelten, würde es ihr nie gelingen, ihre Tochter von Rebecca zu trennen, und ohne ihre Tochter würde sie nirgendwohin fahren. Sie hatte schon die Schachfigur, die Madre ihr geschenkt hatte, bei ihrem Sprung ins Meer verloren. Noch eine Jerónima wollte sie nicht verlieren. Wer immer sie einmal gewesen war, wo immer sie gelebt haben mochte, sie musste Massachusetts als ihr Schicksal akzeptieren. Sie würde niemals nach Mexiko zurückkehren und musste sich in das Leben mit dem alten Mann und den Engländern fügen.

Tief im Inneren wusste sie noch etwas. So grob und streitsüchtig der alte Mann auch sein mochte, erwartete er von ihr nicht mehr als etwas Freundlichkeit und bot ihr dafür den Schutz seines Namens. Sie musste nicht jede Nacht mit ihm schlafen oder ihr Verhalten ändern. Er vertraute darauf, dass sie sich um seine Hühner und den Hof kümmerte; er aß das Essen, das sie für ihn bereitete;

er duldete die boshaften Streiche, die Jerónima ihm spielte, wenn er schlief; er war um ein Haar von seiner Kirche exkommuniziert worden, weil er eine Papistin geheiratet hatte, was er mit den Worten »zum Henker mit der Religion« quittierte, und bestand darauf, dass jedermann sie als Mrs Tobias Webb respektierte. All das hatte Concepcións Zuneigung geweckt. Aus Dankbarkeit schenkte sie ihm das rote Band mit der Wölfin und den beiden Menschenjungen, das sie kurz nach ihrer Ankunft in der Truhe gefunden hatte. Ein hübsches Lesezeichen, hatte sie gedacht. Seltsam, dass sie es nie zu diesem Zweck benutzt hatte. Der alte Mann weinte wie ein kleiner Junge, als er es sah, und markierte damit im Almanach die Seite seines Hochzeitstages.

Sie selbst hatte nicht mitentscheiden dürfen, als man ihr Leben für fünfzig Pfund verkaufte und ihr einen neuen Namen gab. Sie hatte viele Jahre gebraucht, um herauszufinden, wer Thankful Seagraves eigentlich war: eine Fremde, ein Piratenweib, die Mischlingsmutter eines Mischlingskindes, eine Sklavin. Was aber bedeutete es, Mrs Tobias Webb zu sein? Sie gehörte noch immer jemandem und trug wieder einen fremden Namen, doch anders als Thankful Seagraves hatte Mrs Tobias Webb durchaus etwas zu sagen. Sie konnte über Dinge entscheiden, die ihr tägliches Leben betrafen, zumal der alte Mann stark geschwächt war. Sie konnte Veränderungen am Häuschen vornehmen, wenn es ihr gefiel; wer sollte sie davon abhalten?

Als Erstes kaufte sie ein Fenster aus echtem Glas. Der Schnee war geschmolzen, und sie konnte wieder Eier und Hühner in die Stadt bringen. Als sie vom Markt zurückkehrte, entdeckte sie an der großen Eiche vor Samuel Sewalls Haus ein Schild, das verkündete, ein kürzlich eingetroffenes Handelsschiff aus London habe Lampen und Bleiglasfenster mitgebracht, die nur eine Woche lang hinter der King's Head Tavern zum Verkauf angeboten würden. Ohne jemandem etwas davon zu sagen, maß sie das Fenster mit ihrem Besenstiel aus und schaute sich, als sie das nächste Mal Eier im King's Head ablieferte, nach einem Fenster um. Inmitten schwatzender Stadtbewohner mit Hüten und Gehstöcken entdeckte sie ein Fenster, dessen Abmessungen nahezu der Fensteröffnung des Häuschens entsprachen. Eigentlich gefiel ihr ein Fenster mit buntem Glas am besten, doch es war zu breit. So musste sie sich mit einem Doppelfenster aus trübem grünem Glas zufriedengeben, das mit einem Schnappriegel versehen war, der sich von innen öffnen ließ. Mit seinem eisernen Rahmen, den Bleiruten und dem Glas war es so schwer, dass sie es kaum anheben konnte.

»Weg da, sonst machst du es kaputt. Wo ist dein Herr?«, schalt der Glashändler mit gerunzelter Stirn.

»Ich möchte das hier«, sagte sie nur. »Was kostet es?«

»Bist du nicht das Weibsstück von Greenwood? Die Geflügelhändlerin?«

»Ich bin Mistress Tobias Webb aus Roxbury.« Sie ließ ihren Ehering aufblitzen.

Die Leute waren still geworden, alle Augen ruhten auf ihr.

»Verzeihung, Mistress«, sagte der Glashändler in verändertem Tonfall. »Die Lieferung ist im Preis enthalten, und für ein kleines Zusatzentgelt können mein Sohn und ich das Fenster für Euch einsetzen. Ein bisschen Lehm und Flechtwerk, schon ist das Fenster wunderbar dicht. Und Licht fällt auch herein.«

Die Vorstellung, Tageslicht im Häuschen zu haben, trieb ihr beinahe die Tränen in die Augen.

»Wie hoch ist dieses Entgelt?« Doch sie wusste, dass sie bezahlen würde, was immer er verlangte. Die Gesamtkosten beliefen sich auf zwei Pfund Sixpence. Das war mehr, als sie in einem ganzen Monat mit ihrem Geflügelhandel verdiente.

»Ich gebe Euch eine Hälfte jetzt und die andere Hälfte bei Lieferung«, sagte sie.

Sie bezahlte das Fenster von dem Geld, das sie mit ihren Stickarbeiten für die Witwe Cole verdient hatte, die ihre Waren an die anspruchsvollen Kaufmannsfrauen und anderen würdigen Damen von Boston verkaufte. Halskrause war wütend ins Haus gestürmt, als er von Concepcións Stickereigeschäft erfuhr, und hatte einen Anteil ihrer Einnahmen verlangt, da sie angeblich weniger Zeit auf dem Hof verbrachte und stattdessen auf eigene Rechnung arbeitete.

»Sie ist jetzt meine Frau, Herr Kaufmann! Was sie tut, ist meine Angelegenheit, nicht deine. Also lass sie in Ruhe!« Der Zinnkrug des alten Mannes flog durchs Zimmer und landete auf Nathaniels gerüschter Halskrause. Reste von heißer Schokolade spritzten auf das Leinen. Seither hatte sich der Herr Kaufmann nicht mehr in ihre persönlichen Geschäfte gemischt.

Als Nathaniel und Rebecca von dem Fenster hörten, was natürlich zu erwarten gewesen war, da einige Wichtigtuer ihre Verhandlungen mit dem Glashändler beobachtet hatten, erschienen sie auf der Schwelle des Häuschens, noch bevor der Lehm getrocknet war.

»Wir haben davon gehört, Vater, aber wir konnten es nicht glauben. Ich habe Nathaniel gesagt, dass du vermutlich gar nichts davon wusstest. Hast du Vater für das Glasfenster um Erlaubnis gebeten, Thankful Seagraves?«

»Sie ist die Frau des Hauses, Becca«, versetzte der alte Mann. »Deine Mutter hat mich auch nie um Erlaubnis gefragt. Sie tat, was ihr gefiel. Was geht es mich an, ob wir ein Glasfenster haben oder nicht? Oder dürfen nur die Frauen der Kaufleute echtes Glas in ihren Fenstern haben?«

»Tobias, die Nachbarn sagen –«

»Halt's Maul«, erwiderte der alte Mann. »Was kümmern mich die Nachbarn?«

»Du solltest aufpassen, Tobias. Die Leute erzählen, das schielende papistische Weib hätte dich verhext.«

Der alte Mann langte über den Tisch und hieb Nathaniel mit der knorrigen Faust gegen den Kiefer.

»Vater! Bist du verrückt geworden?«, schrie Rebecca und sprang von ihrem Hocker am Herd auf, um dazwischenzugehen.

»Wenn du kein so erbärmlicher alter Kauz wärst, würde ich dich meine Faust spüren lassen«, sagte Nathaniel und hielt sich den Kiefer.

»Nathaniel, also wirklich! Ihr seid beide unmöglich. Sieh nur, was du angerichtet hast, Thankful Seagraves!«

Doch Concepción hatte ihnen den Rücken gekehrt und war auf den Dachboden gestiegen. Sie musste die Vorhänge für ihr neues Fenster besticken. Die Witwe Cole hatte sie beauftragt, für Samuel Sewall zwei Dutzend spitzengesäumte Taschentücher aus feiner Mantuaseide mit seinen Initialen – zwei verschlungenen S in Frakturschrift – zu besticken. Dafür hatte sie vier Ellen schweren seidigen Sarsenet in Himmelblau erhalten, auf den sie eine Landschaft mit zwei schneegekrönten Vulkanen stickte. Schmetterlinge und Libellen würden über den Vulkanen und den spitzen Blättern der Agaven zu ihren Füßen dahinfliegen. Unter einem Stein lugte eine Eidechse hervor.

Erst als alle gegangen waren, fiel ihr auf, dass Jerónima nicht mitgekommen war. Sie hatte nicht ein einziges Mal an das Mädchen gedacht. Zum ersten Mal, solange sie denken konnte, hatte das Kind nicht im Mittelpunkt ihrer Aufmerksamkeit gestanden. Die Vorstellung, sie könnte ihre Tochter vergessen, machte ihr Angst, doch das war gewiss unmöglich. Vielleicht bedeutete es nur, dass ihre Tochter nicht mehr der einzige Grund zu leben war.

40. Kapitel

Jemand trat mit dem Fuß nach ihr. Einen Moment lang glaubte Concepción, es sei der alte Mann, und wollte schon zurücktreten, doch dann schob sich ein kleiner kalter Fuß unter ihr Bein, und ihr fiel wieder ein, dass sie mit Jerónima auf dem Dachboden lag. Im Halbschlaf berührte Concepción das Gesicht des Mädchens. Es hatte mitten in der Nacht seine Mütze verloren, und die kleinen Ohren waren steif geworden; sein ganzes Gesicht war kalt wie Stein. Concepción zog dem Kind die Tagesdecke über den Kopf und küsste es auf die Wange.

»Du piekst mich!«, wimmerte das Mädchen ins Kissen, und Concepción merkte, dass sie den Ellbogen in Jerónimas Seite gebohrt hatte.

»Pst, schlaf weiter«, flüsterte sie dem Mädchen ins Ohr. »Mama steht auf und schreibt einen Brief. Du kannst ruhig schlafen, *bebita*.« Sie steckte die Decke fest um Beine und Schultern des Mädchens, das zusammenzuckte und sich zu einer Kugel rollte.

Concepción nahm ein mit Schwefel überzogenes Stäbchen aus der Zunderbüchse, rieb es, bis es Funken schlug und eine Flamme an der Spitze aufloderte. Dann zündete sie die Blechlampe auf der großen Kiste an, die sie als Tisch benutzte. Ihre Zähne klapperten so sehr, dass ihr Kopf wehtat. Der Februar war bei weitem der kälteste Monat, doch ihre Tochter schlief immer barfuß und streckte die kleinen Beine unter der Decke hervor. Concepción zog die dickste Wollhose unter ihre drei Unterröcke, trug Hemd und Weste bis zum Kinn geknöpft, einen Schal um den Hals und eine

Wollmütze bis über die eisigen Ohrläppchen. Sie war zu müde gewesen, um am Abend den Schlamm von ihren Schuhen zu kratzen, und spürte nun, obwohl sie zwei Paar Strümpfe trug, die Klumpen unter ihren Sohlen. Wangen und Nase waren halb erfroren, doch wenigstens hatte das Zittern aufgehört, und das Eis in ihrer Brust begann zu tauen. Sie löste den Riemen, mit dem das Schreibpult verschlossen war, und holte einen Gänsekiel, zwei Blätter und die kleinste Tintenstange heraus, die sie im Herbst gemacht hatte. Dann steckte sie alles in die Schürzentasche.

Ein kalter Luftzug pfiff durch den Kamin. Kein Wunder, dass es im Häuschen so kalt geworden war. Sie hatte vergessen, den Rauchfang zu schließen, als sie am Abend die glühenden Kohlen mit Asche abgedeckt hatte, und die Glut war über Nacht gänzlich erloschen. Nun würde es länger dauern, das Feuer wieder zu entfachen. Sie stieg die Leiter in die Küche hinunter, in einer Hand die Lampe. Ihre steifen Knochen schmerzten. Manchmal versetzte sie das Klettern auf der Leiter wieder auf das Piratenschiff. Sie verscheuchte den Gedanken, bevor eine Welle düsterer Erinnerungen sie überkam: an die Überfahrt von Neuspanien nach Neuengland und Aléndulas Knochen, die auf dem Meeresboden ruhten. Heute hat meine Tochter Geburtstag, ich muss glücklich sein, mahnte sie sich.

Sie richtete frische Scheite zu einer Pyramide auf, zündete das Anmachholz am Lampendocht an und betätigte den Blasebalg, bis die Flammen aufloderten. Dann fügte sie eine Handvoll trockener Maishülsen hinzu, um das Feuer anzufachen. Im Häuschen waren nur das Knistern der Kiefernscheite, das Schnarchen des alten Mannes und die heulenden Wölfe im nahe gelegenen Wald zu hören.

Als sie die Wölfe hörte, dachte sie besorgt an Pecas. Sie schlief im Erdkeller, wenn das Wetter umschlug, stand aber wie Concepción früh auf und jagte in den dunklen Morgenstunden. Sie hätte die Katze hereingelassen, fürchtete aber, der alte Mann könnte aufwachen und ihr die einzige Zeit, die zum Briefeschreiben blieb, verderben. Wenn sie später in den Keller ging, um Kartoffeln für das besondere Frühstück zu holen, würde sie nach der Katze sehen und ihr ein Stück vom Pudding bringen, das sie vom Abendessen aufgehoben hatte.

Sie setzte sich auf die Bank, den Rücken zum Feuer, und rieb die Handflächen aneinander, um ihre Finger aufzuwärmen. Die Tinte fühlte sich wie ein Eisklumpen an. Sie schabte etwas von der schwarzen Stange in einen Napf und vermischte es mit Speichel. Schon bildete sich ein dünner Eisfilm auf der Tinte. Das Zwielicht wurde klarer, und sie bemerkte, dass innen am Fenster Eisblumen wuchsen. Der Hof draußen wirkte grau und verlassen.

Einsamkeit war ihr tägliches Brot, doch heute war ihr vollkommen trostlos zumute. Sie hatte Tituba vor vier Jahren zuletzt gesehen, und seit sie den alten Mann geheiratet hatte, sprachen weder Sara Moor noch Mary Black mit ihr. Das Gleiche war ihr im Kloster widerfahren. Als Mestizin war sie nicht rein genug, um Novizin zu werden, stand aufgrund ihres spanischen Blutes aber über den schwarzen Sklavinnen und indianischen Mägden und wurde somit von niemandem akzeptiert. Nur Aléndula, die im Schuppen eingesperrt war, konnte ihre Freundin werden.

Es ist Jerónimas Geburtstag, der mich so melancholisch macht, dachte sie. Er beschwor Erinnerungen an das Piratenschiff herauf, an Aléndulas Krankheit, die Flucht aus dem Kloster, ihr Leben als Madres Schreiberin und Helferin und, am schmerzlichsten von allen, an ihre eigene Mutter, die sie ins Kloster gebracht und Mexiko verlassen hatte, ohne sich von ihr zu verabschieden. Ihr war nur eine Nachricht geblieben, die an Madre gerichtet war, nicht an sie selbst, und in der sie den Grund für ihr Weggehen erklärte. Es hatte damit zu tun, dass sie Concepcións Vater heiraten und mit ihrem Mann im Norden ihr Glück machen wollte.

Manchmal fragte sich Concepción, was wohl im Norden aus ihrer Mutter geworden war. Hatte sie weitere Kinder geboren? War sie am Leben oder schon tot? Sor Juana hatte vermutlich weitergelebt wie zuvor, mit ihren Aufträgen, den aristokratischen Gästen im Besuchszimmer des Klosters und ihrem Ärger mit der Kirche. Concepción hatte sich dazu gezwungen, ungeheuer viel zu vergessen, und musste das meiste mit dem Gänsekiel gewaltsam ihrem Gedächtnis entreißen. Geblieben war nur die Erinnerung, wie sie Sor Juanas Manuskripte abgeschrieben hatte und zu Aléndula in den Schuppen geschlichen war, an das letzte Gespräch mit Madre an dem Abend, bevor sie und Aléndula aus dem Kloster flohen, und an die lange Reise nach Veracruz.

Ihr Bauch knurrte vor Hunger, und der Hunger erinnerte sie an Jane, Madres Sklavin im Kloster, die auf dem *metate* Maismehl für Tortillas, Tamales und *champurrado* gemahlen hatte, grüne Chilischoten für Eintöpfe und rote für Saucen röstete, Gewürze mahlte, Früchte entsaftete und Schokolade kochte. Wie gut hätte ihr an diesem Morgen Janes schaumige heiße Schokolade getan. Oder eine dampfende Schale der Suppe aus Maismehl und Kutteln, von der Madre behauptete, sie verbrenne einem die Zunge mit ihrer Würze. Concepción roch geradezu den Safran und Knoblauch in Janes Küche. Was war aus ihr geworden? Hatte sie ihre Schwangerschaft zu Ende gebracht? Hatte Madre sie weggeschickt? Jane mit der scharfen Zunge, dem unsteten Blick und der durchdringenden Stimme einer Marktfrau, die ihre Klatschgeschichten wie Gemüse auf dem Diebesmarkt feilbot. »Männer haben eine Schwäche«, pflegte sie zu sagen. »Und sie hängt immer an der gleichen Stelle.«

Dann war Jane schwanger geworden und Madre zornig, und sie wollte Jane zurück in das Haus in Panoayán schicken, in dem sie aufgewachsen war.

»Ich kann kein Kind in meinem Quartier dulden. Es würde mich zu sehr ablenken.«

»Warum muss ich denn auch gehen, Madre?«

»Es sind schlimme Zeiten für das Kloster, Concepción. Der Erzbischof hasst mich, und die neue Mutter Oberin macht mir das Leben schwer. Ich habe Gerüchte gehört, sie wolle dich wegholen, sobald sie ihr Amt angetreten habe. Dagegen kann ich nichts tun, da du dem Kloster verpflichtet wurdest und nicht mir persönlich. Sie könnte dich gegen meinen Willen ans Armenhaus verkaufen. Warum gehst du nicht mit, Concepción, wenn meine Schwester kommt, um Jane ins Haus meiner Mutter in Panoayán zu bringen?«

»Aléndula möchte, dass ich mit ihr in einen Ort namens San Lorenzo de los Negros gehe, ein Dorf bei Veracruz, in dem nur *cimarrones* leben. Dort wohnen ihre letzten Angehörigen.«

»Hast du den Ort in einem Atlas nachgeschlagen?«

»Er steht nicht im Atlas, Madre. Es ist ein Dorf für entflohene Sklaven.«

»Schreibkundig, wie du bist, könntest du in Panoayán meine Mutter unterstützen. Sie kann hervorragend mit Zahlen umgehen, aber nicht schreiben, und du wärst für ihre Korrespondenz verantwortlich oder könntest als selbständige Schreiberin arbeiten. Dich als Kalligraphin verdingen. Vielleicht könntest du sogar in der Amigas-Schule unterrichten, wenn ich dir ein Empfehlungsschreiben mitgebe. Möchtest du nicht selbst entscheiden, was du mit deinem Leben anfängst, Concepción?«

»Wenn ich dorthin gehe, wohin Ihr mich schicken wollt, Madre, entscheide ich nicht selbst über mein Leben. Ich möchte Euch nicht verlassen. Ich möchte niemand anderem dienen als Euch. Doch wenn Ihr sagt, ich müsse das Kloster verlassen, ginge ich lieber mit Aléndula in ihr Dorf der *cimarrones*, in dem alle frei sind.«

»Und wie willst du deine Freundin von ihren Ketten befreien?«

»Ich kann die Torwächterin bestechen, damit sie mir die Schlüssel gibt.«

»Dazu brauchst du Geld.«

»Ja, aber nicht für die Bestechung. Die Torwächterin lässt sich nur mit einem Brief von Euch bestechen oder, besser noch, von der Vizekönigin.«

»Gütiger Gott, hast du etwa hinter meinem Rücken mit ihr ein Komplott geschmiedet?«

»Nein, Madre, aber ich weiß, dass es der einzige Weg ist, um Aléndula zu befreien.«

»Ich sehe, du hast deine Flucht schon geplant.«

»Ich habe gar nichts geplant, Madre. Aber es ist nicht gerecht, dass Aléndula so leiden muss. Ihr solltet sehen, wie übel Sor Agustina sie behandelt. Warum muss sie sie mit der Peitsche schlagen, die Löcher in ihre Haut reißt? Und dann lässt sie sie ein fürchterlich verlaustes härenes Hemd tragen, das an den Wunden reibt, wenn sie auf dem Feld arbeitet. Das ist grausam, Madre. Ich muss ihr irgendwie helfen. Aléndula sagt, ich würde auch eine *cimarrona* und könnte mit ihr in das Dorf gehen, wenn ich sie von ihren Fesseln befreie.«

»Mir war nicht bewusst, dass es so schlimm um deine Freundin steht.«

»Ihr wolltet nicht, dass ich darüber spreche, Madre; Ihr sagtet, sie lenke mich von meiner Arbeit ab.«

»Und du bist sicher, dass du die Torwächterin mit einem Brief von mir bestechen kannst?«

»Ganz sicher, Madre. Sie möchte sich bei der neuen Äbtissin lieb Kind machen.«

»Dann soll sie haben, was sie möchte. Allerdings werden wir ihr einen kleinen Streich spielen. Fertige eine neue Abschrift meines Gedichtes über die *hombres necios* an, aber in schlichter Schrift, damit es wie ein Brief der Vizekönigin an mich aussieht. Den gibst du der Torwächterin. So wird niemand die Schuld bei mir suchen, wenn du mit der Gefangenen entflohen bist. Zunächst jedoch möchte ich dich zu einer Schachpartie herausfordern, Concepción.«

»Schach, Madre? Gerade jetzt?«

»Ich möchte, dass du dir noch einmal überlegst, ob du nicht doch nach Panoayán gehen willst. Ich finde es schrecklich, seine Bildung in einem gottverlassenen Dorf fern jeder Zivilisation zu verschwenden. Wenn ich gewinne, gehst du nach Panoayán; gewinnst du, kannst du gehen, wohin du willst.«

»Das ist nicht gerecht, Madre. Ihr gewinnt ja immer.«

»Dann überlasse ich dir Weiß, damit du den ersten Zug hast.«

Concepción spielte nur halbherzig. Sie verlor Springer, Läufer und Turm und bemerkte kaum, dass auch Sor Juana mehr Figuren als üblich verlor. Beide waren so in ihre Gedanken vertieft, dass sie nicht auf die Sanduhr achteten, die die Zeit ihrer Züge bemaß. Und dann veränderte sich etwas. Madres schwarze Dame schlug Concepcións letzten verbliebenen Springer, wodurch Madre in die peinliche Lage geriet, dass Concepción sie mit einem Bauern schlagen konnte. Da die mächtige schwarze Dame ausgeschaltet war, konnte Concepcións weiße Dame Madres Verteidigungsreihe aus Läufern durchbrechen und alsbald den schwarzen König schachmatt setzen. Doch Concepción verspürte keinen Triumph, weil sie wusste, dass Madre absichtlich verloren hatte.

»Ich habe dich gewinnen lassen, aber nur, weil mich deine Logik überzeugt hat. Was immer ich für das Beste halte, du solltest selbst entscheiden, welchen Weg du einschlägst. Niemand würde eine Reise unternehmen, wenn er vorher über die Gefahren des Meeres nachdächte. Doch merke dir eins, Concepción: Nur weil du dem Kloster entfliehst und deiner Freundin in das Dorf der entlaufenen Sklaven folgst, darfst du nicht den Fehler begehen, dich für eine freie Frau zu halten. Es liegt in der Logik der Männer, die Frauen zu versklaven, Concepción. Ob durch Ketten, Treueschwüre oder Kinder – wir sind immer versklavt durch das Schicksal, das die

Männer unserem Körper auferlegt haben. Solange Männer die Welt beherrschen, sind Frauen zur Gefangenschaft verdammt. Dies ist der Käfig, in dem jede Frau geboren wird, egal ob sie Kreolin oder Mestizin, Dienstmagd oder Nonne ist. Du wirst niemals frei sein, Concepción.«

»Aber habt Ihr Euch nicht selbst befreit, als Ihr ins Kloster eingetreten seid?«

»Siehst du den Ring an meinem Finger, Concepción? Ich bin nicht frei. Ich habe Christus geheiratet. Treueschwur bleibt Treueschwur, ob wir ihn einem lebenden Menschen oder einem Bild am Kreuz leisten.«

»Gibt es denn gar kein Entrinnen, Madre?«

»Du kannst nur hoffen, dass das Fleisch stirbt, das Bild aber ewig lebt.«

Auch der Tod ist kein Ausweg, Madre, würde sie heute sagen. Ich habe es versucht, und es ist misslungen.

Sie bemerkte, dass die eisigen Spuren auf ihrem Gesicht Tränen waren. Sei nicht töricht, Concepción, mahnte sie sich. Die Erinnerungen schwächen dich nur. Und heute musst du stark sein. Jerónima hat Geburtstag.

Sie rührte mit dem Gänsekiel in der eisigen Tinte und begann zu schreiben.

41. Kapitel

22. Februar 1691/92

Querida Madre,

heute ist der achte Geburtstag meiner Tochter, und ich bin in Gedanken mehr bei Euch als bei Aléndula. Die Hähne beginnen zu krähen und erinnern mich an die verrückten Gockel, die im Hof des Klosters umherliefen und alle weckten, bevor die Glocken von San Jerónimo und aller Kirchen in der Stadt zum ersten Gottesdienst riefen. Ich weiß noch, wie sehr Ihr es verabscheut habt, nach nur drei oder vier Stunden Schlaf aufzustehen, denn wir beide hatten wie immer bis spät in die Nacht gearbeitet. Doch Ihr musstet Euch anziehen und in den Chor schleppen, um dort mit den anderen Nonnen die Gebete der Prim zu singen. Ich erinnere mich daran, wie träge und schlecht gelaunt Ihr wart, so dass nicht einmal die heiße Schokolade, die Jane für Euch bereitete, Eure Stimmung aufhellen konnte. Ach, wüsstet Ihr nur, wie gern ich gerade jetzt mit Euch in Mexiko im Kloster leben würde. Ich frage mich, wer Euch die morgendliche Schokolade zubereitet. Wer noch lange nach dem Abendläuten aufbleibt, um ein Diktat aufzunehmen und Manuskripte abzuschreiben. Wer massiert Euch nun, da ich nicht mehr da bin, wenn Ihr unter einem Hexenschuss leidet? Vermisst Ihr mich auch?

Heute ist der Geburtstag meiner Tochter, und ich muss mich von dieser Melancholie befreien. Könnt Ihr Euch vorstellen, wie ich als Mutter bin? Leicht ist es mir nicht gefallen. Zuerst begriff ich nicht einmal, dass ich das Kind, das in mir heranwuchs, überhaupt wollte oder liebte, denn es wurde mir durch die Gewalttat eines Piraten eingepflanzt. Als es geboren wurde, änderte sich alles, und ich erkannte, dass Jerónima das Einzige war, das mir gehören würde, hier in dieser seltsamen Welt, in die man mich gegen meinen Willen gebracht hatte. Aber ich habe alles verloren – meinen Namen, meine Sprache, meine Freiheit, sogar mein Kind, das verzweifelt an meiner goldhaarigen Herrin hängt und nicht an der Mischlingssklavin (denn als die gelte ich hier, wenngleich ich durch meine Heirat befreit wurde), die es geboren hat. Unheimlich ist, dass mein Kind Rebecca mit jedem Jahr ähnlicher sieht. Es ist ganz und gar golden. Sein Haar ist golden, seine Augen sind wie Bernstein, ähnlich denen des Piraten, und seine Haut hat die Farbe von reifem Weizen. Obwohl Ihr ihre Namenspatronin seid und ich ihre Mutter, lehnt Jerónima alles ab, was papistisch ist – so nennen sie uns Katholiken hier, weil wir angeblich den Papst verehren, der nichts anderes sei als der Teufel in Menschengestalt und prachtvoller Kleidung.

Dennoch liebe ich meine bebita. *Sie ist mein Fleisch und Blut, selbst wenn man sie gegen mich aufhetzt. Rebecca hatte erwartet, dass das Kind kränklich oder missgebildet sei, weil ich bei meiner Ankunft fieberte. Aber meine Jerónima war beinahe vollkommen, nur ein kleiner Teil ihres Körpers ist betroffen, der rechte Fuß war dünn und gebogen wie eine Spielzeugsichel. Die Hebamme sagte, sie werde ihr Leben lang verkrüppelt bleiben, aber ich habe die Jungfrau angefleht, sie zu heilen, und wurde sogar hier in der Fremde erhört. Ich verband Jerónimas winzigen Fuß mit Binden, die ich in Stärke getränkt hatte, und ließ ihr besondere hölzerne Schuhe anfertigen, in deren Sohle die Form eines gesunden Fußes geprägt war. Monat um Monat konnte ich sehen, wie ihr Füßchen zunehmend gerader wurde. Am Ende ihres ersten Lebens-*

jahres konnte sie allein stehen, nur ihre Fußabdrücke waren noch ungleich. Sie lernte zu gehen, zu laufen und zu klettern wie jedes andere Kind. Nun, da ihr achter Geburtstag bevorsteht, wird ihr die Geschichte mit dem Fuß allmählich peinlich. Ich habe beobachtet, wie sie mit Caleb und seinen Freunden auf dem Common Nachlaufen spielte. Die Kinder nennen sie Squaw und Krummfuß und machen Indianergeschrei, wenn sie ihr nachlaufen. Einmal bewarf Caleb sie vor der Scheune mit Hühnerfedern.

»Ich bin keine Rothaut«, kreischte sie, und ich wollte schon nach draußen laufen. Er hatte sie nämlich an ein Fass gebunden und versteigerte sie, wie er es bei den Erwachsenen in der Stadt gesehen hatte, die am Hafen die Afrikaner und indianischen Frauen versteigern. Doch ich blieb im Haus. Sie will nicht, dass ich ihre Mutter bin. Man hat mein eigenes Kind, das in meinem Körper heranwuchs, gelehrt, mich zu fürchten und zu verachten.

Wenn wir allein sind, Jerónima sich in Kalligraphie oder Stickerei übt und ich meine Handarbeiten oder die Buchhaltung erledige, ist sie sehr still, fast wie ein Püppchen. Sie weigert sich, spanisch zu sprechen, obwohl sie es recht gut versteht. Ich spreche nur spanisch mit ihr, wenn niemand dabei ist. Es ist ein Geheimnis, das sie unfreiwillig mit mir teilt. Dann und wann darf ich ihr aus einem Märchenbuch vorlesen, das Rebecca ihr geschenkt hat, aber nur, wenn sie krank ist, was bei ihrem kräftigen kleinen Körper selten vorkommt. Obwohl sie darauf besteht, allein zu baden, und meine Berührungen meidet, darf ich ihr die Haare flechten und den kranken Fuß mit einer Salbe massieren, die die Krämpfe lindert, unter denen sie bei großer Kälte oder Überanstrengung leidet. Sie gibt es nicht zu, freut sich aber über die Schürzen und Halstücher, die ich für sie mit fremdartigen Vögeln und Blumen besticke. Sie bewundert die Stickarbeiten und Farben, aber ich glaube, Rebecca möchte nicht, dass sie etwas davon trägt.

Am meisten hasst Jerónima meinen Akzent und lässt mich,

wenn wir gemeinsam in die Stadt gehen, nicht einmal ihren Namen sagen. Sie sagt, sie hasse es, wie ich ihn ausspreche, mit jenem Rachenlaut, der meine fremde Zunge verrät. Meine arme Jerónima – wie sehr sie es verabscheut, das Kind einer Fremden zu sein. Sie sieht überhaupt nicht aus wie ich, ist nicht mein Abbild, so wie ich das Abbild meiner Mutter war. Meine Mutter und ich trugen gleiche Kleidung, banden sogar ein Haarband in derselben Farbe in unsere Zöpfe, trugen gleiche Ketten und Ohrringe und gleiche Schönheitspflästerchen auf der gleichen Wange. Ich ahmte sie in allem nach. Selbst jetzt, in diesem fremden Leben, imitiere ich ihre Gesten, spreche zu Jerónima, wie meine Mutter zu mir gesprochen hat, nenne sie hija de mi alma, pedazo de mi corazón, niña de mis ojos, chiquita, linda, preciosa. *Ich dachte, Jerónima wolle eine Miniaturausgabe von mir sein, so wie ich eine Miniaturausgabe ihrer Großmutter war. Vielleicht wäre es auch so gekommen, wenn ich sie in Mexiko zur Welt gebracht hätte und sie nicht in einem Land aufwüchse, in dem man sie lehrt, die eigene Mutter zu fürchten.*

Manchmal nennt mich Jerónima Mama, aber nur, wenn wir allein sind und sie aus einem Albtraum aufschreckt. Sie möchte, dass Rebecca ihre Mutter ist. Ich mache ihr keinen Vorwurf. Wenn sie wütend ist, weil ich so anders bin, nennt sie mich Indianerin. »Du bist so hässlich«, sagt sie. »Du bist nur eine Indianerin. Du bist nicht meine Mutter. Du bist eine Lügnerin. Ich will dich nicht.« Es bricht mir das Herz, weil es so verwirrt ist, das Kind meiner Seele, der Teil meines Herzens, mein Augapfel, meine Kostbarkeit.

Ich höre, wie Jerónima sich regt, und beende den Brief, bevor sie aufwacht. Ich glaube, ich werde ihr das Geschenk erst nach dem Frühstück geben – das Maishülsenpüppchen zu ihrem achten Geburtstag. Nach dem Zwischenfall bei Mary Glovers Prozess vor vier Jahren hat sie nie mehr solche Freude an den

Püppchen gehabt, die ich ihr jedes Jahr bastle, und daher sollte dieses etwas ganz Besonderes sein. Es trägt einen roten Rock, eine weiße Bluse, eine grüne Schärpe – die bunten Kleider einer china poblana. *Ich habe eine echte Haarsträhne meiner Tochter verwendet und goldene Zöpfe mit roten Bändern geflochten. Dann habe ich ein Stück gestärkter Spitze als sternförmigen Turban um den Kopf der Puppe gewickelt. Die Schürze ist aus gelber Seide, mit acht winzigen Schildkröten in verschiedenen Grüntönen bestickt, die von einem roten Herzen umgeben sind. Ich war versucht, dem Püppchen ein Gesicht zu sticken, genau wie den anderen, entschied mich aber dagegen. Ich stickte auch nicht den Namen auf die Schürze, da »Juana Jerónima« ihr so sehr missfällt und ich mich weigere, sie Hanna Jeremiah zu nennen. Auf die Rückseite werde ich im kleinsten Kreuzstich, den ich beherrsche, »Concepción Benavídez« sticken. Ich hoffe oder bilde mir ein, dass die Püppchen eines Tages für sie an Wert gewinnen; dass sie sie vielleicht sogar an ihre eigenen Kinder weitergibt und sich an die Mühe erinnert, die ich mir mit ihnen gegeben habe.*

Rebecca und Caleb kommen zum Frühstück. Ich muss noch Eier einsammeln und Kartoffeln für die tortilla española *ausgraben, die ich zubereiten werde. Was würde ich für gutes Olivenöl geben, um die Kartoffeln zu braten, und etwas Chorizo, um die Eier zu würzen. Die Würstchen, die sie hier verwenden, nennen sich Black Pudding und schmecken viel zu sehr nach Innereien. Heute wird es keinen Pudding geben, nur Eier, Kartoffeln, Knoblauch und in Gänseschmalz gebratene Zwiebeln. Immerhin kann man hier Schokolade machen, für die sie jedoch Milch statt Wasser verwenden, was einen schöneren Schaum ergibt als in Mexiko. Ich muss auf Gevatterin Thorn, die Milchfrau, warten, die auf ihrer täglichen Fahrt nach Boston an unserem Hof vorbeikommt. Auf dem Rückweg nimmt sie die Eier mit, die ich gegen ihre Milch tausche. Dieses Handelssystem würde in Mexiko wohl nicht funktionieren, weil es dort zu viele hungrige Menschen und zu viele Diebe gibt, die nur auf ihren Vorteil warten.*

Ich weiß nicht, wie Euer Leben jetzt verläuft, Madre, aber wie Ihr seht, befinde ich mich in einer völlig anderen Welt und verdanke es nur meinen Erinnerungen an Mexiko, an das Kloster und an Euch, dass ich mich nicht selbst verloren habe.

Erinnert Ihr Euch an mich? Das wüsste ich gern.

Concepción

42. Kapitel

Der Wolf war wieder da. Den ganzen Sommer über hatte Concepción seine Spuren in den Erdbeer- und Gemüsebeeten entdeckt. Der Wolf schlich gern um den Hühnerstall, um zu erschnüffeln, wie er hineingelangen und die armen Vögel in Schrecken versetzen könnte. Einmal hatte er sich unter dem Stall hindurchgegraben, so dass Concepción am nächsten Morgen ein Schlachtfeld vorfand: mit Blut und Eigelb verschmierte Federklumpen und die verstümmelten Körper von Kapaunen und Hähnchen. Das Unglück hatte ihr weitere Schulden in Greenwoods Buch eingetragen und eine geschwollene Lippe obendrein. Nur die Hähne hatten den Angriff unbeschadet überstanden, da sie durch den Graben geflohen und frei auf dem Hof gelaufen waren, während der Wolf das Massaker anrichtete. Die Gevatterin Thorn hatte behauptet, man könne Wölfe nur fernhalten, indem man Knoblauch um den Stall pflanzte, worauf Concepción einen ganzen Sonntag damit zubrachte, einen flachen Graben um den Stall zu ziehen, in den sie Knoblauchzehen setzte. Inzwischen war der Hühnerstall hinter dem Schirm aus getrockneten Knoblauchstängeln kaum noch zu erkennen, und die Eier, die sie auf dem Markt verkaufte, schmeckten durchdringend nach Knoblauch. Der Wolf war mit Beginn der Herbstregen ausgeblieben, im Winter aber zurückgekehrt und saß nun schamlos vor ihren Augen da, am helllichten Tag. Concepción stürmte nach draußen, schwang den Besen wie eine Sichel und brüllte: »*¡Me la vas a pagar, lobo maldito!* Das wird dir noch leidtun, verdammter Wolf!«

Der Wolf drückte sich gegen die Scheune, schaute sie ruhig an, die Augen wie Bernstein im schmalen grauen Gesicht. Ihr zitterten die Knie, und ihr Handgelenk schmerzte, so fest umklammerte sie den Besen. Der Wolf ließ die rote Zunge heraushängen, die weißen Spitzen der Eckzähne lugten hervor. Sie hielt den Besenstiel mit beiden Händen und stieß nach dem Wolf. Er senkte den Kopf, legte die Ohren an und duckte das Hinterteil, als wollte er angreifen. Ohne zu überlegen, warf sie den Besen nach ihm. Er prallte gegen die Scheunenwand. Der Wolf schoss davon, sprang über den Zaun und rannte in den Wald, wobei sein buschiger Schwanz über die matschige Straße schleifte.

Concepción wusste nicht, dass man sie beobachtet hatte.

»Eine erstaunliche Vorstellung, Polly, findest du nicht? Besenstiele, die am helllichten Tag durch die Luft fliegen!«

Die Gevatterin Thorn und ihre Magd Polly Griffin standen in der eisigen Morgenkälte mit ihren Wassereimern auf der Straße, dampfende Atemwolken vor dem Gesicht.

»Thankful Seagraves!«, rief Polly Griffin. »Ich wusste gar nicht, dass du dich so gut mit Wölfen verstehst.«

»Ihr Klatschmäuler solltet euch um eure Angelegenheiten kümmern«, erwiderte sie. Nun, da sie Mistress Webb war, konnte sie furchtlos ihre Meinung sagen. Sie kehrte ihnen den Rücken und holte den Besen. Erst da bemerkte sie, dass Jerónima barfuß auf der Schwelle stand und den Wortwechsel mit angehört hatte.

»Sei auf der Hut, kleines Mädchen«, rief die Gevatterin Thorn ihr zu. »Wenn Besen schweben, darf die Hex' nicht leben. Man redet von Hexerei im Dorfe Salem; sollte dir das entgangen sein, Thankful Seagraves?«

»Was ist Hexerei?«

»Hast du das gehört, Polly?«, höhnte die Gevatterin Thorn.

»Frag den Wolf, Thankful Seagraves«, rief Polly Griffin über die Schulter gewandt. »Der Wolf wird es dir sagen.«

43. Kapitel

Aussage der Gevatterin Mehitable Thorn aus Roxbury
Boston, Massachusetts Bay Colony
1 (3) 1691/92

Polly Griffin sagt, es sei ein Besenstiel gewesen. Seid Ihr dessen gewiss, Mehitable?

Reverend Mather, Sir, ich muss doch bitten, ich benutze mein Leben lang einen Besen. Ich weiß, wie ein Besenstiel aussieht.

Und Ihr sagt, sie habe ihn über den Scheunenhof fliegen lassen?

Das hat sie getan, Sir. Geradeaus wie einen Pfeil. Und sie brabbelte dabei mit dem Wolf, Sir, als wären sie miteinander vertraut, nur sah der Wolf nicht allzu glücklich aus, als sie den Besenstiel nach ihm warf.

Und was hat der Wolf dann gemacht, Gevatterin Thorn?

Wird irgendetwas davon gegen mich verwendet, Sir?

Wie kommt Ihr auf diesen Gedanken, Mehitable? Euer Ruf steht hier nicht auf dem Spiel. Der Protokollbeamte tut nur seine Pflicht und schreibt Eure Aussage für die Gerichtsakten mit.

Polly Griffin und ich haben es mit eigenen Augen gesehen. Der Wolf stand auf den Hinterbeinen und ging davon, Sir. Wie ein Mensch.

Wie ein Mensch, sagt Ihr?

Auf zwei Beinen, Sir. Da wussten wir, dass es kein gewöhnlicher Wolf war.

Was glaubt Ihr denn, was es war?

Bitte, Sir, das ist kein Scherz. Wir beide wissen, dass nur der Teufel sich in der Haut eines Tieres verbergen und das Tier auf zwei Beinen laufen lassen kann. 's war der Teufel, mit dem sie so vertraut gesprochen hat, das ist meine Meinung, Sir.

Der Teufel in Wolfsgestalt also? Habt Ihr das gesehen, Gevatterin Thorn?

Daran ist kein Zweifel, Sir. Und Thankful Seagraves sprach in ihrer merkwürdigen Zunge mit dem Teufel.

Ihr sagt, sie habe die papistische Sprache gesprochen, Mehitable.

Das muss mir entfallen sein, Sir. Aber es war Papistisch, denn als sie dem Wolf etwas zugerufen hat und weder Polly noch ich selbst einen Sinn darin finden konnten, wussten wir, dass sie mit dem Teufelswolf kein Englisch sprach.

Gibt es noch andere Tiere, mit denen sie vertraut ist, Gevatterin Thorn?

Ja, Sir. Sie hat immer eine weiße Katze mit großen schwarzen Flecken an ihrer Seite. Einmal haben wir gesehen, wie sie genau vor der Tür in Ohnmacht fiel und die weiße Katze an ihrem Mund saugte, als wollte sie ihr den Atem aus dem Körper reißen.

Wann ist das gewesen, Gevatterin Thorn?

Vor langer Zeit, Sir.

Für uns ist es von größter Bedeutung, bei diesen Aussagen ganz präzise vorzugehen. Wir werden uns in Neuengland an die Heilige Schrift halten, ob König Jakob unsere Charta wieder einsetzt oder nicht. Also prüft noch einmal Euer Gedächtnis, Mehitable, und sagt uns, wann Ihr die Katze an den Lippen der Thankful Seagraves habt saugen

sehen. Wie Ihr wisst, ist sie mit einem Kirchenältesten verheiratet, und wir dürfen sie auf keinen Fall unrechtmäßig beschuldigen.

Damals war sie noch nicht Mrs Tobias Webb; das weiß ich genau.

Also geschah der Zwischenfall mit der Katze vor ihrer Heirat?

Lange vorher, Sir. Noch bevor ihr Balg geboren wurde.

Das Kind ist ... wie alt ... zehn Jahre, Gevatterin Thorn? Und Ihr habt dieses Wissen die ganze Zeit mit Euch herumgetragen, ohne es zu melden?

Hab gedacht, es hätte nichts zu bedeuten, Sir, außer dass eine Katze ihr den Atem stehlen wollte, wie Katzen es mit kleinen Kindern tun. Doch ich komme nun schon all die Jahre ständig an ihrem Haus vorbei, wenn ich zum Neck gehe, und ich sehe, was sie dort tut, Sir, wie sie den alten Tobias um den Finger gewickelt hat, wie sie die Erde mit ihrer schwarzen Magie bearbeitet, so dass sie als Einzige in Roxbury das ganze Jahr über Mais im Garten hat und Kürbisse groß wie Fuhrwerke und eine halbe Rute lang. Selbst die Eier und Hühner, die sie verkauft, sind verflucht. Stinken alle nach Knoblauch, und wir wissen ja, dass Knoblauch ein Hexenkraut ist.

Seid Ihr sicher, dass Ihr die Frau Eures Nachbarn nicht deshalb beschuldigt, weil Ihr sie um ihr gärtnerisches Geschick beneidet, Gevatterin Thorn?

Das kränkt mich, Sir, ich bin nicht neidisch auf Thankful Seagraves. Eher empfinde ich Angst, um mich und alle anderen Nachbarn und vor allem um Tobias Webb. Der alte Narr hat sich vermutlich verhexen lassen, ohne dass er's weiß.

Also beschuldigt Ihr Thankful Seagraves, Tobias Webb verhext zu haben?

Die Winden haben mich darauf gebracht, Sir.

Welche Winden?

Das Haus ist fast gänzlich mit Zaunwinde bewachsen, Sir. Ein Wunder, dass sie überhaupt noch die Tür öffnen kann oder ihr modisches Fenster. Hübsche Blüten, wie bei Trompetenblumen, aber sehr giftig, Sir, für jene, die den Unterschied erkennen. Natürlich kann man sie auch für andere Dinge benutzen.

Und die wären, Gevatterin Thorn?

Gibt man eine Prise Zaunwinde in einen warmen Milchtrunk, verursacht sie Hitze in den Lenden, Sir. Ganz zu schweigen von dem süßen Nichts, das durch den übermäßigen Verzehr eines Pulvers hervorgerufen wird, das man aus der Nachtkerze herstellt. In der Tat habe ich gesehen, wie sie daraus einen Salat bereitete, Sir.

Sie baut also diese Nachtkerze ebenso wie die Zaunwinde an?

Ich sage Euch, Sir, Ihr könnt das Häuschen kaum noch erkennen, es erstickt unter den Zaunwinden.

Wollt Ihr damit andeuten, dass diese Papistin Tobias Webb Tränke und Pulver verabreicht, um seine Lenden zu beleben, Mehitable?

Das würde die Ehe erklären, Sir.

In der Tat, Mehitable, das würde sicherlich die Ehe erklären. Es ist gut, dass Ihr mit Euren Sorgen und Beobachtungen zu uns gekommen seid, Gevatterin Thorn. Gibt es sonst noch etwas?

Für jetzt wäre es alles, aber ich behalte die Unruhestifterin im Auge.

Nun denn, zum Bußgeld.

Welchem Bußgeld, Sir?

Zu meinem Bedauern muss ich Euch mitteilen, Gevatterin Thorn, dass das Gericht ein Bußgeld über Euch verhängen muss, weil Ihr Euer Wissen geheim gehalten habt. Wärt

Ihr früher damit zum Gericht gekommen, Mehitable, hättet Ihr immerhin verhindern können, dass Tobias Webb mit diesem Trunk aus Ackerwinde verhext wurde.

Ich wusste nicht, dass es ein Verbrechen ist, nicht schlecht über seine Nachbarn zu reden, Sir.

Was denn nun, Mehitable? Ist dies eine wahrheitsgetreue Aussage oder wollt Ihr nur falsches Zeugnis wider Eure Nachbarin ablegen?

Sie ist nicht meine Nachbarin, Sir. Sie ist eine Außenseiterin und eine Hexe.

Welches Bußgeld steht auf Zurückhaltung von Informationen? Zwei Guineen, glaube ich.

Ich habe keine Guineen, Sir, ich habe überhaupt kein Geld. Und selbst wenn ich es hätte, wäre dies kaltblütiger Raub, das sage ich Euch. Wer hätte denn schon von einem solchen Verbrechen gehört?

Natürlich könnt Ihr Eure Strafe auch auf andere Weise bezahlen, Gevatterin Thorn. Ihr könnt einige Tage im Gefängnis verbringen oder weitere Beweise gegen Thankful Seagraves sammeln. Was immer Ihr möchtet.

44. Kapitel

»Ein Hexenkarren!«, rief jemand auf dem Platz. »Da sind die Hexen von Salem!«

Durch das Fenster von Witwe Coles Laden sah Concepción, wie auf dem Dock Square eine Menschentraube zusammenlief. Der Karren des Wachtmeisters holperte über das schlammige Pflaster. Drei Frauen waren mit dem Rücken zueinander auf dem Karren angekettet: eine dunkelhäutige Frau und zwei Weiße, mit Fesseln um Hals und Knöchel. Eine Weiße wirkte ärmlich, die andere wie eine alte Bürgersfrau, fast so alt wie Tobias. Und die Dunkelhäutige … Concepción blinzelte durch die grünen, bleigefassten Dreiecksscheiben und ließ den Ballen Seide fallen, den sie gerade in der Hand hielt. Das war nicht möglich! Die ausgemergelte Gestalt in Ketten war Tituba!

Concepción rannte aus dem Laden.

»Tituba!«, rief sie. »Was ist los? Was haben sie dir angetan?«

Tituba starrte ihr entgegen, als kenne sie ihre alte Freundin nicht mehr.

»Weißt du denn nicht, wer ich bin, Tituba? Ich bin's, Concepción.« Titubas hageres Gesicht war grün und blau, ein Auge verschwollen und rot geädert.

»Zurück, Weib!«, rief der Wachtmeister und hielt Concepción mit einer kurzen Peitsche in Schach. »Es ist verboten, mit den Gefangenen zu reden.«

Inzwischen hatte sich um den Karren ein Menschenauflauf gebildet.

Der Wachtmeister erhob sich vom Bock und wandte sich an die Umstehenden. »Gebt acht, gute Bürger der Bay Colony. Der Teufel ist unter uns. Diese drei bösen Frauen aus dem Dorfe Salem werden der Hexerei bezichtigt. Ihre Namen lauten Sarah Good, Sarah Osborn, und die Gelbbraune hier wird Tituba Indian gerufen. Sie werden im Gefängnis von Boston auf ihren Prozess warten. Schaut sie Euch an, diese elenden Mägde Satans, auf dass Ihr erkennen mögt, wie die sichtbaren Heiligen jene bestrafen, die Umgang mit dem Bösen pflegen.«

»Das verstehe ich nicht«, sagte Concepción. »Warum habt Ihr sie in Ketten gelegt? Was haben sie getan?«

»Dem Teufel gehorcht, was sonst?«

Tituba starrte Concepción an, schien aber in eine Art Trance verfallen zu sein. In ihren trüben Augen war kein Zeichen des Erkennens zu entdecken, ihr Gesicht war völlig ausdruckslos.

»Tituba! Verstehst du mich nicht? Ich bin es, Concepción.«

Sie wollte auf den Karren klettern, doch der Wachtmeister ließ die Peitsche knallen. »Zurück, Weib, sonst gerbe ich dir das Fell.« Er wandte sich wieder an die Menge. »Die Schwarze hat ihre Verbrechen gestanden. Falls Ihr mit einer der Angeklagten zu tun hattet, werdet Ihr vor Gericht erscheinen und aussagen müssen.«

»Wohin bringt Ihr sie?«, unterbrach ihn Concepción.

»Jedenfalls nicht zum Tee beim Gouverneur. Natürlich ins Gefängnis.«

»Darf man sie besuchen?«

»Gegen eine Gebühr von drei Pence und eine Aussage wird jeder zu den Hexen von Salem vorgelassen.«

»Erhalten sie Essen? Und warme Decken?«

»Das ist aber mal ein ausgezeichneter Weg, um Teufelsanbeterinnen in Neuengland zu bestrafen«, höhnte der Wachtmeister. »Sie bekommen eine königliche Behandlung. Man serviert ihnen Tee und dankt für ihre Mühe.«

Einige der Umstehenden lachten.

Doch Concepción ließ nicht ab. »Wann werden sie freigelassen?«

»Du hast meine Geduld genug strapaziert, Frau! Wie lautet dein Name? Ich lasse dich an den Pranger stellen, weil du einen Justizbeamten belästigt hast.«

»Ich bin die Frau von Tobias Webb, einem Kirchenältesten in Roxbury.«

Er schnitt eine Grimasse. »Eine Fremde, die einen Kirchenältesten geheiratet hat. Ich fasse es nicht.« Er schaute sich um. »Kann jemand für dieses Weib bürgen?«

»Ich bürge für sie, Sir«, rief die Witwe Cole von der Schwelle ihres Ladens herüber. »Es mag ungewöhnlich sein, aber sie sagt die Wahrheit.«

Nun würde der Mann es sich zweimal überlegen, bevor er sie verhaftete.

»Dann solltet Ihr die Worte eines Wachtmeisters nicht in Frage stellen, Mrs Webb.«

»Tituba ist eine Christenfrau. Sie betet nicht den Teufel an.«

»Hütet Eure Zunge, und kümmert Euch um Eure Angelegenheiten, sonst werden die Richter auch an Eure Tür klopfen, Mrs Webb. Wie Ihr hier sehen könnt, unterscheidet die Hexerei nicht nach Hautfarbe oder gesellschaftlichem Stand. Aus dem Weg!«

Er trieb das Pferd an, und der Karren holperte die Cornhill Street zum Rathaus hinunter.

Ein Schwarm Frauen drängte sich um Concepción, Stimmen wurden laut.

»Welch rührender Treuebeweis«, murmelte die Gevatterin Thorn hinter ihr.

»Hexen halten zusammen, nicht wahr?«, meinte Polly Griffin.

Concepción funkelte die beiden an. »Ich würde sagen, nur eine Hexe erkennt eine andere Hexe«, versetzte sie und ging zur Witwe

Cole, um sich für den Beistand zu bedanken. Dann schob sie ihren Karren weiter.

»Aber wir sind noch nicht fertig miteinander, Thankful Seagraves«, rief ihr die Witwe Cole hinterher. »Wir müssen noch über die Halstücher sprechen. Ich brauche sie bis nächsten Samstag.«

»Ich hole den Stoff später ab, Gevatterin Cole«, rief Concepción über die Schulter, konnte aber nur an Tituba denken. Was meinte der Wachtmeister, als er sagte, sie habe gestanden?

Für drei Pence und eine Aussage könne man sie sehen. Concepción verstand nicht, wie das gemeint war, und sie hatte auch kein Geld, um die Gebühr zu bezahlen. Vielleicht konnte sie den Gefängniswärter mit Tabak bestechen. Im Karren war noch eine kleine Henne. Das nächste Wirtshaus war das Blue Cat. Vielleicht würde der Wirt einen Beutel Tabak gegen die Henne tauschen. Oder Mary Black würde ihr etwas leihen, worauf sie sich jedoch nicht verlassen konnte, da diese nicht mehr mit ihr sprach. Schlimmstenfalls wusste sie einen unfehlbaren Weg, um ihr Ziel zu erreichen, doch der sollte das allerletzte Mittel sein.

Der Wirt stellte den Männern an der Theke eine Runde Bier hin und nickte Concepción zu.

»Na, Mr Scoggins, wenn das nicht die Gevatterin Webb ist, die uns die Ehre erweist?«, rief Mary Black von hinten. Sie hatte ihre Weissagekarten vor einem Trunkenbold mit Augenklappe ausgebreitet. »Thankful Seagraves, wie sie leibt und lebt.« Mary Black wirkte ebenfalls angetrunken.

»Du musst alles stehen und liegen lassen, Mary.« Concepción hatte keine Zeit für eitles Geschwätz. »Man hat Tituba der Hexerei beschuldigt.«

»Sie ist zurück?«

»Sie steckt in Schwierigkeiten, Mary. Man hat sie in Salem wegen Hexerei verhaftet, auf einem Hexenkarren nach Boston gebracht und ins Gefängnis geworfen.«

»Ich gehe nicht ins Gefängnis«, nuschelte der Trunkenbold. »Ich gehe … wohin gehe ich eigentlich?«

»Wenn du mich nicht bezahlst, geradewegs in die Hölle«, neckte ihn Mary Black und zwang seine Hand auseinander. »Hey!« Die Faust war leer, und sie versetzte ihm einen Klaps. »Wo ist mein Shilling?«

»Mary, für drei Pence kann man Tituba im Gefängnis besuchen. Leihst du mir das Geld?«

»Ich habe keine drei Pence. Dieser Narr hat mich nicht bezahlt.«

»Ich habe dir einen schönen Punsch ausgegeben, oder nicht?«

»Das ist keine Bezahlung!« Mary Black schlug noch einmal zu, diesmal fester.

»Tituba braucht unsere Hilfe, Mary!« Concepción verlor allmählich die Geduld.

»Es ist mir ernst, Thankful Seagraves – oder sollte ich lieber Gevatterin Webb sagen? Ich habe kein Geld. Und wenn doch, würde ich selbst zu Tituba gehen. Warum leihst du es dir nicht bei deinem alten Mann?« Sie brach in Gelächter aus, und Concepción verdrehte die Augen. Also musste sie ihr Glück wohl doch beim Wirt versuchen.

Der Gefängniswärter hieß Horace Gibbons. Als Concepción kam, lehnte er am steinernen Türpfosten des Gefängnisses und rauchte Pfeife. Seine Nägel waren lang und schwarz verdreckt, das schmierige graue Haar fast grün vom Moder. Er stank schlimmer als ein Pirat.

»Willkommen im Haus der Verdammten, Mädchen«, sagte er grinsend. Die Überreste seiner Zähne waren vollkommen schwarz. »Was hast du hier zu schaffen?«

»Ich möchte meine Freundin Tituba besuchen.«

»Ist das die Indianerin? Und die soll deine Freundin sein?«

»Ja, sie ist keine Hexe.«

»Keine Hexe? Das sieht das Gericht aber anders. Das Gericht sagt, sie sei die Hexenkönigin von Salem. Das hat sie selbst gestanden.«

»Das glaube ich nicht. So etwas würde Tituba nie gestehen. Es wäre gelogen.«

»Mag sein, Mädchen, aber ohne Gebühr und Aussage darf keiner die Hexen von Salem ansehen.«

»Wie viel kostet es, wenn ich nur eine sehen will?«

»Einen Penny für jede Hexe.«

»Ich bin nur wegen Tituba gekommen. Die anderen sind mir egal.«

»Sie sitzen aber alle in derselben Zelle. Zahlst du für eine, zahlst du für alle. Drei Pennys für eine, oder du siehst keine.«

Er ergötzte sich an seinen Reimen. Concepción nahm den Tabaksbeutel, den sie mit dem Wirt getauscht hatte, und bot ihn dem Wärter an.

»Der ist mehr wert als drei Pence«, sagte sie.

Der Mann griff mit seinen widerlichen Fingern nach dem Beutel. »Die Gebühr habe ich, die Worte nun sprich. Geh vorn herum zum Gericht. Richter Danforth wird deine Aussage aufnehmen.« Der Mann lachte wieder, während er sich die Pfeife mit dem frischen Tabak stopfte. »Du bist sein erstes Opfer.«

45. Kapitel

Aussage der Gevatterin Tobias Webb, geborene Thankful Seagraves (Papistin)
Boston, Massachusetts Bay Colony
7 (3) 1691/92

Wie kommt es, dass Ihr die Frau kennt, die auf den Namen Tituba Indian hört?

Sie ist meine Freundin. Sie wohnte früher in Boston.

Wie lange ist das her?

Ihr Herr ist vor vier Jahren nach Salem gezogen.

Seid Ihr Euch bewusst, dass Eure Freundin der Hexerei beschuldigt wird? Mehr noch, dass Eure Freundin gestanden hat, einen Pakt mit einem schwarz gekleideten Mann aus Boston und neun verdorbenen Frauen geschlossen zu haben, die in seinem Buch unterschrieben haben und Versammlungen mit ihm abhielten?

Ich weiß nicht, was Hexerei ist, Sir.

Hexerei ist ein Verbrechen, der Verkehr mit dem Teufel.

Ich glaube nicht an solche Dinge, Sir.

Welches ist Eure Religion, bitte?

Ich glaube an Jesus Christus, Sir, und an die Heilige Dreifaltigkeit und die Gottesmutter.

Mit anderen Worten, Ihr seid eine Papistin.

In meinem Land nennen wir uns Katholiken, Sir. Es ist ein christlicher Glaube.

Übt Ihr Eure papistische Religion noch immer aus?

In Neuengland kann man keine Papistin sein, Sir. Das war vor vielen Jahren, in einem anderen Leben und einem anderen Land.

Aber Ihr gebt zu, einmal Anhängerin der papistischen Religion gewesen zu sein?

In Neuspanien sind alle Menschen katholischen Glaubens, Sir. Ich habe ihn nicht selbst gewählt.

Wurdet Ihr je in unserem Glauben getauft? Dem Glauben der sichtbaren Heiligen?

Nein, Sir.

Dann bleibt Ihr eine Papistin, ob Ihr Eure Laster ausübt oder nicht, und wir können von Euch nicht erwarten, dass Ihr den Unterschied zwischen Papisterei und Hexerei erkennt, da es sich dabei um ein und dasselbe handelt.

Mir ist Eure Frage entfallen, Sir.

Kennt Ihr die beiden, die mit Eurer Freundin, der Indianerin, eingesperrt sind?

Ich habe sie nie zuvor gesehen.

Und Ihr seid nicht eine der neun, die ihren Namen mit Blut in das Buch des Teufels geschrieben haben?

Ich weiß nicht, was Ihr meint, Sir. Ich wollte nur meine Freundin besuchen, um zu sehen, ob sie nicht friert oder hungrig ist.

Eure Indianerfreundin, Gevatterin Webb, ist das verkörperte Böse. Sie backt Hexenkuchen, beschwört die Toten und ist eine Heidin. Hättet Ihr gesehen, welchen Martern sie und ihre beiden Gesellinnen die unschuldigen Mädchen im Dorfe Salem unterworfen haben, so wärt Ihr nicht so besorgt um ihr Wohlergehen und verhieltet Euch wie alle anderen christlichen Frauen.

Tituba ist nicht böse, Sir; sie würde niemandem Schlimmes zufügen.

Besitzt Ihr eine schwarze Seidenhaube mit Stirnband und weißem Seidenfutter?

Ich war bis zu meiner Hochzeit, die erst kürzlich stattfand, eine Dienstmagd, Sir. Dienerinnen tragen keine Seide.

Kennt Ihr jemanden, der Seide trägt?

Es gibt viele feine Damen in der Stadt, die eine solche Haube besitzen könnten.

Ich wiederhole: Kennt Ihr eine, die so etwas besitzt?

Ich habe etwas Ähnliches bei Mistress Rebecca Greenwood gesehen, glaube aber, dass sie blau und nicht schwarz war.

Mit weißem Seidenfutter?

Ich glaube ja, Sir. Dürfte ich jetzt bitte zu meiner Freundin?

Mit welcher Absicht?

Wie ich bereits sagte, Sir, ich möchte nur sehen, wie es ihr geht. Sie sah aus, als hätte man sie schlimm geprügelt. Ich möchte sichergehen, dass sie Essen und Decken hat.

Wisst Ihr, wie viel eine Gefangene in einer Woche kostet?

Nein, Sir.

Zwei Shilling Sixpence, Gevatterin Webb, und das nur für die Grundbedürfnisse, das heißt Essen und Unterbringung. Die Miete für die Ketten kommt noch dazu. Decken sind nicht vorgesehen.

Ich kann ihr welche bringen, wenn Ihr es gestattet, Sir.

Ihr wisst also nichts über ihren Pakt mit dem Teufel?

Ich kenne das Wort »Pakt« nicht, Sir.

Ein Vertrag, ein Abkommen, ein Geschäft. Nennt es, wie Ihr wollt, Frau!

Ich glaube nicht, dass Tituba einen Vertrag mit dem Teufel geschlossen hat, Sir.

Sie hat selbst bezeugt, dass diese Dinge wahr sind, Gevatterin Webb, ob Ihr es glaubt oder nicht. Und mit eigenen Augen haben wir sechs Mädchen unterschiedlichen Alters

gesehen, die alle unter seltsamen Verrenkungen ihrer Gliedmaßen litten und die Augen rollten und Schaum vor dem Mund hatten, sowie Eure Hexenfreundin das Zimmer betrat. Nur einmal haben wir in Neuengland solche Qualen erlebt, und das war bei den Kindern, die die Witwe Glover verhext hatte.

Darf ich mit ihr sprechen? Ich würde es gern von ihr selbst hören, Sir.

Habt Ihr je einen gelben Vogel bei ihr gesehen?

Es gab Zeiten, da ich gelbe Vögel in den Wäldern gesehen habe, Finken, wie ich glaube.

Und was hattet Ihr mit einer angeklagten Hexe in den Wäldern zu schaffen?

Sie war keine Hexe, Sir, und wir haben nur Nüsse und Beeren gesammelt. Es gibt viele Vögel aller Farben in den Wäldern.

Und sie schien nicht mit einem gelben Vogel zu sprechen?

Nein, Sir. Sie sprach nur mit mir.

Aber Ihr habt einen gelben Vogel in ihrer Gegenwart gesehen?

Wie ich sagte, Sir, im Wald gibt es viele Vögel. Finken, Blauhäher, Kardinäle, Nachtschwalben.

Antwortet mit Ja oder Nein, Gevatterin Web. Wir brauchen keine Lektion in Ornithologie. Habt Ihr jemals einen gelben Vogel in Gegenwart von Tituba Indian gesehen?

Ja.

Und was ist mit einer schwarzen Katze?

Nein.

Einer roten Katze?

Nein.

Habt Ihr überhaupt Katzen bei ihr gesehen?

Die einzige Katze, die ich in ihrer Gegenwart gesehen habe, war meine eigene weiße in Roxbury.

Ihr besitzt eine weiße Katze?

Auf unserem Hof lebt eine weiße Katze, Sir.

Habt Ihr nicht eine Hühnerzucht? Welchem Zweck könnte eine Katze auf einer Hühnerfarm dienen, wenn nicht dem, die Hühner zu töten?

Sie tötet Mäuse, keine Hühner, Sir.

Ist Euch die Katze vertraut?

Ich verstehe die Frage nicht, Sir.

Was ist mit einem Wolf? Habt Ihr jemals einen Wolf in Gegenwart von Tituba Indian gesehen?

In den Wäldern leben wilde Wölfe.

Heißt das Ja, Mistress Webb?

Ich habe Wölfe in meinem eigenen Gemüsegarten gesehen, als ich Eier sammelte und Äpfel pflückte. Sie wollen die Hühner jagen. Das hat nichts mit Tituba zu tun, Sir.

Ich erkläre, Gevatterin Webb, geborene Thankful Seagraves, dass Ihr und die Angeklagte Tituba Indian, die Ihr offen als Eure Freundin bezeichnet, eine gemeinsame Verschwörung mit dem Teufel unterhaltet, dass Ihr mit Katzen, Wölfen und gelben Vögeln vertraut seid und dass Ihr weiterhin eine der neun Frauen sein müsst, die man mit dem schwarzen Mann aus Boston in das Buch des Teufels schreiben sah.

Ich weiß nichts über den Teufel. Und wenn er ein Mann in Schwarz aus Boston ist, handelt es sich vermutlich um einen Geistlichen oder Prediger, die ebenfalls schwarze Kleidung tragen.

Verflucht sei deine böse Zunge, Frau! Wachtmeister! Hierher, Mann! Da! Ich verlange, dass Ihr dieses unverschämte Weib für eine ganze Stunde in den Stock schließt. Es soll mir egal sein, wessen Frau sie ist. In meiner Gegenwart wird sie keine Geistlichen und Prediger beleidigen.

Sir, kann ich meine Freundin sehen, wenn die Stunde vorüber ist?

Es ist Euch nicht erlaubt, die Hexen zu besuchen. Wachtmeister, sagt Horace Gibbons, wenn diese Papistin noch einmal ihr Gesicht in der Nähe des Gefängnisses zeigt, soll sie mit den Hexen zusammen eingesperrt werden.

Ich bin keine Hexe, Sir. Und Tituba auch nicht.

Weib, Ihr gelobt zu viel.

46. Kapitel

An diesem Samstag verließ Concepción früher als gewöhnlich den Markt. Sie wollte Tituba im Gefängnis besuchen, bevor sie Jerónima bei Rebecca abholte. Ihr Plan wäre auch geglückt, wäre sie vor Greenwoods Warenlager nicht William Reed über den Weg gelaufen und hätte sie nicht warten müssen, bis Greenwood vom Mittagessen zurückkam, und hätte Reed sie nicht wieder mit seinen Klagen belästigt, weil sie keinen seiner Anträge angenommen hatte und sich offenkundig für zu gut hielt, um die Frau eines Fischers zu werden, doch das sei ihm inzwischen egal, weil er eine bessere Frau gefunden habe, die nur zu glücklich sei, seine Kinder zu gebären. Alles wäre geglückt, hätte William Reed sich nicht so viel Zeit gelassen, um die Säcke mit gesalzenem Kabeljau auf die Waage zu legen, und wäre Nathaniel nicht nacheinander von drei Kunden unterbrochen worden, die etwas kaufen wollten, so dass er jedes Mal von neuem mit dem Auswiegen und Rechnen beginnen musste. Überdies kam Rebecca in den Laden, Jerónima und Caleb im Schlepptau, und erzählte etwas von einem Treffen des Nähkreises. Caleb half seinem Vater mit dem Fisch, und das Mädchen wartete im Hühnerkarren, während Rebecca in Richtung North End davonfuhr. All das geschah, bevor Concepción auch nur das Kassenbuch aufschlagen und Greenwood zeigen konnte, was sie an diesem Tag eingenommen hatte. Also blieb ihr nichts anderes übrig, als Jerónima mit zum Gefängnis zu nehmen und draußen im Hof zu lassen, damit sie den Karren bewachte.

»Erinnerst du dich an Tituba? Ich muss ihr nur einige Sachen bringen.« In der Öffentlichkeit sprach Concepción mit ihrer Tochter immer englisch.

»Warum kann ich sie nicht besuchen?«

»Weil sie in Schwierigkeiten ist. Ich weiß nicht, unter welchen Bedingungen sie dort lebt, und möchte nicht, dass du das mit ansiehst.«

»Ich bin kein Baby mehr, Thankful Seagraves.«

»Warte hier draußen auf mich. Es dauert nicht lange. Du rührst dich nicht von der Stelle.« Sie schüttelte das Mädchen an der Schulter. Es durfte ihr auf gar keinen Fall folgen. Bei dem, was sie vorhatte, sollte es keine Zeugen geben. »*¿Me entiendes?*«

»Ja, ich habe dich verstanden, Thankful Seagraves.«

»Möge die Jungfrau dir beistehen, wenn du dich widersetzt, Jerónima.«

»Du widersetzt dich den Richtern, Thankful Seagraves. Du darfst nicht hineingehen.«

»Woher willst du das wissen? Ich habe dir nichts davon erzählt.«

»Jeder hier weiß alles über dich, Thankful Seagraves.«

»Egal, du sollst auf mich hören und draußen bleiben. Was auch geschieht, geh nicht hinein, sonst wirst du es bereuen.« Sie zeigte dem Mädchen die Handfläche, um eine Tracht Prügel anzudeuten. Jerónima verdrehte die Augen und kehrte ihr den Rücken.

Die Richter hatten Concepción befohlen, dem Gefängnis fernzubleiben, und Horace Gibbons angewiesen, sie zu melden und einzusperren, sowie sie sich dort zeigte. Daher musste sie ihm etwas anbieten, das er nicht ablehnen konnte, das sie von Jane gelernt und vor langer Zeit bei dem Piratenkapitän eingesetzt hatte, um auf dasselbe Schiff zu kommen wie Aléndula.

Sie hatte dem Gefängniswärter eine anständige Portion Blutwurst, einen halben Laib Brot und Preiselbeerwein mitgebracht, den sie in der vergangenen Woche bei Temperance Lowe gegen ein Fässchen selbstgemachte Schmierseife getauscht hatte. Außerdem hatte sie dem alten Mann etwas Tabak entwendet. Doch sie wusste, dass all das nicht genügen, sondern lediglich helfen würde, überhaupt hineinzugelangen, ohne gleich gemeldet zu werden.

Horace Gibbons saß hinter einem kleinen, brandnarbigen Tisch und reinigte mit einer Ahle die Schlösser einer Fessel. Obwohl in der Ecke des Zimmers ein Kaminfeuer prasselte, war es kalt, dunkel und modrig.

»Ich möchte meine Freundin Tituba besuchen«, sagte Concepción, sowie sie den Fuß ins Zimmer gesetzt hatte.

Der Mann drohte mit seinem verkrusteten Finger. »Mädchen, du weißt doch, dass ich dich nicht reinlassen darf.«

»Beim letzten Mal habe ich die Gebühr bezahlt und bin nicht vorgelassen worden.«

»Der Richter sagt, ich solle dich einsperren, wenn du dich noch einmal hier zeigst.« Horace Gibbons beäugte die Flasche, die aus ihrem Korb lugte.

»Ich habe hier einen leckeren Preiselbeerwein«, sagte sie und stellte die Flasche vor ihm auf den Tisch. Er machte große Augen. Dann packte sie den Rest der Bestechung aus. »Dazu genügend Brot und Blutwurst für ein Festessen. Und Tabak für Eure Pfeife.«

»Was hast du sonst noch in dem Korb, Mädchen?«

»Nur etwas Brot und eine Decke für meine Freundin.«

Der Mann leckte über die Schankergeschwüre auf seinen Lippen, während seine Augen zwischen ihrem Gesicht und dem Essen hin und her wanderten. »Hab noch nie Preiselbeerwein gekostet«, sagte er. »Aber ich weiß, dass du dich nur lieb Kind machen willst. Du kommst nicht herein, Mädchen, sosehr du mich auch in Versuchung führen magst.« Er zog die Augenbrauen hoch.

»Na schön«, erwiderte Concepción achselzuckend. »Dann muss ich den Wein wohl allein trinken.« Sie wusste, was nun kommen würde, und wappnete sich gegen die Übelkeit, die in ihren Eingeweiden aufstieg.

Sie entkorkte die Flasche und hielt sie ihm unter die Nase, damit er das Aroma des süßen Weins einatmen konnte. Als er zögerte, setzte sie die Flasche an die Lippen und nahm einen tiefen Schluck, wobei ein Rinnsal aus ihrem Mundwinkel sickerte. Sie verzog das Gesicht, so süß und prickelnd war der Wein.

»Gut und stark.« Sie leckte sich die Lippen. »Wollt Ihr wirklich keinen?«

Er sprang auf und kam um den Tisch herum.

Sie atmete durch den Mund, als er sich näherte. Wie gebannt neigte er den Kopf und wollte den Weintropfen ablecken, der über ihr Kinn lief, doch sie schob die Hand in seine Hose, bevor er sie berühren konnte.

»Schlaft Ihr hier?«, flüsterte sie. Danach leistete er keinen Widerstand mehr. Er zerrte sie geradezu in das kleine Gelass, das vom Vorraum des Gefängnisses abzweigte. Es war eiskalt, eine Öllampe war die einzige Lichtquelle. Sie erkannte einen Haufen Bettzeug, der auf einer Holzpritsche lag. Es stank nach feuchtem Mauerwerk, Urin und altem Talg.

»Hier«, sagte sie und wollte seinen Hosenlatz aufschnüren, wie sie es auf dem Piratenschiff mehr als einmal hatte tun müssen. »Ich werde Euch Erleichterung verschaffen.«

Der Mann grunzte, seine Hose wurde schon feucht.

»Aber Ihr müsst mir versprechen, dass ich danach zu meiner Freundin darf. Sonst gehe ich auf der Stelle.« Sie grub ihre Fingernägel in seinen behaarten Hodensack. »Solltet Ihr jemandem davon erzählen, werdet Ihr es bereuen …« Er grunzte erneut und nickte. Sie hatte nicht vor, etwas anderes als ihre Hand zu benutzen. Sein Grunzen und der Höcker in seiner Hose verursachten ihr

Übelkeit, doch sie zwang sich, die Sache zu Ende zu bringen. Nur so konnte sie zu Tituba gelangen.

»Lass mich ... deine ... Zitzen anfassen«, japste er und rieb sich an ihrer Hand. Sie knöpfte die Weste auf, löste die Schnüre ihres Kleides und entblößte ihre Brüste, damit er schneller zum Höhepunkt gelangte. Er kam, sowie er ihre Brustwarze berührte, und ergoss sich gegen die Wand.

»Mach's mir noch einmal«, befahl er ihr, »mach's mir noch einmal, sonst wirst du die Indianerin nicht sehen.«

Sie drückte sein Glied, das noch immer steif war, so fest sie konnte. Er knetete ihre Brüste und kam stöhnend und zitternd ein zweites Mal.

»Hallo? Ist da jemand? Thankful Seagraves?«

Concepción zog abrupt die Hand weg, schnürte ihr Kleid zu und schloss die Westenknöpfe. Ihre Brust tat weh, doch das kümmerte sie nicht.

»Was habe ich dir gesagt, Jerónima?«, fragte sie und trat wutentbrannt in den Vorraum. Ihr Gesicht war heiß vor Zorn und Scham.

»Da draußen sind Jungen, die gemeine Sachen rufen, Thankful Seagraves. Ich habe Angst so allein. Außerdem will ich Tituba auch sehen.«

Concepción stürzte nach draußen und erbrach sich vor der Tür.

»Ich kann nichts sehen!«, wimmerte Jerónima. Concepción hielt ihre Hand umklammert, während sie sich durch einen dunklen steinernen Gang tasteten, der mit toten Ratten übersät war. Das Licht der Öllampe, die Horace Gibbons ihr gegeben hatte, erhellte nur schwach die eisige Schwärze. Hier drinnen schien es kälter als draußen. Der Geruch brannte in Concepcións Nasenlöchern und ließ ihre Nase laufen.

»Hör auf zu jammern, *bebita.* Ich habe dir doch gesagt, du sollst draußen warten. Das hier ist kein Ort für ein Kind. Heb deine Röcke hoch.«

»Mit einer Hand geht das nicht.«

»Dann nimm beide. Lass mich los und halte deine Röcke hoch. Ich möchte nicht, dass du die Ratten berührst.«

Mit der freien Hand raffte das Mädchen die Unterröcke, ließ Concepcións Hand aber nicht los. »Warum ist Tituba hier drinnen, Thankful Seagraves? Sie muss was Schlimmes angestellt haben.«

»Pst. Du willst sie doch nicht beleidigen, oder?«

»Wenn sie nichts Schlimmes getan hätte, wäre sie nicht hier.«

»Pst, Jerónima, sonst lasse ich dich im Dunkeln und gehe allein weiter.«

Der Schatten des Mädchens zuckte zusammen. »Ich bin Hanna«, sagte es schmollend und löste die Hand aus Concepcións Umklammerung.

Sie gingen schweigend weiter, ihre Schatten zuckten über die moosbewachsenen Wände. Am Ende gabelte sich der Gang. Rechts konnten sie in einem Gang vier hölzerne Türen mit vergitterten Öffnungen erkennen. Große angelaufene Vorhängeschlösser baumelten von rostigen Haspen. Im linken Gang befand sich eine große Zelle mit eisernem Gitter, das bis zu den Deckenbalken reichte. Eine Fackel an der Wand warf einen flackernden Schein in die Zelle. Concepción hörte, wie Jerónima mit den Zähnen klapperte. Sie legte ihr den Arm um die bebenden Schultern und zog sie eng an sich. Die Kleine ließ es geschehen.

»*Vamos*«, sagte Concepción und ging auf die Fackel zu.

»Vater unser, der du bist im Himmel …«, wimmerte Jerónima.

Sie erreichten die Zelle. Der Gestank nach Exkrementen und verbranntem Pech war noch schlimmer als der Moder. Bis auf die Fackel und ein kleines vergittertes Fenster hoch in der Wand, durch das ein schmaler Lichtstrahl fiel, war es vollkommen dunkel.

Die drei Gefangenen waren an einen großen Eisenring in der Mitte der Zelle gekettet.

»Wo bist du, Tituba? Ich bin es, Concepción«, sagte sie auf Spanisch.

Jerónima zuckte zusammen.

»Warum sprichst du nicht mit mir, Tituba? Warum tust du, als würdest du mich nicht kennen?«

»Wer bist du?«, meldete sich eine andere. »Was redest du da?«

»Es ist besser für dich, wenn ich dich nicht kenne, Concepción«, sagte Tituba schließlich.

»Sprichst du in der papistischen Zunge, Tituba Indian?«

»Papistisch, papistisch«, kreischte eine Kinderstimme, und plötzlich lugte ein kleines Mädchen durch die Gitterstäbe, das Gesicht unter den verschmutzten Zipfeln der Haube schwarz verschmiert. Es konnte nicht älter als fünf Jahre sein.

»Komm her, Dorcas. Bleib weg von ihnen.«

»Wer ist das?«, wollte Jerónima wissen. »Warum haben sie ein Kind eingesperrt, Thankful Seagraves?«

»Ich bin Dorcas Good«, erklärte das kleine Mädchen. »Sie sagen, ich bin der Apfel, der nicht weit vom Stamm fällt, aber ich weiß nicht, was das heißen soll. Wisst Ihr das?«

»Es heißt, dass sie dich genau wie deine Mutter für eine Hexe halten«, erklärte Tituba.

»Ein fauler Apfel!« Das Mädchen grinste und entblößte schwarze Zähnchen.

Was für ein Albtraum. Das hier war noch schlimmer als das Piratenschiff. Warum hatte sie Jerónima mitgenommen? Sie hätte das Mädchen wegen seines Ungehorsams ausschelten und zwingen sollen, beim Karren zu warten. Kein Schimpfname konnte schlimmer sein als das hier.

»Lass uns gehen.« Concepción zog an Jerónimas Arm. »Ich besuche dich ein anderes Mal, Tituba.«

Jemand stöhnte, und Jerónima zuckte noch heftiger zusammen.

»Ich bin krank«, sagte die Stimme einer alten Frau. »Bitte helft mir. Habt Ihr etwas zu trinken? Ich bin so durstig.«

»Das ist Sarah Osborn«, sagte das Mädchen. »Sie stirbt.«

Die Frau stöhnte erneut.

Concepción hatte Apfelwein und Pökelfleisch für Tituba mitgebracht.

»Wenn du etwas zu essen oder zu trinken hast, Concepción, gib es Dorcas, sie wird es aufteilen«, bat Tituba.

»Nimm es, Dorcas, und bring es deiner Mama.«

»Das Mädchen soll es aufteilen, Sarah Good«, sagte Tituba.

Concepción goss den Apfelwein in einen hölzernen Becher. Die schmutzigen Händchen des Mädchens schossen hervor und entrissen ihr den Becher.

»Vorsichtig, verschütte ihn nicht«, befahl Concepción. »Bring ihn zuerst der Dame, die krank ist.«

Das Mädchen hielt den Becher in beiden Händen und trank ihn aus.

»Mehr«, sagte es und gab ihr den Becher zurück.

»Das ist für die anderen, nicht für dich«, erklärte Concepción und füllte ihn erneut. »Los, bring ihn der kranken Dame.«

»Bring ihn mir, Dorcas, nicht der, die stirbt. Gib ihn deiner Mama.«

»Sarah Good, wenn du es wagst, davon zu trinken, möge er dir die Zunge verbrühen und deinen Bauch in Flammen aufgehen lassen«, warnte Tituba.

»Nur zu, Dorcas, gib ihn der alten Schlampe. Ich will nicht von dem schwarzen Ding verflucht werden.«

Das Mädchen zog sich in den dunklen Rachen der Zelle zurück. Concepción hörte, wie die Frau in gierigen Zügen trank.

»Lass uns auch noch etwas übrig, Sarah Osborn«, sagte Tituba.

»Ich habe noch mehr. Bring mir den Becher, Dorcas.«

»Hast du auch was zu essen?«, erkundigte sich Sarah Good.

»Pökelfleisch. Genug für euch alle.«

Das Mädchen tauchte mit dem leeren Becher am Gitter auf.

Concepción packte das Fleisch aus, das in Sackleinen und Segeltuch gewickelt war. »Nimm den Becher, Jerónima.«

Das Mädchen schüttelte den Kopf und vergrub das Gesicht in Concepcións Schürze.

»Essen. Wir wollen jetzt essen«, schrie Dorcas Good und warf den Becher auf den Boden. Er rollte davon und blieb neben dem verwesenden Kadaver einer Ratte liegen.

Concepción seufzte, schimpfte aber nicht mit dem Kind. Dann holte sie ihr Messer heraus, schnitt ein Stück Pökelfleisch ab und reichte es der kleinen Dorcas.

»Gib es deiner Mutter.«

Dorcas verschwand, und Concepción hörte ein wütendes Knurren. Jerónima betete erneut das Vaterunser. Sie bebte jetzt am ganzen Körper.

»*Ya mero, bebita.* Wir sind gleich fertig.«

»Was ist mit mir?«, wollte das Mädchen wissen.

»Hat deine Mutter alles aufgegessen? Es war für euch beide gedacht.«

»Ich habe kein Fleisch mehr«, knurrte Sarah Good. »Du hast mir fast nichts gegeben.«

»Komm her, Kind, du kannst etwas von meinem haben«, sagte Tituba.

»Wo bleibt der Apfelwein?«, fauchte Sarah Good. »Hoffentlich hast du ihn nicht allein getrunken, Sarah Osborn, sonst setzt es einen Schlag in den Magen.«

»Komm her, Dorcas«, rief Concepción. »Bring den Krug erst zu Tituba und dann zu deiner Mutter. Lass ihn nicht fallen. Wenn er leer ist, gibst du ihn mir wieder.«

Das Mädchen nahm gehorsam den Krug entgegen.

»Ich trinke nicht, wenn vorher eine schwarze Papistin die Lippen am Krug hatte«, sagte Sarah Good.

»Wie du willst«, erwiderte Concepción. Sie hörte, wie Tituba in tiefen Zügen trank.

»Her damit, du gierige Schlampe!«, keifte Sarah Good.

»Danke, wer immer Ihr seid«, sagte Sarah Osborn. »Gott segne Euch.«

»Was segnest du dieses Papistenweib; es ist ebenso böse wie das schwarze Ding, wegen dem wir hier eingesperrt sind. Diese Papistin wird nur zu bald bei uns sitzen.«

»Bring mir den Krug, Dorcas«, sagte Concepción.

»Du da, Papistin!«, rief Sarah Good. »Was ist das da neben dir? Sieht aus wie ein Äffchen, das sich an deinen Rock klammert. Pass lieber auf, kleines Fräulein, sonst endest du wie Dorcas mit deiner Mutter im Gefängnis. Die Tochter einer Hexe ist auch eine Hexe. Denk dran, der Apfel fällt nicht weit vom Stamm.« Die Frau lachte gackernd.

Jerónima begann zu weinen und klammerte sich mit ihren kleinen Fäusten an Concepcións Röcke.

»Achte nicht auf sie, Concepción«, sagte Tituba auf Spanisch. »Sie ist eine gemeine alte Vettel. In Salem wird sie von allen verachtet. Sieh zu, dass du von hier verschwindest, und komm nicht wieder. Es ist gefährlich, für euch beide.«

»Bring mich nach Hause, Mama!« Jerónima zerrte an Concepcións Arm. Das Mädchen hatte sie schon lange nicht mehr Mama genannt.

»Was hast du denn getan, Tituba?«, fragte Concepción unwillkürlich. Sie musste unbedingt ihre Sicht der Geschichte hören. »Warum sagen sie, du seist eine Hexe? Es heißt, du hättest gestanden. Hast du dem Mädchen in Salem wirklich etwas angetan?«

»Ich habe niemandem etwas angetan. Abigail und Mercy wollten, dass ich ins Wasser schaue und ihnen die Zukunft voraussage.

Wen sie heiraten würden. Danach wurden sie verrückt. Haben die kleine Betty mit ihren Geschichten zu Tode erschreckt und auch verrückt gemacht.«

»Ich wusste, dass dich die Sache mit dem Wasser einmal in Schwierigkeiten bringen würde, Tituba.«

»Ich gebe dem Teufel nur, was ihm zusteht. Es ist nichts anderes als das, was Mary Black im Blue Cat Inn treibt.«

»Mary Black!«, schrie Dorcas. »Mary Black! Mary Black!«

»Bring mich nach Hause!«, kreischte Jerónima und zog so fest an Concepcións Schürze, dass der Saum zerriss. »Bring mich nach Hause, Thankful Seagraves!«

»Das Äffchen hat einen Anfall«, sagte Sarah Good. »Schau, Dorcas, die eigene Mutter hat es verhext.«

Jerónima schrie auf und stampfte mit den Füßen.

»Geh weg von hier, Concepción! Komm nie wieder. Du wirst hier sterben«, rief Tituba.

Jerónima schrie auf den gesamten drei Meilen bis Roxbury, während sie hinten im Karren zwischen den Hühnerkäfigen kauerte und ihre Knie umklammert hielt.

»*Bebita*, du solltest doch draußen bleiben. Warum bist du mir nachgekommen? Ich wusste, es ist ein böser Ort, und den solltest du nicht sehen.«

»Du bist böse«, murmelte das Mädchen und funkelte sie unter blonden Augenbrauen an. »Warum muss ich deine Tochter sein? Ich will nicht mehr deine Tochter sein. Du bist gemein und hässlich wie eine Hexe.«

47. Kapitel

Aussage des William Reed aus Marblehead
Boston, Massachusetts Bay Colony
14 (4) 1692

William, wir erleiden ein trauriges Schicksal, denn das Böse hat Neuengland wieder einmal heimgesucht und martert uns aufs Neue mit Kriegen an unseren Grenzen, den Überfällen Wilder und weiteren verhexten Kindern in Essex County. Es gibt jene unter uns, Geistliche und Richter gleichermaßen, die glauben, Neuengland sei zur Hure Babylon geworden, die ihren Hafen allen öffnet, die dort Geschäfte suchen, und ihre Seele bereitmacht für die Ausschweifungen anderer Welten und Glaubensbekenntnisse. Könnt Ihr mir folgen, William? Ihr wisst doch, was das bedeutet, nicht wahr? Dass es Eure Pflicht als treuer Untertan des Königs und der Königin von England ist, über jeglichen Umgang, alle Verbindungen oder Beschwernisse auszusagen, die Ihr mit Fremden pflegt oder gepflegt habt oder erleidet oder erlitten habt. Der Protokollbeamte wird Eure Worte aufzeichnen.

Ich kenne keine Fremden, Sir, nur das Weib in Roxbury, das sie Thankful Seagraves nennen.

Welchen Umgang pflegtet Ihr also mit Thankful Seagraves, Mr Reed?

Gar keinen, Sir. Es war nur ein kleiner Groll, nicht wichtig.

Und welcher Groll war das, William?

Sie hat sich nur geweigert, mich zu heiraten, Sir, und wenn ich sie nach dem Grund gefragt habe, hat sie mir immer ins Gesicht gelacht und gesagt, sie sei keine Frau zum Heiraten, ich solle sie in Ruhe lassen, oder es würde mir leidtun.

Wann hat sich das alles zugetragen, Mr Reed?

Im Frühling, Sir, und davor fünf Jahre lang in jedem Frühling.

Ihr habt Thankful Seagraves also sechsmal gebeten, Euch zu heiraten, Mr Reed?

Ich glaube schon, Sir. Einmal im Jahr hab ich mir Hoffnungen gemacht, und die hat sie in Stücke geschlagen.

Bitte sagt mir, William, warum Ihr darauf bestanden habt, der Fremden immer wieder einen Antrag zu machen.

Ich konnte nicht anders, Sir. Sie muss mich verhext haben; das denkt Mammy auch. Sie ist mir ständig im Traum erschienen und hat mich zu sündigen Handlungen verführt, Sir.

Könntet Ihr das etwas genauer beschreiben, Mr Reed? Wie erschien sie Euch?

Sehr verlockend, Sir. Sie kam nackt zu mir als Geist und setzte sich auf meine Brust, Sir, und tat alle möglichen lüsternen Dinge. Doch in Wahrheit verging ich mich an mir selbst, Sir, und Mammy lag schnarchend neben mir im Bett.

William, Ihr wisst, dass Selbstbefriedigung von Gesetzes wegen strafbar ist.

Ja, Sir, aber ich konnte nicht anders. Als bewegte sie selbst meine Hand, Sir.

Ihr meint, sie habe ihren Geist ausgeschickt, um Euch zu quälen?

Gequält hat sie mich jedenfalls, Sir. Bis vor ein paar Wochen, als ich und Martha den Bund geschlossen haben. Bis dahin hat mich Thankful Seagraves, seit ich sie das erste Mal sah, als sie krank in Roxbury lag, jede Nacht gequält.

Könntet Ihr schildern, wie Ihr die Fremde Thankful Seagraves zum ersten Mal gesehen habt, Mr Reed? Ich muss alles in meinem Buch niederschreiben. Unter welchen Umständen geschah das? Fahrt fort, William. Der Protokollbeamte möchte alle Einzelheiten hören, an die Ihr Euch erinnert.

Das war, als man sie in das Haus vom alten Tobias Webb brachte. Sie fieberte und war dem Tode nah, jammerte und jammerte in der papistischen Sprache. Master Greenwood bat mich, mit ihm nach Roxbury zu kommen und zu hören, ob ich einen Sinn in ihrem Gestammel erkennen konnte. Wie manche Leute wissen, Sir, ist mein Pappy in seiner Jugend mit Sir Francis Drake in die Karibik gesegelt und hat ein oder zwei Wörter Spanisch gelernt, die er zu meinen Brüdern und mir sagte, wenn er wütend war und uns prügelte, weil wir uns schlecht benommen hatten. Die Geschichte habe ich Master Greenwood erzählt, und er hat mich gefragt, ob ich Thankful Seagraves zuhören und verstehen kann, was das Weib brabbelt. Ich muss zugeben, ich bekam es mit der Angst, als ich die zweifarbigen Augen sah. Und aus ihren Worten bin ich auch nicht schlau geworden. Aber schon da hat sie mich verhext.

Und wie hat sie das gemacht, Mr Reed?

Hat sich gerade im Bett aufgesetzt und das Hemd gehoben, Sir, und mir ihre nackten Zitzen gezeigt.

Und was habt Ihr gemacht, William?

Ich hab gemerkt, wie meine Arme sich ihr entgegenstreckten, als hätte ich keine Gewalt über meinen Körper. Als würde sie mich mit ihren merkwürdigen Augen zu ihrer Nacktheit ziehen, und bevor ich mich versah, waren meine Hände auf ihr, und sie wand sich im Bett und lachte und spreizte die Beine und wollte mehr, Sir.

Habt Ihr dem Weib mehr gegeben, William?

Nein, Sir. Ich bin aus dem Bann aufgewacht und hinausgerannt.

Habt Ihr Mr Greenwood davon erzählt, William?

Nein, Sir. Hab mich geschämt. Hatte Angst. Ich wusste, die Gevatterin Greenwood würde mir eins überziehen und Mammy verraten, dass ich mich an ihrer kranken Dienstmagd vergangen hab. Wenn ihr meine Mammy mal gesehen hättet, Sir, würdet Ihr verstehen, dass ich nicht mit ihr über Kreuz sein möchte. Ihr wär's egal, dass ich ein erwachsener Mann bin, Hochwürden. Sie würde gleich die neunschwänzige Katze holen.

Und seither, Mr Reed, ist Euch Thankful Seagraves in der Nacht erschienen und hat alle möglichen lüsternen Handlungen mit Euch in Eurem Bett vollzogen?

Bis vor ein paar Wochen, Sir, und das ist die Wahrheit.

Und doch habt Ihr darauf bestanden, sie zu heiraten, William? Habt Ihr nicht gefürchtet, eine Hexe zu ehelichen?

So hab ich das nicht gesehen, Sir. Ich weiß nicht viel über Hexen. Hab nur gedacht, dass sie mir in Hirn und Lenden sitzt, weil ich sie so sehr begehrte.

Aber Euer Begehren wurde von ihrer unziemlichen Handlung, bei der sie Euch ihre Blöße zeigte, entfacht. Seit jenem Tag hat sie Macht über Euch ausgeübt. Es sollte Euch nicht wundern, dass sie Euch nicht heiraten wollte, denn damit hätte sie ihren Einfluss auf Euch verloren, William. Versteht Ihr das nicht? Das Weib hat Euch durch die Hoffnung, sie könnte Euer Angebot eines Tages annehmen, an sich gefesselt und Eure Männlichkeit gereizt.

Dann ist sie eine tückische Hexe, Sir.

Ja, William. Diese Thankful Seagraves ist in der Tat eine tückische Hexe. Natürlich wisst Ihr, dass sie kürzlich die Frau des Ältesten Tobias Webb geworden ist?

Ich hab davon gehört, Sir. Ich konnte es nicht glauben, weil er so spät im Leben steht und sie immer so entschlossen war, keinen zu heiraten.

Und warum sollte sie wohl einen alten Mann wie Tobias heiraten und nicht Euch, der Ihr in der Blüte Eures Lebens steht?

Das kann ich nicht sagen, Sir, 's ist ein Rätsel.

Würdet Ihr sagen, dass der alte Tobias dem Weib vielleicht mehr bieten kann als Ihr und dass sie, da sie eine Papistin und gierig bis ins Mark ist, sich lieber einem Mann hingibt, dessen Witwe und Erbin sie bald sein wird, als einem, der wenig mehr besitzt als ein Fischerboot und noch viele Jahre seines Lebens vor sich hat? Ganz zu schweigen davon, Mr Reed, dass diese Ehe Thankful Seagraves aus ihrer Sklaverei befreit und Tobias Webb als sichtbarer Heiliger ihr den gleichen Stand in der Kirche verschafft hat, den er selbst innehat.

Dann ist sie ein schlaues Weib, meine Herren.

Betrachtet Euch als glücklichen Mann, dass Ihr die Fremde nicht geheiratet habt. Würdet Ihr eine schlaue Hexe in Eurem Bett wollen, die Eure unsterbliche Seele zerrüttet?

Sieht aus, als wäre ich verschont geblieben, Sir.

Der Morgen dämmert über Marblehead.

48. Kapitel

»›Manche bergen sich in Klüften,
Tief im Erdenschoß;
Springen tief aus hohen Lüften,
Um nicht zu ertrinken bloß …‹«

Caleb stand auf dem Hocker und sagte für Jerónima und den alten Mann ein Gedicht mit dem Titel »Tag des Jüngsten Gerichts« auf, wobei seine jugendliche Stimme zwischen verschiedenen Oktaven schwankte.

»Hast du nicht genau das getan, Thankful Seagraves? Bist du nicht auch in die Tiefe gesprungen? Das hat Mama Becca jedenfalls erzählt.«

»Sei still, ich will zuhören«, schalt sie der alte Mann.

»›Zum Felsen hin (kalt, ohne Sinn),
In Berg und Wald hinein,
Nur weg von diesem grausen Bild
Und diesem fürchterlichen Sein.‹«

»Du grauses Bild!«, rief Jerónima lachend.

»Mädchen, wenn du ihn noch einmal unterbrichst, hau ich dir die Ohren blau.«

Concepción war an diesem Tag nicht nach Abendessen zumute. Rebecca hatte Stinte mitgebracht und verlangte, dass sie sie für den alten Mann als Pastete zubereitete.

»Er mag diese Fische nicht, Rebecca, sie werden ihm das Essen verderben.«

»Unsinn. Glaubst du etwa, du wüsstest mehr über die Essgewohnheiten meines Vaters als ich? Du magst zwar mit ihm verheiratet sein, aber du weißt noch lange nicht alles über meinen Vater. Er hat frischen Stint immer geliebt, nicht wahr?«

»Was?«

»Stint! Weißt du noch, wie gern du frischen Stint gegessen hast?«

»Rind? Ich habe kein Rind. Sehe ich aus wie ein Bauer?«

»Egal, tu einfach, was ich sage, Thankful Seagraves. Das gibt eine leckere Füllung für die Pastete.«

»Er hat Schwierigkeiten beim Stuhlgang, Rebecca. In den letzten drei Tagen hat er auf dem Nachttopf gesessen und sich abgemüht und geflucht. Eigentlich wollte ich eine Gemüsepastete mit weißen Rüben und Erbsen zubereiten.«

Rebecca lief rot an, sprach aber mit gesenkter Stimme. »Ich mag zwar nicht mehr deine Herrin sein, seit du dich ins Bett meines armen alten Vaters gestohlen hast, aber heute dulde ich keinen Widerspruch, Thankful Seagraves.«

Das Kräftemessen wurde durch ein heftiges Klopfen an der Tür unterbrochen.

»Schau nach, wer da ist, Caleb«, sagte Rebecca, doch Jerónima war schon hingelaufen.

Vor der Tür stand die Gevatterin Thorn und zerrte an ihrer Schürze. »Ich wollte nur meine Eier abholen und Euch die schlechten Neuigkeiten bringen, falls Ihr noch nicht davon gehört habt.«

Concepción bat Jerónima, in der Scheune den Korb mit Eiern zu holen, den sie für die Gevatterin Thorn beiseitegestellt hatte, und machte sich wieder daran, den Pastetenteig auszurollen. Das Mädchen schoss nach draußen und rannte die Gevatterin beinahe um.

»Vorsicht, Hanna«, warnte Rebecca. »Kommt doch herein,

Mehitable. Nehmt eine Erfrischung mit uns ein. Ich kann Euch heißen gewürzten Apfelwein anbieten.«

Die Gevatterin Thorn schüttelte den Kopf, dass die Zipfel ihrer Haube flatterten. »Ich danke Euch schön, aber ich muss selbst das Abendessen zubereiten«, sagte sie, trat aber dennoch in die Küche.

»Welche Neuigkeiten bringt Ihr uns, Mehitable?«

»Sarah Osborn aus dem Dorf Salem ist im Gefängnis gestorben, wie ich hörte. Die boshafte Vettel hat nie gestanden. Sie ist mit ihren Sünden ins Grab gegangen.«

»Wer ist gestorben?«, rief der alte Mann.

»Sarah Osborn, Großvater«, sagte Caleb. »Aus dem Dorf Salem. Im Gefängnis gestorben.«

»Ist das die Alte, die nach einem Geistlichen verlangt hat?«, erkundigte sich der alte Mann und paffte an seiner Pfeife.

»Woher weißt du etwas über Sarah Osborn, Vater?«

»Jacob Lowe war gestern hier. Er sagte, keiner der ehrenwerten Bürger Bostons habe einer sogenannten Hexe Beistand leisten wollen, also habe er es selbst getan. Er sagte, die Gevatterin Osborn sei alt und krank gewesen, aber in keiner Weise verhext. Verdammter Unsinn, seit Jahren bezeichnen sie Frauen nun schon als Hexen.«

»Nicht nur Frauen, Tobias«, erwiderte die Gevatterin Thorn laut. »Man hat Giles Corey ins Gefängnis geworfen. Und George Jacobs und George Burroughs wurden ebenfalls angeklagt.«

»Burroughs? Der Pastor Burroughs?«, fragte Rebecca.

»Eine wahre Schande, so ein gutaussehender Mann«, antwortete die Gevatterin.

»Ist das nicht der Burroughs, mit dem du einmal geturtelt hast, Becca? Bevor du dir diesen Dieb von einem Kaufmann in den Kopf gesetzt hast?«

»Vater!«

»Ich würde das nicht so laut sagen, Tobias«, warnte ihn die Gevatterin Thorn. »Nun, da sie auch ihn einen Hexer nennen.«

»Die ganze verdammte Kolonie hat den Verstand verloren.«

»Dann glaubt Ihr es also nicht, Tobias? Dass es Hexen sind, meine ich?«

»Ein Haufen Unsinn«, meinte der alte Mann lachend. »Die Richter stecken mit den Kaufleuten unter einer Decke, wenn Ihr mich fragt. Sie tun alles, um den Leuten ihr Hab und Gut zu nehmen.«

»Na bitte, er fängt schon wieder an. Achtet nicht auf ihn, Mehitable. Er ist nur ein zänkischer alter Bock. Seid Ihr sicher, dass Ihr keinen Apfelwein mit uns trinken wollt?«

Jerónima kam mit roten Wangen und leeren Händen ins Häuschen gestürmt. »Die Katze hat eine Maus gefressen, Thankful Seagraves«, sagte sie aufgeregt.

»Wo sind die Eier, Hanna?«, wollte Rebecca wissen.

»Ich habe Polly den Korb gegeben. Sie hat gesagt, sie friert sich da draußen den Hintern ab.«

»Hatten wir nicht noch vor ein paar Tagen Frühling? Wer versteht schon das Wetter in Neuengland? Gestern sind meine ganzen Blumenzwiebeln erfroren«, sagte Rebecca.

»Ich habe dir gesagt, dass der Almanach für diesen Frühling noch einen späten Sturm vorausgesagt hat«, warf der alte Mann ein.

»Heißer Apfelwein täte wohl«, sagte die Gevatterin Thorn, »aber ich sollte jetzt gehen.«

»Caleb, bring die Gevatterin Thorn bitte nach Hause. Es ist fast dunkel.«

»Ma, ich muss bis morgen diesen ganzen Abschnitt auswendig lernen.«

»Es ist Wigglesworth«, erklärte Rebecca der Gevatterin. »Sein Lehrer will, dass er es auswendig lernt.«

»'s ist ein gutes Gedicht für diese Zeiten«, sagte der alte Mann. »Das Jüngste Gericht, in der Tat.«

»Lasst den Jungen nur hier«, sagte die Gevatterin Thorn. »Polly und ich gehen den Weg jeden Tag. Heute Abend rechne ich nicht mit Wölfen oder Indianern. Wir schaffen das auch ohne Begleitung.«

»Dann möge Gott mit Euch sein, Mehitable«, sagte Rebecca. »Und danke, dass Ihr Euch die Mühe gemacht und uns die Nachricht gebracht habt.«

Auf der Schwelle sagte die Gevatterin Thorn: »Ich bin erstaunt, dass Euch noch niemand von der Osborn erzählt hat …« Sie nickte zu Concepción hinüber. »Wie ich hörte, leistet sie Horace Gibbons Gesellschaft, seit man ihre Indianerfreundin in ein Verlies geworfen hat.«

Rebecca funkelte Concepción an. »Stimmt das?«

Concepción schnitt gerade die Rüben klein. »Ihr habt Euch verhört, Klatschmaul Thorn«, sagte sie. »Ich bin einmal im März hingegangen, als Tituba gerade dort war. Ich habe ihr Essen gebracht und bin seither nicht mehr da gewesen.« Sie schaute Jerónima eindringlich an, damit diese den Mund hielt.

»Jeder erzählt etwas anderes«, sagte die Gevatterin Thorn. »Jüngstes Gericht, Jüngstes Gericht«, murmelte sie und ging.

Jerónima schloss die Tür und sprang fröhlich zum Stuhl des alten Mannes. Sie setzte sich ungefragt auf seinen Schoß, griff nach seinem Stoppelkinn und drehte sein Gesicht zu sich. »Weißt du was, Opa? Thankful Seagraves hat dem Gefängniswärter von deinem Wein und Tabak gebracht, damit sie zu Tituba Indian durfte. Ich musste mit ihr gehen, und alles war voller toter Ratten.«

»Was?«, keuchte Rebecca.

Concepción starrte das Mädchen entsetzt an.

Der alte Mann stieß Jerónima von seinem Schoß. »Bist du eine Verräterin oder einfach boshaft?«

Caleb lachte, und Jerónima versetzte ihm eine Ohrfeige.

Rebecca trat entschlossen auf Concepción zu. »Hast du etwa vergessen, wie das Kind nach dem Prozess der Witwe Glover gelitten hat? Und du wagst es, sie in ein Verlies mitzunehmen und eine Hexe anzuschauen? Du gehörst in den Stock, wenn du dein eigenes Kind auf diese Weise marterst.«

Concepción zwang sich, Rebecca nicht zu beachten. Sie wusste genau, dass diese es auf einen Streit angelegt hatte. Sie goss das heiße Wasser weg, in dem sie die Erbsen eingeweicht hatte, trocknete sie mit einem Handtuch und gab sie zu den geschnittenen Rüben und dem Salbei in die Pastete. Dann fügte sie Salz und Pfeffer, Knoblauch in Scheiben und dicke Butterflocken hinzu und legte den Deckel auf die Pastete.

»Antworte mir. Wie konntest du das tun, Thankful Seagraves? Kein Wunder, dass Hanna sich nachts zu Tode fürchtet. Du hast es nicht verdient, ein Kind zu haben.«

»Wo bleibt mein Abendessen?«, knurrte der alte Mann. »In letzter Zeit essen wir später und später. Ich verhungere, während ich auf euch Klatschweiber warten muss.«

»Hör auf zu nörgeln, alter Mann«, sagte Concepción.

Rebecca nahm den Deckel der Pastete ab und fing den alten Streit wieder an. »Ich sehe keine Stinte hier drin. Ich habe dir gesagt, dass ich sie eigens für meinen Vater gekauft habe, also wirst du mir gehorchen und sie in die Pastete tun, Thankful Seagraves.«

Concepción wusch sich die Hände im Eimer und straffte die Schultern. »Nein, Rebecca, ich muss Euch nie wieder gehorchen. Wenn Ihr eine gute Pastete mit diesen Stinten verderben wollt, nur zu. Tut es selbst.« Sie trocknete sich die Hände an der Schürze ab und ging zur Leiter.

»Darf ich fragen, wo du hingehst?«

»Die Kissenbezüge für die Witwe Cole besticken.«

»Du willst dich mit Handarbeiten beschäftigen, während ich koche?«

»Dies ist der Abend, an dem Ihr mit Eurem Vater esst, Rebecca. Also kocht, was immer Ihr für richtig haltet.«

Nun ließ Rebecca ihren Zorn an Caleb aus. »Hast du nicht noch etwas auswendig zu lernen, junger Mann? Eine erneute Klage deines Lehrers würde uns gar nicht gefallen.«

Concepción winkte Jerónima mit dem Finger zu sich. »Ich hatte dich gebeten, den Apfelwein zu holen. Worauf wartest du?«

»Mama?« Das Mädchen drehte sich zu Rebecca.

»Tu, was deine Mutter sagt, und hole den Apfelwein, Hanna«, sagte Rebecca und zog die Weste aus, wobei ihre blauen Augen auf Concepción ruhten.

Das Mädchen schaute Rebecca an, als hätte man es geschlagen. Jerónima war es nicht gewöhnt, dass Rebecca sich auf Concepcións Seite stellte oder sie, schlimmer noch, als ihre Mutter bezeichnete. Sie rannte nach draußen und schlug die Tür hinter sich zu, dass die Fensterscheiben klirrten.

»Warum sollte das Kind dir gehorchen, Thankful Seagraves?«, sagte Rebecca und steckte ihre Unterröcke hoch, damit sie nicht ins Herdfeuer gerieten. »Deine Unverschämtheit nimmt sie sich zum Vorbild. Siehst du, Caleb, weshalb junge Mädchen bei anderen Leuten in Pflege gehen? Irgendjemand muss ihnen ja christliches Benehmen beibringen.«

»Nach nunmehr vier Jahren scheint Euch das nicht sonderlich gut gelungen zu sein, Rebecca«, sagte Concepción und stieg die Leiter hoch.

Im Hintergrund konnte man den alten Mann lachen hören. »Das ist besser als Kricket«, sagte er.

»Es ist alles deine Schuld, Vater. Du hast dieser Papistin Macht über unser Leben eingeräumt.«

»Sie ist nur eine geschicktere Tyrannin als du, Becca.«

Oben auf dem Dachboden entzündete Concepción die Blechlampe. Sie spürte ein Pochen in den Schläfen. Sie hatte es sich anders überlegt. Das Muster, das sie gerade stickte, war schwierig, eine komplizierte Mischung aus Feder- und Knötchenstichen. In der Mitte prangten das feurige Oval und der Halbmond der Jungfrau von Guadalupe, eingefasst mit einer Bordüre aus Fischen und Dreiecken. Die Witwe Cole bezeichnete es als »aufgehende Sonne über einem Boot«. Diese Arbeit konnte Concepción nur bei Tageslicht ausführen, die gelben Teiche der Lampe, die kaum die Dunkelheit des Dachbodens durchdrangen, reichten nicht aus. Sie hörte, wie Jerónima wieder hereinkam und der alte Mann sie schalt, weil sie die Tür nicht hinter sich geschlossen hatte. Caleb fuhr fort, sein Gedicht einzuüben, und Rebecca beklagte sich bei ihrem Vater über die Unverschämtheit von Thankful Seagraves. Um Rebecca zu übertönen, legte sich Concepción auf ihr Federbett und begann mit lauter Stimme, Gedichte von Anne Bradstreet vorzulesen.

»Die zehnte Muse erschien jüngst in Amerika«, las sie,

»Von Krieg zu singen, von Führern und Monarchen,
Von Städten, neu gegründet, jungen Staaten,
Ist meiner geringen Feder zu erhaben …«

»Gib mir das zurück, Hanna!«

»Es heißt nicht: ›vergeblich sagen sie zu Richtern‹, sondern ›vergeblich sagen sie zu Bergen‹. Du lernst es ganz falsch, Caleb.«

»Schau nur, Mama, Hanna hat mir mein Buch weggenommen!«

»Ihr kommt jetzt beide auf der Stelle her«, sagte Rebecca. »Ihr werdet eine ganze Seite mit den Geboten in dieses Heft schreiben, und zwar noch vor dem Essen.«

»Wer zuerst, Mama Becca? Wir haben nur eine Feder.«

»Caleb fängt an.«

Concepción rezitierte weiter und fuhr mit dem Finger den »Prolog« entlang, bis sie die gesuchten Zeilen fand:

»Ich bin ein Ärgernis für jene scharfen Zungen,
Die Nähzeug sehen woll'n in meiner Hand;
Die Feder eines Dichters sollt' ich schmähen,
Denn sie verachten nur den weiblichen Verstand.
Gelingt mein Werk, wird's dennoch nicht gedeihen;
Des Diebstahls oder Zufalls werden sie mich zeihen.«

»Ma, ich kann gar nicht denken, wenn Thankful Seagraves da oben aus voller Kehle liest«, stöhnte Caleb.

»Sei ruhig, Frau!«, brüllte der alte Mann. Dann schimpfte er mit Caleb: »Und Ihr, Sir, tragt Ihr Hosen oder Röcke?«

Concepción gab das Lesen auf und entschloss sich, einen Brief zu schreiben. Anne Bradstreets Verse hatten sie an Sor Juana erinnert. Sie legte das Buch weg und öffnete ihr Schreibpult, dem sie Feder, Tintenglas und ein Blatt Pergament mit Büttenrand entnahm. Es war seltsam erregend, einen spanischen Brief zu verfassen, während Rebecca und die anderen unten waren. Sie würde ihn erst am nächsten Donnerstag verbrennen können, aber das war egal. Ich bin die Frau des Hauses, dachte Concepción, ich bin die Frau des Hauses und werde tun, was mir beliebt.

12. Mai 1692

Liebste Madre,

in Neuengland gibt es eine Dichterin namens Anne Bradstreet, die man die zehnte Muse nennt. Ihre Dichtung ist so einfach, dass ich sie auf Englisch verstehen kann, und ihr Stil ist schlicht verglichen mit Eurem, doch mir scheint, dass auch sie von den Männern verfolgt wurde, weil sie schrieb und ihren Verstand gebrauchte, und man ihr sagte, sie sollte lieber die Nadel als die Feder schwingen. Ich frage mich, was die auserwählten Kinder Gottes sagen würden, wenn sie Eure Verse läsen, Madre. Ich wünschte, ich wüsste noch mehr von dem Gedicht über die verstockten Männer, das mir keine Ruhe lässt und dessen Zeilen ich auf ein Tuch gestickt und an die Wand über meinem Bett geheftet habe, wo es mir großen Trost spendet, weil ich unter Eurer Weisheit schlafe. Vielleicht sollte ich die Verse ins Englische übersetzen und einige Strophen für die Stickarbeiten verwenden, die ich für die Witwe Cole anfertige. Ich kann es mir schon vorstellen: ein Kissenbezug mit den Worten »Wen trifft die größ're Schuld an Leidenschaft, die fehlgeht? Sie, die die Bitt' erhört, oder ihn, der fallend bittet?« Oder eine Schürze, auf die eine Kurzfassung einer Eurer Beobachtungen gestickt ist: »Wer verdirbt Tugend, wenn nicht der Verderber?«

Von unten hörte sie Rebecca, die den alten Mann wegen seiner Winde zur Ordnung rief, und Caleb, weil er am Morgen verschlafen hatte und sein Vater ein Bußgeld zahlen musste, weil er zu spät zur Morgenpredigt gekommen war, und Jerónima, weil sie ihre Schürze in der Scheune mit Hühnerdreck beschmutzt hatte.

»Ihr drei seid allesamt unerträglich.«

»Guter Gott«, fluchte der alte Mann. »Du bist schlimmer als deine Mutter.«

Eure Worte über die verstockten Männer, die Frauen grundlos beschuldigen, treffen auf unheimliche Weise zu, Madre, da Neuengland von Hexengeschwätz geplagt wird und allerorts Frauen von Kindern, Nachbarn, sogar ihren eigenen Verwandten beschuldigt werden, weil sie böse Taten an ihnen verübt hätten.

Meine beste Freundin Tituba ist auch unter ihnen. Sie war eine der Ersten, die man beschuldigte, obwohl es heißt, dass sie, anders als die Übrigen, gestanden habe. Sie sagt, sie gebe dem Teufel nur, was ihm zusteht, aber ich verstehe nicht, wie sie das meint. Es ist einer dieser englischen Ausdrücke, die sie manchmal benutzt. Dann hört sie sich an wie eine von ihnen.

»Hast du das Mehl gesiebt, Thankful Seagraves?«, rief Rebecca von unten. »Der Teig fällt immer wieder auseinander. Hast du immer noch nicht gelernt, wie man eine richtige Pastetenkruste macht?«

Concepción beachtete sie nicht und schrieb weiter. Rebecca schepperte weiter mit Töpfen und Deckeln.

In diesem Jahr hatten wir einen seltsamen Frühling, Madre, in dem der Schnee erst Mitte April schmolz und eine lodernde Hitze folgte, die die grünen Bohnen erblühen ließ und die Schösslinge der Maispflanzen hervorlockte, doch nun ist wieder Winter. Das Einzige, was im Jahre 1692 bislang gedieh, ist die Hexerei. Die Saat wurde Ende Februar im Dorf Salem ausgebracht. Bis März waren die Stängel schon hoch aufgeschossen, und die Aprilwinde verteilten den Pollen in der ganzen Kolonie. Jetzt sprießen in jeder Stadt Neuenglands Hexen, eine wahre Hexenernte. Schon hat man über hundert Menschen angeklagt, meist Frauen. Das Verlies, in dem meine Freundin Tituba seit März in Ketten liegt, fließt über von Menschen, und es heißt, es würden noch Hunderte mehr verdächtigt. Bisher wurde niemand gehängt, obwohl eine Frau im Gefängnis an einer Krankheit gestorben ist. Alle sind dort, weil törichte Männer, die sich als Richter und Pastoren verkleidet haben, die Sünden der Welt verkörpern und das Fleisch des Teufels, wie Ihr vor so vielen Jahren gesagt habt.

»Thankful Seagraves, hörst du mir überhaupt zu? Ich brauche deine Hilfe.«

»Du sollst nicht auf meiner Frau herumhacken, Weib!«, knurrte der alte Mann.

»Mama, sie ist da oben und liest Robins Bücher«, petzte Jerónima. »Sie schreibt sogar papistische Dinge hinein.«

»Woher willst du das wissen, Hanna? Kannst du die papistische Sprache lesen?«

»Sie wollte es mir beibringen, als ich klein war, aber ich habe es nicht gelernt. Ich wusste, es ist schlimm.«

Concepción schüttelte den Kopf, als sie die Lügen ihrer Tochter hörte, sagte aber nichts. Doch die nächsten Worte des Mädchens ließen ihre Hand erstarren.

»Und weißt du was, Mama Becca? Thankful Seagraves schreibt papistische Briefe an ihre Freundin, die im Meer gestorben ist, und sie verbrennt am Tag der Predigt die Briefe im Wald, und sie hat ein Ding auf dem Dachboden hängen, das wie ein kleines Netz aussieht, in dem man Träume fängt. Sie sagt, sie hätte es von ihrer Indianerfreundin aus dem Wald.«

»Kann ich das mal sehen?«, fragte Caleb.

»Genug von dem Lärm!«, dröhnte der alte Mann. »Ich bin kurz davor, euch allen eine anständige Tracht Prügel zu verpassen. Weib, komm zum Essen herunter! Ich dulde in meinem Haus nicht länger Tratsch und Dummheiten.«

Bei Tisch herrschte angespannte Stille. Concepción sah, dass Rebecca den Pastetenteig aufgegeben und stattdessen eine dicke Suppe zubereitet hatte, eine Stintsuppe mit unregelmäßigen Klößchen, zerkochten Erbsen und Rüben, die in Knoblauch, Butter und Salz schwammen.

Jerónima schmollte, und Caleb las seinen Wigglesworth, während der alte Mann mit dem langen Nagel seines Zeigefingers die Stinte aus dem Essen pulte.

»Ich hasse diese verdammten Fische«, beklagte er sich und mahlte mit den zahnlosen Kiefern.

»Das sind Stinte, Vater. Du hast sie immer gern gemocht.«

»Ich habe Stint noch nie gemocht. Die verdammten kleinen Gräten bleiben mir im Schlund stecken.«

»Das wird dich nicht umbringen, Vater.«

»Als ob dir das etwas ausmachen würde.« Er wandte sich an Concepción. »Wenn du sie noch einmal kochen lässt, komme ich mit der Rute zu dir.« Er schob sein Essbrett beiseite. »Hol mir Käse.«

»Du kannst keinen Käse essen, alter Mann«, erwiderte Concepción. »Du brauchst etwas, das deinen Stuhl auflockert, und nichts, das ihn zusammenbackt.«

»Das ist kein Tischgespräch«, meinte Rebecca naserümpfend.

»Ich esse, was mir gefällt, Frau! Und nun hol mir Käse.«

Concepción ging zum Schrank, schnitt einen Keil von Gevatterin Thorns scharfem Käse ab und ließ ihn vor dem alten Mann auf den Tisch fallen. »Dann iss deinen Käse. Aber verfluche nicht mich, wenn du morgen früh nicht scheißen kannst.«

Die Kinder kicherten, doch Rebeccas eisblauer Blick ließ sie verstummen.

»Nun, ich sehe, wie sehr man mich hier schätzt. Ich weiß gar nicht, weshalb ich jeden Donnerstag herkomme.«

»Ich auch nicht«, murmelte Caleb, der ein Klößchen kaute.

»Werd bloß nicht frech, junger Mann«, keifte Rebecca. »Es ist mir egal, wie groß oder alt du bist, du wirst mich immer und überall ehren und respektieren. Und du, junge Dame …« Sie wandte sich an Jerónima. »Ich kann dir gar nicht sagen, wie enttäuscht ich von deinem Benehmen heute Abend bin. Türen schlagen und Schreianfälle, was sind das für Manieren? Du wirst in der kommenden Woche hier bleiben und dir überlegen, wie du das wiedergutmachen kannst.«

»Du nimmst mich nicht mit nach Hause?«, fragte Jerónima mit bebender Stimme.

»In dieser Woche nicht. Bis dahin kannst du an einem Sticktuch mit dem folgenden Bibelvers arbeiten: ›Eine anmaßende Tochter ist eine Schande für Vater und Mutter und wird von beiden verstoßen werden.‹ Ich möchte, dass du es bis zum nächsten Predigttag fertigstellst. Hast du mich verstanden?«

»Was ist mit der Schule?«

»Dein Unterricht bei Mrs Foster wird warten müssen, bis du gelernt hast, dich wie eine richtige junge Dame zu benehmen.«

Sowie der alte Mann seinen Käse aufgegessen hatte, zündete er wieder die Pfeife an und blies den Rauch quer über den Tisch. Rebecca und Caleb brachen nach dem Essen umgehend auf. Jerónima folgte ihnen zum Wagen und flehte sie an, sie mitzunehmen, doch Rebecca stieg ein, ohne das Mädchen zu beachten. Jerónima blieb draußen am Zaun stehen und schrie aus Leibeskräften nach Rebecca. Concepción ließ die Tür offen, während sie das Geschirr abwusch, und schaute alle fünf Minuten nach, ob das Mädchen nicht dem Wagen nachgelaufen war. Doch der Abend war schwarz und mondlos, und Concepción wusste, wie sehr sich Jerónima vor der Dunkelheit fürchtete. Der alte Mann saß zitternd auf dem Nachttopf, protestierte aber nicht gegen die offene Tür. Concepción wartete, bis er Wasser gelassen hatte, zog ihm ein sauberes Nachthemd an und brachte ihn zu Bett.

»Meine Tochter ist eine boshafte Frau«, sagte der alte Mann, während Concepción die Decke um seinen zerbrechlichen Körper feststopfte.

»Zieh deine Mütze an, alter Mann«, sagte Concepción und gab ihm die saubere Mütze. »Wir bekommen wieder eine kalte Nacht.«

Der alte Mann spitzte die Lippen, und sie beugte sich vor, damit er sie auf die Wange küssen konnte. Er drehte ihr Gesicht zu sich, und sie rechnete schon mit einem Kuss auf die Lippen, doch er kam nicht. Er schaute sie nur mit seinen silberblauen Augen an.

»Du bist Mistress Tobias Webb. Vergiss das nicht.«

»Schlaf gut, alter Mann.«

Sie schloss die Bettvorhänge und machte sich daran, die Bettpfanne mit glühenden Kohlen zu füllen. Als die Glocke im spitzen Turm des Gemeindehauses das Abendläuten anstimmte, zog sie Jerónima gewaltsam ins Häuschen, die Arme fest um die Brust des Mädchens geschlungen. Der kleine Körper zitterte vor Kälte, die Lippen waren blau, dennoch trat Jerónima ihr vors Schienbein.

»Sie wird dich in Boston nicht hören, so laut du auch schreien magst«, versuchte Concepción es mit Vernunft.

»Es ist deine Schuld, Thankful Seagraves. Wenn du sie nicht wütend gemacht hättest, wäre sie nicht böse mit mir.«

»Es wird dich nicht umbringen, eine Woche bei deiner eigenen Mutter zu leben.«

»Du bist nicht meine Mutter. Sie ist meine Mutter. Sie ist meine Mama Becca!«

»Sie ist nicht deine Mutter. Vergiss nicht, ich habe dich geboren. Du bist nur Rebeccas Püppchen, weil sie keine Kinder mehr bekommen kann.«

»Ich bin nicht ihr Püppchen!« Jerónima kreischte so laut, dass der alte Mann hinter seinen Vorhängen brüllte: »Schluss mit dem Gekeife, ihr beiden!«

»Mama Becca hat mich lieb«, zischte Jerónima. »Sie hat mich lieber als Caleb, ihren eigenen Sohn.«

Concepción schüttelte den Kopf. »Arme Jerónima.«

»Nenn mich nicht so!«, schrie das Mädchen wieder los. »Ich habe dir gesagt, so heiße ich nicht!«

»Bei Gott, gleich setzt es Prügel«, donnerte der alte Mann.

»Ganz ruhig, *hija*.«

Concepción streckte die Hand nach ihr aus, doch das Mädchen wich zurück.

»Ich bin nicht deine *hija*. Mama Becca sagt, du bist eine Fremde und ein Piratenweib, und ich hasse es, deine *hija* zu sein. Ich wünschte, ich könnte Mama Beccas Tochter sein, nicht deine! Nicht deine, Thankful Seagraves!«

Jerónima weigerte sich, mit ihr auf dem Dachboden zu schlafen. Das Mädchen wickelte sich in eine wollene Tagesdecke, die es im Schrank gefunden hatte, und rollte sich vor dem Feuer auf der Sitzbank zusammen, wo es sich in den Schlaf weinte. Concepción saß am Tisch und versuchte, an der Buchführung zu arbeiten, doch auch ihr liefen die Tränen herunter und tropften auf das Papier.

Sie starrte auf den Betrag, den sie Greenwood noch schuldete. Durch die Zinsen war er mit jedem Jahr angewachsen. Sie zahlte die neuen Kochtöpfe ab, die sie nach der Hochzeit gekauft hatte, die Reparatur der eisernen Räder am Lehnstuhl des alten Mannes und die Nahrungsmittel, die die Freibeuter mitbrachten, mit denen Nathaniel Handel trieb und auf die sie nicht verzichten konnte – Olivenöl, Orangen, Kaffee, Kakao, Safran, Zimt und Koriandersamen. Sie hatte die Gewürze in winzigen grünen Gläsern, die sie für einen Penny das Stück in der Apotheke gekauft hatte, auf dem Fenstersturz aufgereiht. Jerónima war aus allen Kleidern herausgewachsen und brauchte überdies jedes Jahr ein neues Paar Stiefel, bei denen der eine speziell für ihren kranken Fuß mit einem tieferen Fersenbett versehen werden musste. Nun hatte Rebecca sie auch noch bei einer Mrs Foster zum Unterricht in Arithmetik, Musik und Latein angemeldet und das Jahreshonorar von sechs Dollar ebenfalls auf Concepcións Rechnung gesetzt. Und wozu? Sie wischte sich die Tränen mit dem Handrücken ab. Damit das Mädchen sie hassen und verunglimpfen und sich weigern konnte, seine Muttersprache zu sprechen, das Einzige, worum Concepción es je gebeten hatte?

»Hör auf, dich zu bemitleiden, Concepción Benavídez«, sagte sie laut auf Spanisch. »Überlege dir lieber, wie du diese Schuld begleichen sollst.«

Wieder und wieder ging sie die Zahlen durch, um sicher zu sein, dass Greenwood sich nicht wie üblich verrechnet hatte. Da entdeckte sie etwas auf der nächsten Seite des Kassenbuchs. Ach, es waren nur die zehn Gebote, die Rebecca die Kinder hatte niederschreiben lassen. Auf einer Seite sah man Calebs enge, kaum leserliche Schrift, auf der anderen Jerónimas ausladende schräge Buchstaben. Sie wollte das Buch schon zuklappen, als sie entdeckte, dass hinter den Geboten noch etwas folgte. Die Kinder hatten einen schriftlichen Dialog geführt, der Concepcións Herz erstarren ließ:

Ich will dieses Traumfängerding sehen. Hol es.
Ich kann es nicht anfassen. Es ist böse.
Was macht es denn?
Weiß ich nicht.
Woher weißt du, dass es böse ist?
Thankful Seagraves hat ein geschnitztes Bild von einer Frau im Umhang, die auf einem schwarzen Halbmond steht, mit Flammen um sich herum. Sie zündet jeden Tag Kerzen an und betet zu dem Bild. Meinst du, es ist böse?
Vielleicht ist sie eine Hexe.
Sollen wir es Mama Becca sagen?

Concepción riss das Blatt heraus, zerfetzte es und warf es ins Feuer. Das Mädchen auf der Sitzbank regte sich unter seiner Decke.

IV. BUCH

Tage des Gerichts

(JUNI–OKTOBER 1692)

49. Kapitel

Es war kurz vor der Sommersonnenwende, und es hatte das ganze Jahr noch nicht anständig geregnet. Der Garten war kahl, die Felder lagen brach. Die Kühe auf dem Common waren träge, knochig und schlecht gelaunt. Den ganzen Frühling über hatte Concepción Sorgen mit den Hühnern gehabt. Sie waren mager geworden, weil es an Wasser mangelte, die Eier waren mit Blut gesprenkelt und die Küken zu schwach zum Schlüpfen. Mais und Getreide wuchsen spärlich, so dass sie gezwungen war, gemahlene Eicheln und gestampfte Rüben mit Salz, Salbei und getrocknetem Knoblauch zu mischen. Das wenige Wasser, das noch im Brunnen gestanden hatte, war verdunstet. Selbst der Wald wirkte durstig und roch mehr nach Stroh als nach Kiefern. Heute jedoch konnte Concepción den Regen spüren. Ein Unwetter zog auf. Sie fühlte es in den Knochen, die bis ins Mark schmerzten.

Nach dem Frühstück reinigte sie das Häuschen. Jerónima sollte unterdessen die wenigen Hennen und Hähnchen zusammentreiben, die sie später zum Markt bringen wollte, als ein Fuhrwerk mit roten Rädern auf den Scheunenhof rollte. Auf dem Bock saß Rebecca. Concepción wischte sich die Hände an der Schürze ab und ging nach draußen.

»Mama Becca! Was machst du denn heute hier?«, quiekte Jerónima.

»Wir fahren nach Dorchester«, sagte Caleb mit geblähter Brust. »Wie gefällt dir unser neues Fuhrwerk?«

»Ich hole Hanna ab«, sagte Rebecca zu Concepción.

»Sie bleibt noch bis zum Ende des Tages bei mir. Ich werde sie Euch bringen, wenn wir auf dem Markt fertig sind. Ihr braucht sie nicht abzuholen.«

»Ich weiß, aber wir besuchen Nathaniels Schwester in Dorchester; ich habe ihr Kleines noch nicht gesehen und dachte, dass Hanna gern mit mir und Caleb in unserem schönen neuen Fuhrwerk fahren möchte.«

»Sie kann nicht mit. Ein Unwetter zieht auf.«

»Thankful Seagraves, welchen Unsinn faselst du wieder? Bist du zur Wetterfahne geworden? Ich sehe nicht eine einzige Wolke am Horizont. Was meinst du, Hanna? Die Fahrt ist nicht lang, außerdem habe ich dir die neue Übersetzung der *Fabeln des Äsop* gekauft, die du unterwegs lesen kannst.«

»Ich möchte mir dir fahren, Mama Becca«, jammerte Jerónima.

»Schön, dann wäre das also abgemacht. Spring auf. So ist's gut. Setz dich zwischen mich und Caleb.« Sie schnalzte mit der Zunge, und das Pferd trabte los. »Bis Samstag dann, Thankful Seagraves.«

»Die wären wir los«, rief Caleb.

»Pst, Caleb«, mahnte ihn Rebecca.

»Leb wohl, *bebita*«, rief Concepción, doch das Mädchen hatte schon die Nase ins Buch gesteckt.

Concepción stand auf dem Scheunenhof und sah ihnen nach. Sie fragte sich, weshalb sie in Richtung Boston fuhren, wenn Dorchester doch südlich von Roxbury lag, aber der alte Mann rief nach ihr, sie solle ihm vom verdammten Abort helfen. Außerdem musste sie noch die Hühner zusammentreiben, was eigentlich Jerónimas Aufgabe gewesen wäre. Immerhin lagen die Eier schon in den flachen Körben im Karren, obwohl das Mädchen sie vermutlich nicht sauber gewischt hatte, wie sie es ihm aufgetragen hatte.

Die drei Meilen bis Boston entlang des Neck schienen jedes Jahr länger zu werden, und in einem erbarmungslos heißen Sommer wie diesem war der Weg besonders schlimm. Die Räder des Karrens knirschten und holperten über die Steine in der festgebackenen Erde. Selbst so früh am Morgen hing das Laub schlaff und blass von den Bäumen. Eine Frau schrubbte die Eingangsstufe vor Georges Taverne, in der Tituba früher gearbeitet hatte. Concepción winkte ihr zu, doch die Frau schenkte ihr keine Beachtung. Am Flussufer ballten sich Wolken zusammen, und die Umrisse der Windmühle zeichneten sich scharf vor dem heranziehenden Unwetter ab.

Sie schob den schweren Karren durchs Stadttor, wo der Neck in die Orange Street überging, und bis hinauf zu der gewaltigen Eiche an der Essex Street. Wenn sie früh genug unterwegs war, ging sie gern nach links bis zur Tremont Street, um den Kühen auf dem Common beim Grasen zuzusehen. Heute blieb jedoch keine Zeit dafür, außerdem war das Gras nicht grün, sondern gelb wie Heu. Hinter der Kreuzung wurde die Orange zur Newbury Street, die bis zu Samuel Sewalls Haus führte. Bis Mai hatte sie dort jede Woche sechs Eier abgeliefert, doch dann war eins blutig, und Richter Sewalls Magd wollte nicht mehr bei ihr kaufen. Von Sewalls Haus an hieß die Straße Marlborough Street und von der South Church an Cornhill Street. Von hier aus konnte sie endlich die Türmchen des Rathauses erkennen. Noch einmal vier Häuserblocks weiter befand sich die Merchants Row mit Greenwoods Warenlager, dessen Rückseite an das Hafenbecken grenzte.

Zunächst musste sie sich bei Greenwood melden. »Du gehst erst auf den Markt, wenn ich mir deinen Warenbestand angesehen und ausgerechnet habe, wie viel du mir am Ende des Tages schuldest«, lautete die Regel.

Der Warenbestand war immer gleich, außer es herrschte, wie in diesem Sommer, große Trockenheit. »In diesem Fall erhöhen wir die Preise«, pflegte er zu sagen. »So läuft das Geschäft. Je mehr Ware wir haben, desto weniger kostet sie; je weniger wir haben, desto teurer wird sie.« An diesem Tag gab es nur genügend Eier für die drei Wirtshäuser, die Concepción belieferte, und sie fürchtete, einige könnten nicht in Ordnung sein. Jerónima behauptete zwar, sie habe die Eier beim Sammeln geschiert, doch sie konnte dem Kind nicht immer trauen. Die neun Hühner, die Concepción eingefangen hatte, waren mager und streitlustig; sie pickten und rauften durch die Stäbe ihrer Käfige miteinander.

»Das ist ein magerer Karren«, sagte Greenwood, als er das Angebot betrachtete. »Kaum die Reise wert.«

»Bei der Trockenheit konnte ich nicht mehr aufbringen.«

»Die Hühner müssen eineinhalb Shilling bringen«, forderte Greenwood. »Und einen Penny für jedes Ei. Nur Bargeld. Heute geben wir keinen Kredit. Die Leute sind mit den Zahlungen im Rückstand. Bargeld oder Tausch.« Er ergriff ihren Arm und kam ihr so nahe, dass sie die Haare in seinen Nasenlöchern sehen konnte. »Aber sei auch beim Tauschhandel nicht zu großzügig. Wir brauchen bare Münze.«

Die Wirtshäuser, die zu ihren Stammkunden gehörten, lagen eine halbe Meile nördlich des Hafenbeckens im North End: ein Dutzend Eier und zwei Brathennen für das Red Lion Inn in der Wood Lane, ein Dutzend Eier und zwei Hähnchen für die King's Head Tavern in der Fleet Street und ein weiteres Dutzend Eier für die Noah's Ark in der Foster Street. Heute wollte die Noah's Ark jedoch nur sechs Eier, so dass Concepción noch sechs an die Frauen verkaufen könnte, die auf dem North Square warteten.

Vor der North Church in der Moon Street standen schon vier Gevatterinnen mit Körben beisammen, bereit, den Karren zu stürmen. Sie genossen Vorrang vor den Leuten weiter südlich auf dem Marktplatz am Dock Square. Heute dürfe sie nur den Wirtshäusern Kredit geben, hatte Greenwood gesagt. Concepción feilschte ungern mit den Mägden und Gevatterinnen und wappnete sich gegen deren Groll.

»Du hast es verpasst, Thankful Seagraves«, sagte Mistress Dempsey, eine der wenigen Kundinnen, die bar zahlten, und suchte sich die vier größten gesprenkelten Eier aus.

»Heute kostet jedes Ei einen Penny.«

»Kannst du auf einen Shilling herausgeben?«

Concepción zeigte die leere Geldkiste. Die Frau gab ihr eine Vier-Pence-Münze.

»Was habe ich verpasst, Mistress?«

»Die Hinrichtung in Salem, was sonst? Bridget Bishop wurde als erste Hexe gehängt. Es sah aus wie beim Jahrmarkt im Mai, so viele Leute waren da.«

»Und Gevatterin Bishop stand da, als wäre sie schon ein Geist«, fügte Gevatterin Earle hinzu. »Blass wie ein Kuhknochen.«

»Die arme Frau hat sich bepisst, noch bevor sie die Schlinge anzogen.«

»Erinnert mich daran, wie sie vor ein paar Jahren hier in Boston die Glover gehängt haben.«

»Aber die war Katholikin, oder?«

»Und die Bishop eine Dirne, habe ich gehört«, sagte Mary Penfield, die Küchenmagd von Cotton Mather.

»Nun ja, mit ihren Gelüsten dürfte es jetzt zu Ende sein. Wie viel kostet die?« Gevatterin Earle deutete auf eine der Hennen.

»Einen Shilling und einen halben, Mistress.«

»Hast du den Verstand verloren? Meinst du etwa, ich bezahle einen ganzen Shilling und einen halben für ein Huhn, das nur aus Haut und Knochen besteht?«

»Kaufmann Greenwood hat den Preis festgesetzt, Mistress. Ihr könnt es gern mit ihm ausfechten, wenn Ihr wollt.«

»Dann muss ich meinen Vogel wohl woanders kaufen.« Sie wollte schon gehen.

»Dann eben einen Shilling, Mistress.«

Die Gevatterin Earle durchsuchte die Münzen in ihrer behandschuhten Hand und murmelte leise etwas von Wegelagerei. Dann reichte sie ihr den Shilling.

Concepción schnappte sich das Huhn, drehte ihm rasch den Hals um und gab der Gevatterin den Vogel.

»Richte Nathaniel Greenwood aus, dass ich von nun an mein Geflügel woanders kaufe«, verkündete sie und stapfte von dannen, wobei sie wütend ihren Korb schwang.

»Der Reverend möchte einen Kapaun zum Abendessen, Thankful Seagraves«, sagte Mary Penfield. »Doch niemand scheint welche zu haben.«

»Wir haben zu wenig Hähne«, erklärte Concepción, »also gibt es auch keine Kapaune, Mary. Ich habe nur noch vier Hennen und dieses Hähnchen. Es ist klein, hat aber eine schöne Brust.«

»Es sieht aus wie eine Wachtel, Thankful Seagraves. Und die Hennen scheinen mir uralt zu sein.«

»Wahrlich, sie haben in ihrem Leben schon einige Eier gelegt, aber mehr kann ich bei dieser Trockenheit nicht entbehren.«

»Dann gib mir das Hähnchen. Schreib es an.«

»Das kann ich heute leider nicht tun, Mary. Kaufmann Greenwood hat gesagt, er gibt keinen Kredit mehr, bis die Rechnungen bezahlt sind.«

»Dein Herr verweigert Cotton Mather den Kredit?«, fragte Mary Penfield mit weitaufgerissenen blauen Augen.

»Es ist seine Entscheidung, Mary. Kaufmann Greenwood sagt, jeder müsse zuerst bezahlen. Bargeld oder Tauschhandel. Wenn Ihr etwas zum Tauschen habt, nehme ich es.«

»Kein Wunder, dass die Leute nicht mehr bei dir kaufen, Thankful Seagraves«, sagte Mary und gab ihr einen Shilling für das Hähnchen. »Ich bin zum letzten Mal mit meinem Korb bei dir gewesen.«

»Wohl gesprochen, Mary Penfield. Ich schließe mich Euch an«, verkündete die Gevatterin Hibble, obgleich sie nichts gekauft hatte. »Ihr braucht in Zukunft gar nicht mehr in diese Straße zu kommen, Thankful Seagraves. Oder überhaupt in die Nähe des North Square.«

»Der Preis beträgt einen Shilling und einen halben für das Hähnchen«, sagte Concepción zu Mary Penfield, doch die tat, als hätte sie es nicht gehört. Statt drei Shilling für zwei Vögel hatte sie nur zwei eingenommen. Irgendwie musste sie den fehlenden Shilling selbst auftreiben. Sie schaute den vier Frauen nach, die zur Kirche hinüberhuschten und die Köpfe zusammensteckten wie aufgebrachte Hennen.

»Ihr müsst noch Eure alten Rechnungen bezahlen, meine Damen«, rief sie ihnen nach. »Kaufmann Greenwood wird bei Euch vorsprechen.«

Concepción drehte den Karren herum und ging die North Street entlang, die parallel zu den Kais verlief, bis sie den Dock Square erreichte. Ihr eigener Schweißgeruch vermischte sich mit dem Gestank von Pferdemist und verdorbenem Fisch. Wolken türmten sich wie Jutesäcke am Horizont. Sie achtete nicht auf die Männer an den Kais, die pfiffen und ihr nachriefen, sondern schaute auf die Bucht hinaus und stellte sich vor, als blinder Passagier auf ein Handelsschiff zu schleichen, das nach Westindien segelte. Doch das Gegacker im Karren erinnerte sie daran, dass sie noch vier Hühner und zwei Eier loswerden musste, bevor sie ins Warenlager zurückkehren und die drei Meilen heim nach Roxbury laufen konnte.

Am Dock Square stellte sie den Karren an die übliche Stelle vor dem Geschäft der Witwe Cole und teilte allen Stammkundinnen mit, wie es um ihren Kredit bestellt war.

»Das ist gottlos, Thankful Seagraves«, meinte die Gevatterin Hale stirnrunzelnd. »Nathaniel Greenwood kann doch nicht erwarten, dass wir in der augenblicklichen Lage bar bezahlen.«

»Wie ich hörte, musste Richter Sewall dem Gouverneur zweihundert Pfund leihen«, bemerkte die Witwe Wescott. »Wenn schon der Gouverneur kein Geld mehr hat, woher sollen wir es nehmen?«

»Es ist ganz und gar gemein, Thankful Seagraves«, fügte Eunice Fry hinzu. »Sind wir nicht schon verdammt mit diesen Hexen und Indianerüberfällen?«

»Nicht ich habe die Regel aufgestellt, meine Damen. Bargeld oder Tausch, das hat Kaufmann Greenwood gesagt.«

»Aber hier hat niemand Bargeld«, sagte die Gevatterin March.

»Und was sollen wir tauschen?«, wollte die Witwe Wescott wissen. »Durch die Dürre ist meine Kuh abgemagert und gibt keine Milch mehr. Ich kann keinen Käse machen. Ich kann keine Butter machen. In meinem Garten wächst nur noch Unkraut. Ich habe keinen Mais für die Schweine. Und dann soll ich meinen letzten Sack Mehl für eines dieser knochigen Hühner geben?«

»Ich habe zwölf Kinder zu Hause, die so aufgebläht sind von Lauchsuppe, dass sie ihnen zu den Ohren herausquillt«, jammerte die Gevatterin March. »Sie haben seit einer Woche keine feste Nahrung bekommen.«

»Wir sollen wohl verhungern, während sich die Kaufleute die Taschen voll machen«, sagte die Gevatterin Hale.

»Das Gleiche geschieht überall in Essex County«, bemerkte Eunice Fry.

Die Gevatterin March berührte Concepción sanft an der Schulter. »Ich habe noch einen Farthing aus der alten Heimat«, sagte sie und wühlte in ihrer Tasche. »Er war seit Jahren mein Glücksbringer, aber es wäre wohl schlimmer, zwölf Kinder verhungern zu lassen.« Sie legte die dünne Münze in Concepcións Hand.

Sie war leichter als ein Marienkäfer und vermutlich noch wertloser. Dennoch, Münze blieb Münze. Concepción wollte nicht zwölf verhungerte Kinder auf dem Gewissen haben; außerdem war es zu heiß, um mit den Frauen über magere Hennen zu streiten.

»Hat sonst noch jemand Münzen? Ich nehme alles.«

Die Witwe Wescott hielt ihr einen Penny hin. »Das ist der Rest«, versicherte sie und verzog den runzligen Mund.

»Ihr seid vielleicht ein glücklicher Haufen Klatschweiber«, sagte Concepción und öffnete die Käfigtüren. »Heute bekommt Ihr für einen Penny und einen Farthing die restlichen Hühner. Eins für jede von Euch.«

Weiße Arme schossen in den Karren. Sie konnte nicht unterscheiden, ob der Lärm von den aufgeschreckten Hühnern oder den Frauen selbst rührte. »Eines für jede, meine Damen. Werdet nicht gierig.«

»Wer mit Bargeld bezahlt hat, sollte zuerst drankommen«, sagte die Gevatterin March.

»Ich habe ihr echtes Geld gegeben«, versetzte die Witwe Wescott. »Ich sollte die erste Wahl haben.«

»Wie wäre es, wenn Ihr die letzten Eier bekämt, Gevatterin Wescott? Ist das gerecht?«

Die Witwe zuckte die Achseln und verzog wieder den Mund, steckte die Eier aber in ihren Korb, bevor jemand anders sie nahm.

Als sie gegangen waren, betrachtete Concepción die leeren Hühnerkäfige und Eierkörbe. Greenwood würde toben. Die jutefarbenen Wolken bewegten sich über den Himmel, und ein plötzlicher Wind wirbelte die losen Federn am Boden des Karrens auf. Der Tag hatte ihr Federn und einen Farthing beschert. Sie hielt die Münze vors Gesicht. Einen Glücksbringer hatte die Gevatterin March sie genannt. Sie ließ den Farthing in ihre Tasche plumpsen und legte den Penny zu den zwei Shillingmünzen und den vier Pence in die Geldkiste. Dann ging sie zu Greenwood zurück. Sie fürchtete sich vor der Begegnung, da er ihre Großzügigkeit niemals gutheißen würde. Zweifellos würde er die Preisdifferenz auf ihre Rechnung setzen.

»*Ni modo*«, sagte sie laut. »Passiert ist passiert.«

»Sprichst du mit dir selbst, Thankful Seagraves?«, fragte eine Männerstimme hinter ihr.

Sie fuhr zusammen und drehte sich so rasch um, dass sie sich den Hals verrenkte. »Ach, Ihr seid das.« Eigentlich hätte sie William Reed schon am Geruch der Fischinnereien, der ihn stets umgab, erkennen können. Sie versuchte, den Karren vorwärtszuschieben, doch er lehnte sich seitlich dagegen und ließ das Fischernetz, das er stets bei sich trug, über den Boden schleifen.

»Ich komme gerade von Master Greenwood«, sagte er, verschränkte die Arme und glotzte auf ihre Brüste.

Trotz der Hitze knöpfte sie die Weste zu. »Dorthin will ich auch.«

»Sieht aus, als wärst du zu weit gegangen. Die Merchants Row liegt einen Block hinter uns. Was bringt dich überhaupt her? Am Hafen treiben sich nur lose Weiber herum.«

»Das geht Euch nichts an, William Reed.«

»Hast du die gute Nachricht noch nicht gehört? Master Greenwood kauft sich seinen eigenen Kai. Union Wharf, der der Battery am nächsten ist, wird demnächst Greenwood Wharf and Shipyard heißen. Ich kann zwölf Monate kostenlos dort ankern.«

»Wie großzügig von ihm«, meinte sie. »Aber Ihr müsst fast eine Meile laufen, um vom North End zum Warenlager zu gelangen, und spart dabei nur den halben Pence Liegegebühren für den städtischen Kai.«

Er runzelte die Stirn. Das hatte er offenbar nicht bedacht. »Ein halber Pence ist ein halber Pence«, sagte er. »Damit spare ich …«, er zählte an den Fingern, »… zwei Pence im Monat. In einem Jahr macht das vierundzwanzig … zwei Shilling … die in meiner Tasche stecken und nicht in der des Hafenmeisters.«

Oder in Greenwoods Tasche, nachdem er dich übervorteilt hat, hätte sie am liebsten erwidert, beherrschte sich aber. Sie deutete auf das leere Netz. »Sieht aus, als hättet Ihr mit Greenwood ein gutes Geschäft gemacht.«

»Eigentlich hat Richter Sewall meinen besten Fang gekauft. Er und Richter Winthrop haben das ganze Gericht ins King's Head zum Essen eingeladen. Zwölf Männer, und jeder bekommt eine Königskrabbe, mit Scheren groß wie Hammelkeulen.«

»Das sind eine Menge Richter.«

»Es gibt auch eine Menge Hexen in Essex County.«

»Eine Menge Frauen, die man Hexen nennt«, versetzte sie. »Der alte Mann behauptet, es sei ein Komplott, um an ihren Besitz zu gelangen.«

»Mammy hält auch nicht viel von dem Gerede über Hexerei«, sagte er.

Sie war es leid, mit ihm zu sprechen. »Eure Mammy ist eine kluge Frau, William. Richtet Ihr das bitte aus. Und ich mache mich jetzt besser auf den Weg. Ein Unwetter zieht auf, und ich möchte wieder in Roxbury sein, bevor es losbricht.«

Er schaute zum Himmel hinauf, der jetzt mit graubäuchigen Wolken überzogen war. »Das Gleiche hat Mammy heute Morgen auch gesagt. Sie könne den Regen riechen. Riecht Ihr den Regen auch?«

»Ich spüre ihn in den Knochen. Meine Gelenke tun weh. Entschuldigt mich, William.« Sie versetzte dem Karren einen Schubs, doch er rührte sich noch immer nicht.

»Ich möchte dir noch etwas sagen.« Seine Augen schossen hin und her, als versuchte er, zu einer Entscheidung zu gelangen. »Von Horace Gibbons habe ich irgendwas über deine Freundin aus dem Dorf Salem gehört, aber es ist mir entfallen.«

»Etwas über Tituba? Was war es, William?«

»Gib mir zuerst einen Kuss.«

»Damit ich wegen unzüchtigen Verhaltens und Ehebruchs an den Pfahl gebunden und ausgepeitscht werde? Hältst du mich für närrisch?«

»Ich wollte dich nur necken, Thankful Seagraves.« Sein Gesicht war rot wie die Krabben, die er fing. Er trat beiseite. »Ich hab meine eigene Frau, meine hübsche Martha, und sie gibt mir jede Menge Küsse.«

»Hast du ein Glück.«

»Du bist grausam, Thankful Seagraves. Nachdem du den armen William Reed die ganzen Jahre verschmäht hast, könntest du dich wenigstens für ihn freuen, weil er eine Frau gefunden hat.«

»Ich bin glücklicher, als Ihr glaubt, William. Immerhin belästigt Ihr mich nicht mehr mit Euren Anträgen.«

»Ich weiß die Wahrheit über Euch, Piratenweib«, sagte er und streckte ihr den Finger ins Gesicht. »Du hast den alten Mann geheiratet, um seinen Besitz zu erben, du verdorbene Hure.«

»Fahr zur Hölle, William Reed«, sagte sie auf Spanisch.

Da erhob er die Stimme, dass alle Männer im Hafen seine Worte hören konnten. »Gib acht, Thankful Seagraves. Hüte deine papistische Zunge, sonst könntest du demnächst am Galgen baumeln.«

50. Kapitel

Nathaniel starrte in die Geldkiste, als wäre eine Schlange daraus hervorgesprungen.

»Zwei Shilling, fünf Pence? Wo ist der Rest?«

»Das ist alles, was ich habe, Nathaniel. Niemand konnte zahlen.«

»Was soll das heißen, sie konnten nicht zahlen?«, brüllte Nathaniel. »Ich habe dir doch gesagt, keinen Kredit, bis alle Rechnungen beglichen sind. Willst du mich bestehlen, Frau?«

»Ich habe keinen Kredit gegeben, Nathaniel. Ich habe ihnen die Hühner geschenkt.«

»Geschenkt? Willst du damit sagen, du hast meine Hühner *verschenkt*?«

»Die Hühner des alten Mannes. Die arme Gevatterin March hat zwölf hungernde Kinder, die seit einer Woche nichts als Lauchsuppe gegessen haben.«

Nathaniels Gesicht war purpurrot gefleckt. »Wie kannst du es wagen, so unverschämt zu sein?« Schon traf sie der erwartete Schlag ins Gesicht. Sie spürte, wie ihre Unterlippe zu bluten begann, und betupfte sie mit der Zunge, hielt aber seinem Blick stand. Sie würde nicht zu Boden schauen oder Angst zeigen, schließlich traf sie keine Schuld.

»Sie waren hungrig. Sie hatten kein Geld, nichts zum Tauschen und sagten, sie würden nie wieder bei mir kaufen. Ich glaube nicht, dass Ihr alle Eure Kundinnen verlieren wollt. Reverend Mathers Magd war so wütend, als ich ihren Vogel nicht anschreiben wollte, dass sie und die anderen vom North Square sagten, ich sei dort nicht mehr willkommen.«

»Nun hast du mir auch noch Ärger mit Cotton Mather eingetragen. Verdammte Schlampe, nutzloses Weib«, sagte er, doch sie merkte, dass ihn der drohende Verlust seiner Kundinnen nicht unberührt ließ.

»Es war nicht meine Schuld. Ihr habt nicht gesagt, dass ich für Mary Penfield eine Ausnahme machen soll.«

»Und die Eier? Hast du die auch verschenkt?«

»Ich hatte Glück, dass es für die Wirtshäuser reichte, Nathaniel. Für den Markt waren keine mehr übrig. Und die Hühner waren alt und zäh. Dürre Hennen alle miteinander.«

»Du hattest heute vier Hähnchen im Karren, Thankful Seagraves; glaub nicht, ich hätte sie nicht gesehen.«

»Ich konnte nur drei Hähnchen einfangen. Im King's Head haben sie zwei genommen, und Mary Penfield bekam das magere, das übrig war. Die anderen waren dürre Hennen, die auch keine Eier mehr legten.«

»Du kannst solche Entscheidungen nicht eigenmächtig treffen. Du hättest zuerst mit mir sprechen müssen.«

»Die hätten aber nicht gewartet, bis ich hierhergekommen wäre und Eure Erlaubnis eingeholt hätte, Nathaniel. Einige von ihnen behaupteten, es sei ein weiterer Fluch, wie die Hexerei und die Indianerüberfälle. Ich dachte, Ihr wolltet nicht beschuldigt werden, die Leute verhungern zu lassen. Also bewies ich Nächstenliebe. Ich kann weitere Stickarbeiten übernehmen, um den Verlust auszugleichen, falls Ihr das wünscht.«

»Und ob ich das wünsche, du diebisches Weibsstück. Was du und diese elenden Klatschweiber getan habt, kommt einem Diebstahl sehr nahe.«

Gern hätte sie ihn daran erinnert, dass ihm der alte Mann genau das vorwarf: unter dem Vorwand, den Hof zu retten, seinen Geflügelhandel zu stehlen. Doch da ihr die Großzügigkeit nur eine Ohrfeige und noch mehr Stickarbeiten eingebracht hatte, sagte sie lieber nichts mehr.

»Wenn das alles ist, gehe ich jetzt auf den Hof zurück. Ich möchte es noch vor dem Unwetter schaffen. Ich hoffe, Rebecca und die Kinder kommen sicher aus Dorchester zurück.«

»Dorchester? Was machen sie denn in Dorchester?«

»Sie wollte Eure Schwester besuchen. Das Neugeborene anschauen. Sie hat Jeró – meine Tochter – heute Morgen abgeholt –«

»Ach so«, unterbrach er sie mit gerunzelter Stirn. »Ja, ja, es geht ihnen sicher gut. Dann ab mit dir.« Er entließ sie mit einer Handbewegung. »Aber denk dran, wenn du noch mal deine Nächstenliebe ausleben willst, lasse ich dich in den Stock sperren. Ich betreibe kein Armenhaus.«

Er warf ihr einen seiner seltsamen Blicke zu, mit geblähten Nasenlöchern, zusammengekniffenen Augen und Zähnen, die sich in die Unterlippe gruben. Sie wandte ihm den Rücken zu, doch plötzlich war er hinter ihr. Sie konnte seine Erregung förmlich riechen. Schon öfter hatte er sie in dieser Weise überrascht, war so nahe herangekommen, dass sie die Haare auf seinen Armen spürte, aber nie weiter gegangen, und sie erwartete auch jetzt nichts anderes. Sie sollte sich irren.

Bevor sie sich umdrehen konnte, boxte er sie so fest in den Rücken, dass sie sich krümmte, riss ihr die Unterröcke hoch, schob seine Finger zwischen ihre Schenkel und bohrte die Daumen in ihr nacktes Gesäß. Sie versuchte, ihn mit dem Ellbogen wegzustoßen, doch er schlug sie noch einmal, dass ihr die Luft wegblieb. Sie spürte, wie er seinen Hosenlatz aufknöpfte und sein Glied in sie hineinstieß.

»Nein!«, schrie sie und wollte sich losmachen, doch er hatte einen Arm fest um ihren Bauch geschlungen, und sein ganzes Gewicht lastete auf ihrem Rücken. »Nein! Aufhören!« Sie starrte auf ein zusammengerolltes Seil, das am Boden lag, wand sich und trat nach seinen Schienbeinen, doch es war zu spät. Er stöhnte, und sie spürte, wie er sich in sie ergoss. Dann ließ er sie los, und sie prallte auf allen vieren auf die harten Dielen.

»Betrachte es als Zahlung in Naturalien«, sagte er und wischte sich mit einem Tuch ab. »Das war die erste Rate. Und jetzt geh mir aus den Augen, du verdorbenes Halbblut.«

Als sie so auf dem Boden kauerte und der Samen ihr an den Schenkeln herunterlief, wähnte sie sich wieder auf dem Piratenschiff, durchlebte aufs Neue die ständigen Vergewaltigungen, Prügel und Aléndulas Tod im Meer. Concepción spürte, wie sie zusammenschrumpfte, wie ihr Geist sich vom Körper trennte und der Zorn ganz tief aus ihrem Nabel zu wachsen schien wie damals, als sie die Kapitänskajüte in Brand gesetzt hatte. Eine bizarre Kraft brachte sie auf die Füße, ließ sie nach dem Seil greifen und es dem verstockten Mann, der mit dem Rücken zu ihr in einen Eimer pisste, um den Hals legen. Sie zog die Schlinge unter der Halskrause fest. Seine Hände zuckten wie Krallen nach ihren Haaren und dem Gesicht, doch er stolperte über den Pisseimer. Sie stieß ihn mit dem Gesicht voran auf den Boden und setzte sich auf seinen Rücken.

»Fleisch, Welt und Teufel!«, zischte sie auf Englisch. »Fleisch, Welt und Teufel!« Ihre Finger, um die das Seil geschlungen waren, wurden zu Eisen, ihre Arme zu metallenen Tauen. Ihre Knie umfingen ihn wie ein Schraubstock.

Es gab nichts mehr auf der Welt außer diesem Seil. Sie zog die Schlinge fester, überkreuzte die Arme, die vor Anstrengung bebten. Der Mann wollte den Kopf heben, doch sie drückte ihm das Knie in den Nacken und zog das Seil noch fester an, drehte es mit beiden Händen, bis es eine dicke Spirale bildete, die brennend heiß an ihren Handflächen rieb. Noch fester drehte sie, zog das

Gesicht des Mannes zur Seite, bis die Adern an seinem Hals blau hervortraten und die Zunge aus dem zuckenden Mund quoll. Noch fester, bis der Mann sich nicht mehr wehrte, die Hände sinken ließ und die Augen schloss.

Erst da bemerkte sie, dass ihre Röcke von Pisse durchtränkt waren.

51. Kapitel

Dämmerte es schon, oder täuschten die dunklen Wolken? Sie konnte sich nicht erinnern, wohin sie gegangen war, nachdem sie Greenwoods Lagerhaus verlassen hatte, doch als das Unwetter losbrach, befand sie sich am Stadttor nahe der Brücke. Zuerst tat ihr der Regen gut, und sie hieß die Brise willkommen, die die Zipfel ihrer Haube flattern ließ und ihr heißes Gesicht abkühlte. Dann zuckten die Blitze, und der Regen prasselte in einer kalten, grauen Flut hernieder. Die Weiden beiderseits des Neck wurden rasch überflutet. Die Weidenbäume am Flussufer peitschten wild, und die Windmühle drehte sich rasend schnell in den Böen. Das Wasser strömte ihr übers Gesicht, durchtränkte Röcke, Unterkleid und Schuhe. Ihre Schürze war mit Schlamm bedeckt, als hätte sie auf dem Boden gelegen. Woher kam nur der ganze Schlamm? Der Wind brachte die Antwort, als er die nasse Erde aufwirbelte und ihr ins Gesicht schleuderte. Vor sich konnte sie die Saline sehen und dahinter Georges Taverne, doch der Karren rührte sich auf der schlammigen Straße nicht mehr vom Fleck. Ihr blieb nichts anderes übrig, als ihn die Böschung hinunterzuschieben und unter der Brücke Schutz zu suchen. Sie musste zusehen, wie der Wind ihre Eierkörbe in den Fluss blies. Sie setzte sich in den Karren, um das Unwetter abzuwarten. Das Wasser im Fluss stieg fast bis zum oberen Rand des Wagenrads. Sie schlang die Arme um die Knie, um sich zu wärmen, vergrub den Kopf in ihrem tropfnassen Rock und spürte, wie eine tiefe Müdigkeit sie überkam. Sie konnte die Augen nicht mehr offen halten.

Sie erwachte von Trommelschlägen. Der Regen hatte aufgehört, doch es wehte noch ein heftiger Wind, und über der Bucht donnerte es weiter. Sie kroch aus dem Karren und stieg die Böschung hinauf, wo sie auf eine Prozession mit Laternen und Fackeln traf. Sie zog die Orange Street herauf und wurde von einem Jungen angeführt, der seine Trommel schlug, als wollte er zur Versammlung rufen. Wohin wollten die Leute? Einen Augenblick lang glaubte sie, man wolle sie retten, jemand habe gesehen, wie sie in das Unwetter geriet.

»Da ist sie!«, rief der Junge. »Dort drüben, bei der Brücke.«

Die Leute scharten sich um sie. Der Junge schlug unablässig die Trommel und schaute sie aus zusammengekniffenen Augen unter strohblonden Brauen an. Sie erkannte ihn, obwohl er älter geworden war. Es war derselbe Junge, der Jerónima beim Prozess der Witwe Glover geschlagen hatte, der Sohn von Hoped For Ruggles. Die Gevatterin Ruggles stand hinter ihm in der Menge. Der Wind blies Concepción in die Augen, und sie musste blinzeln, um etwas sehen zu können. Warum war Cotton Mather hier? Und Mary Black und Mr Scoggins vom Blue Cat, William Reed, die Gevatterin Thorn und Polly Griffin, Mary Penfield und einige der Bürgersfrauen, mit denen Concepción vorhin diskutiert hatte? Die Gevatterin Hale, die Gevatterin Earl und die Gevatterin Dempsey. Selbst die Witwe Cole war erschienen und betupfte sich die Augen mit einem Spitzentaschentuch. Dann entdeckte Concepción auch Rebecca und Caleb. Waren sie nicht nach Dorchester gefahren? Wo ist Jerónima?, hätte sie am liebsten gefragt, doch da trat Greenwood neben Rebecca, den Hals verbunden, mit brennendem Blick und gefletschten gelblichen Zähnen. Sie hatte ihn also doch nicht getötet. Die Erkenntnis brachte ihr keine Erleichterung.

Da begriff sie. Die Leute waren nicht gekommen, um sie heimzugeleiten. Zwei junge Männer mit Schwertern stellten sich wie Wachposten rechts und links neben ihr auf.

Ein Mann mit kantigem Gesicht und spitz zulaufendem Halstuch trat aus der Menge. Sie erkannte William Stoughton, den Vizegouverneur.

Der Mann rief Nathaniel mit lauter Stimme zu, um das Tosen des Windes zu übertönen: »Ist dies die Frau, die Euch ermorden wollte, Kaufmann Greenwood?«

»Sie ist es, Sir. Man nennt sie Thankful Seagraves.«

Stoughton wandte sich an Concepción und schrie ihr ins Gesicht: »Thankful Seagraves, im Namen Ihrer Majestäten, William und Mary, König und Königin von England, beschuldige ich dich des versuchten Mordes an Nathaniel Greenwood, deinem früheren Herrn. Außerdem werfen deine Nachbarn dir vor, in der Massachusetts Bay Colony verschiedene Akte der Hexerei begangen zu haben. Du wirst ins Gefängnis gesperrt, wo man dich in Verwahrung nehmen wird, bis du dem Gericht zur ordentlichen Untersuchung überstellt wirst.«

Die Wachposten umklammerten ihre Ellbogen.

»Ich bin keine Hexe, Sir.« Sie wandte sich an Rebecca. »Wer beschuldigt mich? War es ein Verbrechen, mich gegen eine Gewalttat zur Wehr zu setzen?«

»Sie versuchte mit geradezu dämonischer Kraft, mich zu erwürgen und das Leben aus meinem Körper zu treiben«, verkündete Nathaniel der Menge und berührte seinen bandagierten Hals. »Und das nach allem, was meine Frau und ich für das Weib getan haben!«

»Die Papistin hat nicht nur versucht, ihren ehemaligen Herrn zu erdrosseln«, dröhnte nun Cotton Mathers Stimme laut wie Donnerhall, »ein Verbrechen, auf das an sich schon die Todesstrafe steht; nun verleumdet sie ihn überdies. Eine Mörderin und Verleumderin, die zu alledem auch noch schwarze Magie ausübt. Seht Ihr, was mit Neuengland geschieht, weshalb wir von Hexen und Teufelsanbetern geplagt werden? Es liegt nur daran, dass wir

Frauen wie dieser erlauben, sich auf unserem Boden anzusiedeln, unsere Männer zu heiraten, sich zu vermehren und sogar mit unseren Hühnern zu handeln. Müssen wir uns wundern, dass der Teufel nach Boston zurückgekehrt ist?«

»Hebt Eure Reden fürs Gemeindehaus auf«, rief eine Stimme. »An den Pranger mit der Hexe!«

»An den Pranger mit der Hexe! An den Pranger mit der Hexe!«

Concepción funkelte Cotton Mather mit geblähten Nasenlöchern an. Sie atmete schwer.

Er hielt ihrem Blick stand, wobei eine Ader auf seiner aschgrauen Stirn pochte. »Willst du mich mit deinem bösen Blick verhexen, Schindmähre des Teufels?«, rief er aus. »Weißt du denn nicht, dass das Gift deiner Augen einen wahren Mann Gottes nicht treffen kann?«

»Bringt sie ins Rathaus!«, befahl Stoughton.

Die Wachposten rissen sie herum und stießen sie vorwärts. Ihre Schuhe wühlten den Schlamm auf. Sie reckte den Hals, um Rebecca anzusehen, doch diese schlug die Augen nieder.

»Er hat mir Gewalt angetan, Rebecca«, rief Concepción. »Er nannte es Zahlung in Naturalien.« Sie bemerkte eine kleine Hand, die Rebeccas Schürze umklammerte, und begriff, dass Jerónima sich hinter ihr versteckte.

»Jerónima, *hija*. Achte nicht auf sie. Ich bin keine Hexe. Das ist nicht wahr.«

»Da fängt sie schon wieder an und redet mit der Zunge des Teufels«, sagte jemand. Er hörte sich an wie William Reed.

»Bitte, Rebecca.« Concepción reckte weiter den Hals. »Warum hast du meine Tochter hergebracht? Bring sie bitte weg von hier.«

»Schluss mit dem Gezappel, sonst lasse ich dich binden«, sagte Stoughton von hinten.

Sie führten sie in die Stadt. Ein Kieselstein traf sie am Ohr.

»*¡Ayúdame, Virgencita!*«, flehte sie die Jungfrau um Hilfe an, doch ihre Stimme ging in einem erneuten Donnerschlag unter. Ein Platzregen trieb alle außer dem Trommler, den Wachposten und Cotton Mather in den Schutz der Bäume und Giebel.

Sie schaute nach vorn und weinte, tiefe Schluchzer stiegen aus ihrem Bauch auf und setzten sich in ihre Kehle, bis sie kaum noch atmen konnte. Dann traf sie ein Stein am Hinterkopf.

Mistress Dempsey, bis zu diesem Morgen eine ihrer besten Kundinnen, trat vor und zerschlug ein Ei auf ihrem nassen Kopf.

»Nimm deine vergifteten Eier zurück, du Hexe!«, kreischte sie.

Ein weiteres Ei traf Concepción am Kiefer. Das dritte zerbrach an der Trommel des Jungen, dass Blut und Eigelb am Holz herunterrannen. Als eine Windböe einen Ast vom Baum vor Samuel Sewalls Haus abriss, schrie jemand laut: »Das war die Tat der Hexe!« Alle wichen vor ihr zurück, selbst die Wachposten. Eine Kompanie Fußsoldaten marschierte gerade vom Common die Frog Lane herunter. Eines der Pferde, die den Trupp flankierten, bäumte sich auf und warf seinen Reiter ab.

»Sie wird uns noch alle verfluchen!«, schrie jemand.

Sie zerrten und stießen sie durch die Newbury und Marlborough Street. Zu beiden Seiten standen Gaffer in den Eingängen der Läden oder saßen in ihren Wagen, schrien und zeigten mit dem Finger auf sie. Zwei junge Schuhputzer warfen Kuhfladen in den Weg, und Cotton Mather, der die beiden eifrig zur Ordnung rufen wollte, trat mitten hinein. Dann sperrte man sie in den Pranger vor dem Rathaus. Ihr Rücken war gekrümmt, Hals und Handgelenke schmerzten, eingeklemmt im nassen, aufgequollenen Holz. Der Ruggles-Junge und die Männer – Greenwood, Mather, William Reed, Mr Scoggins und der Vizegouverneur – traten vor. Die Gesichter waren verzerrt vor Angst und Zorn. Concepción begann wild und zügellos zu lachen, als sie die schiere Furcht in den Mienen der Männer las, die sich vor einer Geflügelhändlerin grausten. Da begriff sie, dass auch Angst die Menschen böse machen konnte.

Sie hatten Angst vor ihr und wollten ihr wehtun, um die Furcht zu vertreiben. Ihr einziger Schutz waren die Verse.

»Verstockte Männer!«, rief sie mit aller Kraft. Das Blut stieg ihr ins Gesicht, füllte die eingeklemmten Adern in ihrer Kehle. »Verstockte Männer, die Frauen grundlos tadeln, sehn nicht in sich den Grund des Unrechts, das sie tadeln.«

»Das sind die Teufelsverse«, rief eine junge Stimme. »Sie sagt die Teufelsverse auf.« Es klang wie Jerónima.

»Das Kind hat eine gespaltene Zunge!«

»Lasst das Kind aussagen.«

»Was sagt es denn?«

»Jerónima!«, schrie sie. *»Por favor, callate.* Sag nichts mehr.«

Vizegouverneur Stoughton trat zu ihr. Der Regen rann von der Krempe seines schwarzen Hutes. »Halt dein papistisches Maul!«, bellte er und schlug sie mit dem Handrücken, doch die Verse strömten unablässig wie der Regen aus ihr heraus.

»Hombres necios que acusaís
A la mujer sin razón.«

Sie wiederholte den Eröffnungsvers wie eine Litanei. Ihre Angst war verschwunden und mit ihr die Hoffnung auf Rettung.

»Sin ver que soís la ocasión
De lo mismo que culpaís –«

Sie sah nur noch die Faust des Mannes, die sie zwischen die Augen traf.

52. Kapitel

Aussage der Hanna Jeremiah aus Boston und Roxbury, Massachusetts Bay Colony
14 (6) 1692

Thankful Seagraves bereitet ekelhafte Tinte aus Giftpilzen und schreibt an den Tagen der Predigt papistische Briefe. Gibt es weitere Gründe, aus denen du sie für eine Hexe hältst, Kind?

Ich fürchte mich, darüber zu sprechen.

Sprich frei heraus, Kind. Unter Gottes Auserwählten bist du sicher.

Sie verhext mich mit ihren zweifarbigen Augen, Sir, und sie zwingt mich, die Zunge des Teufels zu schreiben und zu sprechen.

Meinst du die spanische Sprache? Sprichst du Spanisch? Hat sie dich diese Sprache gelehrt?

Ich weigere mich, es zu sprechen, Sir, aber sie spricht es mit mir. Sie glaubt, ich würde sie verstehen.

Also hast du keine Ahnung, was sie sagt?

Nein, Sir.

Überhaupt nicht?

Nur was sie mir erklärt, Sir.

Welche Beweise hast du sonst noch dafür, dass Thankful Seagraves eine Hexe ist?

Sie hat ein Ding wie ein Spinnennetz, in dem man Träume fängt.

Es hängt auf dem Dachboden, wo wir schlafen. Ihre Indianerfreundin aus dem Wald hat es ihr geschenkt.

Welche Indianerfreundin? Verkehrt sie im Wald mit Indianern?

Sie geht in den Wald, um ihre Briefe an die Toten zu verbrennen. Die Indianerin war mal ihre Freundin, aber ich glaube, sie ist verschwunden.

Und wo ist dieses Spinnennetz jetzt?

Es hängt noch auf dem Dachboden.

Du musst es mit ins Gericht bringen, verstanden?

Ja, Sir. Aber ich habe Angst, es anzufassen, weil es ganz voll ist mit den bösen Träumen von Thankful Seagraves.

Wir werden Rebecca Greenwood bitten, es mitzubringen. Was weißt du sonst noch?

Sie betet zu dem geschnitzten Bild einer Frau mit Umhang, die auf einem schwarzen Mond steht. Sie hat einen fremden Namen dafür.

Sag den Namen, Kind, wenn du ihn kennst.

Ich glaube, Jungfrau von Catalupe, Sir.

Hast du dieses Bild gesehen?

Sie hat ein gesticktes Bild davon, das sie um den Hals trägt. Sie nennt es Skapulier. Sie wollte mir auch eins machen, aber ich habe es verbrannt, Sir.

Was kannst du uns sonst noch über diese »Briefe an die Toten« erzählen, wie du sie nennst?

Sie schreibt an eine tote Freundin, die von den Piraten ins Meer geworfen wurde.

Hast du diese Briefe mit eigenen Augen gesehen?

Das habe ich, Sir.

Aber du kannst sie nicht lesen, weil du die papistische Zunge nicht sprichst?

Ich kann sie weder lesen noch sprechen, Sir.

Was weißt du über die Teufelsverse?

Sie hat sie auf ein Tuch gestickt und an die Wand geheftet, Sir, und ich muss darunter schlafen, wenn ich auf dem Hof bin.

Was lässt dich annehmen, dass es sich um Teufelsverse handelt?

Weil es in der letzten Zeile heißt: ›Fleisch, Welt und Teufel.‹

Also verstehst du doch Spanisch, Kind?

Nein, Sir. Ihr quält mich. Hört bitte auf.

Ganz ruhig, Kind. Wir wollen dir nicht übel. Allerdings benötigen wir deine Hilfe. Du musst uns sagen, was das für Teufelsverse sind. Du musst sie für uns übersetzen.

Ich kann nicht übersetzen, Sir.

Wir bringen Thankful Seagraves in eine Einzelzelle, in der du sie fragen kannst, was sie bedeuten.

Nein, Sir, bitte schickt mich nicht wieder in das Verlies. Dann stecken sie mich in eine Zelle wie die kleine Dorcas.

Dir wird nichts geschehen, Kind. Ein Wachtmeister und Rebecca Greenwood werden dich begleiten. Ich verspreche dir, wir lassen dich nicht mit Thankful Seagraves allein.

Ich verstehe nicht, was Ihr von mir wollt, Sir. Warum lasst Ihr Euch nicht von Thankful Seagraves erzählen, was die Verse bedeuten? Warum muss ich es tun?

Das ist doch eine einfache Aufgabe. Bitte sie, dir zu erklären, was die Verse bedeuten. Merke dir, was sie sagt, und berichte es uns. Kannst du das zum Wohl deiner eigenen Seele tun, Hanna Jeremiah? Es wäre ein Segen für das Gericht und die Familie Greenwood. Dein Name würde von jeglichem Verdacht der Hexerei gereinigt.

Ich werde es versuchen, Sir.

Eine letzte Frage für das Protokoll. Welcher Art ist deine Beziehung zu Thankful Seagraves?

Das wisst Ihr doch, Sir.

Ja, aber das Protokoll muss ausweisen, was du mit deinen eigenen Worten gesagt hast. Beantworte die Frage, Kind.

Sie ist es, die mich geboren hat.

Ist sie deine Mutter?

Nein, Sir. Rebecca Greenwood ist meine Mutter. Thankful Seagraves hat mich nur zur Welt gebracht.

Du sagst dich also von deiner eigenen Mutter los?

Mama Becca ist meine Mutter. Thankful Seagraves ist nur eine gemeine und hässliche alte Hexe.

Und wenn diese Hexe dich zur Welt gebracht und dich an ihren Hexenzitzen gesäugt hat, muss dich das doch auch zur Hexe machen, nicht wahr?

Ich sage mich von ihr los, Sir.

Was hast du gesagt, Kind? Sprich lauter, damit der Protokollbeamte dich hören kann.

ICH SAGE MICH VON THANKFUL SEAGRAVES LOS.

Wovon sagst du dich los?

Von allem.

Entsagst du ihrem bösen Einfluss auf dein Leben?

Ja, Sir, ich entsage.

Entsagst du allen bösen Worten oder Taten, die sie dich gelehrt hat?

Ja, Sir, ich entsage.

Durchtrennst du die Bande der Verwandtschaft mit der Hexe, die dich geboren hat?

Ja, Sir, ich durchtrenne sie.

Wessen Kind bist du?

Ich bin das Kind von Rebecca Greenwood.

Und wirst du dem Gericht dabei helfen, die Stickerei zu entziffern, die deiner Aussage nach aus Teufelsversen besteht?

Ich werde mein Bestes tun, Sir.

Dann lasst niederschreiben, dass die Zeugin aus freiem Willen alle Bande der Verwandtschaft mit der angeklagten Hexe Thankful Seagraves durchtrennt und sich selbst zum Kind der Rebecca Greenwood erklärt hat. Das Gericht entscheidet aufgrund dieser Aussage, nach der Thankful Seagraves unter anderem Teufelsverse auf ein Tuch gestickt hat, dass die Zeugin Hanna Jeremiah von Thankful Seagraves weggeholt und in die Obhut von Rebecca und Nathaniel Greenwood übergeben wird.

Schwörst du, Hanna Jeremiah, unter Strafe der Exkommunizierung wegen Meineids, dass du die Wahrheit und nichts als die Wahrheit gesagt hast?

Das schwöre ich, Sir. Wenn Ihr mir nicht glaubt, fragt Mama Becca.

53. Kapitel

Sie wusste, dass sie sich in einer Art Delirium befand, sich ihrem eigenen Verstand entfremdet hatte, dem Wahnsinn verstockter Männer zum Opfer gefallen war. Verschwommen erinnerte sie sich an einen Schlag ins Gesicht.

Der scharfe Geruch nächtlicher Erde erweckte ihre fünf Sinne zum Leben. Ein Kindergesicht, dunkel von Schmutz und Schatten, beugte sich über sie.

»Sie ist nicht mehr tot«, verkündete das Kind.

»Komm her, Dorcas«, sagte die Stimme einer Frau.

Ihr Mund schmeckte nach Blut. Sie bewegte die Zunge und spürte, dass ein Backenzahn locker war. Ihre Nase war verstopft, sie konnte nur durch den Mund atmen. Es fühlte sich an, als wäre jeder einzelne Knochen in ihrem Körper gebrochen. Sie lag auf einem verschimmelten Heuhaufen auf dem steinernen Gefängnisboden. Das einzige Licht stammte von der Fackel draußen vor der Zelle. Sie stützte sich auf den Ellbogen. Der Schmerz in ihrem Kopf schoss in den Nacken hinunter und machte sie schwindlig. Ihr wurde übel, doch es kam nichts als saure Flüssigkeit.

»Concepción? Wach auf. Komm zu dir.«

»Aléndula?«

»Wer ist Lendual?«, fragte das Kind.

»Sicher der papistische Teufel, mit dem sie verkehrt.«

»Sie verkehrt mit keinem Teufel. Ihr einziges Verbrechen besteht darin, dass sie eine Fremde ist, genau wie ich.«

Es war Tituba, die zu ihr sprach, nicht Aléndula.

»Hat sie gestanden, so wie du, Tituba Indian?«

»Du bist hier im Hexenloch, Concepción. Ich habe dir doch gesagt, es sei gefährlich herzukommen. Du warst tagelang ohne Bewusstsein.«

Concepción setzte sich auf. Sie blinzelte, ihre Augen waren verkrustet. Beide Knöchel waren an den eisernen Ring in der Mitte der Zelle gekettet. Bis jetzt hatte sie das Geräusch der Ketten gar nicht wahrgenommen. Alle bewegten sich, rührten die Beine, wollten sich strecken. Sie konnte die Knie nicht anziehen.

»Wie ist dein Name?«

»Sag deinen Namen.«

»Mein Name ist Concepción Benavídez.«

»Verdammte Fremde«, sagte jemand.

»Sie heißt Thankful Seagraves«, warf Tituba ein.

»Sie ist das Piratenweib.«

»Es heißt, sie hätte Indianerblut.«

»Kein Wunder.«

»Thankful Seagraves. Thankful Seagraves«, sang Dorcas.

»Halt's Maul, Balg!«

»Dein Gesicht ist voller Blut, Thankful Seagraves.«

Concepción hob die Arme und bemerkte, dass ihre Handgelenke ebenfalls gefesselt waren. Sie betastete die blutige Kruste an ihrer Nase. Dann zupfte sie geronnenes Blut aus ihren Wimpern, das aus dem klaffenden Riss an ihrer Stirn heruntergelaufen war.

»Ich glaube, meine Nase ist gebrochen.«

Sie erinnerte sich, wie man sie am Pranger gesteinigt hatte, an den Ruggles-Jungen mit der Trommel und die Faust des Vizegouverneurs, die sie im Gesicht traf. Als sich ihre Augen an die Dunkelheit gewöhnt hatten, erkannte sie viele andere Gestalten in der Zelle, die alle an denselben Eisenring gekettet waren. Dorcas, das Kind, kauerte katzengleich auf dem Schoß einer Frau. Zwei Gestalten waren als Umrisse an der hinteren Wand zu erkennen, sie hielten sich von den anderen fern.

»Wie viele seid ihr?«, wollte Concepción wissen.

»Mit dir jetzt fünfunddreißig«, antwortete ein Mann. »Aber es heißt, in den anderen Gefängnissen säßen zweimal so viele.«

»Zweiunddreißig. Hast du die drei vergessen, die gestorben sind?«

»Roger ist gestern krepiert«, sagte Dorcas. »Rattenbisse.«

»Sarah Good, hält dein Gör denn niemals den Mund?«, beklagte sich derselbe Mann.

»Hör auf mit deinem Gejammer, Mann«, sagte eine Frau. »Sie haben Sarah Good schon vor Tagen nach Salem gebracht, das weißt du ganz genau.«

»Warum haben sie das verdammte Gör nicht mitgenommen?«

Aus dem Hintergrund der Zelle erklang eine Stimme, die Concepción nur zu gut kannte. Sie sprach mit einem ebenso starken Akzent wie sie selbst. »Wenn du gestehst, werden sie dich nicht hängen, Thankful Seagraves. Das stimmt doch, Tituba, oder nicht?«

»Halt den Mund, Mary Black. Die werden diesen ganzen stinkenden Haufen aufhängen.«

»Halt du den Mund, Arthur Abbott, sonst sage ich dem Teufel, er soll dir in die Zunge stechen.«

»Mary? Aus dem Blue Cat?«, fragte Concepción. »Aber du warst doch dabei, als sie mich verhafteten.«

»Mich brachten sie am nächsten Tag her«, antwortete Mary Black. »Jemand hat dem Vizegouverneur von meiner Wahrsagerei erzählt. Ich habe gesagt, es sei alles Schauspielerei, um etwas zu verdienen, aber sie haben mich vor Gericht geschleppt, und die Mädchen begannen zu kreischen, ich hätte sie mit Nadeln gestochen.«

»Ich nehme an, das war auch Schauspielerei«, bemerkte Arthur

Abbott. »Vermutlich bin ich der Einzige, der gehört hat, wie du mir eben mit dem Teufel gedroht hast.«

»Hör zu, wenn ich etwas sagen soll, damit ich nicht hänge, sage ich es eben. Ich bin keine Märtyrerin für irgendeine Wahrheit. Ist sowieso nicht meine Wahrheit. Ich habe keine bösen Kräfte.«

»Das haben wir jetzt von unseren ganzen Bekehrungen«, bemerkte ein Mann mit ruhiger Stimme.

»Was weißt du denn über Bekehrungen, John Proctor?«, fragte ein Mann mit wohlklingender Stimme, der sich wie ein Geistlicher anhörte. »Du bist nur ein Ehebrecher. Ich bitte um Verzeihung, Elizabeth.«

»Vater unser im Himmel …«

»All unsere Gebete werden nicht den Makel deines Mannes auslöschen, Elizabeth.«

»… geheiligt werde dein Name, dein Reich komme …«

»Meine Ma hat gesagt, die Gevatterin Proctor wäre in anderen Umständen«, sagte die kleine Dorcas.

»Ich habe Mitleid mit dir, Elizabeth. In diesem Loch ein Kind zur Welt zu bringen.«

»Ich kann Roger und Lydia und die alte Mrs Osborn sehen«, behauptete das Mädchen. »Sie lachen über uns.«

»Ich schwöre, ich drehe dem Kind seinen schmutzigen kleinen Hals um, wenn es mir zu nah kommt. Ich habe genug von dem Gör.«

»Sie meint, sie könnte die sehen, die gestorben sind«, erklärte eine ältere Stimme.

»Ich kann sie sehen. Sie sind genau hier.« Das Mädchen deutete auf die leere Mitte der Zelle. »Seht ihr? Roger saugt an Gevatterin Reeds Zitze.«

»Es reicht jetzt, Dorcas.«

»Alle werden verrückt«, sagte Tituba auf Spanisch. »Mit unseren Zähnen verlieren wir auch unseren Verstand.«

Concepción drehte sich um. »*Tituba, ¿dónde esta?*« Es war schwer, im tiefen Schatten Titubas Gestalt auszumachen.

»Schluss mit dem papistischen Gerede! Bitte! Sind wir nicht gestraft genug?«

»Wir sollten besser so reden, dass sie uns verstehen, Concepción. Auf diese Weise können sie nicht behaupten, wir würden sie verfluchen oder in Zungen sprechen.«

»Ich würde dir gern ins Gesicht spucken, Tituba Indian«, sagte eine andere Frau. »Und dir auch, Mary Black. Es waren eure Geständnisse, die uns alle hierhergebracht haben.«

»Verdammt sei deine Seele, Alice Parker«, sagte Tituba. »Du fängst jedes Mal damit an, wenn sie eine Neue bringen.«

»Jede Neue hat es dir und deiner Wahrsagerei und deinen Hexenküchlein und deinem verdammten Geständnis zu verdanken.«

»Die Hexenküchlein waren nicht meine Idee«, verteidigte sich Tituba. »Mary Sibley hat gesagt –«

»Mary Sibley!«, gellte Dorcas mit schriller Stimme.

»Nicht so laut, Dorcas.«

»Mammy, kannst du das Gör nicht umbringen?«

Concepción meinte, die Männerstimme zu kennen. »William? William Reed, seid Ihr etwa auch hier drinnen?«

»Sprich nicht mit mir, Thankful Seagraves. Es ist deine Schuld, dass ich hier sitze.«

»Zwei Tage nach dem anderen schwarzen Ding haben sie auch seine Hexenmutter verhaftet«, erklärte die Frau namens Alice Parker. »Die mit ihren Kräutern und all dem, sie hat die Tiere von Marblehead bis Billerica verflucht.«

»Ich verfluche niemanden«, sagte eine grollende Stimme.

»Na ja, mich hast du verflucht, Ma«, meinte William Reed. »Du hast ihnen erzählt, ich würde in der Scheune mit dem Geist von Thankful Seagraves tanzen. Was glaubst du wohl, wie meiner Martha das gefallen hat?«

»Ich habe deine Ehe nicht verflucht, Sohn. Es war das Piratenweib. Sie selbst hat dich nicht gewollt, aber es sollte auch keine andere dich bekommen.«

»Du bist ein boshaftes Weib, Wilmot Reed. Ich hoffe bei Gott, dass sie dich hängen.«

»Mein William und ich werden hängen, aber auch du, Gevatterin Parker. Auch du.«

»Was hast du gestanden, Tituba?«, erkundigte sich Concepción auf Englisch.

»Sie haben das Geständnis aus mir herausgeprügelt, Concepción. Zuerst der Richter und dann, noch heftiger, Samuel Parris. Am Tag, als du mich auf dem Karren gesehen hast, hatte er mich schon im Gefängnis von Salem prügeln lassen. Er sagte, keine seiner Sklavinnen würde ihn vor seiner Gemeinde lächerlich machen, also trat und schlug er mich, bis ich mich seinem Willen unterwarf. Er versprach, es würde mir besser ergehen, wenn ich mir Geschichten über den Teufel ausdächte, der mich in Versuchung führen wollte, und über den gelben Vogel und einen haarigen Mann in Boston, der neun böse Mägde in seinem Buch unterschreiben ließ. Das sind seine Ideen, nicht meine. Ich musste mein Zeichen auf das Papier setzen, das er geschrieben hatte. Er sagte, es sei seine und meine Rettung.«

»Und was ist mit dem Wahrsagen, Tituba Indian? Hat dich dein Meister auch dazu geprügelt, dass du aus dem Wasser wahrsagst und die Karten legst?«

»Das musst gerade du sagen, Mary Black.«

»Ich habe nur getan als ob«, protestierte Mary Black. »Nur eine kleine Belustigung für Seeleute und Soldaten, die sich ein bisschen Glück erhofften. Du aber hast wirklich Dinge gesehen, Tituba Indian. Ich habe erlebt, wie du Dinge heraufbeschworen –«

»Jeder bekommt, was ihm zusteht«, fiel Tituba ihr ins Wort. »Selbst der Teufel. Die Mädchen in Salem wurden nur verdorben, um ihre frommen Eltern zu ärgern. Mit Betty Parris fing es an. Warum sollte der Teufel ausgerechnet mit der Tochter des Pastors anfangen?«

Der Mann mit der wohlklingenden Stimme begann, die Heilige Schrift zu zitieren. »Jesaja sagt: ›Weh denen, die Böses gut und Gutes böse heißen, die aus Finsternis Licht und aus Licht Finsternis machen.‹ Du bist der einzige Teufel unter uns, Tituba Indian.«

»Geh mir weg mit deiner Bibel, George Burroughs! Der einzige Teufel, den ich kenne, ist Samuel Parris! Das kann jeder im Dorfe Salem bezeugen. Er sagte zu mir, ich könne mein Leben nur retten, wenn ich mein Zeichen in das Buch setze, und das habe ich getan.«

»Ich setze mein Zeichen nirgendwo drunter«, versicherte die ältere Stimme. »Lieber würde ich am Galgen baumeln, als mich selbst mit Lügen zu verdammen.«

»Du bist schon verdammt, Martha Corey«, erwiderte Arthur Abbott. »Denk an das schwarze Kind, das du mit deinem eigenen Sklaven gezeugt hast.«

»Ich wurde vergewaltigt«, sagte Martha Corey.

»Das habe ich aber anders gehört«, fügte die Gevatterin Reed hinzu.

»Der arme Giles, der alte Narr«, sagte Arthur Abbott. »Sein eigener Sklave hat ihm Hörner aufgesetzt.«

»Warum herrscht hier solche Feindseligkeit? Ihr seid doch nicht alle schlechte Menschen. Liegt es am Gefängnis, dass es in jedem die niedrigsten Triebe hervorholt?«

»Gib dir keine Mühe, Elizabeth. Wir bekommen bald eine eigene Zelle.«

»Schaut her!«, schrie Dorcas. »Hier drinnen ist eine weiße Katze. Sie saugt an dir, Thankful Seagraves. Sie hat große schwarze Flecken im Gesicht und auch braune.«

»Pecas?«, keuchte Concepción. »Du kannst doch nicht wissen –«

»*No digas nada, Concepción*«, warnte Tituba sie rasch.

»Könnte jemand den kleinen Bastard zum Schweigen bringen?«

»Hör auf zu jammern, William; du bist schlimmer als jedes Weib«, versetzte ein anderer Mann. »Herr, reicht es denn nicht, hier eingesperrt zu sein? Muss ich auch noch vierundzwanzig Stunden am Tag von Verrückten umgeben sein, ihre Scheiße riechen, ihre Pisse und ihre Winde? Gott, warum tötest du mich nicht auf der Stelle und erlöst mich so von meinem Elend?«

»Vielleicht trifft dich der Schlag und du stirbst, George Jacobs.«

»Darum bete ich, Gevatterin Reed. Das tue ich wahrlich.«

»Haben sie dich schon befragt, Concepción?«, wollte Tituba wissen.

»Sie haben mich an den Pranger gestellt. Sie sagten, man beschuldige mich der Hexerei, aber ich weiß nicht, wer das tut. Vermutlich waren es Greenwood und die Frauen, denen ich keinen Kredit geben wollte.«

»Hast du wirklich eine Schlinge um den Hals deines Herrn gelegt und versucht, ihn zu töten, Thankful Seagraves?«, fragte Mary Black beinahe ehrfürchtig.

»Er war nicht mehr mein Herr, da ich durch die Heirat frei wurde.«

»Sie ist diejenige, die Tobias Webb zur Frau genommen hat.«

»Kein Wunder, dass sie dich eine Hexe nennen.«

»Hexe oder nicht, das Piratenweib wird mit uns allen vom Galgen baumeln.«

»Hört ihr jetzt endlich auf, mich ein Piratenweib zu nennen? Nennt mich ein Kaufmannsweib, das Weib eines alten Mannes, sogar ein Papistenweib. Es ist so viele Jahre her, und doch können die Leute den verfluchten Piraten nicht vergessen.«

»Horace Gibbons sagt, deine eigene Tochter hätte dich beschuldigt.«

»Das ist eine Lüge, William.«

»Man hat gegen dich ausgesagt.«

»Man hat gegen uns alle ausgesagt«, meinte Tituba.

»Aber nicht unsere eigenen Kinder.«

»Das ist eine Lüge«, wiederholte Concepción, als könne dies die Erinnerung daran auslöschen, dass ihre Tochter sie als gemeine und hässliche Hexe bezeichnet hatte. Ich hasse dich, Thankful Seagraves, ich wünschte, ich wäre nicht deine Tochter. Was haben sie mit dir gemacht, *hija mia*?

»Hör nicht auf ihr Geschwätz, Concepción.«

»Ich glaube, ich habe sie verloren, Tituba«, sagte sie wieder auf Spanisch. »Ich glaube, Rebecca hat mir meine Tochter für immer genommen.«

Sie schluchzte stundenlang, und die Flut ihrer Tränen wusch das getrocknete Blut von ihrem Gesicht. Ihr Kopf schmerzte, als würden Nägel in ihren Schädel getrieben.

Das Gezänk ging weiter, bis Horace Gibbons mit einer Öllampe und einem Eimer widerlichen Haferschleims erschien, den er in verbeulte Blechschalen schöpfte und herumreichte. Vor Concepción blieb er absichtlich stehen, so dass sein Schritt beinahe ihr Gesicht berührte.

»Wie wäre es mit Preiselbeerwein?«, gackerte er.

Im gelben Schein der Öllampe konnte sie die Maden im Haferschleim erkennen. Sie nahm die Schüssel mit beiden Händen und kippte den Inhalt ins Heu.

»Nein!«, schrie die Frau neben ihr. »Du darfst es nicht verschwenden.«

»Was? Magst du deinen Haferbrei etwa nicht?«, fragte Horace Gibbons hämisch. »Vielleicht bringt dein klappriger Ehemann dir eine Tasse Tee. Nur schade, dass du ihn nicht sehen darfst.«

»Der alte Mann ist hier?«

»Ja, um vor dem Richter auszusagen. Zweifellos hat er ein paar schöne Geschichten zu erzählen, aber ich habe noch eine bessere, nicht wahr, Mistress Webb? Nun, wo ist der ungezogene Fratz? Komm her, Dorcas Good!«

Concepción hörte Ketten klirren. Es entstand ein Handgemenge.

»Lass sie los, sonst prügle ich dir das Gehirn aus dem Schädel, du schwarze Schlampe!«

»*¡Cerdo!*«, zischte Tituba. »Ich hoffe, dein Schwanz fällt ab. Sie ist ein Kind.«

Concepción umklammerte ihr Skapulier. Heilige Jungfrau, gib mir Kraft, betete sie. Gib mir Kraft, dem Wärter den Hals umzudrehen.

54. Kapitel

Aussage des Tobias Webb, Kirchenältester in Roxbury
Boston, Massachusetts Bay Colony
22 (6) 1692

Ich verlange die Freilassung meiner Frau, Wachtmeister. Wenn sie sagt, Greenwood habe ihr Gewalt angetan, dann ist das, bei Gott, auch so geschehen. Sie ist keine Hexe, und sie ist keine Dirne.

Wir benötigen Eure Aussage, Tobias. Nur sie fehlt uns noch, um die Verurteilung vorzubereiten.

Weshalb sollte ich meine eigene Gehilfin verurteilen wollen? 's wäre, als würde ich mich selbst verurteilen. Dann mögt Ihr mich ebenso an den Baum vor Nathaniel Greenwoods Haus knüpfen.

Ihr macht gotteslästerliche Andeutungen in Eurer Rede, Tobias.

Ich deute verdammt nochmal an, was mir gefällt. Ich habe Euch nur eins zu sagen, hochverehrter und hochnäsiger Mr Cotton Mather. Vergesst nicht, dass ich es war, der Euch die Schreibschrift gelehrt hat. Dass ich derjenige war, der Euch half, das gräuliche Stottern loszuwerden, das Euch wie einen Dorftrottel klingen ließ. Dass ich die Frau, die Ihr mit allen abscheulichen Namen ruft, Sir, zu meiner Ehefrau genommen und ihr meinen Namen gegeben habe, dass sie seit nunmehr neun Jahren dafür sorgt, dass mein Hintern sauber, mein Bauch voll ist und meine

Hühner versorgt sind. Sie ist eine fleißige, gottesfürchtige Frau. Was mich betrifft, so besteht ihr schlimmstes Vergehen darin, dass sie besser ist als wir alle. Sie kann besser schreiben, besser sticken, besser kochen, besser handeln, und vor allem ist sie eine viel, viel bessere Mutter als jede Frau in der Bay Colony, meine eigene Tochter eingeschlossen. Das habe ich zu sagen, Mr Mather, und möchte außerdem meine bittere Enttäuschung über das ausdrücken, was aus Euch geworden ist, nämlich ein posierender, phrasendreschender, pompöser Esel. Das wäre alles. Alle Richter, Euren Vater und Jacob Lowe aus Roxbury einmal ausgenommen, stecken mit den Kaufleuten unter einer Decke, um den Leuten ihren Besitz und ihren guten Namen zu stehlen. Mehr bezweckt Ihr nicht mit Euren Verschwörungen gegen diese sogenannte Hexerei. Ich sehe Euch, Sir. Und ich sehe nichts als den stammelnden Burschen, der seinem eigenen Vater Schande bereitete. Aus Euch wird nie ein John Cotton oder Increase Mather. Und nun zeigt mir meine Frau.

Tobias, aus Respekt vor Eurem Alter und Eurer angegriffenen Gesundheit werde ich nicht auf Eure Rede antworten, so fehlerhaft Eure Logik auch sein mag. Ihr mögt den Rest Eurer wenigen verbliebenen Tage über mich denken, wie Ihr wollt. Aber Ihr habt die Fragen der Hexerei nicht so studiert wie ich. Auch habt Ihr nicht die Besessenheit miterlebt, die ich mit angesehen habe, die Martern und Qualen, die Hexen wie Eure Frau unschuldigen Kindern angedeihen lassen. Ich habe es mir zur Aufgabe gemacht, die Bay Colony von solchen Qualen zu erlösen, und wenn das bedeutet, Eure Gefolgschaft zu verlieren, Tobias, dann soll dies die Buße für meinen Auftrag sein. Ich sehe vor mir nichts als einen verbitterten und wahnsinnigen alten Mann, der dem Zauber der Fremden verfallen ist, mit der er das Bett teilt. Ich bedauere den Zustand Eurer Seele, Tobias,

doch eins ist gewiss: Diese Frau wird vom Galgen baumeln, bevor das Jahr vorüber ist. Dann mögt Ihr sie sehen, Sir. Wachtmeister! Der Kirchenälteste Tobias kann jetzt in den Wagen seiner Tochter getragen werden.

55. Kapitel

Der einzige Grund, aus dem ich mich in die Höhle des Löwen wage, Thankful Seagraves, ist der Wunsch, Hanna von dem Bann zu befreien, den du mit deinen papistischen Versen über sie verhängt hast.«

»Ich weiß nicht, was Ihr meint, Rebecca. Ich würde meiner Tochter niemals etwas antun.«

»Warum wiederholt sie dann ständig diese lästerlichen Verse?«

»Sagte sie sie auf Spanisch?«

»So hast du's ihr doch beigebracht, nicht wahr? Sie sagt, du hättest ihr die Worte diktiert und sie in ihr Heft schreiben lassen. Von allen heimtückischen Dingen …«

»Bei mir hat sie sie nie aufgesagt, Rebecca. Ich habe sie die Verse niemals sagen hören, weder auf Spanisch noch auf Englisch.«

»Nun spricht sie sie im Schlaf, wieder und immer wieder. Was hat das zu bedeuten? Sag es mir wenigstens.«

»Darf ich sie sehen, wenn ich es Euch sage?«

»Sie hat Angst vor dir, Thankful Seagraves.«

»Rebecca, ich muss sie sehen. Sie muss erfahren, dass ich ihr nichts Böses getan habe.«

»Sie weiß, dass du versucht hast, Nathaniel zu erdrosseln. Das weiß inzwischen ganz Essex County. Nichts könnte böser sein als das.«

»Er hat sich mir gewaltsam aufgedrängt, Rebecca …«

»Das ist eine boshafte Lüge! Nathaniel ist ein moralischer Mann. Niemals würde er sich zu einem solch verbrecherischen Verhalten herablassen. Allein die Tatsache, dass ich hier vor dir stehe und dich um Hilfe bitte, statt dir ein Messer in die Brust zu stoßen, weil du meinem Mann Schaden zufügen wolltest, sollte beweisen, wie sehr ich das Kind liebe und was ich alles für sein Wohlergehen auf mich nehme.«

»An jenem Morgen habt Ihr mich belogen, Rebecca. Ihr seid gar nicht nach Dorchester gefahren. Ihr wolltet nur meine Tochter aus dem Weg schaffen. Ihr wusstet, dass man mich an jenem Tag verhaften würde, und habt das Mädchen mitgenommen, um es mit anzusehen. Ausgerechnet Ihr, die Ihr mich gescholten habt, wenn ich ihr Dinge zeigte, die sie nicht sehen sollte.«

»Wie hätte ich um Himmels willen wissen sollen, dass man dich verhaften würde? Nicht ich habe Nathaniel die Schlinge um den Hals gelegt. Du wurdest deswegen verhaftet. Natürlich sollte Hanna nicht mitkommen. Ich hatte ihr verboten, das Haus zu verlassen, aber du hast sie zum Trotz erzogen, und so ist sie uns gefolgt. Nun musst du mir sagen, was es bedeutet, dass sie die Verse ständig wiederholt, sonst werden sie das Mädchen mit dir ins Verlies werfen, und dich wird die Schuld treffen. Willst du das wirklich, Thankful Seagraves? Möchtest du dein eigenes Kind am Galgen baumeln sehen?«

»Ich werde Euch die Verse übersetzen, wenn Ihr mir etwas zu Schreiben gebt, aber lasst mich sie bitte sehen, Rebecca.«

»Mr Gibbons! Rasch! Bitte! Ich brauche Feder, Tinte und Papier. Eilt Euch!«

»Wie viel Papier, Mistress?«

»Mehrere Blätter, Mann. Was immer Ihr habt.«

»Jerónima, bist du das? Steht sie dort draußen vor der Tür, Rebecca?«

»Sag ihr, sie soll mich nicht so nennen, Mama.«

»Verwirre sie nicht noch mehr, Thankful Seagraves. Komm herein, Hanna. Keine Angst, ich bin ja hier.«

»Lass mich nicht allein, Mama Becca.«

»Ich gehe nirgendwohin, Hanna.«

»Komm näher, *bebita*. Meine Augen sind schlecht geworden, seit ich im Dunkeln lebe.«

»Ich will nicht, dass sie mich anfasst, Mama.«

»*Bebita*, bitte habe keine Angst vor mir.«

»Ich bin kein Baby und schon gar nicht dein Baby, Thankful Seagraves.«

»Du bist mein Herz, der Grund, aus dem ich lebe. Ich würde dir niemals etwas antun. Nur deine Angst vor mir fügt dir Schaden zu. Wie aber soll ich dir beweisen, dass meine Worte wahr sind, wenn alle um dich herum das Gegenteil behaupten?«

»Quäle sie nicht mit deinen Deuteleien, Thankful Seagraves.«

»Kann ich jetzt gehen, Mama Becca?«

»Bitte, Jerónima, ich möchte dich umarmen. Ich werde dir nicht wehtun.«

»Thankful Seagraves riecht schlecht, Mama.«

»Da seid Ihr ja, Mr Gibbons. Habt Dank. Hier sind Feder und Papier. Nur zu. Hanna, Liebes, um dich von der Angst vor diesen Teufelsversen zu läutern –«

»Bitte nenne sie nicht so, Rebecca. Sie haben überhaupt nichts mit dem Teufel zu tun.«

»Thankful Seagraves wird die Bedeutung der Verse auf Englisch niederschreiben, damit dich die papistischen Worte nicht mehr verhexen. Du kannst jetzt gehen. Caleb! Komm her, Sohn. Bring Hanna nach draußen und warte im Wagen auf mich.«

»Ich liebe dich, Jerónima. Du bist mein Fleisch und Blut. *No me olvides. Soy tu madre*. Vergiss nicht, ich bin deine Mutter.«

»Selbst eine Katze ist eine bessere Mutter, als du es gewesen bist, Thankful Seagraves.«

»Rebecca, Ihr habt das Kind dazu gebracht, mich mehr denn je zu hassen.«

»Ist es ein Vergehen, dass ich ihr Essen, Kleidung und Obdach gegeben habe? Du solltest deine eigene Verderbtheit dafür verantwortlich machen. Ich habe dich gewarnt, nicht in dieser üblen Sprache mit dem Kind zu reden. Nun sieh dir an, welche Folgen das gehabt hat. Nur zu, schreibe die Verse auf Englisch nieder. Es wird Zeit.«

»Es ist ein langes Gedicht. Ich kann mich nicht an alles erinnern, Rebecca.«

»Dann schreibe auf, an was du dich erinnerst. Selbst eine teilweise Läuterung ist besser als gar keine.«

»Ich werde Tage brauchen, um alles ins Englische zu übersetzen.«

»Wir haben aber nicht tagelang Zeit. Du solltest meine Geduld nicht auf die Probe stellen.«

»Ich muss das Spanische laut aufsagen. Es könnte Euch kränken, Rebecca.«

»Nichts kann mich mehr kränken als das, was du dem Kind angetan hast. Fahre fort. Ich werde den Raum verlassen, wenn ich es nicht mehr ertrage.«

»Verstockte Männer, die Frauen
Grundlos tadeln,
Sehn nicht in sich den Grund
Des Unrechts, das sie tadeln.
Wenn sie mit unerreichtem Eifer
Ihre Verachtung fordern,
Warum erwarten sie dann Tugend
Wenn sie selbst sie zur Sünde rufen?«

»Was soll das heißen, Thankful Seagraves? Willst du damit sagen, dass Männer für die Fehltritte der Frauen verantwortlich sind? Das ist ja noch aufrührerischer als die Lehren der Anne Hutchison.«

»Wer ist Anne Hutchinson? Ich kenne nur Anne Bradstreet.«

»Noch eine Gotteslästerin. Noch eine Frau, die sich über die Gesetze Gottes und der Heiligen Schrift erheben will. Aufgrund ihrer Verderbtheit gebar sie ein Ungeheuer, grausam entstellt. Gott sei Dank kam es tot zur Welt.«

»Anne Bradstreet wurde wie meine Herrin in Neuspanien von Männern verfolgt, weil sie Gedichte schrieb.«

»Vergleiche niemals eine gute Christenfrau wie Anne Bradstreet mit einer Papistin. Sie mag mit ihren Gedichten Grenzen überschritten haben, war aber niemals unbotmäßig und schrieb nie etwas so Gottloses wie diese Teufelsverse. Fahre fort, wir haben keine Zeit für eitles Geschwätz. Die Kinder warten.«

»Was könnte köstlicher sein,
Als wenn einer ohne Verstand
Über einen blinden Spiegel klagt,
Obwohl er selbst ihn blind gemacht?
Männern missfallen Gunst und Verachtung
In gleichem Maße.
Ist die Frau kühl, so klagen sie,
Liebt sie zu sehr, ist Tadel ihre Strafe.«

»Ich bin davon ausgegangen, papistische Nonnen seien keusch. Wie hätte deine alte Herrin so viel über das Wesen der Männer wissen sollen, wenn sie keine falsche Nonne war?«

»So eigensinnig seid ihr Männer,
Dass ungleich Maß ihr anlegt.
Wer euch verschmäht, ist grausam,
Wer sich hingibt, ist verderbt.
Welch Wesen soll sie haben
Die eure Zuneigung erbittet?

Die Schwierige kränkt euch,
Der Lockeren werdet ihr überdrüssig.«

»Also wirklich! Wie dreist! Vielleicht sind Klöster wirklich Freudenhäuser. Nur eine Dirne würde solche Dinge kennen oder äußern, jede andere Frau würde sich schämen.«

»Wer fehlt schlimmer
Auf Irrwegen der Leidenschaft?
Sie, die dem Werben nachgibt,
Oder er, der fallend wirbt?
Wen trifft mehr Schuld,
Obwohl beide sündigten:
Sie, die für eine Gabe sündigt,
Oder ihn, der für die Sünde zahlt?«

»Hast du denn gar kein Schamgefühl? Wie konntest du einem Kind so etwas beibringen? Bei Christi Wunden, Thankful Seagraves, du hättest ihr ebenso gut ein Schönheitsmal ins Gesicht pinseln und sie im Hafen herumreichen können. Was soll ein Kind mit diesen Ideen anfangen?«

»Ich sagte ja, Rebecca, es würde Euch kränken.«

»Ist das Ding jetzt zu Ende?«

»An einen letzten Vers erinnere ich mich.«

»Nun, worauf wartest du? Ich will die Kinder nicht länger draußen im Dunkeln lassen.«

»So enthülle ich mit großer Logik,
Dass der Männer Hochmut in der Schlacht obsiegt,
Denn Männer sind, ob offen oder unterschwellig,
Die Summe von Welt und Fleisch und Teufel.«

»Siehst du? Da ist er ja. Der Hinweis auf den Teufel.«

»An mehr kann ich mich nicht erinnern. Ich weiß, dass ich manche Zeilen ausgelassen habe und dem Original mit meinem schlechten Englisch nicht gerecht geworden bin, aber so kann man es immerhin den Richtern vorlesen. Wenn sie mich hängen, Rebecca, dann lass meine Tochter bitte nicht zur Hinrichtung kommen.«

»Ich bin nicht du, Thankful Seagraves. Ich weiß, wie man ein Kind vor dem schützt, was es nicht sehen soll. Ich werde nicht einmal Caleb dort dulden. Nathaniel und ich kommen, weil es nicht anders geht, aber ein Kind könnte eine derartig groteske Vorstellung nicht ertragen.«

»Und wenn sie Euch wieder folgt?«

»Notfalls schließe ich sie in Calebs Zimmer ein.«

»Werdet Ihr den alten Mann ... werdet Ihr Tobias zur Hinrichtung mitbringen? Ich möchte ihn gern ein letztes Mal sehen.«

»Er hat seinen Frieden damit geschlossen, dich zu verlieren, Thankful Seagraves. Wir sollten ihn nicht aufs Neue beunruhigen. Und auch du solltest deinen Frieden mit Gott schließen. Ist die Übersetzung fertig?«

»Nehmt sie. Ich weiß, sie wird mein Urteil bedeuten. Meine Tochter war mein einziger Grund zum Leben, doch nun gehört sie Euch. Was kümmert es mich noch, ob sie mich hängen?«

»Mach dir keine Sorgen um Hanna Jeremiah. Sie wird das alles mit der Zeit vergessen. Dafür werde ich sorgen. Sie hat ihren Unterricht und einen Nähkreis für junge Damen, und natürlich beeindruckt sie jeden mit ihrer wunderbaren Handschrift und ihren Stickereien. Immerhin können wir sagen, dass du sie diese Kunstfertigkeit gelehrt hast, Thankful Seagraves. Das sollte dir Frieden schenken, während du den Tag des Gerichts erwartest.«

56. Kapitel

Sarah Good und Elizabeth How wurden zusammen mit drei anderen Frauen aus dem Dorf Salem – der alten Rebecca Nurse, Sarah Wilds und Susannah Martin – bei ihrem Prozess der Hexerei für schuldig befunden. Das Gericht überstellte Good und How bis zur Hinrichtung ins Gefängnis von Boston. Dorcas klammerte sich an ihre Mutter. Als Horace Gibbons versuchte, sich an dem Kind zu vergehen, verfluchte ihn Sarah Good: »Wenn ich schon als Hexe verurteilt werde, werde ich auch eine Hexe sein, und ich rufe den Satan persönlich an, auf dass er Eure verfaulten Eingeweide verfluche, weil Ihr meinem kleinen Mädchen Schaden zugefügt habt, Horace Gibbons.« Sie schauten zu, wie der Gefängniswärter aus der Zelle taumelte und seinen Bauch umklammert hielt. Der Mann wurde tagelang nicht mehr gesehen.

Es war schwierig, die verrinnende Zeit zu messen. Concepción war noch nicht von den Richtern befragt worden. Ihr Bauch war eingefallen vom Hunger, und ihre Haut verschrumpelte, weil sie zu wenig Wasser bekam. Einmal trat ihre Monatsblutung ein und sickerte als dunkles Rinnsal an ihren Beinen hinunter.

»Die Papistin blutet! Die weiße Katze leckt das Blut auf!«, schrie Dorcas.

Concepción erhielt nur noch einmal Besuch, nachdem Rebecca bei ihr gewesen war. Temperance Lowe brachte ihr frischen Apfelwein und einen Korb mit Brötchen, von Butter getränkt und dick mit Himbeermarmelade bestrichen. Dank ihrer Stellung als Frau eines Geistlichen gestattete man ihr eine private Unterredung mit der Gefangenen, die in einer Einzelzelle stattfand.

»Ich wollte Euch sagen, dass Euer Ehemann im Schlaf gestorben ist, Gevatterin Webb.«

Concepción seufzte schwer. »Das wusste ich nicht.«

»Ich dachte mir, dass seine Tochter es Euch nicht erzählen würde. Es war ziemlich traurig. Er wollte Euch so gern besuchen. Einmal kam er auch, doch man ließ ihn nicht zu Euch. Jacob und ich wollten ihn noch einmal herbringen, doch dann kam es zu einem furchtbaren Streit mit seiner Tochter, und er erlitt einen Schlag, von dem er sich nicht mehr erholte. Der arme Mann starb mit verzerrtem Mund.«

Concepción begann zu weinen. »Wann?«

»Es ist jetzt eine Woche her. Ich habe für Tobias gesorgt, nachdem man Euch verhaftet hatte, Gevatterin Webb. Ich bin diejenige, die ihn am Morgen nach dem Streit mit seiner Tochter fand. Und es war ein schrecklicher Streit. Ich habe alles mit angehört. Rebecca wollte das Sticktuch, auf das Ihr das Gedicht gestickt habt, vor dem Rathaus verbrennen, weil es angeblich die kleine Hanna verhexte. Tobias befahl mir, ich solle sie aufhalten, und sagte, sie sei ein Dieb, genau wie ihr Mann. Doch wie hätte ich sie aufhalten können, Gevatterin Webb? Sollte ich ihr das Tuch aus den Händen reißen oder gar mit ihr darum kämpfen? Der Zorn verzerrte Tobias' Gesicht zu einer furchtbaren Grimasse, und ich konnte es nicht mehr ertragen. Es tut mir leid, aber ich bin weggelaufen. Er muss in seinem Bett zusammengebrochen sein, der Zorn hatte seine Milz angegriffen. Gott vergebe mir, aber ich glaube, Rebecca hat ihren Vater sterben lassen.«

Concepción musste schlucken.

»Und was ist mit den Hühnern? Was ist mit den armen Hühnern und dem Hof?«

»Mr Greenwood hat alles zum Verkauf angeboten. Alles außer

dem Häuschen und dem Land, auf dem es steht. Wie gut, dass ich ihn gefunden habe, sonst hätten sie auch die Dinge verkauft, die ausdrücklich für Euch bestimmt sind. Dinge, die ich für Euch aufbewahrt habe und Euch geben werde, wenn man Euch freilässt.«

»Was für Dinge?«

»Beispielsweise seinen Almanach. Darin liegen wichtige Dokumente, die Besitzurkunde für das Häuschen und wohl auch einige Eurer eigenen Papiere. Außerdem hinterließ er Euch eine Truhe, die seinem Sohn gehört hat, und den Nähkorb seiner Frau. Tobias hat darauf bestanden, dass Ihr diese Sachen erhaltet. Er sagte, sie sollten Euch gehören und niemals geöffnet werden, außer von Euch selbst.«

»Und das Schreibpult? Ich glaube, ich habe das Schreibpult in der Truhe gelassen.«

»Ich sage es ganz ehrlich, Gevatterin Webb, ich habe versucht, die Truhe auf dem Dachboden zu öffnen, aber sie war fest verschlossen, und Tobias hat mir den Schlüssel nicht gegeben. Gott vergebe mir meine Neugier.«

Sie saßen eine Zeitlang schweigend da, wobei Concepción mit dem Daumennagel an ihren Zähnen kratzte. Sie hatte sich angewöhnt, auf den Nägeln zu kauen, bis es blutete.

»Habt Ihr Neuigkeiten von meiner Tochter?«

»Ich weiß nur, dass das Gericht sie den Greenwoods zugesprochen hat. Gewiss geht es ihr gut. Jacob und ich sind eher um Euch besorgt. Als Tobias' Frau und Erbin sollte Euch das Anwesen gehören, Gevatterin Webb. So stand es im Testament, das Tobias mir diktiert hat. Sie hatten kein Recht, Euch um Euren Besitz zu bringen.«

»Wen kümmert das noch, Mistress Lowe? Sie haben mir das Liebste der Welt genommen. Warum sollte ich mich noch um den Hof scheren?«

»Das solltet Ihr sehr wohl. Er wird Euer einziger Lebensunterhalt sein, wenn sie Euch freilassen. Und sie werden Euch gewiss freilassen, sobald dieser Wahnsinn vorbei ist. Das hoffe ich jedenfalls.«

»Ich glaube, der Wahnsinn fängt gerade erst an.«

»Tobias wollte, dass Ihr wisst, wie dankbar er Euch für Eure Dienste gewesen ist. Ihr habt ihm etwas gegeben, für das es sich zu leben lohnte, und er wollte Euch nach seinem Tod gut versorgt wissen. Natürlich wusste er, dass er Nathaniel Greenwood nicht vertrauen konnte, also hat er mir seinen letzten Willen diktiert und Euch den ganzen Hof hinterlassen, Gevatterin Webb. Wir haben ihn vom Urkundsbeamten in Roxbury beglaubigen lassen. Damit habt Ihr etwas in der Hand, wenn Ihr dieses Wurmloch inmitten der Auserwählten Gottes verlasst.«

»Im Schreibpult liegen einige Briefe, die ich meiner Tochter geschrieben habe, als ich sie in mir trug. Wenn man mich nicht freilässt, werdet Ihr dann dafür sorgen, dass meine Tochter die Briefe bekommt? Ich flehe Euch an, Mistress Lowe.«

»Sollte Euch etwas zustoßen, Gevatterin Webb, werde ich dafür sorgen, dass die kleine Hanna Eure Briefe erhält.« Temperance Lowe drückte Concepcións Hand. »Aber verliert nicht den Mut. Mein Mann und ich beten jeden Abend für Euch. Auch dies wird irgendwann vorübergehen. Tobias setzte viel Vertrauen in Euren starken Geist.«

Der Apfelwein und die Brötchen lagen ihr schwer im Magen, und Concepción musste schlucken, um die aufsteigende Galle zu verdrängen. »Wer hätte geglaubt, dass der alte Mann mein einziger Freund in diesem fremden Land sein würde?«

Temperance Lowe reichte ihr einen Leinenbeutel. »Nicht der einzige Freund, Gevatterin Webb. Ihr könnt auch Jacob und mich dazu zählen. Ich habe Euch saubere Kleider mitgebracht. Versucht, sie erst am Tag des Verhörs zu tragen, damit ihr einen besseren Eindruck auf die Richter macht. Vielleicht dürft Ihr Euch sogar waschen.«

Concepción hatte seit der Verhaftung dieselben Kleider getragen, die vor Schmutz starrten und völlig verlaust waren. Zweifellos stanken sie nach dem Dunst und den Abwässern der Zelle. Temperance Lowe hatte Concepcións eigene Winterkleidung mitgebracht, das Unterhemd aus gekämmter Baumwolle, wollene Unterröcke, die Weste aus Serge, Wollstrümpfe und eine ihrer bestickten Hauben. Als sie die Weihnachtssterne darauf sah, erinnerte sie sich an Weihnachten im Kloster und begann zu weinen.

»Wenn Ihr freigelassen werdet, wird Jacob dem Gericht eine Petition vorlegen, damit man Tobias' Testament anerkennt. Keine Sorge, ich werde das Haus im Auge behalten. Eure Sachen sind bei mir sicher, bis Ihr freikommt. Verliert nicht den Glauben, Gevatterin Webb. Auch dies wird vorübergehen.«

Als sie in die Zelle zurückkehrte, schloss Horace Gibbons gerade die Fußeisen von Sarah Good und der Gevatterin How auf.

»Wo bringst du uns hin, du Schwein?«, fragte Sarah Good.

»Für euch Hexen ist der Jüngste Tag gekommen«, verkündete Horace Gibbons gut gelaunt. Er führte eine Kette durch ihre Handschellen, um sie aneinanderzufesseln. »Ihr werdet im Hexenkarren zurück nach Salem gebracht und könnt heute am Galgen den Teufelstanz aufführen, zusammen mit drei eurer lasterhaften Schwestern.«

Die Gevatterin How begann zu heulen, und die kleine Dorcas musste festgehalten werden, damit sie sich nichts antat, während man ihre Mutter aus der Zelle schleifte.

»Sprich deine Gebete, Dorcas«, wies Sarah Good ihre Tochter an. Das kleine Mädchen brüllte und sträubte sich, bis es sich aus Elizabeth Proctors Umklammerung befreit hatte und an die Gitterstäbe lief.

»Mama!«, heulte Dorcas. »Komm zurück, Mama!«

»Seit Bridget Bishop haben sie keine mehr getötet«, sagte Mary Black.

»Ich habe doch gesagt, sie hängen uns alle. Nicht eine von uns wird der Schlinge entkommen.«

»Der Schlinge entkommen!«, kreischte Dorcas. »Mama wird der Schlinge entkommen!«

»Warum haben sie das gottverdammte Balg nicht mitgenommen?«

»Habe ich dieser heuchlerischen Gevatterin How nicht gesagt, dass es sie erwischen würde?«

»Auch du wirst bald an der Reihe sein, Gevatterin Reed.«

»Und auch du, Martha Corey.«

»Und auch du, Mary Bradbury.«

Später erzählte ihnen Horace Gibbons, wie Sarah Good, kämpferisch bis zum bitteren Ende, Pastor Noyse aus der Stadt Salem verflucht hatte, statt am Galgen ihre Verbrechen zu gestehen. »Die boshafte Hexe hat den Mann verflucht, er solle das Blut des Teufels trinken.«

»Er wird an seinem eigenen Blut ersticken, denkt an meine Worte«, verkündete Mammy Reed.

»Und der Herr sagt: ›Eine Hexe sollst du nicht am Leben lassen.‹«

»Du bist als Nächster dran, Burroughs.«

»Und du wirst gleich neben ihr hängen, Abigail Hobbs!«

»Jüngster Tag, Jüngster Tag, Jüngster Tag.«

»Verschluck deine verwünschte Zunge, Teufelsbraten!«

»Um der Liebe Christi willen!«, rief Concepción auf Spanisch. »Können sie nicht endlich aufhören?«

»Lass dich nicht von ihnen quälen, Concepción«, sagte Tituba. »Es ist nur ihre Angst, die sich in Bosheit verwandelt. Ein wahres Wunder, dass wir uns nicht gegenseitig töten.«

57. Kapitel

Tage, vielleicht auch Wochen später – es war schwer zu sagen, wie viel Zeit in diesem finsteren Loch verging – löste Horace Gibbons Concepcións Fesseln von dem eisernen Ring.

»Hängt die Papistin! Hängt die Papistin!«, schrie Dorcas.

»Halt den Mund, verrückte kleine Hexe!«, zischte Horace Gibbons und schlug das Mädchen so fest, dass es ohnmächtig wurde. »Die Papistin kommt erst vor Gericht, bevor man sie hängt.«

»Hat man dich schon befragt, Concepción?«, fragte Tituba.

»Sie haben mir Fragen gestellt, als ich dich besuchen kam. Das war alles.«

»Du meinst, du hast eine Aussage gemacht?«, wollte der Mann mit der Priesterstimme wissen.

»Ja, so haben sie es genannt. Sonst hätte ich Tituba nicht sehen dürfen.«

»Aber sie haben dich nicht körperlich untersucht? Bei diesem Verfahren suchen sie nach Hexenmalen.«

»Sie haben mich nur nach meiner Freundschaft zu Tituba befragt.«

»Eine Aussage ist nicht das Gleiche wie eine Untersuchung. Das verstößt gegen das Gesetz. Sie schulden dir eine Untersuchung, bevor der Prozess beginnt.«

»Beweg deinen Arsch.« Horace Gibbons trat ihr in den Hintern. »Das Gericht wartet.«

Sie hob das Bündel mit den sauberen Kleidern auf, das sie

als Kopfkissen benutzt hatte, und fragte, ob sie sich umziehen dürfe.

»Vielleicht noch die Perücke pudern, meine Dame? Na los, Weib! Beweg deine Stelzen! Und ihr neugierigen Schlampen bekommt heute kein Frühstück.«

Er zerrte Concepción aus der Zelle und zog sie an den Haaren durch den dunklen Korridor, wobei sie über die Kadaver der Ratten stolperte, die sich rasend vermehrt zu haben schienen, seit sie das letzte Mal hier entlanggegangen war. Sie drückte die Kleider fest an die Brust. Zweifellos rochen sie inzwischen so schlecht wie sie selbst, waren aber immerhin sauber.

»Sag ihnen, was sie hören wollen, Concepción«, hallte Titubas Stimme aus der Zelle. »Nur so wirst du dem Galgen entgehen.«

Doch sie wollte dem Galgen nicht entgehen. Sie wollte, dass die Prüfungen, die man ihr auferlegt hatte, endlich vorbei wären. Und wenn sie das nur erreichen konnte, indem sie von einem Seil baumelte, wollte sie um dieses Schicksal beten.

»Du willst deine stinkenden Lumpen ausziehen, Mädchen?« Horace Gibbons stieß sie in seine Schlafkammer. Er riss ihr die schmutzigen Kleider vom Leib, bis sie nackt vor ihm stand, drückte sie auf die Knie und zwang sein Glied in ihren Mund.

»Nimm es, sonst werfe ich deine schönen sauberen Sachen in den Abort.«

Sie würgte und wollte sich befreien, doch er hielt ihren Kopf fest umklammert, bis er fertig war. Der Klumpen, den er hervorgeschleudert hatte, saß ihr in der Kehle.

»Wenn du es ausspuckst, musst du es auflecken«, knurrte er. Sie zwang sich, zu schlucken und den Samen bei sich zu behalten.

»Ich muss mich waschen, bevor ich hinausgehe.«

Er schöpfte eine Handvoll Wasser aus dem Eimer, der neben der Tür stand, und spritzte es ihr ins Gesicht. »Na bitte, schon sauber. Jetzt zieh dich an. Du hast Zuschauer. Jeder in Essex County ist gekommen, um die Papistenhexe zu sehen. Es sind mehr Zuschauer da als beim Glover-Prozess. Sie konnten nicht alle im Gerichtsgebäude unterbringen, also haben sie deine Untersuchung ins Rathaus verlegt.«

Wie eine Schlafwandlerin zog sie Strümpfe und Unterhemd an, streifte die Unterröcke über den Kopf, knöpfte die Weste zu, richtete die Haube, stieg in ihre alten Schuhe und schnürte die ausgefransten Senkel. Durch die Löcher in den Sohlen konnte sie die kalten, feuchten Steine spüren.

Als sie in den heißen Morgen hinaustraten, beschirmte sie die Augen. Die Luft war trocken, das Licht grell. Sie hatte damit gerechnet, es sei Herbst oder Winter, weil es im Gefängnis so kalt war, doch die Bäume waren noch grün und ließen durstig die Zweige hängen. Der prickelnde Geruch des Meeres legte sich wie Dunst auf ihre wollene Kleidung. Die beiden Mathers, Vater und Sohn, erwarteten sie in schwarzen Roben und weißen Perücken. Increase ging voraus, Cotton folgte ihr.

In der Prison Lane drängte sich die Menge der Schaulustigen, reichte aber noch weit darüber hinaus. Die Queen Street war in beide Richtungen verstopft, und die Leute standen bis zu den Kais an der King Street und vom Dock Square bis zur South Church. Erst jetzt wurde ihr klar, wie viele Menschen in Boston lebten.

»Dort ist das Piratenweib. Hier kommt sie.«

»Tod der Papistin!«

»Hängt die Katholische!«

Steine regneten auf ihren Kopf nieder. Einer traf sie zwischen den Augen, ein anderer am Kinn, ein schwerer Brocken schlug gegen ihre Brust, und etwas Scharfes ritzte ihr Ohrläppchen. Sie ballte die Fäuste und grub die Nägel in die Handflächen. Die Geistlichen hatten sie vor dem Rathaus stehen lassen und unter der Balustrade Schutz gesucht, damit die Menge sie steinigen konnte, bevor man sie hineinschleppte. An einer der Säulen des Rathauses hing ein Anschlag, der den »Prozess gegen Thankful Seagraves, Fremde, Mischling, Papistin, Piratenweib« ankündigte. Auf dem Plakat war eine Frau mit schwarzer Kapuze zu sehen, die unter einer Piratenflagge vom Galgen baumelte.

58. Kapitel

Man hatte den ersten Stock des Rathauses in einen Gerichtssaal verwandelt. Frauen und Kinder wurden nur im Erdgeschoss geduldet, doch als Concepción hereinkam, versuchten sie, sich hinter ihr die Treppe hinaufzudrängen. Am Kopf des Raumes thronten acht Männer mit weißen Perücken auf hochlehnigen Stühlen hinter einem langen schwarzen Tisch, unter ihnen auch Richter Danforth, der sie befragt hatte, als sie Tituba besuchen wollte, und Richter Samuel Sewall. Den Vorsitz hatte Vizegouverneur Stoughton, der Concepción bei der Verhaftung bewusstlos geschlagen hatte. Gegenüber saßen die Geschworenen. Die Mathers nahmen ihre Plätze zu beiden Seiten des Richtertisches ein. An einem kleinen Pult saß ein Schriftführer mit der Feder in der Hand.

»Wie die stinkt!«, hörte Concepción einen Geschworenen sagen, als die Wachtmeister sie zur Anklagebank führten. Samuel Sewall rief den Saal zur Ordnung. Er trug eine Spitzenkrawatte, die Concepción als ihre eigene Handarbeit erkannte. Es war eines der Stücke, die sie für die Witwe Cole mit langen Spitzen und einem doppelten S in scharlachroter Frakturschrift versehen hatte.

»Hochwürden.« Richter Sewall richtete seinen Blick auf Increase Mather. »Würdet Ihr bitte eine passende Stelle aus der Heiligen Schrift aussuchen, um die Untersuchung zu eröffnen?«

Increase Mather wollte gerade aufstehen, doch Cotton kam ihm zuvor und schlug seine Bibel an einer markierten Stelle auf. Seine volltönende Stimme hallte durch den Raum.

»Jeremia 14, Vers 1: ›Was als das Wort des Herrn zu Jeremia geschah aus Anlass der Dürre: Juda trauert, und seine Tore welken dahin, sie liegen in Trauer am Boden, und Jerusalems Klagegeschrei steigt empor. Seine Mächtigen schicken ihre Untergebenen nach Wasser. Sie kommen zu den Zisternen und finden kein Wasser, sie kommen mit leeren Händen zurück mit ihren Gefäßen; sie sind enttäuscht und beschämt und verhüllen ihr Haupt. Wegen des Erdbodens, der zerbrochen ist, weil kein Regen im Land ist, sind die Bauern beschämt und verhüllen ihr Haupt. Ja, auch die Hirschkuh auf dem Feld gebiert und lässt ihr Kalb im Stich; denn kein Gras ist da. Und die wilden Esel stehen auf den kahlen Höhen, schnappen nach Luft wie die Schakale; ihre Augen erlöschen, denn kein Kraut ist da.‹«

Mather hob die Augen und schoss blaue Blitze in die weißen Gesichter, die ihm in völliger Stille entgegenblickten. Er war noch nicht fertig.

»›Und Jeremia sagte …‹«, Mather senkte den Blick und las weiter. »›Herr, warum willst du wie ein Fremdling im Land sein und wie ein Wanderer, der nur zum Übernachten eingekehrt ist? … Hast du Juda ganz und gar verworfen? Oder verabscheut deine Seele Zion? Warum hast du uns geschlagen, so dass keine Heilung für uns da ist?‹«

Mather schlug die Bibel zu, schritt zum einen Ende des Tisches und trat vor die Richter hin.

»Dürre!« Das Wort dröhnte aus seinem Mund. »… und Hungersnot. Anarchie und Zerstörung.« Er schritt vor dem Tisch auf und ab. »Die Franzosen greifen unsere Schiffe an. Indianer überfallen unsere Häuser. Hexen erdrosseln unsere Kinder.« Er näherte sich Concepción, hielt ihr die Bibel entgegen und schrie: »Und weißt du, warum Gott seine Auserwählten in Neuengland bestraft? Weshalb er uns dem Untergang und Verderben geweiht hat?« Er schaute in die Menge. »Fragt Euch selbst, Gevatter und Herren«, seine Stimme war kaum mehr als ein Flüstern, »wie lang diese Schindmähre des Teufels unter uns gelebt habt. Wie oft sie mit den Mächtigen gestritten und unsere göttliche Lebensweise in Frage gestellt hat. Fragt Euch, weshalb es wieder eine Rothaut ist, wieder eine Fremde mit gespaltener Zunge und papistischem Glauben, die furchtbare Unruhe in die Kolonie trägt.«

Er legte die Bibel auf den Richtertisch, wandte aber die Augen nicht von den Geschworenen. »Und wenn Ihr Euch all diese Fragen gestellt habt, meine Brüder, und erkannt habt, wie sie ihre heidnische Hexerei seit fast einem Jahrzehnt um unser Leben gesponnen hat, dann werdet Ihr auch wissen, weshalb Gott Zion verabscheut und weshalb wir, ich wiederhole es, dem Gebot des Herrn gehorchen müssen: ›Eine Hexe sollst du nicht am Leben lassen!‹«

Mather durchbohrte Concepción noch einmal mit seinem Blick, ergriff die Bibel und nahm wieder den Platz neben Richter Sewall ein. Im Saal herrschte ersticktes Schweigen. Concepción konnte die Möwen hören, die in einiger Entfernung über dem Hafen kreisten.

»Der Prozess ist eröffnet«, verkündete William Stoughton und klopfte mit seinem Hammer auf den Tisch. »Der Schriftführer wird die Anklage verlesen.«

Der Schriftführer hob ein großes Stück Pergament in die Höhe und las mit lauter Stimme: »Thankful Seagraves, eine Fremde aus Neuspanien, im Jahre 1683 hergebracht auf einem Freibeuterschiff und erworben von Nathaniel Greenwood, einem Kaufmann aus Boston in der Massachusetts Bay Colony, Dienstmagd von Tobias Webb, Bauer und Kirchenältester in der Stadt Roxbury. Sie hat gegen den Frieden unserer obersten Herren William und Mary, König und Königin von England, verstoßen und wird angeklagt, achtundvierzig schändliche Taten der Hexerei begangen zu haben, unter denen die folgenden zehn am schwersten wiegen: (eins) die papistische Sprache zu sprechen, (zwei) Teufelsverse auf ein Tuch zu sticken, (drei) heidnische Rituale durchzuführen und am Tag der Predigt mit Indianern im Wald zu verkehren, (vier) eine Katze als Vertraute zu halten und mit dem Teufel in Gestalt eines Wolfs zu sprechen, (fünf) Tobias Webb zu verhexen, auf dass er mit ihr die Ehe schließe, und ihn seiner Besitztümer berauben zu wollen, (sechs) lästerliche Handlungen in Gestalt eines Geistes zu vollziehen, (sieben) schwarze Tränke und seltsame Gerichte zuzubereiten, (acht) verdorbenes Geflügel und schlechte Eier zu verkaufen, (neun) das eigene Kind zu zwingen, papistischen Sitten zu huldigen, und (zehn) Briefe an die Toten zu schreiben.«

Concepción ballte die Fäuste und zwang sich, nicht zu weinen. Einige Dinge konnten sie nur von Jerónima erfahren haben.

Der Protokollbeamte fuhr fort. »Neben diesen Verbrechen wird Thankful Seagraves des versuchten Mordes an ihrem ehemaligen Herrn angeklagt, worauf allein schon die Todesstrafe steht. Das Gericht hat Aussagen von allen Anklägern gesammelt, darunter ehrwürdige Bürger Bostons wie ihre früheren Eigentümer, der Kaufmann und Mistress Greenwood, Reverend Cotton Mather, der Kaufmann Samuel Shrimpton, die Tavernenwirte John Vial und Matthew Scoggins, die Hebamme Jane Hawkins, die Gevatterinnen Dempsey, Earle, Hale und March. Auch haben wir Aussagen von ihren Nachbarinnen, der Gevatterin Mehitable Thorn und Polly Griffin aus Roxbury, Reverend Samuel Parris aus dem Dorf Salem (ehemals Kaufmann Parris aus Boston), Martha Reed aus Marblehead im Namen ihres Ehemannes, des Fischers William Reed, Mary Penfield aus Andover und Hanna Jeremiah, ebenfalls aus Boston.«

Als sie den Namen ihrer Tochter hörte, schlug sie die Hände vors Gesicht.

»Die Angeklagte möge ihr Gesicht enthüllen.«

»Du hast den Vorsitzenden Richter gehört.«

Sie gehorchte. Also war es wahr. Ihre Tochter hatte gegen sie ausgesagt.

»Das Gericht wird nun mit der Untersuchung der Thankful Seagraves beginnen.«

»Eine Frage bedarf der Klärung, Euer Ehren«, warf der Protokollbeamte ein. »Wird sie in den Akten unter ihrem Mädchennamen Seagraves oder ihrem Ehenamen Webb geführt?«

»Guter Mann, da eines ihrer Verbrechen darin besteht, Tobias Webb verhext zu haben, um ihn in die Ehe zu locken, was zu einer Annullierung durch das oberste Gericht führte, müssen wir sie in den Akten bei ihrem Mädchennamen Seagraves nennen.«

Sie sprachen so schnell und in so hochtrabender Weise, dass Concepción den Worten kaum folgen konnte, doch der Satz »was zu einer Annullierung führte« hallte laut in ihrem Kopf wider. Das hatten weder Rebecca noch Temperance Lowe erwähnt.

1. Richter:	Du wirst für das Gericht das Vaterunser aufsagen, Thankful Seagraves.
Angeklagte:	Ich kann es nicht auf Englisch, Sir.
2. Richter:	Wie lange lebst du schon in Neuengland?
Angeklagte:	Seit neun Jahren, Sir.
2. Richter:	Und du hast es in diesen neun Jahren nicht für nötig befunden, das Vaterunser zu lernen?
Angeklagte:	Ich kenne es, Sir, aber nicht auf Englisch. Wenn Ihr es wünscht, kann ich es in meiner eigenen Sprache aufsagen.

Ein Raunen ging durch den Saal. Cotton Mather sprang auf.

»Seht Ihr nun, wie tückisch sie ist, meine Herren, dass dieses Weib selbst vor Gottes Gericht und diesen Herren darauf besteht, in seiner heidnischen Zunge zu sprechen? Das erinnert sehr an jene, die vor nicht allzu langer Zeit am Galgen hing.«

»Vielen Dank, Hochwürden, aber das Gericht braucht noch keine rechtliche Beratung«, sagte Samuel Sewall.

Cotton Mather setzte sich wieder. Sein Hals war flammend rot.

3. Richter: Vor Gericht dulden wir kein papistisches Gerede. Da du das Vaterunser nicht auf Englisch aufsagen kannst, müssen wir daraus schließen, dass du es überhaupt nicht kannst, Thankful Seagraves. Kannst du uns wenigstens erklären, wie viele Personen in der Gottheit enthalten sind?

Angeklagte: Ich verstehe Eure Frage nicht, Sir.

1. Richter: Hättest du in den neun Jahren, die du unter Gottes Auserwählten gelebt hast, einmal dein Gesicht im Gemeindehaus gezeigt, würdest du es vielleicht verstehen. Ich frage dich noch einmal, Thankful Seagraves: Aus wie vielen Personen besteht die Heilige Dreifaltigkeit Gottes?

Angeklagte: Aus zweien, Sir.

Ein allgemeines Schnappen nach Luft war zu hören, gefolgt vom heftigen Geflüster der Zuschauer.

Angeklagte: Der Heilige Geist ist keine Person, Sir. Nur der Vater und der Sohn sind Personen. Die dritte ist der Geist der heiligen Mutter.

»Will uns die Hexe predigen, und das auch noch in lästerlicher Weise?«, fragte Cotton Mather und wollte schon wieder von seinem Platz aufstehen. Richter Sewall hielt ihn mit einer Handbewegung und einem Blick davon ab.

»Wann immer die Angeklagte gottlose Reden führt, erhöhen wir die Haftkosten um ein Zehntel«, erklärte Richter Sewall.

4. Richter: Ist es wahr, Thankful Seagraves, dass du nach deiner Ankunft in Neuengland von Kaufmann Greenwood gekauft wurdest und daraufhin versucht hast, dich im Meer zu ertränken?

Angeklagte: Ich stamme aus einem Land, in dem Menschen meiner Kaste keine Sklaven sind, Sir. Ich konnte die Vorstellung, den Rest meines Lebens in Gefangenschaft zu verbringen, nicht ertragen.

4. Richter: Was meinst du mit »Kaste«?

Angeklagte: Eine Eigenschaft der Rasse, Sir. Nur die schwarze Rasse und eine Mischung aus Schwarzen und Indianern und Schwarzen und Spaniern wurden in meinem Land versklavt. Nicht aber die indianische Rasse noch eine Mischung aus spanischer und indianischer Rasse oder eine andere Mischung zwischen Spanisch und Schwarz, deren Mütter keine Sklaven waren, wie es bei meiner Kaste der Fall ist, Sir, und aus diesem Grund kann ich keine Sklavin sein.

4. Richter: Verwirre das Gericht nicht weiter mit diesem Geschwätz von Rassenmischung, Weib. Gibst du zu, dass du teilweise Negerin wie auch Indianerin bist?

Angeklagte: Und zur Hälfte weiß, Sir, mein Vater war Spanier.

»Nicht einmal Sodom und Gomorrha waren so befleckt wie jenes heidnische Land, aus dem diese Magd des Antichristen hervorgegangen ist«, rief Cotton Mather aus.

5. Richter: Und doch bist du trotz deiner ganzen Trübsal an jenem Tag nicht ertrunken, oder?

Angeklagte: Leider nicht, Sir.

3. Richter: Weißt du auch, warum du nicht ertrunken bist?

Angeklagte: Ich habe gehört, es sei eine Hexenprobe. Einige von Euch glauben, wer nicht im Wasser untergehe, müsse eine Hexe sein.

4. Richter: Und was glaubst du, Thankful Seagraves?

Angeklagte: Ich glaube, es war meine Tochter, die schon in meinem Leib heranwuchs, die mich auf dem Wasser treiben ließ.

4. Richter: Wie lautet der Name deiner Tochter?

Angeklagte: Sie heißt Hanna Jeremiah.

5. Richter: Wird sie nicht noch bei anderen Namen gerufen? Verwendest du keinen anderen Namen für sie und auch für dich?

Angeklagte: Manche nennen mich bei meinem Ehenamen, Sir. Mistress Tobias Webb.

6. Richter: Mistress Tobias Webb. Ein würdiger Name. Wie ist es zu der Heirat mit diesem ehrenwerten Mann gekommen?

Angeklagte: Ich verstehe die Frage nicht, Sir.

6. Richter: Es ist nicht üblich, dass eine Sklavin das heilige Band der Ehe mit ihrem Herrn schließt.

Angeklagte: Es war der Wille des alten Mannes, mich zu heiraten. Ich konnte es nicht entscheiden.

7. Richter: Und wer soll dieser alte Mann bitte sein?

Angeklagte: Mein Ehemann, der Kirchenälteste Tobias Webb aus Roxbury, möge er in Frieden ruhen.

7. Richter: Sprichst du immer mit solcher Verachtung und mangelndem Respekt von deinem Ehemann?

Angeklagte: Es ist ein Kosewort, Sir.

6. Richter: Was brachte den gütigen Tobias Webb zu dem Wunsch, dich, seine eigene Sklavin, zu heiraten, obgleich er altersschwach und krank war und du nicht einmal in unserem Glauben getauft warst?

Angeklagte: Das müsstet Ihr ihn schon selbst fragen, Sir.

7. Richter: Es gibt jene, die behaupten, du hättest ihn verhext, Thankful Seagraves, du hättest sein Essen mit Kräutern und Pulvern gewürzt, um seine alten Lenden zu kräftigen und in ihm den Wunsch zu wecken, dich zu ehelichen und aus deiner Versklavung zu befreien. Ziehst du nicht solche Blumen und Kräuter, Thankful Seagraves? Deine Nachbarn haben sie überreich in deinem Garten wachsen sehen. Hast du nicht einen Bann über Tobias Webb geworfen, auf dass er dich heirate und zu seiner rechtmäßigen Erbin mache und du ihn damit seiner Besitztümer berauben konntest?

Angeklagte: Ich weiß nichts von Kräutern und Pulvern, Sir, bis auf jene, die den Geschmack des Essens verbessern. Der alte Mann war seit meiner Ankunft wie ein Ganter. Er wolle noch einmal Unzucht treiben, bevor er sterbe, so hat er selbst gesagt. Fragt Rebecca Greenwood. Sie haben darüber gestritten. Hätte ich selbst wählen können, Sir, so hätte ich ihn nicht geheiratet. Ich verspürte nicht den Wunsch zu heiraten.

8. Richter: Findest du es nicht gottlos, ein Kind und keinen Ehemann zu haben?

Angeklagte: Auch darin blieb mir keine Wahl. Ich wurde auf dem Piratenschiff entehrt, und man pflanzte ein Kind in mich.

8. Richter: Aber nachdem das Kind geboren war und eines Vaters bedurfte, hast du dennoch alle Heiratsanträge, die dir ein Fischer aus Marblehead machte, abgelehnt. Du hast diesen Bewerber nicht nur mit deiner unverschämten Widerspenstigkeit beleidigt,

sondern bist ihm auch in Geistergestalt in seinem Bett erschienen und hast ihn mit unzüchtigen Zurschaustellungen und Handlungen gequält und seine eigene Frömmigkeit so weit gefährdet, dass er nun selbst der Hexerei angeklagt ist.

Angeklagte: Falls Ihr William Reed meint, so hat er mir nicht nur die Ehe angetragen. Er wollte, dass ich mit ihm in seinem Boot liege. Ich berichtete Kaufmann Greenwood davon. Doch je stärker ich ihn abwies, desto beharrlicher wurde er in seiner Lüsternheit.

3. Richter: Weil er unter deinem Einfluss stand! Warum sonst sollte ein gesunder Mann sich wieder und wieder von einer Sklavin verschmähen lassen?

4. Richter: Ich lege den Geschworenen Beweise der Hebamme Jane Hawkins vor, die die Angeklagte bei ihrer Niederkunft betreut hat. Hawkins hat ausgesagt, dass es im Schambereich der Angeklagten grotesk vergrößerte Hautlappen gibt, die das Kind bei der Geburt beinahe erstickten. Der Teufel habe an diesen Lappen gesaugt, um sie dazu zu bringen, das andere Geschlecht zu verhexen, was auch erklärt, weshalb ein Mann hohen Alters mit ihr Unzucht treiben wollte.

6. Richter: Welch eine Versucherin bist du, dass du einen zurückgewiesenen Mann nach deinem Geist lechzen und einen Ältesten der Kirche seine verkrüppelten Knochen vergessen lässt und ihn glauben machst, er könne eine frische Saat ausbringen? Weshalb betörst du diese anständigen Männer?

Angeklagte: Ich betöre niemanden. Ich möchte am liebsten gar keinen Mann in meinem Bett.

2. Richter: Wen hättest du denn lieber in deinem Bett, Thankful Seagraves? Den Teufel?

Angeklagte: Meine Tochter, Sir.

3. Richter: Deine Tochter? Meinst du das Kind, das zurzeit bei Rebecca Greenwood in Pflege ist, der Frau des Mannes, der dich vom Piratenschiff holte, desselben Mannes, den du in seinem eigenen Warenlager fast zu Tode gewürgt hast, nachdem du ihn verführen wolltest und er sich deinen Annäherungen widersetzte? Das Kind, das dich fürchtet, als wärst du des Teufels Amme selbst? Sprichst du etwa von demselben Kind, das gegen dich ausgesagt und dem Gericht von all den Freveltaten berichtet hat, die du vor seinen Augen vollzogen hast und zu denen du das Kind ebenfalls auffordern wolltest?

Angeklagte: Rebecca Greenwood hat meine eigene Tochter gegen mich aufgehetzt. Seit dem Tag, an dem das Kind geboren wurde, hat sie versucht, es mir wegzunehmen. Das Mädchen würde alles sagen, um Rebecca zu gefallen.

5. Richter: Aber es war nicht Rebecca Greenwood, die gesehen hat, wie du im Wald Giftpilze gesammelt hast. Deine liebe Tochter hat uns erzählt, dass du und die geständige Hexe Tituba Indian gemeinsam in den Wald gegangen seid – am Tag der Predigt, möchte ich hinzufügen – und Pilze gesammelt und üble Getränke aus ihnen gebraut habt.

Angeklagte: Es waren essbare Pilze, Sir, und wir haben Tinte daraus gemacht.

4. Richter: Tinte?

Angeklagte: Tinte, Sir.

6. Richter: Und wozu bitte hast du diese abscheuliche Tinte benutzt, Thankful Seagraves?

Angeklagte: Zum Schreiben, Sir.

1. Richter: Ja, Frau, das ist der übliche Zweck der Tinte. Doch was genau hast du geschrieben? Hast du diese verfluchte Flüssigkeit nicht benutzt, um deine Hexenschrift ins Buch des Teufels zu setzen?

Angeklagte: Ich führe mein Kassenbuch, Sir. Ich bin Händlerin, und Kaufmann Greenwood verlangt eine ordentliche Buchführung. Für manche mag das Kontenbuch eines Kaufmanns dem des Teufels gleichen.

Einige Geschworene mussten lachen.

8. Richter: Sieh bitte davon ab, diesen Prozess ins Lächerliche zu ziehen, Thankful Seagraves. Ist das alles, was du schreibst? Deine Buchhaltung?

Angeklagte: Ich schreibe auch in mein Tagebuch, Sir.

3. Richter: Du schreibst also keine Briefe an die Toten, die du im Wald verbrennst?

Oh, Jerónima, dachte sie, hast du denn gar nichts für dich behalten?

»Die Angeklagte möge die Frage beantworten«, forderte Richter Sewall.

Angeklagte: Hat meine Tochter Euch das erzählt, Sir?

3. Richter: Es soll dich nicht kümmern, wer es uns erzählt hat. Beantworte die Frage.

Angeklagte: Manchmal, Sir.

7. Richter: Was manchmal? Sprich deutlicher, Weib!

Angeklagte: Manchmal schreibe ich Briefe an meine Herrin in

	Neuspanien. Soweit ich weiß, ist sie nicht wirklich tot, Sir. Sie ist nur in meiner Vorstellung tot.
2. Richter:	Und wer ist diese Herrin? War sie nicht eine jener papistischen Frauen, die als Nonnen bekannt sind, die im Kloster ein unnatürliches Leben führen und den Papst, den Antichristen, anbeten?
Angeklagte:	Ja, sie war eine Nonne, aber nicht religiös, Sir. Sie war eine Gelehrte und Dichterin. Ich war ihre Schreiberin und fertigte Abschriften ihrer Werke an.
1. Richter:	Und deshalb hast du dieser Frau Briefe geschrieben, die du verbrennst, statt sie abzuschicken? Jeder von uns, der mit Freunden oder Verwandten jenseits des Meeres Verbindung halten möchte, vertraut seine Briefe einem Schiff an; wir lassen sie nicht in Rauch aufgehen.
Angeklagte:	Darüber weiß ich nichts, Sir. Ich weiß nur, dass ich sie verbrenne.
4. Richter:	Welcher Sprache bedientest du dich in diesen Briefen, Thankful Seagraves?
Angeklagte:	Der richtigen Sprache, Sir.
4. Richter:	Und welche soll das bitte sein?
Angeklagte:	Jene Sprache, die der Empfänger versteht.
7. Richter:	Und wer bitte soll der Empfänger sein, wenn das Schreiben in Rauch verwandelt wird, Frau? Nur ein Heide oder jemand, der von Flammen umgeben ist, kann die Sprache des Rauchs verstehen.
Angeklagte:	Es war nur ein Weg, mich an jemanden zu erinnern, kein lasterhaftes Ritual.
5. Richter:	Und was ist mit diesen Teufelsversen, Thankful Seagraves?
Angeklagte:	Ich kenne keine solchen Verse, Sir.

6. Richter: Wir meinen jene, mit denen du ein Tuch besudelt hast, die du in der heidnischen Zunge der Spanier aufgestickt hast, die Verse, die du so schamlos an deiner Wand aufgehängt hast und unter denen deine Tochter schlafen musste. Die auswendig zu lernen du sie gezwungen hast. Jene Verse, die du gegen den Vizegouverneur und deine anderen Ankläger verwendet hast, als man dich am Tag deiner Verhaftung an den Pranger stellte.

Angeklagte: Es sind keine Teufelsverse. Es handelt sich um ein Gedicht, das meine frühere Herrin geschrieben hat.

5. Richter: Deine Herrin, die Nonne? Das Weib des Antichristen?

Angeklagte: Ihr Name lautet Sor Juana Inés de la Cruz aus dem Kloster von San Jerónimo.

Der Vorsitzende Richter Stoughton schlug mit dem Hammer auf den Tisch. »Ich dulde kein papistisches Gerede in diesem Gericht! Noch einmal, und wir lassen dir die Schlinge sofort um den Hals legen.«

Plötzlich hörte man im Erdgeschoss jemanden kreischen.

»Es ist die Papistin. Die Papistin quält sie«, schrie eine Frau.

Ein Wachtmeister lief zur Balustrade und schaute hinunter.

»Was ist das für ein Lärm, Wachtmeister?«, wollte Richter Sewall wissen.

»Es sind einige der Mädchen aus Salem, Sir. Sie scheinen besessen. Sie erleiden Anfälle.«

»Bringt die Mädchen her«, forderte Cotton Mather. »Sie sollen die Papistin anschauen.«

Die Menschen stampften zustimmend mit den Füßen.

»Bringt die Mädchen aus Salem her.«

»Die Mädchen aus Salem! Die Mädchen aus Salem!«

Alle Richter schlugen gleichzeitig mit ihren Hämmern.

»Ich verlange Ordnung in diesem Gericht«, donnerte der Vorsitzende Richter.

»Wachtmeister, bringt die Mädchen aus Salem her«, befahl Richter Danforth.

»Und zwar nur die Mädchen aus Salem«, fügte Richter Sewall hinzu.

Cotton Mather bedachte Concepción mit einem eisigen Blick. Seine Augen funkelten triumphierend, was ihr mehr Angst einflößte als der Tumult, der ausbrach, als die Mädchen aus Salem den Treppenabsatz im ersten Stock erreichten. Es waren vier, von denen eine etwa in Jerónimas Alter war, zwei andere zwölf oder dreizehn und die älteste sechzehn oder siebzehn.

»Sie sticht mich!«, heulte die Älteste.

»Wer sticht dich, Mercy Lewis?«

»Die da. Die Papistin. Sie sticht mich mit einem Federkiel. Sie will, dass ich die Teufelsverse niederschreibe!«

Die anderen begannen sich zu winden und zu schreien, rote Flecken erschienen auf ihren Armen und Gesichtern.

»Ich sehe eine Frau in Schwarz neben ihr stehen«, kreischte die Jüngste.

8. Richter:	Thankful Seagraves, weshalb quälst du diese Mädchen?
Angeklagte:	Ich stehe doch nur hier, Sir.
8. Richter:	Siehst du denn nicht, wie sehr du sie quälst?
Angeklagte:	Das bin nicht ich, Sir. Falls sie verhext wurden, dann von jemand anderem.
6. Richter:	Wer sonst sollte diese Mädchen verhext haben?
Angeklagte:	Woher soll ich das wissen?

»Lasst sie die Teufelsverse aufsagen!«, rief Cotton Mather.

Die Mädchen begannen zu zittern und zu stöhnen, als sie die Worte nur hörten.

4. Richter:	Du wirst die Teufelsverse aufsagen, Thankful Seagraves.
6. Richter:	Hast du nicht gehört, Frau? Du musst dem Gericht gehorchen.
Angeklagte:	»Verstockte Männer, die Frauen Grundlos tadeln, Sehn nicht in sich den Grund Des Unrechts, das sie tadeln.«
6. Richter:	Was glaubst du eigentlich, was du da tust, Frau? Du sollst die Teufelsverse aufsagen.
Angeklagte:	Ich sage die Verse auf Englisch auf, Sir, damit das Gericht die Bedeutung der Worte versteht und nicht durch die fremde Sprache abgelenkt wird.
1. Richter:	Also gibst du zu, dass es Teufelsverse sind.
Angeklagte:	So nennt Ihr sie, Sir.
5. Richter:	Treibe keine Spiele mit uns, Thankful Seagraves. Du sollst deine dämonischen Rasereien in papistischer Sprache rezitieren.
Angeklagte:	»Hombres necios que acusaís A la mujer sin razón …«

Die Mädchen verfielen in Verrenkungen. Sie verdrehten die Hälse, als wollte man ihnen die Köpfe abreißen. Die Älteste starrte auf etwas an der Decke, das nur sie selbst erkennen konnte.

Angeklagte:	»Sin ver que la ocasión De lo mismo que culpaís …«

Dann begann das älteste Mädchen an seinem Halstuch zu zerren, sein Gesicht lief blau an, die Zunge quoll aus dem Mund, als würde es von unsichtbaren Händen gewürgt. Darauf brachen alle vier in lautes Geschrei aus.

2. Richter: Sprich weiter!
Angeklagte: »¿Porqué quereís que obren bien,
Si las incitaís al mal?«

Das jüngste Mädchen wurde ohnmächtig. Die beiden mittleren fielen zu Boden und begannen zu zucken, wobei ihnen Schaum aus dem Mundwinkel rann. Zwei Frauen, die auf dem Treppenabsatz gewartet hatten, stürzten herbei, um ihnen zu helfen.

»Sie hat sie mit den Augen vergiftet!«, rief eine der Frauen.

»Die Berührungsprobe! Versucht die Berührungsprobe!«, rief die andere.

Wieder schlug Richter Sewall mit seinem Hammer. »Genug! Wir haben genug gesehen und gehört. Bringt das Weibsvolk wieder nach unten, Wachtmeister.«

»Es kann nicht schaden, die Berührungsprobe durchzuführen«, gab ein Richter zu bedenken.

»Ich stimme Richter Noyse zu«, rief Richter Danforth. »Lasst uns die Berührungsprobe machen.«

»Führt die Gefangene zu den Mädchen hinüber, Wachtmeister«, befahl William Stoughton. »Thankful Seagraves, du wirst jedem dieser Mädchen die Hand auflegen, auf dass ihre Qualen enden mögen.«

Concepción beugte sich vor, brachte es aber nicht über sich, die zuckenden Mädchen zu berühren.

»Berühre sie!«, befahl der Vorsitzende Richter.

Ganz leicht strich sie über eine Schulter, ein Kinn, eine Hand, einen Fuß. Die Anfälle hörten umgehend auf, und die Mädchen lagen ganz still mit geschlossenen Augen da und atmeten so ruhig, als schliefen sie.

»Bringt die Mädchen weg«, sagte Richter Sewall. »Und die Angeklagte wieder auf die Anklagebank.«

»Brauchen wir noch mehr Beweise, damit die Geschworenen zu einem Urteilsspruch gelangen können?«, fragte der Vorsitzende Richter Stoughton.

1. Richter:	Gestehst du, dass du eine Hexe bist, Thankful Seagraves?
Angeklagte:	Ich weiß nicht, was eine Hexe ist. Ich weiß nur, dass ich anders bin als Ihr, Sir. Dass ich auf einem Piratenschiff herkam, eine andere Sprache sprach und andere Sitten ausübte. Nichts davon ist böse, nur anders. Doch in Neuengland werden Menschen allein für ihr Anderssein gehängt.
3. Richter:	War es auch dieses Anderssein, das dich nicht ertrinken ließ, als du nach dem Verkauf an Nathaniel Greenwood ins Meer sprangst? Weißt du denn nicht, dass Hexen nicht untergehen, weil der Atem des Satans sie über Wasser hält?
Angeklagte:	Es war ein Pirat, der mich vor dem Ertrinken rettete, Sir.
2. Richter:	Hast du versucht, deinen Herrn Nathaniel Greenwood zu erdrosseln, oder nicht?
Angeklagte:	Er tat mir Gewalt an, Sir, und ich wollte mich vor ihm schützen.
2. Richter:	Bekennst du dich schuldig oder nicht schuldig, den Kirchenältesten Tobias Webb mit deinen Hexentränken und -pulvern in die Ehe gelockt zu haben?
Angeklagte:	Über meine Heirat konnte ich nicht entscheiden. Ich habe ihm keine Tränke oder Pulver gegeben.

2. Richter: Bekennst du dich schuldig oder nicht schuldig, deinen Nachbarn verdorbenes Geflügel verkauft und weitere verbrecherische Hexereien begangen zu haben?

Angeklagte: Ich bin keine Hexe.

1. Richter: Wenn du nicht weißt, was eine Hexe ist, kannst du auch nicht wissen, ob du eine bist, Thankful Seagraves.

Angeklagte: Ich habe nichts Böses getan, Sir.

2. Richter: Und was ist mit dem Schaden, den du soeben den Mädchen aus Salem mit deinen verdorbenen papistischen Versen zugefügt hast?

Angeklagte: Die spanische Sprache ist nicht verdorben.

1. Richter: Wir geben dem Gericht zu bedenken, dass die Angeklagte so eigensinnig und unbußfertig wie Luzifer selbst ist. Wir haben die Aussage gehört und die Auswirkungen ihrer Bosheit mit eigenen Augen in diesem Saal gesehen. Sind die Geschworenen mit der Untersuchung zufrieden? Seid Ihr bereit, das Urteil zu sprechen, meine Herren?

Die Geschworenen schauten einander an und nickten. Einer erhob sich. Concepción erkannte Mr Scoggins, den Besitzer des Blue Cat.

»Die Geschworenen sind zufrieden, Sir.«

»Gut, dann begebt Euch ins Geschworenenzimmer und beratet Euch.«

Mr Scoggins musterte die Geschworenen, worauf alle einstimmig nickten. »Wir können das Urteil schon jetzt verkünden, Sir. Die Geschworenen befinden die Fremde Thankful Seagraves in allen Punkten der Papisterei, des versuchten Mordes und der Hexerei für schuldig.«

Concepción umklammerte die Schranke der Anklagebank, um nicht ohnmächtig zu werden.

Im Saal brach Jubel aus.

»Hängt die Hexe!«

»Verdammt sei die Papistin!«

Im Stockwerk darunter priesen die Frauen Gott für seine Gnade und forderten das Todesurteil für die Papistin.

»Ruhe!«, rief der Vorsitzende Richter Stoughton. »Wachtmeister, geht in die Schmiede und sagt Bescheid, dass wir bereit für das Instrument sind. Alle Übrigen mögen schweigen, sonst lasse ich das Rathaus räumen!«

Die Richter steckten die Köpfe zusammen und murmelten, während der Schriftführer alles aufzeichnete. Schließlich kehrte der Wachtmeister mit einem Kessel rotglühender Kohlen zurück, aus dem ein Eisen ragte.

Der Schriftführer überreichte dem Vorsitzenden Richter ein Blatt, worauf dieser sich räusperte und das Urteil verlas: »Die Richter unseres Herrn und unserer Herrin, des Königs und der Königin von England, erklären hiermit, dass die Fremde, bekannt unter dem Namen Thankful Seagraves, der Papisterei und Hexerei in mehreren Fällen beschuldigt wird und dass sie in boshafter und verbrecherischer Weise bestimmte verabscheuungswürdige Künste und Zaubereien gegen ihre Nächsten und Nachbarn in den Städten Roxbury und Boston im Bezirk Essex in der Provinz Massachusetts Bay in Neuengland verübt hat. Neben diesen Verbrechen versuchte sie auch, ihren Herrn, Nathaniel Greenwood, zu ermorden. Am 29. Juli im Jahre des Herrn 1692 wurde die genannte ausländische Frau namens Thankful Seagraves der Hexerei gegen den Frieden, die Krone und Würde unserer Majestäten, des Königs und der Königin, für schuldig befunden. Dies erfolgte in der vorgeschriebenen Weise. Sie wird mit einem Papistenkreuz gezeichnet und am nächsten Hinrichtungstag am Halse aufgehängt, bis der Tod eintritt.«

Die Wachtmeister traten auf sie zu.

»Streck den rechten Arm aus, Thankful Seagraves, und empfange das Zeichen der Papisten auf deiner Hand«, rief der Vorsitzende Richter.

Sie verstand nicht, wovon sie redeten. Ein Wachtmeister hatte ein Stück Tierhaut um das heiße Eisen gewickelt, und der andere riss ihren rechten Arm hoch und umklammerte ihn mit solcher Kraft, dass er taub wurde. Sie wollte ihn wegziehen, doch er grub den Daumen in ihre Armbeuge, dass sie vor Schmerz wie gelähmt war.

»Die papistische Hexe ist bereit zum Brandmarken«, rief der andere Wachtmeister und hob das Eisen.

Da erst begriff Concepción, was sie vorhatten. »Bitte!«, rief sie mit erstickter Stimme. »Reicht es denn nicht, dass Ihr mich aufhängt? Warum müsst Ihr auch noch mein Fleisch brandmarken?«

Sie sah zu, wie das heiße Eisen über ihrer Hand schwebte, und ihre Knie gaben nach. Ihre Hand zitterte, als der Mann das Eisen auf ihr Fleisch senkte. Der Griff des anderen unterbrach den Blutfluss in ihrem Arm, so dass sie zunächst keinen Schmerz verspürte, als sie die Form des Kreuzes auf ihrer Hand sah. Flüssigkeit quoll aus der geschwärzten Haut. Wie ein kleines t in Frakturschrift, ein absurder Gedanke. Dann plötzlich wurde ihr schwindlig vom Geruch des versengten Fleisches, und sie spie eine saure gelbe Flüssigkeit auf den Boden des Saales. Heiße rote Flecken breiteten sich auf ihrem Gesicht aus. Die Tränen, die während des ganzen Prozesses in ihren Augenwinkeln gelauert hatten, wurden zu Staub. Sie blinzelte, um den Staub in ihren Augen loszuwerden. Der Zorn in ihr brannte heißer als die verkohlte Haut.

»›Wegen der Größe deiner Schuld sind deine Säume aufgedeckt und deine Fersen misshandelt worden‹«, las Cotton Mather volltönend aus der Bibel vor, wobei Speicheltröpfchen auf Concepcións Gesicht landeten. »›Kann ein Schwarzer seine Haut ändern, ein Leopard seine Flecken? … So werde ich sie zerstreuen wie Strohstoppeln, die vor dem Wind der Wüste dahinfahren.‹ Dies ist dein Anteil, der Lohn deiner Abtrünnigkeit.«

So plötzlich, wie ihr die Hitze ins Gesicht gestiegen war, wurden ihre Hände klamm, und sie brach zusammen.

59. Kapitel

Die Wochen vergingen, und es gab weitere Verhaftungen und Verurteilungen, doch noch immer hatte man Concepcións Urteil nicht vollstreckt. Einige Angeklagte wurden in das Gefängnis von Salem überstellt, um ihre Verfahren zu beschleunigen, andere überallhin zerstreut, nach Andover, Gloucester und Ipswich. Horace Gibbons hielt sie über die jüngsten Hinrichtungen auf dem Laufenden. Im August hängte man sechs Angeklagte – vier Männer und zwei Frauen –, auf die einen Monat später William Reed, Alice Parker, Martha Corey und fünf andere folgten. In Salem hatte man Martha Coreys Ehemann exkommuniziert und danach mit Steinen zu Tode gedrückt. Seine letzten Worte, mit denen er den Richtern trotzte, die ein Geständnis erzwingen wollten, lauteten »mehr Gewicht«. Mit Bridget Bishops Tod im Juni und den acht vom September erreichte der Blutzoll die Zahl von zwanzig Toten. Noch einmal zwanzig weitere Menschen, nicht länger nur Bettler, Witwen und Fremde, sondern ehrenwerte Bürgersleute, wurden beschuldigt und ins Gefängnis gebracht.

Concepción wartete ungeduldig auf den Hexenkarren. Während sie die Krusten von ihrer verbrannten Hand zupfte, betete sie jeden Tag mit leiser Stimme einen Rosenkranz aus fünfzehn Padres Nuestros und fünfzehn Gesätzen des Ave Maria. Sie zählte die Gebete, indem sie für jedes mit dem Fingernagel einen Strich auf ihrem Arm zog. Tituba glaubte, sie erbitte Erlösung und göttlichen Beistand.

»Weshalb betest du ständig, Concepción? Die Heiligen werden

dein Urteil nicht abändern. In Neuengland hören uns die Heiligen nicht.«

»Wer sagt denn, dass ich es ändern will? Sie sollen mich sofort an den Galgen bringen. Warum brauchen sie so lange? Sehen sie denn nicht, dass ich bereit bin? Das Warten bringt mich noch um den Verstand.«

»Möchtest du, dass dein Kind dich an einem Strick baumeln sieht?«

»Mein Kind hat sich gewünscht, dass ich tot bin.«

Tituba wurde abweisend und schweigsam und sprach schließlich gar nicht mehr mit ihr. Nun, da Concepción nichts anderes übrigblieb, als sich dem quälenden Warten und den quälenden Gedanken an Jerónima zu ergeben, gestattete sie sich die Erinnerung an Einzelheiten ihres Lebens in Mexiko: wie sie mit Sor Juana Schach gespielt hatte, wie sie Aléndula heimlich Obst aus dem Klostergarten in den Werkzeugschuppen gebracht hatte, wie sie ihrer Mutter in der *pulquería* geholfen hatte. Andere Erinnerungen waren vielschichtiger und verstörender. Wie ihre Mutter sie ohne Vorwarnung weggegeben hatte, wie sie zum ersten Mal ihrem Vater begegnet war und die beiden darüber gestritten hatten, ob Concepción in ein Kloster gegeben werden solle. »Mestizinnen sticken nicht in Klöstern … Mestizinnen schrubben Fußböden und leeren Nachttöpfe«, hatte Concepcións Vater gesagt. »Sie ist Euer Bastard, Federico, und wenn Ihr sie nicht in diesem Kloster unterbringt, Señor, werde ich meine Arbeit aufgeben … Soll doch Eure hochwohlgeborene Frau die Taverne führen … Besser noch, Ihr führt Eure Taverne selbst … Concepción? Wir gehen!«

Eines Morgens herrschte großer Aufruhr in der Zelle. Zwei bessergestellte Gefangene, Edward Bishop und seine Frau, waren aus ihrer Einzelzelle geflohen. Mit Hilfe eines Seils und eines Ochsen hatte man mitten in der Nacht die Gitterstäbe aus dem Zellenfenster gerissen, und schon waren die Gefangenen verschwunden.

Manche behaupteten, Horace Gibbons habe sich bestechen lassen.

»Sie waren reich. Kein Wunder, dass sie fliehen konnten.«

»Mit Reichtum hat das gar nichts zu tun«, sagte der Wärter, als er morgens den Eimer mit dem Schmutzwasser ausschüttete. »Ich habe den Richtern gesagt, dass wir die Gitterstäbe in der Zelle befestigen müssen. Wer daran spart, darf sich nicht wundern. Ich selbst habe schon seit einem Jahr keinen Lohn bekommen, und das nur, weil ihr Schlampen eure verdammten Haftkosten nicht bezahlt.«

»Womit sollen wir denn bezahlen, mit unserer Haut?«, wollte Mary Black wissen.

»Das würde dir gefallen, was? Es braucht aber viel mehr als deine hässliche Schwarte, um dich von deinen Schulden zu befreien. Die Richter haben Wichtigeres zu tun, als sich um zwei entflohene Gefangene zu kümmern.« Er blickte über seine Schulter, als rechnete er damit, dass jemand im Korridor lauerte. Dann sagte er mit leiser Stimme: »Es heißt, das Hexengericht werde aufgelöst, und der Gouverneur wolle der Jagd ein Ende bereiten. Irgendein Narr hat Lady Phips, die Frau des Gouverneurs, angezeigt, und jetzt bricht die Hölle los. Ihr Weibsbilder werdet vielleicht sogar begnadigt.«

»Lady Phips!«, kreischte Dorcas. »Ich sehe Euer Geisterbild auf Horace Gibbons' Kopf, Lady Phips!«

»Werden sie uns freilassen?«, fragte Mary Black.

»Was ist mit jenen, die schon verurteilt wurden?«, wollte Concepción wissen.

»Niemand verlässt das Gefängnis, bis ihr eure Haftkosten bezahlt habt. Ein Shilling Sixpence pro Woche und dazu die Miete für die Ketten, die ihr monatelang getragen habt.«

»Aber das Gericht hat uns schon alles genommen, wir haben nichts mehr, wovon wir unsere Haftkosten bezahlen könnten«, sagte eine Frau.

»Meine Kinder sind in ganz Neuengland verstreut«, meldete sich eine andere. »Mein Mann verdingt sich überall als Tagelöhner. Wir haben nichts übrig.«

»Immerhin hast du einen Mann«, bemerkte die erste Frau.

Horace Gibbons schloss gackernd die Zelle hinter sich ab und ging davon, wobei er vor sich hin murmelte: »Selbst wenn sie euch begnadigen: ohne Geld geht's nicht raus in die Welt.«

»Kommt zurück, Lady Phips!«, rief Dorcas dem Wärter hinterher. Die anderen achteten nicht mehr auf die Ausbrüche des Kindes; es hatte offenkundig den Verstand verloren.

»Mr Scoggins könnte meine Haftkosten bezahlen«, sagte Mary Black.

»Auf den würde ich mich nicht verlassen, Mary Black«, meinte Tituba.

»Mr Scoggins war bei meinem Prozess unter den Geschworenen«, sagte Concepción leise. »Ich dachte, er würde mir helfen, aber das hat er nicht getan. Er wird dir auch nicht helfen.«

»Du bist nur eine Negerin für ihn, verstehst du das nicht, Mary?«, fügte Tituba hinzu.

»Lieber Negerin als Hexe.«

Tituba antwortete nicht.

»Vielleicht hängen sie uns alle«, sagte Concepción. »Das wäre die einzige Erlösung.«

»Du magst für dich sprechen, Thankful Seagraves«, antwortete Mary Black. »Aber es bringt Unglück, sich den Tod zu wünschen.«

»Nennst du das etwa Glück, Mary?«, versetzte Concepción. »Ich würde lieber hängen, als in diesem Höllenloch noch mehr Glück zu haben. Ich möchte nicht warten, bis einer aus Mitleid meine Haftkosten bezahlt.«

»Hast du ihn nicht gehört, Concepción? Vielleicht werden wir alle begnadigt.«

»Na und, Tituba? Was hilft uns jetzt noch eine Begnadigung? Meinst du etwa, Rebecca und Greenwood würden meine Bußgelder zahlen? Meinst du etwa, meine Tochter wird ihre Meinung ändern und sich nicht mehr wünschen, als Kind einer anderen geboren zu sein? Immerhin hat mich meine Heirat mit dem alten Mann von diesem Kaufbrief befreit, doch nun ist der alte Mann gestorben, und die Ehe wurde annulliert. Ich habe gar nichts, Tituba. Und ich will keine Sklavin mehr sein. Der Galgen ist mein einziger Ausweg. Gebt mir den Galgen!«

»Ich gebe dir einen Schlag ins Gesicht«, sagte Mary Black. »Nur wegen dir bin ich überhaupt hier. Du und Tituba Indian seid ständig ins Blue Cat gekommen und habt mich gestört, während ich nur meinen Lebensunterhalt verdienen wollte. Ihr seid zwei indianische Hexen.«

»Der Teufel ist ein Indianer!«, kreischte Dorcas Good. »Er will uns skalpieren!«

Concepción schälte mit dem langen Nagel ihres Zeigefingers die frische Kruste ab, die sich auf dem eingebrannten Kreuz gebildet hatte. Es gehörte zu ihren täglichen Ritualen, genau wie das Beten des Rosenkranzes. Der Schmerz ließ sie hoffen, dass der Galgen nicht mehr fern sei.

60. Kapitel

»Wie aber könnt Ihr mit Eurem gelehrten und vernünftigen Verstand die Berührungsprobe unterstützen, Hochwürden Noyse? Gewiss glaubt Ihr nicht wirklich, dass eine Hexe, die ein Opfer berührt, tatsächlich ihren bösen Einfluss wie ein Schwamm wieder aufsaugen kann.«

»Sir, Ihr wart nicht beim letzten Prozess. Ihr habt nicht die Verwandlung dieser Kinder mit angesehen, als die papistische Hexe nur leicht mit den Fingern über ihr Fleisch fuhr.«

»Das ist wissenschaftlich unmöglich, Sir. Wer würde solch abergläubischem Unsinn anhängen?«

»In diesen Fällen geht es nicht um Wissenschaft, Kaufmann Brattle. Der Teufel ist kein Wissenschaftler, und sein Einfluss auf seine Geschöpfe kann vielerlei Gestalt annehmen, wie wir tagtäglich vor Gericht erlebt haben. Gewiss wollt Ihr nicht andeuten, dass diese Mädchen ihre eigenen Körper in so übertriebener Weise verrenkt haben oder dass sie sich selbst zerkratzt oder verbrannt hätten, nur um die Richter zu täuschen. Wir haben mit eigenen Augen gesehen, wie ihre Anfälle und Qualen sofort aufhörten, als die Hexe, die sie beschuldigen, ihnen die Hände auflegte. Was könnte wissenschaftlicher sein als das, was wir selbst erlebt haben und nun bezeugen können, meine Herren?«

»'s ist eine Verspottung Christi, Hochwürden Noyse. Nur Christus kann durch Berührung heilen, nicht aber der Teufel.«

»Euer Einwand wird zu Protokoll genommen, Hochwürden Lowe. Aber bitte, meine Herren, es geht um Beweise übernatürlicher Art«, wandte Increase Mather ein, der das Gespräch wieder auf den ursprünglichen Zweck der Versammlung lenken wollte. Auf Ersuchen von Gouverneur Phips hatte er eine Gruppe von Geistlichen, Richtern und einflussreichen Kaufleuten wie Samuel Shrimpton und Nathaniel Greenwood zusammengerufen, um mit ihnen im Harvard College über die Prozesse zu sprechen. Increase hatte mit voller Absicht seinen Sohn Cotton nicht dazugebeten, da dieser die Hexerei zunehmend fanatisch verfolgte und Increase eine sachliche Diskussion und keine Predigt seines Sohnes wünschte. Dennoch mussten einige, die Cottons Ansichten teilten, zugegen sein, darunter auch Nicholas Noyse, den Sarah Good am Tag ihrer Hinrichtung verflucht hatte, Michael Wigglesworth, der Verfasser vom »Tag des Jüngsten Gerichts«, und Vizegouverneur William Stoughton. Increase hatte dafür gesorgt, dass auch die andere Seite ausreichend vertreten war: durch besonnene Männer wie den Kaufmann und Astronomen Thomas Brattle, den rationalen Samuel Sewall aus Boston, den alten Simon Bradstreet, der die Massachusetts Bay Colony einst mit fester und doch menschlicher Hand regiert hatte, und den gescheiten Jacob Lowe, den Pastor von Roxbury.

»Beweise übernatürlicher Art waren ein Eckstein der Zeugenaussagen, die wir aufgenommen haben, Hochwürden Mather«, erklärte Stoughton. »Wir können sie nicht aus den Prozessen ausklammern. Viele der Angeklagten überall in Essex County sind eingesperrt, weil gegen sie Beweise übernatürlicher Art vorliegen.«

»Hochwürden Mather, vertratet Ihr in Eurem frühen Werk über die göttliche Vorsehung, den *Remarkable Providences*, nicht selbst die Ansicht, dass Beweise übernatürlicher Art nicht nur Vertrauen verdienten, sondern sogar als eindeutiger Beweis für die Existenz des Übernatürlichen betrachtet werden sollten? Wann habt Ihr von Eurem eigenen Argument Abstand genommen, Increase?«

»Als die Zahl glaubwürdiger Menschen wie Rebecca Nurse und

George Burroughs in unseren Gefängnissen zunahm und diese vom Galgen baumelten, Pastor Wigglesworth, und als schmerzhaft offenbar wurde, dass Beweise übernatürlicher Art von den Gierigen und Neidern missbraucht wurden, um Neuengland mit eingebildeten Vergehen und Trugbildern des Satans zu quälen.«

»Increase, Ihr müsst zugeben, dass Ihr bei der Entstehung dieser sogenannten Trugbilder eine wesentliche Rolle gespielt habt. Mein ›Tag des Jüngsten Gerichts‹ mag den Wind der Tragödie vorausgesagt haben, der über unsere Stadt auf dem Hügel wehen würde, Sir, doch in Fragen der Hexerei in Neuengland habt Ihr vor zehn Jahren das erste Signal gegeben.«

»Widerruft Ihr nur Eure ursprünglichen Ansichten in dieser Sache, Hochwürden Mather, oder hegt Ihr insgesamt Zweifel an der Existenz des Teufels in Massachusetts?«

»Die Existenz des Teufels kann nicht angezweifelt werden, William. Doch er kann, wie wir es im Falle der Hexe von Endor erlebt haben, die Gestalt eines unschuldigen Menschen annehmen. Der Prophet Samuel war kein Teufel, und doch hat das Geschöpf des Teufels seine Gestalt heraufbeschworen. Befände er sich heute in Neuengland, so würde der Prophet Samuel dank der List des Teufels in einem Verlies schmachten.«

»Gewiss wollt Ihr einen Propheten nicht mit den Hexen und Zauberern vergleichen, die wir in Essex County ausfindig gemacht haben, Hochwürden Mather.«

»Wurde nicht Christus selbst der Hexerei bezichtigt, William?«

»Oder Martin Luther«, fügte Samuel Sewall hinzu. »So wie diese Prozesse abgelaufen sind, schenkt das Gericht den Besessenen mehr Glauben, während sie sich unter dem Bann des Teufels befinden, so dass es der Teufel selbst ist, mit dessen Hilfe wir beweisen, dass eine Angeklagte seine Gefährtin ist. Ich fürchte, der Teufel ist unser glaubwürdigster Zeuge geworden, meine Herren.«

Einige Männer ließen ein leises Lachen vernehmen.

»Manche in diesem Raum und auch manche, die sich nicht in diesem Raum befinden und die wir zu Eurer eigenen Familie zählen, Hochwürden Mather, dünkt es, als wolltet Ihr in Eurem neuen Buch die Existenz der Hexerei als solche widerlegen.«

»Pastor Wigglesworth, ich möchte Euch bitten, eine klare Unterscheidung zu treffen. Und wenn Ihr Euch auf meinen Sohn Cotton bezieht, Sir, so mögen wir zwar nicht auf derselben Seite stehen, doch er weiß, dass ich durchaus an Hexerei glaube. Alle echten Hexen sollten weiterhin hingerichtet werden. Hexerei ist ein Verbrechen, daran besteht kein Zweifel, doch wie wir die Echtheit einer Hexe bestimmen, daran ist mir gelegen, Sir. Für andere Verbrechen akzeptieren wir auch keine magischen Beweise. Ein Mann kann nicht vor Gericht erklären, er habe geträumt, dass sein Nachbar seine Kuh gestohlen habe, und dann vom Gericht erwarten, dass es den Nachbarn wegen des Diebstahls zur Rechenschaft zieht. In ähnlicher Weise, meine Herren, und weil wir zivilisierte, aufrechte Christen sind, die den Gesetzen der Gnade und der Wahrheit gehorchen, dürfen wir Menschen nicht wegen Hexerei verurteilen, wenn die Beweise dafür Erscheinungen oder abergläubische Prüfungen sind. Wir müssen die Hexerei wie jedes andere schwere Verbrechen beurteilen, aufgrund verlässlicher Zeugenaussagen und nicht aufgrund von Phantasien oder Klatschgeschichten. Und das, meine Herren, ist der einzige Zweck meines Einspruchs. Ich will damit keine Zweifel an der Existenz der Hexerei wecken, sondern Beweise übernatürlicher Art und andere Formen des Volksglaubens aus diesen Prozessen verbannen. Mir wäre es lieber, wenn zehn der Hexerei verdächtigte Frauen entkämen, als dass noch ein weiterer unschuldiger Mensch – eine Rebecca Nurse oder Lady Phips – verurteilt würde.«

»Wie fügt sich ein Geständnis in Eure Sicht der Dinge ein, Hochwürden Mather?«

»Ach ja, Kaufmann Greenwood, wie schön, dass auch Ihr Euch

am Gespräch beteiligt. Von uns allen, die hier versammelt sind, seid Ihr der Einzige, der aus eigener Erfahrung weiß, wie es ist, eine verurteilte Hexe unter seinem Dach zu beherbergen.«

»Und eine Mörderin«, fügte Reverend Noyse hinzu.

»Es handelte sich um einen Mordversuch, Sir«, warf Thomas Brattle ein. »Sonst müssten wir die Gegenwart von Kaufmann Greenwoods Geist anerkennen und könnten beschuldigt werden, selbst Umgang mit dem Übernatürlichen zu pflegen.«

Darüber musste selbst Vizegouverneur Stoughton lachen.

»Nathaniel, fahrt bitte fort«, forderte ihn Increase Mather auf.

»Wenn eine Frau zugibt, dass sie das Buch des Teufels unterzeichnet, Hexenküchlein gebacken und Püppchen gebastelt hat, in die sie hineinsticht, und dass sie im Wald dämonische Rituale vollzogen hat, und all das hat Tituba Indian dem Richter Danforth gestanden, als man sie in Salem vor Gericht stellte: Gilt dies dann nicht als verlässliche Zeugenaussage, Hochwürden?«

»Mag sein, sofern das Geständnis nicht durch Folter erzwungen wurde«, gab Thomas Brattle zu bedenken. »Ein Geständiger ist immerhin jemand, der zugibt, Gott entsagt und dem Teufel Gefolgschaft geschworen zu haben. Können wir glauben, dass diese Person die Wahrheit spricht, wenn sie einen Pakt mit dem großen Betrüger geschlossen hat? Da stehen wir wieder vor dem Paradox des Lügners, meine Herren.«

»Was wäre denn eine verlässliche Zeugenaussage, Kaufmann Brattle? Ihr wollt auf Beweise übernatürlicher Art verzichten, von der Berührungsprobe Abstand nehmen, Geständnissen misstrauen, und zweifellos würdet Ihr auch Hexenmalen den Beweiswert absprechen.«

»Hexenmale?«, meldete sich Jacob Lowe zu Wort. »Wer unter uns ist nicht in irgendeiner Weise gezeichnet?« Er rollte den Ärmel hoch und zeigte seinen nackten Arm. »Mein Leben lang trage ich dieses behaarte Muttermal am Ellbogen. Würde dies auch als Hexenmal zählen, Hochwürden Noyse? Der arme Giles Corey wurde in Salem zu Tode gedrückt, weil er Warzen hatte, meine Herren. Der Mann war älter als ich und hatte Warzen im Gesicht, die nicht bluteten, als man hineinstach. Folglich nannte man sie Hexenzitzen statt Warzen.«

»Das ist ebenso lächerlich wie die Sache mit dem Hund von Andover«, bemerkte Thomas Brattle. »Das arme Tier war zweifellos verrückt, aber es war nicht der Geist des Teufels, wie das törichte Mädchen behauptete. Welcher Geist ließe sich durch Schießpulver besiegen? Es war nur ein Hund, der unter irgendeiner Krankheit litt.«

»Die Dinge scheinen außer Kontrolle zu geraten, meine Herren, und ich folge dem Rat unseres guten Increase und möchte alles, was als Aberglaube gelten könnte, aus den Prozessen verbannen«, erklärte Samuel Sewall. »Schließlich dürfte jemand, der erst zum Präsidenten und dann zum Rektor des Harvard College berufen wird, über die allergrößten Fähigkeiten in Logik, Urteilskraft und Umsicht verfügen.«

»Was wollt Ihr damit sagen, Richter Sewall?«, unterbrach ihn der Vizegouverneur.

»Schlicht und einfach, dass heutzutage jeder, der Feinde hat, der Hexerei bezichtigt werden kann, solange die Prozesse in dieser Weise geführt werden. Meine Frau hat mir gesagt, die arme Lady Phips habe sich von den Angriffen gegen ihre Person noch nicht erholt. Meine Herren, was würde geschehen, wenn man Eure eigenen ehrenwerten Ehefrauen so beschuldigte? Wer würde diese Tollheit dulden? Würdet Ihr Geständnissen und Berührungsproben Glauben schenken, wenn Eure eigenen Gefährtinnen denunziert und verhaftet würden?«

»Wie es scheint, sind wir von einer Übereinstimmung nach wie vor weit entfernt, meine Herren«, sagte Samuel Shrimpton und schaute auf die Uhr. »Es wird spät, und wir möchten doch nicht hier in Cambridge stranden, wenn der Regen den Neck überflutet.«

»Bevor wir uns vertagen, möchte ich Kaufmann Greenwood noch in einer Sache um Aufklärung bitten«, meldete sich Simon Bradstreet mit ruhiger Stimme. »Ist es erlaubt?«

»Es wäre mir ein Vergnügen, Sir«, sagte Greenwood und errötete wie ein Schuljunge.

»Bitte korrigiert mich, wenn ich mich irre, aber war es nicht so, dass Ihr und Samuel Parris, der heute Pastor im Dorf Salem ist, in dem diese Unruhen begannen, früher Teilhaber in einer Handelsfirma wart?«

»Das ist lange her, Sir. Samuel war gerade erst von Barbados zurückgekehrt und versuchte, mit dem Erbe seines Vaters eine Firma zu gründen, doch es gelang ihm nicht.«

»Es gelang ihm nicht? Der arme Mann muss wirklich in Not gewesen sein, wenn er sein Erbe für ein riskantes Geschäft aufs Spiel setzte.«

»Er war in der Tat außer sich, Sir. Ich würde sagen, das hat ihn auf die Kanzel getrieben.«

Wieder erklang leises Lachen am Tisch, in das Jacob Lowe und der Vizegouverneur allerdings nicht einstimmten.

»Verzeiht, meine Herren, wenn ich abschweife«, fuhr Simon Bradstreet fort, »aber mir fiel etwas auf, das von Bedeutung sein könnte oder auch nicht, jedenfalls aber eine interessante Fußnote zu unserem Gespräch abgäbe, falls die Anwesenden mir noch für einen Augenblick ihre Aufmerksamkeit schenken möchten.«

»Gewiss doch, Simon, wir sind ganz Ohr«, ermutigte ihn Increase voller Dankbarkeit. Genau das hatte er sich erhofft, als er Bradstreet zu dieser Zusammenkunft bat.

»Vielen Dank, Rektor Mather. Wenn ich mich recht entsinne, sprachen wir vorhin über Geständnisse und dass Kaufmann Greenwood der Einzige unter uns sei, der eine verurteilte Hexe unter seinem Dach beherbergt hat. Dies brachte mich nun auf Samuel Parris, der nicht nur eine verurteilte, sondern auch eine geständige Hexe in seinem Haus beherbergt hat. Betrachtet man nun die Teilhaberschaft zwischen Samuel Parris und Nathaniel Greenwood und den erstaunlichen Zufall, dass beide mit einer verurteilten Hexe unter einem Dach lebten, die wiederum beide von brauner Hautfarbe und fremder Herkunft sind, weckt das in mir den Verdacht, meine Herren, dass es vielleicht doch nicht die Beweise übernatürlicher Art sind, vor denen uns die Vorsehung warnen möchte, sondern eher der mögliche übernatürliche Zusammenschluss von Kaufleuten und Hexen.«

61. Kapitel

Es geht aufwärts mit euch«, spottete Horace Gibbons, als er ihre Fußeisen aufschloss. »Bewegt euren knochigen Arsch!«

Im Gefängnis von Boston waren noch Gefangene übriggeblieben, darunter Tituba und Concepción. Hinzu kamen drei Frauen namens Sarah, Eunice Fry, Mary Black, Dorcas Good und zwei, die niemals sprachen. Eunice Fry begann zu heulen. »Sie hängen uns auf!«

»Am Halse aufhängen, bis der Tod eintritt!«, kreischte Dorcas.

»Haltet das Maul! Das Einzige, was jetzt noch gehängt wird, sind die Ärsche der Richter. Gouverneur Phips hat das Anhörungsgericht aufgelöst.«

»Wovon redest du, Horace Gibbons?«

»Nachdem sie auch seine feine Frau beschuldigt hatten, eine Hexe zu sein, behauptet unser rückgratloser Gouverneur Phips, dass die Sache mit der Hexerei aus dem Ruder gelaufen sei. Es heißt, er habe dem König persönlich geschrieben und um Erlaubnis gebeten, die Prozesse zu beenden.«

»Also haben sie uns begnadigt?«

»Das hättest du wohl gern, schmutzige Vettel. Noch sind die Vorwürfe nicht aufgehoben. Soweit es das Gericht betrifft, seid ihr alle noch Hexen. Außerdem: ohne Geld geht's nicht raus in die Welt.«

»Und was ist mit denen, die schon verurteilt wurden?«, wollte Concepción wissen.

»Ich kann dir gerne selbst den Hals umdrehen. Das Gericht hätte sicher nichts dagegen.«

»Du bist ein Dämon, Horace Gibbons«, stieß Eunice Fry hervor.

»Willst du mich schmähen, wirst kein Essen du sehen.«

»Behalte deine Brühe«, sagte Tituba. »Du vergiftest uns ohnehin mit dem Spülwasser.«

Horace Gibbons boxte sie ins Gesicht. Concepción hörte etwas knirschen.

»Er hat mir noch einen Zahn abgebrochen«, murmelte Tituba.

»Das nächste Mal breche ich dir deinen hässlichen Schädel.«

»Eines Tages wirst du für deine Grausamkeiten bezahlen, Horace Gibbons«, drohte Tituba.

»Nicht so viel, wie du mir bezahlen wirst, um deinen Indianerpelz aus der Zelle zu retten! Es ist schon Oktober. Du schuldest mir fast fünf Pfund, die Ketten eingerechnet.« Er lachte.

»Indianerpelz! Indianerpelz!«, kreischte Dorcas.

Horace Gibbons schlug das Kind mit dem Handrücken.

»Herrgott, Mann! Siehst du denn nicht, dass das Mädchen den Verstand verloren hat, seit sie die Mutter geholt haben?«

»Halt's Maul, Eunice Fry, oder du wirst als Nächste meine Faust spüren. Na los, stellt euch da drüben an der Tür auf.«

»Wohin bringst du uns?«

»Wenn's nach mir ginge, könntet ihr euch hier unten den Hintern abfrieren und dem Gericht die Kohle sparen, doch der Gouverneur hat mir befohlen, euch Weiber in eine kleinere Zelle zu bringen. Sieht aus, als hätte Lady Phips in dieser Familie die Hosen an. Sie will, dass ihr verlegt werdet, bevor der Winter einsetzt. Bringt eure Drecksschüsseln und die Decken mit. Eine andere Decke bekommt ihr nicht, so kalt es auch werden mag.«

Die Handschellen wurden ihnen nicht abgenommen, und Gibbons trieb sie ans andere Ende des Korridors. Im Dämmerlicht seiner Öllampe ragten ihre Schatten riesig an den Wänden empor. Concepción war seit ihrem Prozess im Sommer nicht mehr gegangen und bekam sofort Krämpfe in den Beinen. Tituba und Mary Black stolperten und schrien vor Schmerz.

»Meine Beine!«, rief Tituba. »Es sticht wie Hunderte von Nadeln!«

»Zieht mich, bitte«, flehte Mary Black. »Meine Beine bewegen sich nicht.«

»Verdammte Heulsusen. Ich bring euch zurück, woher ihr gekommen seid, wenn ihr nicht das Maul haltet.«

»Nein, bitte nicht«, bat Eunice Fry. »Es ist nur, weil wir so lange nicht gegangen sind. Das Gehen tut weh.«

Dorcas drückte sich fest an Concepción.

»Stütz dich nicht auf mich, Dorcas, sonst falle ich hin.«

Die neue Zelle war kleiner, aber auch sauberer, und verfügte über ein vergittertes Fenster und eine Herdgrube in der Mitte, in der Horace Gibbons ein kleines Feuer entzündete. An den vier Wänden lief eine Stange entlang, doch er kettete sie nicht daran fest. Auch die Fußeisen legte er ihnen nicht mehr an. »Ein Feuer in der Nacht, mehr gibt es nicht. Sonst reicht die Kohle nicht für den Winter«, erklärte er, während er den Blasebalg betätigte.

»Wo ist unser Abendessen, Horace Gibbons?«

»Gibt's heute nicht, meine Damen«, kicherte der Gefängniswärter. »Der Gouverneur hat einen weiteren Fastentag ausgerufen, um uns vor euresgleichen zu schützen.«

»Sagtest du nicht, er hätte die Hexenjagd beendet?«

»Das heißt aber noch lange nicht, dass er das Böse zum Abendessen bitten will.«

Als Gibbons gegangen war, setzten sie sich im Kreis ums Feuer, hüllten sich in ihre fadenscheinigen Decken und hielten die Füße nah an die Flammen, um so viel Wärme wie möglich aufzunehmen.

»Selbst die Wärme tut weh«, sagte Mary Black.

»Sieh dir dein Haar an, Concepción! Es ist ganz weiß.«

Concepción starrte auf die weißen Strähnen, die ihr über die Schultern hingen. Nachdem sie monatelang in der Dunkelheit gelebt und nur Umrisse gesehen hatten, konnten sie einander wieder richtig erkennen. Unter Mary Blacks Augen hatten sich violette Tränensäcke gebildet, und die Haare standen ihr steif wie Draht vom Kopf. Tituba war magerer als eine Bettlerin auf der Straße, ihre Augen schienen förmlich aus den Höhlen zu quellen. Wir sehen schlimmer aus als die *zaramullos*, die Betrunkenen und Bettler, die sich auf dem Diebesmarkt in Mexiko tummeln, dachte Concepción. Die gleichen schmutzigen Gesichter und verschlissenen Lumpen an knochigen Körpern. Die gleichen toten Augen und das strohige Haar.

Tituba schaute lange Zeit auf das hellgraue Viereck des Fensters. Concepción beobachtete sie und wollte etwas sagen, war aber zu müde zum Sprechen. Sie bemerkte, dass ihre Freundin weinte.

»Was ist los, Tituba?«

»So viel Tageslicht habe ich seit sieben Monaten nicht gesehen. Dorcas und ich sind seit März hier drinnen. Länger als alle anderen.«

»Sarah Good war auch hier«, erklärte Dorcas, »aber jetzt ist sie in der Hölle.«

Dorcas rollte sich auf Concepcións Schoß zusammen und schlief ein. Die Geste erinnerte Concepción an die weiße Katze Pecas, und auch sie begann zu weinen. Die Katze war ihr tatsächlich näher gewesen als ihre eigene Tochter. Hätte sich Jerónima doch nur einmal auf meinem Schoß zusammengerollt, dachte sie, während sie Dorcas die fettigen Strähnen aus der blassen Stirn strich. Obgleich sie nahe am Feuer saßen, war das Gesicht des Mädchens eiskalt. »Thankful Seagraves riecht schlecht, Mama«, hatte Jerónima bei ihrer letzten Begegnung gesagt. Sie hatte sich von Concepción weder berühren noch umarmen lassen. Welch eine Ironie, dachte sie, als sie mit dem Daumen Schmutz von Dorcas' Wange kratzte. Hier sind die Tochter einer toten Mutter und eine Mutter, deren Tochter sie tot wünscht.

»Ich glaube, sie lassen uns laufen«, flüsterte Mary Black. »Das habe ich im Gefühl. Darum haben sie uns auch verlegt, meinst du nicht, Tituba? Vielleicht bezahlt Mr Scoggins meine Haftkosten. Ich weiß, dass er mich vermisst; ich weiß es ganz genau. Ich glaube, er war in mich verliebt.«

Tituba starrte weiter zum Fenster hinaus, als lauschte sie auf etwas.

»Ich wünschte, Tituba würde mit mir sprechen«, sagte Concepción. »Spricht sie mit dir, Mary?«

»Tituba ist die einzige echte Hexe hier«, sagte Mary Black. »Das habe ich mit eigenen Augen gesehen. Sie erkennt Dinge im Wasser.«

»Ich wünschte, sie würde mit mir sprechen. Sie fehlt mir.«

Plötzlich setzte sich Dorcas Good auf ihrem Schoß auf. Das Mädchen schlief mit offenen Augen. »Dorcas ist die einzige echte Hexe hier«, sagte sie und fiel beinahe rückwärts in die Herdgrube. Concepción konnte sie gerade noch halten, bevor die Haare des Mädchens Feuer fingen.

Endlich sagte Tituba etwas. »Kirchenglocken. Heute muss der Tag der Predigt sein.«

»Warum schickst du nicht deinen Geist durch die Gitterstäbe und gehst zur Andacht?«, wollte Mary Black wissen und wickelte sich fester in ihre Decke.

Concepción nahm ihr Skapulier heraus und küsste es. Bitte, Virgencita, betete sie, lass den Albtraum des Wartens vorübergehen. Sie konnte nur noch beten und begann einen weiteren Rosenkranz, bei dem sie an ihren eigenen Haarsträhnen die fünfzehn Vaterunser und hundertfünfzig Ave Maria abzählte.

V. Buch

Rätselwolf

(Mai 1693)

62. Kapitel

Nur die Länge ihrer Haare verriet ihr, wie viel Zeit vergangen war. Als man sie einsperrte, reichten ihr die Haare bis zur Mitte des Rückens, und nun, drei Jahreszeiten später, waren sie bis über die Taille gewachsen. Allerdings konnte sie an manchen Stellen die nackte Kopfhaut fühlen, wo die Haare ausgefallen und nicht nachgewachsen waren. Ihre Kleider hingen wie ein schmieriger Sack von ihrem knochigen Körper. Die Wunde war zu einer dicken kreuzförmigen Narbe verheilt, ein Relief aus zarter rosiger Haut, das sich von ihrer braunen Hand abhob. Selbst der Wunsch zu sterben war nach den Monaten qualvollen Wartens vergangen. Es waren nur noch Concepción, Tituba und die drei Sarahs geblieben, von denen eine im Winter fast gestorben war. Ihre Lungen wurden von einem Ausfluss heimgesucht, und sie hustete grünen Schleim aus.

Als der Schnee durch das vergitterte Fenster fiel und die Zelle sich in eine eisige Krypta verwandelte, wurde Tituba boshaft. Sie fuhr Concepción an, sie solle sie in Ruhe lassen und keine Fragen mehr stellen. Dorcas wurde im Dezember freigelassen, als eine Verwandte von Sarah Good für sie bürgte. Tituba weinte tagelang. »Die Kleine, ich vermisse die Kleine«, mehr sagte sie nicht. Nachdem der Ehemann von Eunice Fry eine Petition eingereicht und mit hundert Pfund für sie gebürgt hatte, durfte sie den Winter zu Hause verbringen, obwohl sie immer noch als verurteilt galt und im Frühjahr ins Gefängnis von Salem zurückkehren musste. Im Januar wurde die Anklage gegen Mary Black aufgehoben, die

Haftkosten bezahlte ihr Besitzer. Nun war es an Concepción, zu weinen. Sie vermisste Marys gesprächiges Wesen, ihre Streitereien und Unterhaltungen. Statt sich über die Freilassung der Frauen zu freuen, wurde Tituba zornig. Wann immer Horace Gibbons von einer neuen Begnadigung und Freilassung berichtete, knirschte sie mit den Zähnen und ballte die Fäuste, als wollte sie jemanden schlagen. Doch sie sprach kein Wort. Allmählich wurde Concepción des Schweigens überdrüssig.

Der Winter verging, und der Frühlingsregen fiel in die Zelle. Mit der Hitze wurde der Krankheitsgeruch in der Zelle stärker, doch noch immer wollte Tituba nicht sprechen. Sie aß nicht und schlief nicht. Saß nur in der Ecke und wiegte sich vor und zurück. Schließlich konnte Concepción ihr mürrisches Verhalten nicht länger ertragen.

»Was ist los mit dir, Tituba? Jetzt ist Frühling, und du redest noch immer nicht mit mir. Weshalb bist du so zornig? Was habe ich dir getan?«

»Warum musst du mich ständig mit deinen Fragen belästigen, Concepción?«

»Ich begreife nicht, was mit dir geschehen ist, Tituba. Du wirkst so verstört.«

»Dann weißt du, wie ich mich gefühlt habe, als du gebetet hast, dass sie dich aufhängen.«

»Ich war zum Tod am Galgen verurteilt, Tituba. Ich sollte den Tod einer Hexe sterben. Ich wollte dich nicht bestrafen. Ich wollte nur, dass es vorbei ist.«

Schließlich glitt die steinerne Maske von Titubas Gesicht. Tränen quollen aus ihren Augen, und sie weinte in ihre Hände. Concepción ging zu ihr und umarmte sie, soweit es die Handschellen erlaubten.

»Ich habe als Erste gestanden, weil es mich angeblich retten würde, aber das stimmte nicht«, sagte Tituba. »Es hat nur verhindert, dass man mich zum Tod am Galgen verurteilte. Ich bin länger als alle anderen eingesperrt; ich habe mehr Tode und Krankheiten mit angesehen als irgendjemand sonst; ich habe den ständigen Spott und die Flüche der anderen Gefangenen erdulden müssen. Was glaubst du, wie ich mich fühle, wenn die anderen vor mir entlassen werden? Wenn mich dieser stinkende Horace Gibbons daran erinnert, wie viel Geld ich ihm schulde, das Master Parris niemals bezahlen wird? Erkennst du denn nicht, was mein Schicksal ist, Concepción? Sie wollen mich hier drinnen sterben lassen.«

»Bist du denn so begierig darauf, zu deinem Herrn zurückzukehren?«

»Ich wollte nicht unbedingt sterben wie du, Concepción. Ich möchte lieber nach Hause.«

»Nach Hause, Tituba? Ist das Haus deines Herrn dein Zuhause? Und wo ist nun mein Zuhause? Im Häuschen des alten Mannes ohne den alten Mann, ohne die Hühner und ohne meine Tochter? Wenn sie mich freilassen, weiß ich nicht, was aus mir werden soll. Vermutlich werde ich in irgendeinem Armenhaus Nachttöpfe schrubben. Und wohin kehrst du zurück, Tituba? In die Sklaverei bei der Familie Parris?«

Tituba kehrte Concepción den Rücken und rollte sich am Feuer zum Schlafen ein.

»Vermutlich hat sie mich schon vergessen«, flüsterte Tituba.

»Wer? Die kleine Betty Parris, die dich beschuldigt hat?«

»Ich habe gedacht, dass gerade du mich verstehen würdest, Concepción. Aber ich sehe ein, dass es keinen Zweck hat, dir etwas zu erzählen. Lass mich schlafen.«

Der nächste Morgen war wolkenlos. Die Sonne fiel schräg durch die Gitterstäbe in die Zelle und erleuchtete die verkrustete Herdgrube und den Fliegenschwarm, der sich im Scheißeimer gesammelt hatte. Horace Gibbons pfiff eine Melodie, als er in die Zelle kam, um den Haferbrei in ihre Schalen zu schöpfen.

»Warum bist du so fröhlich?«, wollte Tituba wissen.

»Ein Scheißweib weniger, hinter dem ich saubermachen muss.«

»Wer denn? Bin ich es?«, fragte Tituba.

»Bin ich es?«, riefen die Sarahs.

»Haltet den Mund. Ja, du bist es, Tituba Indian. Du wurdest für den Preis deiner Haftkosten verkauft.«

»Verkauft?«, fragte Tituba verwirrt. »Was ist mit –?«

»Dein neuer Herr bezahlt deine Rechnung, acht Pfund auf den Penny genau«, sagte der Gefängniswärter und klapperte mit seinen Schlüsseln, bis er den für die Handschellen gefunden hatte. »Ohne Geld gehen die anderen Vetteln nicht in die Welt. Hier, Hexe.« Er warf ihr ein Bündel zu. »Die Lumpen aus und die sauberen Sachen hier an. Dein neuer Herr ist ein Weber, er hat sie dir gebracht. Glück gehabt, Dreckstück.« Er verließ die Zelle und schloss wieder hinter sich ab.

Tituba hielt die schwarz und blau angelaufenen Handgelenke hoch und ließ ihren Tränen freien Lauf.

»Sei glücklich, Frau, du kannst dieses Höllenloch verlassen«, sagte die älteste Sarah.

»Es ist wegen meiner Arme. Sie tun so weh ohne die Eisen.«

Langsam schälte sich Tituba aus den Lumpen, die sie über ein Jahr getragen hatte. Sie werden irgendwann zur zweiten Haut, dachte Concepción.

»Wo wirst du hingehen, Tituba?«

»Du hast ihn ja gehört. Master Parris hat mich an einen Weber verkauft. Ich weiß nicht einmal, wem ich jetzt gehöre. Woher sollte ich wissen, wohin ich komme?«

»Wir könnten fliehen wie die beiden anderen«, flüsterte Concepción auf Spanisch. »Ich weiß, wie ich Horace Gibbons dazu überreden kann. Wir könnten in den Wald fliehen und bei den Indianern leben. Sie würden uns aufnehmen. Im Wald gibt es eine

Frau, die mir einmal gesagt hat, ich könnte bei ihnen leben, wenn ich es möchte. Sie würden dich sicher auch aufnehmen.«

»*Estas loca, Concepción*. Du bist verrückt. Ich kann nicht im Wald bei den Indianern leben.«

»Warum nicht, Tituba? Möchtest du lieber dein Leben lang eine Sklavin bleiben?«

»Ich kenne nichts anderes. Ich war eine Sklavin, seit man mich mit dreizehn Jahren von meinen Leuten weggeholt hat. Welches Leben hätte ich denn bei den Indianern?«

»Du wärst frei, Tituba.« Sie merkte, dass sie wieder ins Englische verfallen waren.

»Was heißt es denn schon, frei zu sein, wenn man nicht bei seinen eigenen Leuten leben kann? Die Indianer wären mir fremder als die Engländer, und ich müsste erneut eine fremde Sprache und fremde Sitten lernen. Wozu? Und was ist mit deinem Kind, Concepción? Glaubst du wirklich, es würde mit dir in den Wald gehen? Aus ihr wird ein richtiges englisches Mädchen. Würdest du sie entführen oder einfach zurücklassen?«

»Meine Tochter geht dorthin, wo ich hingehe. Wenn ich sie entführen muss, werde ich es tun.«

»Das kann ich meinem Kind nicht antun.«

Concepción schaute sie mit offenem Mund an. »Du hast ein Kind, Tituba? Wir haben all diese Monate zusammen im Gefängnis gesessen, und erst jetzt erzählst du mir, dass du ein Kind hast?«

»Ich möchte lieber nicht über sie sprechen, sie ist Master Parris' Sklavin. Sie hat mir nie gehört. Ich bete nur, dass John Indian noch bei ihr ist.«

»Wie alt ist sie denn? Wann hast du das Kind geboren, Tituba?«

»Im Jahr, nachdem wir nach Salem gezogen sind. Master Parris hatte mich doch gezwungen, John Indian zu heiraten. Sie müsste jetzt vier sein.«

»Tituba, ich kann nicht glauben, dass du mir das nie erzählt hast. Wie heißt sie denn?«

»Wie meine Lieblingsblume. Du weißt, ich habe Veilchen immer so gern gemocht.«

»Also Violet. Oh, Tituba! Wie sehr musst du gelitten haben, als sie dich von ihr trennten.«

»Nicht mehr als du, als deine Herrin dir dein Kind entriss. Du warst hier drinnen diejenige, die mich am Leben gehalten hat, Concepción. Ich dachte daran, dass du nie aufgehört hast, dein Kind zu lieben, was immer sie es auch gelehrt haben und wie immer es dich behandelt haben mag. Daher habe ich gehofft, dass ich irgendwann aus diesem Gefängnis herauskommen und meine Violet wiedersehen würde. Ich konnte euch nicht von ihr erzählen. Sie war das Einzige, was ich ganz für mich behalten habe.«

»Ich liebe dich, Tituba.«

»Liebe deine Götter, Concepción. Sie sind die Einzigen, die dich nie verlassen werden.«

»Tituba Indian!«, brüllte Horace Gibbons aus dem Vorraum.

»Ich sollte jetzt besser gehen. *Adiós,* Concepción. Möge deine Jungfrau dich beschützen.«

Concepción klammerte sich an Titubas Arme. »Bitte sag, dass du mitkommst. Wenn sie mich freilasssen, dann komm mit mir. Wir können fliehen und bei Makwas Leuten im Wald leben.«

»Ich hoffe, ich höre da kein papistisches Gerede, sonst gerbe ich euch das Fell!«

Tituba umarmte sie und drückte sie fest an sich. »Du warst mir näher als eine Schwester, Concepción, und wir haben viel gemeinsam durchgestanden. Doch ich kann nicht hingehen, wohin du gehst. Dich mögen die Indianer aufnehmen, aber du wirst deine Tochter nicht mitnehmen können, und selbst wenn, wird sie davonlaufen und zu deiner Herrin zurückkehren. Lass es dabei. Sie ist keine Sklavin. Sie wird als Engländerin aufwachsen, ihr eigenes

Leben führen, ihr eigenes Heim haben und ihre eigene Familie. Sie braucht dich nicht, und du brauchst sie auch nicht. Lass sie gehen. Gräme dich nicht, dass du sie verloren hast, denn sie ist deine wahre Fessel gewesen, Concepción. Jetzt kannst du dich von ihr befreien.«

»Hör auf zu heulen, beeil dich!«, schrie Horace Gibbons und drehte den Schlüssel herum. »Dein neuer Herr ist ein Diakon.«

Tituba wischte sich mit dem Ärmel das Gesicht ab, strich die Haare mit Speichel glatt und verließ mit gerecktem Kinn und geradem Rücken die Zelle.

»Ich suche nach dir, wenn sie mich freilassen«, rief Concepción ihr nach.

Tituba schaute nicht zurück. »Vergiss mich. Denk an dein eigenes Leben, Concepción.«

Concepción wollte noch etwas sagen, doch plötzlich wuchsen Dornen in ihrer Kehle.

63. Kapitel

In den langen Tagen, in denen Concepción auf ihre Freilassung wartete, tröstete es sie, sich ihr Leben als freie Frau mit Jerónima an ihrer Seite auszumalen. Dabei wusste sie, dass sie sich selbst täuschte und es gefährlich war, solche Hoffnungen zu nähren. Zweifellos hasste das Kind sie mehr denn je. Aber du kannst nicht glauben, dass sie dich hasst, sagte sie sich. Sicher, das Mädchen ist verwirrt, aber das ist nicht seine Schuld. Rebecca hat es dazu getrieben, dich zu hassen. Vielleicht hat dich das Mädchen in den ganzen Monaten, die du im Gefängnis verbracht hast, sogar vermisst. Vielleicht will es dich endlich wiedersehen. Ihre Hand blutete. Sie hatte mit ihren schmutzigen Nägeln das vernarbte Papistenkreuz wieder aufgekratzt. Dein Gehirn spielt dir Streiche, Concepción.

Sechs Tage, nachdem man Tituba freigelassen hatte, beglichen Nathaniel und Rebecca Concepcións Haftkosten. Die Geschworenen hatten alle verbliebenen Verfahren eingestellt, selbst jene, in denen die Angeklagten gestanden hatten und wie Concepción für schuldig befunden worden waren, sich mit dem Teufel verschworen zu haben. Nathaniel hatte sogar den Mordvorwurf gegen sie fallenlassen. Man sagte ihr, es sei Mitte Mai, doch als sie aus dem Schatten des Gefängnisses trat, kam es ihr kalt vor wie im Februar. Ihr wurde bewusst, dass sie Jerónimas neunten Geburtstag versäumt hatte.

»Wo ist Jerónima? Warum ist sie nicht bei Euch?«

Sie hatten ihr erlaubt, auf dem Weg nach Roxbury in dem Wagen mit den roten Rädern zu sitzen. Rebecca drückte ihren Muff an die Nase und Greenwood sein Taschentuch, um sich vor dem Gestank zu schützen, den ihr Körper nach elf Monaten Gefangenschaft verströmte.

»Hanna ist jetzt unser Kind, Thankful Seagraves. Die Richter haben sie uns überantwortet, damit wir sie großziehen.«

»Aber warum, Rebecca? Sie ist mein Kind, und ich bin jetzt frei. Ich kann mich selbst um sie kümmern.«

»Streng genommen bist du nicht frei, Thankful Seagraves«, erklärte Greenwood. »Du wurdest aufgrund deiner Heirat freigelassen, doch die Ehe wurde annulliert. In den Augen des Gesetzes bist du eine tote Frau. Ein Todesurteil, selbst wenn es nicht vollstreckt wurde, erklärt denjenigen für tot. Du hast deine mütterlichen Rechte verwirkt, als wärst du tatsächlich gestorben. Und du kannst auch nicht den Besitz des alten Bocks erben, was immer in seinem Testament stehen mag.«

»In den Augen des Gesetzes mag ich tot sein, Nathaniel, aber ich bin keine Sklavin mehr«, erklärte Concepción bestimmt. »In meinem Kaufbrief steht, dass ich freigelassen wurde, und ich werde frei bleiben bis zum Tag, an dem ich sterbe.«

»Wir hatten damit gerechnet, dass man dich hängt«, sagte Rebecca. »Sollten wir das Kind wie eine Wilde im Wald leben lassen?«

»Ich bin nicht mehr die Frau, die man in dieses Gefängnis geschleppt hat, Rebecca. Ich bin fest davon überzeugt, dass Ihr mein Kind stehlen wolltet.«

»Ihr geht es gut«, sagte Rebecca in verändertem Ton. »Sie hat jetzt eine richtige Familie, eine Mutter, einen Vater und einen Bruder, der sie sehr liebt. Ich habe sie sogar in eine neue Schule gegeben, bei Mrs Cook, gleich um die Ecke von der Lateinschule, so dass Caleb sie jeden Tag dorthin bringen und abholen kann. Ihre Albträume haben endlich aufgehört. Du möchtest ihr doch nicht noch einmal wehtun, Thankful Seagraves?«

»Welche Albträume denn?«, wollte Concepción wissen.

»Es war immer der gleiche Traum. Sie hatte ihn, seit sie dich wegbrachten. Sie sagte, sie sähe eine Frau im schwarzen Schleier, und du stündest neben ihr und ihr beide sprächet in eurer heidnischen Zunge mit dem Kind. Ihr würdet sie zwingen, mit einer hölzernen Puppe zu spielen, die du die schwarze Königin nennst. Dann wachte sie völlig verschreckt auf. Ich musste ihr einen Trank aus Alraunwurzel bereiten, damit sie wieder einschlafen konnte.«

»Meine arme Jerónima. Sie hat wohl vergessen, dass die schwarze Königin nur eine Schachfigur war, von der ich ihr erzählt habe. Meine Herrin schenkte sie mir an dem Abend, an dem ich aus dem Kloster geflohen bin.«

»Ich habe gesagt, du sollst sie nicht bei diesem üblen Namen nennen oder ihr Geschichten aus deiner Vergangenheit erzählen!«, schalt Rebecca. »Ich wusste genau, dass diese Geschichten euch verfolgen würden, und nun sieh, was du angerichtet hast. Du hast das Kind so sehr erschreckt, dass einer der Richter Hanna als ›verwirrten Geistes‹ bezeichnete. Wir konnten ihn nur mit Mühe davon überzeugen, dass sie ganz normal ist und nur unter Ängsten leidet wie die Mädchen in Salem.«

»Sei ehrlich mit dir selbst, Frau!«, rief Greenwood, als Concepción zu schluchzen begann. »Was hast du dem Kind schon zu bieten? Der alte Mann ist tot, der Geflügelhandel bankrott, da die Hühner verhungert sind, weil niemand sie versorgte. Wir mussten die Möbel verkaufen, um deine Haftkosten zu bezahlen. Was hast du dem Kind zu bieten außer einem harten Leben und schlimmen Erinnerungen?«

»Wir hingegen können dir etwas anbieten, Thankful Seagraves«, sagte Rebecca ganz leise, als fürchtete sie, belauscht zu werden. »Da du nicht allein hier leben kannst und deinen Lebensunterhalt verloren hast –«

»Rebecca, um Himmels willen, bring es hinter dich.«

»Was sagt Ihr da?« Trotz der Schmerzen in ihrer Brust spürte Concepción ein aufgeregtes Flattern im Bauch.

»Wir wissen, wie einsam du die ganzen Jahre hier gewesen bist und wie sehr du unter Heimweh gelitten hast. Vielleicht musst du wirklich zu deinen eigenen Leuten zurückkehren, wieder du selbst werden, deine eigene Sprache sprechen. Hast du dir das nicht immer gewünscht, Thankful Seagraves?«

»Im Hafen liegt ein Handelsschiff. Sowie die Reparaturen erledigt sind, segelt es nach Westindien«, warf Greenwood ein. »Es heißt *Conception* –«

»Wie?«

»*Conception*. Es geriet vor Kanada in die Auseinandersetzungen mit den Franzosen und musste helfen, als die *Nonesuch* angegriffen wurde, wurde nun aber wieder für Handelszwecke freigegeben. Die Arbeiten sind beinahe fertiggestellt. Es dürfte keine Woche mehr dauern, bevor das Schiff ausläuft, vorausgesetzt, wir bekommen kein kaltes Wetter oder einen weiteren Schneesturm. Von Barbados aus dürftest du unschwer ein Schiff nach Neuspanien finden. Das alles lässt sich von hier aus einrichten. Meine Frau hat mich überredet, alles aus eigener Tasche zu bezahlen.«

»Du bekommst eine Kabine mit einem eigenen Bett, Thankful Seagraves«, fügte Rebecca hinzu. »Wir geben dir Proviant für die Reise mit und vielleicht auch eine kleine Mitgift in spanischen Münzen, falls Nathaniel sie erübrigen kann.«

»Nun mach keine törichten Versprechungen, Rebecca. Eine Mitgift kann ich gewiss nicht aufbringen. Glaubst du, zwanzig Pfund für die Überfahrt und zehn für den Proviant seien nicht genug, nachdem uns dieses Weib schon so viel gekostet hat?«

»Jedenfalls wirst du den Ozean wie eine Dame überqueren und nicht wie eine Gefangene. Wir haben sogar dein Hochzeitskleid aufbewahrt, damit du etwas Hübsches anzuziehen hast.«

»Jerónima kann Euch gar nicht so viel bedeuten, Rebecca«,

sagte Concepción. »Weshalb solltet Ihr so viel ausgeben, wenn sie Euch bereits gehört? Ihr wollt mich bestechen, nicht wahr? Nathaniel hat dem Piraten damals fünfzig Pfund für mich bezahlt, und nun bezahlt er meine Überfahrt nach Neuspanien, damit Ihr meine Tochter behalten könnt.«

»Wie sehr du dich doch irrst, Thankful Seagraves«, erwiderte Rebecca und wischte sich Tränen aus den Augen. »Für eine Frau mit einem unfruchtbaren Leib und ein mutterloses Kind bedeutet es alles.«

»Sie ist nicht mutterlos, das habt Ihr dem Mädchen eingeredet, Rebecca. Zehn Jahre lang wart Ihr der einzige Mensch, der mir jemals freundlich begegnet ist, der sich Zeit genommen hat, mich Eure Sprache und Eure Sitten zu lehren, doch nun reißt Ihr mir das Herz heraus. Ihr wollt, dass ich Euch mein Kind verkaufe, obwohl es alles ist, was ich habe!«

»Sei nicht so dumm!«, knurrte Greenwood. »Wir brauchen deine Tochter nicht zu kaufen. Das Mädchen hat sich von dir losgesagt. Es hat uns angefleht, dich von ihm fernzuhalten. Es fürchtet sich vor dir und deinem seltsamen Benehmen.«

»Wir wollen dir etwas anderes dafür geben«, sagte Rebecca.

»Damit es ganz klar ist, ich mache das nur meiner Frau zuliebe. Wenn es nach mir ginge, hätte ich dich im Gefängnis sterben lassen, mörderisches Weib. Oder ich hätte dich, wie es einem Bastard gebührt, auf das erstbeste Schiff verfrachtet und wäre dich für immer los gewesen. Es gibt viele Schiffe, die Waren in die Karibik transportieren, das hätte mich keinen verdammten Shilling gekostet. Ich hätte sogar noch daran verdient, wäre da nicht die Nächstenliebe deiner Herrin.«

»Bitte, Nathaniel, du hast versprochen, deine Zunge im Zaum zu halten. Nimm das Angebot an, Thankful Seagraves. Du hast hier keine Freunde, und wir können dir nicht gestatten, das Kind zu sehen, nicht einmal aus der Ferne. Für dich wäre es leichter, weit weg zu sein, in deiner eigenen Welt. Sag, dass du einverstanden bist. Sag, dass du weißt, dass es das Beste für deine Tochter ist. Du magst es nicht so empfinden. Welche Mutter will sich schon von ihrem Kind trennen? Aber denk an Hanna, denk an das Glück deiner Tochter.«

»Und vergiss nicht, wie sehr du sie schon verletzt hast, Herrgott nochmal«, sagte Greenwood.

»Ich habe sie nicht verletzt! Das war gelogen! Alles war gelogen!«

»Passiert ist passiert, Frau! Du kannst entweder dieses Schiff besteigen oder in den Wald gehen, aber dir wird der Hof nicht mehr zur Verfügung stehen, wenn er erst verkauft ist. Wenn du bleibst, spare ich dreißig Pfund, auch schön. Doch wenn ich dich jemals auf meinem Besitz erwische, lasse ich dich öffentlich auspeitschen und wieder ins Verlies werfen. Hast du mich verstanden?«

Sie hatten Georges Taverne hinter sich gelassen und die Ortsgrenze von Roxbury fast erreicht. Concepción fiel auf, dass sie diesen Weg noch nie in einer Kutsche zurückgelegt hatte. Beiderseits des Neck, den Fluss zur Rechten, die Niederungen und das Weideland zur Linken, wurden Wasser und Gras vom kalten Wind gepeitscht. Concepción schaute Rebecca eindringlich an. »Ich nehme Euer Angebot unter einer Bedingung an.«

»Dir steht es nicht zu, Bedingungen zu stellen, Frau!«

»Lass sie ausreden, Nathaniel.«

»Rebecca, ich werde Euch immer hassen, weil Ihr mein Kind gestohlen habt. Andererseits weiß ich, dass Ihr Jerónima immer geliebt habt und dass sie bei Euch wohlbehalten und glücklich aufwachsen wird. Ich nehme Euer Angebot an und verlasse Massachusetts. Ich werde Euch nicht verfluchen, obwohl Ihr mein Kind begehrt habt, sofern Ihr mir versprecht, dass Ihr meiner Tochter die Wahrheit sagen werdet: dass ich keine Hexe war, dass ich ihr keinen Schaden zugefügt habe und dass Ihr sie mir gegen meinen

Willen genommen habt. Dass Ihr Jerónima Hass gegen mich eingeflüstert habt, damit sie nur Euch wie eine Mutter liebt. Versprecht Ihr mir, ihr die Wahrheit zu sagen, Rebecca, und ihr die Briefe und Andenken zu geben, die ich im Häuschen des alten Mannes für sie zurücklasse? Versprecht Ihr mir das?«

»Gott vergebe mir«, murmelte Rebecca unter Tränen.

»Falls Ihr es nicht tut, trifft mein Fluch Euch und Eure –«

»Wie kannst du es wagen!« Greenwood schlug sie mit dem Handrücken ins Gesicht.

Concepción schmeckte Blut, war aber unempfindlich gegenüber körperlichem Schmerz geworden.

»Ich gebe dir mein Wort«, flüsterte Rebecca.

»Du hast kein Rückgrat. Kein Wunder, dass diese Schindmähre uns derart schikaniert hat.« Er wandte sich an Concepción: »Du kannst im Haus wohnen, bis das Schiff ausläuft, musst dich aber selbst versorgen. Wir schulden dir nichts.«

»Wir mussten die Möbel verkaufen, aber ich habe dir Vaters alten Bettvorleger und ein Kissen, dazu Decken und Wäsche dagelassen. In der Scheune ist viel Heu, mit dem du dein Bett auspolstern kannst, und im Keller liegt Feuerholz. Vielleicht findest du auch noch einige Äpfel oder Knollengemüse, falls sie nicht verdorben sind. Frische Äpfel gibt es leider nicht mehr. Der arme Baum wurde just an dem Tag, an dem sie dich verhafteten, vom Blitz getroffen. Manche haben dir die Schuld daran gegeben. Deine geisterhaften Kräfte hätten den Blitz auf ihn gelenkt.«

»Das reicht«, erklärte Greenwood und hielt am Zaun vor dem Hof an. »Wir müssen dich ja nicht vor der Tür abliefern.«

Concepción richtete ein letztes Mal den Blick auf Rebecca, schüttelte den Kopf und stieg wortlos aus.

»Gott sei mit dir auf deiner Reise. Leb wohl, Thankful Seagraves.«

Ja, leb wohl, Thankful Seagraves.

»Denk dran, das Schiff heißt *Conception*«, rief Greenwood ihr nach. »Ich gebe dir Bescheid, wann es ausläuft, und treffe die nötigen Vorkehrungen mit Kapitän Quelch. Kapitän Quelch, merk dir den Namen. Deiner steht auf der Passagierliste.«

Vor zehn Jahren war sie auf der *Neptune* nach Neuengland gekommen. Neptun, Gott des Meeres, der Fische und des Schweigens. Nun würde sie auf der *Conception* zurückkehren. Es konnte kein deutlicheres Zeichen geben, dass es ihr bestimmt war, nach Neuspanien zu segeln.

»Du wirkst auf rätselhafte Weise, Mutter«, sagte sie zur Jungfrau, als sie die Straße überquerte, um die kahlen Zweige der Zaubernuss am Brunnen zu berühren. Sie hatte ihre harte Seele und die leuchtend gelben Blüten vermisst. Da kam ihr der Gedanke, dass sie selbst wie die Zaubernuss war: Sie erwachte in der kalten Jahreszeit zum Leben. Obwohl ihr Herz und ihre Glieder noch taub waren, gab es Knospen auf der trockenen Rinde, und bald würden frische Blätter folgen und eine Reise voller Licht und Hoffnung.

Als sie sich zum Häuschen wandte, entfuhr ihr ein leiser Schrei. Sie sah das kleine steinerne Haus, das mit Zaunwinde bewachsen war, die vom Blitz geschwärzten Äste des Apfelbaums und die Scheune mit dem eingesunkenen Dach. Sie erinnerte sich an ihren Gemüsegarten, an die Hühner, die laut gackerten, an das Maisfeld, auf dem die Pflanzen dicht an dicht standen, und die kleine Pecas, die sich auf der Türstufe eingerollt hatte. Hier habe ich eine Tochter aufgezogen, dachte sie. Hier habe ich gelernt, einen Haushalt zu führen, und geheiratet. Ich habe gelernt, englisch zu sprechen, Tinte herzustellen und einen Geflügelhandel zu führen. So schwer ihr Leben in diesem Land auch gewesen sein mochte, war es doch nicht vergebens gewesen. Nichts war vergebens gewesen.

Sie wandte den Blick zu dem Feldweg, der in den Wald führte, und staunte über die Schönheit der Bäume, ihre smaragdgrünen Zweige und den Nebel, der zwischen den Stämmen sein Netz webte und das Unterholz mit einem feuchten grünen Licht durchdrang. Was würde geschehen, wenn sie in den Wald ginge und sich Makwas Leuten anschlösse, statt das Schiff zu besteigen? Sie würde ein anderes Leben führen, einen anderen Namen annehmen, in Makwa eine Freundin finden und dennoch nahe genug sein, um Jerónima von fern zu beobachten. Sie hatte schon eine zweite Sprache gelernt – wie schwierig könnte es sein, eine dritte zu lernen? Noch einmal einen neuen Namen anzunehmen und ein neues Leben zu schmieden?

64. Kapitel

Sowie sie über die Schwelle trat, wusste Concepción, dass ihr Leben als Thankful Seagraves vorüber war. Das Häuschen war leer bis auf eine Blechlampe, die auf dem Kaminsims stand, zusammengerolltes Bettzeug in der Ecke, in der das Bett des alten Mannes gestanden hatte, und die Kochutensilien, die Rebecca im Kamin zurückgelassen hatte: ein mit schwarzem Fett verklebter Kessel, ein Salzfass, eine Zunderbüchse, ein Holzlöffel zum Umrühren, einige Löffel, Messer und Gabeln, ein Becher und ein Schneidbrett – alles völlig verrußt. Kein Schrank, kein Tisch, keine Sitzbank mit Lehne, kein Himmelbett, keine Vorhänge, keine Kissen, keine Hocker. Selbst die Leiter, die auf den Dachboden führte, war verschwunden. Nichts war geblieben als die leere Hülle des Häuschens. Der Lehmboden war mit Hühnermist verdreckt, im Herd türmte sich die Asche. Hühnerstall und Scheune waren vernachlässigt, der Zaun eingesunken, das Maisfeld lag brach, doch immerhin wuchsen noch der Rosmarin, den man der Jungfrau Maria geweiht hatte, die Nachtkerze und die Zaunwinde, die das Häuschen überwucherte.

Concepción ging durchs Zimmer, das ihr nun viel kleiner erschien, und entdeckte das blau-gelbe Kleid, das sie für die Hochzeit mit dem alten Mann gekauft hatte, an einem Haken hinter der Tür. Davor hing ihr Nähkorb. Hatte Temperance Lowe ihn für sie zurückgelassen? Beim Besuch im Gefängnis hatte Temperance gesagt, sie wolle den Korb und Robins Truhe für sie aufbewahren, doch die Truhe war nirgends zu sehen.

Concepción nahm den Korb vom Haken und drückte ihn an den Bauch. Sie wagte nicht, ihn zu öffnen. Woran hatte sie gearbeitet, als man sie verhaftete? Sie konnte sich nicht erinnern. Sie hob den Deckel, nahm den Inhalt nacheinander heraus und ordnete die Gegenstände in einem schwachen Lichtfleck auf dem Fenstersims an. Fingerhut und Schere, das herzförmige Nadelkissen, in dem Nadeln unterschiedlicher Größe steckten, die Stickrahmen, Spulen mit Seidengarn in Schwarz, Grün und Rot, eine halbe Spule Goldfaden, alte Stoffstücke, einzelne Bänder. Sie entfaltete ein Stück hellblaue Sarsche, das ganz unten im Korb gelegen hatte, und schrie auf. Es war der Rest des Vorhangs, den sie für ihr neues Fenster genäht hatte. Sie hatte begonnen, es mit einem Bild der Jungfrau von Guadalupe zu besticken. Das rote Gewand, das braune Gesicht, die Hände und der kleine Engel zu ihren Füßen waren bereits fertig, während das Übrige als Umriss in einfachem Kettenstich vorgestickt war – grüner Umhang, schwarzer Mond, schwarzes Haar und goldene Strahlen. Sie musste die Umrisse nur noch mit Farben ausfüllen, die goldenen Sterne auf den Umhang der Jungfrau sticken und das Bild mit einer Rosenbordüre versehen.

»Heilige Maria, voll der Gnade«, betete sie laut auf Spanisch,

Der Herr ist mit dir
Du bist gebenedeit unter den Frauen
Und gebenedeit ist die Frucht deines Leibes.

Vielleicht würde sie auch diese Worte als Bordüre wählen und am Anfang und Ende mit einer roten Rose einfassen. Ja, beschloss sie, dieses Stickbild der Jungfrau wollte sie zusammen mit ihren Briefen für Jerónima im Haus zurücklassen. Greenwood hatte gesagt, das Schiff werde in weniger als einer Woche auslaufen. Sie hatte also keine Zeit zu verlieren.

Sie fädelte einen schwarzen Faden ein und setzte sich auf die

Türstufe, um an dem dunklen Halbmond zu arbeiten, auf dem die Jungfrau stehen würde. Mehr schaffte sie nicht, da sie eine ungeheure Müdigkeit überkam. Sie schaffte es kaum noch ins Haus, wo sie das Bettzeug ausrollte und einschlief, bevor ihr Kopf das Kissen berührte.

Mitten in der Nacht erwachte sie vom Geheul der Wölfe und dem Schrei einer Eule. Zuerst war sie völlig orientierungslos, als wäre sie aus einem ewig langen Traum erwacht, in dem sie sich ins Meer gestürzt hatte, einen Traum, in dem sie eine Sklavin gewesen war und eine Tochter geboren und wieder verloren hatte und wegen Hexerei im Gefängnis gesessen hatte. Aber nein, es war kein Traum. All das war wirklich geschehen, und sie hatte mehr als ihre Tochter verloren: ihre Mutter, Sor Juana, Aléndula, Tituba, alle Menschen, die sie liebte. Ein Schimmer Mondlicht durchbrach die Dunkelheit, strömte durch das Gewirr der Zaunwinden, die am Fenster wucherten, und warf ein kleines Viereck aus Licht auf den Boden. Immerhin war sie nicht im Gefängnis. Sie war frei und schlief im leeren Häuschen des alten Mannes, bis das Schiff sie zurück nach Mexiko bringen würde.

Zehn Jahre zuvor war sie in die umgekehrte Richtung gereist.

Sie setzte sich auf und zog die Knie an die Brust. Sie starrte auf das Fleckchen Mondlicht auf dem Boden, wobei eine seltsame Erinnerung aus den nebligen Tiefen ihres Geistes aufstieg. Ausgerechnet in diesem Augenblick erinnerte sie sich an den triumphalen Einzug des neuen spanischen Vizekönigs und seiner Frau in die Stadt Mexiko. Eine bedeutungslose Erinnerung, die sie nun in voller Pracht durchlebte.

Es war im Herbst 1680, und sie war fast achtzehn. Sie erinnerte sich an die Hornisten in ihren magentaroten Umhängen, die auf dem mittleren Balkon des königlichen Palastes standen. Sie bliesen ihr Signal, und die riesige unruhige Menge, die sich auf der Plaza Mayor vor dem Palast drängte, schwoll wie eine menschliche

Welle in westlicher Richtung an. Von dorther bewegte sich die festliche Prozession die Rampe hinunter, die vom Aquädukt abzweigte, und zog im tiefgrünen Schatten uralter Ulmen an der Alameda vorbei. Zuerst kam eine Kompanie Berittener auf weißen Pferden mit Schabracken, gefolgt von einer Prozession aus Festwagen, auf denen alle Kirchen der Stadt dargestellt waren: Regina Coeli, San Pedro y San Pablo, San Juan, San Agustín, San Jerónimo und Jungfrau von Guadalupe. Auf blumengeschmückten Holzpodesten standen riesige Heiligenfiguren in Samtumhängen; Marienfiguren mit Mantillas und Perlen wurden auf den Schultern von Sklaven und Indianern getragen. Hinter den Festwagen folgten die Gruppen der Priester in Braun und Schwarz – Jesuiten, Franziskaner, Dominikaner –, Hidalgos mit Federhüten und juwelenbesetzten Schwertern und die Honoratioren mit ihren Halskrausen. In einer offenen Kutsche, die mit weißen Samtbändern und roten Rosen geschmückt war, saß Fray Payo, der Erzbischof und derzeitige Vizekönig von Spanien, mit seiner goldenen Mitra und den weißen Gewändern, die mit roten und goldenen Fäden bestickt waren.

Die Prozession bewegte sich zur Plaza Mayor, und die Glocken der Kathedrale läuteten das Tedeum. Hinter Fray Payos Kutsche fuhr ein geschlossener vergoldeter Wagen, der von acht rabenschwarzen Arabern gezogen wurde und mit riesigen Weihnachtssternen und Sonnenblumen geschmückt war. Darin saßen die Monarchen, die Concepción später als den Vizekönig Don Tomás und *la Condesa* Doña María Luisa kennenlernen sollte. Die Menge jubelte, und Blumen regneten auf die Plaza und die grünen Samthüte der livrierten Diener, die hinter und neben der königlichen Kutsche ritten.

»*¡Que vivan los nuevos monarcas de la Nueva España!* Lang leben die neuen Herrscher von Neuspanien!«

Concepción, die mit offenem Mund den triumphalen Einzug verfolgte, hatte nicht wissen können, dass die neuen Herrscher begeisterte Anhänger der Schriften von Sor Juana Inés de la Cruz und königliche Förderer des Klosters von San Jerónimo werden sollten oder dass sich zwischen *la Condesa* und Sor Juana eine enge Freundschaft entwickeln würde, die in Concepción das Gespenst der Eifersucht weckte. Nach all den Jahren begriff sie, dass dies der wahre Grund gewesen war, aus dem Sor Juana sie fern des Klosters wissen wollte.

65. Kapitel

Komm, Odey. Wir warten im Wald.

»Makwa?«

Die Trommelschläge rissen sie aus dem Schlaf. Wo war sie? Sie schaute hoch und sah nichts als blaue Blumen. War sie nun doch in den Wald gegangen? Sie schloss die Augen, horchte auf die Trommelschläge und begriff, dass nur ihr Herzschlag in ihrer Brust hämmerte. Die blau blühende Zaunwinde drückte sich an die Fensterscheiben und verriet ihr, dass es Morgen war. Sie wickelte sich aus dem Bettzeug und fand sich allmählich wieder zurecht. Sie dachte flüchtig an Jerónima, wobei die Sehnsucht sie fast verschlang; sie musste das Mädchen unbedingt sehen, es im Arm halten und seine Stimme hören. Hör auf, Concepción, mahnte sie sich, du darfst dich jetzt nicht ablenken lassen. Zuerst kommt die Stickerei. Und das Schreibpult. Mach dich bereit für die Reise. Dann kannst du sie sehen. Sie malte sich im Geist aus, wie sie nach Boston gehen und vor der Schule auf das Mädchen warten würde, gleich um die Ecke der Lateinschule, hatte Becca gesagt. Der Gedanke überwältigte sie, und sie krümmte sich, als ein scharfer Schmerz ihren Leib durchfuhr. Genug. Quäle dich nicht länger. Steh auf und arbeite.

Zuerst ging sie auf den Abort, um ihre Blase zu leeren. Es gab grundlegende Dinge, die zu erledigen waren. Zum ersten Mal seit Monaten war sie hungrig, mehr noch, völlig ausgehungert, also musste sie etwas zu essen finden. Dann musste sie ein Feuer entfachen und Wasser am Brunnen holen. Sie entzündete die

Blechlampe und stieg hinunter in den Erdkeller, um Feuerholz zu suchen. Vielleicht war das Schreibpult unter dem kleinen Lager aus Heu versteckt, das sie für die Katze aufgeschichtet hatte. Wo war die Katze? Zweifellos hatte sie während ihrer langen Abwesenheit jemanden gefunden, der sie versorgte. Im Keller roch es nach feuchter Erde und Moder. Sie fand einen Stapel Klafterholz. Ein Fass sauren Apfelwein. Eine Tonne mit schwarz verschimmeltem Mais und einen Bottich mit grünen Äpfeln, die sie im letzten Sommer gepflückt hatte, die meisten davon verfault und verwurmt. Dennoch war es nicht schlimmer als das Essen, das sie elf Monate im Gefängnis bekommen hatte. Sie war unempfindlich gegen den sauren Geschmack im Mund, die Übelkeit und den Durchfall.

Nach dem sauren Frühstück schaute sie sich in der Scheune um. Das Dach war eingestürzt, monatelanger Regen hatte die Balken von innen verfaulen lassen. Der Boden war ein Mulch aus Schlamm, Mist und Hühnerfedern, der Karren verschwunden. Ein einsamer Käfig lag unter den Nistkästen. Sie ging hin und entdeckte darin ein kleines Tierskelett.

»*¡Ay no!*«, rief sie aus. »Was haben sie dir angetan?« Jemand hatte die Katze absichtlich dort hineingelegt. Concepción öffnete den Käfig, sammelte die Knochen in ihrer Schürze – an einem Stück Wirbelsäule klebten noch weiße Fellbüschel – und ließ ihre Tränen auf die Überreste der reizenden kleinen Pecas regnen. Sie begrub die Knochen im Garten unter dem Rosmarinstrauch.

»*Descansa en paz, gatita*«, sagte sie, schlug das Kreuz über den Knochen und küsste ihren Daumen, um den Segen zu bekräftigen. Ihre Stimme klang laut in der Stille, die sie umgab.

Sie stand mitten auf dem Hof und horchte in die Stille hinein. Fast ein Jahr lang hatte sie in einer schmutzigen Zelle gelebt, war aber wenigstens mit Tituba und Mary Black zusammen gewesen. In der Zelle hatten sich menschliche Körper gedrängt, hatte es Stimmen gegeben, mit denen sie streiten konnte, Stimmen voller

Zorn, Schmerz und Verzweiflung, die ihr Gesellschaft geleistet hatten. Die Stille hier war erschreckend, die Einsamkeit so ungeheuerlich, dass es ihr den Atem verschlug. Sie musste irgendwohin gehen. Aber nicht in die Stadt. Sie konnte es nicht riskieren, dass man sie dort entdeckte und wieder ins Verlies warf. Nein, sie würde in den Wald gehen und Makwa suchen. Selbst wenn sie sie nicht fand, gab es dort immerhin den Gesang der Vögel, Hasen und Eichhörnchen und vielleicht einen Hirsch, der zum Trinken an den Bach kam. Sie hörte das Wasser förmlich über die Steine plätschern. Schon schmeckte sie das klare kalte Wasser, die süßen Heidelbeeren und Brombeeren, die dort wild wuchsen und nur darauf warteten, gepflückt zu werden.

Sie eilte vom Hof, ohne auf die heftigen Schmerzen in ihren Beinen zu achten, rannte den ausgefahrenen Weg entlang in den Wald hinein. Als das grüne Licht sie umfing, als sie das Trillern der Grasmücken und Amseln hörte, durchflutete eine schmerzhafte Freude ihre Brust. Sie hatte ganz vergessen, was Glück war und wie sehr sie diesen Teil des Waldes geliebt hatte. Sie kniete sich ans Bachufer und trank sich an dem klaren Wasser satt. Dann zog sie sich aus, legte die Kleider in den riesigen hohlen Stamm eines abgestorbenen Wacholders, damit sie trocken blieben, und stieg in das eiskalte, sprudelnde Wasser. Sie schrubbte sich mit Rohrkolben ab, die wild am Ufer wuchsen, und schlug die verfilzten weißen Haare auf die Steine, um sie von Ruß und Heu zu befreien. Danach fühlte sie sich leichter. Sie spielte wie ein Otter im Bach, tauchte und spritzte. Später lag sie nackt und nass auf den Steinen und genoss den leisen Wind auf der Haut, bis sie einen Blick auf ihre Zehen warf. Zum ersten Mal seit Monaten sah sie ihre nackten Füße. Die Nägel waren lang und schwarz vom Pilzbefall. Sie sahen noch schlimmer aus als die des alten Mannes. Sie würde die Nägel mit der Nähschere schneiden, sowie sie wieder zurück – ihre Stimmung verdüsterte sich – zurück im Häuschen war. Zurück in der

Stille, mit den Erinnerungen an die Tochter, die sie zurücklassen würde, wenn sie das Schiff bestieg und Neuengland für immer verließ. Der Gedanke ernüchterte sie schlagartig. Sie zog sich an, spürte wieder die Last der schmutzigen Kleider und vergaß völlig, dass sie Beeren pflücken wollte.

Als sie ins Häuschen zurückkehrte, durchfuhr sie erneut der Hungerschmerz. Sie suchte im Hühnerstall, bis sie einige vertrocknete Knoblauchzehen fand, aus denen sie eine Suppe kochen wollte. In einem Gemüsebeet wuchsen magere Stängel von Nachtkerzen, und sie grub die zwiebelförmigen Wurzeln und ein paar alte Knollen aus, schwammige Möhren und Pastinaken. Dann ging sie mit dem Kessel zum Brunnen und füllte ihn mit Wasser, doch das Gefängnis hatte sie viel Kraft gekostet, und sie verschüttete die Hälfte, als sie den Kessel zum Häuschen schleifte. Sie kochte die Knollen, die Wurzeln und Stängel der Nachtkerzen mit Knoblauch, viel Salz und einem Rosmarinzweig. Als die Suppe im Kessel brodelte, war es fast wie früher.

Als sie fertig war, holte sie die brauchbaren Heuballen aus der Scheune, um sie als Möbel zu benutzen. Aus getrockneten Zweigen der Zaubernuss und einem Stück Stoff band sie einen Besen und fegte das stinkende Stroh aus dem Häuschen. Die Kochutensilien schrubbte sie mit Apfelwein und Heu. Mit den verschimmelten Maishülsen säuberte sie die Fensterscheiben und machte sich dann daran, die Zaunwinde zu beschneiden, die das Fenster überwuchert hatte. Sie hatte kein Werkzeug außer ihrer Nähschere und dem stumpfen Küchenmesser, was die Arbeit lang und mühsam machte, doch endlich fiel etwas Sonnenlicht ins Häuschen. Sie legte Rosmarinzweige auf den Kaminsims, um den blauen Schatten im Inneren ein wenig Duft zu verleihen.

Die Sonne hatte den Zenit längst überschritten, als sie endlich essen konnte. Die Brühe schmeckte salzig, und der Knoblauchgeruch durchdrang das ganze Haus und machte ihren Kopf frei.

Sie aß, ohne zu kauen, schluckte die weichen Gemüsestücke ganz hinunter, genoss den Geschmack von Knoblauch und Salz auf der Zunge. Während sie aß, schaute sie die ganze Zeit zum Dachboden hoch und überlegte, wie sie hinaufgelangen könnte. Vielleicht waren Robins Truhe und das Schreibpult mit den Briefen, die sie Jerónima vor ihrer Geburt geschrieben hatte, noch da oben. Sie hatte auch einen Klumpen Tinte im Schreibpult gelassen, mindestens eine gute Feder und einige Blatt Papier. Ihr kam die Idee, einen neuen Brief zu schreiben, einen letzten Brief, in dem sie Jerónima erklärte, weshalb sie wegging. Sie konnte ihrer Tochter nicht antun, was ihre eigene Mutter ihr angetan hatte, als sie Mexiko ohne Vorwarnung oder Erklärung verließ. Außerdem sorgte sie sich, dass Rebecca ihr Versprechen nicht einhalten oder eine Version der Ereignisse auftischen könnte, die nicht der Wahrheit entsprach.

Nach dem Essen verbrachte Concepción den übrigen Nachmittag damit, im Schneidersitz auf der Türstufe zu sticken. Sie hatte gerade den letzten Stern auf dem Umhang der Jungfrau vollendet, als die Gevatterin Thorn vom Markt in Boston zurückkehrte. Concepción verbarg die Stickerei in ihrer Schürzentasche.

»Ich habe gehört, sie haben dich freigelassen, Thankful Seagraves«, sagte die Gevatterin Thorn und warf einen Blick auf das leere Häuschen. Concepción bat sie nicht herein.

»Mit dem weißen Haar hätte ich dich fast nicht erkannt. Als ich dich vorhin draußen gesehen habe, dachte ich, ein altes Klatschweib hätte den Hof von Tobias übernommen. Ansonsten siehst du gar nicht so schlimm aus. Es muss dein Indianerblut sein, das dich die schlimmen Bedingungen hat ertragen lassen. Ich habe gehört, dass mehrere dort drinnen gestorben sind. Natürlich hast du einen gewissen Geruch an dir.«

»Ach ja? Ich kann mich selbst nicht riechen, daher fällt es mir nicht auf.«

»Ein anständiges Bad in Lauge, das würde dir guttun.«

Concepción antwortete nicht.

Aus Nächstenliebe schenkte die Gevatterin Thorn ihr ein Stückchen Käse. Concepción verschlang es auf der Stelle, während ihr die Frau anvertraute, dass der alte Mann sich geweigert habe, zu ihren Gunsten auszusagen, weil er sich geschämt habe, sein Gesicht im Gerichtssaal zu zeigen. Da unter Nachbarinnen Ehrlichkeit herrschen solle, vertraute sie ihr auch an, er sei aus Scham darüber gestorben, eine Hexe zur Frau zu haben. Concepción wusste, dass es gelogen war. Temperance Lowe hatte ihr erzählt, wie der alte Mann in Wahrheit empfunden hatte, und sie wusste auch, wie er über Hexerei gedacht hatte. Die alte Käsehändlerin wollte sie nur quälen.

»Ihr seid immer so großzügig mit Euren Klatschgeschichten, Gevatterin Thorn«, sagte sie nur und hoffte, die Frau möge endlich gehen, damit sie weitersticken konnte.

»Ich habe gehört, du kehrst dorthin zurück, woher du gekommen bist«, erklärte die Gevatterin Thorn. »Haben dir eine Überfahrt auf Kapitän Quelchs Handelsschiff besorgt. Hab noch nie gehört, dass eine verurteilte Hexe in den Sonnenuntergang gesegelt wäre. Die Greenwoods haben dich wirklich königlich behandelt, das muss ich schon sagen. Wann segelst du?«

»Sobald wie möglich, hoffe ich.«

»Es wird ein guter Tag sein, wenn du die Bay Colony verlässt und uns alle los bist, nicht wahr?«

»In der Tat, dann werde ich Euch los sein, Gevatterin Thorn.« Sie schob das alte Klatschweib förmlich von der Schwelle.

»Du kannst dich glücklich schätzen, Thankful Seagraves«, rief die Gevatterin Thorn vom Gartentor. »Während du zu deinen Leuten heimkehrst, begraben einige von uns ihre Kinder. Cotton Mathers Sohn, möge er in Frieden ruhen, wurde missgebildet geboren und musste letzten Monat in die Erde gelegt werden. Manche sagen, eine der Hexen habe ihn verflucht, so wie Sarah Good den Richter Danforth verfluchte, auf dass er einen blutigen Tod erleiden solle.«

Vielleicht war es auch Gott, der Cotton Mather bestraft hat, weil er unschuldige Frauen mit solchem Eifer verfolgte, wollte Concepción sagen, doch sie stand nur da und sah zu, wie die alte Nachbarin ihren Karren in Richtung Roxbury davonschob.

Kurz vor Sonnenuntergang, als Concepción den Rest der Suppe gegessen und begonnen hatte, die Buchstaben des Gebetes auszufüllen, das sie als Bordüre um das Bild der Jungfrau stickte, erhielt sie erneut Besuch. Sie hörte Stimmen vor dem Haus und entdeckte Temperance Lowe und ihren Mann Jacob, den Pastor von Roxbury, der Concepción mit dem alten Mann getraut hatte. Beide standen auf der Türstufe, die Wangen rosig und von Atemwolken umgeben. Die Gevatterin hielt ihre Bibel umklammert.

»Wir wollten nur nach der letzten Predigt vorbeischauen, wie wir es immer mit Tobias gehalten haben«, erklärte der Pastor. »Nachdem seine Tochter nicht mehr zu ihm kam.«

Concepción bat sie herein.

»Du liebe Güte, hier drinnen ist es ebenso kalt wie draußen«, sagte die Gevatterin Lowe.

»Tatsächlich? Ich habe nicht sonderlich auf das Feuer geachtet. Bitte setzt Euch.« Sie deutete auf die Heuballen. »Ich wünschte, ich hätte etwas von der Suppe aufgehoben, die ich vorhin gekocht habe«, fügte sie hinzu.

»Unsinn«, sagte Jacob Lowe. »Wir sollten Euch lieber etwas zu essen bringen, Mistress Webb. Wir wollten nur sehen, wie Ihr zurechtkommt. Tobias hätte gewünscht, dass wir das für seine Witwe tun.«

»Ich glaube, es zieht ein Schneesturm auf«, sagte die Gevatterin Lowe. »Seid Ihr sicher, dass Ihr genügend Brennstoff habt, Gevatterin Webb?«

»Ein Schneesturm? Das glaube ich nicht. Ich würde ihn in den Knochen spüren.«

»Dennoch solltet Ihr genügend Holz haben.«

»Im Erdkeller ist jede Menge Holz.« Sie kümmerte sich nicht um Wärme oder Feuerholz. Außerdem war das Häuschen im Vergleich zur eisigen Krypta der Gefängniszelle durchaus heimelig.

Sie erzählten noch einmal die Geschichte vom Tod des alten Mannes, von seinem hässlichen Streit mit Rebecca, dem Schlaganfall und dem verzerrten Mund.

»Und alles wegen eines Gedichtes, das auf ein Tuch gestickt war«, sagte Concepción.

»Tobias' Streit mit seiner Tochter hatte nichts mit dem Tuch zu tun, Mistress Webb«, erklärte der Geistliche stirnrunzelnd. »Hast du ihr das etwa erzählt?«

»Es hatte sicher auch damit zu tun. Tobias wollte, dass ich Rebecca davon abhalte, es abzunehmen.«

»Nein, Mistress Webb, es war nicht das Tuch. Es ging um die Anteile an der Lateinschule, die Tobias an Kaufmann Brattle veräußert hatte. Rebecca hatte damit gerechnet, dass Caleb sie erben würde.«

»Wenigstens ist er im Schlaf gestorben«, sagte Temperance Lowe. »Wir haben ihn in seiner Magisterrobe und den Schuhen seines Sohnes Robin beerdigt.«

»Gott sei Dank besaß der gute Mann die Weitsicht, meiner Frau sein Testament zu diktieren, bevor es zum Streit kam.«

Die Gevatterin Lowe reichte Concepción den eselsohrigen Almanach.

»Tobias' Testament liegt hier drin. Und einige andere Dokumente, die Ihr bekommen solltet.«

Concepción schlug den Almanach auf, wobei das rote Band, das sie dem alten Mann zur Hochzeit geschenkt hatte, zu Boden flatterte. Sie hob es auf und betrachtete das Bild der Wölfin, die

die beiden Jungen säugte. »*Schola Latina Bostoniensis*«, las sie vor.

»Es ist die Legende von Romulus und Remus«, erklärte der Geistliche. »Tobias wollte Robin und Robert am Busen der Lateinschule nähren.«

»Ein Kind zu begraben ist das Traurigste überhaupt«, sagte Temperance Lowe. »Der arme Mann musste sogar zwei Söhne begraben. Wer kann es ihm verdenken, dass er die Anteile verkaufte?«

»Tobias wollte Euch gut versorgt wissen«, fügte der Geistliche hinzu. »Er wusste, dass er sich nicht auf Nathaniel Greenwood verlassen konnte.«

»Er hat Euch auf seine Weise gerngehabt, Gevatterin Webb«, sagte Temperance Lowe und wischte sich die Augen. »Der arme Tobias. Ihr habt ihm in seinen letzten Tagen einen Lebenssinn gegeben. Dafür war er Euch immer dankbar.«

»Aber die Richter sagten, die Ehe sei annulliert worden. Daher bezeichnete mich das Gericht auch als Thankful Seagraves und nicht als Mistress Tobias Webb.«

Jacob Lowe schüttelte den Kopf. »Wer weiß schon, was dieser Greenwood getan hat? Tobias meinte, er sei jeglicher Täuschung fähig. Die Annullierung, falls es denn eine Annullierung war, muss nach Tobias' Tod erfolgt sein, da er niemals seine Zustimmung gegeben hätte.«

»Und in diesem Fall wäre die Annullierung ungültig«, ergänzte seine Frau.

»Man könnte sagen, der Kaufmann habe aus Nächstenliebe gehandelt, um das Gericht daran zu hindern, Euren Besitz zu beschlagnahmen, Mistress Webb, und Eure Tochter mutterlos und mittellos zurückzulassen.«

»Tobias hat mich davon überzeugt, dass die ganze Sache nur ein Komplott geldgieriger Kaufleute und Richter war«, sagte Temperance Lowe. »In allen Städten, in denen es Hexen gab, nahm man den Leuten einfach ihren Besitz weg, ob sie nun einen Hof oder ein Feld oder nur eine Kuh besaßen. Das Gericht hat alles beschlagnahmt.«

»Wollt Ihr damit sagen, dass man die Farm des alten Mannes nur deshalb nicht genommen hat, weil unsere Ehe zuvor annulliert wurde?«

»Ihr wart seine Erbin«, sagte der Geistliche. »So hat er es meiner Frau diktiert. Sie hätten alles beschlagnahmt.«

»Wenn Ihr wüsstet, wie viele Leute überall in der Kolonie völlig verarmt sind«, erklärte die Gevatterin Lowe. »Die ganze Sache war ein Betrug, wenn Ihr mich fragt. So wollte man die Lager der Herrschenden füllen.«

»So darfst du nicht sprechen, Frau«, schalt sie der Geistliche. »Wer sind wir denn, die Gesetze Ihrer Majestäten zu kritisieren?«

»Die Gesetze Ihrer Majestäten sind nur dazu gedacht, die Besitzenden zu schützen, Mann. Darum hat Gouverneur Phips der Sache Einhalt geboten, denn als man seine eigene Frau zusammen mit den Frauen anderer ehrenwerter Bürger beschuldigte, standen ungeahnte Besitztümer auf dem Spiel.«

»Werde deinem Namen gerecht und mäßige dich, Frau.« Der Geistliche stand auf. »Mäßigkeit ist das oberste Gebot. Wir werden uns nun verabschieden, Mistress Webb, da die Gevatterin Lowe sich nicht mehr in der Gewalt hat und über Dinge spricht, die sie nichts angehen.«

Temperance Lowe schob trotzig das Kinn vor. »Verzeih mir, Mann. Aber ich habe in meinem Herzen keine Freundlichkeit für diese gottlosen Taten. Sieh nur, was sie getan haben.« Sie hob die Arme und sah sich im leeren Häuschen um. »Wie soll ein Mensch hier drinnen leben, nur mit einem alten Kessel und einem Heuballen als Bett? Welcher Christenmensch würde so etwas zulassen? Sie behandeln jedes Tier besser als Euch, Gevatterin Webb. Sieh dir die Male der Ketten an ihren Handgelenken an, Mann. Die

Narben an ihren Armen. Und was ist das, bitte schön? Sagt nicht, sie haben Euch gebrandmarkt.«

Die Gevatterin Lowe ergriff Concepcións rechte Hand und hielt sie ans Licht. »Bei den Wunden Christi! Wie unmenschlich!«

»Es macht nichts, Gevatterin Lowe; ich werde bald das Schiff besteigen und muss nur am Leben bleiben, bis es ausläuft.«

Der Geistliche legte tröstend den Arm um seine Frau. »Vielleicht könntest du Mistress Webb einige Dinge bringen, die ihr helfen werden, diese Tage in behaglicher Weise zu verbringen. Nun müssen wir aber wirklich gehen.«

»Gibt es etwas, das Ihr besonders nötig braucht?«

»Eine Leiter«, antwortete Concepción.

»Eine Leiter?«, fragten die beiden im Chor.

»Ich muss sehen, ob Robins Truhe oben auf dem Dachboden ist, und komme nicht hinauf. Ich möchte Jerónima – meiner Tochter Hanna, meine ich – einen letzten Brief hinterlassen.«

»Aber eine Leiter könnt Ihr nicht essen, Gevatterin Webb, und außerdem ist Robins Truhe nicht dort oben. Ich habe sie bei mir zu Hause. Ich werde sie Euch gleich morgen bringen.«

»Bitte, Gevatterin Lowe, wenn ich mir dennoch Eure Leiter ausleihen dürfte?«

»Tobias hat immer gesagt, Ihr wärt eigensinnig, Gevatterin Webb. Na schön, ich werde Euch morgen auch die Leiter bringen und etwas Anständiges zu essen, frische Eier, einen Laib Brot, ein schönes Ale und guten starken Tee. Wir werden Euch schon auf die Beine bringen, verlasst Euch darauf.«

Concepción hätte beinahe geweint. »Ihr seid sehr freundlich«, stieß sie hervor.

»Schaut Euch die Dokumente im Almanach an«, sagte die Gevatterin Lowe.

Als sie gegangen waren, ließ Concepción ihren Tränen freien Lauf. Sie weinte so lange, bis sie das Ave Maria auf Spanisch als Bordüre gestickt hatte. Sie ruhte nicht, bis die Arbeit fertig war.

In dieser Nacht träumte sie, sie säße mit Makwa am Bach. Beide ließen ihre Füße ins kalte Wasser hängen, und Makwa machte eine Puppe aus Rohrkolben, die wie die Maishülsenpüppchen aussahen, die Concepción für Jerónima gebastelt hatte. Makwa warf die Puppe in den Bach, worauf sie flussabwärts trieb. Im Traum begriff Concepción, dass Makwa ihr ein Zeichen geben wollte und sie aufforderte, Neuengland über das Wasser zu verlassen, statt in den Wald zu gehen. In einem anderen Traum saß sie mit Tituba im Häuschen und flickte mit Wahrsagekarten ein Segel.

66. Kapitel

»Das Wetter hat sich zum Besseren gewendet, Gevatterin Webb«, bemerkte die apfelbäckige Temperance Lowe, als sie früh am nächsten Morgen mit ihrem Ochsengespann vorfuhr.

Concepción kam gerade mit einem Arm voll Feuerholz aus dem Erdkeller. Sie brachte es ins Häuschen und half der Gevatterin Lowe, den Wagen zu entladen. Er enthielt den versprochenen Korb mit Nahrungsmitteln, dazu Kerzen, zwei Stück harte Seife mit Hafermehl, einen Wassereimer und einen großen hölzernen Bottich zum Baden. Am meisten freute sich Concepción jedoch über die Leiter und die Truhe.

Im Essenskorb entdeckte sie eine kleine Blechdose und einen getrockneten Schwamm. »Was ist das, Gevatterin Lowe?« Die Dose war mit einer Art grobem weißem Schrotmehl gefüllt.

»Gemahlene Eierschalen. Für Eure Zähne. Ihr befeuchtet den Schwamm, tupft ein wenig von dem Pulver darauf und reibt Eure Zähne damit ab. Das entfernt das Schwarze sofort, Ihr werdet sehen.«

Concepción legte die Hand über den Mund, weil sie sich plötzlich ihrer Zähne schämte. Sie fuhr mit der Zunge darüber; sie fühlten sich schmierig an.

»Euer Schuhwerk sieht ganz schön erbärmlich aus, Gevatterin Webb. Daher habe ich mir die Freiheit genommen, Euch die alten Schuhe meines Sohnes mitzubringen, die er in der Schule getragen hat.« Sie reichte ihr ein Paar abgeschabte braune Schuhe. »Natürlich weiß ich nicht, wie groß Eure Füße sind, aber wir sollten es versuchen.«

Concepción nahm die Schuhe, probierte sie aber nicht an, weil sie ihrer Nachbarin nicht die langen, geschwärzten Fußnägel zeigen wollte.

»Meine Füße«, meinte sie achselzuckend. »Sie sehen schlimm aus.«

»Falls Ihr Euch wegen des Geruchs sorgt, Gevatterin Webb, so habt Ihr viel wilden Rosmarin im Garten. Das ist ein ausgezeichnetes Reinigungsmittel, wenn man es dem Badewasser zugibt«, erklärte Temperance Lowe auf dem Weg nach draußen. »Ihr könnt auch Eure Kleider auslüften. Hinter der Tür hängt ein hübsches Kleid, das Ihr anziehen könnt, wenn Ihr wieder sauber seid.«

Doch Concepción interessierte sich weniger für das Bad; vor allem wollte sie die Truhe öffnen und nach dem Schreibpult sehen. Sie versuchte, den Deckel anzuheben, doch die Truhe war verschlossen.

»Tobias hat mir den Schlüssel nicht gegeben, dabei kann ich Euch leider nicht helfen.«

»Er ist oben auf dem Dachboden. Ich habe ihn in einem Astloch versteckt.«

»Auf dem Dachboden also? Kein Wunder, dass Ihr die Leiter haben wolltet. Ich helfe Euch, sie hereinzutragen.«

Gemeinsam rollten sie den hölzernen Bottich vor den Herd und lehnten die schwere Leiter an den Dachboden. Während Concepción am liebsten sofort hinaufgeklettert wäre, um den Schlüssel zu holen, packte die Gevatterin Lowe in aller Ruhe Lebensmittel aus und ordnete sie auf einem Heuballen an. Es sah ganz danach aus, als wollte sie zum Frühstück bleiben.

»Nur zu«, sagte sie über die Schulter. »Holt Euch, was immer Ihr von da oben braucht. Ich muss meine Leiter nämlich gleich wieder mitnehmen. Ich packe nur Eure Sachen aus und setze Wasser für den Tee auf.«

Concepción stieg langsam nach oben, wobei sie die Bewegungen ihrer Gliedmaßen auf den Leitersprossen genoss. Angekommen, fühlte sie sich wie eine Katze, die hoch auf einem Baum kauert. Die Gevatterin Lowe plauderte vor sich hin, doch Concepción hörte nicht länger zu. Sie schloss die Augen und sah das Federbett mit den vielen Decken, Jerónimas Puppen auf den Kissen, die beiden Truhen, die ihr als Tisch und Hocker gedient hatten. Sie sah das Sticktuch mit Sor Juanas Versen, das sie über dem Bett an die Wand geheftet hatte. Dieser winzige Dachboden über den Balken war ihr Zufluchtsort im Haus des alten Mannes gewesen. Jetzt war es nur noch eine nackte Plattform aus verstaubten Brettern. Sie machte drei Schritte zur Rückwand mit dem Astloch, über das eine große braune Spinne ihr Netz gespannt hatte und es bewachte. Einen Moment lang erinnerte sie sich an den Traumfänger, den Makwa ihr geschenkt hatte, um Jerónimas Albträume zu vertreiben. Was war aus ihm geworden? Die Richter hatten ihn benutzt, um sie des Umgangs mit indianischen Teufeln im Wald zu beschuldigen, was sie nur von Jerónima wissen konnten.

»Ich brauche den Schlüssel«, sagte Concepción zu der Spinne. Sie wollte das filigrane Netz nicht zerstören, sah aber keinen anderen Weg, um den Schlüssel aus dem Loch zu holen.

»Sprecht Ihr mit mir?«, rief Temperance Lowe von unten.

»Nein, Gevatterin Lowe, nur mit der Spinne, die mich nicht an den Schlüssel lässt.«

»Nehmt Euch in Acht, Gevatterin Webb; manche könnten behaupten, mit Spinnen zu reden sei ein Zeichen dämonischer Vertrautheit, vor allem, wenn jemand auch noch Webb heißt.«

Concepción lachte über den Scherz, und die Gevatterin Lowe stimmte ein. Es war lange her, dass Concepción sich selbst oder jemand anderen hatte lachen hören.

»Die arme Elizabeth Proctor drüben in Salem«, sagte die Nachbarin gerade, als Concepción herunterstieg, »wird mit einem Neugeborenen aus dem Gefängnis entlassen und muss feststellen, dass ihr Hof völlig geplündert wurde und ihr verstorbener Mann sie nicht in seinem Testament bedacht hat. Nicht einmal die Mitgift hat sie zurückerhalten. Sie ist mittellos, die arme Frau. Ihr habt Glück, Gevatterin Webb, dass Tobias ein dankbarer Mann war und die Umsicht besaß, Vorsorge für Euch zu treffen.«

»Gefunden«, sagte Concepción und hielt ihr den rostigen Schlüssel vor die Nase. Sie spürte den Gestank, der aus ihren Achselhöhlen stieg, und begriff, dass sie noch einmal baden musste, diesmal in richtig heißem Wasser. Der Sprung in den Bach vom Vortag hatte nur den oberflächlichen Schmutz entfernt.

»Der Tee ist gleich fertig, Gevatterin Webb. Ich war auch so frei, das Brot für Euch zu schneiden. Dazu habe ich Euch einen Topf von meiner Brombeermarmelade und viel Butter gebracht.«

»Wollt Ihr nicht zum Frühstück bleiben?«

»Du lieber Himmel, nein, ich habe bereits gegessen. Wenn Ihr mir nur helfen würdet, die Leiter wieder auf den Wagen zu laden, dann überlasse ich Euch Euren Vorbereitungen. Ich werde die restlichen Sachen holen, wenn Ihr weg seid. Hattet Ihr schon Gelegenheit, Euch die Dokumente anzusehen, die Tobias Euch hinterlassen hat?«

Den Almanach hatte Concepción völlig vergessen.

»Euer Mann hat sehr darauf gedrungen, dass Ihr diese Dokumente anseht, Gevatterin Webb. Selbst wenn Ihr nicht in Neuengland bleiben wollt und es nicht nötig ist, dass Jacob und ich das Testament Eures Mannes bezeugen, solltet Ihr wenigstens Eure Heiratsurkunde mitnehmen, die Eure Freilassung beweist, und auch die anderen Papiere. Ich werde am Tag der Predigt vorbeikommen und Euch weitere Vorräte bringen. Diese sollten einige Tage reichen. Außerdem würde es Jacob und mich freuen, wenn wir Euch nach Boston bringen und am Hafen verabschieden dürften. Gebt Bescheid, wann Euer Schiff fährt. Einen guten Tag, Gevatterin Webb. Genießt den Tee und Euer Bad.«

Concepción war noch wie betäubt von dem üppigen Frühstück und brauchte lange, um das Wasser im Eimer vom Brunnen herbeizuschleppen. Noch länger dauerte es, bis das Wasser kochte, doch irgendwann hatte sie den Bottich zur Hälfte mit dampfendem Wasser gefüllt, und der Duft des Rosmarins prickelte ihr in der Nase. Sie zog sich aus und stieg in den Bottich. Das Wasser war so heiß, dass sie ein Schauer überlief. Langsam ließ sie sich hineinsinken und atmete aus, als ihr Körper weiter in das heiße Wasser tauchte. Mit einem Stück Hafermehlseife schrubbte Concepción fast ein Jahr Schmutz von Haut und Haaren. Sie untersuchte die dunklen Stellen an ihren Handgelenken und Knöcheln, dicke Streifen in Violett, Schwarz und Gelb. Die Flecken taten nur weh, wenn sie darauf drückte. Sie fühlte sich lebendig, wenn sie den Schmerz spürte.

Als sie aus dem Bottich stieg, schwamm eine Schmutzschicht auf dem Wasser, die mit ertrunkenen Läusen durchsetzt war. In diesem Wasser konnte sie unmöglich ihr Unterhemd und die Unterröcke waschen. Besser, sie lüftete sie einige Tage, bis die dicke Wolle und Baumwolle vom Gestank des Gefängnisses befreit waren. Nachdem Makwa ihr im Traum die flussabwärts treibende Puppe als Zeichen geschickt hatte, wusste sie, dass ihr Schicksal jenseits des Wassers lag. Sie würde das blau-gelbe Kleid erst am Tag ihrer Abreise tragen. Bis dahin bot Robins Truhe die einzige Hoffnung auf saubere Kleidung. Sie zerriss die verschmutzten Kleider, die sie seit dem Prozess getragen hatte, und warf die Fetzen nacheinander ins Feuer, um die Flammen nicht zu ersticken. Der Gestank und Rauch der brennenden Kleider nahmen ihr den Atem. Mit dem Eimer schöpfte sie das schmutzige Wasser aus dem Bottich und schüttete es auf die Türstufe, wo sich rechts und links der Tür kleine Schlammpfützen bildeten. Morgen würde sie den Bottich auswaschen und noch einmal baden, diesmal mit Knoblauch im Wasser, um das Ungeziefer abzutöten. Nun aber musste sie sich anziehen. Ihre Sinne erwachten zum Leben, und sie begann zu frieren.

Nackt schloss sie die Truhe auf, in der sie Robins Bücher und Kleider fand und auch drei von Jerónimas Püppchen. Es waren die beiden, die sie als kleines Mädchen nicht hatte haben wollen, und die besondere *China-Poblana*-Puppe, die Concepción für ihren achten Geburtstag gebastelt hatte. Ein Schluchzen stieg ihr in die Kehle, und sie presste das Gesicht flüchtig an die drei Puppen. Sie sortierte alles aus, was sie für sich und ihre Tochter bestickt hatte: Halstücher, Schürzen und Hauben. Sie schloss die Augen und zwang sich, nicht bei den Erinnerungen an Jerónima zu verweilen. Unter all den Sachen fand sie endlich das Schreibpult.

Sie zitterte. Ihr nackter Körper war eiskalt und von einer Gänsehaut überzogen. Sie entfaltete die Kleidungsstücke, zupfte die Motteneier vom Stoff und schüttelte sie nacheinander aus. Das braune Leinenhemd mit den weiten Ärmeln, die dunkelgrüne Kniehose aus Kamelot mit den Holzknöpfen, das Lederwams mit der senfgelben Bordüre und die roten Strümpfe mit den schwarzen Strumpfbändern. Eine olivgrüne Jacke aus Serge mit Brokat an Manschetten und Revers, drei baumwollene Taschentücher mit Spitzenrand, eine schwarze Wollmütze mit lederner Krempe, zwei blaue Unterhosen, ein weiteres Paar Strümpfe, drei wollene Handschuhe (zwei rechte und ein linker) und ein blauer Umhang aus Wolle mit schwarzem Seidenfutter und großer Kapuze, auf dem rechts von der Schließe mit goldenem Faden die Initialen RW aufgestickt waren.

Concepción erinnerte sich an den Tag, an dem sie in Robins Kleidern vom Dachboden gestiegen war. Der alte Mann hatte getobt. Es waren die ersten Kleider gewesen, die sie in diesem Land angezogen hatte; nun würden es ihre letzten sein. Sie nahm die Schere aus dem Nähkorb, schnitt ihre brüchigen Fußnägel so kurz wie möglich und zog die dicksten Strümpfe über, deren Wolle sich in der rauen Hornhaut verfing. Selbst mit den dicken Socken waren die Schuhe, die Gevatterin Lowe ihr mitgebracht hatte, noch zu weit. Sie musste die Schnallen richtig festziehen, dann würden sie halten, auch wenn sie an der Ferse scheuerten. Sie kümmerte sich nicht um den Schmerz, sondern genoss die Wärme der Kleider, den Geruch von Seife auf ihrer Haut. Ohne zu überlegen, griff sie wieder zur Schere und schnitt ihre Haare auf Ohrenhöhe ab. Es war, als würde das Gewicht vieler Jahre von ihren Schultern genommen. Selbst ihr Hals fühlte sich länger an.

»Nun, Concepción«, sagte sie laut, »wird es Zeit für den Brief.«

Im Schreibpult fand sie ein Stückchen Tinte, das Tintenfass, die Streusandbüchse und einen Gänsekiel mit spröder, verkrusteter Spitze. Concepción entdeckte auch die alten Briefe, die sie geschrieben hatte, als Jerónima noch eine Hoffnung war, die in ihr heranwuchs, und später ein Kleinkind, das mit seinem krummen Füßchen laufen lernte. Concepción spürte, wie ihr Kinn erzitterte, unterdrückte aber die Tränen. Sie entdeckte das wasserfleckige Blatt aus dem Buch des Piraten, auf dessen Seiten sie wieder und wieder den Namen *Jerónima* geschrieben hatte. Leere Blätter fand sie allerdings nicht. Wie sollte sie ohne Papier ihren Brief an Jerónima schreiben?

Du musst wohl oder übel zum Laden der Witwe Cole gehen und eine der bestickten Schürzen oder ein Halstuch gegen Papier tauschen, sagte sie sich. Besser noch, du tauschst sie gegen ein ganzes Buch, dann kannst du es mitnehmen und auf deiner Reise etwas hineinschreiben. Jerónimas Kleider waren so gut wie neu, da das Mädchen nie etwas trug, das Concepción bestickt hatte.

Gewiss würde die Witwe Cole ihr für die Sachen ein Buch mit leeren Seiten geben.

Andererseits hatte Nathaniel sie davor gewarnt, noch einmal nach Boston zu kommen, sonst werde man sie erneut ins Gefängnis werfen. Er hatte gedroht, sie an den Pranger zu bringen, wenn sie sich noch einmal in der Nähe seines Hauses blicken ließ, und der Laden der Witwe Cole war nur zwei Häuserblocks entfernt von der Merchants Row, in der Greenwood sein Warenlager hatte. Das konnte sie nicht riskieren. Sie wusste auch gar nicht, ob das Mädchen den Brief überhaupt lesen oder Rebecca ihren Teil des Abkommens einhalten und Jerónima die Wahrheit sagen würde. Bleib, wo du bist, sagte sie sich. Obwohl die Hexen freigelassen worden waren und keine Prozesse oder Hinrichtungen mehr stattfanden, hassten die Engländer die Indianer und Katholiken nach wie vor. Sie hatte mehr Feinde als Nathaniel Greenwood, darunter ihre eigene Tochter.

Ihr Hals tat schon weh, weil sie die Erinnerungen an ihre Tochter mühsam hinunterschluckte. Diese Qual war schmerzhafter als die Geburt, es war, als entfernte man ein lebenswichtiges Organ aus dem Körper, als reiße man ihr Herz mit den Wurzeln heraus.

»Sie wird als Engländerin aufwachsen«, hörte sie Tituba sagen. »Sie braucht dich nicht … Lass sie gehen. Und gräme dich nicht über ihren Verlust, denn sie ist deine wahre Fessel gewesen, Concepción. Jetzt kannst du dich von ihr befreien.« Doch nichts konnte die Erinnerung an die Geburt aus ihrem Körper löschen. »Das spielt keine Rolle mehr«, würde Tituba sagen. »Sie will dich nicht. Lass sie gehen.«

Der Brief, sie musste unbedingt den Brief schreiben. Nur der Brief konnte den scharfen Schmerz in ihrer Kehle lindern. Sie entdeckte den Almanach des alten Mannes auf dem Kaminsims. Vielleicht konnte sie auf die Rückseiten der Dokumente schreiben, die ihr der alte Mann hinterlassen hatte und die sie sich gar nicht anschauen wollte, auch wenn die Gevatterin Lowe darauf drängte. Sie aß das restliche Brot und die Butter, die die Nachbarin ihr gebracht hatte, und legte die übrigen Lebensmittel für den nächsten Tag in den Korb. Derart gestärkt, trug sie den Almanach auf die Türstufe und holte die Papiere heraus.

Die Heiratsurkunde. Ihren Kaufbrief mit dem Freilassungsvermerk in spinnenbeiniger Schrift. Das Testament des alten Mannes, das mit seinen Initialen in rotem Wachs versiegelt war und Thankful Seagraves Webb zu seiner Alleinerbin erklärte. Ein Päckchen, eingewickelt in fadenscheinigen Stoff, der ihr vertraut vorkam, ein Stück des gestickten *huipíl*, das sie getragen hatte, als sie auf dem Piratenschiff angekommen war.

Sie wickelte das Päckchen aus, ließ den Inhalt auf die Türstufe fallen und schlug die Hand vor den Mund. Zehn Banknoten aus Papier, jede mit einem Wert von fünf Pfund, die auf den 6. Januar 1691/1692 datiert waren.

Sie ist von robuster Gesundheit und kann lesen und schreiben, weshalb ich ihren Preis auf fünfzig Pfund Sterling festsetze …

So stand es im Kaufbrief, und der alte Mann hatte ihr den Preis zurückerstattet. Es lag keine Nachricht dabei. Sie schaute die Straße entlang, besorgt, die Gevatterin Thorn könnte am Brunnen herumlungern und sie beobachten. Sie nahm die Geldscheine und zählte sie noch einmal. Fünfzig Pfund. Das Geld gehörte jetzt ihr.

Concepción ging mit dem Almanach ins Haus und verriegelte die Tür. Sie hatte Durst, und ihr war ein bisschen schwindlig. Wäre sie nicht so verblüfft gewesen, hätte sie laut gelacht. Dann trank sie das Pint Ale, das die Gevatterin Lowe ihr gebracht hatte, trank es in tiefen Zügen aus dem Krug, und es war ein gutes, starkes Ale, das sie leichtsinnig, tapfer und sorglos machte. Wenn sie nun Robins Umhang über diese Kleider zöge und die Kapuze aufsetzte, um ihr Gesicht und die zweifarbigen Augen zu verbergen, und einfach als Mann verkleidet in den Laden der Witwe Cole trat? Sie brauchte keine Tauschware. Sie konnte einfach einen Geldschein nehmen und das Buch mit den leeren Seiten *kaufen*. Würde man sie in Robins Kleidern erkennen? Oder würde man sie einfach für einen Mann in Umhang, Kapuze und robusten Schuhen halten?

Du wirst es nie erfahren, wenn du es nicht versuchst, forderte sie sich selbst heraus.

67. Kapitel

Sie beobachtete ihre Hand, die das Bündel Geldscheine in die Innentasche des Wamses steckte. Dann schlängelten sich ihre Finger in die Handschuhe und zogen die Wollmütze über ihr Haar, bevor sie schwungvoll den Umhang überwarf. Sie beobachtete ihre Beine in der Kniehose, die mit raschen Schritten vom Hof stapften und in Richtung Neck marschierten. Sie roch die Seeluft und die kalte Erde. Ein feiner Nebel hing über der Straße. Viele Bäume am Neck waren über Nacht erblüht, als käme ein zweiter Frühling, und beiderseits der Straße wogte ein Rausch aus Rosa und Gelb, dazu links der grüne Fluss und rechts das schiefergraue Meer. Sie zog die Kapuze enger, damit der Wind sie ihr nicht vom Kopf wehte. Wieder und wieder sagte sie sich, dass sie nicht länger Thankful Seagraves war. Concepción war ertrunken, als sie ins Meer gesprungen war, und Thankful Seagraves war im Gefängnis gestorben. Sie war jetzt ein Mann mit kurzem weißem Haar und gutem Umhang, dessen Initialen R. W. lauteten. Sie sorgte sich nicht wegen ihres schlanken Körpers und der hellen Stimme, da die Leute nur sehen würden, was sie sehen sollten: einen Mann aus gutem Haus mit einem Fünfpfundschein in der Hand. Allerdings durfte sie nie den rechten Handschuh ablegen, sonst würde die kreuzförmige Narbe sie verraten.

Concepción staunte, wie rasch sie nun, da sie keinen schweren Hühnerkarren durch den Schlamm schieben musste, die drei Meilen nach Boston zurücklegte. Es waren nur wenige Leute unterwegs, und der Geruch von Gekochtem und Gebackenem, der aus den Häusern und Tavernen drang, verriet ihr, dass es Zeit fürs Mittagessen war. So kühn sie sich auch fühlte, wagte sie sich doch nicht in die Nähe von Greenwoods Laden. Daher machte sie einen großen Bogen um Merchants Row, Shrimpton's Lane und Pierce's Alley, wo sich die Lagerhäuser befanden, und näherte sich von der anderen Seite dem Dock Square. Der Laden der Gevatterin Cole lag an der Ecke Devonshire Street, zwei Häuserblocks von der Merchants Row entfernt. Concepción holte tief Luft, stieß die Tür auf und trat ein. Der Mut, den ihr das Ale verliehen hatte, war verflogen.

Drinnen hatte sich nichts verändert. Noch immer waren die gleichen Waren in der gleichen Weise auf den gleichen Tischen und Regalen angeordnet, und die Witwe Cole stand mit ihrem immergleichen Halstuch aus schwarzer Spitze höflich bei ihren Kundinnen. Die Damen im Laden drehten sich um und schauten Concepción an. Einen Moment lang verlor sie die Fassung, obwohl ihr Gesicht von der Kapuze verdeckt wurde, fühlte sich nackt und bedroht, doch dann grüßte die Witwe Cole sie mit einem »Guten Tag, Sir«, und die Damen wandten sich wieder ihren Hüten und Klatschgeschichten zu.

»Wurde nach dem Großvater benannt«, sagte eine von ihnen.

»Ich habe gehört, das Kind wurde ohne Gedärme geboren«, bemerkte die andere. »Es konnte keine Ausscheidungen von sich geben, die arme Seele.«

»Es muss furchtbar gelitten haben. Die arme Abigail.«

»Der arme Cotton. Sein erster Sohn.«

»Wie ich hörte, war der Kleine verhext. Cottons Vater hat eine Nachricht von einer der begnadigten Hexen erhalten, in der etwas von den Sünden der Väter stand. Sofort danach wurde das Baby krank.«

»Woher willst du das wissen, Deliverance?«

»Increase Mathers Küchenmagd ist die Mutter meiner Wäscherin.«

»Kein Wunder, dass Cottons Predigten in letzter Zeit so unsagbar traurig sind.«

»Bitte, meine Damen. Es sind noch andere im Laden, die sich vielleicht weniger für unsere häuslichen Schwierigkeiten interessieren.«

Concepción wusste genau, wo die Witwe Cole Notizbücher und Schreibzeug aufbewahrte, musste aber so tun, als kenne sie den Laden nicht, und lief daher ziellos umher. Ihr Blick fiel auf ein blaugraues Wolfsfell, das auf dem Tisch mit den Pelzen lag. Es war wunderbar gegerbt und geschmeidig und erinnerte sie an den Wolf in ihrem Garten, der die Erdbeerbeete zertrampelt und die Hühner überfallen hatte.

»Kann ich Euch helfen, Sir?«

Concepción zuckte zusammen.

»Ein Blankobuch«, antwortete sie mit betont rauer Stimme. Wenn sie etwas über feine Herren gelernt hatte, dann dass diese nur gesprächig wurden, wenn sie unter ihresgleichen waren.

Die Gevatterin Cole führte sie in die Ecke mit den Schreibutensilien.

»Soll es ein Kontenbuch sein oder ein einfaches Notizbuch?«

»Notizbuch«, erwiderte Concepción und wählte ein Exemplar mit unbeschnittenen Seiten und rotem Ledereinband aus.

»Ein exzellenter Geschmack, Sir. Das sind unsere schönsten.«

»Wie viel?«

»Sie werden über London aus Italien geliefert, müsst Ihr wissen.«

»Wie viel?«

»Ein Pfund Sixpence, Sir.«

Concepción nickte. Dann entdeckte sie eine Schreibgarnitur mit neuem Federkiel, einem Tintenfass aus Horn, einer braunen

Tintenstange, einem Stück Siegellack und einem kleinen Beutel Sand. All das wurde in einer Lederhülle aufbewahrt, die sich aufrollen ließ.

»Die Schreibgarnitur kostet zehn Shilling, Sir.«

»Die auch.«

»Sehr wohl, Sir.«

Concepción streifte den linken Handschuh ab und steckte ihn in die Tasche. Sie bemerkte ihre schwieligen Finger mit den abgebissenen Nägeln und entschied, dass sie gut zu ihrer Verkleidung passten. Sie nahm das Bündel Banknoten aus dem Wams und reichte der Witwe Cole einen Schein.

»Du lieber Himmel.« Die Frau kniff die Augen zusammen. »Fünf Pfund. Und vom letzten Jahr.«

Concepción schluckte, sagte aber nichts.

»Natürlich ist das kein Problem. Heutzutage nehmen wir in der Bay Colony alle Banknoten an. Leider habe ich nicht so viel Wechselgeld in Münzen, Sir. Vielleicht möchte der Herr sich noch etwas anderes aussuchen, damit der Betrag dem Wert der Banknote etwas näher kommt.«

Concepción entdeckte einige Schwerter im Regal und deutete auf ein kurzes Exemplar mit Elfenbeingriff. »Das Schwert. Wie viel?«

»Die Machete kostet eine Guinea, Sir, und für sechs Shilling kann ich Euch noch eine gute lederne Scheide mit Gürtel empfehlen. Sie wurde hier von unserem eigenen Gerber gefertigt.«

»Sehr gut«, sagte Concepción.

»Möchtet Ihr sie anprobieren, Sir?«

»Nein, danke.«

Die Witwe Cole legte Machete und Scheide neben das Blankobuch und die Schreibgarnitur. »Dürfte ich fragen, Sir, woher Ihr stammt? Eure Kleidung ist englisch, Eure Sprache jedoch nicht.«

Einen Augenblick lang geriet Concepción in Panik. Dann fiel ihr ein, was Nathaniel über die *Conception* erzählt hatte. »Kanada«, murmelte sie.

»Gewiss. Ihr müsst auf Kapitän Quelchs Schiff eingetroffen sein. Wie ich hörte, gehen die Reparaturen langsam vonstatten.«

Concepción brummte zustimmend.

»Werdet Ihr in Neuengland bleiben oder nach Westindien weitersegeln, Sir?«

Concepción wusste nicht, was sie sagen sollte. Ihr Puls hämmerte laut im Schädel. »Westindien. Bald.«

»Verstehe. Wie wäre es mit Proviant für die Reise, Sir? Ihr seid Euch gewiss bewusst, dass die Rationen an Bord nicht allzu üppig ausfallen und oftmals ungenießbar sind. Das Neueste für diesen Zweck ist dieses hervorragende getrocknete Wildbret, das die Wilden herstellen und Pemmikan nennen. Sie zerstampfen es mit getrockneten Früchten, und es schmeckt recht gut. Unser Paket umfasst eine Monatsration Pemmikan, eine Dose Zwieback und einen Topf vom feinsten Senf, den Ihr euch vorstellen könnt, Sir. Er reinigt Eure Nase ganz wunderbar, wenn der Geruch einmal unerträglich werden sollte. Dazu gibt es noch Wermut gegen Seekrankheit. Ich nehme an, Ihr habt Euer eigenes Geschirr, Gabel, Löffel, Becher und so weiter? Eure eigenen Decken? Ja, das dachte ich mir. Damit würde sich Eure Rechnung auf fast genau fünf Pfund belaufen.«

»Schön. Gut«, sagte Concepción, der allmählich flau wurde, weil sie sich schon so lange im Laden aufhielt. Das geschäftige Treiben auf der Straße verriet ihr, dass die Mittagsstunde vorbei war.

Die Witwe Cole rechnete ihre Einkäufe zusammen, steckte alles außer der Machete und der Scheide in einen Jutesack und gab ihr fünf Shilling Wechselgeld heraus. Concepción wusste, dass ihr mindestens noch eine Achtshillingmünze zustand, doch vielleicht wollte die Frau sie auf die Probe stellen. Sie beschloss, es nicht so genau zu nehmen.

»Für diese fünf Shilling kann ich Euch noch einen kleinen Krug von meinem eigenen Kirschlikör überlassen, Sir. Ein oder zwei Schluck, und Ihr schlaft wie ein Baby in der Wiege.«

Concepción nickte, worauf die Frau eine kleine hölzerne Flasche aus einer Schublade holte und in den Sack steckte. Concepción gab ihr die fünf Münzen zurück.

»Ich hoffe, Ihr habt guten Wind auf Eurer Reise, Mr R. W. ...« Die Witwe Cole klimperte mit den Wimpern, weil sie auf den Namen des Herrn hoffte.

Concepcións Augen fielen wieder auf das Wolfsfell. Makwa hatte auch ein Wolfsfell getragen, der Vater ihrer Mutter war ein *lobo* gewesen, und es war eine Wölfin gewesen, die die toten Söhne des alten Mannes säugte. »Wolf«, erwiderte Concepción. »Mr Wolf.«

Die Witwe Cole kicherte. »Sicher, das wäre ein passender Bettvorleger für die Reise. Glatte fünf Pfund.«

»Das wäre alles. Vielen Dank.« Concepción wandte sich zum Gehen, doch die Frau rief sie noch einmal zurück.

»Ihr werdet doch nicht Eure Machete vergessen, Mr Wolf.«

Concepción blieb wie angewurzelt stehen und zuckte zusammen. Dann drehte sie sich um, schnallte mit gespreizten Füßen den Gürtel um und stieß die Machete energisch in die Scheide. Aus einer Laune heraus ergriff sie die Hand der Frau, küsste die Fingerknöchel und sagte Lebewohl. Als Concepción sich noch einmal umdrehte, fächelte sich die Witwe Cole eifrig Luft zu, und die anderen Damen schüttelten kichernd die Köpfe.

Concepcións Herz schlug bis zum Hals, als sie mit dem schweren Sack über der Schulter den Laden verließ.

Sie nahm eine Abkürzung über den Market Place, um zum Hafen zu gelangen, wo sie sich bei einem jungen Mann nach der *Conception* erkundigte.

»Das da drüben«, sagte der Junge und deutete auf das erste große Schiff im Hafen. »Vierzehn Geschütze. Segelt nach Mexiko.«

»Gehörst du zur Mannschaft?«

»Schön wär's. Mein älterer Bruder ist drüben im Blue Cat und versucht anzuheuern. Es heißt, Käptn Quelch wär ganz schön streng. Streng, aber gerecht.«

Rebecca hatte gesagt, sie brauche sich nicht zu fürchten, diesmal handle es sich um ein anständiges Handelsschiff, kein Sklaven- oder Freibeuterschiff, sie werde als Passagierin und nicht als Gefangene reisen und wohlbehalten in Neuspanien eintreffen. Doch sie hatte beschlossen, keine Passagierin zu sein. Sie war im Gefängnis so mager geworden, dass ihr Körper nichts Weibliches mehr hatte. Ihre Monatsblutung war völlig ausgeblieben.

Sie ging bis ans Ende des langen Kais und überlegte, ob der Besuch bei der Witwe Cole eher klug oder töricht gewesen war. Immerhin wusste sie jetzt, dass sie als Mann durchgehen konnte, als ein Gentleman namens Wolf mitsamt der passenden Kleidung, den passenden Manieren und dem passenden Vermögen.

Sie ging zum Blue Cat hinüber und war versucht, sich im Gedenken an Tituba eine Pastete und ein Pint Ale zu genehmigen. Vielleicht würde sie dabei auch etwas über die Abreise der *Conception* aufschnappen. Doch das Papiergeld könnte Argwohn erregen, und Mary Black würde zweifellos an ihrem üblichen Tisch sitzen und jeden genau betrachten, der hereinkam. Mary Black würde sie nicht täuschen können.

Außerdem würde man in einer Taverne erwarten, dass sie redete, und sie war des Redens müde.

Auf den Straßen wimmelte es von Menschen, eine gute Gelegenheit, um in der Menge unterzutauchen. Sie ging mit ihrem Vorratssack zum Neck hinüber und schaute sich dann und wann um, ob ihr auch niemand folgte. Sie hängte den Sack über den anderen Arm, obwohl ihre Schultern schon von der Last schmerzten, und hielt die freie Hand am Griff der Machete. Sollte jemand sie erkennen, wäre sie bereit. Sie schritt mit gesenktem Blick dahin, weil sie fürchtete, eine der Bürgersfrauen, mit denen sie früher Handel getrieben hatte, könnte sie an ihren Augen erkennen.

Da ist die Papistin! Thankful Seagraves in Männerkleidern! Sie konnte es beinahe hören. Falls man ihre Verkleidung durchschaute, würde man sie an den Pranger stellen und erneut ins Verlies werfen. Sie wusste, dass ihr Tun gefährlich war, aber sie verspürte auch zum ersten Mal seit zehn Jahren etwas wie Heiterkeit.

68. Kapitel

Sie ertrank. Das Meer war kalt und schwarz, und sie sank rasch auf den Grund, schwer wie ein Stein. Etwas Weißes glitt an ihrem Gesicht vorbei. Sie sah Fangzähne und weiße starre Augen. Es war die Leiche von Pecas, die auf sie zutrieb. Sie trat danach, und die Knochen stoben auseinander und woben ein Netz um sie.

Verschreckt setzte sie sich in der Dunkelheit auf. Sie spürte einen Luftzug und hörte Wasser tropfen. Sie stand auf und fachte die Glut im Herd an, bis die Flammen loderten, legte Heu und einen weiteren Scheit nach. Seit drei Tagen fiel starker Regen, und die Luft war wie ein grauer Schleier. Selbst im Haus gefror ihr der Atem im Gesicht.

Wie lange war es her, dass Greenwood Sara Moors Bruder geschickt hatte, um ihr zu sagen, die *Conception* werde am Ende der Woche Segel setzen? »Der Herr sagt, am Freitag zur Mittagszeit am langen Kai sein. Heute ist Dienstag«, hatte der Junge verkündet. »Bettzeug mitbringen.« Sie schaute in den Almanach des alten Mannes, ob sie den Tag auch nicht verpasst hatte. Der Junge war am Dienstag, dem 23. Mai, da gewesen, und das Schiff würde am Freitag ablegen. Sie hatte Dienstag und Mittwoch im Almanach durchgestrichen, so dass heute Donnerstag, der 25., sein musste. Also würde sie morgen segeln und hatte weder den letzten Brief an Jerónima vollendet noch ihre Kleider und das Bettzeug gepackt. Was hatte sie nur in den letzten zwei Tagen getan?

Sie war mit Gevatterin Lowes Korb in den Wald gegangen,

um Nadeln und Zapfen der Schierlingstanne zu sammeln. Damit würde sie die Motten von der Truhe fernhalten, die sonst die Stickereien für ihre Tochter zerfräßen. Außerdem sammelte sie Rohrkolben, um eine Puppe für Jerónimas neunten Geburtstag zu basteln. Sie würde aussehen wie jene, die Makwa in Concepcións Traum gemacht hatte, viel einfacher als ein Maishülsenpüppchen. Für die Schürze schnitt sie ein Stück aus dem Leinenfutter ihres Nähkorbs, flocht Zöpfe aus ihren eigenen abgeschnittenen Haaren und stickte die Zahl 9 auf die Schürze der Puppe. Diesmal stickte sie nicht *Jerónima* darauf, sondern einen Stammbaum, auf dem drei Namen zu lesen waren: der Name ihrer Mutter in Grün, ihr eigener in Schwarz und Jerónimas in Blau. Als sie fertig war, legte sie die Neun-Jahres-Puppe mit den Puppen Nummer zwei und Nummer drei auf die Schürzen und Halstücher in der Truhe. Die *china poblana* wollte Concepción selbst mitnehmen, als einzige Erinnerung an ihre Tochter.

»Pass gut auf diese Dinge auf, Madre«, bat sie die gestickte Jungfrau, die noch schöner war, nachdem sie die Worte *Gebenedeit bist du unter den Frauen und gebenedeit ist die Frucht deines Leibes* in englischer Sprache und kunstvoller Schrift unter den Halbmond gesetzt hatte. Sie breitete das Bild der Jungfrau wie eine Decke über die Puppen.

Außer den Puppen würde sie auch das Schreibpult zurücklassen, in dem bereits der Almanach und die anderen Dokumente lagen – das Testament des alten Mannes, die Heiratsurkunde, der Kaufbrief mit der schriftlichen Freilassung, die Besitzurkunde für das Haus und sogar die Seiten, die sie an Bord der *Neptune* geschrieben hatte – alles, was mit Thankful Seagraves zu tun hatte, und dazu die alten Briefe von Concepción. Einen letzten Brief musste sie noch vollenden. Worauf wartete sie eigentlich?

Das Blankobuch lag auf dem Schreibpult, daneben der feine Gänsekiel, der zu der Schreibgarnitur gehörte, und das Tintenfass.

Die ersten Blätter waren vorn und hinten mit einer einfachen Schreibschrift ohne Verzierungen bedeckt, doch sie konnte sich nicht daran erinnern, es geschrieben zu haben. Im Gegensatz zu den anderen Briefen war dieser nicht in Concepcións Muttersprache verfasst. Er war nicht an das Mädchen gerichtet, das zweisprachig erzogen wurde, sondern an eine junge Engländerin, die ihre leibliche Mutter vermutlich vergessen hatte.

Roxbury, 21. Mai 1693 (Sonntag)

Meine liebste Tochter, Herz meines Lebens,

falls Du Dich überhaupt an mich erinnerst, wirst Du Dich an Thankful Seagraves erinnern, Deine Halbblutmutter, die zu fürchten und abzulehnen man Dich lehrte. Ich trage es Dir nicht nach, dass Du verwirrt warst, denn in Deinen Kinderaugen, im Wahnsinn der Hexenprozesse und Verfolgungen durch verstockte Männer muss es wirklich ausgesehen haben, als wollte ich, die so ganz anders war, Dir wehtun, wenngleich Du inzwischen vielleicht verstehst, dass Deine eigene Angst schlimmer war als jede Hexerei.

Ich muss jedoch gestehen, dass ich mich schuldig gemacht habe. Als man mich an dieses Gestade brachte und der Pirat mich verkaufte, wollte ich sterben. Ich wollte mich im Meer ertränken. Ich war so allein. Ich fürchtete mich vor der Sklaverei und den Männern, die mich verschacherten wie ein Stück Vieh.
Selbst jetzt noch, nach zehn Jahren, sehe ich mich von diesem Schiff springen.

Der rebozo gleitet mir von den Schultern. Ich höre Schüsse und Rufe hinter mir. Spüre, wie meine Knie hart gegen die Außenwand des Schiffes schlagen. Meine Hände greifen nach der Takelage. Die Muskeln in meinen Schultern werden über-

dehnt, und mein Körper schwingt über die Reling, verharrt einen Moment in der Luft, und dann versinke ich, sinke schnell und schwer hinunter zu Aléndula, tief auf den Meeresgrund. Im Wasser wirst du frei sein, höre ich Aléndula sagen. Für eine cimarrona gibt es immer einen Ausweg …

Durch einen Schleier von Tränen las sie, wie die gescheiterte Flucht weitergegangen war. Kein Wunder, dass sie aufgehört hatte zu schreiben. Die Worte stürzten sie zurück in die dunklen Wasser der Verzweiflung, und es war, als hätte sie sich den Federkiel ins Herz gestoßen und mit ihrem eigenen Blut geschrieben.

Doch mein Körper wollte nicht ertrinken, und es gelang mir nicht, dem Schicksal der Thankful Seagraves zu entfliehen. Später begriff ich, dass Du es warst, die schon in mir heranwuchs und mich zwang zu leben, obwohl diese Tatsache später als Beweis für meinen Pakt mit dem Teufel angeführt wurde. Ich sei nicht untergegangen, sondern wie eine Hexe auf der Wasseroberfläche getrieben, sagte der Richter, der Atem Satans habe mich getragen. Was für ein Unsinn. Es war ein Pirat, der mich aus dem Wasser zog.

Im Gefängnis hatte ich viel Zeit, über Dich nachzudenken, Jerónima, und mir wurde klar, dass uns, obwohl wir einander als so unterschiedlich empfanden, doch etwas sehr Bedeutsames verband. Aus verschiedenen Gründen wurden wir beide von unseren Müttern getrennt. Seltsam, wie sich die Geschichte des Blutes wiederholt. Ich war drei Jahre älter, als Du jetzt bist, als meine Mutter den Mann, der mich gezeugt hatte, zwang – noch eine Gemeinsamkeit, das Fehlen der Väter –, mich einem Kloster zu übergeben, um mich vor den sogenannten bestias humanas in der Taverne zu schützen, die sie für ihn führte.

Mein Vater war ein hidalgo, ähnlich wie Nathaniel Green-

wood, um Dir seinen Stand besser zu verdeutlichen. Seine Mutter war Äbtissin eines Klosters in der Stadt. Ich glaube nicht, dass meine Mutter wirklich begriff, was sie von ihm verlangte und was es für mich bedeutete, dem Kloster verpflichtet zu werden. Keiner von uns verstand das. Wir hatten nur gehört, dass ich in der Sicherheit des Klosters leben könnte, und so übergab mich mein Vater für mindestens fünfzehn Jahre dem Haus von San Jerónimo. Erst nachdem ich dort eingetroffen war, stellte sich heraus, dass ich das Kloster vor Ablauf der vertraglich vereinbarten fünfzehn Jahre nicht verlassen durfte. Sieben Jahre später ging meine Mutter zusammen mit Don Federico aus Mexiko weg. Sie teilte mir nicht mit, dass sie das Land verließ, und verabschiedete sich auch nicht, sondern schrieb nur einen Brief an meine Herrin, in dem sie ihren plötzlichen Aufbruch erklärte. Ich wollte nicht glauben, dass sie mich verlassen hatte, doch als ich die vivienda über der Taverne betrat, in der wir gewohnt hatten, war diese wie ausgeplündert. Alles war weg, sogar die Möbel. Mir war nur die Erinnerung an meine Mutter geblieben, und die konnte ich überallhin mitnehmen. Aus diesem Grund ließ ich mich von Aléndula dazu überreden, aus dem Kloster zu fliehen. Wäre ich nicht geflohen, hätte ich mich nicht als cimarrona ausgegeben, so wäre ich im Kloster geblieben, in meinem eigenen Land, und Du wärst nie geboren worden, liebste Tochter einer Mestizin und eines Piraten. Wie sehr ich auch in diesem Land gelitten haben mag, ich würde alles noch einmal tun, um Dich auf die Welt zu bringen, hija mia.

Sie hörte ein Kratzen an der Tür. So hatte Pecas früher gekratzt, wenn sie hungrig war oder hereingelassen werden wollte. Concepción meinte, jemanden im Zwielicht vor dem Fenster stehen zu sehen. Odey, hörte sie, komm mit uns, Odey. Sie eilte zur Tür und betete, es möge nicht Gevatterin Thorn oder Temperance Lowe sein, sondern Makwa, die ihr einen anderen Weg weisen würde. Doch draußen war nur ein wilder Truthahn, der im Schmutz des Scheunenhofs scharrte. Vor Enttäuschung traten ihr Tränen in die Augen. Weshalb dachte sie an Makwa? Sie war allein. Allein mit dem Regen und dem fernen Geheul der Wölfe. Früher hatte das Heulen sie beunruhigt, weil der Wolf die Hühner jagte und ihre Gemüsebeete zertrampelte, doch nun hieß sie die Geräusche willkommen. Jedes Geräusch, das die schwere Stille durchbrach, war ein Segen. Sie streichelte über das Bild der Wölfin auf dem roten Band, dem Andenken an den alten Mann, der sie aus Knechtschaft und Elend befreit hatte. Sie stellte sich vor, es sei das Geheul ihres eigenen Wolfsherzens, das sie hörte, das Geheul einer Mutter, die von ihrem Jungen getrennt wurde.

Es war Zeit, den Brief zu beenden. Ihr blieb keine andere Wahl.

Sie setzte sich auf einen der Heuballen nah am Feuer, balancierte das Schreibpult auf den Knien, rührte mit der spitzen Feder die glänzende Tinte um und setzte den Brief fort. Sie ließ die Wunden der Erinnerung durch die braunen Lettern bluten.

Vor zehn Jahren wurde ich als Sklavin auf einem Piratenschiff verkauft. Woher sollte ich wissen, dass ich in diesen zehn Jahren ein ganzes Leben durchleben oder eine wunderschöne Tochter zur Welt bringen würde, die ich in die Obhut einer anderen würde geben müssen? …

69. Kapitel

Als sie fertig war, dämmerte es. Ein ganzer Tag war vergangen. Sie rollte den Brief zusammen, versiegelte ihn und legte ihn ins Schreibpult. »Lebewohl«, sagte sie zu dem Schreibpult. »Du hast mir gute Dienste geleistet.« Zuletzt legte sie ihr Hochzeitskleid in die Truhe. Auf der Reise würde sie kein Kleid benötigen, doch die Weste aus blauem Samt wäre nützlich in der Kälte; sie konnte sie unter Robins Wams tragen, was ihr zusätzlich Statur verleihen würde. Sie bestreute das Kleid mit Kiefernnadeln und schloss den Deckel der Truhe.

Der Regen hatte aufgehört, doch das Wasser tropfte noch aus der Traufe. Sie öffnete die Tür. Der ganze Hof stand unter Wasser, und vom Meer her wehte ein frischer Wind. Sie stand einfach da und ließ sich den Wind ins Gesicht blasen. Es wäre nicht ratsam, vor der langen Reise eine Krankheit zu riskieren, aber sie genoss die kalte Luft auf ihrer Haut. Von der Türstufe aus schaute sie in den Garten, entdeckte die Bergamottepflanzen in der Nähe der Tür, den Spargel und die Gartenwicken, die plötzlich in den schiefen Gemüsekästen gesprossen waren. Die hatte sie vor langer Zeit gezimmert, nachdem das Fieber vergangen war und Jerónima wie ein schmales, blau-weißes Fischlein in ihren Armen zappelte.

Der Mond war ein Segelschiff, das aus einem stürmischen Himmel tauchte, und die Wolken zogen wie dunkle Segel über sein narbiges Gesicht. Im Westen klaffte wie ein dunkler Mund der Wald, in dem die Wölfe und Indianer lebten, in dem Makwa sie einstmals Odey genannt und eingeladen hatte, sich ihren Leuten anzuschließen. Im Osten warteten der Ozean und das Schiff, das sie, einen freien Menschen, aus Neuengland wegbringen würde. Die *Conception.*

Da begriff sie, was ihr Name in Wahrheit bedeutete. Er war eine Idee. Ein Anfang.

Concepción brach beim ersten Morgenlicht in ihren Männerkleidern nach Boston auf, die Kapuze ins Gesicht gezogen, die Machete tief auf den Hüften. Sie trug alles, was sie mitnehmen wollte, in ihrem Bettzeug bei sich: die *China-Poblana*-Puppe, das Blankobuch und die Vorräte, die sie bei der Witwe Cole gekauft hatte, ihre Lieblingsbücher, die sie beim alten Mann kennengelernt hatte – Mary Rowlandsons *Erzählung über die Gefangenschaft* und Anne Bradstreets *Die zehnte Muse* – sowie Robins sämtliche Kleidungsstücke. Die *Conception* würde genau zur Mittagsstunde ablegen, doch eines musste sie erledigen, bevor sie Neuengland verließ. Sie musste ihre Tochter ein letztes Mal sehen, so gefährlich es auch sein mochte.

»Ich habe sie sogar in eine neue Schule gegeben, bei Mrs Cook, gleich um die Ecke von der Lateinschule, so dass Caleb sie jeden Tag dorthin bringen und abholen kann«, hatte Rebecca gesagt.

Ihr Plan war ganz einfach. Gegenüber der Lateinschule befand sich der Friedhof der King's Chapel. Sie würde dort umherspazieren und die Grabsteine betrachten, bis das Mädchen zur Schule kam. Sie hatte indes nicht bedacht, dass das Gewicht des aufgerollten Bettzeugs ihren Schritt verlangsamte. Bis Concepción den Neck überquert, durch die Orange Street, Marlborough Street und Newbury Street gegangen und schließlich die School Street nahe der South Church erreicht hatte, läuteten bereits die Glocken. Bitte, *Virgencita,* betete Concepción, lass mich nicht zu spät kommen. Panik ergriff sie, als ihr klarwurde, dass sie gar nicht wusste, wo genau sich die Schule des Mädchens befand. Dann entdeckte sie eine Gasse namens Cook's Court, dort musste sie sein. Mach, dass sie dort ist. Mach, dass sie heute nicht fehlt. Mach, dass ich sie nicht verpasse. Sie sah eine Gruppe Kinder, die sich vor einem roten Ziegelhaus aufstellten, doch ihre Tochter war nicht unter ihnen.

Concepción ging zum Friedhof hinüber, noch immer betend. Bitte, Madre, lass sie mich ein letztes Mal sehen. Mehr verlange ich nicht von dir. Das Bettzeug lastete schwer auf ihrem Rücken. Sie legte es neben einen Grabstein und schaute sich in alle Richtungen nach ihrer Tochter um. Concepción spürte, wie ihr Herz gegen die Rippen schlug. War sie das, die mit dem jungen Mann die Beacon Street entlangkam? Ja, sie war es! *Gracias, Madre!* Das Mädchen trug ein Damastkleid und darüber einen einfachen rosa Kittel. Die goldenen Haare quollen offen aus der rosa Haube. Jerónima, hätte sie am liebsten gerufen. Concepción schluckte das Schluchzen in ihrer Kehle hinunter. Das Mädchen ging Hand in Hand mit Caleb. Beide hatten einen Beutel mit Büchern dabei und sahen aus wie jüngere Abbilder von Rebecca und Nathaniel. Gegenüber der King's Chapel blieb das Mädchen stehen, als spürte es die Gegenwart seiner Mutter, und wandte sich zu dem Friedhof, auf dem Concepción wie eine kapuzenverhüllte Statue wartete.

Soy yo, tu madre, sagte sie lautlos.

Das Mädchen schaute weiter zu ihr herüber. Concepción hielt die Luft an. Ihre Glieder waren steif wie Holz geworden, Tränen rannen ihr über Gesicht und Hals. Jerónima neigte kaum merklich den Kopf, zuckte die Achseln und sagte etwas zu Caleb, bevor sie weiter zu Mrs Cooks Schule gingen. Concepción musste ihre ganze Willenskraft zusammennehmen, um ihnen nicht nachzulaufen und das Mädchen in ihre Arme zu reißen.

»Adiós, hija de mi vida. No me olvides«, flüsterte sie. Vergiss mich nicht.

Concepción entfernte sich vom Friedhof, in ihrer Kehle brannten tausend Nadeln. Ihr Herz war wie ein Nadelkissen, vielfach durchbohrt. Sie weinte den ganzen Weg bis zum Hafen, verborgen unter der Kapuze. Sie schaute lange aufs Meer hinaus, auf das Gedränge der Boote im Hafen, die emsigen Ladearbeiten auf der *Conception.* Sie dachte an die Reise, die sie innerhalb von fünf oder sechs Wochen bis zur Insel Kuba bringen und vielleicht noch länger dauern würde, wenn das Schiff unterwegs verschiedene Häfen ansteuerte. Von dort aus musste sie nach Veracruz gelangen. Was würde sie dann tun? Sie konnte sich nicht vorstellen, im heißen Dschungel von Veracruz zu bleiben, doch wenn sie in das Kloster in Mexiko zurückkehren wollte, musste sie den langen Weg von der Küste über die Berge zurücklegen. Ob zu Fuß oder mit einem Maultier, es würde noch länger dauern als die Seereise. Würde sich Sor Juana überhaupt an sie erinnern oder sie als Schreiberin wünschen? Wollte sie überhaupt wieder eine Schreiberin sein, bis an ihr Lebensende im Kloster eingeschlossen? Würden die Nonnen sie die letzten acht Jahre ihres Vertrags ableisten lassen? So viele Fragen, so wenige Antworten. Sie wusste nur, dass sie nie wieder eine Sklavin sein wollte. Oder eine Gefangene. Oder eine Mutter.

So groß das Heimweh in all den Jahren auch gewesen sein mochte, wurde ihr nun klar, dass Mexiko sie nicht mehr lockte. Das Leben in Mexiko war ihr plötzlich so fern wie ihre eigene Tochter. Sie hatte die Haut von Concepción Benavídez, Thankful Seagraves und Mistress Tobias Webb abgestreift und war nun ein Rätsel im Wolfskleid, das sein Schicksal frei wählen konnte. Sie hatte eine Vergangenheit in Mexiko, ein Kind in Boston und vor sich den Atlantischen Ozean. Vielleicht war dies ihr wahres Schicksal. Kein Kloster, kein enger Raum, sondern das offene Meer, auf dem sie zwischen Neuspanien und Neuengland leben könnte. Sie sah schon, wie sie Kapitän Quelch ansprach und ihre Dienste als Koch oder Buchhalter, als Schreiber oder Übersetzer anbot – sie besaß viele Fähigkeiten. »Welch glücklicher Wind hat Euch hergeweht«, würde der Kapitän sagen. »Willkommen an Bord, Mr Wolf.« Ja, das würde ihr neues Schicksal sein: zwischen den Welten zu leben, mit ihrem Herzen als einzigem Anker und keiner anderen Heimat als der Erinnerung.

Epilog

Der Scheiterhaufen

Hanna Jeremiah

(Roxbury 1704)

Das Haus von Großvater Tobias steht seit elf Jahren leer. Die Zaunwinde hat die steinernen Wände verhüllt; Efeu überdeckt das Strohdach und den Schornstein. Selbst das Fenster ist unter der Last der Ranken verborgen. Ein bogenförmiger Türsturz aus violettem Efeu beschattet die Tür, und die Haspe ist so rostig, dass ich keinen Schlüssel brauche. Das Schloss fällt in meiner Hand auseinander. Von der Türstufe aus rieche ich nur feuchte Erde und alten Hühnermist. Obwohl es ein klarer Oktobermorgen ist, die Zaubernuss beim Brunnen in voller Blüte steht und die Sonne auf dem Schnee glitzert, der im Umkreis des Hauses noch nicht weichen will, fällt nur blauviolettes Licht durchs Fenster. Meine Augen brauchen einen Moment, bis sie sich an das blaue Halbdunkel gewöhnt haben.

Die Wände sehen seltsam aus, irgendwie lebendig, als würden sich Lebewesen an den Steinen auf und ab bewegen. Im Raum herrscht eisige Kälte, und ein Luftzug, der nicht aus dem Kamin kommt, trifft mein Gesicht. Ich wende mich zum Fenster und entdecke, dass jemand den ganzen Fensterflügel entfernt hat. Hinter den verrotteten hölzernen Läden hängt ein Vorhang aus Eiszapfen von den Ranken der Zaunwinde. Jetzt wird mir klar, dass es Zaunwinde ist, die hier drinnen an den Mauern wächst. Alles ist von blühender Zaunwinde überwuchert, und alle Wände außer der am Herd sind mit einem Teppich aus trompetenförmigen blauen Blumen bedeckt. Sie sind es, die dem Raum diesen unheimlichen blauen Schimmer verleihen. Der Herbst war warm, und der Altweibersommer dehnte sich bis spät in den Oktober, doch nach dem ersten Schneefall müsste die Zaunwinde eigentlich verwelkt sein.

Ein Schauer überläuft mich. Ich erinnere mich sehr deutlich an den Traum von der Kapuzengestalt, die auf einem Friedhof stand und mich eindringlich anschaute, und ich spüre, wie das Gespenst von Thankful Seagraves über mein Grab läuft. Oh, Mama Becca, warum hast du mich hierzu gezwungen? Ich laufe nach draußen, würde am liebsten in den Wagen steigen und das Pferd im Galopp die drei Meilen zurück nach Boston jagen, zurück an den sonnigen Herd in meinem gemauerten Haus, wo ich sicher bin vor der Erinnerung an Thankful Seagraves. Mach kein Theater, Hanna, kann ich Mama Becca förmlich sagen hören. Sei vernünftig. Geh hinein und bring es hinter dich.

Der Himmel ist unglaublich blau; die blühende Zaubernuss spritzt dottergelbes Licht aus ihren grauen Zweigen, und die Luft riecht scharf nach Holzrauch. Das ist es, was ich brauche, ein Feuer. Vielleicht wird ein Feuer helfen, das Zittern zu vertreiben, obwohl ich bezweifle, dass es das Beben in meiner Kehle lindern kann. Aus dem kleinen Acker hinter der Scheune, auf dem Thankful Seagraves Mais, Bohnen und Kürbisse zog, ist eine Heuwiese geworden. Ich finde kein Klafterholz, doch die Scheune mit dem eingestürzten Dach und den herabgefallenen Balken liefert genügend Brennstoff.

Im Haus meide ich den Blick auf die Blumen. Der Raum ist kahl bis auf einige Heuballen, die wie Möbel umherstehen, einen alten Handfeger, der von Spinnweben bedeckt auf dem Kaminsims liegt, einen Eimer mit Tannenzapfen und eine dicke Ascheschicht im Herd. Verschwunden ist der lange Eichentisch, an dem sich die Familie jeden Donnerstag zum Abendessen versammelte. Großvater Tobias pflegte am Kopf zu sitzen, Mama Becca auf der Sitzbank mit der Lehne, und Caleb und ich quetschten uns nebeneinander auf die Bank, während Thankful Seagraves das Essen auftrug. Verschwunden ist das Himmelbett, in dem Großvater Tobias den Tag verbrachte, wenn er nicht im Lehnstuhl am Feuer las. Der blaulackierte Schrank mit der Wäsche, die Anrichte mit dem Geschirr und den Kochutensilien, selbst die Leiter, die auf den Dachboden führte, auf dem Thankful Seagraves schlief – all das ist verschwunden. Nur die leere Hülle aus Mauern, Lehmboden und schmutzigem Herd ist geblieben.

Ich nehme den Handfeger und kehre die Asche vom Kamingitter, unter dem ich zwei verrostete Kaminböcke entdecke. Es gibt auch einen Haken, mit dem sich der Rauchfang öffnen lässt. Zuerst rührt sich nichts, und ich ziehe und zerre mit aller Kraft, wobei ich mir die Schulter verrenke, bis er sich schließlich knarrend öffnet. Ein Lichtstrahl fällt durch den Schornstein, und eine Handvoll Eiszapfen zersplittert auf den aschebedeckten Steinen. Ich schleppe Holz aus der Scheune herbei und fasse jedes Stück vorsichtig an, da es splittrig und verfault ist. Ich werfe die Holzstücke auf das Kamingitter, eine Aschewolke steigt auf. Thankful Seagraves bewahrte die Zunderbüchse im Ofen auf, und ich taste in der verrußten Höhlung, bis ich sie gefunden habe. Sie enthält einen Schlüssel, ein Stück Feuerstein und einen Schlagstein. Der Schlüssel gehört nicht hierhin, also muss Thankful Seagraves ihn absichtlich dagelassen haben. Ich schlage den Feuerstein, und ein starker Funken springt auf das Heu über, das ich als Zunder aufgeschichtet habe. Vom Rauch muss ich husten. Als das Feuer richtig brennt, lege ich Heu und Kiefernzapfen nach und puste, bis das alte Holz endlich Feuer fängt und der Rauch durch den Rauchfang nach oben steigt.

Als das Licht des Feuers die dunklen Ecken erhellt, entdecke ich sie. Dort, wo das Bett von Großvater Tobias gestanden hat, unter einem Stapel Heuballen. Ich hebe die Ballen herunter, und das Licht schimmert auf den kupfernen Scharnieren der Truhe.

Die Angst hämmert in meiner Brust, und die Erinnerungen, die ich jahrelang unterdrückt habe, ziehen nun wie die bunten Quadrate eines Kaleidoskops an meinen Augen vorbei. Eine Bewegung an der Wand lässt mich aufblicken. Alle Blüten haben sich geschlossen, sind zu schlaffen Hüllen geworden, die träge von den Ranken baumeln. Ich spüre, wie mir schwindlig wird, und setze mich auf einen Heuballen. Kämpfe gegen den Wunsch an, einfach davonzulaufen. Versprochen ist versprochen.

Wovor fürchte ich mich so?

Ich wackle mit dem Schlüssel im rostigen Schloss, bis ein Klicken ertönt. Der Kieferngeruch ist überwältigend. Ich schöpfe mit beiden Händen vergilbte Kiefernnadeln und spröde Zapfen heraus und entdecke als Erstes ein blau-gelbes Kleid. Der Satin schimmert noch, obwohl er fleckig und am Saum von Motten zerfressen ist. Das Kleid kommt mir bekannt vor, aber ich kann es nicht einordnen. Ich spüre, wie eine Erinnerung aus dem dunklen Schlupfwinkel drängt, den ich tief in der Vergessenheit vergraben wollte. Ich nehme das Kleid heraus und halte es mir vor. Zu meinem Erstaunen ist es mir zu kurz. Warum nur ist Thankful Seagraves in meiner Erinnerung so groß, größer noch als Mama Becca? Vielleicht war es mein Traum, der sie so groß erscheinen ließ. Ich falte das Kleid zusammen und beschließe, es mitzunehmen. Sicher kann ich den Stoff für die Mädchen verwenden. Was ich dann sehe, lässt mich zu Eis erstarren. Ich kann meinen Augen nicht trauen, kneife sie zu und öffne sie wieder, doch es ist immer noch da: eine Stickerei mit dem schlimmen Bild von der Indianerin im Umhang, die von Flammen umgeben auf einem schwarzen Halbmond steht. Noch blasphemischer wird es durch einen Vers aus dem papistischen Ave Maria, der in Spanisch und Englisch um das Bild herum gestickt ist. Wie konnte sie es wagen? Wie konnte sie mir etwas so Verderbtes hinterlassen? Ich werfe das Ding zu Boden, als hätte ich mir an den Flammen die Finger verbrannt, und entdecke darunter drei Püppchen. Ich lege sie auf das Kleid, kann sie nicht anschauen. Ich muss weitermachen.

Danach hole ich eine bestickte Tasche heraus. Noch mehr Erinnerungen, bei denen mir flau wird. Ich finde Schürzen, Halstücher, Hauben – alle von Thankful Seagraves' geschickter Hand bestickt, mit Mustern aus Blättern, Vögeln und Blumen. Alles in zwei Größen, denn sie wollte uns zu Zwillingen machen und die gleichen Bilder für uns beide sticken. Wie habe ich es gehasst, die gleichen Dinge wie sie zu tragen. Darum habe ich auch alles zurückgelassen, als ich endgültig zu Mama Becca zog. Erst jetzt, wo so viele Jahre zwischen uns liegen und der Einfluss, den Thankful Seagraves auf mich genommen hat, geschwunden ist, kann ich mir eingestehen, wie ungewöhnlich, schmuckvoll und sorgfältig diese Stickarbeiten sind. Dennoch werde ich sie nicht behalten. Sie stammen alle von der Hand der Hexe, die mich geboren hat, und ich kann sie nicht in meinem Leben und dem meiner Kinder dulden. Vielleicht dachte Mama Becca, ich wolle die Dinge aus der Truhe aufheben, und hat mich deshalb auf diesen elenden Botengang in die Vergangenheit geschickt. Aber nein, diese Dinge liegen mir ganz und gar nicht am Herzen, und ich würde sie eher verbrennen, als das Risiko einzugehen, Thankful Seagraves von den Toten zurückzuholen. Ich gehe einfach davon aus, dass sie nach all diesen Jahren tot sein muss.

Für mich ist sie jedenfalls tot.

Ich rolle die Stickereien zusammen und lege sie auf den Lehmboden, wobei ich gegen den Impuls ankämpfe, zwei Schürzen für meine kleinen Mädchen mitzunehmen, eine mit Schmetterlingen, die andere mit Veilchen. Fast habe ich mir eingeredet, dass es Sünde sei, den guten Stoff zu verschwenden, entdecke dann aber, dass mein papistischer Name – *Jerónima* – in schwarzem Faden auf jeden Saum gestickt ist. Ich lege die Schürzen zu den anderen Dingen, die ich verbrennen werde.

Was bitte soll ich mit den drei Püppchen anfangen? Ursprünglich hatte Thankful Seagraves acht davon gemacht, eine für jeden Geburtstag. Alle bestanden aus Maishülsen, die mit Heu gefüllt und in fremdartige bunte Unterröcke und gehäkelte Blusen, bunte Hauben und perlenbestickte Halstücher gekleidet waren. Jede trug eine kleine Schürze, die mit einem Motiv passend zur Anzahl meiner Lebensjahre bestickt war, und in der Mitte prangte in schwungvoller Schrift der verfluchte Name *Jerónima.* Die Puppe, die sie zu meinem zweiten Geburtstag machte, trägt den Namen in roter Schrift, flankiert von zwei grünen Kolibris. Die Drei-Jahres-Puppe trägt den Namen in hellblauer Schrift über drei Fischen. Ich frage mich, was aus den anderen Puppen geworden ist. Ich weiß genau, dass ich sie nicht mitgenommen habe. Habe ich sie vielleicht in den Fluss geworfen, wie ich es angedroht hatte? Hat Mama Becca sie versteckt, verbrannt oder verschenkt? Es ist egal. Ich habe die Püppchen ohnehin gehasst, weil sie diesen hässlichen papistischen Namen trugen und Erinnerungen an die alte Frau heraufbeschworen, die Kinder mit Püppchen verhexte. Selbst jetzt schaudert es mich, wenn ich an den Prozess denke.

Ich war noch ein Kind, vier oder fünf Jahre alt. Es war, bevor ich zu Mama Becca in Pflege kam. Thankful Seagraves nahm mich mit zu einem Prozess, bei dem eine Frau der Hexerei beschuldigt wurde. Sie war eine Papistin, die kein Englisch sprach. Auch Tituba war dort und Sara Moor und die Tochter der Frau, die man beschuldigte, Kinder mit Püppchen verhext zu haben. Ich weiß noch, wie sehr ich mich plötzlich fürchtete, als mir klarwurde, dass Püppchen böse sein können. Ich hatte doch so viele von ihnen, und alle stammten von der papistischen Frau mit den zweifarbigen Augen und der gespaltenen Zunge, die meine Mutter war. In diesem Augenblick begriff ich, dass ich nicht die Tochter von Thankful Seagraves sein wollte.

Ich hebe die Püppchen wieder auf, bringe es aber nicht über

mich, sie zu verbrennen, jedenfalls nicht die beiden aus Maishülsen. Es waren meine Puppen, und ich habe mit ihnen gespielt, bevor Mama Becca mir klarmachte, wie hässlich sie doch waren. Jetzt kommen sie mir nicht mehr hässlich, sondern nur einsam vor. Den Zwillingen werden sie sicher gefallen. Solches Spielzeug haben sie nicht. Ich muss nur die Schürzen mit den unerwünschten Namen abnehmen und neue nähen. Die Neun-Jahres-Puppe macht mir Angst. Ich habe sie nie zuvor gesehen. Sie besteht nicht aus Maishülsen, sondern aus Rohrkolben und trägt nur eine Schürze aus einem Stück Leinwand, die mit der Zahl 9 und einem schwarzen Muster bestickt ist, das ich nicht erkennen kann. Statt einer Haube hat sie Zöpfe aus echtem Haar, die mit grünen und roten Bändern durchflochten sind. Die Zöpfe selbst jedoch sind weiß und lassen sie wie eine alte Frau aussehen. Sollten dies etwa die Haare von Thankful Seagraves sein? Vielleicht färbte sich ihr hexenschwarzes Haar weiß, während sie so viele Monate im Verlies verbrachte. Sie muss sie gebastelt haben, bevor sie verschwand, und damit gerechnet haben, dass ich sie eines Tages finden würde, damit sie mich aus der Ferne, in der sie, lebend oder tot, all die Jahre zugebracht hat, immer noch heimsuchen kann.

Ich gehe mit der Rohrkolbenpuppe nach draußen, um mir das Muster auf der Schürze genauer anzusehen. Es ist eine Art Stammbaum, auf den in winziger Schrift drei Namen gestickt sind. Der zweite Name lautet *Concepción Benavídez* und der dritte *Juana Jerónima Benavídez*, doch den ersten kann ich nicht lesen. Ich drehe die Puppe hin und her, bis das Sonnenlicht im richtigen Winkel auf den Stoff fällt. Ich mache einen Tunnel aus meinen Fingern und spähe durch das kleine Loch am Ende, bis ich endlich entziffern kann, was dort steht: *María Clara Benavídez*.

María Clara Benavídez, Mutter von Concepción Benavídez, Concepción Benavídez, Mutter von Juana Jerónima Benavídez. Meine eigene papistische Ahnentafel.

Lieber Gott, was habe ich getan? Ich habe meine Tochter Clara genannt, nach der Mutter von Thankful Seagraves. Und der Name meiner anderen Tochter, Joanna, ist, wie mir jetzt erschreckend klarwird, die englische Version meines eigenen papistischen Vornamens Juana. Kein Wunder, dass Mama Becca so enttäuscht war. »Es muss im Blut liegen«, hat sie gesagt, und nun weiß ich auch, was sie damit meinte. Die Erinnerung, die im Blut weiterlebt, so dass ich mich, obwohl ich mich so gegen den papistischen Einfluss der Thankful Seagraves gewehrt habe, ihrem Vermächtnis eher angenähert als mich von ihm entfernt habe.

Ich brauche Luft. Ich brauche Wasser. Ich sehe den Brunnen auf der anderen Straßenseite und gehe hinüber, finde aber nur einen Haufen Steine darin. Er ist versiegt. Die Puppen fest umklammernd, setze ich mich unter die Zaubernuss, bis ich wieder ruhig atmen kann. Einerseits bin ich zornig, andererseits möchte ich wie ein verlassenes Kind weinen. Warum haben beide mir das angetan, zuerst Thankful Seagraves und jetzt Mama Becca? Warum zwingen sie mich, diese Qualen zu erdulden? Ich habe nicht die Kraft weiterzumachen und weiß dennoch, dass ich es zu Ende bringen muss. Die Sonne neigt sich in Richtung Fluss, und in wenigen Stunden wird es zu dunkel sein für meine Aufgabe. Caleb und die Mädchen werden sich sorgen, wenn ich bis Einbruch der Dunkelheit nicht zu Hause bin.

Ich gehe ins Haus und werfe die drei Püppchen in die Flammen. Die Maishülsen und Rohrkolben kräuseln sich rasch zu schwarzen Bündeln, der ganze Raum riecht nach versengtem Haar. Als Nächstes kommen die bestickten Hauben, Schürzen und Halstücher an die Reihe. Ich lege sie nacheinander aufs Feuer, um die Flammen nicht zu ersticken. Obwohl die Tür weit offen steht, ist der Rauch im Haus so dicht, dass ich draußen frische Luft schnappen muss. Als er sich verzogen hat, schaue ich noch einmal in die Truhe.

Ganz unten entdecke ich ein Schreibpult. Mir wird klar, dass Mama Becca mich deswegen hierhergeschickt hat. In ihm liegt die sogenannte Wahrheit.

Die Schreibfläche besteht aus schönem, glattem Teakholz, doch die Scharniere sind völlig verrostet und zerbrechen, als ich den Deckel anhebe. Jetzt fällt mir wieder ein, wie sich Thankful Seagraves in den dunklen Morgenstunden über dieses Pult zu beugen pflegte, wenn sie in jener heidnischen Zunge, die auch ich lernen musste, ihre Briefe an die Toten schrieb. Als ich sie einmal fragte, an wen sie schreibe und warum sie die Briefe im Wald verbrenne, erzählte sie mir die Geschichte ihrer Sklavenfreundin, die man von dem Piratenschiff geworfen hatte. Später folgten andere Geschichten über diese Sklavenfreundin, ihr Leben im Kloster, ihre Herrin, die die Teufelsverse verfasste, und ihre Mutter, die sie so sehr liebte, dass sie sie in die Obhut der Nonnen gab, bei denen sie eine gute Bildung erhalten sollte. »Warum bist du dann weggegangen?«, fragte ich, und sie begann zu weinen.

Langsam hebe ich den Deckel an und erwarte, dass etwas Böses herauskriecht und mich sticht, doch ich finde nur ihr Schreibzeug – zwei alte Krähenfedern, ein Tintenglas, ein vertrocknetes Stück schwarzer Tinte – und einen Almanach von 1692, in dem Dokumente und beschriebene Seiten liegen. Ist dies das Geheimnis von Thankful Seagraves? Dieses alte Blatt Pergament, das aus einem Tagebuch gerissen wurde und nichts als den Namen *Jerónima* trägt, Zeile um Zeile, auf Vorder- und Rückseite, in der Schnörkelschrift meiner Mutter. Die Buchstaben sind verblichen. Und ist dies hier der Kaufbrief, auf den 21. Juni 1683 datiert und von einem gewissen Laurens-Cornille de Graaf unterzeichnet? Sollte dies mein Vater, der Pirat, gewesen sein?

… die im Krieg an der Küste von Neuspanien gefangen genommen und zur Sklavin gemacht wurde. Ihr Name lautet ~~Jerónima~~

Thankful Seagraves … Sie ist von robuster Gesundheit und kann lesen und schreiben, weshalb ich ihren Preis auf fünfzig Pfund Sterling festsetze.

Ich dachte, sie habe im Schlaf immer *meinen* Namen gerufen. Doch wenn meine Mutter Jerónima hieß und dann zu Thankful Seagraves wurde, wer war dann Concepción Benavídez? Ich weiß noch, dass Tituba sie immer Concepción nannte. War sie etwa Concepción und Jerónima zugleich? Selbst jetzt geht die Namensverwirrung weiter. Am Kopf des Kaufbriefs steht in frischerer Tinte und spinnenbeiniger Handschrift geschrieben:

Freigelassen am 30. Januar 1691/92 von Tobias Webb, ihrem Ehemann aus Roxbury, Massachusetts.

Das ist es. Die Erinnerung an das blau-gelbe Kleid, das Hochzeitskleid von Thankful Seagraves, als sie Großvater Tobias heiratete. Auch das hatte ich verdrängt, die gottlose Hochzeit, bei der sich Mama Becca so sehr schämte, dass sie einen Monat lang nicht ins Gemeindehaus ging. Nun erinnere ich mich wieder, dass ich bei der Zeremonie zugegen war und wie unerhört Mama Becca das alles fand, dass sie sich vor ihrem eigenen Vater ekelte, weil er eine ausländische Sklavin heiratete. Ich glaube, sie fürchtete, er werde exkommuniziert. Papa besuchte die Zeremonie gar nicht, weil er sicher war, dass die Papistin, wie er Thankful Seagraves bisweilen nannte, den alten Mann verhext hatte.

Unter diesen beiden Seiten entdecke ich fünf Briefe, die an mich gerichtet sind; vier auf Spanisch, der letzte auf Englisch. Der erste trägt kein Datum und ist *An Dich, das Wesen, das in mir heranwächst*, adressiert. Der zweite richtet sich an *Kleines Herz* und ist ebenfalls undatiert. Der dritte ist an *Mein Hühnchen* gerichtet und auf den 6. Januar datiert, während der vierte an *Mi niña* adressiert ist, einen ihrer Kosenamen für mich, und am 24. März 1684, einen Monat und zwei Tage nach meiner Geburt, geschrieben wurde. Nur der fünfte Brief ist versiegelt und in englischer Sprache an *Meine liebste Tochter, Herz meines Lebens* gerichtet. Ich werde das Siegel nicht erbrechen und auch die anderen vier Briefe nicht lesen, um meine Seele nicht mit den Lügen dieser papistischen Hexe zu vergiften. Doch was wird mit Mama Beccas Seele geschehen, wenn ich mich weigere, die Wahrheit zu lesen, die mir Thankful Seagraves in diesen Briefen hinterlassen hat? Die Wahrheit ist doch nichts anderes als die persönliche Sichtweise eines Menschen. Dies ist nun meine Wahrheit:

Ich war acht Jahre alt, als ich Thankful Seagraves zum letzten Mal sah. Vom Alter her war ich ein unschuldiges Kind, nur gab es 1692 keine unschuldigen Kinder. 1692 hatten die Kinder das Sagen, und die Erwachsenen hörten auf uns. Als Abigail Addams aus dem Dorf Salem behauptete, Tituba habe sie gezwungen, im Buch des Teufels zu unterschreiben, wurde Tituba der Hexerei angeklagt. Als Constance Bower sagte, Mary Black habe sie in ihren Träumen mit Dornen gestochen, wurde Mary Black in einem Hexenkarren auf der King Street zur Schau gestellt. Als ich erklärte, Thankful Seagraves habe mich verhext und gezwungen, die Zunge des Teufels zu sprechen und eine Indianerin anzubeten, die auf einem schwarzen Mond steht, wurde Thankful Seagraves zu Tituba und Mary Black ins Verlies geworfen. Ihre eigene Tochter brachte sie beinahe an den Galgen. Sieht so etwa Unschuld aus?

Erst als der Tumult im Dorf Salem losbrach, begann ich mich zu sorgen, Thankful Seagraves könnte eine Hexe sein, und erst als ich eines Tages mit ihr ins Gefängnis ging und mit eigenen Augen die fünfjährige Dorcas Good erblickte, begriff ich, dass die Tochter einer Hexe selbst eine Hexe sein, zumindest aber als solche verurteilt und neben ihrer Mutter gehängt werden konnte. Da wusste ich, dass ich Thankful Seagraves vertreiben musste.

Manche behaupten, Thankful Seagraves habe an der riesigen Eiche auf dem Common gebaumelt, als im September 1692 die letzten Hexen gehängt wurden, doch ich weiß, dass es nicht stimmt. Wie ihre Freundin Tituba und viele andere wurde sie acht Monate später begnadigt und verließ das Gefängnis als freie Frau. Sie war nicht einmal mehr eine Sklavin, da sie bei ihrer Heirat freigelassen worden war. Papa sagt, er habe ihr eine Überfahrt auf einem Handelsschiff besorgt, das nach Westindien segelte. Niemand weiß, weshalb Thankful Seagraves an jenem Tag nicht an Bord ging. Ihr Name wurde als einziger auf der Passagierliste nicht abgehakt. Ich frage mich, ob sie auch nach ihrem anderen Namen gesucht haben, dem spanischen, den sie immer vorzog. Ich hatte Angst, sie wolle mich wieder zu sich nehmen, doch in den vielen Monaten im Gefängnis hatte sie wohl vergessen, dass sie eine Tochter hatte. Zum Glück, denn ich wäre nicht mit ihr gegangen. Ich hatte schon ein Zuhause.

Papa sagt, er habe Thankful Seagraves zum letzten Mal gesehen, als sie ihre mageren Knochen auf Großvater Tobias' Hof schleppte. Sie habe sich nicht einmal umgedreht oder bedankt, dass er sie aus dem kalten, schmutzigen Gefängnis befreit hatte, in dem sie fast ein Jahr verbracht hatte. Danach hat sie niemand mehr gesehen, nicht einmal die neugierige Gevatterin Thorn, ihre nächste Nachbarin. In jenem Frühjahr gab es in Roxbury eine seltsame Überschwemmung, gefolgt von einem Schneesturm, und das Gewicht des Schnees ließ das kaputte Dach der Scheune vollends einstürzen. Mama Becca glaubt, Thankful Seagraves sei darunter begraben und von Wölfen gefressen worden. Es gab aber keine Blutspuren und keinen Verwesungsgestank, weder im Haus noch in der Scheune. In der Tat existiert außer dem Brief vom 21. Mai 1693, den sie mir hinterlassen hat, und der Truhe mit den Erinnerungsstücken kein Beweis dafür, dass sie jemals hier gelebt hat. Ich nehme an, sie ist in den Wald gegangen und darin verschwunden.

Vermutlich wollte sie einen jener gottlosen Briefe verbrennen, die sie an ihre papistischen Geister schrieb, und ist nie zurückgekehrt. Vermutlich haben Wilde sie skalpiert.

Manchmal aber höre ich sie in meinen Träumen nach mir rufen. *Hija*, schreit sie in jener höllischen Zunge, *hija, ¿que te han hecho? Eres mía; eres mi sangre.* Was haben sie dir angetan, meine Tochter, mein eigen Fleisch und Blut? Die Worte haben sich mir eingebrannt wie das papistische Kreuz, das man, wie Mama Becca erzählte, Thankful Seagraves auf die rechte Hand gebrannt hatte, um sie für immer als Heidin, Fremde und Feindin der sichtbaren Heiligen zu zeichnen.

Mama Becca wollte, dass ich bei Gericht eine Petition einreiche, wie es die Angehörigen vieler Angeklagter getan haben, und darum bitte, Thankful Seagraves' Namen vom Verbrechen der Hexerei zu reinigen. Ich solle es meinetwegen tun, sagte Mama Becca, damit ich nicht den Rest meines Lebens den Makel der Hexerei trüge. Doch das werde ich nicht tun. Ich trage keinen Makel. Es gibt nur wenige, die sich überhaupt daran erinnern, dass Thankful Seagraves meine Mutter war.

Es wird spät. Ich höre draußen die Eulen schreien. Ich habe vergessen, wie rasch die Dunkelheit über Roxbury fällt, zumal der Hof von der Zaunwinde fast verschluckt worden ist. Im rauchigen Dämmerlicht des Häuschens scheinen die lebenden Wände zu erbeben.

Was soll ich mit den Briefen anfangen? Alle bis auf einen sind in der papistischen Sprache geschrieben, die ich zum Glück vergessen habe. Nur dieser eine ist versiegelt und in schmuckloser Schrift auf Englisch verfasst. Würde es reichen, wenn ich nur diesen einen läse, Mama Becca? Kann ich die Wahrheit, die ich deinem Wunsch gemäß entdecken soll, darin finden? Oder wäre es besser, alle Briefe ins Feuer zu werfen und meinen Frieden mit der einzigen Wahrheit zu schließen, die für mich und meine Kinder wichtig ist: dass ich eine Greenwood bin und keine andere Mutter als Rebecca habe.

»Du sollst deine Wahrheit erfahren, sonst wird meine Seele nicht ruhen, weil ich mich an deiner Mutter versündigt habe.« Das waren Mama Beccas letzte Worte.

Mir bleibt nichts anderes übrig, als den Brief zu lesen. Ich gehe wieder nach draußen und setze mich an den Brunnen, um unter der Zaubernuss das letzte Tageslicht zu nutzen.

»Meine liebste Tochter, Herz meines Lebens«, lese ich die Anrede laut vor und spüre, wie sich mein Hals seltsam zusammenschnürt, während ich mit den Fingern die Wörter nachfahre. »Falls Du Dich überhaupt an mich erinnerst, wirst Du Dich an Thankful Seagraves erinnern, Deine Halbblutmutter, die zu fürchten und abzulehnen man Dich lehrte.«

»Selbst eine Katze ist eine bessere Mutter als deine«, hat Mama Becca einmal zu mir gesagt. »Sie sollte dir keine papistischen Dinge beibringen. Sie sollte dich beschützen. Sie wird eines Tages dein Tod sein. Thankful Seagraves hat dich nicht verdient, Hanna.«

Ich hole tief Luft und lese weiter. Erstaunlich, wie sehr mich Thankful Seagraves' Geschichte gefangennimmt. Der Versuch, sich zu ertränken, als man sie als Sklavin verkaufen wollte. Die Geschichte ihrer Eltern – María Clara und Federico – und wie ihre Mutter sie dem Kloster übergeben und später allein zurückgelassen hat. Wäre sie nicht mit ihrer Freundin Aléndula geflohen, erzählt sie mir, so wäre ich nicht geboren worden.

»… Wie sehr ich auch in diesem Land gelitten haben mag, ich würde alles noch einmal tun, um Dich auf die Welt zu bringen, hija mia.«

Sie würde es alles noch einmal auf sich nehmen, die Sklaverei, die Verluste, die Hexerei und die Verbannung, alles nur für mich. War das Liebe oder Torheit?

»Vor zehn Jahren wurde ich als Sklavin auf einem Piratenschiff verkauft. Woher sollte ich wissen, dass ich in diesen zehn Jahren ein ganzes Leben durchleben und eine wunderschöne Tochter zur Welt bringen würde, die ich einer anderen würde überlassen müssen? Heute ist der Abend, bevor ich Neuengland verlasse, und ich sitze hier im kleinen Steinhaus des alten Mannes und schicke mich an, Dich zu verlassen, ein neues Schiff zu besteigen und ohne meinen Grund zu leben nach Neuspanien zurückzukehren.

Falls Du die früheren Briefe gelesen hast, die Rebecca Dir zu geben versprochen hat, weißt Du, wie sehr ich Dich liebe und wie gern ich Dich immer bei mir haben wollte. Ich habe Dich nicht verlassen; ich bin weggegangen, um Dich vor Deiner eigenen Angst zu schützen. Nachdem mich der Gouverneur begnadigt hatte, bezahlten Rebecca und Nathaniel meine Haftkosten und holten mich aus dem Gefängnis ab. Sie sagten, Du hättest Dich aus Angst von mir losgesagt, und ich würde Dir nur wehtun, wenn ich darauf bestünde, Dich zu sehen. Sie haben mir gedroht, mich öffentlich auspeitschen zu lassen, wenn ich mich auch nur ihrem Haus näherte, demselben Haus, in dem Du mit mir den ersten Monat Deines Lebens verbracht hast. Ich weiß nicht, ob das Gericht ihnen wirklich die Erlaubnis erteilt hat, Dich als ihr eigenes Kind aufzuziehen, weil ich als Hexe zum Tod am Galgen verurteilt wurde. Wird man verurteilt, ist man in den Augen des Gesetzes so gut wie tot. Ich weiß aber, dass Du Rebecca immer lieber zur Mutter haben wolltest. Das zu akzeptieren habe ich in den elf Monaten, die ich im Gefängnis verbrachte, immerhin gelernt.«

Ich blicke hoch zum korallenfarbenen Himmel, und eine ungeheure Traurigkeit überkommt mich. »Sie hat mich geliebt«, sage ich laut. »Thankful Seagraves hat mich geliebt. Ich habe sie nicht gewollt, und dennoch liebte sie mich.«

»Vor allem möchte ich Dir in diesem Brief erklären, dass ich keine Hexe war. Ich habe weder Dir noch sonst jemandem etwas Böses zugefügt. Ich war eine Frau, die zwischen zwei Welten gefangen war, zwischen Mexiko und Massachusetts, zwischen der spanischen und der englischen Sprache, zwischen Katholiken und ›sichtbaren Heiligen‹. An meiner Herkunft konnte ich ebenso wenig ändern wie an den zwei Farben meiner Augen oder der Art und Weise, in der meine Zunge über diese Sprache stolperte. In all den Jahren, die ich in diesem Land verbrachte, habe ich zwischen den Welten gelebt, und das ist wohl mein wahres Vergehen, dieses Leben zwischen dem, wofür Neuengland steht, und allem, was ich in Neuspanien gelernt hatte. Und weil Du auf dieser Erde geboren und aufgewachsen bist, weil Du nicht zwischen etwas gestanden hast, außer vielleicht zwischen zwei Frauen, kannst auch Du mich nur so sehen, wie die Greenwoods und die Mathers und die Thorns und alle meine anderen Feinde mich sehen: als Fremde, als Verrückte, die ihrem eigenen Kind Schaden zufügen wollte, als eine, die es verdient hat, am Galgen zu baumeln.

Es heißt, Du seiest an meiner Verurteilung schuld gewesen, weil Du mich angeklagt und als Beweis die sogenannten Teufelsverse vorgelegt hast. Wie soll ich Dir dieses Gedicht erklären, das ich sehr schätze und das Du auswendig lernen solltest, so wie Caleb für seinen Lehrer den ›Tag des Jüngsten Gerichts‹ auswendig lernen sollte, und dass es nichts mit Teufelsanbetung oder Hexerei zu tun hat? Es war nur eine Satire, die eine weise Frau namens Sor Juana Inés de la Cruz, meine Herrin in der Stadt

Mexiko, verfasst hatte. Darin ging es um die Art und Weise, in der Männer die Sünden der Welt verkörpern und dennoch Frauen beharrlich beschuldigen, sie zur Sünde zu verführen. Ich kann mir vorstellen, dass die Puritaner diese Schilderung blasphemisch finden; in der Tat glaube ich sogar, dass die katholische Kirche ihnen zustimmen würde, denn ich habe gelernt, dass in der Welt der Papisten wie auch der Puritaner das männliche Geschlecht gleich hinter Gott kommt.

Und noch etwas anderes habe ich gelernt. Als Mestizin in der Stadt Mexiko betrachtete ich meine Freiheit als selbstverständlich. Doch dann verlor ich meine Freiheit an diesen englischen Gestaden und gebar eine Tochter; nun muss ich meine Tochter verlieren, um meine Freiheit wiederzuerlangen. Mit anderen Worten, auch die Freiheit hat ihren Preis. Wie viel ist sie Dir wert? Fünfzig Pfund? Den Preis eines Deiner Kinder? Ich stelle mir nämlich vor, dass Du eines Tages Kinder haben und meine Entscheidung dann besser verstehen wirst.«

Ich denke an die Zwillinge und mir wird klar, dass ich sterben würde, wenn man mir die Mädchen wegnähme oder, schlimmer noch, wenn sie mich hassten und eine andere Frau zur Mutter wollten. Ich schlucke mühsam, doch der Schmerz sitzt tief in meiner Kehle und nimmt mir den Atem.

»Aléndula erzählte mir einmal, dass man bei jeder Entscheidung vier Möglichkeiten habe: die kluge Entscheidung, die törichte Entscheidung, die sichere Entscheidung und die Entscheidung, die jemand anders für einen trifft. Tituba – erinnerst Du Dich an sie? – nahm ihr Schicksal, das sie wie ein Käfig umgab, hin und ließ zu, dass andere die Entscheidungen für sie trafen. Aléndula rief einen ihrer Götter an, er möge sie vom Schicksal der Sklaverei befreien, und nahm den sicheren Ausweg ins Wasser.

Für mich wäre es eine törichte Entscheidung, in Neuengland zu bleiben. Die kluge Entscheidung besteht darin, auf dieses Schiff zu gehen und niemals zurückzuschauen, doch wäre auch diese Entscheidung fremdbestimmt. Denn das ist, was Nathaniel und Rebecca wollen. Ich mache diese Entscheidung zu meiner eigenen, indem ich Thankful Seagraves völlig aufgebe, was ich in der Tat bereits getan habe. Ich habe ihre Kleider verbrannt. Ich habe ihr die Haare abgeschnitten. Ich habe ihre Tochter weggegeben. Wenn ich morgen an Bord des Schiffes gehe, werde ich nicht mehr Thankful Seagraves sein. Ich werde nicht einmal mehr eine Frau sein. Ich werde ein Rätsel im Wolfskleid sein und mir eine Überfahrt nach Westindien kaufen – von dem Geld, für das man damals mein altes Ich verschachert hat.«

»Ein Rätsel im Wolfskleid«? »Nicht einmal mehr eine Frau.« Was hat das zu bedeuten? Dass sie verkleidet an Bord des Schiffes ging? Dass sie nicht gestorben ist? Lebt sie vielleicht noch irgendwo in Westindien und kommt eines Tages zurück?

»Vergiss nie, dass ich, wer immer ich auf dieser Reise werden sollte, heute und immer und Dein ganzes Leben lang die Frau sein werde, die Dich geboren hat, die Dich mit ihrem eigenen Körper genährt hat und Dich jetzt verlässt, weil Du Dich für ein Leben unter Engländern entschieden hast.

Ich wünsche Dir ein langes und glückliches Leben, bebita, Tochter meiner Seele, Licht meines Herzens, niña de mis ojos. Ich verzeihe Dir, dass Du unsere Geheimnisse verraten hast. Verzeih Du mir den Schmerz, die Verwirrung und die Traurigkeit, die Du ertragen musstest, weil Du meine Tochter bist. Ich hinterlasse Dir zwei letzte Gaben: die Stickerei der Jungfrau von Guadalupe, der Mutter Gottes, von deren wundersamer Erscheinung in Mexiko ich Dir oft erzählt habe, und die Puppe für Deinen neunten Geburtstag, an dem ich nicht bei Dir sein konnte, weil ich im Gefängnis saß. Du sollst wissen, dass ich in jedem Jahr an Deinem Geburtstag eine Kerze für die Jungfrau anzünden und sie bitten werde, meine Juana Jerónima zu segnen und zu beschützen.«

Sie hatte mich geliebt. Und sie war keine Hexe gewesen. Ihr einziges Verbrechen bestand darin, spanisches und indianisches Blut zu besitzen. Das ist die Wahrheit, die ich herausfinden sollte. »Die Gebote, Hanna«, höre ich Mama Becca mit gehetzter Stimme flehen. »Ich gehe mit zwei gebrochenen Geboten ins Grab. Lass mich nicht auch noch als Lügnerin sterben.« Ich wollte es nicht glauben, doch nun weiß ich, was sie gemeint hat. Du sollst kein falsch Zeugnis reden wider deinen Nächsten. Du sollst nicht nach irgendetwas verlangen, das deinem Nächsten gehört. Auch ich muss mit einem Verstoß gegen ein Gebot leben: Du sollst deinen Vater und deine Mutter ehren. Thankful Seagraves war meine Mutter, und ich habe sie ehrlos behandelt.

»Ich verlasse Dich mit meinem Herz in meinen Händen. Tu madre para siempre, Concepción Benavídez.«

Ich erinnere mich an den Stammbaum, den sie auf die Schürze der Puppe gestickt hat, und setze im Geiste die Namen der Zwillinge unter meinen eigenen: *Clara und Joanna Greenwood.* Das Vermächtnis von Thankful Seagraves lebt weiter. Jetzt weine ich ganz hemmungslos, schluchze in meine Hände, während ich an die Püppchen und die Stickerei denke, die noch im Herd schwelen. Es waren Geschenke, einfach nur Geschenke, die sie in fleißiger Arbeit mit ihren braunen Händen angefertigt hatte, mit jenem unheimlichen Geschick, das sie mit Nadel und Federkiel besaß. Jahr für Jahr machte sie mir wunderschöne Dinge, sosehr ich sie auch verschmähen mochte.

Die gelben Fühler der Zaubernussblüten werfen spinnenartige

Schatten auf die Seite. Ich blinzle, um die Tränen zu vertreiben, und erinnere mich an das Buch Jeremia: Wehe mir, meine Mutter, dass du mich geboren hast, einen Mann des Streites und einen Mann des Zankes für das ganze Land.

Einen Moment lang sehe ich ihre Augen, die kristallblauen Augen von Mama Becca und die zweifarbigen von Thankful Seagraves. Du gehörst mir, sagt Mama Becca. Du bist jetzt eine Greenwood. *Hija, ¿que te han hecho?* Die Stimme von Thankful Seagraves erklingt im Rauch, der aus dem Schornstein dringt. *Eres mía; eres mi sangre.* Du bist mein Fleisch und Blut.

Habe ich alles verbrannt? Selbst die Stickerei mit der Jungfrau? Ich kann mich nicht daran erinnern, die Jungfrau in die Flammen geworfen zu haben. Ich laufe zurück in die blaue Dämmerung des Häuschens und sehe sie auf dem Boden liegen, schmutzig, aber unversehrt, und die goldenen Sterne auf ihrem Umhang schimmern im Licht des verlöschenden Feuers. Ich hebe sie auf und klopfe den Schmutz ab.

»Es tut mir leid«, flüstere ich und erkenne im indianischen Gesicht der *Virgen* Thankful Seagraves. Verzeih mir, Thankful Seagraves, geborene Concepción Benavídez. Ich betrachte das Bild und begreife, dass der Halbmond auch ein Boot sein könnte, ein schwarzes Kanu, das meine Mutter mit den Strahlen der Sonne im Rücken zurück nach Mexiko trägt, während Neuengland hinter ihr verlöscht. So werde ich mich an dich erinnern, *mi madre para siempre.*

Ich nehme die Stickerei, alle Briefe und einen Schössling der Zaunwinde, den ich vor mein Küchenfenster pflanzen werde, und überlasse das Häuschen dem Verfall. Ich spüre, dass der Kampf gegen jenen Teil meiner selbst, der seine Wurzeln in einem Piraten und einer Papistin hat, vorüber ist.

Dank

Die ursprüngliche Fassung dieses Buches entstand zwischen 1987 und 1989 in Boston. Die endgültige Version wurde sechzehn Jahre später, am 6. März 2005, in San Antonio fertiggestellt. Das überarbeitete Manuskript schloss ich im Januar 2007 in Los Angeles ab, kurz vor meiner Schilddrüsenoperation. Zwischen dem Entwurf der Geschichte und der Verwirklichung beinahe zwanzig Jahre später habe ich nicht nur viele Orte besucht, sondern auch Veränderungen in Beruf und Privatleben erfahren. Vor allem möchte ich drei Frauen für ihre Mühen danken: Liliana Jurewiez, meine Lebenspartnerin während der ersten fünf Jahre, die ich in Boston an dem Roman arbeitete, mit der ich das Salem Witch Museum und das Plimoth Plantation Living History Museum besuchte, mit der ich viele Spaziergänge von der Back Bay zum Common und vom Haymarket zur Longfellow Bridge unternahm; Deena González, mit der ich elf Jahre zusammenlebte, mit der ich eine Dissertation vollendete, ein Haus kaufte, eine Tierfamilie gründete, Concepcións Vorgeschichte schrieb und meine Berufung als Akademikerin fand; und schließlich Gloria Ramírez, die meinen dreijährigen Übergang in die Nüchternheit begleitete und mir in ihrer hundertjährigen *casita* in San Antonio ein eigenes Zimmer anbot. Dort stand ich während meines Sabbatjahrs, in dem ich an der letzten Fassung des Buches arbeitete, jeden Tag in den frühen Morgenstunden auf, um den Sonnenaufgang über Südtexas zu genießen.

Es gibt noch andere, deren Energie dazu beigetragen hat, diese Geschichte zu veredeln: Anne Wells, ehemalige Assistentin der Serendipity Literary Agency, die ein scharfes Auge für Details und die Motivation der Charaktere besitzt; meine Agentin Regina Brooks, die an die Geschichte glaubte und der ich für die grünen Kerzen danke; Diane Reverand, meine erste Lektorin bei St. Martin's Press, die sich von Beginn an für das Buch und alle Themen von Kalligraphie bis Zaubernuss begeisterte. Und danke an das Universum, weil es mir Daniela Rapp geschickt hat, die mich mit ihrem Wissen über Hexereiforschung rettete.

Zwischen 1989 und 2006 erschienen neue Studien zu den Hexenprozessen von Essex County, die mir ungeheuer geholfen haben. Für mich waren die folgenden am wichtigsten: *The Devil in the Shape of a Woman: Witchcraft in Colonial New England* (1987) von Carol F. Karlsen; *A Delusion of Satan: The Full Story of the Salem Witch Trials* (1995) von Frances Hill; *Tituba, Reluctant Witch of Salem: Devilish Indians and Puritan Phantasies* (1996) von Elaine G. Breslaw; *Papists, Protestants and Puritans: 1559–1714* (1998) von Diana Newton; *In the Devil's Snare: The Salem Witchcraft Crisis* (2002) von Mary Beth Norton und *The Salem Witch Trials: A Day-by-Day Chronicle of a Community Under Siege* (2002) von Marilynne K. Roach. Wer sich mit den Hexenprozessen beschäftigt, kann auf zwei ganz entscheidende Texte nicht verzichten: *Salem-Village Witchcraft: A Documentary Record of Local Conflict in Colonial New England* (1972, 1993), herausgegeben von Paul Boyer und Stephen Nissenbaum, und *Witch-Hunting in Seventeenth-Century New England: A Documentary History, 1638–1692* (1991) von David D. Hall.

Für meine eigene Sicht des Hexenwahns war Titubas Geschichte, wie Maryse Condé sie in ihrem Roman *Ich, Tituba, die schwarze Hexe von Salem* (1986, dt. 1988) erzählt, von besonderer Bedeutung.

Ausführliche Informationen über Leben, Überlieferungen und Sitten im Neuengland der Kolonialzeit entnahm ich den folgenden

Werken: *Boston, 1689–1776* (1970) von G. B. Warden; *Good Wives: Image and Reality in the Lives of Women in Northern New England, 1650–1750* (1980, 1982) von Laurel Thatcher Ulrich; *Divine Rebel: The Life of Anne Marbury Hutchinson* (1981) von Selma R. Williams; *Customs and Fashions in Old New England* (1983) und *Child Life in Colonial Days* (1899, 1993) von Alice Morse Earle; *Everyday Life in the Massachusetts Bay Colony* (1935, 1988) von George Francis Dow und *The Writer's Guide to Everyday Life in Colonial America: From 1607–1983* (1997) von Dale Taylor. Ungeheuer nützlich und mit vielen erstaunlichen Illustrationen versehen sind die vergriffenen rechtefreien Bücher von Edwin M. Bacon, *Boston Illustrated* (1891) und *Rambles Around Old Boston* (1921). Sie sind in digitalisierter Fassung auf der Homepage der Kellscraft Studios verfügbar: http://www.kellscraft.com/textcontentssubjectlist.html#Boston.

Die Mitschriften der Hexenprozesse selbst wurden unter dem Titel »The Salem Witchcraft Papers« digitalisiert und sind auf http://etext.virginia.edu/salem/witchcraft/texts verfügbar. Alle wörtlichen Zitate aus Cotton Mathers Essays »Memorable Providences, Relating to Witchcrafts and Possessions« (1689) und »The Wonders of the Invisible World« (1692) stammen aus »The Writings of Cotton Mather«, die auf der Cotton-Mather-Homepage unter http://www.spurgeon.org/~phil/mather.htm verfügbar sind.

Die hier verwendete Übersetzung der »Philosophischen Satire« von Sor Juana Inés de la Cruz stammt von mir. Das Originalgedicht und seine bekanntere Übersetzung von Margaret Sayers Peden finden sich in *Poems, Protest, and a Dream: Selected Writings* von Sor Juana Inés de la Cruz (Penguin Classics 1997).

Lesern, die mit der Geschichte der Hexenprozesse von Salem vertraut sind, werden einige Namen bekannt vorkommen. Obwohl die Charaktere authentisch sind und in wenigen Fällen auch wörtliche Aussagen verwendet wurden, um die Erzählung in einer ungeheuerlichen Episode der amerikanischen Geschichte zu verankern, sind ihre Darstellungen dennoch fiktional. Außerdem gehen alle Auslassungen oder Hinzufügungen in der dokumentierten Chronologie der Prozesse und der daran beteiligten Menschen auf meine dichterische Freiheit zurück.

Concepción Benavídez wurde 1989 in Boston, Massachusetts, geboren, wo ich die erste Fassung dieses Buches schrieb, trat aber auch in meinem Roman *Sor Juanas zweiter Traum* (1999, dt. 2002) auf, in dem wir ihr Leben als Schreiberin von Sor Juana Inés de la Cruz in Mexico City kennenlernen.

Schließlich möchte ich mich ganz besonders beim UCLA Committee on Research bedanken, das meine Recherchen für diesen Roman gefördert hat. Ein besonderer Dank geht an meine Katzen Rubi Tuesday und Luna Azul, die mich mit ihrer magischen Gegenwart erfreuen. Und an Pecaninis, dessen buntgefleckter Geist in diesem Buch weiterlebt.